Robert Jordan

Pfade ins Zwielicht

SERIE PIPER

Zu diesem Buch

Die Welt des Rades wird heimgesucht von Krieg und Anarchie. Wie ein Flächenbrand breitet sich das Unheil aus, gefördert von Schattenfreunden und machthungrigen Adligen. Rand al'Thor, der Wiedergeborene Drache, setzt alles daran, den Lauf des Schicksals doch noch in die richtige Bahn zu lenken. Denn ein zweites Mal darf die Welt nicht untergehen. Doch seine Getreuen geraten mehr und mehr in Bedrängnis durch die finsteren Horden des Dunklen Königs, und so manche begonnene Mission erweist sich als gefährlicher Irrweg …

Robert Jordan, geboren 1948 in Charleston, US-Bundesstaat South Carolina, begeisterte sich seit seiner Jugend für die phantastische Literatur und schrieb zunächst erfolgreiche »Conan«-Romane. In den neunziger Jahren begann er seinen weltberühmten Zyklus »Das Rad der Zeit«, ein in der Fantasy einzigartiges Werk epischer Breite, das inzwischen knapp dreißig Bände umfasst und Millionen Fans in der ganzen Welt gefunden hat.

Robert Jordan

Pfade ins Zwielicht

DAS RAD DER ZEIT 27

Aus dem Amerikanischen
von Andreas Decker

Piper München Zürich

Zu den lieferbaren Büchern von Robert Jordan bei Piper
siehe Seite 559

FSC

Dieses Taschenbuch wurde auf FSC-zertifiziertem Papier gedruckt. FSC (Forest Stewardship Council) ist eine nichtstaatliche, gemeinnützige Organisation, die sich für eine ökologische und sozialverantwortliche Nutzung der Wälder unserer Erde einsetzt (vgl. Logo auf der Umschlagrückseite).

Deutsche Erstausgabe
September 2005
erstmals erschienen: Ullstein Heyne List GmbH & Co. KG,
München 2003

Titel der englischen Originalausgabe:
»Crossroads of Twilight 1«, Orbit/Time Warner Books UK,
London 2003

Umschlagkonzept: Büro Hamburg
Umschlaggestaltung: Nele Schütz Design, München
Umschlagabbildung: Larry Elmore/Elmore Productions, Inc.
Karte: Erhard Ringer
Autorenfoto: Jack Alterman
Satz: C. Schaber Datentechnik, Wels
Papier: Munken Print von Arctic Paper Munkedals AB, Schweden
Druck und Bindung: Clausen und Bosse, Leck
Printed in Germany
ISBN-13: 978-3-492-28577-3
ISBN-10: 3-492-28577-5

www.piper.de

Für Harriet
Damals, jetzt und für immer

Und in den Tagen, wenn die Dunkle Jagd reitet, wenn die rechte Hand zögert und die linke Hand sich verirrt, dann wird die Menschheit an den Kreuzweg des Zwielichts kommen, und alles das ist, alles das war und alles, das sein wird, wird auf einer Schwertspitze balancieren, während der Sturmwind des Schatten wächst.

Aus den *Prophezeiungen des Drachen*,
die Übersetzung wird Jain Charin zugeschrieben,
auch als Jain Weitstreicher bekannt,
verfasst kurz vor seinem Verschwinden.

INHALT

Aryth Meer
Maradon
Aile Daschar
Bandar Eban
Dhagon
Arad Doman
Akuum
Katar
Toman Halbinsel
Ebene von Almoth
Falme
Graswald
Baerlon
Arinelle
Verschleierte Berge
Jehannah
Andahar
Tanchico
Tarbon
Ghealdan
Elmora
Eldar
Aryth Meer
Amador
Amadicia
Die Schattenküste
Scharia
Die Sturmklaue
Ebou Dar
Tremalking
Qaim
zu den Inse

Große Fäule
Das Verdorbene Land
Verderbens
Schayol Ghul
Tarwin Paß
Chachin
Schol Arbela
Fal Dara
Niamh Paß
Kandor
Arafel
Fal Moran
Schienar
Luan
Schwarze Hügel
Tar Valon
Aiel Wüste
Brudermörders Dolch
Drachenberg
Gaelin
Jangai Paß
nach Rhuidean
Cairhien
Cairhien
Braem Wald
Alguenya
Caemlyn
Rückgrat
Vier Könige
Aringill
Storn
der
Hügel von Kintara
Erinin
Iralell
Lugard
Murandy
Haddon Mirk
Welt
Far Madding
Stedding Schangtai
Cary
Ebenen von Maredo
Tear
Illian
Die Drachenfinger
Tear
Godan
Illian
Mayenne
der Stürme
Cindaking

UND DAS RAD DREHT SICH ...

Das Rad der Zeit dreht sich, Zeitalter kommen und vergehen und lassen Erinnerungen zurück, die zu Legenden werden. Legenden verblassen zu Mythen, und sogar der Mythos ist lange vergessen, wenn das Zeitalter ihres Ursprungs wiederkehrt.

Mit diesen Worten beginnt jede Chronik aus der Welt des Rades, eines Universums, in dem das Rad der Zeit und das Große Muster, das es webt, das oberste Prinzip sind.

Am Anfang steht eine Prophezeiung, die Prophezeiung des Drachen. Sie verkündet die Befreiung des Dunklen Königs, des Bösen schlechthin, und die Wiedergeburt Lews Therin Telamons, des Drachen, der einst vor Jahrtausenden sein Gefängnis versiegelte und dafür den höchsten Preis bezahlen musste. Sie berichtet von einem Mann, der sowohl der Vernichter als auch der Erlöser der Welt sein soll. Er kann die *Eine Macht* lenken, und er ist der Wiedergeborene Drache, der *Tarmon Gai'don* schlagen soll, die Letzte Schlacht gegen den Dunklen König.

Rand al'Thor ist der Wiedergeborene Drache.

Man schreibt das Dritte Zeitalter seit der Zerstörung der Welt. Wieder strecken der Dunkle König und seine Vertrauten, die Verlorenen, die ihm schon in tiefer Vergangenheit zur Seite standen, die Hand nach der Welt aus. Horden nichtmenschlicher Trollocs und Myrddraals überziehen das Land mit Verwüstung, gelenkt von den Verlorenen, die nahezu unerkannt unter den Menschen wandeln, wo sie Unruhe schüren und Kriege auslösen.

Allein Rand al'Thor ist den Prophezeiungen zufolge dazu bestimmt, die Letzte Schlacht zu schlagen. Er beherrscht die *Eine Macht,* kann die Welt nach seinen Wünschen formen, und die Welt fürchtet ihn. Er hat treue Freunde um sich geschart, Nationen besiegt und Throne gestürzt. Er hat mächtige Feinde und zweifelhafte Verbündete, aber die größte Bedrohung ist die *Eine Macht*. Denn wie alle Männer, die sich der Macht bedienen, kämpft er gegen den Makel des Wahnsinns an, der die mystische Energie beschmutzt.

Wie die Eingeweihten wissen, besteht sowohl die *Eine Macht* als auch die Wahre Quelle, der sie entspringt, aus zwei widerstreitenden und sich dennoch ergänzenden Teilen: *Saidin*, der männlichen Hälfte, und *Saidar*, dem weiblichen Teil. Die Energie versetzt einige wenige Menschen in die Lage, die Elemente Erde, Wind, Feuer, Wasser und Geist nach ihrem Willen zu beeinflussen und Heldentaten zu vollbringen. Im untergegangenen Zeitalter der Legenden nannte man diese Männer und Frauen Aes Sedai, was in der Alten Sprache ›Diener aller‹ bedeutet.

Als der Dunkle König, der im Augenblick der Schöpfung vom Schöpfer des Universums außerhalb von Zeit und Schöpfung gefangen gesetzt wurde, aus seinem Gefängnis auszubrechen drohte und von Lews Therin Telamon, dem stärksten Aes Sedai seiner Zeit, besiegt wurde, geriet der triumphale Sieg zugleich zur verheerenden Niederlage. Bei der Versiegelung wurde *Saidin,* die männliche Quelle der *Einen Macht*, mit einem Makel versehen. Jeder Mann, der nach der Macht griff – was für ihn so natürlich war wie das Atemholen –, wurde wahnsinnig. Das hat sich bis auf den heutigen Tag nicht geändert.

Bei den meisten vollzieht sich das als schleichender Prozess. Bei Lews Therin Telamon, dem Drachen, war dies anders. Blindwütig in seinem Wahn, wandten er und seine Helfer sich gegen alle und jeden und schließlich gegen die Welt selbst. Erdbeben erschütterten das Land, Stürme fegten darüber hinweg, Vulkane brachen aus, der Ozean überschwemmte das Land. Reiche gingen unter und ganze Völker starben.

Nach dem Neubeginn hat sich das Antlitz der Welt verändert. Nun benutzen nur noch die weiblichen Aes Sedai die *Eine Macht*. Sie haben die Weiße Burg gegründet, und seit jenen dunklen Tagen wachen sie unerbittlich darüber, dass sich kein Mann der *Einen Macht* bedient. Sie spüren sie auf und dämpfen sie, schneiden sie vom Zugang zur Wahren Quelle ab, um Unheil zu verhindern.

Rand al'Thor hatte seit jeher ein zwiespältiges Verhältnis zu den Aes Sedai, die von vielen als die wahren Herrscher der Welt gefürchtet und gehasst werden. Aber er ist der Wiedergeborene Drache, der wie kein Zweiter über die *Eine Macht* gebietet; er ist der *Car'a'carn* der Aiel, der Wüstennomaden, deren Clans ihm fast alle bis in den Tod ergeben sind; er ist der Begründer der Schwarzen Burg und der *Asha'man*, der Männer, die ungeachtet aller gegenteiligen Bemühungen gelernt haben, mit der *Einen Macht* umzugehen. Und er hat treue Verbündete, die in seinem Namen handeln, und Feinde, die ihn vernichten wollen.

Noch hat der Winter die Welt in seinem eisigen Griff, aber das Rad kommt genauso wenig zum Stillstand wie das Muster. Die Welt ist allerorten im Umbruch, so auch in der Weißen Burg der Aes Sedai in Tar Valon.

Dreitausend Jahre lang haben Aes Sedai die Geschicke der Welt gelenkt und das Talent in der *Einen Macht* zu ihren Bedingungen gefördert. Jede von ihnen hat die Drei Eide geleistet, die es ihnen unmöglich machen, die *Eine Macht* außer zur Selbstverteidigung als Waffe einzusetzen oder zu lügen. Doch mittlerweile stellt sich die Frage, ob die Schwestern den Blick für die Realität nicht verloren haben. Denn es gibt viele andere Gruppierungen, die ebenfalls nach Gutdünken über die *Eine Macht* gebieten. Die Weisen Frauen der Aiel, die Windsucherinnen vom Meervolk und die Kusinen, die aus jenen Frauen hervorgegangen sind, die aus der Weißen Burg vertrieben wurden.

Aber Elaida a'Rohan, die als Amyrlin-Sitz die Burg beherrscht, plagen noch ganz andere Sorgen. Sie ist mit Gewalt auf den Thron gelangt, was letztlich zur Rebellion vieler Aes Sedai geführt hat. Egwene al'Vere ist eine Jugendfreundin Rand al'Thors und stark in der Einen Macht. Sie haben die Rebellen zur Anführerin gemacht, und ihr Heer rückt unbeirrt auf Tar Valon vor …

Mit einem Heer ganz anderer Art muss sich Elayne Trakand beschäftigen, die Tochter-Erbin des mächtigen Königreichs von Andor. Die Welt hält ihre Mutter Königin Morgase für tot, und die Machenschaften des Verlorenen Rahvin, der dem Dunklen König diente, haben das Land verwüstet. Elayne ist eine Aes Sedai und hat ein Anrecht auf den Thron, aber sie muss die anderen Adelshäuser des Landes auf ihre Seite bringen. Und das ist nicht leicht, vor allem, da sie den Wiedergeborenen Drachen liebt und sein Kind unter dem Herzen trägt. Ihr zur Seite stehen die legendäre Heldin Birgitte Trahelion und Aviendha, eine junge Frau aus dem Volk der Aiel, die zur Weisen Frau ausgebildet wird und zu ihrer Adoptivschwester geworden ist. Ihre gefühlsmäßigen Bande sind noch verstärkt worden durch Bande der *Einen Macht*.

Nun haben sich die Heere ihrer Konkurrenten vereinigt und sind vor der Hauptstadt Caemlyn aufmarschiert, um eine andere Adlige auf den Thron zu setzen. Elayne hat sich auf ein gewagtes Spiel eingelassen. Ein Attentat ist bereits gescheitert, aber weder sie noch ihre Freundinnen wissen, dass es nur dazu diente, den Söldner Doilin Mellar in ihrer unmittelbaren Nähe zu platzieren. Mellar ist in Wahrheit ein Schattenfreund, der nur auf den Befehl zum Zuschlagen wartet. Der Feind ist also in ihrer unmittelbaren Umgebung, und sie schöpft keinen Verdacht. Genauso wenig ahnt sie, dass ihre Mutter Morgase noch lebt.

Nicht, dass das etwas ändern würde. Nach einer langen Irrfahrt hat Königin Morgase unter dem Namen Maighdin Unterschlupf bei Faile t'Aybara gefunden, der Frau von Perrin Aybara, dem Mann, der mit den Wölfen sprechen kann. Perrin ist ein Jugendfreund von Rand al'Thor und wie er *Ta'veren*, seine Handlungen beeinflussen das Muster und das Schicksal der Welt. Aber im Moment interessiert ihn die Welt nicht.

Es war kein leichter Auftrag, der ihn und seine Gefolgsleute nach Ghealdan geführt hat. Er sollte den verrückten Propheten Masema, dessen Horden das Land verwüsten, zum Wiedergeborenen Drachen bringen. Alles verlief nach Plan, bis zu dem Augenblick, in dem Aiel vom Clan der Shaido, die Rand al'Thor als Einzige nicht anerkennen, seine Frau Faile entführten. Sie war mit ihrer Zofe Maighdin und Königin Alliandre von Ghealdan ausgeritten und kehrte nicht zurück. Nun sind sie zu *Gai'schain* gemacht worden. Normalerweise sind das gefangen genommene Aiel, deren äußerst strenger Ehrenkodex verlangt, dass sie ihrem Bezwinger ein Jahr und einen Tag dienen. Aber die Shaido unter der Führung der Weisen Frau Sevanna ignorieren die alten Werte, ziehen mordend und plündernd durch das Land und machen jeden Gefangenen zu einem Sklaven.

Perrin ist außer sich vor Wut und Schmerz, ihm ist jedes Mittel recht, um Faile zu befreien. So hat er mit dem Heer, das sich um ihn geschart hat, die Verfolgung der Shaido aufgenommen. Es ist eine seltsame Allianz: Bogenschützen aus Perrins Heimat, den Zwei Flüssen, Lanzenreiter aus Mayene und Ghealdan, Aiel – und die mörderische Horde des Propheten. Eine Allianz, deren Mitglieder sich mit Misstrauen und tödlichem Hass begegnen …

Mit einer anderen Art von Verfolgung muss sich Mat Cauthon auseinander setzen. Wie seine Gefährten Rand und Perrin ist auch er *Ta'veren*, drei Prophezeiungen haben sein Leben verändert:

Er wird die Tochter der Neun Monde heiraten.

Er wird sterben und wieder leben und noch einmal einen Teil dessen erleben, was einst war.

Er wird die Hälfte des Lichts der Welt aufgeben, um die Welt zu retten.

Er erhielt den *Ashandarei*, einen schwarzen, mit Raben gezeichneten Speer, ein silbernes Medaillon in der Form eines Fuchskopfes und die Erinnerungen vor langer Zeit gestorbener Männer, die seinen Kopf gehörig durcheinander wirbeln, ihm aber auch nützliches Wissen vermitteln. Inzwischen ist er ein Abenteurer und der Anführer der Bande der Roten Hand und wird von vielen als Lord betrachtet. Aber scheinbar hat ihn sein sprichwörtliches Glück verlassen. Ein gebrochenes Bein hielt ihn in der Hafenstadt Ebou Dar fest, die von den Seanchanern erobert wurde. Als Geliebter der Königin Tylin wohnte er im Palast und erlebte hautnah mit, wie die Invasoren aus Seanchan gefangene Machtlenkerinnen zu *Damane* versklavten, die als lebende Waffen dienen. Nach langen Planungen entschied er sich, eine Flucht zu wagen und einige der Aes Sedai und der Windsucherinnen vom Meervolk zu befreien. Dazu benutzt er die Seanchanerin Egeanin Tamarath, die mittlerweile zum Blut, zum seanchanischen Adel, gehört. Egeanin weiß nichts von seiner Verbindung zum Wiedergeborenen Drachen; ihr ist die

Geheimpolizei auf den Fersen, und das Pflaster in Ebou Dar wird ihr zu heiß. Und sie ist für Mat der Schlüssel, um die *Damane* aus der streng bewachten Stadt zu schaffen.

Aber in der Nacht, in der er die Flucht wagen will, stellt sich ihm die kürzlich eingetroffene Hochlady Tuon in den Weg. Ausgerechnet sie entpuppt sich als die Erbin des Kaiserthrons von Seanchan. Und was für Mat viel schlimmer ist, Tuon ist die Tochter der Neun Monde, die Frau, die er laut der Prophezeiung heiraten soll. Nun steht er erst recht mit dem Rücken zur Wand. Aber er kann nicht mehr zurück. Und so wagt er die Flucht aus Ebou Dar …

Rand al'Thor hingegen ist vom ewigen Kampf zermürbt. In der Stadt Far Madding hat er einige der Verräter stellen können, die ihn im Sonnenpalast von Cairhien angegriffen haben. Aber ihr Rädelsführer ist ihm abermals entkommen. Er hat sich widerstrebend auf ein Bündnis mit Cadsuane Melaidhrin eingelassen, einer Aes Sedai, die für ihre Ränke berüchtigt ist. Aber sie hat ihm auch ihre volle Unterstützung zugesagt. Der Wiedergeborene Drache ist vielleicht der mächtigste Mann auf der Welt, aber auch ihn wird eines Tages der Wahnsinn umbringen, der vom Makel *Saidins* ausgeht, der männlichen Hälfte der Wahren Quelle. Und gegen den er jedes Mal ankämpfen muss, wenn er die Quelle umarmt und aus ihr die *Eine Macht* schöpft.

Und so hat er einen wahnwitzigen Plan geschmiedet. Er will die vom Dunklen König verdorbene Quelle von ihrem zersetzenden Makel säubern.

Rand al'Thor, der Schafhirte von den Zwei Flüssen, den das Muster auserwählt hat, zum Wiedergeborenen Drachen zu werden, hat gegen die Verlorenen des Dunklen Königs gekämpft und gesiegt und Reiche erobert. Verglichen mit diesem Unternehmen waren das

Kindereien. Denn hier wagt er sich an Kräfte heran, die buchstäblich die Welt zerstören könnten. Aber ihm bleibt keine andere Wahl, wenn er bei *Tarmon Gai'don*, der Letzten Schlacht, siegen will.

Das Rad dreht sich, und die Letzte Schlacht rückt immer näher. Die Heere sammeln sich, und der Wiedergeborene Drache muss kämpfen, wenn die Welt kein zweites Mal untergehen soll.

Andreas Decker

PROLOG

Ausblicke auf das Muster

Rodel Ituralde hasste das Warten, obwohl er genau wusste, dass der größte Teil des Soldatendaseins aus nichts anderem bestand. Das Warten auf die nächste Schlacht, das Warten, dass der Feind sich bewegt, dass er einen Fehler macht. Er betrachtete den winterlichen Wald und war so reglos wie die Bäume. Die Sonne hatte die Hälfte ihres Weges zum Zenit erklommen und verbreitete keine Wärme. Sein Atem verwandelte sich vor seinem Gesicht in weißen Nebel und blieb als Reif an dem sauber gestutzten Schnurrbart und dem schwarzen Fuchspelz, mit dem seine Kapuze gefüttert war, haften. Er war froh, dass sein Helm am Sattelknauf hing. Sein Brustpanzer hielt die Kälte fest und schickte sie durch sein Wams und sämtliche darunterliegenden Schichten aus Wolle, Seide und Leinen. Sogar Pfeils Sattel war kalt, so als wäre der weiße Wallach aus gefrorener Milch. Der Helm hätte seinen Verstand getrübt.

Der Winter hatte spät in Arad Doman Einzug gehalten, sehr spät sogar, aber dafür hatte er mit aller Macht zugeschlagen. In weniger als einem Monat von der Sommerhitze, die sich auf unnatürliche Weise bis spät in den Herbst gehalten hatte, zum Herzen des Winters. Die Blätter, die die sommerliche Dürre überstanden hatten, waren gefroren, bevor sie die Farben hatten wechseln können, und jetzt funkelten sie in der Morgensonne wie seltsame, eisbedeckte Edelsteine. Die

Pferde der zwanzig Soldaten in seiner Nähe stampften in dem knietiefen Schnee gelegentlich mit den Hufen. Es war ein langer Ritt gewesen, und sie mussten noch weiter, ganz egal, ob es ein guter oder schlechter Tag werden würde. Dunkle Wolken trieben am Himmel nach Norden. Er brauchte seinen Wetterdeuter nicht, um zu wissen, dass es noch vor Einbruch der Dunkelheit zu einem Temperatursturz kommen würde. Bis dahin mussten sie einen Unterschlupf gefunden haben.

»Nicht so schlimm wie der vorletzte Winter, nicht wahr, mein Lord?«, sagte Jaalam besonnen. Der hochgewachsene junge Offizier hatte so eine Art, Ituraldes Gedanken zu lesen, und seine Stimme war laut genug, dass die anderen ihn hören konnten. »Trotzdem würden einige Männer bereits von heißem Wein träumen. Natürlich nicht dieser Haufen. Erstaunlich genügsam. Ich glaube, sie alle trinken Tee. Kalten Tee. Wenn sie ein paar Weidenruten hätten, würden sie sich ausziehen, um ein Bad im Schnee zu nehmen.«

»Im Moment müssen sie die Kleidung anbehalten«, erwiderte Ituralde trocken, »aber mit etwas Glück bekommen sie heute Abend kalten Tee.« Das rief Kichern hervor. Leises Kichern. Er hatte diese Männer mit großer Sorgfalt ausgesucht, und sie wussten über Lärm zum falschen Zeitpunkt Bescheid.

Er selbst hätte nichts gegen einen dampfenden Becher voller heißem Wein oder sogar auch Tee einzuwenden gehabt. Aber es war lange her, dass Kaufleute Teeblätter nach Arad Doman gebracht hatten. Es war lange her, dass ausländische Kaufleute weiter als bis zur Grenze nach Saldaea gekommen waren. Bis ihn Neuigkeiten aus der weiten Welt erreichten, waren sie so alt wie Brot vom Vormonat, falls sie überhaupt mehr als Gerüchte darstellten. Aber das spielte keine große Rolle. Falls die Weiße Burg tatsächlich gespalten war oder Männer, die über die Eine Macht geboten, wirklich nach Caemlyn gerufen wurden … nun, bis in Arad Doman wieder Frieden herrschte, würde die Welt ohne Rodel Ituralde auskommen müssen. Im Augenblick war Arad Doman mehr als genug, als ein geistig gesunder Mann bewältigen konnte.

Er überdachte erneut die Befehle, die er mit den schnellsten Reitern, die ihm zur Verfügung standen, an jeden Adligen gesandt hatte, der loyal zum König stand. So zerstritten sie durch Missgunst und alte Fehden auch waren, zumindest das hatten sie noch gemeinsam. Wenn der Befehl vom Wolf kam, würden sie ihre Heere sammeln und losreiten; zumindest so lange, wie er in der Gunst des Königs stand. Oh, sie würden toben, und einige würden seinen Namen verfluchen, aber sie würden gehorchen. Sie wussten, dass der Wolf Schlachten gewann. Mehr noch, sie wussten, dass er Kriege gewann. Wenn sie ihn außer Hörweite wähnten, nannten sie ihn den Kleinen Wolf, aber es störte ihn nicht, wenn sie auf seine Körpergröße anspielten – jedenfalls nicht sehr –, solange sie ritten, wenn er es befahl.

Sehr bald würden sie hart reiten, um eine Falle zu stellen, die erst in Monaten zuschnappen würde. Er ging ein großes Risiko ein. Komplizierte Pläne konnten auf vielerlei Weise scheitern, und sein Plan war vielschichtig. Wenn es ihm nicht gelang, für den Köder zu sorgen, würde alles fehlgeschlagen sein, bevor es begann. Oder wenn jemand seinen Befehl ignorierte, die Kuriere des Königs zu meiden. Aber sie alle kannten seine Gründe, und selbst die Stursten unter ihnen stimmten mit ihm überein, auch wenn nur wenige von ihnen bereit waren, über die Angelegenheit zu sprechen. Er selbst hatte sich wie ein vom Sturm getriebener Geist bewegt, seit er Alsalams letzten Befehl erhalten hatte. Das zusammengefaltete Stück Papier steckte in seinem Ärmel, unter der weißen Spitze, die über den mit Stahl verstärkten Handschuh fiel. Sie hatten eine letzte Chance, eine sehr kleine Chance, Arad Doman noch zu retten. Vielleicht sogar Alsalam vor sich selbst zu retten, bevor der Rat der Kaufleute den Entschluss fasste, einen anderen Mann an seiner Stelle auf den Thron zu setzen. Er war über zwanzig Jahre lang ein guter Herrscher gewesen. Das Licht mochte dafür sorgen, dass er es wieder sein konnte.

Ein lautes Krachen im Süden ertönte. Ituraldes Hand fuhr zum Griff seines Langschwerts. Leder und Metall quietschten leise, als die anderen ihre Waffen lockerten. Ansonsten herrschte Stille. Der Wald war so still wie eine gefrorene Gruft. Es war nur ein Ast, der unter dem Gewicht des Schnees abgebrochen war. Nach einem Augenblick ließ Ituralde zu, dass er sich wieder entspannte – so sehr er sich entspannen konnte, seit die Geschichten, dass der Wiedergeborene Drache in Falme am Himmel erschienen war, nach Norden vorgedrungen waren. Vielleicht war der Mann wirklich der Wiedergeborene Drache, vielleicht war er tatsächlich am Himmel erschienen, aber was auch immer die Wahrheit war, diese Geschichten hatten Arad Doman in Brand gesetzt.

Ituralde war davon überzeugt, dass er dieses Feuer hätte austreten können, wenn man ihm nur freie Hand gelassen hätte. Das war keine Prahlerei. Er wusste, was er mit einer Schlacht, einem Feldzug oder einem Krieg erreichen konnte. Aber seit der Rat entschieden hatte, dass es besser für den König wäre, wenn man ihn aus Bandar Eban herausschmuggelte, schien Alsalam sich in den Kopf gesetzt zu haben, die Wiedergeburt von Artur Falkenflügel zu sein. Seitdem hatte er seine Unterschrift und sein Siegel unter zahllose Kampfbefehle gesetzt, eine wahre Flut, die aus dem Versteck strömte, wo auch immer ihn der Rat verborgen hatte. Sie wollten niemandem verraten, wo er war, nicht einmal Ituralde. Jede Frau des Rates, die er gefragt hatte, war bei der Erwähnung des Königs ausweichend geworden. Es hatte fast den Anschein, als wüßten sie nicht, wo Alsalam war. Das war natürlich ein lächerlicher Gedanke. Der Rat richtete ein waches Auge auf den König. Ituralde war immer der Meinung gewesen, dass sich die Handelshäuser zu sehr einmischten, und doch wünschte er sich, sie würden jetzt eingreifen. Warum sie die Hände in den Schoß legten, blieb ein Geheimnis, denn ein König, der den Handel schädigte, blieb nie lange auf dem Thron.

Er stand loyal zu seinen Eiden, außerdem war Alsalam ein Freund, aber die Befehle, die der König verfasst hatte, drohten ein Chaos anzurichten. Doch man konnte sie nicht ignorieren. Alsalam war der König. Er hatte Ituralde befohlen, so schnell wie möglich nach Norden gegen eine große Ansammlung von Drachenverschworenen zu marschieren, von der Alsalam angeblich von seinen Spionen erfahren hatte; nach zehn Tagen, als noch immer kein Drachenverschworener in Sicht gekommen war, kam dann der Befehl, wieder mit der größtmöglichen Schnelligkeit nach Süden zu marschieren, gegen eine andere Horde, die nie gefunden wurde. Er hatte den Befehl erhalten, seine Streitkräfte für die Verteidigung Bandar Ebans zu konzentrieren, wo ein Angriff von drei Seiten die Sache ein für allemal entschieden hätte; dann sollte er sie teilen, wo ein Hammerschlag ebenfalls eine Entscheidung herbeigeführt hätte, nur um Boden einzunehmen, von dem er wusste, dass die Drachenverschworenen ihn aufgegeben hatten, und von der Stelle wegzumarschieren, wo sie ihr Lager aufgeschlagen hatten. Was noch viel schlimmer war, Alsalams Befehle waren oft an die mächtigen Adligen gegangen, die Ituralde folgen sollten, und so wurden Machir in die eine Richtung, Teacal in die andere und

Rahman in eine dritte geschickt. Viermal war es zu Scharmützeln gekommen, weil Teile des Heeres in der Nacht aufeinandertrafen, während sie auf Befehl des Königs Eilmärsche zurücklegten und nur mit Feinden rechneten. Und die ganze Zeit über nahmen die Drachenverschworenen an Zahl und Zuversicht zu. Ituralde hatte seine Triumphe gehabt – bei Solanje und Maseen, bei dem See von Somal und Kandelmar; die Lords von Katar hatten gelernt, die Produkte ihrer Minen und Schmieden nicht an die Feinde Arad Domans zu verkaufen –, aber jedes Mal hatten Alsalams Befehle seine Erfolge zunichte gemacht.

Aber dieser letzte Befehl war anders. Zum einen hatte einer der Grauen Männer Lady Tuva ermordet, um zu verhindern, dass er Ituralde erreichte. Warum der Schatten diesen Befehl mehr als jeden anderen fürchtete, blieb ein Geheimnis; aber das war mehr als Grund genug, schnell zu marschieren – bevor ihn der nächste Befehl Alsalams erreichte. Dieser Befehl eröffnete viele Möglichkeiten, und er hatte jede einzelne davon, die ihm in den Sinn gekommen war, in Erwägung gezogen. Aber die guten fingen alle hier an, und zwar heute. Wenn nur noch geringe Erfolgaussichten bestanden, musste man sie ergreifen.

In der Ferne erscholl der schrille Ruf eines Schneevogels, dann ein zweites und ein drittes Mal. Ituralde legte die Hand an den Mund und erwiderte die drei Rufe. Augenblicke später kam ein zottiger, gescheckter Wallach zwischen den Bäumen hervor, sein Reiter trug einen weißen Umhang mit schwarzen Streifen. Reiter und Pferd wären in dem verschneiten Wald kaum zu sehen gewesen, hätten sie sich nicht bewegt. Der Reiter hielt neben Ituralde an. Er war ein stämmiger Mann, der mit einem Kurzschwert bewaffnet war; am Sattel hingen ein Köcher Pfeile und ein Bogen in einem Lederfutteral.

»Sieht so aus, als wären alle gekommen, mein Lord«, sagte er mit seiner ständig heiseren Stimme und schob die Kapuze zurück. Jemand hatte Donjel aufhängen wollen, als er noch jung gewesen war, allerdings war der Grund dafür im Laufe der Jahre in Vergessenheit geraten. Was von seinem kurzgeschnittenen Haar noch übrig war, wies eine eisengraue Farbe auf. Die dunkle Lederklappe, die die leere rechte Augenhöhle verbarg, war ein weiteres Andenken an eine jugendliche Rauferei. Aber ob nur ein Auge oder zwei, er war der beste Kundschafter, der Ituralde jemals begegnet war. »Die meisten jedenfalls«, fuhr er fort. »Sie haben das Schloss mit zwei Wächterketten umgeben, die eine in der anderen. Man kann sie aus einer Meile Entfernung sehen, aber keiner wird sich nähern können, ohne dass die im Schloss es merken und rechtzeitig verschwinden können. Den Spuren nach zu urteilen, haben sie nicht mehr Männer mitgebracht, als Ihr es mir gesagt habt. Natürlich«, fügte er beiläufig hinzu, »seid Ihr ihnen noch immer zahlenmäßig überlegen.«

Ituralde nickte. Er hatte das Weiße Band angeboten, und die Männer, die er treffen wollte, hatten zugestimmt. Die Männer hatten beim Licht, ihren Seelen und der Hoffnung auf Erlösung geschworen, in diesen drei Tagen keine Waffe gegeneinander zu ziehen oder Blut zu vergießen. Allerdings war das Weiße Band in diesem Krieg noch keiner Probe unterzogen worden, und in diesen Tagen hatten manche Männer seltsame Vorstellungen davon, wo die Erlösung lag. Zum Beispiel jene, die sich Drachenverschworene nannten. Er war immer als Spieler bezeichnet worden, auch wenn er das nicht war. Der Trick bestand darin, dass man wusste, welche Risiken man einging und welche nicht. Und manchmal, welche man einfach eingehen musste.

Er zog ein in gewachste Seide eingenähtes Päckchen aus dem Stiefelschacht und gab es Donjel. »Sollte ich nicht in zwei Tagen an der Coron-Furt sein, übergebt das hier meiner Frau.«

Der Kundschafter schob das Päckchen unter den Umhang, berührte seine Stirn und lenkte sein Pferd nach Westen. Er hatte schon zuvor ähnliche Päckchen für Ituralde befördert, für gewöhnlich vor einer Schlacht. Sollte das Licht dafür sorgen, dass Tamsin nicht gezwungen wurde, es diesmal zu öffnen. Sie würde ihn heimsuchen – das hatte sie ihm versprochen –, das erste bekannte Mal, dass die Lebenden die Toten heimsuchten.

»Jaalam«, sagte Ituralde, »lasst uns sehen, was uns in Lady Osanas Jagdschloß erwartet.« Als er Pfeil antrieb, schlossen sich die anderen ihm an.

Die Sonne erreichte den Zenit und senkte sich wieder. Die dunklen Wolken im Norden kamen näher heran, die Kälte wurde schlimmer. Bis auf das Klirren der Hufe, die in die Schneedecke einbrachen, gab es keinen Laut. Von den Reitern abgesehen schien der Wald menschenleer zu sein. Ituralde sah keinen der Wächter, von denen Donjel gesprochen hatte. Die Meinung des Mannes, was man aus einer Meile Entfernung sehen konnte, unterschied sich von denen der meisten. Natürlich würden sie ihn erwarten. Und ihn beobachten, um sicherzugehen, dass ihm kein Heer folgte, Weißes Band oder nicht. Eine beträchtliche Zahl von ihnen würde vermutlich gute Gründe haben, Rodel Ituralde mit Pfeilen zu spicken. Ein Lord mochte das Weiße Band im Namen seiner Männer schwören, aber würden sich auch alle daran gebunden fühlen? Manchmal gab es Risiken, die man einfach eingehen musste.

In der Mitte des Nachtmittags ragte Osanas so genanntes Jagdschloss unvermittelt zwischen den Bäumen hervor, eine Masse aus blassen Türmen und schlanken Spitzkuppeldächern, die auch in Bandar Eban nicht Fehl am Platz gewesen wären. Sie hatte es schon immer auf Männer oder Macht abgesehen, ihre Trophäen waren trotz ihrer Jugend zahlreich und bemerkenswert, und die »Jagden«, die hier stattgefunden hatten, hätten selbst in der Hauptstadt viele Brauen gehoben. Das Jagdschloss bot einen traurigen Anblick. Zerbrochene Fenster klafften wie Münder mit spitzen Zähnen. Nirgendwo war ein Lichtschimmer oder eine Bewegung zu sehen. Der Schnee, der den Boden um das Schloss bedeckte, war allerdings deutlich sichtbar von Pferden zertrampelt worden. Die verzierten Messingtore des Haupthofes standen weit offen, und Ituralde ritt ohne zu zögern mit seinen Männern hinein. Wo der Schnee zu Matsch zertreten war, klapperten die Pferdehufe auf den Pflastersteinen.

Es erschienen keine Diener, um ihn zu begrüßen, auch wenn er das nicht erwartet hatte. Osana war frühzeitig in dem Chaos verschwunden, das Arad Doman schüttelte wie ein Hund eine Ratte am Genick, und ihre Diener hatten sich schnell anderen ihrer Familie angeschlossen und jeden Platz eingenommen, den sie finden konnten. Heutzutage verhungerten die Herrenlosen oder wurden zu Banditen. Oder Drachenverschworenen. Er stieg vor der breiten Marmortreppe am Ende des Hofes ab und übergab Pfeils Zügel einem seiner Männer, während Jaalam den Übrigen den Befehl gab, sich mit ihren Pferden dort unterzustellen, wo es ging. Mit argwöhnischen Blicken auf die marmornen Balkone und die breiten Fenster, die den Hof säumten, bewegten sie sich, als würden sie damit rechnen, jeden Augenblick zwischen den Schulterblättern von Armbrustbolzen getroffen zu werden. Eines der Stalltore stand einen Spalt breit geöffnet, aber trotz der Kälte teilten sie sich zwischen den Ecken des Hofes auf und drängten sich zwischen die Pferde, wo sie in alle Richtungen Wache halten konnten. Wenn es zum

Schlimmsten kam, würde vielleicht einigen von ihnen die Flucht glücken.

Ituralde zog die Panzerhandschuhe aus und steckte sie in den Gürtel, während er mit Jaalam die Treppe emporklomm. Unter seinen Stiefeln knirschte breitgetretener Schnee, der erneut gefroren war. Er vermied es, irgendwo anders hin zu sehen als geradeaus. Er musste völlig selbstbewusst erscheinen, als bestünde nicht die geringste Möglichkeit, dass sich die Ereignisse anders als erwartet entwickelten. Zuversicht war ein Schlüssel zum Sieg. Wenn die andere Seite glaubte, dass man zuversichtlich war, war das manchmal genauso gut, als wäre man tatsächlich zuversichtlich. Oben auf dem Treppenabsatz zog Jaalam eine der hohen, mit Schnitzereien versehenen Türen an ihrem vergoldeten Ring auf. Bevor Ituralde eintrat, tastete er mit einem Finger nach seinem Schönheitsfleck, um sich zu vergewissern, dass er an Ort und Stelle war – seine Wangen waren zu kalt, um den dort klebenden schwarzen Samtstern fühlen zu können. So selbstbewusst, als würde er an einem Ball teilnehmen.

In der höhlenartigen Eingangshalle war es so kalt wie draußen. Ihr Atem wurde zu feinem Nebel. Unbeleuchtet schien der Raum bereits in Zwielicht gehüllt zu sein. Den Boden zierte ein farbiges Mosaik aus Jägern und Tieren; an manchen Stellen waren die Fliesen zersprungen, als wären schwere Lasten darüber geschleift oder möglicherweise auch darauf fallengelassen worden. Abgesehen von einem umgekippten Sockel, auf dem vielleicht eine große Vase oder eine kleine Statue gestanden hatte, war die Halle leer. Was die Diener bei ihrer Flucht nicht mitgenommen hatten, war schon vor langer Zeit von Banditen geplündert worden. Ein Mann erwartete sie, er hatte weißes Haar und sah noch schmaler aus als bei ihrer letzten Begegnung. Sein Brustpanzer wies Dellen auf, sein Ohrring bestand nur aus einem kleinen goldenen Reif, aber der weiße Spitzenbesatz seiner Kleidung war tadellos, und die funkelnde rote Mondsichel unter seinem linken Auge hätte in besseren Zeiten am Hof für Aufsehen gesorgt.

»Beim Licht, seid willkommen unter dem Weißen Band, Lord Ituralde«, sagte er förmlich und mit einer kleinen Verbeugung.

»Beim Licht, ich komme im Zeichen des Weißen Bandes, Lord Shimron«, entgegnete Ituralde und erwiderte die Verbeugung. Shimron war einst einer von Alsalams engsten Beratern gewesen. Zumindest bis er sich den Drachenverschworenen angeschlossen hatte. Jetzt nahm er eine hohe Position in ihrem Rat ein. »Mein Waffenträger ist Jaalam Nishur, ehrenverbunden dem Haus Ituralde, so wie all jene, die mit mir gekommen sind.«

Vor Rodel hatte es kein Haus Ituralde gegeben, aber Shimron erwiderte Jaalams Verbeugung, die Hand auf dem Herzen. »Ehre sei der Erde. Wollt Ihr mich begleiten, Lord Ituralde?«, sagte er, als er sich wieder aufrichtete.

Die große Flügeltür zum Ballsaal hing nicht mehr in ihren Angeln, allerdings konnte sich Ituralde nur schwerlich vorstellen, dass sie von Banditen geraubt worden war. Der hohe, spitze Torbogen war breit genug, um von zehn Seite an Seite gehenden Männern durchschritten zu werden. In dem fensterlosen ovalen Raum trieben fünfzig Laternen jeder Größe und Art die Schatten zurück, allerdings reichte das Licht kaum bis zur Kuppeldecke. Getrennt von der freien Tanzfläche standen zwei Gruppen von Männern vor den bemalten Wänden, und auch wenn das Weiße Band sie dazu veranlasst hatte, auf die Helme zu verzichten, waren dennoch alle zweihundert oder mehr bewaffnet, keiner hatte auf sein Schwert verzichtet. Auf der einen

Seite standen ein paar Lords der Domani – Rajabi, Wakeda, Ankaer –, die genauso mächtig wie Shimron waren, umringt von ihren jeweiligen niederen Gefolgsleute und eidverschworenen freien Männern, sowie ein paar kleine Gruppen, die teilweise nur aus ein oder zwei Personen bestanden und manchmal gar keine Adligen aufwiesen. Die Drachenverschworenen hatten Räte, aber keinen übergeordneten Befehlshaber. Dennoch war jeder dieser Männer ein Anführer, ihr Gefolge bestand aus Dutzenden und bei einigen sogar aus Tausenden. Keiner schien glücklich zu sein, dass er hier war, und ein paar warfen finstere Blicke durch den Raum zu der Stelle, an der fünfzig oder sechzig Taraboner dicht beieinander standen, die genauso grimmig zurückschauten. Sie mochten alle Drachenverschworene sein, aber zwischen Domani und Tarabonern herrschte keine Freundschaft. Beinahe hätte Ituralde beim Anblick der Ausländer gelächelt. Er hatte nicht zu hoffen gewagt, dass auch nur die Hälfte von ihnen heute erscheinen würde.

»Lord Rodel Ituralde kommt im Zeichen des Weißen Bandes.« Shimrons Stimme hallte durch die von Laternenlicht geschaffenen Schatten. »Soll der, der Gewalt im Sinn hat, sein Herz erforschen und an seine Seele denken.« Und das war das Ende der Förmlichkeiten.

»Warum bietet Lord Ituralde das Weiße Band an?«, verlangte Wakeda zu wissen, der die eine Hand an dem Langschwert an seiner Seite und die andere zur Faust geballt hatte. Er war kein großer Mann, wenn auch größer als Ituralde, und so hochmütig, als würde er auf dem Thron sitzen. Einst hatten ihn die Frauen als attraktiv beschrieben. Jetzt bedeckte ein schräg gebundenes schwarzes Tuch die leere rechte Augenhöhle, und sein Schönheitsfleck war eine schwarze Pfeilspitze, die auf eine dicke, von der Wange zur Stirn verlaufende Narbe zeigte. »Will er sich uns anschließen?

Oder uns bitten, sich zu ergeben? Alle wissen, dass der Wolf so mutig wie durchtrieben ist. Ist er so mutig?« In die Männer auf seiner Seite des Raums kam Unruhe; zum Teil war es Heiterkeit, zum Teil aber auch Wut.

Ituralde verschränkte die Hände hinter dem Rücken, um nicht an dem Rubin in seinem linken Ohrläppchen herumzufummeln. Es war weithin als Zeichen dafür bekannt, dass er wütend war, und manchmal tat er es auch absichtlich, aber jetzt musste er eine ruhige Miene zur Schau stellen. Selbst wenn der Mann an seinem Ohr vorbei sprach! Nein. Ruhe. Duelle entstanden aus Zorn, aber er war hier, um ein Duell auszufechten, und dazu brauchte er Ruhe. Worte konnten tödlichere Waffen als Schwerter sein.

»Jeder Mann hier weiß, dass wir im Süden einen weiteren Feind haben«, sagte er mit ruhiger Stimme. »Die Seanchaner haben Tarabon geschluckt.« Er schaute zu den Tarabonern hinüber und sah sich mit ausdruckslosen Blicken konfrontiert. Er hatte noch nie in den Gesichtern von Tarabonern lesen können. Anstelle dieser lächerlichen Schnurrbärte, die wie haarige Stoßzähne waren – schlimmer noch als die Saldaeaner! –, und den albernen Gesichtsschleiern hätten sie genauso gut Masken tragen können, und das armselige Licht der Laternen war auch keine Hilfe. Aber er hatte sie auch schon gesehen, wenn sie sich mit Rüstungen verschleierten, und er brauchte sie. »Sie sind auf die Ebene von Almoth geströmt und bewegen sich weiter nach Norden. Ihr Ziel ist klar. Sie wollen auch Arad Doman unterwerfen. Ich fürchte, sie wollen die ganze Welt.«

»Will Lord Ituralde wissen, wen wir unterstützen, falls diese Seanchaner bei uns einfallen?«, fragte Wakeda.

»Ich glaube fest daran, dass Ihr für Arad Doman kämpfen werdet, Lord Wakeda«, sagte Ituralde sanft.

Wakeda lief purpurrot an, als er die offene Beleidigung hörte, und seine Eidmänner griffen nach den Schwertern.

»Flüchtlinge haben berichtet, dass Aiel auf der Ebene sind«, warf Shimron schnell ein, als fürchtete er, Wakeda könnte das Weiße Band zerreißen. Keiner von Wakedas Eidmännern würde blankziehen, bevor er es tat oder es befahl. »Den Berichten zufolge kämpfen sie für den Wiedergeborenen Drachen. Er muss sie geschickt haben, vielleicht um uns beizustehen. Niemand hat je ein Heer der Aiel besiegt, nicht einmal Artur Falkenflügel. Lord Ituralde, erinnert Ihr Euch an den Blutigen Schnee, als wir noch jünger waren? Ihr stimmt gewiss mit mir darin überein, dass wir sie dort nicht besiegt haben, was auch immer in den Überlieferungen steht, und ich kann nicht glauben, dass die Seanchaner über die Zahl an Männern verfügen, die wir damals hatten. Ich selbst habe gehört, dass sich die Seanchaner nach Süden bewegen, von der Grenze fort. Nein, ich vermute, dass wir als Nächstes hören werden, dass sie sich von der Ebene *zurückziehen* und nicht auf uns zurücken.« Im Feld war er kein schlechter Befehlshaber, aber er war schon immer ein Pedant gewesen.

Ituralde lächelte. Aus dem Süden kamen die Nachrichten schneller als von überall anders, aber er hatte befürchtet, die Aiel selbst zur Sprache bringen zu müssen, und sie hätten vielleicht geglaubt, er wollte sie hintergehen. Er konnte es selbst kaum glauben. Aiel auf der Ebene von Almoth. Er sparte sich den Hinweis, dass Aiel, die geschickt worden waren, um den Drachenverschworenen zu helfen, wahrscheinlich direkt in Arad Doman erschienen wären. »Auch ich habe mit Flüchtlingen gesprochen, und sie erzählen von Überfällen der Aiel, nicht von Heeren. Was auch immer die Aiel auf der Ebene tun, es hat den Vormarsch der Seanchaner vielleicht verlangsamt, aber es hat sie nicht zurückgedrängt. Ihre fliegenden Bestien kundschaften unsere Seite der Grenze aus. Das klingt nicht nach Rückzug.«

Mit einer energischen Bewegung zog er das Papier aus dem Ärmel und hielt es in die Höhe, sodass alle das in grünes und blaues Wachs eingedrückte Siegel mit Schwert und Hand sehen konnten. Wie immer in letzter Zeit hatte er das königliche Siegel auf der einen Seite mit einer heißen Klinge vom Papier gelöst, um es intakt zu lassen, damit er es denen ungebrochen vorlegen konnte, die mögliche Zweifel hatten. Und von denen gab es eine ganze Menge, nachdem sie Alsalams Befehle vernommen hatten. »König Alsalam hat mir den Befehl gegeben, so viele Männer zu nehmen, wie ich zusammenbekomme, ganz egal woher, und die Seanchaner so hart anzugreifen, wie ich kann.« Er holte tief Luft. Hier ging er ein weiteres Wagnis ein, und Alsalam würde möglicherweise seinen Kopf auf den Richtblock schicken, wenn der Würfel nicht auf die gewünschte Seite fiel. »Ich biete einen Waffenstillstand an. Ich schwöre im Namen des Königs, gegen keinen von Euch ins Feld zu ziehen, solange die Seanchaner Arad Doman bedrohen, falls Ihr alle den gleichen Schwur leistet und an meiner Seite kämpft, bis sie zurückgeschlagen sind.«

Verblüfftes Schweigen antwortete ihm. Der stiernackige Rajabi schien vom Schlag getroffen zu sein. Wakeda kaute wie ein erschrockenes Mädchen auf der Unterlippe herum.

Dann murmelte Shimron: »Können sie *zurückgeschlagen* werden, Lord Ituralde? Ich habe auf der Ebene von Almoth ihren angeketteten … Aes Sedai gegenübergestanden, genau wie Ihr auch.« Stiefel knirschten, als Männer mit den Füßen scharrten, Gesichter verdunkelten sich vor hilflosem Zorn. Keinem Mann gefiel die Vorstellung, einem Feind hilflos gegenüberzustehen, aber viele von ihnen hatten in den frühen Tagen an der Seite von Ituralde und Shimron gekämpft, um zu wissen, wie dieser Feind war.

»Sie können besiegt werden, Lord Shimron«, erwiderte Ituralde, »selbst mit ihren … kleinen Überraschungen.« Schon seltsam, es so zu bezeichnen, wenn der Boden unter den Füßen in die Höhe geschleudert wurde und Kundschafter etwas ritten, das wie Schattengezücht aussah, aber er musste so sicher klingen, wie er aussah. Davon abgesehen passte man sich an, wenn man wusste, wozu der Feind imstande war. Das war eine Faustregel des Kriegshandwerks, und zwar schon lange, bevor die Seanchaner aufgetaucht waren. Dunkelheit verschaffte den Seanchanern Vorteile, genau wie Stürme, und ein Wetterdeuter konnte einem immer sagen, wann ein Sturm heraufzog. »Ein kluger Mann hört auf zu kauen, wenn er auf den Knochen stößt«, fuhr er fort, »aber bis jetzt haben die Seanchaner ihr Fleisch in dünnen Scheiben abgeschnitten, bevor sie danach griffen. Ich habe vor, ihnen einen knorrigen Unterschenkel zu geben, an dem sie herumkauen können. Mehr noch, ich habe einen Plan, der sie so schnell zuschnappen lassen wird, dass sie sich die Zähne an dem Knochen ausbeißen werden, bevor sie überhaupt einen Bissen Fleisch bekommen. Nun, ich habe meinen Schwur geleistet. Was ist mit Euch?«

Es fiel schwer, nicht die Luft anzuhalten. Jeder Mann schien nach innen zu schauen. Er konnte förmlich sehen, wie sie darüber nachdachten. Der Wolf hatte einen Plan. Die Seanchaner hatten angekettete Aes Sedai und fliegende Bestien und das Licht allein wusste was noch. Aber der Wolf hatte einen Plan. Die Seanchaner. Der Wolf.

»Wenn ein Mann sie besiegen kann«, sagte Shimron schließlich, »dann seid Ihr es, Lord Ituralde. Ich schwöre.«

»*Ich* schwöre auch!«, rief Rajabi. »Wir jagen sie über den Ozean dorthin zurück, wo sie hergekommen sind!« Er hatte das passende Temperament zu seinem Stiernacken.

Überraschenderweise gab Wakeda seine Zustimmung mit dem gleichen Enthusiasmus kund, und dann erscholl ein Sturm aus Stimmen, sie riefen, dass auch sie den Schwur des Königs leisteten, dass sie die Seanchaner zerschmettern würden, manche sogar, dass sie dem Wolf in die Grube der Hölle selbst folgen würden. Das war alles sehr zufriedenstellend, aber es war nicht alles, weswegen Ituralde hergekommen war.

»Wenn Ihr *uns* bittet, für Arad Doman zu kämpfen«, übertönte eine Stimme den Rest, »dann fragt *uns*!« Die Männer, die ihre Schwüre verkündet hatten, verfielen in wütendes Gemurmel oder leise Flüche.

Ituralde verbarg sein Vergnügen hinter seinem ausdruckslosen Gesicht und drehte sich dem Sprecher zu, der auf der anderen Seite des Raums stand. Der Taraboner war ein schlanker Mann mit einer spitzen Nase, die seinen Schleier hervorstehen ließ. Aber seine Augen blickten scharf und hart. Einige der Taraboner runzelten die Stirn, als würde ihnen nicht gefallen, dass er das Wort ergriffen hatte; allem Anschein nach hatten sie genau wie die Domani keinen Anführer mehr, aber er hatte nun einmal das Wort ergriffen. Ituralde hatte gehofft, die Eide zu erhalten, aber sie waren für seinen Plan nicht notwendig. Die Taraboner schon. Zumindest würden sie die Chance hundertfach verstärken, dass er funktionierte. Er begrüßte den Mann mit einer höflichen Verbeugung.

»Ich biete Euch die Gelegenheit, für Tarabon zu kämpfen, mein guter Mann. Die Aiel stiften auf der Ebene einige Verwirrung, das berichten die Flüchtlinge. Sagt, könnte eine kleine Kompanie Eurer Leute – hundert, oder vielleicht auch zweihundert – in diesem

Aufruhr die Ebene überqueren und Tarabon betreten, vorausgesetzt, ihre Rüstungen wären mit den Streifen jener markiert, die für die Seanchaner reiten?«

Es erschien unvorstellbar, dass das Gesicht des Taraboners noch verkniffener wurde, aber so war es, und jetzt waren die Männer rings um ihn mit ärgerlichem Murmeln und Flüchen dran. Aus dem Norden waren genügend Neuigkeiten bis zu ihnen gedrungen, um zu wissen, dass die Seanchaner einen König und eine Panarchin auf die Throne gesetzt hatten, die einer Kaiserin auf der anderen Seite des Aryth-Meers die Treue geschworen hatten. Sie würden es nicht schätzen, daran erinnert zu werden, wie viele ihrer Landsleute jetzt für diese Kaiserin ritten. Die meisten der »Seanchaner« auf der Ebene von Almoth waren Taraboner.

»Was könnte eine kleine Kompanie schon ausrichten?«, knurrte der schlanke Mann verächtlich.

»Wenig«, erwiderte Ituralde. »Aber wenn es fünfzig solcher Kompanien geben würde? Oder hundert?« Den Berichten zufolge verfügten diese Taraboner über so viele Männer. »Wenn sie alle am selben Tag zuschlagen würden, in ganz Tarabon? Ich selbst würde mit ihnen reiten, und so viele meiner Männer, wie man tarabonische Rüstungen für sie auftreiben kann. Nur damit ihr wisst, dass das kein Vorwand ist, um euch loszuwerden.«

Hinter ihm fingen die Domani lautstark an zu protestieren. Wakeda am lautesten von allen, falls man das glauben wollte! Der Plan des Wolfes war ja schön und gut, aber sie wollten den Wolf selbst an ihrer Spitze reiten sehen. Die meisten Taraboner fingen eine hitzige Diskussion untereinander an, ob so viele Männer die Ebene ungesehen überqueren konnten, selbst in so kleinen Gruppen, was so kleine Kompanien in Tarabon ausrichten konnten, ob sie bereit waren, mit seanchanischen Streifen versehene Rüstungen zu tragen. Taraboner diskutierten genauso gern wie Saldaeaner, und genauso hitzig. Aber nicht der Mann mit der spitzen Nase. Er erwiderte Ituraldes Blick. Dann nickte er kaum merklich. Es war schwer zu sagen, aber Ituralde glaubte, dass er unter dem dicken Schnurrbart lächelte.

Die letzte Anspannung wich aus Ituraldes Schultern. Der Bursche hätte nicht zugestimmt, während die anderen noch debattierten, wäre er nicht einflussreicher gewesen, als es den Anschein hatte. Auch die anderen würden kommen, da war er sich sicher. Sie würden mit ihm nach Süden in das Herz dessen reiten, was die Seanchaner als das ihre betrachteten, und ihnen einen harten Schlag ins Gesicht versetzen. Die Taraboner würden natürlich bleiben und den Kampf in ihrer Heimat fortsetzen wollen. Er konnte nicht mehr erwarten. Was dazu führen würde, dass man ihn und die paar tausend Mann, die er mitnehmen konnte, wieder zurück nach Norden jagen würde, den ganzen Weg über die Ebene von Almoth. Wenn das Licht auf ihn leuchtete, voller Wut jagen.

Er erwiderte das Lächeln des Taraboners, wenn es denn ein Lächeln war. Mit etwas Glück würden die wütenden Generäle nicht sehen, wo er sie hinführte, bis es zu spät war. Und wenn doch … Nun, er hatte noch einen zweiten Plan.

Eamon Valda zog den Umhang eng um seinen Körper, während er zwischen den Bäumen durch den Schnee stapfte. Der Wind raunte kalt und beständig durch die schneebeladenen Äste, in dem feuchten grauen Licht ein täuschend leiser Laut. Er drang durch die dicke weiße Wolle wie Watte und ließ ihn bis auf die Knochen frieren. Das Lager, das sich um ihn herum im Wald erstreckte, war zu still. Bewegung sorgte nur für wenig Wärme, aber hier drängten sich die Männer aneinander, solange sie nicht angetrieben wurden.

Abrupt blieb er stehen und rümpfte die Nase, als ihn plötzlich Gestank einhüllte, eine würgende Fäulnis wie von zwanzig Misthaufen, in denen es vor Maden wimmelte. Er würgte nicht; stattdessen runzelte er die Stirn. Dem Lager fehlte die Ordnung, die er vorzog. Die Zelte standen zufällig dort verstreut, wo in der Höhe die dicksten Äste wuchsen, die Pferde waren in der Nähe angebunden statt ordentlich angepflockt. Es war die Art von Nachlässigkeit, die zu Unrat führte. Unbeaufsichtigt vergruben die Männer den Pferdedung unter ein paar Schaufeln Erde, um schneller fertig zu sein, und hoben Latrinen dort aus, wo sie in der Kälte nicht weit zu gehen hatten. Jeder seiner Offiziere, der so etwas erlaubt hätte, wäre nicht länger Offizier gewesen und hätte aus erster Hand erfahren, wie man mit einer Schaufel umging.

Er suchte nach der Quelle, als der Gestank plötzlich nicht mehr da war. Der Wind hatte sich nicht gedreht, der Gestank war einfach verschwunden. Eamon war nur kurz überrascht. Er ging weiter und blickte noch grimmiger drein. Der Gestank war irgendwo hergekommen. Er würde herausfinden, wer für die Nachlässigkeit verantwortlich war, und ein Exempel statuieren. Die Disziplin musste streng sein, jetzt noch mehr als je zuvor.

Am Rand einer großen Lichtung blieb er erneut stehen. Die Schneedecke war trotz des darum verborgenen Lagers vollkommen unberührt. Er trat zurück zwischen die Bäume und musterte den Himmel. Graue Wolken verbargen die Mittagssonne. Eine flüchtige Bewegung ließ ihm den Atem stocken, bevor ihm klar wurde, dass es nur ein Vogel war, ein kleines braunes Ding, das vor Falken auf der Hut war und darum tief flog. Er stieß ein Lachen aus, das mehr als nur einen Hauch Bitterkeit hatte. Es war nicht mal ein ganzer Monat vergangen, dass die vom Licht verfluchten Seanchaner Amador und die Hochburg des Lichts mit einem unglaublichen Bissen geschluckt hatten, und er hatte bereits neue Instinkte erworben. Kluge Männer lernten, während Narren …

Ailron war ein aufgeblasener Narr gewesen, der alten Geschichten über vergangene Triumphe nachhing, welche die Zeit verklärt hatte, von neuer Hoffnung erfüllt, zusammen mit der Krone wahre Macht zu erringen. Er hatte sich geweigert, die Wirklichkeit zu sehen, die sich vor seinen Augen abspielte, und Ailrons Unglück war das Resultat gewesen. Valda war zu Ohren gekommen, dass man es die Schlacht von Jeramel genannt hatte, aber das waren nur die wenigen amadicianischen Adligen gewesen, die benommen wie zur Schlachtung geführte Rinder entkommen waren und noch immer versuchten, die Geschehnisse im besten Licht darzustellen. Er fragte sich, wie Ailron es wohl genannt hatte, als die gezähmten Hexen der Seanchaner anfingen, seine ordentlichen Formationen in blutige Bündel zu verwandeln. Er hatte noch immer das Bild vor Augen, wie sich die Erde in Feuerfontänen verwandelte. Er sah es in seinen Träumen. Nun, Ailron war tot, niedergestreckt auf der Flucht vom Schlachtfeld, und sein Kopf war auf eine tarabonische Lanze gesteckt worden. Ein passender Tod für einen Narren. Er hingegen hatte über neuntausend der Kinder um sich versammelt. Ein Mann, der einen klaren Blick bewahrte, konnte daraus in solchen Zeiten einiges machen.

Auf der anderen Seite der Lichtung, direkt in der Baumlinie, stand eine einfache Hütte, die einst einem Köhler gehört hatte, ein Raum mit steinernen Wänden, in deren Lücken winterbraunes Unkraut wucherte. Allem äußeren Anschein nach hatte der Mann das Haus schon vor einiger Zeit aufgegeben; Teile des Strohdachs sackten auf bedenkliche Weise durch, und was auch immer die schmalen Fenster ausgefüllt hatte, war seit langem verschwunden und wurde nun von dunklen Wolldecken ersetzt. Neben der schiefen Holztür standen zwei Wachen, große Männer mit dem Wappen des scharlachroten Hirtenstabs vor der goldenen Sonne auf den Umhängen. Sie hatten die Arme um den Körper gelegt und stampften mit den Stiefeln auf, um gegen die Kälte anzugehen. Wäre Valda ein Feind gewesen, hätte keiner von ihnen rechtzeitig das Schwert ziehen können. Die Zweifler arbeiteten lieber drinnen.

Ihre Gesichter hätten aus Stein gemeißelt sein können, während sie seinem Näherkommen entgegensahen. Keiner entrichtete mehr als einen halbherzigen Salut. Nicht für einen Mann ohne Hirtenstab, selbst wenn er der Kommandierende Lordhauptmann der Kinder war. Einer von ihnen öffnete den Mund, als wollte er nach Valdas Ansinnen fragen, aber er ging einfach an ihnen vorbei und stieß die roh gezimmerte Tür auf. Immerhin versuchten sie nicht, ihn aufzuhalten. Hätten sie dies getan, hätte er sie beide getötet.

Asunawa schaute bei seinem Eintreten von dem schiefen Tisch auf, an dem er ein kleines Buch las, in einer knochigen Hand einen dampfenden Zinnbecher, von dem der Geruch von Gewürzen ausging. Der Stuhl mit der hohen Lehne, auf dem er saß, das einzige andere Möbelstück im Raum, schien hinfällig zu sein, aber jemand hatte ihn mit Lederriemen verstärkt. Valda presste die Lippen aufeinander, um ein höhnischen Grinsen zu vermeiden. Der Hochinquisitor der Hand des Lichts beanspruchte ein richtiges Dach über dem Kopf und kein Zelt, selbst wenn es nur aus Stroh bestand, das dringend geflickt hätte werden müssen, und gewürzten Wein, wo kein anderer seit einer Woche auch nur irgendwelchen Wein zu trinken bekommen hatte. In dem gemauerten Kamin brannte natürlich ein kleines Feuer und verbreitete etwas Wärme. Schon vor dem Unglück waren Lagerfeuer untersagt worden, um zu verhindern, dass sie der Rauch verriet. Doch obwohl die meisten Kinder die Zweifler verabscheuten, hatten sie für Asunawa einen seltsamen Respekt, als würden ihn sein graues Haar und das hagere Märtyrergesicht mit allen Idealen der Kinder des Lichts auszeichnen. Als Valda das zum ersten Mal erfahren hatte, war das eine Überraschung gewesen; er war sich nicht sicher, ob Asunawa selbst es wusste. Auf jeden Fall gab es genug Zweifler, um Ärger zu machen. Nichts, das er nicht hätte meistern können, aber es war besser, diese Art Ärger zu vermeiden. Zumindest im Augenblick.

»Es ist fast soweit«, sagte er und schloss hinter sich die Tür. »Seid Ihr fertig?«

Asunawa machte keinerlei Anstalten aufzustehen oder nach dem weißen Umhang zu greifen, der gefaltet vor ihm auf dem Tisch lag. Das Kleidungsstück trug kein Sonnenbanner, lediglich den scharlachroten Hirtenstab. Stattdessen faltete er die Hände über dem Buch und verbarg die Seiten. Valda hielt es für Mantelars *Der Weg des Lichts*. Seltsame Lektüre für einen Hochinquisitor. Eher geeignet für neue Rekruten; jene, die bei der Vereidigung nicht lesen konnten, bekamen es beigebracht, damit sie Mantelars Worte studieren konnten. »Ich habe Berichte über ein andoranisches Heer in Murandy erhalten, mein Sohn«, sagte Asunawa. »Möglicherweise sogar tief in Murandy.«

»Murandy ist weit von hier entfernt«, erwiderte Valda, als wäre ihm nicht klar, dass eine alte Streitfrage hier zu neuem Leben erweckt wurde. Eine Streitfrage, von der Asunawa oft zu vergessen schien, dass er sie bereits verloren hatte. Aber was hatten die Andoraner in Murandy zu suchen? Falls die Berichte der Wahrheit entsprachen; so viele waren nichts als Hirngespinste von Reisenden, die in Lügen verpackt waren. Andor. Allein schon der Name versetzte Valda in Wut. Morgase war tot oder die Dienerin eines Seanchaners. Sie hatten wenig Achtung vor Titeln, die nicht die ihren waren. Tot oder Dienerin, für ihn war sie verloren, und, was viel wichtiger war, seine Pläne für Andor waren gescheitert. Galadedrid war von einem nützlichen Werkzeug zu einem beliebigen jungen Offizier geworden, und dazu noch einer, der beim Fußvolk viel zu beliebt war. Gute Offiziere waren niemals beliebt. Aber Valda war ein pragmatischer Mann. Die Vergangenheit war vergangen. Neue Pläne hatten Andor ersetzt.

»Nicht so weit, wenn wir nach Osten durch Altara marschieren, mein Sohn, durch den Norden von Altara. Die Seanchaner können sich noch nicht weit von Ebou Dar ausgebreitet haben.«

Valda streckte die Hände aus, um etwas von der armseligen Wärme des Kaminfeuers abzubekommen, und seufzte. In Tarabon hatten sie sich wie eine Seuche ausgebreitet, und hier in Amadicia auch. Wie kam der Mann auf die Idee, dass es in Altara anders sein würde? »Vergesst Ihr da nicht die Hexen in Altara? Muss ich Euch daran erinnern, dass sie ein eigenes Heer haben? Es sei denn, sie sind bereits in Murandy.« Die Berichte von den marschierenden Hexen glaubte er. Ohne es zu wollen, hob sich seine Stimme. »Vielleicht handelt es sich bei dem so genannten andoranischen Heer, von dem Ihr gehört habt, um die Hexen und ihre Streitkräfte! Vergesst nicht, sie haben al'Thor Caemlyn gegeben! Und Illian, und den halben Osten! Glaubt Ihr wirklich, dass die Hexen uneins sind? Glaubt Ihr das?« Er atmete langsam ein und beruhigte sich. Versuchte es zumindest. Jeder Bericht aus dem Osten war schlimmer als der vorherige. Ein Windstoß, der den Schornstein hinunterraste, blies Funken in den

Raum, und er trat mit einem Fluch zurück. Verfluchtes Bauernloch! Selbst der Kamin war erbärmlich!

Asunawa klappte das kleine Buch mit beiden Händen zu. Sie waren wie zum Gebet gefaltet, aber in seinen tiefliegenden Augen schien plötzlich ein Feuer zu lodern, das heißer war als das im Kamin. »Die Hexen müssen vernichtet werden! Das ist es, woran ich glaube!«

»Mir würde es reichen, wenn wir wüssten, wie die Seanchaner sie zähmen.« Mit genügend zahmen Hexen könnte er al'Thor aus Andor vertreiben, aus Illian und überall sonst, wo er sich wie der Schatten selbst ausgebreitet hatte. Er könnte mehr erreichen als Falkenflügel!

»Sie müssen vernichtet werden«, sagte Asunawa stur.

»Und wir mit ihnen?«, wollte Valda wissen.

Es klopfte an der Tür, und nach Asunawas kurzem Ruf trat einer der Wachen ein, nahm stocksteif Haltung an und hieb in einem zackigen Gruß den Arm quer über die Brust. »Mein Lord Hochinquisitor«, sagte er ehrerbietig, »der Rat der Gesalbten ist eingetroffen.«

Valda wartete. Würde der alte Narr weiterhin auf seinem Standpunkt beharren, wo draußen alle zehn überlebenden Lordhauptmänner im Sattel saßen, zum Ritt bereit? Was geschehen war, war geschehen. Was geschehen musste …

»Wenn es die Weiße Burg vernichtet«, sagte Asunawa schließlich, »dann kann ich für den Augenblick zufrieden sein. Ich werde zu der Versammlung kommen.«

Valda lächelte schmal. »Dann bin ich zufrieden. Wir werden das Ende der Hexen Seite an Seite erleben.« Er würde es auf jeden Fall erleben. »Ich schlage vor, Ihr lasst Euer Pferd bereitmachen. Bei Anbruch der Nacht steht uns ein langer Ritt bevor.« Ob Asunawa es mit ihm zusammen erleben würde, war eine andere Sache.

Gabrelle genoss den Ritt durch den winterlichen Wald mit Logain und Toveine. Er ließ sie und Toveine stets in scheinbarer Ungestörtheit in ihrem eigenen Tempo folgen, solange sie nicht zu weit zurückblieben. Die beiden Aes Sedai sprachen allerdings selten mehr als das unumgänglich Notwendige, selbst wenn sie tatsächlich allein unter sich waren. Sie waren alles andere als Freundinnen. Gabrelle wünschte sich oft, Toveine würde darum bitten, zurückbleiben zu dürfen, wenn Logain diese Ausritte anbot. Es wäre sehr angenehm gewesen, wirklich allein zu sein.

Mit einer behandschuhten Hand hielt sie die Zügel, während sie mit der anderen den mit Fuchspelz gefütterten Umhang zuhielt, und sie ließ zu, dass sie die Kälte fühlte, nur ein bisschen, nur für die erfrischende Energie, die sie bot. Der Schnee lag nicht hoch, aber die Morgenluft war ausgesprochen frisch. Dunkelgraue Wolken versprachen bald weiteren Schnee. Hoch über ihren Köpfen flog irgendein Vogel mit großen Flügeln. Vielleicht ein Adler; sie kannte sich nicht besonders mit Vögeln aus. Pflanzen und Steine blieben an Ort und Stelle, während man sie studierte, genau wie Bücher und Manuskripte, obwohl sie unter ihren Fingern zerfielen, wenn sie alt genug waren. Sie konnte den Vogel in dieser Höhe ohnehin kaum sehen, aber ein Adler passte in die Landschaft. Sie waren von Wald umgeben, zwischen weit auseinanderstehenden Bäumen wuchs niedriges Gestrüpp. Große Eichen und mächtige Kiefern und Tannen hatten den größten Teil des Unterholzes vertrieben, obwohl hier und da die dicken braunen Überreste zäher Schlingpflanzen, die auf den noch fernen Frühling warteten, an Felsen oder niedrigen grauen Steinvorsprüngen klebten. Sie vertraute das Bild der Landschaft sorgfältig ihrem Gedächtnis an, als würde es sich um eine Novizinnenübung handeln; in ihrem Inneren war sie kalt und leer.

Da außer ihren beiden Gefährten niemand in Sicht war, konnte sie sich beinahe vorstellen, irgendwo anders als in der Schwarzen Burg zu sein. Dieser schreckliche Name kam einem jetzt viel zu leicht in den Sinn. Eine Sache, die so real war wie die Weiße Burg; und für jemanden, der die großen Unterkünfte mit ihren Hunderten von Männern in der Ausbildung und das Dorf gesehen hatte, das ringsum entstanden war, war es nicht länger die »so genannte« Schwarze Burg. Sie hatte fast zwei Wochen in diesem Dorf gelebt, und es gab Teile der Schwarzen Burg, die sie noch nicht gesehen hatte. Ihr Grundriss nahm Meilen in Anspruch, umgeben von den Anfängen einer Mauer aus schwarzem Stein. Doch hier in den Wäldern konnte sie das beinahe vergessen.

Beinahe. Wäre da nicht das Bündel aus Gefühlen und Empfindungen gewesen, die Essenz von Logain Ablar, die stets in ihrem Hinterkopf gegenwärtig war, das ständige Gefühl beherrschter Vorsicht, von Muskeln, die stets kurz davor standen, sich anzuspannen. So fühlte sich vermutlich ein jagender Wolf, oder vielleicht ein Löwe. Der Kopf des Mannes war in ständiger Bewegung; selbst hier beobachtete er seine Umgebung, als rechnete er mit einem Angriff.

Sie hatte nie einen Behüter gehabt – sie waren nutzlose Schmuckstücke für Braune; ein eingestellter Diener konnte alles erledigen, was sie brauchte –, und es fühlte sich seltsam an, nicht nur Teil eines Bundes, sondern auch sozusagen am falschen Ende zu sein. Sogar schlimmer als am falschen Ende zu sein; *sein* Bund verlangte ihren Gehorsam, und sie war zahllosen Beschränkungen unterworfen. Also war es eigentlich nicht das gleiche wie ein Behüterbund. Schwestern *zwangen* ihre Behüter nicht zum Gehorsam. Nun, jedenfalls nicht oft. Und Schwestern hatten schon seit Jahrhunderten keinen Männern mehr den Bund gegen ihren Willen aufgezwungen. Dennoch, es war Stoff für eine faszinierende Studie. Sie hatte ihre Gefühle erforscht. Manchmal vermochte sie fast seine Gedanken zu lesen. Bei anderen Gelegenheiten war es so, als würde sie sich ohne Laterne den Weg durch einen Minenschacht suchen. Vermutlich würde sie auch dann noch forschen, wenn ihr Kopf auf dem Block eines Scharfrichters lag. Was auf sehr reale Weise sogar zutraf. *Er* konnte sie genauso gut ertasten wie sie ihn.

Das durfte sie nie vergessen. Einige der Asha'man mochten glauben, dass sich die Aes Sedai mit ihrer Gefangenschaft abgefunden hatten, aber nur ein Narr konnte glauben, dass einundfünfzig Schwestern, die man mit Zwang gebunden hatte, alle der Resignation verfallen würden, und Logain war kein Narr. Außerdem wusste er, dass sie geschickt worden waren, um die Schwarze Burg zu vernichten. Aber wenn er Verdacht schöpfte, dass sie noch immer nach einer Möglichkeit suchten, die Bedrohung von Hunderten von Männern zu beenden, die die Eine Macht lenken konnten … Beim Licht, so eingeschränkt, wie sie waren, hätte ein einziger Befehl sie auf der Stelle stillstehen lassen! *Du wirst nichts tun, was der Schwarzen Burg schaden könnte.* Sie konnte nicht begreifen, warum man ihnen diesen Befehl nicht als einfache Vorsichtsmaßnahme erteilt hatte. Sie mussten Erfolg haben. Versagten sie, war die Welt dem Untergang geweiht.

Logain drehte sich im Sattel um, eine eindrucksvolle, breitschultrige Gestalt in einem gut sitzenden, pechschwarzen Mantel, der abgesehen von dem silbernen Schwert und dem rotgoldenen Drachen an dem hohen Kragen keine Farbe aufwies. Der schwarze Umhang war zurückgeworfen, als würde er sich weigern, sich von der Kälte berühren zu lassen. Möglicherweise stimmte das sogar; diese Männer schienen zu glauben, gegen alles kämpfen zu müssen, die ganze Zeit. Er lächelte sie an – beruhigend? –, und sie blinzelte. Hatte sie zu viel Besorgnis in ihr Ende des Bundes sickern lassen? Es war ein so heikler Tanz, der Versuch, die eigenen Gefühle zu beherrschen, nur die richtigen Erwiderungen zu präsentieren. Es war fast so, also würde man die Prüfung für die Stola machen, wo jedes Gewebe ohne das geringste Zögern trotz aller möglichen Störungen perfekt erschaffen werden musste, nur dass diese Prüfung ununterbrochen weiterging.

Er wandte seine Aufmerksamkeit Toveine zu, und Gabrelle musste sich nicht das erste Mal davon abhalten, verblüfft den Kopf zu schütteln. Sie zog die Kapuze ein Stück weiter nach vorn, wie um sich vor der Kälte zu schützen; dabei wollte sie nur einen Rand haben, an dem vorbei sie die Schwester der Roten verstohlen betrachten konnte.

Über die andere Frau wusste sie lediglich, dass sie ihren Hass in flachen Gräbern begrub, wenn überhaupt, und Toveine verabscheute Männer, die die Macht lenken konnten, noch mehr als jede der Roten, die Gabrelle kennengelernt hatte. Nach den Behauptungen, die Logain Ablar in die Welt gesetzt hatte, musste jede Rote ihn verabscheuen, dass es die Rote Ajah gewesen sein sollte, die ihn zu einem falschen Drachen machen wollte. Mittlerweile schwieg er diesbezüglich, aber der Schaden war angerichtet. Manche der gefangenen Schwestern schauten die Roten an, als wären sie davon überzeugt, in eine von ihnen gestellte Falle hineingelaufen zu sein. Es fehlte nicht viel, und Toveine hätte ihn affektiert *angestrahlt*. Sicher, Desandre und Lemai hatten jeder Frau befohlen, herzliche Beziehungen zu den Asha'man aufzubauen, mit denen sie verbunden waren – die Männer mussten in Sicherheit gewiegt werden, bevor die Schwestern etwas Nützliches tun konnten –, aber Toveine sträubte sich offen gegen jeden Befehl der beiden. Sie hatte es verabscheut, ihnen den Oberbefehl zu überlassen, und hätte sich vielleicht sogar geweigert, hätte Lemai nicht auch den Roten angehört, und dabei hatte es keine Rolle gespielt, dass sie zugeben musste, dass es nicht anders ging. Dass keiner mehr ihre Autorität anerkannt hatte, nachdem sie sie in die Gefangenschaft geführt hatte. Auch das verabscheute sie. Aber danach hatte sie angefangen, Logain anzulächeln.

Und was das anging, wie konnte Logain am anderen Ende des Bundes sitzen und dieses Lächeln für etwas anderes als eine Täuschung halten? Gabrelle hatte auch an diesem Knoten gezupft, ohne ihn auch nur ansatzweise lösen zu können. Er wusste zu viel über Toveine. Allein schon ihre Ajah zu kennen hätte reichen müssen. Aber wenn er die Schwester der Roten anblickte, spürte Gabrelle genauso wenig Misstrauen in ihm, als wenn er sie betrachtete. Nicht, dass er *gar nicht* misstrauisch gewesen wäre; allem Anschein nach schien dieser Mann jedem mit Misstrauen zu begegnen. Aber er trat *jeder* Schwester unbefangener gegenüber als einigen der Asha'man. Und auch das ergab keinen Sinn.

Er ist kein Narr, rief sie sich ins Gedächtnis. *Also, warum? Und warum tut Toveine das? Was für einen Plan verfolgt sie?*

Plötzlich schenkte ihr Toveine ein scheinbar warmherziges Lächeln und antwortete, als hätte sie zumindest eine ihrer Fragen laut ausgesprochen. »Mit Euch in der Nähe«, murmelte sie, »ist er sich meiner Anwesenheit kaum bewusst. Ihr habt ihn zu *Eurem* Gefangenen gemacht, Schwester.«

Ertappt wurde Gabrelle knallrot im Gesicht. Toveine betrieb niemals Konversation, und zu behaupten, dass sie Gabrelles Verhältnis mit Logain missbilligte, wäre eine drastische Untertreibung gewesen. Ihn zu verführen war als so offensichtliche Möglichkeit erschienen, um nahe an ihn heranzukommen und auf diese Weise seine Pläne und seine Schwächen in Erfahrung zu bringen. Selbst wenn er ein Asha'man war, sie war schon lange vor seiner Geburt Aes Sedai gewesen, und sie war kaum ein unbeschriebenes Blatt, was Männer betraf. Er war so überrascht gewesen, als er begriffen hatte, was sie da tat, dass sie ihn beinahe für noch unschuldig gehalten hatte. Was nur wieder zeigte, was für eine Närrin sie gewesen war. Eine Domani zu spielen verbarg, wie sich herausstellte, viele Überraschungen und ein paar Stolpergruben. Und, was am Schlimmsten von allem war, eine Falle, die sie niemals jemandem enthüllen durfte. Sie befürchtete sehr, dass Toveine es wusste, zumindest einen Teil davon. Andererseits musste jede Schwester, die ihrem Beispiel gefolgt war, es ebenfalls wissen, und sie glaubte, dass einige von ihnen es tatsächlich taten. Keine hatte dies zur Sprache gebracht, und natürlich würde das auch keine tun. Logain konnte den Bund auf eine unbeholfene Weise maskieren – sie war überzeugt, ihn trotzdem aufspüren zu können, ganz egal, wie gut dies seine Empfindungen verbarg –, aber manchmal, wenn sie das Kopfkissen teilten, ließ er die Maske verrutschen. Die Resultate waren … verheerend, um es höflich auszudrücken. Da war dann keine Spur mehr von ruhiger Zurückhaltung oder kühlem Interesse. Da gab es so gut wie keine Vernunft mehr.

Schnell beschwörte sie wieder das Bild der verschneiten Landschaft herauf und hielt es in Gedanken fest. Bäume und Felsen und unberührter weißer Schnee. Glatter, *kalter* Schnee.

Logain blickte nicht zurück, aber der Bund verriet ihr, dass er über ihren momentanen Kontrollverlust Bescheid wusste. Der Mann barst förmlich vor Selbstgefälligkeit! Und *Zufriedenheit*! Es kostete sie ihre ganze Beherrschung, nicht vor Wut zu kochen. Aber er würde erwarten, dass sie wütend wurde, sollte er doch zu Asche verbrennen! Er *musste* wissen, welche Gefühle sie von ihm empfing. Aber ihre Wut erfüllte den Kerl nur mit *Heiterkeit*. Und er unternahm nicht einmal den Versuch, es zu verbergen!

Toveine trug ein kleines, zufriedenes Lächeln, was Gabrelle keinesfalls entging, aber ihr blieb nur ein Augenblick, in dem sie sich nach dem Grund dafür fragen konnte.

Sie hatten den Morgen für sich gehabt, aber jetzt kam ein anderer Reiter zwischen den Bäumen hervor, ein Mann in Schwarz ohne Umhang, der sein Pferd in ihre Richtung lenkte, als er sie sah. Trotz des Schnees trieb er seine Absätze in die Flanken des Tieres. Logain zügelte sein Pferd, um auf ihn zu warten, ein Bild der Ruhe, und Gabrelle erstarrte, als sie neben ihm anhielt. Die durch den Bund übertragenen Gefühle hatten sich verändert. Jetzt waren sie die Anspannung eines Wolfes, der auf seinen Sprung wartete. Sie rechnete damit, seine mit Panzerhandschuhen versehenen Hände auf dem Schwertgriff zu sehen, statt ruhig auf dem hohen Knauf seines Sattels zu liegen.

Der Neuankömmling war fast so groß wie Logain, sein goldenes Haar fiel in Wellen auf seine breiten Schultern, und er hatte ein gewinnendes Lächeln. Gabrelle vermutete, dass er genau wusste, dass es ein gewinnendes Lächeln war. Er war zu hübsch, um es nicht zu wissen, viel attraktiver als Logain. Die Schmieden des Lebens hatten Logains Gesicht gehärtet und Kanten hinterlassen. Dieser junge Mann war noch glatt und unversehrt. Aber an seinem Kragenmantel steckten Schwert und Drache. Er musterte die beiden Schwestern mit hellblauen Augen. »Teilt Ihr mit beiden das Lager, Logain?«, sagte er mit tiefer Stimme. »Die Pummelige erscheint mir kaltäugig, aber die andere wird warm genug sein.«

Toveine zischte wütend, und Gabrelle biss die Zähne zusammen. Sie hatte kein großes Geheimnis daraus gemacht, was sie da tat – sie war keine Cairhienerin, die ihre Zweisamkeit schamhaft in den Mantel des Privaten hüllen musste –, aber das hieß nicht, dass sie damit gerechnet hatte, zum Tagesgespräch zu werden. Schlimmer noch, der Mann sprach, als wäre sie ein leichtes Schankmädchen.

»Lasst mich das nie wieder hören, Mishraile«, sagte Logain leise, und sie erkannte, dass sich der Bund wieder verändert hatte. Er war jetzt kalt; kalt genug, um den Schnee warm erscheinen zu lassen. Kalt genug, um ein Grab warm erscheinen zu lassen. Sie hatte den Namen Atal Mishraile schon zuvor gehört, und sie spürte das Misstrauen in Logain, wenn er ihn aussprach – es war zweifellos stärker als das Misstrauen, das er ihr oder Toveine entgegenbrachte –, aber so fühlte sich jemand an, der töten wollte. Es war fast zum Lachen. Der Mann hielt sie als Gefangene, und doch war er zur Gewalt bereit, um ihren Ruf zu verteidigen? Ein Teil von ihr wollte lachen, aber sie prägte sich alles genau ein. Jede Kleinigkeit konnte wichtig sein.

Der junge Bursche ließ sich nichts anmerken. Sein Lächeln geriet keinen Augenblick lang ins Schwanken. »Der M'Hael sagt, Ihr könnt gehen, wenn Ihr es wünscht. Ich verstehe nicht, warum Ihr Euch um die Rekrutierung kümmern wollt.«

»Jemand muss es tun«, erwiderte Logain ruhig.

Gabrelle wechselte einen verblüfften Blick mit Toveine. Warum sollte Logain rekrutieren wollen? Sie hatten Abteilungen Asha'man gesehen, die davon zurückkehrten, und sie waren immer erschöpft vom Schnellen Reisen über große Distanzen und für gewöhnlich schmutzig und gereizt. Männer, die für den Wiedergeborenen Drachen die Trommel schlugen, erhielten nicht immer einen herzlichen Empfang, und das, bevor die Leute erfuhren, was sie wirklich wollten. Und warum erfuhren sie und Toveine erst jetzt davon? Sie hätte *schwören* können, dass er ihr alles erzählte, wenn sie zusammen im Bett lagen.

Mishraile zuckte mit den Schultern. »Für diese Arbeit gibt es genügend Geweihte und Soldaten. Natürlich glaube ich gern, dass es Euch langweilt, Euch nur um die Ausbildung zu kümmern. Narren beizubringen, in den Wäldern herumzuschleichen und Berge zu erklimmen, als könnten sie mit der Einen Macht nicht mal ein Schnurrbarthaar bewegen. Selbst ein winziges Dorf wäre interessanter.« Sein Lächeln verwandelte sich in ein hämisches Grinsen, voller Geringschätzung und alles andere als gewinnend. »Wenn Ihr den M'Hael bittet, lässt er Euch vielleicht bei seinen Klassen im Palast mitmachen. Da wäre Euch nicht langweilig.«

Logain verzog keine Miene, aber Gabrelle spürte durch den Bund den scharfen Stich des Zorns. Sie hatte von Mazrim Taim und seinem Privatunterricht gehört, aber die Schwestern wußten lediglich, dass Logain und seine Spießgesellen weder Taim noch denen vertrauten, die daran teilnahmen, und Taim schien Logain nicht zu vertrauen. Unglücklicherweise konnten die Schwestern kaum etwas über diesen Unterricht erfahren; niemand war mit einem Mann aus Taims Gruppe verbunden. Manche glaubten, das Misstrauen käme daher, weil beide Männer sich als der Wiedergeborene Drache ausgegeben hatten, oder dass es ein Zeichen des Wahnsinns war, den das Lenken der Macht bei Männern verursachte. Sie hatte in Logain keine Anzeichen für Wahnsinn entdeckt, und sie hielt genauso scharf danach Ausschau, wie sie darauf achtete, ob er die Eine Macht umarmen wollte. Wenn sie noch immer mit ihm verbunden war, wenn er verrückt wurde, konnte das auch ihren Verstand in Mitleidenschaft ziehen. Aber was auch immer die Reihen der Asha'man spaltete, man musste es ausnutzen.

Mishrailes Lächeln verblasste, als Logain ihn bloß ansah. »Vergnügt Euch mit Eurem Fliegendreck«, sagte er schließlich und wendete sein Pferd. Ein Stoß mit dem Absatz ließ das Tier losspringen, während er über die Schulter sah. »Auf einige von uns wartet Ruhm, Logain.«

»Er wird nicht lange Freude an seinem Drachen haben«, murmelte Logain und schaute dem anderen Mann hinterher. »Er hat seine Zunge nicht im Zaum.« Gabrelle glaubte nicht, dass er die Bemerkung über sie und Toveine meinte, aber worauf bezog er sich dann? Und warum war er plötzlich beunruhigt? Er verbarg es sehr gut, vor allem, wenn man den Bund bedachte, aber er war besorgt. Beim Licht, manchmal, wenn man wusste, was im Kopf eines Mannes vor sich ging, hatte es den Anschein, dass er die Verwirrung nur noch schlimmer machte!

Abrupt wandte er den Kopf und musterte sie und Toveine. Ein neuer Hauch von Besorgnis kam durch den Bund. War es ihretwegen? Oder – ein seltsamer Gedanke – machte er sich *um* sie Sorgen?

»Ich fürchte, wir müssen unseren Ausritt abbrechen«, sagte er nach einem Augenblick. »Ich muss Vorbereitungen treffen.«

Er galoppierte nicht los, aber er schlug auf dem Rückweg zu dem Dorf der Männer, die in der Ausbildung waren, ein schnelleres Tempo an als zuvor. Er war jetzt konzentriert und dachte gründlich nach. Der Bund vibrierte förmlich. Er musste die Zügel instinktiv bedienen.

Sie waren noch nicht weit gekommen, als Toveine sich mit ihrem Pferd neben Gabrelles schob. Sie versuchte Gabrelle mit einem intensiven Blick zu fixieren, während sie Logain schnelle Blicke zuwarf, als hätte sie Angst, er könnte zurückschauen und sehen, dass sie miteinander sprachen. Sie schien nie darauf zu achten, was der Bund ihr übermittelte. Die geteilte Aufmerksamkeit ließ sie wie eine Puppe im Sattel hin und her hüpfen und drohte sie stürzen zu lassen.

»Wir müssen mit ihm gehen«, flüsterte die Rote. »Was auch immer Ihr dafür tun müsst, Ihr müsst es schaffen.« Gabrelle hob die Brauen, und Toveine hatte den Anstand zu erröten, aber sie verlor nichts von ihrer Beharrlichkeit. »Wir können es uns nicht leisten, zurückgelassen zu werden«, hauchte sie eilig. »Der Mann hat seine Ambitionen nicht aufgegeben, als er herkam. Welche Schandtaten er auch immer im Sinn hat, wir können nichts ausrichten, wenn wir nicht bei ihm sind.«

»Ich kann erkennen, was sich vor meiner Nase abspielt«, erwiderte Gabrelle schroff, und sie verspürte Erleichterung, als Toveine bloß nickte und dann schwieg. Es kostete Gabrelle ihre ganze Kraft, die Furcht niederzuringen, die in ihr aufstieg. Dachte Toveine denn nie über das nach, was sie durch den Bund spüren musste? Etwas, das in der Verbindung mit Logain immer dagewesen war – Entschlossenheit –, lag nun so hart und scharf wie ein Messer da. Sie glaubte zu wissen, was es bedeutete, jedenfalls dieses Mal, und das Wissen ließ ihren Mund trocken werden. Sie konnte nicht sagen, gegen wen, aber sie war davon überzeugt, dass Logain Ablar in den Krieg zog.

Yukiri schritt langsam einen der vielen breiten Korridore entlang, die in sanft abfallenden Spiralen im Turm der Weißen Burg in die Tiefe führten, und fühlte sich so unwohl wie eine hungrige Katze. Sie konnte sich kaum dazu überwinden, sich auf das zu konzentrieren, was die Schwester neben ihr sagte. Der Morgen war noch dunkel, das erste Licht wurde von dem Schnee verdüstert, der dicht auf Tar Valon fiel, und die mittleren Ebenen des Turms waren so eiskalt wie der Winter in den Grenzländern. Nun ja, vielleicht doch nicht so kalt, gestand sie sich einen Moment später ein. Sie war schon einige Jahre nicht mehr so weit im Norden gewesen, und die Erinnerung schmückte das aus, was sie nicht verdrängte. Das war der Grund, warum schriftliche Aufzeichnungen so wichtig waren. Es sei denn, man wagte nicht, alles niederzuschreiben.

Trotzdem, es war kalt genug. So geschickt und kunstfertig die uralten Baumeister auch gewesen waren, die Wärme aus den großen Öfen im Keller kam nie so weit nach oben. Zugluft ließ die Flammen auf den vergoldeten Kandelabern tanzen, manchmal war sie sogar stark genug, die schweren Wandbehänge von den weißen Wänden zu heben, auf denen sich Frühlingsblumen und Wälder und exotische Tiere und Vögel mit Szenen von den Triumphen der Burg abwechselten, die man niemals unten in den öffentlich zugänglichen Räumen ausgestellt hätte. Yukiris eigene Gemächer mit ihren warmen Kaminen waren einst viel behaglicher gewesen.

Neuigkeiten aus der Welt außerhalb der Burg gingen ihr durch den Kopf, obwohl sie sich alle Mühe gab, nicht daran zu denken. Oder vielmehr der Mangel an verlässlichen Nachrichten. Was die Augen-und-Ohren aus Altara und Arad Doman berichteten, konnte man nur als verwirrend bezeichnen, und die wenigen Berichte, die langsam wieder aus Tarabon heraussickerten, waren beängstigend. Gerüchten zufolge waren die Herrscher der Grenzländer überall, von der Großen Fäule und Andor und Amadicia bis zur Aiel-Wüste; fest stand lediglich, dass keiner von ihnen dort war, wo sie hätten sein sollen, an der Grenze zur Großen Fäule, die sie zu bewachen hatten. Die Aiel *waren* überall, und anscheinend hatte al'Thor endlich die Kontrolle über sie verloren, falls er sie je gehabt hatte. Die letzten Nachrichten aus Murandy hätten sie am liebsten zugleich mit den Zähnen knirschen und weinen lassen, während Cairhien …! Überall im Sonnenpalast waren Schwestern, von denen einige als Rebellen verdächtigt wurden und keine als loyal galt, und noch immer gab es von Coiren und ihrer Gesandtschaft kein Lebenszeichen, seit sie die Stadt verlassen hatten, obwohl sie schon längst wieder in Tar Valon hätten sein müssen. Und als wäre das noch nicht genug, war al'Thor mal wieder wie eine Seifenblase vom Erdboden verschwunden. Konnten die Geschichten, dass er den halben Sonnenpalast zerstört hatte, möglicherweise der Wahrheit entsprechen? Beim Licht, der Mann *durfte* noch nicht dem Wahnsinn verfallen! Oder hatte Elaidas törichtes Angebot, ihm »Schutz« zu gewähren, ihn furchterfüllt in den Untergrund getrieben? Gab es *überhaupt* etwas, das ihm Angst einjagte? *Er* jagte *ihr* Angst ein. Er jagte auch dem Rest des Saals Angst ein, ganz egal, wie sie es auch darstellen mochten.

Das Einzige, was wirklich sicher war, war die Tatsache, dass nichts von alldem so viel bedeutete wie ein Ausspucken in einen Regenschauer. Dieses Wissen hob ihre Laune nicht im mindesten. Sich darüber zu sorgen, in einem Rosenbusch festzustecken, selbst wenn einen die Dornen später umbringen konnten, war ein Luxus, wenn einem ein Messer in die Rippen gedrückt wurde.

»Jedes Mal, wenn sie in den vergangenen zehn Jahren die Burg verlassen hat, ging es um ihre Privatangelegenheiten, also gibt es keine neueren Aufzeichnungen, die man überprüfen kann«, murmelte ihre Begleiterin. »Es lässt sich nur schwer feststellen, wann genau sie die Burg verließ … also in aller Diskretion.« Elfenbeinkämme hielten Meidanis dunkelblondes Haar; sie war so hochgewachsen und gertenschlank, dass ihre gewaltigen Brüste sie nach vorn zu ziehen schienen, ein Eindruck, der sowohl von ihrem silbern bestickten Oberteil als auch von der Art und Weise verstärkt wurde, wie sie gebeugt daherging, damit ihr Mund auf der Höhe von Yukiris Ohr war. Ihre Stola lag über ihren Handgelenken, die langen grauen Fransen strichen über die Bodenfliesen.

»Geht gerade«, knurrte Yukiri. »Meine Ohren sind nicht mit Dreck verstopft.«

Meidani schoss mit leicht geröteten Wangen ruckartig in die Höhe. Sie richtete die Stola und warf einen halbherzigen Blick über die Schulter zu ihrem Behüter Leonin, der in gebotenem Abstand folgte. Aber wenn sie das leise Klirren der Silberglöckchen in den schwarzen Zöpfen des schlanken Mannes kaum wahrnehmen konnten, konnte er auch nicht verstehen, was in halblautem Tonfall gesagt wurde. Der Mann wusste nicht mehr als nötig – tatsächlich wusste er sogar ziemlich wenig, eben nur, dass seine Aes Sedai gewisse Dinge von ihm verlangte; das reichte einem guten Behüter –, und er konnte zu einem Problem werden, wenn er zu viel erfuhr, aber es war nicht nötig zu flüstern. Leute, die andere flüstern sahen, wollten wissen, was sie zu verbergen hatten.

Die andere Graue war jedoch genauso wenig der Anlass ihrer Gereiztheit wie die Außenwelt, selbst wenn die Frau eine Dohle in Schwanfedern war. Jedenfalls nicht der Hauptgrund. Sie war widerwärtig, eine Rebellin, die Loyalität vorgab, aber Yukiri war sogar froh, dass Saerin und Pevara sie davon überzeugt hatten, Meidani und ihre Dohlenschwestern nicht dem Burggesetz zu übergeben. Ihre Flügel waren jetzt gestutzt, und sie waren nützlich. Möglicherweise ließ man sogar Gnade walten, wenn sie vor Gericht standen. Zugegeben, wenn man den Eid entdeckte, mit dem sie Meidanis Flügel gestutzt hatten, konnte es ganz schnell geschehen, dass Yukiri selbst um Gnade bat. Ob Rebellen oder nicht, was sie und die anderen mit Meidani und ihren Verbündeten gemacht hatten, stand genauso weit außerhalb des Gesetzes wie Mord. Oder Verrat. Ein Gehorsamseid – ein Eid, der auf den Eidstab abgelegt wurde, ein mit Gewalt erzwungener Eid – kam Zwangsbeeinflussung mit der Einen Macht zu nahe, was eindeutig verboten, wenn auch nicht genau definiert war. Aber manchmal musste man den Verputz beschädigen, um Hornissen auszuräuchern, und die Schwarzen Ajah waren Hornissen mit giftigen Stacheln. Das Gesetz würde seinen Verlauf nehmen – ohne das Gesetz waren sie nichts –, aber sie durfte sich nicht darum sorgen, welche Strafen sie erwarteten, sondern musste darüber nachdenken, wie sie das Ausräuchern überleben wollte. Leichen mussten sich keine Sorgen mehr wegen Strafen machen.

Sie beschied Meidani knapp weiterzumachen, aber die andere Frau hatte den Mund noch nicht geöffnet, als drei Braune, die ihre Stolen wie Grüne zur Schau trugen, direkt vor ihnen aus einem angrenzenden Korridor traten. Yukiri kannte Marris Thornhill und Doraise Mesianos flüchtig, so wie die Sitzenden die Schwestern anderer Ajahs, die viel Zeit in der Burg verbrachten, nun einmal kannten, was nichts anderes hieß, als dass man Gesichtern Namen zuordnen konnte. Das war es auch schon. Bei weiterer Nachfrage hätte sie sie als sanftmütig und in ihre Studien vertieft beschrieben. Elin Warrel hatte die Stola erst vor so kurzer Zeit errungen, dass sie sich noch immer instinktiv hätte verneigen müssen. Aber statt einer Sitzenden den nötigen Respekt zu erweisen, starrten die drei Yukiri und Meidani auf eine Weise an, wie Katzen fremde Hunde anstarrten. Oder vielleicht auch Hunde fremde Katzen. Von Sanftheit keine Spur.

»Darf ich Euch eine Frage über arafelische Gesetze stellen, Sitzende?«, sagte Meidani so übergangslos, als hätte sie dies schon die ganze Zeit sagen wollen.

Yukiri nickte, und Meidani fing mit Fischereirechten auf Flüssen im Gegensatz zu Seen an, was kaum eine kluge Wahl war. Eine Magistratin würde eine Aes Sedai möglicherweise bitten, sich ein Verfahren anzuhören, bei dem es um Fischereirechte ging, aber auch nur, falls dabei mächtige Leute im Spiel waren und sie deswegen eine zweite Meinung hören wollte, da sie ein Berufungsverfahren vor dem Thron befürchtete.

Die Braunen wurden von einem Behüter begleitet – Yukiri konnte sich nicht mehr erinnern, ob er zu Marris oder Doraise gehörte –, einem stämmigen Burschen mit einem harten, runden Gesicht und einem dunklen Haarknoten, der Leonin und die Schwerter auf seinem Rücken mit einem Misstrauen betrachtete, das er sicherlich von seiner Schwester aufgeschnappt hatte. Das Pärchen stolzierte den spiralförmigen Korridor mit hoch erhobenem, feistem Kinn nach oben, während sich die dürre Neue beeilte, mit ihnen Schritt zu halten. Der Behüter schlenderte hinter ihnen her mit der Haltung eines Mannes auf feindlichem Gebiet.

Feindseligkeit war heutzutage fast schon der Normalzustand. Die unsichtbaren Wände zwischen den Ajah, die einst kaum dick genug gewesen waren, um die Geheimnisse der Gruppen zu verbergen, waren zu massiven Festungswällen mit Wassergräben geworden. Nein, keine Wassergräben; breite und tiefe Erdspalten. Schwestern verließen die Quartiere ihrer Ajahs niemals allein, oft nahmen sie ihre Behüter sogar in die Bibliothek oder die Speisesäle mit und trugen immer ihre Stolen, als könnte sonst jemand ihre Ajah verwechseln. Yukiri selbst trug ihre beste Stola, die mit silbernen und goldenen Stickereien versehen war und deren lange Seidenfransen bis zu ihren Knöcheln hingen. Also trug wohl auch sie ihre Ajah etwas zur Schau. Und letztens hatte sie darüber nachgedacht, dass ein Dutzend Jahre wohl genug waren, auf einen Behüter zu verzichten. Ein schrecklicher Gedanke. Keine Schwester sollte im Inneren der Weißen Burg einen Behüter benötigen.

Nicht zum ersten Mal kam ihr der unerfreuliche Gedanke, dass jemand zwischen den Ajahs vermitteln musste, und zwar bald, oder die Rebellen würden so dreist wie Diebe zur Eingangstür hereinspazieren und das Haus ausräumen, während sich der Rest von ihnen darüber zankte, wer Großtante Sumis Zinnkrug bekommen sollte. Aber sie sah nur ein Ende des Fadens, mit dem man das Knäuel hätte entwirren können: Meidani und ihre Freundinnen mussten öffentlich zugeben, dass die Rebellen sie in die Burg geschickt hatten, um Gerüchte zu verbreiten – Geschichten, von denen sie noch immer behaupteten, dass sie der Wahrheit entsprachen! –, dass die Rote Ajah Logain als falschen Drachen erschaffen hatte. Konnte das die Wahrheit sein? Ohne dass Pevara es wusste? Der Gedanke, dass eine Sitzende, vor allem Pevara, getäuscht worden war, war unvorstellbar. Aber wie dem auch sei, dieser Teil des Knäuels lag mittlerweile von so vielen anderen überdeckt, dass er allein kaum noch einen Unterschied machte. Außerdem würde sie, bevor der Sturm der Entrüstung sich gelegt hatte, die Hilfe von zehn von vierzehn Frauen verlieren, von denen sie sicher sein konnte, dass sie keine Schwarzen Ajah waren, ganz zu schweigen davon, dass es vermutlich enthüllen würde, womit der Rest von ihnen beschäftigt war.

Sie fröstelte, und das hatte nichts mit der Zugluft in dem Korridor zu tun. Sie und jede andere Frau, welche die Wahrheit aufdecken konnte, würde vor dem Ende des Sturms sterben, entweder durch so genannte

Unfälle oder im Schlaf. Oder sie würde einfach verschwinden, schlichtweg die Burg verlassen, und niemand würde sie jemals wiedersehen. Daran hatte sie nicht den geringsten Zweifel. Jeder Beweis würde so tief vergraben sein, dass nicht einmal eine Armee mit Schaufeln ihn je wieder würde ausgraben können. Sogar die Gerüchte würde man zum Verstummen bringen. So etwas war schon vorgekommen. Die Welt und die meisten Schwestern glaubten noch immer, dass Tamra Ospenya im Schlaf gestorben war. Yukiri hatte es geglaubt. Bevor sie es wagen konnten, sich an die Öffentlichkeit zu wenden, mussten sie die Schwarze Ajah so weit wie möglich aufgespürt und unschädlich gemacht haben.

Sobald die Braunen außer Sicht waren, fuhr Meidani mit ihrem Bericht fort, verstummte aber Augenblicke später erneut, als unmittelbar vor ihnen eine große, haarige Hand einen Wandbehang zur Seite stieß, der mit den grellbunten Vögeln des Versunkenen Landes bestickt war. Aus der verborgenen Türöffnung strömte ein eiskalter Luftschwall, und ein schwerer Bursche in einem dicken braunen Arbeitsmantel schob sich rückwärts in den Korridor. Er zog einen hoch mit Holzscheiden beladenen Handkarren, den ein zweiter Diener in einem einfachen Mantel von hinten schob. Es waren einfache Arbeiter; keiner trug die weiße Flamme auf der Brust.

Beim Anblick der Aes Sedai ließen die beiden Männer den Wandbehang schnell wieder an Ort und Stelle fallen und zerrten ihren Wagen an die Wand, während sie versuchten, ihre Verbeugungen zu machen. Dabei kippte beinahe ihre Ladung um, was sie hektisch nach dem verrutschenden Feuerholz greifen ließ, während sie sich noch immer verneigten. Zweifellos hatten sie erwartet, ihre Arbeit erledigen zu können, ohne irgendwelchen Schwestern zu begegnen. Yukiri hatte schon immer Mitgefühl mit den Leuten gehabt, die Holz, Wasser und alles andere den ganzen Weg von den Laderampen der Diener im Erdgeschoss nach oben schaffen mussten, aber jetzt ging sie mit einem finsteren Blick an ihnen vorbei.

Niemand konnte belauscht werden, wenn er sich beim Gehen unterhielt, und die Korridore in den öffentlichen Trakten waren als ein guter Ort erschienen, um sich mit Meidani unter vier Augen zu unterhalten. Viel besser als ihre eigenen Gemächer, wo jeder Schutz gegen Lauscher nur jedem im Quartier der Grauen verriet, dass sie über Geheimnisse sprach, und, was noch viel schlimmer war, mit wem. Im Augenblick hielten sich in der Weißen Burg nur etwa zweihundert Schwestern auf, eine Zahl, die die Burg wie ausgestorben wirken ließ, und da jeder für sich blieb, hätten die öffentlichen Trakte leer sein sollen. Das hatte sie zumindest geglaubt.

Dabei hatte sie die livrierten Diener in ihre Erwägung mit einbezogen, die umhereilten und Lampendochte und Ölstand und Dutzende andere Dinge überprüften, und auch die einfach gekleideten Arbeiter, die Weidenkörbe mit was auch immer auf dem Rücken trugen. Sie waren in den frühen Stunden immer unterwegs, um die Burg für den Tag vorzubereiten, aber sie machten hastige Verbeugungen und beeilten sich, den Schwestern aus dem Weg zu gehen. Außer Hörweite. Burgdiener wußten, wie man sich taktvoll zu benehmen hatte, vor allem, da jedes Belauschen einer Schwester dazu führen konnte, dass man die Tür gezeigt bekam. In der derzeitigen Stimmung, die in der Burg herrschte, hatten die Diener es besonders eilig, auch nur der Möglichkeit aus dem Weg zu gehen, etwas zu hören, das nicht für ihre Ohren bestimmt war.

Aber sie hatte nicht bedacht, wie viele Schwestern trotz der Kälte und der Stunde zu zweit oder zu dritt einen Spaziergang außerhalb ihrer Quartiere unternehmen würden. Die Roten versuchten jeden, dem sie begegneten, niederzustarren, mit Ausnahme natürlich anderer Roter, Grüne und Gelbe wetteiferten um die Krone des Hochmuts, und die Braunen gaben ihr Bestes, beide dabei auszustechen. Ein paar Weiße, die bis auf eine behüterlos waren, versuchten eine Fassade kühler Vernunft aufrechtzuerhalten, während sie vor dem Widerhall ihrer eigenen Schritte erschraken. Es hatte den Anschein, als wäre eine kleine Gruppe gerade außer Sicht, bevor die nächste ankam, also verbrachte Meidani genauso viel Zeit damit, über Gesetze zu sprechen, wie sie Bericht erstattete.

Am schlimmsten aber war, dass bei zwei Gelegenheiten Graue beim Anblick ihrer Ajah scheinbar erleichtert lächelten und sich ihnen angeschlossen hätten, hätte Yukiri nicht den Kopf geschüttelt. Was sie endlos erboste, denn es verriet allen, die sie sahen, dass sie einen besonderen Grund hatte, mit Meidani allein sein zu wollen. Selbst wenn die Schwarze Ajah nichts bemerkte, und mochte das Licht dafür sorgen, dass es keinen Grund gab, warum sie es sollte, spionierten heutzutage zu viele Schwestern den anderen Ajahs hinterher, und die Geschichten nahmen trotz der Drei Eide bei der Verbreitung an Gewicht zu. Da Elaida anscheinend versuchte, die Ajahs mit brutaler Gewalt zur Räson zu bringen, führten solche Geschichten oft zu Strafen, und am besten tat man dann so, als hätte man sie aus ureigenen Gründen angenommen. Yukiri hatte bereits eine durchlitten, und sie verspürte nicht das geringste Bedürfnis, wieder tagelang Böden zu schrubben, vor allem jetzt nicht, da sie mehr zu tun hatte, als sie bewältigen konnte. Und die andere Möglichkeit, ein Besuch bei Silviana, war keinesfalls besser, selbst wenn es einem Zeit sparte! Seit Elaida angefangen hatte, Silviana für ihre angeblich privaten Bestrafungen zu holen, schien sie rücksichtsloser als je zuvor. Die ganze Burg klatschte noch immer darüber.

So sehr Yukiri es auch hasste, es zugeben zu müssen, das alles ließ sie die anderen Schwestern, denen sie begegnete, vorsichtiger ansehen. Schaute man zu lange hin, war man anscheinend selbst eine Spionin. Wandte man den Blick zu schnell ab und sah verstohlen aus, war das Ergebnis das gleiche. Trotzdem konnte sie kaum den Blick von zwei Gelben wenden, die wie Königinnen in ihrem Palast durch einen kreuzenden Korridor schwebten.

Der dunkle, stämmige Behüter, der ihnen gerade weit genug entfernt folgte, um ihre Privatsphäre zu gewährleisten, musste Pritalle Nerbaijan gehören, einer Frau mit grünen Augen, die der saldaeanischen Nase größtenteils entkommen war, denn Atuan Larisett hatte keinen Behüter. Yukiri wusste nicht viel über Pritalle, aber sie würde mehr über sie in Erfahrung bringen, nachdem sie sie im vertrauten Gespräch mit Atuan gesehen hatte. Die Tarabonerin trug ein hochgeschlossenes graues Kleid mit gelben Streifen und eine gelbe Stola mit silbernen Fransen, und sie sah atemberaubend aus. Das dunkle Haar hing ihr in dünnen, mit hellen Perlen versehenen Zöpfen bis zur Taille, und es rahmte ein Gesicht ein, das irgendwie perfekt erschien, ohne auf klassische Weise schön zu sein. Sie war sogar ziemlich bescheiden, jedenfalls was Gelbe anging. Aber sie war die Frau, die Meidani und die anderen auszuspionieren versuchten, ohne ertappt zu werden. Atuan Larisett, die Frau, deren Namen sie sich außer hinter starken Schutzgeweben auszusprechen fürchteten, war eine der nur drei Schwarzen Schwestern, die Talene kannte. Auf diese Weise organisierten sie sich, drei Frauen, die einander kannten, drei Frauen, die ein Herz bildeten, wobei jede einzelne Frau eine weitere kannte, die den beiden anderen unbekannt war. Atuan war Talenes »weitere Frau« gewesen, darum bestand eine gewisse Hoffnung, dass man durch sie die beiden anderen aufspürte.

Kurz bevor die beiden um die Ecke bogen, schaute Atuan zurück. Ihr Blick streifte Yukiri nur, aber das reichte aus, dass ihr das Herz bis zum Halse schlug. Sie ging weiter, hielt ihre Miene mühsam ausdruckslos und riskierte einen schnellen Blick, als sie zu der Abzweigung kam. Atuan und Pritalle waren bereits weit im Korridor und gingen in Richtung des äußeren Rings. Der Behüter stand im Weg, aber keine von ihnen schaute zurück. Pritalle schüttelte den Kopf. War es etwas, das Atuan gesagt hatte? Sie waren zu weit weg, sodass Yukiri nur das leise Klicken der Stiefelabsätze des Behüters auf den Fliesen hören konnte. Es war nur ein flüchtiger Blick gewesen. Natürlich. Sie beschleunigte ihre Schritte, um außer Sichtweite zu sein, sollte eine von ihnen über die Schulter sehen, und stieß den Atem aus, den sie unbewusst angehalten hatte. Meidani machte es ihr nach, ihre Schultern sanken nach vorn.

Seltsam, wie es uns zusetzt, dachte Yukiri und nahm die Schultern zurück.

Als sie erfahren hatten, dass Talene eine Schattenfreundin war, war sie eine abgeschirmte Gefangene gewesen. *Dennoch hat sie uns eine furchtbare Angst eingejagt,* musste sie sich eingestehen. Nun, was sie getan hatten, um sie zu einem Geständnis zu bringen, hatte ihnen zuerst furchtbare Angst eingejagt, aber die Wahrheit, die sie dann erfuhren, verwandelte ihre Zungen in Staub. Jetzt war Talene fester an die Leine genommen als Meidani, obwohl sie sich scheinbar frei bewegen konnte, denn nicht einmal Saerin war eine Möglichkeit eingefallen, wie man eine Sitzende gefangen halten konnte, ohne dass es auffiel. Sie stand unter ständiger Bewachung, und sie war auf eine unterwürfige Weise begierig, jede Kleinigkeit anzubieten, die sie wusste oder auch nur erahnte, weil sie hoffte, es könnte ihr Leben retten. Nicht, dass sie eine andere Wahl hatte. Sie stellte kaum etwas dar, vor dem man sich fürchten musste. Was den Rest anging …

Pevara hatte zunächst darauf beharrt, dass Talene sich bei Galina Casban irrte; als sie schließlich zu der Überzeugung gelangte, dass ihre Schwester von den Roten tatsächlich den Schwarzen angehörte, hatte sie einen Wutanfall bekommen, der einen ganzen Tag lang andauerte. Noch immer sprach sie davon, Galina mit den eigenen Händen zu erwürgen. Yukiri hatte eine kalte Gleichgültigkeit verspürt, als Temaile Kinderodes Namen gefallen war. Wenn es in der Burg Schattenfreunde gab, war es nur natürlich, dass einige von ihnen Graue sein mussten; vielleicht hatte es auch geholfen, dass sie Temaile nicht mochte. Sie war auch dann noch kühl geblieben, nachdem sie ihre Hausaufgaben gemacht und erkannt hatte, dass Temaile die Burg zur gleichen Zeit verlassen hatte, in der drei Schwestern ermordet worden waren. Das setzte neue Namen den Verdächtigungen aus, andere Schwestern, die damals ebenfalls unterwegs gewesen waren, aber Galina und Temaile und der Rest befanden sich nicht in der Burg und waren darum im Augenblick außer Reichweite, und nur die beiden konnten erwiesenermaßen Schattenfreunde sein.

Atuan war genau hier, gehörte ohne jeden Zweifel zur Schwarzen Ajah, konnte in der Burg tun, was sie wollte, nicht gebunden durch die Drei Eide. Und bis Doesine ihre Befragung im Geheimen in die Wege leiten konnte – selbst eine Sitzende aus Atuans Ajah konnte das nur mit Schwierigkeiten bewerkstelligen, da man es vor jedermann geheimhalten musste –, konnten sie nichts anderes tun, als sie zu beobachten. Eine unauffällige, unverdächtige Beobachtung. Es war, als würde man mit einer roten Natter leben, man wusste nie, wann man sich ihr Auge in Auge gegenübersah, man wusste nie, wann sie zubeißen würde. Es war, als würde man in einer Grube voller roter Nattern leben, aber nur eine sehen können.

Plötzlich wurde sich Yukiri bewusst, dass der breite gebogene Korridor vor ihr leer war, und ein Blick zurück zeigte nur Leonin. Bis auf sie drei hätte die Burg leer sein können. Bis auf die flackernden Flammen der Kandelaber bewegte sich nichts in Sichtweite. Stille.

Meidani zuckte zusammen. »Verzeiht mir, Sitzende. Sie so unvermittelt zu sehen hat mich bestürzt. Wo war ich? Ach ja. Soviel ich weiß, wollen Celestin und Annharid herausfinden, wer bei den Gelben ihre engsten Freundinnen sind.« Celestin und Annharid waren Meidanis Mitverschwörerinnen, beide Gelbe. Es gab zwei von jeder Ajah – ausgenommen die Roten und Blauen natürlich –, die sich als sehr nützlich erwiesen hatten. »Ich fürchte, das wird uns nicht viel weiterhelfen. Sie hat einen großen Freundeskreis, oder hatte ihn zumindest, bevor die derzeitige … Situation zwischen den Ajah entstand.« Auch wenn ihre Miene unbewegt war, schwang ein Hauch von Zufriedenheit in ihrer Stimme mit. »Es wird schwierig, wenn nicht gar unmöglich sein, sie alle einer Untersuchung zu unterziehen.«

»Vergesst sie für den Augenblick.« Es kostete Yukiri eine bewusste Anstrengung, sich nicht den Nacken zu verrenken bei dem Versuch, in alle Richtungen gleichzeitig zu blicken. Ein Wandbehang mit großen weißen Blumen bewegte sich leicht, und sie zögerte, bis sie sicher war, dass es ein Luftzug war und kein weiterer Diener, der aus einem Durchgang kam. Sie konnte sich nie merken, wo sie waren. Ihr neues Thema war auf seine Weise genauso gefährlich wie das Gespräch über Atuan. »Vergangene Nacht fiel mir ein, dass Ihr gemeinsam mit Elaida Novizin gewesen seid, wenn ich mich recht erinnere, sogar enge Freundinnen. Es wäre eine gute Idee, diese Freundschaft wieder aufzufrischen.«

»Das ist einige Jahre her«, erwiderte die größere Frau steif, schob die Stola auf die Schultern und wickelte sich darin ein, als wäre ihr plötzlich kalt. »Als Elaida aufgenommen wurde, brach sie die Freundschaft ab, wie es sich gehörte. Man hätte sie der Begünstigung beschuldigen können, wäre ich in einer Klasse gewesen, die sie unterrichtete.«

»Wie schön für Euch, dass Ihr keine Favoritin gewesen seid«, sagte Yukiri trocken. Elaidas derzeitige Wildheit war nicht neu. Bevor sie vor Jahren nach Andor gegangen war, hatte sie diejenigen, die sie bevorzugte, so hart angetrieben, dass die Schwestern mehr als einmal hatten eingreifen müssen. Siuan Sanche war darunter gewesen, eine seltsame Erinnerung in diesem Zusammenhang, obwohl man sie nie vor Anforderungen hatte bewahren müssen, die sie nicht erfüllen konnte. Seltsam und traurig. »Trotzdem werdet Ihr alles in Eurer Macht Stehende tun, um diese Freundschaft aufzufrischen.«

Zwei Dutzend Schritte lang öffnete und schloss Meidani den Mund, rückte die Stola zurecht, zuckte mit den Schultern, als wollte sie eine Pferdebremse verscheuchen, und sah überall hin mit Ausnahme auf Yukiri. Wie hatte diese Frau mit so geringer Selbstkontrolle je eine Graue werden können? »Ich habe es versucht«, sagte sie schließlich atemlos. Sie mied noch immer Yukiris Blick. »Mehrere Male. Die Behüterin … Alviarin hat mich immer abgewimmelt. Die Amyrlin sei beschäftigt, sie hätte Termine, sie bräuchte Ruhe. Es gab immer eine Ausrede. Ich glaube, Elaida wollte einfach keine Freundschaft erneuern, die sie vor mehr als dreißig Jahren beendet hat.«

Also hatten sich auch die Rebellen daran erinnert. Wie hatten sie sich diese Freundschaft zunutze machen wollen? Höchstwahrscheinlich Spionage. Sie würde herausfinden müssen, wie Meidani die gesammelten Erkenntnisse weitergeben sollte. Auf jeden Fall hatten die Rebellen ein Werkzeug zur Verfügung gestellt, und Yukiri würde es benützen. »Alviarin steht Euch nicht mehr im Weg. Sie hat die Burg gestern oder vielleicht sogar vorgestern verlassen. Keiner weiß es genau. Aber die Dienerinnen sagten, dass sie Kleidung zum Wechseln mitgenommen hat, also ist es unwahrscheinlich, dass sie in den nächsten Tagen zurückkehrt.«

»Wo hätte sie bei diesem Wetter hingehen können?« Meidani runzelte die Stirn. »Seit gestern Morgen schneit es, was abzusehen war.«

Yukiri blieb stehen und drehte die andere Frau mit beiden Händen herum, sodass sie sie ansehen musste. »Meidani, für Euch ist nur eines wichtig, nämlich dass sie weg ist«, sagte sie energisch. *Wohin* war Alviarin gegangen? »Ihr habt freien Zugang zu Elaida, und Ihr werdet davon Gebrauch machen. Und Ihr werdet danach Ausschau halten, ob jemand in Elaidas Papieren herumstöbert. Passt nur auf, dass Ihr dabei niemandem auffallt.« Talene hatte ausgesagt, dass die Schwarze Ajah über alles Bescheid wusste, was aus dem Arbeitszimmer der Amyrlin kam, und zwar, bevor es allgemein bekannt gemacht wurde, und wenn sie herausfinden wollten, wie das möglich war, brauchten sie jemanden in Elaidas Nähe. Natürlich bekam Alviarin alles zu Gesicht, bevor Elaida es unterzeichnete, und die Frau hatte sich mehr Autorität verschafft als jede in der Geschichte bekannte Behüterin, aber das war kein Grund, sie als Schattenfreundin zu beschuldigen. Aber es war auch kein Grund, es nicht zu tun. Auch ihre Vergangenheit wurde untersucht. »Behaltet auch Alviarin im Auge, so gut es geht, aber hier kommt es auf Elaidas Papiere an.«

Meidani seufzte und nickte zögernd. Sie musste gehorchen, ob sie wollte oder nicht, aber sie erkannte die zusätzliche Gefahr, in der sie schweben würde, falls sich Alviarin als Schattenfreundin erwies. Aber auch Elaida konnte eine Schwarze sein, ganz egal, worauf Saerin und Pevara beharrten. Eine Schattenfreundin als Amyrlin. *Das* war ein Gedanke, der einem den Tag verderben konnte.

»Yukiri!«, rief eine Frau hinter ihnen im Korridor.

Eine Sitzende aus dem Saal der Weißen Burg zuckte *nicht* wie eine erschrockene Ziege zusammen, wenn sie ihren eigenen Namen hörte, aber Yukiri tat es. Hätte sie sich nicht an Meidani festgehalten, wäre sie möglicherweise gefallen, aber so stolperten sie beide umher wie betrunkene Bauern beim Erntedanktanz.

Yukiri gewann ihre Fassung wieder, riss die Stola zurecht und setzte eine finstere Miene auf, die sich nicht aufheiterte, als sie sah, wer da auf sie zueilte. Wenn Seaine nicht in Gesellschaft von Yukiri oder einer der anderen Sitzenden war, die über Talene und die Schwarze Ajah Bescheid wußten, sollte sie in ihren Gemächern bleiben, mit so vielen Weißen Schwestern um sie herum, wie sie auftreiben konnte, aber hier eilte sie den Korridor entlang mit nur Bernaile Gelbarn als Begleitung, einer stämmigen Tarabonerin, die ebenfalls eine von Meidanis Dohlen war. Leonin trat zur Seite und entrichtete Seaine eine formelle Verbeugung, die Fingerspitzen aufs Herz gelegt. Meidani und Bernaile waren dumm genug, sich zuzulächeln. Sie waren Freundinnen, aber sie hätten es besser unterlassen sollen, konnten sie doch gar nicht wissen, wer sie alles möglicherweise beobachtete.

Yukiri war nicht in der Stimmung, sich ein Lächeln abzuringen. »Frische Luft schnappen, Seaine?«, sagte sie scharf. »Saerin wird nicht erfreut sein, wenn ich ihr das erzähle. Nicht im mindesten. Ich bin *nicht* erfreut, Seaine.«

Meidani gab einen leisen, kehligen Laut von sich, und Bernailes Kopf fuhr so schnell herum, dass die dünnen, mit eingeflochtenen Perlen versehenen Zöpfe klirrend aneinander stießen. Die beiden richteten ihre ganze Aufmerksamkeit auf einen Wandteppich, der die Erniedrigung von Königin Rhiannon zeigte, und es war trotz ihrer ausdruckslosen Gesichter offensichtlich, dass sie sich wünschten, woanders zu sein. In ihren Augen sollten Sitzende einander gleichgestellt sein. Und das waren sie auch. Normalerweise. Gewissermaßen. Leonin hätte eigentlich kein Wort mitbekommen dürfen, aber er konnte natürlich Meidanis Stimmung spüren, und er trat noch einen Schritt zurück, während er auch weiterhin den Korridor im Auge behielt. Ein guter Mann. Ein kluger Mann.

Seaine war vernünftig genug, verlegen auszusehen. Sie glättete unbewusst das Kleid, das am Saum und auf dem Oberteil mit aufgestickten Schneeflocken verziert war, aber sogleich verkrampften sich ihre Hände um die Stola, und ihre Augenbrauen zogen sich stur zusammen. Seaine hatte von ihrem ersten Tag in der Burg an einen starken Willen bewiesen, die Tochter eines Möbelschreiners aus Lugard, die ihren Vater überredet hatte, für sie und ihre Mutter eine Schiffspassage zu kaufen. Zwei Personen flussaufwärts, aber nur eine zurück. Willensstark und selbstbewusst. Und oft so blind wie eine Braune, was die Welt um sie herum anging. Die Weißen waren oft so, nur Logik und kein Urteilsvermögen. »Es besteht keine Notwendigkeit, mich vor der Schwarzen Ajah zu verbergen, Yukiri«, sagte sie.

Yukiri zuckte zusammen. Diese dumme Kuh, in aller Öffentlichkeit die Schwarzen zur Sprache zu bringen.

Soweit die Biegung des Korridors zu beiden Seiten freie Sicht erlaubte, waren sie noch immer allein, aber oft führte Sorglosigkeit nur zu noch mehr Sorglosigkeit. Sie konnte auch stur sein, wenn es nötig war, aber wenigstens bewies sie mehr Verstand als eine Gans, was das Wann und Wo anging. Sie holte tief Luft, um Seaine gehörig ihre Meinung zu sagen, aber die andere Frau sprach weiter, bevor sie ein Wort äußern konnte.

»Saerin hat mir erlaubt, Euch zu suchen.« Seaine presste die Lippen aufeinander, und ihre Wangen röteten sich, entweder weil sie um Erlaubnis gefragt hatte oder weil sie überhaupt darum bitten musste. Natürlich war es verständlich, dass sie ihre Situation verabscheute. Aber es war dumm von ihr, es nicht zu akzeptieren. »Ich muss Euch allein sprechen, Yukiri. Es geht um ein zweites Geheimnis.«

Einen Augenblick lang war Yukiri so verblüfft, wie Meidani und Bernaile aussahen. Sie konnten so tun, als würden sie nicht zuhören, aber das machte sie nicht taub. Ein zweites Geheimnis? Was meinte Seaine? Es sei denn … Konnte sie die Sache meinen, die Yukiri erst in die Jagd auf die Schwarze Ajah verwickelt hatte? Angesichts der Notwendigkeit, die Schattenfreundinnen unter den Schwestern aufzuspüren, hatte die Frage, warum sich die Anführerinnen der Ajahs im Geheimen trafen, ihre Dringlichkeit verloren.

»Also gut, Seaine«, sagte Yukiri ruhiger, als ihr zumute war. »Meidani, geht mit Leonin den Korridor weiter entlang, bis Ihr Seaine und mich gerade noch sehen könnt. Haltet scharf nach jedem Aussicht, der aus dieser Richtung kommen könnte. Bernaile, Ihr tut das Gleiche in der anderen Richtung.« Sie setzten sich in Bewegung, bevor sie zu Ende gesprochen hatte, und sobald sie außer Hörweite waren, wandte sie Seaine ihre ganze Aufmerksamkeit zu. »Und?«

Zu ihrer Überraschung flackerte um die Sitzende der Weißen das Glühen *Saidars* auf, als sie um sie beide einen Abwehrschild gegen Lauscher webte. Für jeden möglichen Beobachter ein deutliches Zeichen, das es hier um Geheimnisse ging. Wehe, es war nicht wichtig.

»Denkt einmal in aller Ruhe darüber nach.« Seaines Stimme war ruhig, aber sie hielt ihre Stola noch immer mit geballten Fäusten umklammert. Ganz gerade stand sie da, überragte Yukiri, obwohl sie doch gar nicht so viel größer als der Durchschnitt war. »Es ist mehr als einen Monat her, fast schon zwei, seit Elaida zu mir gekommen ist, und es sind fast zwei Wochen vergangen, seit Ihr Pevara und mich ertappt habt. Wenn die Schwarze Ajah über mich Bescheid wüsste, wäre ich mittlerweile tot. Pevara und ich wären tot gewesen, bevor Ihr und Doesine und Saerin uns überhaupt überraschen konntet. Also wissen sie es nicht. Von keiner von uns. Ich gebe zu, dass ich zuerst Angst hatte, aber ich habe mich jetzt unter Kontrolle. Es gibt nicht den geringsten Grund, dass der Rest von Euch mich behandelt, als wäre ich eine Novizin« – eine Spur von Temperament schlich sich in die Gelassenheit ein – »und zwar eine ohne jeden Funken Verstand, was das angeht.«

»Da müsst Ihr Euch an Saerin wenden«, erwiderte Yukiri kurz angebunden. Saerin hatte von Anfang an das Kommando an sich gerissen – nach vierzig Jahren als Vertreterin der Braunen im Saal war Saerin ausgesprochen gut darin, das Kommando zu übernehmen –, und Yukiri hatte nicht die geringste Absicht, sich ohne Not gegen sie zu stellen, nicht ohne das Privileg der Sitzenden, das sie unter diesen Umständen kaum in Anspruch nehmen konnte. Da hätte man genauso gut einen in die Tiefe stürzenden Felsen auffangen können. Wenn Saerin überzeugt werden konnte, würden Pevara und Doesine sich ihr anschließen, und sie selbst würde kaum versuchen, sich in den Weg zu stellen. »Also, worum geht es bei diesem ›zweiten Geheimnis‹? Ihr *meint* doch das Treffen der Ajah-Anführerinnen, oder?«

Seaines Gesicht nahm den Ausdruck eines sturen Esels an. Fast schon rechnete Yukiri damit, dass sie die Ohren anlegte. Dann atmete sie aus. »Hatte die Anführerin Eurer Ajah etwas damit zu tun, Andaya in den Saal zu wählen? Ich meine, mehr als gewöhnlich?«

»Das hatte sie«, erwiderte Yukiri vorsichtig. Jedermann war davon überzeugt gewesen, dass Andaya eines Tages Mitglied des Saals werden würde, vielleicht in vierzig oder fünfzig Jahren, aber Serancha hatte sie förmlich berufen, obwohl das Verfahren für gewöhnlich aus einer Diskussion bestand, bis man sich auf drei oder vier Kandidaten einigen konnte, gefolgt von einer geheimen Abstimmung. Aber das war Sache der Ajah, so geheim wie Seranchas Name und Titel.

»Ich wusste es.« Seaine nickte aufgeregt, was sonst gar nicht ihre Art war. »Saerin hat gesagt, dass Juilaine ebenfalls für die Braunen ausgewählt wurde, auch wenn dies nicht den Gepflogenheiten entspricht, und Doesine sagt das Gleiche über Suana, obwohl sie zuerst gezögert hat, überhaupt etwas zu sagen. Ich glaube, Suana könnte die Anführerin der Gelben sein. Auf jeden Fall war sie das erste Mal vierzig Jahre lang eine Sitzende, und Ihr wisst, dass man normalerweise keinen Sitz mehr übernimmt, wenn man diesen Posten so lange innegehabt hat. Und Ferane ist vor weniger als zehn Jahren für die Weißen zurückgetreten; noch nie zuvor ist jemand wieder so schnell in den Saal zurückgekehrt. Und Talene sagt, dass die Grünen Nominierungen durchführen und ihr Generalhauptmann eine aussucht, aber Adelorna hat Rina ohne Nominierung ausgewählt.«

Yukiri schaffte es, eine Grimasse zu unterdrücken, aber nur um Haaresbreite. Jeder hatte seine Vermutungen, wer andere Ajah anführte, denn andernfalls wären die Treffen gar nicht aufgefallen, aber diese Namen auszusprechen war bestenfalls unhöflich. Von Sitzenden abgesehen, hätte jede Schwester dafür bestraft werden können. Natürlich wußten sie und Seaine Bescheid, wenn es um Adelorna ging. In ihren Bemühungen, sich anzubiedern, hatte Talene ungefragt sämtliche Geheimnisse der Grünen verraten. Sie alle waren peinlich berührt gewesen, ausgenommen Talene natürlich. Wenigstens hatte es erklärt, warum die Grünen so außer sich vor Zorn gewesen waren, als man Adelorna mit der Rute geprügelt hatte. Trotzdem war Generalhauptmann ein alberner Titel, selbst wenn sie eine Kampf-Ajah waren. Oberschreiberin war ein treffenderer Ausdruck für Seranchas Tätigkeit, jedenfalls gewissermaßen.

Ein Stück entfernt standen Meidani und ihr Behüter und unterhielten sich leise miteinander. Allerdings spähte einer von ihnen immer die Biegung entlang. In der anderen Richtung war auch Bernaile gerade noch am Ende der Biegung zu sehen. Sie drehte ständig den Kopf, da sie versuchte, Yukiri und Seaine zu beobachten, während sie gleichzeitig darauf achtete, ob jemand kam. Die Art und Weise, wie sie dabei von dem einen auf den anderen Fuß trat, hätte auch Aufmerksamkeit erregt, aber im Augenblick lud jede Schwester, die sich allein außerhalb der Quartiere ihrer Ajah bewegte, den Ärger förmlich ein, und das wusste sie. Diese Unterhaltung musste bald enden.

Yukiri hob einen Finger. »Fünf Ajahs mussten neue Sitzende erwählen, nachdem die Frauen, die sie im Saal sitzen hatten, sich den Rebellen angeschlossen hatten.« Seaine nickte wieder, und Yukiri hob einen zweiten Finger. »Jede dieser Ajahs wählte eine Frau als

Sitzende aus, die nicht die … logische Wahl war.« Seaine nickte abermals. Ein dritter Finger gesellte sich zu den ersten beiden. »Die Braunen mussten zwei neue Sitzende wählen, aber Ihr habt Shevan nicht erwähnt. Gibt es an ihr …« – Yukiri musste trocken lächeln – »… auch etwas Merkwürdiges?«

»Nein. Laut Saerin wäre Shevan aller Voraussicht nach ihr Ersatz gewesen, hätte sie sich entschieden zurückzutreten, aber …«

»Seaine, wenn Ihr tatsächlich meint, dass die Führerinnen der Ajahs in einer *Verschwörung* entschieden haben, wer in den Saal einzieht – und ich habe noch nie eine verrücktere Idee gehört! –, wenn Ihr das meint, warum sollten sie dann fünf ungewöhnliche Frauen aussuchen und eine, die es nicht ist?«

»Ja, das meine ich. Da der Rest von Euch mich mehr oder weniger gefangen gehalten hat, hatte ich mehr Zeit zum Nachdenken, als mir lieb war. Juilaine und Rina und Andaya gaben mir den ersten Hinweis, und Ferane ließ in mir den Entschluss entstehen, es zu überprüfen.« Was meinte Seaine damit, Andaya und die anderen beiden hätten sie überhaupt erst darauf gebracht? Oh, natürlich: auch Rina und Andaya waren eigentlich nicht alt genug, um im Saal zu sitzen. Der Brauch, nicht über das Alter zu sprechen, wurde schnell zur Gewohnheit, auch nicht darüber nachzudenken.

»Zwei könnten ein Zufall sein«, fuhr Seaine fort, »sogar drei, obwohl das schon sehr unglaubwürdig ist, aber fünf sind ein Muster. Von den Blauen abgesehen, waren die Braunen die einzige Ajah, bei der sich zwei Sitzende den Rebellen angeschlossen haben. Vielleicht ist das der Grund, warum sie eine ungewöhnliche und eine herkömmliche Schwester ausgesucht haben. Aber da besteht ein Muster, Yukiri, ein Rätsel, und ob es nun eine Erklärung dafür gibt oder nicht, etwas sagt mir, dass wir es lieber lösen sollten, bevor die Rebellen hier sind. Es erweckt in mir das Gefühl, dass mir jemand die Hand auf die Schulter legt, aber wenn ich mich umdrehe, ist da keiner.«

Unglaubwürdig war nur die Vorstellung, dass die Anführerinnen der Ajah sich zu einer Verschwörung zusammenfanden. *Andererseits ist eine Verschwörung der Sitzenden noch viel weiter hergeholt, und ich stecke mit in einer drin*, dachte Yukiri. Und da war die einfache Tatsache, dass niemand außerhalb einer Ajah die Anführerin der betreffenden Ajah kennen sollte, aber entgegen aller Bräuche wußten die Anführerinnen über einander Bescheid. »Wenn es da ein Rätsel gibt«, sagte sie müde, »habt Ihr viel Zeit, es zu lösen. Die Rebellen können Murandy nicht vor dem Frühling verlassen, egal, was sie den Leuten auch erzählen, und der Marsch flussaufwärts wird Monate in Anspruch nehmen, fall sie überhaupt das Heer so lange zusammenhalten.« Sie hatte nicht den geringsten Zweifel, dass ihnen das gelingen würde; das war vorbei. »Geht wieder in Eure Gemächer, bevor uns jemand hier von einem Schutzgewebe umgeben sieht, und denkt über Euer Rätsel nach«, sagte sie nicht unfreundlich und legte eine Hand auf Seaines Ärmel. »Ihr müsst Euch damit abfinden, beschützt zu werden, bis wir alle davon überzeugt sind, dass Ihr in Sicherheit seid.«

Bei jeder anderen außer einer Sitzenden hätte man den Ausdruck auf Seaines Gesicht als mürrisch bezeichnet. »Ich spreche noch einmal mit Saerin«, sagte sie, aber das Licht *Saidars* um sie herum erlosch.

Als Yukiri zusah, wie sie sich zu Bernaile gesellte und die beiden dann in Richtung der Ajah-Quartiere gingen, beide so vorsichtig wie Rehkitze, wenn die Wölfe unterwegs waren, wurde ihr das Herz schwer. Es war schade, dass die Rebellen nicht vor dem Sommer da sein würden. Wenigstens das hätte die Ajahs möglicherweise wieder zusammengebracht, sodass Schwestern nicht gezwungen gewesen wären, in der Weißen Burg herumzuschleichen. *Und sich Flügel zu wünschen,* dachte sie traurig.

Fest entschlossen, sich nichts anmerken zu lassen, begab sie sich zu Meidani und Leonin. Sie hatte eine Schwarze Schwester zu entlarven, und eine Untersuchung war wenigstens ein Rätsel, von dem sie wusste, wie sie es zu lösen hatte.

Gawyn schlug in der Dunkelheit die Augen auf, als ein neuer kalter Luftschwall durch den Heuschober wehte. Normalerweise hielten die dicken Steinmauern der Scheune die gröbste Nachtkälte ab. Unten ertönten Stimmen; keine klang aufgeregt. Er nahm die Hand von dem neben ihm liegenden Schwert und zog die Panzerhandschuhe fester. Wie die anderen Jünglinge schlief auch er mit jedem Fetzen Kleidung, den er anziehen konnte. Vermutlich war es gerade Zeit, einige der um ihn herum liegenden Männer für ihre Wache zu wecken, aber er war jetzt hellwach und bezweifelte, bald wieder Schlaf finden zu können. Sein Schlaf war sowieso unruhig und von dunklen Träumen erfüllt, von der Frau heimgesucht, die er liebte. Er wusste nicht, wo Egwene sich aufhielt oder ob sie überhaupt noch am Leben war. Oder ob sie ihm vergeben konnte. Er stand auf, ließ das lose Stroh, das er über sich gezogen hatte, von seinem Umhang fallen und schnallte den Schwertgürtel um.

Als er sich seinen Weg um die schattenhaften Hügel aus Männern herum suchte, die auf den aufgestapelten Heuballen schliefen, verriet ihm das leise Schaben von Stiefeln auf Holzsprossen, dass jemand die Leiter zum Heuboden hinaufkletterte. Eine undeutliche Gestalt erschien oben an der Leiter und verharrte dann, um auf ihn zu warten.

»Lord Gawyn?«, sagte Rajars tiefe Stimme leise; sechs Jahre der Ausbildung in Tar Valon hatten seinem Domani-Akzent nichts anhaben können. Die grollende Stimme des Ersten Leutnants war immer eine Überraschung, kam sie doch von einem schmächtigen Mann, der Gawyn gerade mal bis zur Schulter reichte. Trotzdem wäre Rajar zu einer anderen Zeit mit Sicherheit schon ein Behüter gewesen. »Ich dachte, ich müsste Euch wecken. Eben ist eine Schwester eingetroffen, sie kam zu Fuß. Eine Botin aus der Burg. Sie wollte die befehlshabende Schwester sprechen. Ich habe Tomil und seinen Bruder angewiesen, sie zum Haus des Bürgermeisters zu bringen, bevor sie schlafen gehen.«

Gawyn seufzte. Er hätte in die Heimat zurückkehren sollen, als er in Tar Valon gewesen war, statt hier zu überwintern. Vor allem, nachdem er zu der Überzeugung gelangt war, dass Elaida sie alle tot sehen wollte. Irgendwann würde seine Schwester Elayne nach Caemlyn kommen, falls sie nicht bereits schon dort war. Sicherlich würde jede Aes Sedai dafür sorgen, dass die Tochter-Erbin von Andor Caemlyn rechtzeitig erreichte, um den Anspruch auf den Thron zu erheben, bevor ihr jemand zuvorkam. Die Weiße Burg würde nicht den Vorteil einer Königin aus der Hand geben, die gleichzeitig Aes Sedai war. Andererseits konnte Elayne genauso gut auf dem Weg nach Tar Valon sein oder in genau dieser Minute in der Weißen Burg weilen. Er wusste nicht, wie sie an Siuan Sanche geraten oder wie tief sie darin verstrickt war – sie sprang immer in einen Teich, ohne vorher nachzusehen, wie tief er war –, aber Elaida und der Saal der Burg würden sie befragen wollen, und da spielte es keine Rolle, dass sie die Tochter-Erbin war. Oder die Königin. Allerdings war er fest davon überzeugt, dass man sie nicht zur Rechenschaft ziehen konnte. Noch immer war sie nur eine Aufgenommene. Er musste sich das öfters vor Augen halten.

Seine neueste Sorge galt dem Heer, das zwischen ihm und Tar Valon lag. Mindestens fünfundzwanzigtausend Soldaten auf dieser Seite des Flusses Erinin und angeblich genauso viele auf der anderen Seite. Sie unterstützten angeblich die Aes Sedai, die Elaida als Rebellen bezeichnete. Wer sonst würde es wagen, Tar Valon zu belagern? Die Art und Weise, wie das Heer erschienen war, wie es mitten in einem Schneesturm aus dem Nichts auftauchte, das reichte aus, um ihm noch immer eine Gänsehaut zu verschaffen. Jedem marschierenden Heer eilten Gerüchte und Alarmmeldungen voraus. Immer. Dieses Heer war lautlos wie Geister erschienen. Aber das Heer war so real wie ein Stein, also konnte er weder nach Tar Valon, um herauszufinden, ob sich Elayne in der Burg aufhielt, noch nach Süden reiten. Jedes Heer würde dreihundert Männer bemerken, und die Rebellen würden für die Jünglinge nicht viel übrig haben. Und selbst wenn er allein aufbrach, im Winter kam er nur langsam voran, und er konnte Caemlyn genauso schnell erreichen, wenn er auf den Frühling wartete. Es gab auch nicht die geringste Hoffnung, eine Schiffspassage zu finden. Die Belagerung würde den Flussverkehr zum Stillstand bringen. Er saß fest.

Und jetzt war in der Mitte der Nacht eine Aes Sedai gekommen. Sie würde die Sache gewiss nicht erleichtern.

»Lasst uns herausfinden, welche Neuigkeiten sie bringt«, sagte er leise und gab Rajar ein Zeichen, vor ihm die Leiter hinunterzuklettern.

Zwanzig Pferde und ihre aufgestapelten Sättel nahmen fast jeden Fingerbreit der dunklen Scheune ein, der nicht von Frau Millins etwa ein Dutzend Milchkühen eingenommen wurde, und so mussten er und Rajar sich ihren Weg zu dem breiten Tor suchen. Die einzige Wärme kam von den schlafenden Tieren. Die zwei Männer, die die Pferde bewachten, waren stumme Schatten, aber Gawyn spürte ihre neugierigen Blicke, als er und Rajar in die eisige Nacht hinausschlüpften. Sie würden über die Botin Bescheid wissen.

Der Himmel war klar, und der abnehmende Mond spendete noch immer genügend Licht. Der Schnee, der Dorlan einhüllte, funkelte hell. Die beiden Männer hielten die Umhänge zusammen und stapften stumm durch das Dorf, auf einer Straße, die von einer Stadt nach Tar Valon geführt hatte, die es seit Jahrhunderten nicht mehr gab. Heutzutage reiste niemand mehr aus Tar Valon in diese Richtung, außer er wollte nach Dorlan, und im Winter gab es dazu keinen Grund. Das Dorf lieferte Käse an die Weiße Burg, wie es Tradition war, und an niemanden sonst. Es war ein winziger Ort, fünfzehn mit Schiefer gedeckte graue Steinhäuser, an denen sich der Schnee bis zu den Fenstern im Erdgeschoss auftürmte. Wenige Schritte hinter jedem Haus stand der Kuhstall, in dem sich nun neben den Kühen Männer und Pferde drängten. In Tar Valon hatten die meisten vermutlich vergessen, dass Dorlan überhaupt existierte. Wer dachte schon darüber nach, wo der Käse herkam? Es war als ein guter Ort erschienen, um außer Sicht zu bleiben. Bis jetzt.

Alle Häuser des Dorfes waren dunkel bis auf eines. Licht drang durch die Läden mehrerer Fenster im Haus von Meister Burlow, zu ebener Erde und im ersten Stock. Garon Burlow hatte das Pech, das größte Haus von Dorlan zu besitzen – und Bürgermeister zu sein. Dörfler, die ihre Schlafzimmer geräumt hatten, um Platz für Aes Sedai zu schaffen, würden das mittlerweile vermutlich bereuen; Meister Burlow hatte bereits zwei leer stehende Räume gehabt.

Gawyn stampfte auf den steinernen Stufen den Schnee von den Stiefeln und klopfte mit dem Panzerhandschuh an die stabile Tür des Bürgermeisters. Niemand kam, und nach einem Moment hob er den Riegel und ging mit Rajar hinein.

Das vordere Zimmer mit seiner balkengestützten Decke war für ein Bauernhaus recht groß. Das Mobiliar bestand aus mehreren hohen Regalen voller Zinnkrüge und glasiertem Steingut sowie einem langen, auf Hochglanz poliertem Tisch mit hochlehnigen Stühlen. Sämtliche Öllampen waren entzündet worden, im Winter eine Extravaganz, wenn es ein paar Talgkerzen auch getan hätten, aber die Flammen im Kamin züngelten nur spärlich an den Holzscheiten. Trotzdem standen die beiden Schwestern, die ihre Zimmer im ersten Stock hatten, barfuß auf dem blanken Fußboden, die pelzgefütterten Umhänge hastig über die Leinennachthemden geworfen. Katerine Alruddin und Tarna Feir beobachteten eine kleine Frau in einem dunklen, gelb gestreiften Reitkleid und einem Umhang, der schneefeucht an ihren Hüften klebte. Sie stand so nahe am Kamin, wie es möglich war, wärmte müde ihre Hände und zitterte. Zu Fuß hatte sie die Reise von Tar Valon bei dem Schnee nicht in weniger als zwei oder drei Tagen machen können, und selbst Aes Sedai spürten irgendwann die Kälte. Sie musste die Schwester sein, von der Rajar gesprochen hatte, doch verglichen mit den beiden anderen war ihr die Alterslosigkeit kaum anzumerken.

Die Abwesenheit des Bürgermeisters und seiner Frau verursachte Gawyn Unbehagen, auch wenn er damit gerechnet hatte. Sie würden hier sein und um die Aes Sedai herumscharwenzeln, trotz der Stunde heiße Getränke und Essen anbieten, es sei dann, man hatte sie wieder in ihre Betten geschickt, um Katerine und Tarna mit der Botin allein zu lassen. Was vermutlich bedeutete, dass er ein Narr war, die Botschaft hören zu wollen. Aber das hatte er gewusst, bevor er den Stall verlassen hatte.

»… der Bootsmann sagte, er würde hier bleiben, bis die Belagerung zu Ende sei«, sagte die kleine Frau gerade müde, als Gawyn eintrat, »aber er hatte solche Angst, mittlerweile könnte er meilenweit flussabwärts sein.« Als die Kälte von der Tür sie erreichte, sah sie sich um, und etwas von der Müdigkeit verschwand aus ihrem kantigen Gesicht. »Gawyn Trakand«, sagte sie. »Ich habe Befehle für Euch vom Amyrlin-Sitz.«

»Befehle?« Gawyn zog die Handschuhe aus und schob sie hinter den Gürtel, um Zeit zu gewinnen. Er kam zu dem Schluss, dass diesmal die nackte Wahrheit angebracht war. »Warum sollte Elaida mir Befehle schicken? Warum sollte ich ihnen gehorchen, wenn sie es täte? Sie wollte nichts mehr mit mir und den Jünglingen zu tun haben.« Rajar hatte eine respektvolle Haltung angenommen, die Hände hinter dem Rücken gefaltet, und er warf Gawyn einen schnellen Seitenblick zu. Er würde nicht ungefragt sprechen, ganz egal, was Gawyn auch sagte, aber die Jünglinge teilten Gawyns Meinung nicht. Aes Sedai taten, was sie taten, und kein Mann konnte den Grund kennen, bis eine Schwester ihm diesen erklärte. Die Jünglinge hatten sich aus ganzem Herzen der Weißen Burg verschrieben und ihr Schicksal angenommen.

»Das kann warten, Narenwin«, fauchte Katerine und zog ruckartig den Umhang enger. Ihr schwarzes Haar war auf Schulterhöhe verfilzt, so als hätte sie ein paar hastige Striche mit der Bürste gemacht und dann aufgegeben. Von ihr ging eine Intensität aus, die Gawyn an einen jagenden Luchs erinnerte. Oder einen, der misstrauisch nach Fallen suchte. Sie hatte für ihn und Rajar nur einen flüchtigen Blick übrig, nicht mehr. »Ich habe in der Burg dringende Dinge zu erledigen. Sagt mir, wie ich dieses namenlose Fischerdorf finden kann. Ob Euer Bootsmann noch da ist oder nicht, ich finde schon jemanden, der mich rüberbringt.«

»Und mich auch«, warf Tarna ein; ihr kräftiges Kinn war stur nach vorn geschoben, und ihre blauen Augen blickten so scharf wie Speere. Im Gegensatz zu Katerine saß ihr langes, blondes Haar so ordentlich, als hätte sie es sich von einer Zofe richten lassen, bevor sie nach unten gegangen war. Allerdings war sie genauso konzentriert, nur eben beherrschter. »Ich habe ebenfalls dringende Gründe, die Burg ohne jede weitere Verzögerung zu erreichen.« Sie widmete Gawyn ein Nicken, Rajar erhielt ein angedeutetes, das so kühl wie der Marmor war, aus dem sie gemeißelt zu sein schien. Immerhin war das freundlicher als die Miene, die sie für Katerine übrig hatte oder die sie im Gegenzug erhielt. Zwischen den beiden Frauen herrschte immer eine gewisse Steifheit, obwohl sie derselben Ajah angehörten. Sie mochten sich nicht, verabscheuten einander möglicherweise sogar. Bei Aes Sedai war das schwer zu sagen.

Gawyn hätte den beiden keine Träne nachgeweint, wenn sie abgereist wären. Tarna war kaum einen Tag nach der Ankunft des mysteriösen Heeres angeritten gekommen, und wie Aes Sedai solche Dinge auch immer entschieden, hatte sie Lusonia Cole sofort aus ihrem Zimmer im ersten Stock vertrieben und Covarla Baldene der Befehlsgewalt über die elf anderen Schwestern enthoben, die sich bereits im Dorf aufhielten. So wie sie das Kommando an sich riss, die anderen Schwestern ausfragte und jeden Tag die Jünglinge eingehend inspizierte, als würde sie nach potenziellen Behütern Ausschau halten, hätte sie durchaus eine Grüne sein können. Aber auf diese Weise von einer Roten gemustert zu werden führte dazu, dass die Männer anfingen, über die Schulter zu sehen. Aber noch schlimmer war, dass Tarna viele Stunden ohne Rücksicht auf das Wetter mit Ausreiten verbrachte und versuchte, einen Einheimischen zu finden, der ihr an den

Belagerern vorbei einen Weg in die Stadt zeigen konnte. Früher oder später würde sie die Späher nach Dorlan führen. Katerine war erst gestern eingetroffen, außer sich vor Zorn, dass der Weg nach Tar Valon versperrt war, und hatte auf der Stelle Tarna das Kommando und Covarla ihr Zimmer weggenommen. Nicht, dass sie ihre Autorität auf die gleiche Weise benützte. Sie ging den anderen Schwestern aus dem Weg und weigerte sich zu verraten, warum sie bei den Quellen von Dumai verschwunden oder wo sie gewesen war. Aber auch sie hatte die Jünglinge inspiziert. Mit der Miene einer Frau, die eine Axt begutachtete, die sie benutzen wollte, und der es völlig gleichgültig war, wie viel Blut vergossen wurde. Gawyn wäre nicht überrascht gewesen, hätte sie versucht, ihn dazu zu bringen, einen Weg zu den Brücken in die Stadt freizukämpfen. Er wäre mehr als froh gewesen, beide gehen zu sehen. Aber wenn sie weg waren, würde er sich mit Narenwin auseinandersetzen müssen. Und mit Elaidas Befehlen.

»Es ist nicht mal ein richtiges Dorf, Katerine«, sagte die frierende Schwester, »nur drei oder vier schäbige Fischerhütten, auf dem Land einen ganzen Tag flussabwärts. Von hier sogar noch länger.« Sie hob ihren feuchten Rock an und hielt ihn näher ans Feuer. »Wir finden vielleicht einen Weg, Botschaften in die Stadt zu schicken, aber ihr beide werdet hier gebraucht. Allein die Schwierigkeit, selbst bei Dunkelheit auch nur ein kleines Boot ungesehen über den Fluss zu bekommen, hat Elaida davon abgehalten, fünfzig Schwestern zu schicken statt nur mich. Ich muss sagen, mich hat die Nachricht überrascht, dass in dieser Nähe zu Tar Valon Schwestern sind. Unter diesen Umständen muss jede Schwester, die sich außerhalb der Stadt aufhält …«

Tarna unterbrach sie energisch, indem sie die Hand hob. »Elaida kann nicht einmal wissen, dass ich hier bin.« Katerine runzelte die Stirn und hob das Kinn, aber sie ließ die andere Rote fortfahren. »Was sind ihre Befehle hinsichtlich der Schwestern in Dorlan, Narenwin?« Rajar fing an, interessiert die Bodendielen vor seinen Stiefeln zu mustern. Er hatte ohne mit der Wimper zu zucken an Schlachten teilgenommen, aber nur ein Narr wollte in der Nähe von Aes Sedai sein, die sich stritten.

Die kleine Frau fummelte noch einen Augenblick länger an ihrem Reitrock herum. »Ich habe den Befehl, das Kommando über die hier gefundenen Schwestern zu übernehmen«, sagte sie verdrossen, »und das zu tun, was ich kann.« Einen Moment später seufzte sie und verbesserte sich zögernd. »Die Schwestern, die ich unter Covarla antreffe. Aber bestimmt …«

Diesmal unterbrach sie Katerine. »Ich habe niemals unter Covarlas Kommando gestanden, Narenwin, also gelten diese Befehle nicht für mich. Ich breche am Morgen auf und finde diese Fischerhütten.«

»Aber …«

»Es reicht, Narenwin«, sagte Katerine eisig. »Trefft Eure Übereinkunft mit Covarla.« Die schwarzhaarige Frau warf ihrer Ajah-Schwester einen Seitenblick zu. »Ihr könnt mich begleiten, wenn Ihr wollt, Tarna. Ein Fischerboot sollte Platz für zwei haben.« Tarna neigte andeutungsweise den Kopf, möglicherweise als Dank.

Da sie ihre Dinge geregelt hatten, zogen die beiden Roten ihre Umhänge enger und rauschten auf die Tür zu, die ins Innere des Hauses führte. Narenwin warf ihnen einen verdrossenen Blick nach und wandte ihre Aufmerksamkeit dann Gawyn zu; ihr Gesicht nahm die Züge einer reglosen Maske an.

»Habt Ihr etwas von meiner Schwester gehört?«, fragte er, bevor sie den Mund aufmachen konnte. »Wisst Ihr, wo sie ist?«

Die Frau war wirklich müde. Sie blinzelte, und er konnte förmlich sehen, wie sie eine nichtssagende Antwort formulierte.

Tarna blieb auf dem halben Weg zur Tür stehen. »Als ich sie das letzte Mal sah, war Elayne bei den Rebellen.« Sämtliche Köpfe wandten sich ihr ruckartig zu. »Aber Eure Schwester braucht keine Strafe zu befürchten«, fuhr sie gelassen fort, »also denkt nicht länger daran. Aufgenommene können nicht wählen, welchen Schwestern sie gehorchen wollen. Ich gebe Euch mein Wort, dem Gesetz nach kann sie deshalb keinen bleibenden Schaden erleiden.« Sie schien sich Katerines finsterem Blick oder Narenwins hervorquellenden Augen nicht bewusst zu sein.

»Das hättet Ihr mir auch schon früher sagen können«, sagte Gawyn grob. Niemand sprach eine Aes Sedai in einem groben Tonfall ein, jedenfalls nicht mehr als einmal, aber das war ihm schon lange egal. Waren die anderen beiden überrascht, dass Tarna die Antwort kannte oder dass sie sie gegeben hatte? »Was meint Ihr damit, keinen ›bleibenden Schaden‹?«

Die blonde Schwester lachte verächtlich. »Ich kann kaum versprechen, dass sie nicht ein paar Striemen davonträgt, wenn sie ihre Füße zu weit in die falsche Richtung gesetzt hat. Elayne *ist* eine Aufgenommene, sie ist keine Aes Sedai. Das beschützt sie vor größerem Schaden, wenn sie von einer Schwester auf den falschen Weg geführt wird. Und Ihr habt nie gefragt. Davon abgesehen braucht sie nicht gerettet werden, selbst wenn Ihr das könntet. Sie ist bei den Aes Sedai. Nun wisst Ihr so viel, wie ich Euch über sie sagen kann, und ich werde vor Tagesanbruch noch ein paar Stunden schlafen. Ich überlasse Euch Narenwin.«

Katerine sah zu, wie sie ging, ohne ihre Miene auch nur einen Hauch zu verändern, eine Frau aus Eis mit den Augen einer Raubkatze, aber dann verließ sie den

Raum selbst so überstürzt, dass der Umhang hinter ihr herwehte.

»Tarna hat Recht«, sagte Narenwin, als sich die Tür hinter Katerine geschlossen hatte. In Anwesenheit der anderen beiden brachte die kleine Frau die Gelassenheit und das Geheimnisvolle der Aes Sedai vielleicht nicht gut zur Geltung, aber allein war sie ganz gut darin. »Elayne ist mit der Weißen Burg verbunden. Genau wie Ihr, trotz Eures Geredes darüber, verstoßen worden zu sein. Die Geschichte Andors bindet Euch an die Burg.«

»Die Jünglinge sind alle durch ihre freie Entscheidung an die Burg gebunden, Narenwin Sedai«, sagte Rajar und verneigte sich förmlich. Narenwins Blick blieb auf Gawyn gerichtet.

Er schloss die Augen, und er konnte sich nur mit Mühe davon abhalten, sie mit den Handballen zu massieren. Die Jünglinge *waren* an die Weiße Burg gebunden. Niemand würde je vergessen, dass sie auf dem Gelände der Burg darum gekämpft hatten, die Rettung einer abgesetzten Amyrlin zu verhindern. Ob im Guten oder im Schlechten, diese Geschichte würde ihnen bis ins Grab folgen. Auch er war davon gezeichnet, wie auch von seinen eigenen Geheimnissen. Nach all dem Blutvergießen war er der Mann, der Siuan Sanche hatte gehen lassen. Aber was noch viel wichtiger war, Elayne band ihn an die Weiße Burg, genau wie Egwene al'Vere, und er wusste nicht, was den Knoten fester zog, die Liebe zu seiner Schwester oder die Liebe seines Herzens. Eines davon aufzugeben bedeutete, alle drei aufzugeben, und solange er atmete, konnte er weder Elayne noch Egwene im Stich lassen.

»Ihr habt mein Wort, dass ich alles tun werde, was in meiner Macht steht«, sagte er müde. »Was will Elaida von mir?«

Der Himmel über Caemlyn war klar, die Sonne eine blasse goldene Scheibe in der Nähe ihres Zenits. Sie warf strahlend helles Licht auf die weiße Decke, die das umliegende Land einhüllte, spendete jedoch keine Wärme. Aber das Wetter war wärmer, als Davram Bashere erwartet hätte – und wie es zu Hause in Saldaea gewesen wäre –, obwohl er es nicht bereute, dass sein neuer Umhang mit Marderfell gefüttert war. Zumindest war es kalt genug, dass sein Atem seinen buschigen Schnurrbart mit mehr Weiß gesprenkelt hatte, als die Jahre geschafft hatten. Er stand etwa eine Meile von Caemlyn entfernt auf einer Anhöhe zwischen kahlen Bäumen, bis zu den Knöcheln im Schnee versunken, und hielt ein langes, vergoldetes Fernglas ans Auge und studierte die Aktivitäten, die sich etwa eine Meile südlich von ihm im niedrigeren Gelände abspielten. Schnellhuf stupste ihn ungeduldig gegen die Schulter, aber er ignorierte den Braunen. Schnellhuf stand nicht gern still da, aber manchmal musste man das tun, ganz egal, was man wollte.

Dort unten entstand zwischen vereinzelt stehenden Bäumen ein großes Lager, mitten auf der Straße nach Tar Valon; Soldaten entluden Proviantwagen, gruben Latrinen, bauten Zelte auf und errichten Unterstände aus Büschen und Holz. Jeder Lord und jede Lady hielt ihre Männer in der Nähe. Sie rechneten damit, einige Zeit lang hier zu bleiben. Nach den Halteseilen für die Pferde und der allgemeinen Größe des Lagers zu urteilen, schätzte er die Zahl auf etwa fünftausend Mann, vielleicht waren es ein paar hundert mehr oder weniger. Pfeilmacher, Huf- und Waffenschmiede, Wäscherinnen, Kutscher und andere Angehörige des Lagervolks verdoppelten die Zahl der Krieger beinahe, allerdings schlugen sie ihr eigenes Lager wie gewöhnlich an den Rändern auf. Der größte Teil des Lagervolks verbrachte mehr Zeit damit, zu dem Hügel hinaufzublicken, auf dem Bashere stand, als zu arbeiten. Hier und da hielt auch ein Soldat bei der Arbeit inne, um zu dem höher gelegenen Gelände zu sehen, aber die Bannermänner und Gruppenführer trieben sie schnell wieder an die Arbeit. Die Adligen und Offiziere, die in dem entstehenden Lager umherritten, warfen nicht mal einen Blick nach Norden. Das entging Bashere nicht. Eine Senke verbarg sie vor der Stadt, aber er konnte von seinem erhöhten Standpunkt aus die grauen, mit silbernen Streifen versehenen Stadtmauern sehen. Die Stadt wusste natürlich, dass sie da waren; sie hatten sich am Morgen in Sichtweite der Mauern mit Fanfaren und Flaggen gezeigt. Allerdings weit außerhalb jeder Bogenschussreichweite.

Es war keine einfache Sache, eine Stadt zu belagern, deren hohe, starke Mauern sich fast sechs Meilen lang erstreckten. In diesem Fall wurde das noch von Niedercaemlyn erschwert, dem Stadtbezirk aus Ziegel- und Steinhäusern und Geschäften, fensterlosen Lagerhäusern und langen Märkten, der außerhalb von Caemlyns Mauern lag. Sieben weitere Lager dieser Art wurden rings um die Stadt errichtet, wo sie jede Straße und jedes Tor überwachen konnten, die einen schlagkräftigen Ausfall erlaubten. Sie hatten bereits Patrouillen ausgeschickt, und vermutlich lauerten Beobachter in den nun verlassenen Gebäuden Niedercaemlyns. Kleine Gruppen würden es vielleicht vorbei an den Lagern in die Stadt schaffen, vielleicht ein paar Lasttiere in der Nacht, aber das würde nicht einmal annähernd ausreichen, um eine der größten Städte der Welt zu ernähren. Hunger und Seuchen hatten mehr Belagerungen beendet als Schwerter oder Belagerungsmaschinen. Die einzige Frage war, ob sie zuerst die Belagerer oder die Eingeschlossenen besiegten.

Allem Anschein nach war der Plan von jemandem gut durchdacht worden, aber was ihn verwirrte, waren die Banner in dem Lager unter ihm. Es war ein starkes Fernglas, hergestellt von einem Cairhiener namens Tovere, ein Geschenk von Rand al'Thor, und er konnte die meisten Banner bestimmen, wenn eine Brise sie entfaltete. Er wusste genug über andoranische Siegel, um Eiche und Axt von Dawlin Armaghn und die fünf silbernen Sterne von Daerilla Raened sowie einige der geringeren Adligen zu erkennen, die Naean Arawns Anspruch auf den Löwenthron und die Rosenkrone von Andor unterstützten. Aber da unten waren auch Jailin Marans Rote Mauer und Carlys Ankerins Weiße Leoparden, und Eram Talkends goldene Schwingenhand. Allen Berichten zufolge waren sie Naeans Rivalin Elenia Sarand eidverpflichtet. Es war ein Anblick, als würde man Wölfen und Wolfshunden bei einer gemeinsamen Mahlzeit zusehen. Mit einem geöffneten Fass guten Weins.

Es waren noch zwei andere Banner aufgestellt, mindestens doppelt so groß wie die übrigen und mit goldenen Fransen versehen, allerdings waren beide zu schwer, als dass der gelegentliche Windstoß sie hätte entfalten können. Sie leuchteten mit dem Glanz dicker Seide. Er hatte beide allerdings schon ausgiebig zuvor sehen können, als die Bannermänner auf dem Hügel, der das Lager verbarg, hin und her galoppierten und die Banner flattern ließen. Das eine stellte den Löwen von Andor dar, weiß auf rotem Feld, der gleiche, der auf den hohen Rundtürmen der Stadtmauer wehte. In beiden Fällen deklarierte er das Recht von jemanden auf Thron und Krone. Das zweite große Banner bezeichnete die Frau, die ihren Anspruch gegen den von Elayne Trakand geltend machte. Vier Silbermonde auf zwielichtblauem Untergrund, das Zeichen von Haus Marne. Sie alle unterstützten Arymilla Marne? Noch vor einem Monat hätte sie Glück gehabt, wenn ihr jemand – mal abgesehen von Mitgliedern ihres eigenen

Haues oder diesem halb verrückten Nasin Caeren – ein Bett für die Nacht angeboten hätte!

»Sie ignorieren uns«, knurrte Bael. »Ich könnte sie noch vor Sonnenuntergang zerschmettern und keinen am Leben lassen, um den nächsten Sonnenaufgang zu sehen, und sie ignorieren uns.«

Bashere warf dem Aielmann einen prüfenden Blick zu. Der Mann überragte ihn um mindestens einen Fuß. Über dem schwarzen Schleier vor seinem Gesicht waren nur die grauen Augen und ein Streifen von der Sonne verbrannter Haut zu sehen. Bashere hoffte, dass er lediglich Mund und Nase vor der Kälte schützte. Bael trug seine Kurzspeere und den Rundschild aus Stierleder, auf dem Rücken steckte ein Bogen in seinem Futteral, an der Hüfte hing ein Köcher mit Pfeilen, aber allein der Schleier zählte. Das war nicht der richtige Augenblick für den Aiel, mit dem Töten anzufangen. Zwanzig Schritte den Hügel hinunter in Richtung des Lagers kauerten dreißig weitere Aiel auf den Fersen und hielten lässig ihre Waffen. Einer von dreien hatte sein Gesicht entblößt, also war es vielleicht die Kälte. Aber bei den Aiel konnte man sich nie sicher sein.

Bashere überdachte schnell mehrere Ansätze, dann entschied er sich für Unbefangenheit. »Das würde Elayne Trakand nicht gefallen, Bael, und falls Ihr vergessen haben solltet, wie es ist, ein junger Mann zu sein, es bedeutet auch, dass es Rand al'Thor nicht gefallen würde.«

Bael grunzte verächtlich. »Melaine hat mir berichtet, was Elayne Trakand gesagt hat. Wir dürfen ihretwegen nichts unternehmen. Das ist einfältig. Wenn ein Feind auf einen zukommt, dann setzt man alles ein, was die Speere auf deiner Seite tanzen lässt. Spielen sie den Krieg so, wie sie das Spiel der Häuser spielen?«

»Wir sind Ausländer, Bael. Das zählt in Andor.«

Der große Aielmann grunzte erneut.

Es erschien sinnlos, die politische Situation zu erklären. Hilfe aus dem Ausland konnte Elayne ebendies kosten, was sie erreichen wollte, und das wußten ihre Feinde, so wie sie wußten, dass sie es wusste, darum fürchteten sie weder Bashere oder Bael oder die Legion des Drachen, ganz egal, wie groß ihre Anzahl auch war. Tatsächlich würden beide Seiten trotz der Belagerung große Anstrengungen unternehmen, eine Schlacht zu vermeiden. Es war ein Krieg, aber einer aus Manövern und Scharmützeln, solange niemand einen schwerwiegenden Fehler beging, und der Gewinner würde derjenige sein, der eine unangreifbare Position erreichte oder den anderen in eine zwang, die nicht verteidigt werden konnte. Bael würde keinen Unterschied zum *Daes Dae'mar* sehen. Sogar Bashere selbst sah viele Ähnlichkeiten. Mit der Großen Fäule vor der Türschwelle konnte sich Saldaea keinen Wettstreit um den Thron leisten. Tyrannen konnten ertragen werden, und die Große Fäule tötete schnell die Dummen und die Gierigen, aber schon diese seltsame Art von Bürgerkrieg würde der Fäule gestatten, Saldaea zu vernichten.

Er machte sich wieder daran, das Lager durch sein Fernglas zu studieren und zu ergründen, wie eine hoffnungslose Närrin wie Arymilla Marne die Unterstützung von Naean Arawn und Elenia Sarand hatte bekommen können. Die beiden waren gierig und ehrgeizig, jede von ihnen war der unerschütterlichen Überzeugung, das Recht auf den Thron zu haben, und wenn er das verworrene Netz richtig verstand, mit dem die Andoraner diese Angelegenheiten entschieden, hatte jede von ihnen einen weitaus besseren Anspruch als Arymilla. Wölfe und Wolfshunde traf nicht zu. Das waren Wölfe, die sich entschieden hatten, einem Schoßhund zu folgen. Vielleicht kannte Elayne den Grund, aber sie würde kaum mit ihm aufschlussreiche Depeschen austauschen. Das Risiko war zu groß, dass jemand davon erfuhr und auf den Gedanken kam, sie würde mit ihm konspirieren. Es *hatte* große Ähnlichkeit mit dem Spiel der Häuser.

»Jemand wird den Tanz der Speere tanzen«, sagte Bael, und Bashere senkte das verzierte Rohr lange genug, um zu sehen, wohin der Aielmann zeigte.

Seit Tagen war ein stetiger Strom von Leuten vor der Belagerung aus der Stadt geflohen, aber jemand war zu spät aufgebrochen. Ein halbes Dutzend mit Segeltuch bespannte Wagen standen außerhalb von Niedercaemlyn in der Mitte der Straße nach Tar Valon, umgeben von fünfzig Reitern mit einem blauweißen geviertelten Banner, das einen laufenden Bären oder vielleicht auch einen stämmigen Hund zeigte, wenn es sich im Wind bewegte. Auf der einen Seite drängten sich entmutigte Menschen, die ihre Umhänge enger zogen, Männer mit gesenkten Köpfen und Kinder, die sich an die Röcke ihrer Mütter klammerten. Ein paar Reiter waren abgestiegen, um die Wagen zu plündern; Truhen, Kisten und, soweit zu erkennen war, sogar Kleidungsstücke lagen verstreut im Schnee. Vermutlich suchten sie nach Geld oder Schnaps, allerdings würden auch andere Wertgegenstände, die ihnen in die Hände fielen, den Weg in ihre Satteltaschen finden. Bald würde jemand die Zugtiere abschneiden, vielleicht würden sie auch die Wagen nehmen. Jedes Heer konnte Pferde und Wagen gebrauchen, und die seltsamen Regeln dieses sehr seltsamen andoranischen Bürgerkriegs schienen jenen, die zur falschen Zeit am falschen Ort waren, nicht viel Schutz zu gewähren. Aber die Stadttore schwangen auf, und sobald der Spalt groß genug war, strömten rotgewandete Lanzenreiter im Galopp aus dem zwanzig Fuß hohen Torbogen und preschten die Straße zwischen den langen, verlassenen Marktständen entlang. Sonnenlicht funkelte auf Lanzenspitzen, Harnischen und Helmen. Die Königliche Garde kam. Jedenfalls genug davon. Bashere schwang das Fernglas zurück auf die Wagen.

Anscheinend hatte der Offizier unter der Bärenstandarte, wenn es nun ein Bär war, bereits seine Rechenaufgaben gemacht. Fünfzig gegen zweihundert Mann war wenig aussichtsreich, wo es doch nur um ein paar Wagen ging. Die Männer, die abgestiegen waren, saßen bereits wieder in den Sätteln, und als Bashere sie erneut im Blickfeld hatte, galoppierten sie bereits in nördliche Richtung auf ihn zu, und das blauweiße Banner flatterte an seinem Stab. Die meisten der Menschen, die sich am Straßenrand zusammendrängten, starrten hinter den Soldaten her, ihre Verwirrung war unverkennbar, aber ein paar von ihnen eilten bereits los, um ihr verstreutes Eigentum aus dem Schnee zu bergen und in die Wagen zu laden.

Die Ankunft der Gardesoldaten, die ein paar Minuten später die Pferde um die Wagen herum zügelten, machte dem ein schnelles Ende. Die Gardisten drängten unverzüglich die Leute zu den Wagen. Ein paar von ihnen versuchten trotzdem, an ihnen vorbei zu geschätzten Besitztümern zu gelangen, und ein Mann fing an, mit den Armen vor einem Gardisten herumzufuchteln, offensichtlich ein Offizier mit weißen Federn auf dem Helm und einer roten Schärpe quer über dem Harnisch, aber der Soldat beugte sich aus dem Sattel nach unten und schlug dem Protestierenden mit dem Handrücken ins Gesicht. Der Bursche stürzte rücklings wie ein Stein zu Boden, und nach einem Moment der Erstarrung eilte jeder, der noch nicht zurück auf die Wagen kletterte, los, mit Ausnahme von zwei Männern, die verharrten, um den Gestürzten an Schultern und Füßen zu packen, und auch sie beeilten sich, so gut es mit dem schlaffen Körper ging. Eine Frau auf dem letzten Wagen schnalzte bereits mit den Zügeln, um ihre Pferde zum Wenden zu bewegen und zur Stadt zurückzufahren.

Bashere senkte das Fernglas, um den Blick über das Lager schweifen zu lassen, dann drückte er es zurück ans Auge. Noch immer gruben Männer mit Schaufel und Hacke, während andere Säcke und Fässer von den Wagen stemmten. Adlige und Offiziere lenkten ihre Pferde im Schritttempo durch das Lager und behielten die Arbeiten im Auge. Alle so ruhig wie Vieh auf der Weide. Dann zeigte jemand auf den Hügel zwischen ihnen und der Stadt, und dann noch andere, und die berittenen Männer verfielen in den Trab und riefen offensichtlich Befehle. Das Bärenbanner kam gerade oben auf dem Hügelkamm in Sicht.

Bashere klemmte sich das Fernglas unter den Arm und runzelte die Stirn. Sie hatten auf dem höheren Gelände keine Wachen aufgestellt, um sie vor dem zu warnen, was möglicherweise außerhalb ihrer Sicht geschah. Selbst in der Gewissheit, dass niemand eine Schlacht provozieren würde, war das ausgesprochen dumm. Es hätte unter Umständen aber auch nützlich sein können, falls die anderen Lager genauso sorglos waren und niemand den Fehler berichtigte. Er blies durch seinen Schnurrbart. Hätte er die Belagerer bekämpft.

Ein Blick verriet ihm, dass die Wagen mit ihrer Gardeeskorte den halben Weg zum Tor zurückgelegt hatten; die Kutscher peitschten ihre Gespanne, als würden ihnen Verfolger im Nacken sitzen. Aber vielleicht war es auch der Offizier mit der Schärpe, der aus irgendeinem Grund mit seinem Schwert herumfuchtelte. »Heute wird es keinen Tanz geben«, sagte er.

»Dann habe ich Besseres zu tun, als Feuchtländern beim Graben zuzusehen«, erwiderte Bael. »Möget Ihr immer Wasser und Schatten finden, Davram Bashere.«

»Im Moment wären mir trockene Füße und ein warmes Feuer lieber«, murmelte Bashere ohne Nachzudenken und wünschte sofort, er hätte das nicht gesagt. Beleidige die Bräuche eines Mannes, und er konnte einen töten, und die Aiel waren von ihrem Brauchtum besessen; außerdem waren sie seltsam.

Aber Bael warf den Kopf zurück und lachte. »Die Feuchtländer stellen alles auf den Kopf, Davram Bashere.« Eine unauffällige Geste seiner rechten Hand brachte die anderen Aiel auf die Füße, und sie liefen in langen, mühelosen Schritten nach Osten. Der Schnee schien sie nicht im mindesten zu behindern.

Bashere schob das Fernglas in das Lederfutteral an Schnellhufs Sattelknauf, stieg auf und lenkte den Braunen nach Westen. Seine Eskorte hatte auf der anderen Hügelseite gewartet, und die Männer schlossen sich ihm nur mit dem leisen Ächzen von Leder und nicht dem geringsten Klirren ungesicherten Stahls an. Sie war zahlenmäßig geringer als Baels Eskorte, aber es waren harte Männer von seinem Grundbesitz in Tyr, und er hatte sie viele Male in die Fäule geführt, bevor er sie in den Süden gebracht hatte. Jeder Mann hatte seinen Teil der Umgebung, den er überwachen musste, voraus oder hinter ihnen, links oder rechts, oben oder unten, und ihre Köpfe befanden sich in ständiger Bewegung. Bashere hoffte, dass sie es auch mit der nötigen Aufmerksamkeit taten. Der Wald war hier recht spärlich und die Äste kahl – abgesehen bei Eichen, Zwerglorbeer, Kiefern und Fichten –, aber die schneebedeckte Landschaft war so hügelig, dass keine fünfzig Schritte weit weg hundert Reiter ungesehen warten konnten. Nicht, dass er damit rechnete, andererseits war es immer das Unerwartete, das einen umbrachte. Unbewusst lockerte er das Schwert in seiner Scheide. Man musste immer mit dem Unerwarteten rechnen.

Tumad hatte das Kommando über die Eskorte, so wie an den meisten Tagen, an denen Bashere für den jungen Leutnant nichts Wichtigeres zu tun hatte. Er baute ihn auf. Der junge Mann konnte klar denken und über das hinaus sehen, was sich vor seiner Nase befand; er war für die höheren Ränge bestimmt, falls er lange genug lebte. Er war hochgewachsen, wenn auch ein paar Handbreit kleiner als Bael, und heute trug er überdeutlich Verstimmung zur Schau.

»Was ist, Tumad?«

»Der Aielmann hatte recht, mein Lord.« Tumad zupfte ärgerlich mit einer behandschuhten Faust an seinem dichten schwarzen Vollbart. »Diese Andoraner spucken vor unsere Füße. Es gefällt mir nicht, wegreiten zu müssen, während sie uns eine lange Nase drehen.« Nun ja, er war noch jung.

»Findet Ihr unsere Situation langweilig?« Bashere lachte. »Ihr braucht mehr Aufmerksamkeit? Tenobia ist nur fünfzig Meilen nördlich von uns, und falls man den Gerüchten Glauben schenken darf, hat sie Ethenielle von Kandor, Paitar von Arafel und sogar diesen Schienarer Easar mitgebracht. Die versammelte Macht der Grenzländer sucht nach uns, Tumad. Ich habe gehört, dass diesen Andoranern unten in Murandy nicht gefällt, dass wir in Andor sind, und falls dieses Heer aus Aes Sedai, dem sie gegenüberstehen, sie nicht in Stücke haut oder es bereits getan hat, könnten sie aufbrechen und nach uns Ausschau halten. Die Aes Sedai übrigens auch, früher oder später. Wir sind für den Wiedergeborenen Drachen geritten, und ich kann mir nicht vorstellen, dass auch nur eine Schwester das jemals vergessen wird. Und dann sind da die Seanchaner, Tumad. Glaubt Ihr wirklich, dass wir sie das letzte Mal gesehen haben? Sie kommen zu uns, oder wir werden zu ihnen gehen müssen; das eine oder das andere ist gewiss. Ihr jungen Männer habt keinen Blick für Aufregung, und wenn sie euch in den Schnurrbart kriecht!«

Leises Gelächter ging durch die folgenden Männer, die größtenteils in Basheres Alter waren, und selbst Tumad ließ die weißen Zähne zu einem Lachen aufblitzen. Sie alle hatten schon zuvor an Feldzügen teilgenommen, wenn auch noch keiner so seltsam wie dieser gewesen war. Bashere wandte den Kopf nach vorn und musterte den Weg, der zwischen den Bäumen vorbeiführte, aber seine Gedanken schweiften ab.

In Wahrheit bereitete ihm Tenobia Sorgen. Das Licht allein wusste, warum Easar und die anderen den Entschluss gefasst hatten, die Grenze zur Großen Fäule zu verlassen, ganz zu schweigen davon, dort so viele Soldaten abzuziehen, wie sie angeblich mit nach Süden gebracht hatten. Selbst wenn man die Zahl der Gerüchte noch halbierte. Zweifellos hatten sie Gründe, die sie als ausreichend betrachteten, und zweifellos teilte Tenobia sie. Aber er kannte sie; er hatte ihr das Reiten beigebracht, hatte sie aufwachsen gesehen und ihr die Zerbrochene Krone aufgesetzt, als sie den Thron bestieg. Sie war eine gute Herrscherin, ihre Hand war weder zu streng noch zu lasch, sie war intelligent, wenn auch nicht immer klug, mutig, ohne leichtsinnig zu sein, aber impulsiv war ein zu schwaches Wort für sie. Manchmal traf es nicht einmal hitzig. Und er war so sicher, wie er nur sein konnte, dass sie abgesehen von den Zielen der anderen – was auch immer sie erstrebten – ihr eigenes Ziel verfolgte. Der Kopf von Davram Bashere. Wenn dem so war, würde sie sich kaum mit einigen weiteren Jahren im Exil zufrieden geben, nicht, nachdem sie so weit gereist war. Je länger Tenobia an einem Knochen herumkaute, desto schwerer war es, sie davon zu überzeugen, ihn loszulassen. Es war ein hübsches Problem. Eigentlich sollte sie in Saldaea sein und die Grenze zur Fäule bewachen, er aber auch. Sie konnte ihn wegen dem, was er seit seiner Ankunft im Süden getan hatte, mindestens zweimal wegen Verrats verurteilen lassen, aber ihm war noch immer nicht eingefallen, was er hätte anders machen können. Rebellion – wenn Tenobia wollte, konnte sie den Begriff großzügig auslegen –, es war schrecklich, Rebellion in Betracht zu ziehen, aber er hatte fest vor, seinen Kopf noch eine Weile auf den Schultern zu tragen. Ein hübsches und dorniges Problem.

Das Lager, das die etwa achttausend Mann umfassende leichte Kavallerie beherbergte, über die er noch verfügte, nachdem er Illian verlassen und gegen die Seanchaner gekämpft hatte, breitete sich über eine größere Fläche aus als das Lager auf der Straße nach Tar Valon, aber man konnte nicht behaupten, dass es in alle Richtungen wucherte. Die Halteseile der Pferde bestanden aus gleich großen Reihen, an deren beiden Enden die Öfen der Hufschmiede aufgebaut waren; sie erstreckten sich zwischen gleichermaßen geraden Reihen großer grauer oder muschelweißer Zelte, die größtenteils Flicken aufwiesen. Jeder Mann konnte nach einem Trompetensignal in der Zeit, in der man bis fünfzig zählte, aufgesessen und kampfbereit sein, und seine Wachen waren so aufgestellt, dass gewährleistet war, dass sie diese Zeit und mehr auch hatten. Selbst das Lager des Trosses mit seinen Zelten und Wagen einhundert Schritte weiter südlich war ordentlicher als das der Soldaten, die die Stadt belagerten, so als wären sie dem Beispiel der Saldaeaner gefolgt. Jedenfalls bis zu einem gewissen Punkt.

Als er mit seiner Eskorte angeritten kam, strömten Männer schnell und grimmig zu den Pferdeseilen, so als wäre das Signal zum Aufsitzen ertönt. Mehr als einer hatte das Schwert gezogen. Stimmen riefen ihm entgegen, aber beim Anblick einer großen Menge Männer und Frauen – es waren hauptsächlich Frauen –, die in der Lagermitte versammelt war, verspürte er plötzlich ein taubes Gefühl in seinem Inneren. Er stieß mit den Fersen zu, und Schnellhuf verfiel in Galopp. Er wusste nicht, ob ihm jemand folgte oder nicht. Er hörte nichts außer dem Pochen seines Bluts in den Ohren, sah nichts außer der Menge vor seinem eigenen hoch aufragenden Zelt. Das Zelt, das er mit Deira teilte.

Er zügelte nicht einmal das Pferd, als er die Menge erreichte, sondern sprang einfach aus dem Sattel und landete laufend auf dem Boden. Er hörte die Leute sprechen, ohne wahrzunehmen, was sie sagten. Sie wichen vor ihm zurück und öffneten einen Pfad zu seinem Zelt; er hätte sie sonst über den Haufen gelaufen.

Hinter der Schwelle kam er zum Stehen. Das Zelt war groß genug, um zwanzig Soldaten einen Schlafplatz zu gewähren, aber nun drängten sich Frauen bis zu den Wänden, die Ehefrauen von Adligen und Offizieren, aber sein suchender Blick fand schnell seine eigene Frau. Deira saß auf einem Klappstuhl in der Mitte des Teppichs, und das Gefühl der Taubheit verschwand. Ihm war klar, dass sie eines Tages sterben würde – das würden sie beide –, aber er fürchtete nur eines: ohne sie leben zu müssen. Dann sah er, dass einige der Frauen ihr halfen, das Gewand bis zur Taille abzustreifen. Eine andere drückte ein zusammengefaltetes Tuch gegen Deiras linken Arm, und der Stoff verfärbte sich rot, während Blut den Arm hinunterströmte und von ihren Fingern in eine auf den Teppich gestellte Schüssel tropfte. In der Schüssel befand sich bereits eine beträchtliche Menge dunkles Blut.

Sie sah ihn im gleichen Augenblick, und ihre Augen blitzten in einem Gesicht auf, das viel zu blass war. »Das kommt davon, wenn man Ausländer in seine Dienste nimmt«, sagte sie wild und drohte ihm mit dem Dolch in ihrer rechten Hand. So groß wie die meisten Männer, ein paar Fingerbreit größer als er, und wunderschön, wurde ihr Gesicht von rabenschwarzem, mit weißen Strähnen durchzogenem Haar eingerahmt; sie hatte ein dominierendes Auftreten, das herrisch werden konnte, wenn sie wütend war. Selbst wenn sie sich offensichtlich kaum aufrecht halten konnte. Die meisten Frauen hätte es verunsichert, in Anwesenheit ihres Gemahls vor so vielen Menschen nackt bis zur Taille zu sitzen. Aber nicht Deira. »Wenn du nicht immer darauf beharren würdest, schnell wie der Wind zu reisen, könnten wir gute Männer von unseren eigenen Gütern haben, um alles Notwendige zu erledigen.«

»Ein Streit mit der Dienerschaft, Deira?«, sagte er und hob eine Braue. »Ich hätte nie gedacht, dass du mit Messern auf sie losgehst.« Ein paar Frauen warfen ihm kühle Seitenblicke zu. Nicht jeder Mann und seine Frau gingen so miteinander um wie er und Deira. Manche hielten sie für merkwürdig, weil sie sich nur selten anschrien.

Deira sah ihn stirnrunzelnd an, dann gab sie ein kurzes, unwillkürliches Lachen von sich. »Ich werde am Anfang beginnen, Davram. Und es langsam erzählen, damit du auch mitkommst«, fügte sie mit einem schmalen Lächeln hinzu und hielt inne, um der Frau zu danken, die ein weißes Leinentuch um ihren nackten Oberkörper drapiert hatte. »Ich kehrte von meinem Ausritt zurück und ertappte zwei seltsame Männer dabei, wie sie unser Zelt durchwühlten. Sie zogen Dolche, also schlug ich den einen mit einem Stuhl nieder und versetzte dem anderen einen Stich.« Sie bedachte ihren verletzten Arm mit einer Grimasse. »Nicht gut genug, da es ihm gelang, mich zu verletzen. Dann kamen Zavion und ein paar der anderen herein, und die beiden flohen durch den Schlitz, den sie in die Rückseite des Zelts geschnitten hatten.«

Mehrere Frauen nickten grimmig und griffen nach den Dolchen, die sie alle trugen. Bis Deira finster sagte: »Ich habe ihnen befohlen, die Verfolgung aufzunehmen, aber sie bestanden darauf, diesen Kratzer zu versorgen.« Hände ließen Dolche los, und Gesichter röteten sich, obwohl keine auch nur annähernd so aussah, als würde es ihr Leid tun, den Befehl nicht befolgt zu haben. Sie waren in einer schwierigen Lage gewesen. Deira war ihre Lehnsherrin, so wie er ihr Lehnsherr war, aber auch wenn sie es nur als Kratzer bezeichnete, hätte sie verbluten können, während sie die Diebe verfolgten. »Wie dem auch sei«, fuhr sie fort, »ich habe eine Suche angeordnet. Sie werden nicht schwer zu finden sein. Der eine hat eine Beule am Kopf, der andere blutet.« Sie nickte energisch und zufrieden.

Zavion, die sehnige rothaarige Lady von Gahaur, hielt eine eingefädelte Nadel in die Höhe. »Solltet Ihr kein Interesse für Stickerei entwickelt haben, mein Lord«, sagte sie kühl, »darf ich vorschlagen, dass Ihr Euch zurückzieht?«

Bashere stimmte mit einem knappen Nicken zu. Deira konnte es nicht ausstehen, wenn er zusah, wie sie zusammengeflickt wurde. Er konnte es nicht ausstehen, wenn er zusehen musste, wie sie zusammengeflickt wurde.

Vor dem Zelt blieb er stehen und verkündete mit lauter Stimme, dass es seiner Gemahlin gut gehe und man sich um sie kümmern würde, und dass alle wieder an die Arbeit gehen sollten. Die Männer stapften mit Besserungswünschen davon, aber keine der Frauen rührte auch nur einen Fuß. Er drängte sie nicht. Sie würden bleiben bis Deira persönlich erschien, ganz egal, was er auch sagte, und ein kluger Mann bemühte sich, Niederlagen zu vermeiden, bei denen er sich auch noch zum Narren machen würde.

Tumad wartete am Rand der Menge, und er schloss sich Bashere an, der mit fest hinter dem Rücken verschränkten Händen daherschritt. Er hatte damit gerechnet, dass so etwas passieren würde, und zwar schon seit langem, aber er hatte fast schon angefangen zu glauben, es würde doch nicht geschehen. Und er hatte nie geglaubt, dass Deira deswegen sterben könnte.

»Die beiden Männer sind gefunden worden, mein Lord«, sagte Tumad. »Das heißt, Männer, die ungefähr Lady Deiras Beschreibung entsprechen.« Mit mörderischem Gesichtsausdruck fuhr Bashere herum, und der Offizier fügte schnell hinzu: »Sie waren tot, mein Lord, direkt außerhalb des Lagers. Jeder hat einen Stoß mit einer schmalen Klinge bekommen.« Er tippte sich mit dem Finger direkt hinter das Ohr. »Falls derjenige nicht schnell wie eine Felsviper war, muss es mehr als einer gewesen sein.«

Bashere nickte. Der Tod war oft der Preis für Versagen. Zwei für die Suche, und wie viele, um sie zum Schweigen zu bringen? Wie viele waren noch übrig, und wie lange, bevor sie es wieder versuchten? Und was das Schlimmste war, wer steckte dahinter? Die Weiße Burg? Die Verlorenen? Es hatte den Anschein, als hätte man seinetwegen eine Entscheidung getroffen.

Außer Tumad war niemand in seiner Nähe, der ihn hätte hören können, trotzdem sprach er leise und wählte seine Worte mit Bedacht. Manchmal war der Tod auch der Preis für Sorglosigkeit. »Ihr wisst, wo Ihr den Mann findet, der mich gestern besucht hat? Findet ihn und sagt ihm, dass ich einverstanden bin, aber es werden ein paar mehr als besprochen sein.«

Die federleichten Schneeflocken, die auf die Stadt Cairhien fielen, dämpften das morgendliche Sonnenlicht ein wenig und nahmen der Helligkeit etwas von ihrem harten Glanz. Von dem hohen schmalen Fenster des Sonnenpalasts aus, das mit guten Glasscheiben gegen die Kälte ausgestattet war, konnte Samitsu deutlich die Holzgerüste sehen, die um den zerstörten Teil des Palasts errichtet worden waren. Zwischen zerborstenen Quadern aus dunklem Stein lag noch immer Geröll, während abgestufte Türme unvermittelt aufhörten und nicht mehr die Höhe der übrigen Palasttürme erreichten. Ein Turm, der Turm der Aufgegangenen Sonne, war einfach nicht mehr da. Mehrere der berühmten abgedeckten Türme der Stadt ragten durch den sanft fallenden Schnee in die Höhe, gewaltige rechteckige Turmbauten mit großen Erkern, viel höher als jeder der Türme des Palasts, obwohl er auf dem höchsten Hügel einer Stadt voller Hügel stand. Sie wurden von ihren eigenen Gerüsten eingehüllt und waren auch zwanzig Jahre nachdem die Aiel sie angezündet hatten, noch nicht wieder völlig hergestellt; noch weitere zwanzig Jahre, und sie würden vielleicht fertig sein. Natürlich waren auf keinem der Gerüste irgendwelche Arbeiter zu sehen, nicht bei diesem Wetter. Samitsu ertappte sich bei dem Wunsch, der Schnee würde auch ihr eine Pause verschaffen.

Als Cadsuane vor einer Woche abgereist war und ihr die Befehlsgewalt überlassen hatte, da war ihre Aufgabe geradlinig erschienen. Sie sollte dafür sorgen, dass der cairhienische Kessel nicht wieder zu kochen anfing. Zu diesem Zeitpunkt war es wie eine einfache Aufgabe erschienen, obwohl sie selten mit richtiger Politik zu tun gehabt hatte. Nur ein Adliger verfügte über eine nennenswerte Streitmacht, und Lord Dobraine war größtenteils kooperativ und wollte anscheinend, dass alles ruhig blieb. Natürlich hatte er die lächerliche Ernennung zum »Verwalter von Cairhien im Namen des Wiedergeborenen Drachen« akzeptiert. Der Junge hatte auch in Tear einen Verwalter eingesetzt, einen Mann, der vor einem Monat in eine Rebellion gegen ihn verstrickt gewesen war! Wenn er das Gleiche auch in Illian getan hatte … Vermutlich hatte er es. Diese Ernennungen würden den Schwestern endlosen Ärger bereiten, den sie zu bewältigen hatten, bevor alles zu Ende war! Der Junge machte *nichts* als Ärger! Doch bis jetzt hatte Dobraine seinen neuen Posten anscheinend nur dazu benutzt, die Stadt zu verwalten. Und um unauffällig für Elayne Trakands Anspruch auf den Sonnenthron zu werben, falls sie ihn jemals erheben sollte. Samitsu begnügte sich damit, es dabei zu belassen, es interessierte sie nicht, wer den Sonnenthron bekam. Sie hatte nicht viel für Cairhien übrig.

Der fallende Schnee jenseits des Fensters wirbelte von einem plötzlichen Windstoß getrieben wie ein weißes Kaleidoskop. Es war so … friedlich. Hat sie einen solchen Frieden je zuvor geschätzt? Falls ja, dann konnte sie sich jedenfalls nicht daran erinnern.

Weder die Möglichkeit einer Thronbesteigung durch Elayne Trakand noch Dobraines neuer Titel hatten soviel Bestürzung hervorgerufen wie das lächerliche und hartnäckige Gerücht, dass der junge al'Thor nach Tar Valon reiste, um vor Elaida einen Kniefall zu machen; allerdings hatte sie nichts unternommen, um es zu unterdrücken. Diese Geschichte verschlug so gut wie jedem, vom Adligen bis zum Stallburschen, vor Angst die Luft, was völlig in Ordnung war, um den Frieden aufrechtzuerhalten. Das Spiel der Häuser war knirschend zum Stillstand gekommen; nun, jedenfalls verglichen damit, wie es für gewöhnlich in Cairhien zuging. Die Aiel, die aus ihrem gewaltigen Lager ein paar Meilen östlich in die Stadt kamen, waren vermutlich ebenfalls eine Hilfe, wie sehr das Volk sie auch hasste. Jeder wusste, dass sie dem Wiedergeborenen Drachen folgten, und keiner verspürte Lust, sich am falschen

Ende Tausender Aiel-Speere wiederzufinden. Der junge al'Thor war abwesend *viel* nützlicher. Gerüchte aus dem Westen von umherziehenden Aiel, die Aussagen von Kaufleuten zufolge plünderten, brandschatzten und wahllos töteten, gaben den Leuten einen weiteren Grund, mit den Aiel vorsichtig umzugehen.

Tatsächlich hatte es den Anschein, dass es nichts gab, das Cairhien aus seiner Ruhe reißen konnte, mal abgesehen von den gelegentlichen Straßenkämpfen zwischen den Leuten aus Vortor und den Stadtbewohnern, die die lärmenden, bunt gekleideten Vortorer für genauso fremdartig wie die Aiel, aber bedeutend folgenloser zu bekämpfen hielten. Die Stadt war bis zu den Dachböden bevölkert, die Menschen schliefen überall, wo sie Schutz vor der Kälte finden konnten, dennoch waren die Lebensmittelvorräte mehr als ausreichend, wenn nicht sogar überreichlich, und der Handel war sogar besser, als man im Winter erwarten konnte. Alles in allem hätte Samitsu sich dem zufriedenen Gefühl hingeben können, Cadsuanes Anweisungen so gut auszuführen, wie es die Grüne gewünscht hatte. Nur dass Cadsuane mehr erwarten würde. Das tat sie immer.

»Hört Ihr mir zu, Samitsu?«

Seufzend wandte sie sich von dem friedlichen Blick aus dem Fenster ab und beherrschte sich mühsam, ihren Rock mit den gelben Schlitzen nicht zu glätten. Die Silberglöckchen in ihrem Haar klirrten leise, aber heute konnte sie das nicht beruhigen. Selbst in den besten Zeiten fühlte sie sich in ihren Gemächern im Palast nicht richtig wohl, obwohl das prasselnde Feuer in dem breiten Marmorkamin für angenehme Wärme sorgte und das Bett im angrenzenden Raum eine Federmatratze von bester Qualität und Gänsefederkopfkissen aufwies. Alle drei Räume waren in echter cairhienischer Art übertrieben ausgeschmückt, die weiße

Stuckdecke war in miteinander verschachtelten Quadraten gehalten, die breiten Simse waren vergoldet, und die hölzerne Wandtäfelung war zu einem sanften und dennoch dunklen Schimmer poliert. Die Möbel waren noch dunkler und massiv, an den Rändern mit dünnen Streifen Blattgold versehen und mit gemusterten Elfenbeindreiecken eingelegt. Der tairenische Teppich mit Blumenmuster in diesem Zimmer erschien verglichen mit allem anderen auf grelle Weise fehl am Platz und betonte die Steifheit der Umgebung. In letzter Zeit erschien das alles zu sehr wie ein Käfig.

Was ihr aber wirklich zu schaffen machte, war die Frau mit den Locken bis zu den Schultern, die mitten im Zimmer stand, die Fäuste in die Hüften gestemmt, das Kinn stur nach vorn gestreckt, die blauen Augen zusammengekniffen. Sashalle trug den Großen Schlangenring, natürlich an der rechten Hand, aber auch eine Aielkette mit passendem Armreif, dicke Perlen aus Silber und Elfenbein, eine meisterhafte Handwerksarbeit, die auf dem schlichten, wenn auch gut geschnittenen braunen Wollkleid protzig wirkten. Keine vulgären Schmuckstücke, das nicht, aber … auffallend und kaum passend für eine Schwester. Die Andersartigkeit dieses Schmucks war möglicherweise der Schlüssel zu vielem, falls Samitsu jemals herausbekommen sollte, was ihm zugrunde lag. Die Weisen Frauen, vor allem Sorilea, hatten sie angesehen, als wäre sie dumm, weil sie es nicht wusste, ohne fragen zu müssen, und hatten sich zu keiner Antwort herabgelassen. Das taten sie viel zu oft. Insbesondere Sorilea. Samitsu war es nicht gewöhnt, für eine Närrin gehalten zu werden, und sie verabscheute es von ganzem Herzen.

Nicht zum ersten Mal fand sie es schwierig, den Blick der anderen Schwester zu erwidern. Sashalle war der hauptsächliche Grund, warum sie unzufrieden war, ganz egal, wie gut alles andere lief. Am ärgerlichsten war, dass Sashalle eine Rote war, die trotz ihrer Ajah dem jungen al'Thor *eidverschworen* war. Wie konnte eine Aes Sedai nur jemandem oder etwas außer der Weißen Burg die Treue schwören? Wie, beim *Licht*, konnte eine *Rote* einen Eid auf einen Mann ablegen, der die Macht lenken konnte? Vielleicht hatte Verin ja Recht, dass *ta'veren* das Schicksal veränderte. Samitsu fiel beim besten Willen kein anderer Grund ein, warum einunddreißig Schwestern, davon *fünf* Rote, einen solchen Eid ablegen sollten.

»Lady Ailil ist von Lords und Ladies angesprochen worden, die den größten Einfluß von Haus Riatin repräsentieren«, erwiderte sie mit viel mehr Geduld, als sie verspürte. »Sie wollen, dass sie die Hohe Herrin von Riatin wird, und sie will die Zustimmung der Weißen Burg. Oder zumindest die Zustimmung der Aes Sedai.« Um noch etwas anderes zu tun, als finstere Blicke auszutauschen – und dabei aller Wahrscheinlichkeit nach zu verlieren –, begab sie sich zu einem Tisch aus Schwarzholz, auf dem eine mit Gold verzierte Silberkanne auf einem Silbertablett noch den leichten Duft von Gewürzen verströmte. Einen Becher mit gewürztem Wein zu füllen verschaffte ihr einen Vorwand, den Blickkontakt zu unterbrechen. Dass sie überhaupt einen Vorwand brauchte, ließ sie die Kanne mit einem scharfen Klirren auf das Tablett zurückstellen. Sie vermied es zu oft, Sashalle anzusehen. Selbst jetzt ertappte sie sich dabei, dass sie die andere Frau nur von der Seite ansah. Zu ihrem eigenen Unmut konnte sie sich nicht dazu überwinden, sich ganz umzudrehen, um ihrem Blick zu begegnen.

»Lehnt dieses Ansinnen ab, Sashalle. Als ihr Bruder das letzte Mal gesehen wurde, war er noch am Leben, und eine Rebellion gegen den Wiedergeborenen Drachen ist nichts, das die Burg interessieren muss; vor allem jetzt nicht, da sie zu Ende ist.« In ihr stieg die Erinnerung an das letzte Lebenszeichen von Toram Riatin auf, wie er in einen seltsamen Nebel hineingelaufen war, der feste Gestalt annehmen und töten konnte. Ein Nebel, der der Einen Macht widerstand. An diesem Tag war der Schatten vor den Mauern von Cairhien vorbeigeschritten. Ihre Stimme klang angespannt von der Anstrengung, sie am Zittern zu hindern. Nicht aus Furcht, sondern vor Zorn. Das war der Tag gewesen, an dem sie darin versagt hatte, den jungen al'Thor mit der Macht zu Heilen. Sie hasste es zu versagen, hasste es, sich daran erinnern zu müssen. Und sie hätte sich nicht erklären müssen. »Die meisten von Riatins mächtigsten Vertretern sind nicht alle. Diejenigen, die noch immer mit Toram verbunden sind, werden sich gegen sie stellen, notfalls mit Waffengewalt, und Umwälzungen in den Häusern zu nähren ist auf keinen Fall der Weg, den Frieden zu erhalten. In Cairhien existiert jetzt ein zerbrechliches Gleichgewicht, Sashalle, aber es *ist* ein Gleichgewicht, und wir dürfen es nicht stören.« Sie konnte gerade noch vermeiden zu sagen, dass Cadsuane nicht erfreut sein würde, wenn sie es taten. Das würde bei Sashalle nichts bewirken.

»Es wird Umwälzungen geben, ob wir sie nun nähren oder nicht«, sagte die andere Schwester überzeugt. Ihr Stirnrunzeln war verschwunden, sobald Samitsu gezeigt hatte, dass sie zuhörte, aber ihr Kinn war noch immer vorgereckt. Vielleicht war es ja eher Sturheit als Streitlust, obwohl das kaum eine Rolle spielte. Die Frau diskutierte nicht und versuchte auch nicht, sie zu überzeugen, sondern legte nur ihre eigene Position dar. Und was dabei das Ärgerlichste war, sie tat es offensichtlich aus Höflichkeit. »Der Wiedergeborene Drache ist der Herold von Umwälzungen und Veränderung, Samitsu. Der prophezeite Herold. Und selbst wenn er das nicht wäre, das hier ist Cairhien. Glaubt Ihr denn, sie hätten ernsthaft aufgehört, *Daes Dae'mar* zu spielen?

Die Wasseroberfläche mag still sein, aber die Fische hören nicht auf zu schwimmen.«

Eine *Rote,* die den Wiedergeborenen Drachen pries wie ein Gassenprediger! Beim Licht! »Und was ist, wenn Ihr Euch irrt?« Ohne es zu wollen, stieß Samitsu die Worte scharf hervor. Sashalle – sollte sie zu Asche verbrennen! – blieb die Beherrschung in Person.

»Ailil hat zugunsten von Elayne Trakand jedem Anspruch auf den Sonnenthron entsagt, was der Wiedergeborene Drache wünscht, und sie ist bereit, ihm die Treue zu schwören, wenn ich sie darum bitte. Toram hat ein Heer gegen Rand al'Thor geführt. Die Veränderung lohnt sich, und die Chance ist es wert, ergriffen zu werden, und das werde ich ihr auch sagen.«

Ein gereiztes Kopfschütteln ließ die Glöckchen in Samitsus Haar klirren, und sie konnte nur mühsam ein weiteres Seufzen unterdrücken. Achtzehn dieser Drachenverschworenen Schwestern waren in Cairhien geblieben – Cadsuane hatte ein paar von ihnen mitgenommen und dann Alanna zurückgeschickt, um noch weitere zu holen –, und außer Sashalle nahmen noch andere der achtzehn einen höheren Rang als sie ein, aber die Weisen Frauen der Aiel hielten sie ihr vom Hals. Im Prinzip missbilligte sie die Weise, wie dies bewerkstelligt wurde – Aes Sedai konnten *unmöglich* Lehrlinge sein, für niemanden! Es war unerhört! –, aber in der Praxis erleichterte es ihre Aufgabe. Solange die Weisen Frauen ihr Leben bestimmten und sie jede Stunde im Auge hatten, konnten sie sich nicht einmischen oder versuchen, die Führung an sich zu reißen. Unglücklicherweise verfuhren die Weisen Frauen bei Sashalle und den anderen beiden Schwestern, die bei den Quellen von Dumai gedämpft worden waren, da etwas anders, und zwar aus einem Grund, den sie nicht in Erfahrung bringen konnte. *Gedämpft*. Der Gedanke erfüllte sie mit einem leisen Schaudern, aber es war eben *nur* ein leises Schaudern, und es würde gar nicht mehr auftauchen, wenn sie jemals herausfinden konnte, wie Damer Flinn das mit der Einen Macht Geheilt hatte, was nicht Geheilt werden konnte. Endlich konnte *jemand* eine Dämpfung Heilen, selbst wenn es ein Mann war. Ein Mann, der die Macht lenkte. Beim Licht, wie die Schrecken von gestern heute lediglich nur noch ein Unbehagen hervorriefen, sobald man sich daran gewöhnte.

Sie war davon überzeugt, dass Cadsuane vor ihrer Abreise die Dinge mit den Weisen Frauen geregelt hätte, wäre sie über den Unterschied informiert gewesen, den man bei Sashalle, Irgain und Ronaille machte. Zumindest glaubte sie es. Es war nicht das erste Mal, dass sie in die Pläne der legendären Grünen verwickelt worden war. Cadsuane konnte verschlagener als eine Blaue sein, sie spann Intrigen innerhalb von Verschwörungen, die in einer List verpackt waren, und das alles blieb hinter anderem verborgen. Einige sollten vorsätzlich scheitern, damit andere gelangen, und allein Cadsuane wusste, welche welche waren, nicht unbedingt ein beruhigender Gedanke. Auf jeden Fall durften diese drei Schwestern kommen und gehen, wie sie wollten. Und sie verspürten mit Sicherheit nicht das geringste Bedürfnis, der Anleitung zu folgen, die Cadsuane zurückgelassen hatte, oder der Schwester zu gehorchen, die sie zur Anführerin bestimmt hatte. Nur ihr verrückter Eid gegenüber al'Thor leitete oder hielt sie zurück.

Samitsu hatte sich in ihrem Leben nie schwach oder nutzlos gefühlt, ausgenommen der Momente, in denen ihre Talente sie im Stich ließen, trotzdem wünschte sie sich, Cadsuane würde zurückkehren und ihr die Sache aus den Händen nehmen. Natürlich würden ein paar geflüsterte Worte in Ailils Ohr jedes Verlangen der Lady ersticken, zur Hohen Herrin zu werden, aber das würde nichts nützen, wenn sie keine Möglichkeit fand, Sashalle von ihrem Ziel abzubringen. Es spielte keine Rolle, dass Ailil Angst davor hatte, man könnte ihre albernen Geheimnisse in der Öffentlichkeit verbreiten, Uneinigkeit bei den Aes Sedai konnte dazu führen, dass sie zu dem Schluss kam, es würde besser für sie sein, wenn sie auf ihre Landgüter verschwand, statt das Risiko einzugehen, mit ihren Aktivitäten eine Schwester zu beleidigen. Cadsuane würde verärgert sein, wenn sie Ailil verloren. Samitsu würde es ebenfalls ärgern. Ailil war die Verbindung zur Hälfte der Verschwörungen, die unter den Adligen brodelten, sie allein wusste, ob diese Intrigen noch harmlos und es unwahrscheinlich war, dass sie irgendwelchen Schaden anrichten würden. Die verfluchte Rote wusste das. Und sobald Sashalle Ailil diese Erlaubnis gab, würde sie es sein, zu der die Frau mit ihren Neuigkeiten angelaufen kam, und nicht länger Samitsu Tamagowa.

Noch während Samitsu über ihr Dilemma nachdachte, öffnete sich die Tür zum Korridor, und eine blasse Cairhienerin mit ernstem Gesicht trat ein, die eine Handbreit kleiner als die Aes Sedai war. Ihr Haar war im Nacken zu einem dicken grauen Knoten aufgerollt, und sie trug ein schmuckloses graues Kleid, das so dunkel war, dass es beinahe schwarz wirkte, die derzeitige Livree der Diener des Sonnenpalasts. Diener baten natürlich niemals um die Erlaubnis, eintreten zu dürfen oder kündigten sich an, aber Corgaide Marendevin war keine gewöhnliche Dienerin; der schwere silberne Ring mit den langen Schlüsseln an ihrer Taille war das Zeichen ihres Amtes. Wer auch immer Cairhien beherrschte, die Schlüsselbewahrerin beherrschte den Sonnenpalast, und es gab nichts Unterwürfiges an Corgaides Benehmen. Sie machte einen winzigen Knicks, der sorgfältig gleichermaßen an Samitsu und Sashalle gerichtet war.

»Ich wurde gebeten, etwas sehr Ungewöhnliches zu berichten«, sagte sie zur Luft, obwohl es Samitsu gewesen war, welche die Frage gestellt hatte. Vermutlich hatte sie über den Machtkampf zwischen ihnen im gleichen Moment Bescheid gewusst, in dem es ihnen klargeworden war. Nur wenig im Palast entging ihrer Aufmerksamkeit. »Man hat mir gesagt, dass ein Ogier in der Küche ist. Er und ein junger Mann suchen angeblich nach Arbeit als Steinmetze, aber ich habe noch nie gehört, dass Ogier und Menschen als Steinmetze zusammenarbeiten. Als wir uns nach dem … Zwischenfall im *Stedding* Tsofu erkundigten, gab man uns Bescheid, dass in absehbarer Zukunft aus keinem *Stedding* Steinmetze zur Verfügung stehen werden.« Die Pause war kaum hörbar, und ihr ernster Gesichtsausdruck veränderte sich nicht, aber die eine Hälfte des Klatsches über den Angriff auf den Sonnenpalast gab al'Thor die Schuld, die andere den Aes Sedai. Ein paar Geschichten erwähnten auch die Verlorenen, aber nur, um sie entweder mit al'Thor oder den Aes Sedai in Verbindung zu bringen.

Samitsu schürzte nachdenklich die Lippen und schob in Gedanken das verfluchte Durcheinander zur Seite, das Cairhiener aus allem machten, was sie anfassten. Jede Verwicklung von Aes Sedai abzustreiten nutzte nur wenig; in einer Stadt, in der ein einfaches Ja oder Nein sechs gegensätzliche Gerüchte zur Folge haben konnte, nutzen einem die Drei Eide nicht viel. Aber Ogier … Die Palastküche nahm sich selten fremden Durchreisenden an, aber einem Ogier würden die Köche vermutlich eine heiße Mahlzeit geben, nur um ihn sich ansehen zu können. Seit etwa einem Jahr waren Ogier noch ungewöhnlicher als sonst. Dann und wann wurden noch welche gesehen, aber für gewöhnlich gingen sie so schnell, wie es nur Ogier konnten, und sie blieben selten länger als eine Nacht an einem

Ort. Sie reisten nur selten mit Menschen und arbeiteten auch nicht mit ihnen zusammen. Aber dieses Paar erinnerte sie dunkel an etwas. In der Hoffnung, ihrem Gedächtnis auf die Sprünge zu helfen, wollte sie ein paar Fragen stellen.

»Danke, Corgaide«, sagte Sashalle mit einem Lächeln. »Ihr wart sehr hilfreich. Würdet Ihr uns jetzt bitte allein lassen?« Die Schlüsselbewahrerin kurz abzufertigen war eine hervorragende Methode, um sich mit schmutziger Bettwäsche, schlecht gewürztem Essen, ungeleerten Nachttöpfen und verloren gegangenen Botschaften herumschlagen zu dürfen, tausend Ärgernisse, die das Leben zu einer Qual machen konnten, doch irgendwie schien das Lächeln ihren Worten die Schärfe zu nehmen, was Corgaide anging. Die grauhaarige Frau neigte zustimmend den Kopf und machte wieder einen winzigen Knicks. Diesmal war er unübersehbar an Sashalle gerichtet.

Die Tür hatte sich noch nicht ganz hinter der Frau geschlossen, als Samitsu ihren Silberbecher hart genug auf dem Tablett abstellte, um warmen Wein über ihr Handgelenk zu spritzen. Sie fuhr zu der Roten Schwester herum. Da stand sie kurz davor, die Kontrolle über Ailil zu verlieren, und jetzt schien ihr auch noch der Sonnenpalast selbst durch die Finger zu schlüpfen! Corgaide würden eher Flügel wachsen und sie umherfliegen, als dass sie Stillschweigen über das bewahrte, was sie hier gesehen hatte, und was auch immer sie sagte, würde wie der Blitz durch den Palast gehen und jeden Diener anstecken bis hinunter zu den Männern, die die Ställe ausmisteten. Der letzte Knicks hatte deutlich gezeigt, was sie dachte. Beim Licht, wie Samitsu Cairhien hasste! Der Brauch, einander mit Höflichkeit zu begegnen, war tief in den Schwestern verwurzelt, aber Sashalle stand nicht hoch genug in der Rangordnung, als dass sie angesichts dieses Desasters ihren

Mund halten würde, und sie beabsichtigte, sich nicht zurückzuhalten.

Doch als sie Sashalle mit finsterem Blick musterte, sah sie ihr Gesicht – sah es vielleicht das erste Mal richtig –, und plötzlich war ihr klar, warum es ihr so sehr zu schaffen machte, vielleicht sogar, warum es ihr solche Schwierigkeiten bereitet hatte, der Roten ins Auge zu sehen. Es war nicht länger das Gesicht einer Aes Sedai, außerhalb der Zeit und jenseits des Alters. Die meisten Leute erkannten nicht, was das Besondere an diesem Aussehen war, bis man sie darauf hinwies, aber für eine andere Schwester war es unverkennbar. Vielleicht war noch etwas davon übrig, ein paar Überreste, die Sashalle schöner erscheinen ließen, als sie in Wirklichkeit war, doch keiner würde sie älter als in ihren mittleren Jahren schätzen. Die Erkenntnis lähmte Samitsus Zunge.

Was man über Frauen wusste, die gedämpft worden waren, war kaum besser als Gerüchte. Sie liefen weg und verbargen sich vor anderen Schwestern; für gewöhnlich starben sie bald darauf. Die wenigsten Frauen konnten den Verlust von *Saidar* lange ertragen. Aber das war alles nur Gerede; soweit Samitsu wusste, hatte schon seit langer Zeit niemand mehr den Mut gehabt, mehr darüber in Erfahrung zu bringen. Im dunkelsten Winkel des Bewusstseins einer jeden Schwester existierte die nur ganz selten eingestandene Furcht, dass sie in einem achtlosen Augenblick das gleiche Schicksal heimsuchen könnte, und das hielt jeden davon ab, zu viel wissen zu wollen. Selbst Aes Sedai konnten ihren Blick abwenden, wenn sie etwas nicht sehen wollten. Aber da gab es diese Gerüchte, so gut wie nie zur Sprache gebracht und so vage, dass man sich daran erinnern konnte, wo man sie das erste Mal gehört hatte, Geflüster am Rand der Wahrnehmung, und doch stets im Umlauf. Ein Gerücht, an das sich Samitsu bis jetzt nur undeutlich erinnert hatte, besagte, dass eine gedämpfte Frau wieder jung wurde, falls sie es überlebte. Die Vorstellung war ihr immer lächerlich erschienen – bis jetzt. Sashalle hatte die Fähigkeit wiedererlangt, die Macht lenken zu können, aber nicht alles war wieder so, wie es gewesen war. Sie würde jahrelang mit der Macht arbeiten müssen, um das Gesicht zu bekommen, das sie für jede Schwester, die sie genau ansah, zur Aes Sedai machen würde. Aber … würde sie es überhaupt wiedererlangen? Es erschien unausweichlich, aber das war unbekanntes Gebiet. Und wenn sich ihr Gesicht verändert hatte, hatten sich bei ihr auch noch andere Dinge verändert? Samitsu schauderte erneut, und zwar schlimmer als bei dem Gedanken an die Dämpfung. Vielleicht war es ganz gut, dass sie nicht mehr mit Nachdruck daran arbeiten konnte, Damers Heilungsmethode zu ergründen.

Sashalle spielte an ihrer Aielkette herum und schien sich nicht bewusst zu sein, dass Samitsu sie so genau betrachtete. »Das muss nichts zu bedeuten haben, vielleicht lohnt es sich nicht einmal, da nachzuhaken«, sagte sie, »aber Corgaide hat nur berichtet, was sie gehört hat. Wenn wir etwas erfahren wollen, müssen wir uns das selbst ansehen.« Ohne ein weiteres Wort zu verlieren, hob sie die Röcke an und war auf dem Weg nach draußen, was Samitsu nur die Wahl ließ, sich ihr entweder anzuschließen oder zurückzubleiben. Das war unerhört! Aber zurückzubleiben war undenkbar.

Sashalle war nicht größer als sie, jedenfalls nicht nennenswert, aber sie musste sich beeilen, um den Anschluss nicht zu verlieren, als die Rote durch die breiten Korridore rauschte. Es stand außer Frage, die Führung zu übernehmen, dazu hätte sie rennen müssen. Sie kochte still vor sich hin, auch wenn dies erforderte, dass sie die Zähne zusammenbiss. Es war bestenfalls ungehörig, sich mit einer anderen Schwester in der Öffentlichkeit zu streiten. Aber noch viel schlimmer war, dass es zweifellos sinnlos gewesen wäre. Und dass es das Loch, in dem sie steckte, nur noch tiefer gemacht hätte. Sie verspürte große Lust, etwas einen Tritt zu versetzen.

Kandelaber in regelmäßigen Abständen spendeten selbst in den dunkelsten Passagen der Korridore genug Licht, aber abgesehen von einem gelegentlichen Wandbehang mit wohlgefälligen Motiven wie Jagdszenen oder Adligen, die ehrenvoll in der Schlacht kämpften, gab es hier nur wenig Farben oder Zierrat. In ein paar Wandnischen gab es vergoldete Statuetten oder Meervolk-Porzellan, und in einigen Korridoren waren die Simse als allerdings größtenteils unbemalte Friese gestaltet. Das war alles. Cairhien verbarg seinen Reichtum vor dem Auge der Öffentlichkeit, so wie es mit vielem anderen genauso verfuhr. Die Dienerschaft, die geschäftig wie Ameisenströme durch die Korridore eilte, trug Livreen in der Farbe von Holzkohle; die einzigen Ausnahmen bildeten jene Männer und Frauen, die in den Diensten von Adligen standen, die im Palast wohnten – verglichen mit dem Rest erschienen sie mit ihren auf der Brust aufgestickten Hauswappen und den in Hausfarben gehaltenen Kragen und manchmal auch Ärmeln fast bunt. Ein paar trugen sogar einen Mantel oder ein Kleid in den Hausfarben und wirkten unter den anderen beinahe wie Ausländer. Aber sie alle hatten den Blick gesenkt und hielten gerade lange genug inne, um den beiden Schwestern eine schnelle Verbeugung oder einen Knicks zu erweisen. Der Sonnenpalast benötigte Hunderte von Dienern, und es hatte den Anschein, als wären sie an diesem Morgen alle unterwegs, um ihren Pflichten nachzukommen.

Auch Adlige flanierten durch die Korridore und entboten den Aes Sedai im Vorbeigehen ihre eigenen zaghaften Ehrerbietungen, Grüße, die ein vorsichtiges Mittelding zwischen der Illusion von Gleichheit und dem wahren Sachverhalt darstellten und mit leisen Stimmen gesprochen wurden, die nicht weit trugen. Sie bewiesen das alte Sprichwort, dass seltsame Zeiten seltsame Weggefährten zur Folge hatten. Angesichts neuer Gefahren waren alte Feindschaften in den Hintergrund gerückt. Für den Augenblick. Hier promenierten ein paar blasse cairhienische Lords in dunkelsilbernen Mänteln mit schmalen Farbstreifen, von denen einige die Vorderseite des Schädels rasiert und nach Soldatenart gepudert hatten, Seite an Seite mit der derselben Anzahl von dunklen Tairenern, die in ihren hellen Mänteln mit den dicken, gestreiften Ärmeln größer wirkten. Dort spazierte eine tairenische Adlige mit einer enganliegenden, perlenbestickten Mütze, in einem farbenprächtig mit Brokatmustern verzierten Gewand mit hellem Spitzenbesatz Arm in Arm mit einer kleineren cairhienischen Adligen in einem Gewand aus dunkler Seide mit ausladendem Rock und rauchgrauem Spitzenbesatz bis unters Kinn, an dessen Vorderseite die schmalen Streifen ihrer Hausfarben kaskadenförmig hinunterströmten; ihr kunstvoll zu einem aufwändigen Turm hochfrisiertes Haar überragte weit den Kopf ihrer Gefährtin. Sie alle benahmen sich wie Busenfreunde und geschätzte Vertraute.

Manche der Paarungen sahen seltsamer aus als andere. Einige der Frauen hatten in letzter Zeit angefangen, ausländische Trachten zu tragen, und ihnen schien anscheinend nicht aufzufallen, wie sie die Blicke der Männer auf sich zogen und selbst Diener ihre Mühe hatten, nicht hinzustarren. Enge Hosen und ein Mantel, der kaum über die Hüften reichte, waren keine passende Kleidung für eine Frau, gleichgültig, wie viel Arbeit in den aufwändigen Stickereien steckte oder die Mäntel mit Mustern aus Edelsteinen geschmückt waren. Juwelenhalsketten und Armreifen und Nadeln mit bunten Federn unterstrichen den seltsamen Anblick nur noch. Und diese hellgefärbten Stiefel mit Absätzen, welche die Frauen beinahe eine Handspanne größer machten, erweckten den Anschein, als schwebten sie in Gefahr, bei jedem schwankenden Schritt zu stürzen.

»Empörend«, murmelte Sashalle, die zwei dieser Frauen betrachtete und missbilligend an ihren Röcken zupfte.

»Skandalös«, murmelte Samitsu, bevor sie es verhindern konnte, dann machte sie den Mund so hart zu, dass ihre Zähne aufeinander schlugen. Sie musste ihre Zunge im Zaum halten. Zustimmung zu äußern, nur weil sie derselben Meinung war, war eine Gewohnheit, die sie bei Sashalle nicht gebrauchen konnte.

Trotzdem konnte sie nicht widerstehen, die beiden Frauen missbilligend anzusehen. Und auch mit etwas Staunen. Vor einem Jahr wären sich Alaine Chuliandred und Fionnda Annariz noch an die Kehle gegangen. Das heißt, sie hätten ihren Soldaten befohlen, sich an die Kehle zu gehen. Andererseits, wer hätte je damit gerechnet, Bertome Saighan friedlich an der Seite von Weiramon Saniago zu sehen, ohne dass einer der beiden Männer nach dem Dolch an seinem Gürtel griff? Seltsame Zeiten und seltsame Weggefährten. Zweifellos spielten sie das Spiel der Häuser, bemühten sich wie immer, vorteilhaftere Ausgangspositionen zu erreichen, aber wie sich jetzt herausstellte, waren die Trennlinien, die einst in Stein gemeißelt waren, doch nur in Wasser gezogen gewesen. Sehr seltsame Zeiten.

Der Küchentrakt befand sich im Erdgeschoss des Sonnenpalasts, eine Anzahl von Räumen mit Steinwänden und balkendurchzogenen Decken, die sich um einen langgezogenen, fensterlosen Raum voller Eisen- und Ziegelöfen und offener, steinverkleideter Kamine gruppierten, und die Hitze reichte aus, um jeden vergessen zu lassen, dass es draußen schneite, ja, dass überhaupt Winter war. Normalerweise hätten Köche und Küchenhilfen mit schweißüberströmten Gesichtern und den gleichen dunklen Kleidern unter den weißen Schürzen wie die anderen Palastbediensteten umhereilen müssen, um die Vorbereitungen für das Mittagsmahl abzuschließen, an langen, mehlbestäubten, mit Marmoroberflächen ausgestatteten Tischen Brotlaibe kneten oder die sich in den Öfen auf ihren Spießen drehenden Bratenstücke und das Geflügel mit Fett begießen müssen. Aber jetzt bewegten sich bloß die umhertrottenden Spießhunde, die begierig waren, sich ihre Teile vom Braten zu verdienen. Körbe voller Karotten und Rüben standen ungeschält herum, und aus unbeaufsichtigten Soßentöpfen drangen süße und würzige Düfte. Sogar die Küchenjungen und Mägde, die sich verstohlen mit den Schürzen die Gesichter säuberten, standen am Rand einer Gruppe von Frauen, die sich um einen der Tische drängte. Von der Tür aus konnte Samitsu den Hinterkopf eines Ogiers an seinem Platz am Tisch sehen; er war im Sitzen größer als die meisten Männer im Stehen, und er war breiter. Natürlich waren Cairhiener oftmals kleinwüchsig, was auch hilfreich war. Sie legte Sashalle eine Hand auf den Arm, und wie durch ein Wunder blieb die andere Frau ohne jeden Protest an Ort und Stelle stehen.

»... verschwunden ohne jeden Hinweis, wo er hinwollte?«, fragte der Ogier mit einer Stimme, die so tief war, als würde die Erde beben. Seine langen, pinselähnlichen Ohren, die aus dem dunklen Haar herausragten, das bis zu seinem hohen Kragen reichte, bewegten sich unbehaglich.

»Oh, hört auf, über ihn zu sprechen, Meister Ledar«, erwiderte eine Frauenstimme mit einem Zittern, das wohleinstudiert erschien. »Böse war er. Den halben Palast hat er mit der Einen Macht auseinandergerissen. Er brauchte einen bloß anzusehen, um einem das Blut in den Adern zu Eis erstarren zu lassen, und tötete einen genauso schnell, wie er einen ansah. Tausende sind von seiner Hand gestorben. Zehntausende! Oh, ich mag gar nicht über ihn sprechen!«

»Für jemanden, der nie gern über etwas spricht, Eldrid Methin«, sagte eine andere Frau scharf, »sprecht Ihr sicherlich von wenig anderem.« Stämmig und groß für eine Cairhienerin, fast so groß wie Samitsu, lugten ein paar graue Haarsträhnen unter ihrer schlichten weißen Spitzenhaube hervor; sie musste die diensthabende Chefköchin sein, denn jedermann nickte schnell zustimmend, lachte oder sagte »Oh, da habt Ihr Recht, Frau Beldair« auf besonders kriecherische Weise. Diener hatten ihre eigenen Hierarchien, an denen so starr festgehalten wurde wie an jenen in der Weißen Burg.

»Aber es steht uns eigentlich nicht zu, über solche Dinge zu klatschen, Meister Ledar«, fuhr die Stämmige fort. »Das sind Angelegenheiten der Aes Sedai, und nichts für Leute wie uns. Erzählt uns mehr über die Grenzländer. Habt Ihr wirklich Trollocs gesehen?«

»Aes Sedai«, murmelte ein Mann. Von der Gruppe um den Tisch verborgen, musste er Ledars Begleiter sein. Samitsu konnte an diesem Morgen keinen erwachsenen Mann unter dem Küchenpersonal sehen. »Sagt, glaubt Ihr wirklich, dass sie mit diesen Männern, von denen ihr gesprochen habt, diesen Asha'man, den Bund eingegangen sind? Als Behüter? Und was ist mit dem, der gestorben ist? Ihr habt nie gesagt, wie das passiert ist.«

»Nun, es war der Wiedergeborene Drache, der es getan hat«, mischte sich Eldrid ein. »Und mit was für Männern würden Aes Sedai sonst den Bund eingehen? Oh, schrecklich waren sie, diese Asha'man. Konnten einen mit einem Blick zu Stein erstarren lassen, das konnten sie. Man brauchte sie bloß anzusehen, um sie zu erkennen, wisst Ihr? Furchteinflößende, glühende Augen, das haben sie.«

»Schweigt, Eldrid«, sagte Frau Beldair streng. »Vielleicht waren sie Asha'man, vielleicht auch nicht, Meister Unterberg. Vielleicht waren sie gebunden, vielleicht auch nicht. Ich kann nur sagen, dass sie mit *ihm* zusammen waren« – der Nachdruck in ihrer Stimme machte klar, von wem sie da sprach; Eldrid mochte Rand al'Thor für furchteinflößend halten, aber diese Frau wollte nicht einmal seinen Namen aussprechen – »und sobald *er* weg war, sagten ihnen plötzlich die Aes Sedai, was sie tun sollten, und sie taten es. Natürlich weiß jeder Narr, dass man das tut, was eine Aes Sedai einem befiehlt. Aber wie dem auch sei, diese Kerle sind jetzt alle weg. Warum interessiert Ihr Euch so für sie, Meister Unterberg? Ist das ein andoranischer Name?«

Ledar warf den Kopf zurück und lachte, ein hallender Laut, der den Raum erfüllte. Seine Ohren zuckten wild. »Oh, wir wollen alles über die Orte wissen, die wir besuchen, Frau Beldair. Die Grenzländer, sagt Ihr? Man sollte meinen, hier sei es kalt, aber wir haben gesehen, wie in den Grenzländern Bäume vor Kälte wie Nüsse im Feuer aufplatzten. Ihr habt Eisschollen gesehen, die flussabwärts im Wasser trieben, aber wir haben Flüsse von der Breite des Alguenya zugefroren gesehen, sodass Kaufleute mit ganzen Wagenzügen darüberfahren können und Männer durch Löcher hindurch fischten, die fast eine Spanne tief waren. Nachts sind Lichterstreifen am Himmel, die zu knistern scheinen, hell genug, um die Sterne dunkel erscheinen zu lassen, und …«

Selbst Frau Beldair beugte sich gebannt zu dem Ogier hin, aber einer der Küchenjungen, der zu klein war, um an den Erwachsenen vorbeisehen zu können, warf einen Blick nach hinten, und seine Augen wurden ganz groß, als er Samitsu und Sashalle entdeckte. Sein Blick blieb wie gebannt auf sie gerichtet, während er mit einer Hand herumfummelte, bis er an Frau Beldairs Ärmel ziehen konnte. Beim ersten Mal schüttelte sie ihn ab, ohne sich umzudrehen. Beim zweiten Mal drehte sie mit einem Stirnrunzeln den Kopf, das sofort verschwand, als auch sie die Aes Sedai entdeckte.

»Möge Euch die Gnade hold sein, Aes Sedai«, sagte sie und schob hastig ein paar Haarsträhnen unter die Haube, während sie ihren Knicks machte. »Wie kann ich Euch dienen?« Ledar unterbrach sich mitten im Satz, einen Augenblick lang versteiften sich seine Ohren. Er schaute nicht in Richtung Tür.

»Wir möchten mit Euren Besuchern sprechen«, sagte Sashalle und betrat die Küche. »Wir werden Euren Küchenbetrieb nicht lange stören.«

»Natürlich, Aes Sedai.« Falls es die stämmige Frau überraschte, dass die beiden Schwestern mit Küchenbesuchern sprechen wollten, zeigte sie es nicht. Sie drehte den Kopf von einer Seite zur anderen, um jeden ins Auge zu fassen, klatschte in die plumpen Hände und erteilte Befehle. »Eldrid, diese Rüben schälen sich nicht allein. Wer hat sich um die Feigensoße gekümmert? Getrocknete Feigen sind schwer zu bekommen! Wo ist Eure Fettkelle, Kasi? Andil, lauft und holt …« Köchinnen, Küchenjungen und Mägde stoben in alle Richtungen auseinander, und kurz darauf erfüllte das Klirren von Töpfen und Löffeln die Küche, obwohl sich offensichtlich jeder die größte Mühe gab, so leise wie möglich zu sein, um die Aes Sedai nicht zu stören. Dabei unternahmen sie alle Anstrengungen, nicht einmal in ihre Richtung zu schauen, obwohl sich einige deswegen verrenken mussten.

Der Ogier erhob sich geschmeidig, sein Kopf erreichte fast die Deckenbalken. Seine Kleidung sah so aus, wie es Samitsu von früheren Begegnungen mit Ogiern in Erinnerung hatte, ein langer dunkler Mantel, der bis zu den Stiefeln reichte. Flecken auf dem Stoff verrieten, dass er eine beschwerliche Reise hinter sich hatte; Ogier waren sehr reinlich. Er wandte sich ihr und Sashalle nur zur Hälfte zu, während er seine Verbeugung machte, und er rieb sich die breite Nase, als würde sie jucken, und verbarg dabei zum Teil sein breites Gesicht, aber er erschien jung für einen Ogier. »Verzeiht uns, Aes Sedai«, murmelte er, »aber wir müssen wirklich los.« Er bückte sich, um eine große Ledertasche aufzuheben, auf der eine große, zusammengerollte Decke festgeschnallt war und sich die Abdrücke mehrerer rechteckiger Gegenstände abzeichneten, die um das herum eingepackt waren, was sich sonst noch darin befand. Er schob den breiten Riemen auf eine Schulter. Auch seine geräumigen Manteltaschen beulten sich durch rechteckige Gegenstände aus. »Wir müssen vor Einbruch der Nacht noch eine weite Strecke zurücklegen.« Sein Gefährte blieb sitzen, die Hände auf die Tischplatte gelegt; er war ein blonder junger Mann mit einem mehr als einer Woche alten Bart, der mehr als nur eine Nacht in seinem zerknitterten braunen Mantel geschlafen zu haben schien. Er beobachtete die Aes Sedai misstrauisch mit dunklen Augen, die an einen in die Ecke getriebenen Fuchs erinnerten.

»Was ist das Ziel Eurer Reise, das Ihr bis Einbruch der Nacht erreichen wollt?« Sashalle blieb nicht stehen, bis sie vor dem jungen Ogier stand, so nahe, dass sie den Kopf in den Nacken legen musste, um zu ihm hochsehen zu können, obwohl sie es eher anmutig als linkisch aussehen ließ, was es eigentlich hätte tun müssen. »Seid Ihr auf dem Weg zu dem Treffen, von dem wir gehört haben, im *Stedding* Shagtai? Meister … Ledar, das ist doch richtig, oder?«

Seine Ohren zuckten wild, dann standen sie still, und seine Augen, die so groß wie Untertassen waren, zogen sich beinahe so misstrauisch wie die des jungen Mannes zusammen, bis die baumelnden Enden seiner Augenbrauen seine Wangen berührten. »Ledar, Sohn von Shandin, Sohn von Koimal, Aes Sedai«, sagte er zögernd. »Aber ich gehe gewiss nicht zum großen Stumpf. Die Alten würden mich nicht weit genug heranlassen, um zu hören, was gesagt wird.« Er gab ein tiefes Kichern von sich, das gezwungen klang. »Unser Ziel werden wir bis heute Abend nicht erreichen, Aes Sedai, aber jede hinter uns liegende Meile ist eine Meile, die wir morgen nicht mehr gehen müssen. Wir müssen los.« Der unrasierte junge Mann stand auf und fuhr nervös mit der Hand über den langen Griff des Schwerts an seinem Gürtel, aber er machte keine Anstalten, die Tasche mit der Decke zu seinen Füßen aufzuheben und dem Ogier zu folgen, der zu der Tür ging, die hinaus auf die Straße führte, nicht einmal, als er über Schulter sagte: »Wir müssen gehen, Karldin.«

Sashalle vertrat dem Ogier anmutig den Weg, obwohl sie für jeden seiner Schritte drei machen musste. »Ihr habt nach Arbeit als Steinmetz gefragt, Meister Ledar«, sagte sie in einem Tonfall, der keinen Widerspruch duldete, »aber Eure Hände weisen nicht die Schwielen auf, wie ich sie bei anderen Steinmetzen gesehen habe. Es wäre besser für Euch, wenn Ihr meine Fragen beantworten würdet.«

Samitsu unterdrückte ein triumphierendes Lächeln und stellte sich neben die Rote Schwester. Glaubte Sashalle allen Ernstes, sie könnte sie zur Seite drängen und allein herausfinden, was hier vor sich ging? Die Frau würde eine Überraschung erleben. »Ihr müsst wirklich noch bleiben«, sagte sie leise zu dem Ogier; der Küchenlärm sollte ausreichen, dass niemand zuhörte, aber warum sollte man ein Risiko eingehen? »Als ich in den Sonnenpalast kam, hatte ich bereits von einem jungen Ogier gehört, einem Freund Rand al'Thors. Er hat Cairhien vor ein paar Monaten verlassen, in Begleitung eines jungen Mannes namens Karldin. Ist es nicht so, Loial?« Die Ohren des Ogiers senkten sich.

Dem jungen Mann entfuhr ein heiserer Fluch, von dem er es besser hätte wissen sollen, als ihn in Gegenwart der Schwestern auszustoßen. »Ich gehe, wann ich will, Aes Sedai«, sagte er grob, aber leise. Er teilte seinen Blick größtenteils zwischen ihr und Sashalle auf, aber er achtete auch auf Küchenbedienstete, die möglicherweise in ihre Nähe kamen. Auch er wollte nicht belauscht werden. »Bevor ich etwas tue, will *ich* ein paar Antworten haben. Was ist mit meinen … Freunden geschehen? Und *ihm*? Ist er dem Wahnsinn verfallen?«

Loial seufzte schwer und machte mit einer riesigen Hand eine beschwichtigende Geste. »Ganz ruhig, Karldin«, murmelte er. »Rand würde nicht wollen, dass du dich mit den Aes Sedai streitest. Beherrsche dich.« Karldins Miene verfinsterte sich nur noch mehr.

Plötzlich wurde Samitsu bewusst, dass sie das hätte besser regeln können. Das waren nicht die Augen eines in die Enge getriebenen Fuchses, sondern die eines Wolfes. Sie hatte sich zu sehr an Damer und Jahar und Eben gewöhnt, die dem sicheren Bund unterworfen und gezähmt worden waren. Das mochte zwar eine etwas übertriebene Beschreibung sein, auch wenn sich Merise bei Jahar sehr bemühte – das war eben Merises Art –, dennoch hatte es den Anschein, als könnte der gestrige Schrecken zur heutigen Annehmlichkeit werden; man musste ihm nur lange genug ausgesetzt sein. Karldin Manfor war ebenfalls ein Asha'man, und er war weder gebunden noch gezähmt. Umarmte er die männliche Hälfte der Macht? Beinahe hätte sie gelacht. Flogen Vögel?

Sashalle musterte den jungen Mann mit einem nachdenklichen Stirnrunzeln, die Hände an ihrem Rock waren viel zu reglos, aber Samitsu war froh, sie nicht in das Licht *Saidars* eingehüllt zu sehen. Asha'man konnten es fühlen, wenn eine Frau die Macht hielt, und das hätte ihn ... übereilt handeln lassen können. Bestimmt konnten sie und Samitsu ihn überwältigen – konnten sie das, wenn er bereits die Macht hielt? Natürlich! Ganz bestimmt! –, aber es wäre viel besser gewesen, wenn sie es nicht tun mussten.

Sashalle schien nicht gewillt zu sein, die Führung zu übernehmen, also legte Samitsu ihm sanft die Hand auf den linken Arm. Er fühlte sich unter dem Mantelärmel wie Stahl an. Also war ihm genauso unbehaglich zumute wie ihr. So unbehaglich wie ihr? Beim Licht, Damer und die anderen hatten wirklich alle ihre Instinkte verdorben!

»Als ich *ihn* das letzte Mal sah, erschien er wie die meisten Männer«, sagte sie leise und kaum betont. Vom Küchenpersonal war keiner in der Nähe, aber ein paar hatten angefangen, verstohlene Blicke zu dem Tisch zu werfen. Loial atmete erleichtert aus, es klang wie ein Windstoß, der aus einer Höhlenöffnung rauschte, aber sie hielt ihre Aufmerksamkeit auf Karldin gerichtet. »Ich weiß nicht, wo er ist, aber vor ein paar Tagen war er noch am Leben.« Alanna war so verschlossen wie eine Auster und mit Cadsuanes Brief in der Faust schier unerträglich gewesen; darüber hinaus hatte sie so gut wie nichts verraten. »Ich fürchte, Fedwin Morr ist an Gift gestorben, aber ich habe nicht die geringste Idee, wer es ihm verabreicht hat.« Zu ihrer Überraschung schüttelte Karldin mit einer wehmütigen Grimasse den Kopf und murmelte etwas Unverständliches über Wein. »Was die anderen betrifft, sie sind aus freien Stücken Behüter geworden.« Jedenfalls so sehr ein Mann jemals etwas aus freien Stücken tat. Roshan hatte jedenfalls bestimmt kein Behüter werden wollen, bis sie entschieden hatte, dass sie ihn haben wollte. Selbst eine Frau, die keine Aes Sedai war, konnte einen Mann dazu bringen, die Entscheidung zu treffen, die sie haben wollte. »Sie hielten es für die bessere Wahl und sicherer, als dorthin zurückzukehren, wo … die anderen wie Ihr seid. Ihr müsst wissen, dass der Schaden hier im Palast mit *Saidin* angerichtet wurde. Ihr begreift, wer dahinterstecken muss? Es war ein Versuch, den zu töten, um dessen geistige Gesundheit Ihr fürchtet.«

Auch das schien ihn nicht zu überraschen. Was für Männer waren diese Asha'man bloß? War ihre so genannte Schwarze Burg eine Mördergrube? Aber seine Muskeln entspannten sich, und plötzlich war er nur ein von der Reise erschöpfter junger Mann, der eine Rasur brauchte. »Beim Licht!«, sagte er leise. »Was tun wir jetzt, Loial? Wo sollen wir hingehen?«

»Ich … weiß es nicht«, erwiderte Loial, der zuerst müde die Schultern und dann die langen Ohren hängen ließ. »Ich … Wir müssen ihn finden, Karldin. Irgendwie. Wir können jetzt nicht aufgeben. Wir müssen ihn wissen lassen, dass wir das getan haben, worum er uns gebeten hat. Soweit es in unserer Macht stand.«

Und worum hatte al'Thor sie gebeten? Mit etwas Glück konnte sie von diesen beiden eine Menge erfahren. Ein erschöpfter Mann, ein müder Ogier, die sich verloren und allein fühlten, sie waren förmlich reif dafür, Fragen zu beantworten.

Karldin zuckte zusammen und umklammerte den Schwertgriff fester, und sie unterdrückte einen Fluch, als eine Palastdienerin mit fast bis zu den Knien geschürzten Röcken in den Raum gestürzt kam. »Lord Dobraine ist ermordet worden!«, kreischte die Frau.

»Man wird uns alle in unseren Betten umbringen! Mit meinen eigenen Augen habe ich die Toten wandeln gesehen, den alten Maringil, und meine Mutter sagt, die Geister werden einen umbringen, wo ein Mord geschehen ist! Sie …« Ihr blieb der Mund offen stehen, als sie sich der Anwesenheit der Aes Sedai bewusst wurde, und sie kam rutschend zum Halt, die Röcke noch immer gerafft. Auch die Küchenbediensteten schienen wie erstarrt zu sein und beobachteten die Aes Sedai aus den Augenwinkeln.

»Nicht Dobraine«, stöhnte Loial und legte die Ohren flach an. »Nicht er auch.« Er sah wütend und auch traurig aus, seine Miene war wie versteinert. Samitsu konnte sich nicht erinnern, einen Ogier jemals wütend gesehen zu haben.

»Wie heißt du?«, wollte Sashalle von der Dienerin wissen, bevor Samitsu den Mund aufmachen konnte. »Woher weißt du, dass er ermordet wurde? Woher weißt du, dass er überhaupt tot ist?«

Die Frau schluckte, von Sashalles kühlem Blick gefangen. »Cera, Aes Sedai?«, sagte sie zögernd, drückte die Knie für einen Knicks durch und wurde sich erst da bewusst, dass sie noch immer die Röcke hochhielt. Sie hastig zu richten schien sie aber nur noch mehr zu verwirren. »Cera Doinal? Sie sagen … jeder sagt, dass Lord Dobraine … ich meine, er war …« Sie schluckte mühsam. »Alle sagen, dass seine Gemächer voller Blut sind. Er wurde in einer großen Blutlache gefunden. Sie sagen, man hat ihn geköpft.«

»*Sie* sagen viel, wenn der Tag lang ist«, entgegnete Sashalle grimmig, »und für gewöhnlich irren sie sich. Samitsu, Ihr kommt mit mir. Falls Lord Dobraine verletzt wurde, könnt Ihr vielleicht etwas für ihn tun. Loial, Karldin, ihr kommt auch mit. Ich will euch nicht aus den Augen lassen, bevor ich Gelegenheit hatte, euch ein paar Fragen zu stellen.«

»Eure Fragen können mir gestohlen bleiben!«, knurrte der junge Asha'man und schulterte seine Besitztümer. »Ich gehe!«

»Nein, Karldin«, sagte Loial leise und legte seinem Gefährten eine große Hand auf die Schulter. »Wir können nicht gehen, bevor wir über Dobraine Bescheid wissen. Er ist ein Freund, Rands Freund und auch mein Freund. Wir können nicht. Außerdem, wo sollten wir hingehen?« Karldin blickte zur Seite. Er wusste keine Antwort.

Samitsu kniff die Augen zusammen und holt tief Luft, aber es half alles nichts. Sie folgte Sashalle aus der Küche und musste sich wieder beeilen, um mit den weit ausholenden, anmutigen Schritten der anderen Frau mithalten zu können. Tatsächlich lief sie fast; Sashalle legte ein noch schnelleres Tempo vor.

Sobald sie aus der Tür waren, ertönte hinter ihnen Stimmengewirr. Vermutlich befragte das Küchenpersonal die Dienerin nach Einzelheiten, Details, die sie bestimmt erfinden würde, wo ihr Wissen versagte. Aus dieser Küche würden zehn verschiedene Versionen der Ereignisse ihren Weg nach draußen finden, wenn nicht sogar so viele, wie es in der Küche Bedienstete gab. Das Schlimmste aber war, dass zehn verschiedene Versionen von den Ereignissen *in* der Küche ihren Weg hinaus finden würden, und eine jede würde zu den Gerüchten hinzukommen, die Corgaide zweifellos bereits verbreitete. Samitsu fiel kaum ein Tag ein, der so übel für sie verlaufen war, und das auch noch so unvermutet; es war, als würde man auf einem Stück Eis ausrutschen, nur um sofort auf ein anderes Stück zu treten und dann auf ein weiteres. Cadsuane würde aus ihrer Haut Handschuhe machen!

Wenigstens folgten Loial und Karldin ihnen ebenfalls. Was auch immer sie von ihnen erfahren konnte, mochte zu ihrem Vorteil gereichen. Sie eilte an Sashalles Seite und musterte die beiden mit schnellen Blicken über die Schulter. Der Ogier machte kleine Schritte, um die Aes Sedai nicht zu überholen, und runzelte besorgt die Stirn. Vermutlich wegen Dobraine, aber vielleicht auch, wie er den geheimnisvollen Auftrag zu Ende führen sollte, »so gut wie er konnte«. Das war ein Geheimnis, das sie zu lösen gedachte. Der junge Asha'man hatte keine Mühe, mit ihnen mitzuhalten, allerdings drückte seine Miene stures Zögern aus, und seine Hand blieb am Schwertgriff. Aber bei ihm ging die Gefahr nicht vom Stahl aus. Er starrte die Aes Sedai argwöhnisch an, und einmal erwiderte er Samitsus Blick finster. Allerdings hatte er den Verstand, den Mund geschlossen zu halten. Sie würde später einen Weg finden müssen, ihn aufzustemmen, damit mehr als ein Knurren herauskam.

Sashalle blickte sich nicht einmal um, um sich zu vergewissern, dass die beiden ihnen folgten, aber sie konnte ja das Dröhnen der Ogierschritte auf den Fliesen hören. Ihr Gesicht war nachdenklich, und Samitsu hätte viel dafür gegeben, ihre Gedanken lesen zu können. Sashalle mochte einen Eid auf Rand al'Thor abgelegt haben, aber welchen Schutz gewährte das einem Asha'man? Immerhin war sie eine Rote. Im Gegensatz zu ihrem Gesicht hatte sich daran *nichts* geändert. Beim Licht, das konnte von allem Glatteis das schlimmste sein!

Es war ein langer und mühsamer Aufstieg von der Küche zu Lord Dobraines Gemächern im Turm des Vollmonds, der für gewöhnlich hohen Adligen vorbehalten war, die zu Besuch kamen, und auf dem ganzen Weg sah Samitsu den Beweis, dass Cera nicht die Erste gewesen war, die von der Bluttat gehört hatte. Statt geschäftig durch die Korridore zu eilen, standen die Diener in kleinen Gruppen beieinander und flüsterten aufgeregt. Beim Anblick der Aes Sedai sprangen sie auseinander und hasteten fort. Eine Handvoll schaute ungläubig, als sie den Ogier sahen, doch größtenteils ergriffen sie die Flucht. Sämtliche Adlige waren verschwunden, zweifellos in ihre Gemächer, um darüber nachzudenken, welche Gelegenheiten und Gefahren Dobraines Tod ihnen brachte. Was auch immer Sashalle glaubte, Samitsu hatte nicht mehr den geringsten Zweifel. Wäre Dobraine noch am Leben, hätten seine Diener die Gerüchte schon aus der Welt geschafft.

Im Korridor vor Dobraines Gemächern drängten sich aschfahle Diener, deren Ärmel bis zu den Ellbogen die blauweißen Ringe des Hauses Taborwin aufwiesen. Einige weinten, andere sahen verloren aus, weil man den Boden unter ihren Füßen weggezogen hatte. Ein Wort von Sashalle reichte aus, damit sie den Weg für die Aes Sedai freimachten, aber sie bewegten sich wie betrunken oder mechanisch. Benommene Blicke streiften den Ogier, ohne überhaupt richtig wahrzunehmen, was sie da sahen. Nur wenige dachten daran, halbherzige Verbeugungen zu machen.

Im Vorzimmer hielten sich mindestens genauso viele von Dobraines Dienern auf, die meisten starrten ins Leere, als hätte man ihnen einen Schlag mit der Axt verpasst. Dobraine selbst lag in der Mitte des Raums reglos auf einer Trage, sein Kopf saß noch immer auf den Schultern, aber seine Augen waren geschlossen und seine reglosen Züge mit geronnenem Blut aus einem langen Schnitt auf dem Kopf beschmiert. Aus seinem schlaffen Mund war ein dunkler Strom gesichert. Zwei Diener, denen Tränen über die Wangen strömten, hielten beim Eintritt der Aes Sedai darin inne, sein Gesicht mit einem weißen Tuch zu bedecken. Dobraine schien nicht mehr zu atmen, die Brust seines Mantels, dessen schmale Farbstreifen bis hinunter zu den Knien reichten, wies blutige Schnitte auf. Neben der Trage verunstaltete ein dunkler Fleck, der größer

als der Körper des Mannes war, das grüngelbe taireni-
sche Labyrinthmuster des fransengeschmückten Tep-
pichs. Jeder, der so viel Blut verloren hatte, musste tot
sein. Auf dem Boden lagen noch zwei weitere Männer,
der eine starrte mit gebrochenem Blick an die Decke,
der andere lag auf der Seite, aus seinen Rippen ragte
ein Dolchgriff aus Elfenbein, dessen Klinge bestimmt
sein Herz erreicht hatte. Beide waren kleingewachsene,
blasshäutige Cairhiener in der Livree von Palastdie-
nern, aber kein Diener trug lange Dolche mit Holzgrif-
fen, wie sie neben den Leichen lagen. Ein Mann vom
Haus Taborwin, der den Fuß zurückgenommen hatte,
um eine der Leichen zu treten, zögerte, als er die bei-
den Schwestern eintreten sah, dann stieß er seinen Stie-
fel trotzdem hart in die Rippen des Toten. Offensicht-
lich dachte im Augenblick keiner an gehöriges Be-
nehmen.

»Nehmt das Tuch weg«, befahl Sashalle den Män-
nern an der Trage. »Samitsu, seht, ob Ihr Lord Dob-
raine noch helfen könnt.«

Der Instinkt hatte Samitsu auf Dobraine zueilen las-
sen, da spielte es keine Rolle, was sie glaubte, aber die-
ser Befehl – es war *eindeutig* ein Befehl! – ließ sie kurz
zögern. Mit zusammengebissenen Zähnen kniete sie
neben der Trage nieder, und zwar auf der gegenüber-
liegenden Seite der noch immer feuchten Lache, um
die Hände auf Dobraines blutverschmierten Kopf zu
legen. Es hatte sie noch nie gestört, sich die Hände mit
Blut zu besudeln, aber Blutflecken waren unmöglich
aus Seide herauszubekommen, es sei denn, man be-
nutzte die Macht, und sie verspürte noch immer einen
Anflug schlechten Gewissens, wenn sie sie für so all-
tägliche Dinge verwendete.

Die notwendigen Gewebe waren ihr so sehr zur
zweiten Natur geworden, dass sie ohne nachzudenken
die Quelle umarmte und den cairhienischen Lord Er-

forschte. Und überrascht blinzelte. Der Instinkt hatte sie handeln lassen, obwohl sie davon überzeugt gewesen war, dass in dem Raum drei Leichen lagen, aber in Dobraine flackerte noch Leben. Ein winziges, zitterndes Flämmchen, das der Schock des Heilens durchaus löschen konnte. Der Schock des Heilens, in dem sie sich auskannte.

Ihr Blick suchte nach dem blonden Asha'man. Er hockte neben einem der toten Diener und durchsuchte den Mann unbewegt, ohne sich um die entsetzten Blicke der Umstehenden zu kümmern. Eine der Frauen bemerkte plötzlich Loial, der in der Tür stehengeblieben war, und starrte ihn an, als wäre er unversehens aus der Luft erschienen. Mit seinen vor der Brust verschränkten Armen und dem grimmigen Gesichtsausdruck sah der Ogier aus, als würde er Wache halten.

»Karldin, wisst Ihr etwas über die Art des Heilens, die Damer Flinn benutzt?«, fragte Samitsu. »Die Art, bei der alle Fünf Mächte eingesetzt werden?«

Er sah sie stirnrunzelnd an und schwieg einen Moment, bevor er antwortete. »Flinn? Ich weiß nicht mal, wovon Ihr da sprecht. Außerdem ist mein Talent im Heilen nicht besonders ausgeprägt.« Er betrachtete Dobraine und fügte hinzu: »Ich kann kein Lebenszeichen erkennen, aber ich hoffe, Ihr könnt ihn retten. Er war bei den Quellen dabei.« Er beugte sich wieder über den toten Diener und durchwühlte weiter seine Taschen.

Samitsu fuhr mit der Zunge über die Lippen. In solchen Situationen erschien ihr die Aufregung, mit *Saidar* erfüllt zu sein, immer getrübt zu sein. Situationen, in denen alle möglichen Entscheidungen schlecht waren. Behutsam sammelte sie die Ströme von Luft, Geist und Wasser und webte sie zu dem ganz normalen Gewebe des Heilens zusammen, das jede Schwester kannte. Soweit bekannt war, verfügte keine von ihnen über ein so ausgeprägtes Talent zum Heilen wie sie, die meisten hatten darin nur sehr eingeschränkte Fähigkeiten, einige konnten kaum mehr als blaue Flecke beseitigen. Sie konnte allein auf sich gestellt fast so gut Heilen wie ein ganzer Zirkel. Die meisten Schwestern konnten das Gewebe nicht im mindesten beeinflussen; die meisten Schwestern versuchten es nicht einmal zu lernen. Sie hatte das von Anfang an beherrscht. Oh, sie konnte nicht eine bestimmte Sache Heilen und alles andere unberührt lassen, so wie Damer es konnte; was sie tat, würde alles beeinflussen von der Stichwunde bis zu der verstopften Nase, unter der Dobraine ebenfalls litt. Das Erforschen hatte ihr alle seine körperlichen Beschwerden verraten. Aber sie konnte die schlimmsten Verletzungen beseitigen, als hätte sie es nie gegeben oder sie so Heilen, dass der behandelte Patient den Anschein erweckte, schon seit Tagen zu genesen. Das alles kostete sie dieselbe Anstrengung, aber von dem Patienten erforderte es weniger. Je kleiner die erforderliche Veränderung im Körper war, desto weniger verschlang sie von der Kraft des Körpers. Doch von dem Riss in der Kopfhaut abgesehen, gehörten Dobraines Wunden alle in die ernste Kategorie, vier tiefe Einstiche in seinen Lungen, davon hatten zwei noch das Herz verletzt. Die stärkste Heilung würde ihn töten, bevor sich seine Wunden geschlossen hatten, während die schwächste ihn lange genug beleben würde, dass er an seinem eigenen Blut erstickte. Sie musste etwas dazwischen wählen und hoffen, dass sie richtig lag.

Ich bin die Beste, die es je gegeben hat, dachte sie energisch. *Ich bin die Beste!* Sie veränderte das Gewebe leicht und ließ es in den reglosen Mann sinken.

Ein paar der Diener schrien auf, als Dobraines Körper zuckte. Er riss die tiefliegenden Augen weit auf und richtete sich lange genug ein Stück weit auf, damit etwas, das verdächtig nach einem langgezogenen Todesröcheln klang, aus seinem Mund kam. Dann rollten seine Augen nach oben, er entglitt ihrem Griff und fiel zurück auf die Trage. Schnell berichtigte sie das Gewebe und Erforschte ihn mit angehaltenem Atem erneut. Er lebte. Um Haaresbreite und so schwach, dass er noch immer sterben konnte, aber die Stichverletzungen würden ihn nicht töten, es sei denn indirekt. Durch das trocknende Blut, das sein bis zur Stirn wegrasiertes Haar verklebte, konnte sie die wulstige, rosafarbene frische Narbe sehen, die sich über seine Kopfhaut zog. Die gleichen würde er unter dem Mantel haben, und er würde bei Anstrengungen möglicherweise unter Atemnot leiden – falls er durchkam, und das war im Moment alles, was zählte. Im Moment. Da war noch immer die Frage, wer ihn tot sehen wollte und warum.

Sie ließ die Macht los und erhob sich schwankend. Aus ihr strömendes *Saidar* machte sie immer müde. Einer der sie anstarrenden Diener hielt ihr das Tuch hin, das er auf das Gesicht seines Herrn hatte legen wollen, und sie benutzte es, um sich die Hände abzuwischen. »Bringt ihn in sein Bett«, sagte sie. »Flößt ihm so viel mildes Honigwasser ein, wie ihr könnt. Er wird schnell an Kraft gewinnen. Und holt eine Weise Frau … eine Leserin? Ja, eine Leserin. Er wird sie ebenfalls brauchen.« Sie konnte jetzt nichts mehr für ihn tun, und Kräuter würden helfen. Zumindest würden sie ihm nicht schaden, wenn sie von einer Leserin kamen; schlimmstenfalls würde die Frau dafür sorgen, dass sie ihm genug Honigwasser gaben und nicht zu viel.

Unter vielen Verbeugungen und gemurmelten Dankesbezeugungen ergriffen vier Diener die Trage und trugen Dobraine tiefer in die Gemächer hinein. Die meisten anderen Dienstboten folgten ihnen sichtlich erleichtert, während der Rest in den Korridor hinauseilte. Einen Augenblick später ertönten frohe Rufe und

Jubel, und Samitsu vernahm ihren Namen so oft wie den Dobraines. Sehr befriedigend. Es wäre noch befriedigender gewesen, hätte Sashalle nicht gelächelt und anerkennend genickt. Anerkennend! Warum tätschelte sie ihr nicht gleich noch den Kopf, wenn sie schon mal dabei war!

Karldin hatte die Heilung nicht verfolgt, soweit sie sagen konnte. Er beendete die Durchsuchung der zweiten Leiche, erhob sich und ging auf Loial zu, um dem Ogier etwas zu zeigen, das er mit dem Körper verdeckte, damit es die Aes Sedai nicht sahen. Loial nahm es dem Asha'man aus der Hand – es handelte sich um ein Stück elfenbeinfarbenes Papier –, hielt es sich mit seinen dicken Fingern vors Gesicht und ignorierte Karldins Stirnrunzeln.

»Aber das macht doch keinen Sinn«, murmelte der Ogier und las stirnrunzelnd. »Nicht den geringsten Sinn. Es sei denn …« Er unterbrach sich und wechselte mit seinem blonden Gefährten, der knapp nickte, einen angespannten Blick. »Oh, das ist wirklich schlimm«, sagte Loial. »Wenn es mehr als zwei waren, Karldin, wenn sie es gefunden …« Er unterbrach sich erneut, als der junge Mann hastig den Kopf schüttelte.

»Ich will das sehen, bitte«, sagte Sashalle und streckte die Hand aus, und es war nicht als Bitte gemeint.

Karldin wollte dem Ogier das Papier aus der Hand reißen, aber der Ogier gab es Sashalle seelenruhig, die es ausdruckslos betrachtete und dann an Samitsu weiterreichte. Es war dickes Papier, glatt, teuer und anscheinend neu. Während Samitsu las, musste sie gegen das Verlangen ihrer Augenbrauen ankämpfen, in die Höhe zu wandern.

Aufgrund meines Befehls sollen die Träger dieses Papiers gewisse Gegenstände, die ihnen bekannt sind, aus meinen Gemächern holen und sie aus dem Sonnenpalast bringen. Lasst sie in meinen Räumen allein, gebt ihnen, was auch immer sie verlangen, und behandelt die Angelegenheit mit Stillschweigen, im Namen des Wiedergeborenen Drachen und auf die Gefahr seines Unmutes.

DOBRAINE TABORWIN

Sie hatte Dobraines Handschrift oft genug gesehen, um sie zu erkennen. »Offensichtlich beschäftigt jemand einen guten Fälscher«, sagte sie und erntete einen schnellen, verächtlichen Blick von Sashalle.

»Es erscheint unwahrscheinlich, dass er es selbst geschrieben hat und versehentlich von seinen eigenen Männern niedergestochen wurde«, sagte die Rote schneidend. Ihr Blick richtete sich auf Loial und den Asha'man. »Was könnten sie gefunden haben?«, verlangte sie zu wissen. »Was *fürchtet* ihr, haben sie gefunden?« Karldin starrte ausdruckslos zurück.

»Ich meinte das, wonach sie gesucht haben«, antwortete Loial. »Sie müssen hier gewesen sein, um etwas zu stehlen.« Aber seine Ohren zuckten so heftig, dass sie beinahe vibrierten, bevor er sie unter Kontrolle bekam. Die meisten Ogier waren schlechte Lügner, vor allem die Jungen.

Sashalles Locken flogen hin und her, als sie den Kopf schüttelte. »Was ihr wisst, ist wichtig. Ihr beiden geht nirgendwohin, bevor ich es auch weiß.«

»Und wie wollt Ihr uns aufhalten?« Der leise Tonfall, mit dem Karldin die Worte sprach, machte sie noch gefährlicher. Er erwiderte Sashalles Blick geradeheraus, als hätte er keine Sorge auf der Welt. O ja, viel eher ein Wolf als ein Fuchs.

»Ich dachte schon, ich würde Euch niemals finden«, verkündete Rosara Medrano und marschierte in diesem Moment unheilverkündender Stille in den Raum, noch immer mit ihrem pelzgefütterten Umhang und den roten Handschuhen bekleidet, nur die Kapuze war zurückgeworfen, um die Elfenbeinkämme in ihrem schwarzen Haar zu enthüllen. Feuchte Flecken auf ihren Schultern kündeten von geschmolzenem Schnee. Die hochgewachsene Frau, die so braun wie eine von der Sonne verbrannte Aiel war, war beim ersten Tageslicht aufgebrochen, um Gewürze für irgendeinen Fischeintopf aus ihrem heimatlichen Tear aufzutreiben. Sie musterte Loial und Karldin nur flüchtig und verschwendete keinen Augenblick, um sich nach Dobraine zu erkundigen. »Eine Gruppe Schwestern hat die Stadt betreten, Samitsu. Ich bin wie eine Verrückte geritten, um vor ihnen hier zu sein, aber sie könnten jeden Augenblick eintreffen. Sie sind in Begleitung von Asha'man, und einer der Asha'man ist Logain!«

Karldin stieß ein raues Lachen aus, und Samitsu fragte sich unvermittelt, ob sie wohl lange genug leben würde, damit Cadsuane ihr überhaupt die Haut abziehen konnte.

KAPITEL 1

Zeit zu verschwinden

Das Rad der Zeit dreht sich, Zeitalter kommen und vergehen und lassen Erinnerungen zurück, die zu Legenden werden. Legenden verblassen zu Mythen, und sogar der Mythos ist lange vergessen, wenn das Zeitalter wiederkehrt, aus dem er geboren wurde. In einem Zeitalter, das von einigen das Dritte Zeitalter genannt wurde, einem Zeitalter, das noch kommen sollte, einem lange vergangenen Zeitalter, erhob sich in den Rhannon-Hügeln ein Wind. Der Wind war nicht der Anfang. Es gibt bei der Drehung des Rads der Zeit keinen Anfang und kein Ende. Aber es war *ein* Anfang.

Geboren in den Weinbergen und Gehölzen, die den größten Teil der zerklüfteten Hügel bedeckten, den Reihen von Olivenbäumen und Rebstöcken, die bis zum Frühling blattlos bleiben würden, wehte der kalte Wind nach Westen und Norden über die wohlhabenden Bauernhöfe, mit denen das Land zwischen den Hügeln und dem großen Hafen von Ebou Dar gesprenkelt war. Das Land lag noch immer winterbrach, aber Männer und Frauen ölten bereits Pflugscharen und flickten Gespanne, um sich auf die kommende Aussaat vorzubereiten. Sie beachteten die schwer beladenen Wagenzüge kaum, die auf den unbefestigten Straßen nach Osten fuhren und Leute beförderten, die ungewohnte Kleidung trugen und mit seltsamem Akzent sprachen. Viele der Fremde schienen ebenfalls Bauern zu sein, an ihre Wagenkästen war vertraut aussehendes Gerät festgeschnallt, auf den Wagen waren unbekannte Setzlinge geladen, deren Wurzeln in groben Stoff gehüllt waren, aber sie fuhren in ferne Länder. Sie hatten nichts mit dem Leben hier und jetzt zu tun. Die seanchanische Hand ruhte leicht auf jenen, die sich nicht gegen ihre Herrschaft wehrten, und für die Bauern der Rhannon-Hügel hatte sich das Leben nicht verändert. Für sie war ohnehin der Regen oder sein Ausbleiben der wahre Herrscher gewesen.

Der Wind blies nach Westen und Norden, über den breiten blaugrünen Hafen, in dem Hunderte von Schiffen im Wellengang an ihren Ankern schaukelten. Einige davon wiesen einen breiten Bug auf und waren mit gerippten Segeln geriggt, andere wiederum hatten einen langen, scharf geschnittenen Bug, und auf ihnen waren Männer damit beschäftigt, ihre Segel und die Takelage denen der breiteren Schiffe anzupassen. Viele lagen im flachen Wasser, rußgeschwärzte Wracks, die auf die Seite gekippt waren, verbrannte Spanten, die schwarzen Skeletten gleich in dem tiefen grauen Schlamm versanken. Boote schossen unter der Kraft von Dreieckssegeln voran oder krochen von Rudern getrieben daher wie vielgliedrige Wasserkäfer; die meisten beförderten Arbeiter und Nachschub zu den Schiffen, die unversehrt waren. Andere kleine Fahrzeuge und Barken waren an etwas festgezurrt, das Ähnlichkeit mit entasteten Baumstümpfen hatte, die aus dem blaugrünen Wasser ragten; hier sprangen Männer in die Fluten, mit Steinen in den Händen, die sie schnell zu den versunkenen Schiffen in der Tiefe tragen würden, wo sie dann Seile an allem festzurrten, was man bergen konnte. Vor sechs Nächten war hier der Tod auf dem Wasser gewandelt, hatte die Eine Macht Männer und Frauen getötet, Schiffe vernichtet und die Finsternis mit silbernen Blitzen und durch die Luft rasenden Feuerbällen gespalten. Heute erschien der Hafen mit seinem unruhigen Wasser trotz der hektischen Aktivität friedlich, die aufspritzende Gischt vermischte sich mit dem Wind, der in die Flussmündung des Eldar nach Norden und Westen und ins Landesinnere wehte.

Mat saß mit untergeschlagenen Beinen auf einem moosbewachsenen Felsen am schilfgesäumten Ufer des Flusses, krümmte die Schultern gegen den Wind und fluchte stumm. Hier gab es kein Gold, keine Frauen, kein Tanz, keinen Spaß. Dafür aber großes Unbehagen. Kurz gesagt, es war der letzte Ort, den er sich normalerweise ausgesucht hätte. Der Himmel war schiefergrau, und die dicken purpurfarbenen Wolken, die vom Meer herantrieben, verkündeten Regen. Ohne Schnee schien der Winter kein richtiger Winter zu sein – bis jetzt hatte er in Ebou Dar noch keine einzige Schneeflocke gesehen, aber ein kalter, feuchter Morgenwind, der vom Wasser kam, konnte einen Mann genauso gut wie Schnee bis auf die Knochen frieren lassen. Sechs Nächte waren vergangen, seit er in einem Sturm aus der Stadt geritten war, und seine pochende Hüfte schien noch immer zu glauben, er würde sich durchnässt bis auf die Haut an seinen Sattel klammern. Er wünschte sich, er hätte einen Umhang mitgenommen. Er wünschte sich, er wäre im Bett geblieben.

Hügel verbargen Ebou Dar, das eine Meile im Süden lag, und verbargen ihn auch vor der Stadt, aber nirgendwo war ein Baum oder auch nur mehr als ein Gebüsch in Sicht. Das offene Gelände verursachte in ihm das Gefühl, als würden Ameisen unter seiner Haut krabbeln. Aber er würde hier sicher sein. Der schlichte braune Wollmantel mit der dazugehörigen Mütze hatte nicht die geringste Ähnlichkeit mit der Kleidung, mit der man ihn in der Stadt gekannt hatte. Statt schwarzer Seide verbarg ein einfacher Wollschal die Narbe an seinem Hals, und der Mantelkragen war zusätzlich hochgeklappt. Kein Stück Spitze oder Stickerei. Farblos genug für einen Bauern, der Kühe molk. Keiner, dem er aus dem Weg gehen musste, würde ihn erkennen. Nicht, bevor sie nahe an ihn herangekommen waren. Trotzdem zog er die Mütze ein Stück tiefer in die Stirn.

»Wollt Ihr noch länger hier sitzen, Mat?« Noals zerschlissener dunkelblauer Mantel hatte schon bessere Tage gesehen, aber das Gleiche ließ sich auch über ihn sagen. Der alte Bursche mit seinen gekrümmten Schultern, den weißen Haaren und der gebrochenen Nase hockte unterhalb des Felsens auf den Fersen und fischte mit einer Bambusangel im Fluss. Die meisten seiner Zähne fehlten, und manchmal tastete er mit der Zunge nach einer Lücke, so als wäre er überrascht, sie dort zu finden. »Falls Ihr es noch nicht bemerkt haben solltet, es ist kalt. Alle glauben, in Ebou Dar sei es immer warm, aber der Winter ist überall kalt, selbst an Orten, die Ebou Dar wie Schienar erscheinen lassen. Meine Knochen sehnen sich nach einem Feuer. Oder zumindest einer Wolldecke. Ein Mann kann es sich mit einer Wolldecke gemütlich machen, solange er nicht im Wind sitzt. Gedenkt Ihr, irgendetwas anderes zu tun, als flussabwärts zu starren?«

Als Mat ihn bloß ansah, zuckte Noal mit den Schultern und richtete seine Aufmerksamkeit wieder auf den geteerten Holzschwimmer, der im Schilf trieb. Gelegentlich bewegte er eine der knotigen Hände, so als würden seine verkrümmten Finger die Kälte ganz besonders spüren, aber wenn dem so war, war das seine eigene Schuld. Der alte Narr war am seichten Ufer herumgewatet, um mit einem Korb Pfrillen für Köder einzufangen; der Korb stand zur Hälfte mit einem glatten Stein verankert im Wasser. Trotz seiner Klagen über das Wetter war Noal ohne Aufforderung mit zum Fluss gekommen. Nach allem, was er erzählt hatte, war jeder, der ihm etwas bedeutet hatte, schon viele Jahre tot, und ehrlich gesagt schien er verzweifelt bemüht, irgendeine Art von Gesellschaft zu haben. So verzweifelt, dass er Mats Gesellschaft wählte, wo er mittlerweile schon fünf Tage von Ebou Dar entfernt sein könnte. Ein Mann konnte in fünf Tagen eine hübsche Distanz zurücklegen, wenn er einen triftigen Grund und ein Pferd hatte. Mat hatte oft darüber nachgedacht.

Auf der anderen Seite des Eldar, halb verdeckt von einer der sumpfigen Inseln, von denen der Fluss nur so wimmelte, wurden in einem breiten Ruderboot die Ruder hochgehoben, dann stand ein Mann auf und fischte mit einem langen Bootshaken im Schilf herum. Ein anderer Ruderer half ihm, das, was er gefunden hatte, ins Boot zu hieven. Auf diese Entfernung sah es wie ein großer Sack aus. Mat zuckte zusammen und wandte den Blick flussabwärts. Sie fanden noch immer Leichen, und er war verantwortlich. Die Unschuldigen starben an der Seite der Schuldigen. Und wenn man nichts unternahm, dann starben nur die Unschuldigen oder erlitten ein Schicksal, das fast so schlimm wie der Tod war. Oder vielleicht auch schlimmer, je nachdem, wie man es betrachtete.

Er runzelte gereizt die Stirn. Blut und Asche, er verwandelte sich in einen verfluchten Philosophen! Die Verantwortung presste sämtliche Freude aus dem Leben und ließ einen Mann zu Staub vertrocknen. In diesem Augenblick wünschte er sich einen ordentlichen Krug Wein in einer gemütlichen Schänke voller Musik und eine üppige, hübsche Dienstmagd auf dem Schoß, irgendwo weit weg von Ebou Dar. Sehr weit weg. Doch er hatte nur Verpflichtungen, vor denen er nicht weglaufen konnte, und eine Zukunft, die ihm nicht zusagte. Es schien nicht zu helfen, wenn man *Ta'veren* war, nicht, wenn sich das Muster auf diese Weise formte. Wenigstens hatte er noch immer sein Glück. Er lebte und war nicht in einer Zelle angekettet. Unter diesen Umständen durfte er sich glücklich schätzen.

Von seinem Sitz aus hatte er einen ziemlich freien Blick vorbei an den niedrigen sumpfigen Flussinseln. Vom Wind erfasste Gischt trieb Nebelbänken gleich vom Hafen heran, aber sie reichte nicht aus, um das zu verstecken, was er sehen musste. Er versuchte alles im Kopf auszurechnen, zählte die verankerten Schiffe, versuchte die Wracks zu zählen. Aber er verlor den Überblick, glaubte, manche Schiffe doppelt erfasst zu haben, und fing von vorn an. Die Leute vom Meervolk, die man wieder eingefangen hatte, schlichen sich ebenfalls in seine Gedanken. Er hatte gehört, dass an den Galgen im Rahad mehr als hundert Leichen zur Schau gestellt wurden, ihre Verbrechen auf den dazugehörigen Schildern wurden als »Mord« und »Rebellion« bezeichnet. Für gewöhnlich benutzten die Seanchaner Henkersbeil und Pfahl, während der Adel, das Blut, das Privileg der Würgeschnur erhielt, aber Besitztum musste sich damit zufrieden geben, aufgehängt zu werden.

Soll man mich doch zu Asche verbrennen, ich habe getan, was ich konnte, dachte er mürrisch. Es war sinnlos, sich Vorwürfe zu machen, nicht mehr getan zu haben. Sinnlos! Völlig sinnlos! Er musste an die Menschen denken, die entkommen waren.

Die Atha'an Miere, die entkommen waren, hatten Schiffe aus dem Hafen für ihre Flucht benutzt, und obwohl sie kleinere Fahrzeuge hätten nehmen können – alles, was sie in der Nacht betreten und erobern konnten –, hatten sie so viele ihrer Leute mitnehmen wollen wie nur möglich. Da Tausende von ihnen als Gefangene im Rahad schufteten, mussten große Schiffe her, also seanchanische Großschiffe. Sicher wären viele der Schiffe des Meervolks groß genug gewesen, aber sie alle waren von ihren Segeln und der Takelage befreit worden, um nach seanchanischer Art ausgerüstet zu werden. Wenn er herausfinden konnte, wie viele Großschiffe noch da waren, konnte er sich möglicherweise eine ungefähre Vorstellung davon machen, wie viele Atha'an Miere es in die Freiheit geschafft hatten. Es war richtig gewesen, die Windsucherinnen des Meervolks zu befreien, es war das Einzige gewesen, was er hatte tun können, aber von den Gehängten abgesehen, hatte man in den vergangenen fünf Tagen Hunderte von Toten aus dem Hafen gefischt, und allein das Licht wusste, wie viele mit den Gezeiten hinaus aufs offene Meer getragen worden waren. Die Totengräber arbeiteten von Sonnenaufgang bis Sonnenuntergang, und die Friedhöfe waren gefüllt mit weinenden Frauen und Kindern. Auch mit Männern. Mehr als nur ein paar dieser Toten waren Atha'an Miere gewesen, um die niemand weinte, während sie in Massengräber geworfen wurden, und Mat wollte eine Vorstellung von der Zahl haben, die er gerettet hatte, um damit seine düsteren Vermutungen über die Zahl auszugleichen, die er umgebracht hatte.

Aber es war schwer, auch nur zu schätzen, wie viele Schiffe es hinaus aufs Meer der Stürme geschafft hatten, selbst wenn er sich nicht immer wieder verzählte. Im Gegensatz zu den Aes Sedai hatten die Windsucherinnen keine Schwierigkeiten damit, die Macht als Waffe zu benutzen, nicht wenn das Wohlergehen ihrer Leute auf dem Spiel stand, und mit Sicherheit hatten sie die Verfolgung verhindern wollen, bevor sie begann. Niemand nahm in einem brennenden Schiff die Verfolgung auf. Die Seanchaner mit ihren *Damane* hatten noch weniger Skrupel, zurückzuschlagen. *Blitze so zahlreich wie Grashalme zuckten durch den Regen, und Feuerbälle von der Größe von Pferden rasten durch den Himmel, und der Hafen schien von der einen Seite bis zur anderen in Flammen zu stehen, bis die Nacht selbst im*

Sturm das Schauspiel eines Feuerwerkers armselig erscheinen ließ. Ohne den Kopf drehen zu müssen, konnte Mat Dutzende Stellen zählen, an denen die verbrannten Spannten eines Großschiffes aus dem niedrigen Wasser ragten oder ein Rumpf auf der Seite lag und die Hafenwellen gegen das Deck schlugen, und es gab doppelt so viele, an denen die Reihen aus verkohltem Holz schmaler waren, die Überreste von Klippern des Meervolks. Offenbar hatten sie den Leuten, die sie in Ketten gelegt hatten, nicht ihre Schiffe überlassen wollen. Drei Dutzend genau vor ihm, und das ohne die versunkenen Wracks hinzuzuzählen, über denen die Bergungsboote arbeiteten. Vielleicht konnte ein Seefahrer anhand der aus dem Wasser ragenden Mastspitzen ein Großschiff von einem Klipper unterscheiden, aber das lag jenseits seiner Fähigkeiten.

Plötzlich stieg in ihm eine alte Erinnerung empor, über das Beladen von Schiffen für einen Angriff vom Meer, und wie viele Männer man wie lange Zeit auf welchem Raum unterbringen konnte. Eigentlich war das nicht seine Erinnerung, an einen längst vergangenen Krieg zwischen Fergansea und Moreina, aber sie schien es zu sein. Die Erkenntnis, dass er die Szenen aus dem Leben anderer Männer einer längst vergangenen Zeit tatsächlich nicht selbst erlebt hatte, überraschte ihn immer wieder aufs Neue, und vielleicht gehörten sie ihm ja doch auf gewisse Weise. Sie waren auf jeden Fall klarer als manche Phasen seines Lebens. Die Schiffe, an die er sich erinnert hatte, waren kleiner als die meisten Schiffe im Hafen gewesen, aber das Prinzip war das gleiche.

»Sie haben nicht genug Schiffe«, murmelte er. Die Seanchaner hatten in Tanchico noch mehr, als hier vor Anker gegangen waren, aber die Verluste reichten aus, um einen Unterschied zu machen.

»Genug Schiffe wofür?«, sagte Noal. »Ich habe noch

nie zuvor so viele an einem Ort gesehen.« Da es von ihm kam, war das schon eine beachtliche Aussage. Wenn man Noal Glauben schenken wollte, hatte er schon alles gesehen, und so gut wie immer war es größer oder großartiger als das gewesen, was sich vor seiner Nase abspielte. Zu Hause hätte man gesagt, er würde die Wahrheit fest verschnürt im Beutel halten.

Mat schüttelte den Kopf. »Sie haben nicht genug Schiffe, um wieder alle nach Hause schaffen zu können.«

»Wir haben unser Zuhause nicht verlassen«, sagte eine Frauenstimme mit einem breiten Akzent hinter ihm. »Wir sind nach Hause gekommen.«

Der seanchanische Akzent ließ Mat nicht zusammenzucken, aber es hätte nicht viel gefehlt, bevor er die Sprecherin erkannte.

Egeanin schaute finster drein, ihre Augen erinnerten an blaue Dolche, aber das war nicht auf ihn gemünzt. Zumindest glaubte er das nicht. Sie war hochgewachsen und schlank und hatte ein hartes Gesicht, das trotz eines Lebens auf See blass geblieben war. Ihr grünes Kleid war grell genug für eine Kesselflickerin und an dem hohen Kragen und den Ärmelaufschlägen mit winzigen gelben und weißen Blüten bestickt. Ein fest unter dem Kinn gebundener Schal mit Blumenmuster hielt die schwarze Perücke auf ihrem Kopf fest, deren Locken bis über die Schultern reichten. Sie hasste den Schal und das Kleid, das nicht so richtig passte, aber alle paar Minuten tasteten ihre Finger nach der Perücke, um sich zu vergewissern, dass sie noch richtig saß. Das machte ihr mehr Sorgen als die Kleidung, obwohl Sorgen nicht mal annähernd das passende Wort war.

Die langen Fingernägel kurz schneiden zu müssen hatte ihr lediglich ein Seufzen entlockt, aber sie hatte fast einen Wutanfall bekommen, mit rotem Gesicht und hervorquellenden Augen, als er ihr klar gemacht hatte, dass sie sich den Kopf kahl rasieren musste. Die Art und Weise, wie sie ihr Haar zuvor getragen hatte – oberhalb der Ohren rasiert bis auf einen runden Schopf und einen bis zu den Schultern reichenden Pferdeschwanz –, schrie der Welt förmlich zu, dass sie als niedrige Adlige dem seanchanischen Blut angehörte. Selbst jemand, der noch nie zuvor einen Seanchaner gesehen hatte, hätte sich an sie erinnert. Sie hatte zögernd eingewilligt, aber danach war sie beinahe hysterisch geworden, bis sie den Kopf hatte bedecken können. Allerdings nicht aus Gründen, aus denen die meisten Frauen rasend geworden wären. Nein, bei den Seanchanern rasierte sich allein die kaiserliche Familie den Kopf. Männer, die kahl wurden, trugen Perücken, sobald der Haarausfall sichtbar wurde. Egeanin wäre eher gestorben, als jemanden glauben zu lassen, sie würde vortäuschen, ein Mitglied des Kaiserhauses zu sein, und selbst wenn es Leute gewesen wären, die nie im Leben auf diesen Gedanken gekommen wären. Nun, unter den Seanchanern stand auf diese Art der Täuschung die Todesstrafe, aber Mat hätte es nie für möglich gehalten, dass sie so darauf herumreiten würde. Was bedeutete schon ein Todesurteil mehr, wenn man ohnehin die Axt im Nacken spürte? Oder in ihrem Fall die Würgeschnur. Für ihn würde es das Henkersseil sein.

Er schob das zur Hälfte gezogene Messer zurück in seinen linken Ärmel und rutschte von dem Felsen herunter. Er landete ungeschickt und wäre fast gefallen; der stechende Schmerz in seiner Hüfte ließ ihn beinahe das Gesicht verziehen. Aber nur beinahe. Sie war eine Adlige und ein Schiffskapitän, und sie versuchte oft genug, das Kommando zu übernehmen, ohne dass er auch noch irgendwelche Schwächen zeigen musste, die ihr einen weiteren Anlass gegeben hätten. Sie hatte ihn um Hilfe gebeten, nicht umgekehrt, aber das galt bei ihr nichts. Er lehnte sich mit verschränkten Armen an den Felsen und tat so, als würde er dort ganz gemütlich stehen, dabei trat er lässig nach abgestorbenen Grasbüscheln, um die schmerzenden Muskeln zu lockern. *Das* tat so weh, dass ihm trotz des kalten Windes der Schweiß ausbrach. Die Flucht im Sturm hatte seiner Hüfte geschadet, und noch hatte er nicht wieder an Boden gut gemacht.

»Seid Ihr sicher, was das Meervolk angeht?«, fragte er sie. Sinnlos, den Mangel an Schiffen noch einmal zu erwähnen. Es hatten sich sowieso zu viele seanchanische Siedler von Ebou Dar aus ausgebreitet, und von Tanchico mussten es noch mehr sein. Wie viele Schiffe sie auch immer hatten, keine Macht auf der Welt würde jetzt noch alle Seanchaner wieder zurückwerfen können.

Sie griff erneut nach der Perücke, zögerte, sah stirnrunzelnd ihre kurzen Fingernägel an und schob sich stattdessen die Hände unter die Achselhöhlen. »Was ist damit?« Sie wusste, dass er hinter dem Ausbruch der Windsucherinnen steckte, aber keiner von ihnen hatte es erwähnt. Sie bemühte sich immer zu vermeiden, über die Atha'an Miere zu sprechen. Einmal abgesehen von all den versunkenen Schiffen und den Toten war die Befreiung von *Damane* ein weiteres Verbrechen, auf das die Todesstrafe stand, darüber hinaus war es in den Augen der Seanchaner eine so widerwärtige Tat wie Vergewaltigung oder Kindesmissbrauch. Natürlich hatte sie ebenfalls bei der Befreiung einiger *Damane* geholfen, allerdings gehörte das ihrer Meinung nach zu den geringsten ihrer Verbrechen. Dennoch mied sie auch dieses Thema. Es gab einige Themen, bei denen sie stumm blieb.

»Seid Ihr sicher, was die Windsucherinnen betrifft, die man gefangen hat? Ich habe gehört, man will ihnen

Hände oder Füße abhacken.« Mat schluckte einen bitteren Geschmack herunter. Er hatte Männer sterben sehen, hatte Männer mit eigenen Händen getötet. Das Licht sei ihm gnädig, er hatte sogar eine Frau getötet! Nicht einmal die finsterste Erinnerung der anderen Männer brannte so quälend heiß wie diese, dabei waren einige davon finster genug, um in Wein ertränkt werden zu müssen, wenn sie an die Oberfläche kamen. Aber der Gedanke, jemandem absichtlich die Hände abzuhacken, bereitete ihm Übelkeit.

Egeanins Kopf zuckte herum, und einen Augenblick lang glaubte er, sie würde seine Frage ignorieren. »Ich wette, das Gerede kommt von Renna«, sagte sie abfällig. »Ein paar *Sul'dam* erzählen solchen Unsinn, um ungehorsame *Damane* zu ängstigen, die neu an der Leine sind, aber das hat schon seit sechshundert oder siebenhundert Jahren keiner mehr getan. Jedenfalls nicht viele, und Leute, die ihren Besitz nicht ohne Verstümmelungen im Griff haben, sind sowieso ... *sei'mosiev.*« Ihr Mund verzog sich vor Abscheu, aber es blieb unklar, ob wegen der Verstümmelung oder dem *sei'mosiev.*

»Ob nun beschämt oder nicht, sie tun es«, fauchte er. Für einen Seanchaner bedeutete *sei'mosiev* mehr als nur beschämt zu sein, aber er bezweifelte, dass jemand, der einer Frau absichtlich die Hand abschnitt, ausreichend gedemütigt werden konnte, um sich deswegen umzubringen. »Gehört Suroth zu den ›wenigen‹?«

Die Seanchanerin erwiderte seinen wütenden Blick mit der gleichen Intensität und stemmte die Fäuste in die Hüften, sie beugte sich mit gespreizten Beinen vor, als stände sie auf dem Deck eines Schiffes und wäre im Begriff, einen begriffsstutzigen Matrosen zu schelten. »Die Hochlady Suroth ist nicht die Besitzerin dieser *Damane,* Ihr dummer Bauer! Sie sind der Besitz der Kaiserin, möge sie ewig leben. Suroth könnte sich genauso gut die Adern aufschlitzen, wenn sie so etwas für eine kaiserliche *Damane* anordnet. Das heißt, falls sie so etwas überhaupt tun könnte; ich habe nie gehört, dass sie ihren Besitz schlecht behandelt. Ich will es mal so erklären, dass Ihr es auch versteht. Wenn Euer Hund wegläuft, dann verstümmelt Ihr ihn nicht. Ihr prügelt den Hund, damit er weiß, dass er das nicht tun darf, und bringt ihn zurück in seinen Zwinger. Außerdem sind *Damane* so …«

»So wertvoll«, vollendete Mat den Satz trocken. Er hatte das schon so oft gehört, dass es ihm aus den Ohren herauskam.

Sie reagierte nicht auf seinen Sarkasmus oder bemerkte es vielleicht auch nicht. Seiner Erfahrung nach konnte eine Frau, wenn sie etwas nicht hören wollte, es so lange ignorieren, bis man anfing zu zweifeln, es überhaupt gesagt zu haben. »Endlich fangt Ihr an zu verstehen«, sagte sie und nickte. »Diese *Damane,* über die Ihr Euch solche Sorgen macht, haben vermutlich nicht mal mehr Striemen.« Sie schaute zu den Schiffen im Hafen, und langsam trat ein Ausdruck des Verlusts in ihr Gesicht, der von der Härte ihrer Züge noch verstärkt wurde. Sie strich mit den Daumen über die Fingerspitzen. »Ihr würdet nicht glauben, was mich meine *Damane* gekostet hat«, sagte sie leise, »sie und die *Sul'dam*. Sie war natürlich jeden Thron wert, den ich bezahlt habe. Ihr Name ist Serrisa. Gut ausgebildet und aufmerksam. Würde sich mit honiggesüßten Nüssen voll stopfen, wenn man sie ließe, aber sie wird niemals seekrank. Eine Schande, dass ich sie in Cantorin zurücklassen musste. Ich schätze, ich werde sie nie wiedersehen.« Sie seufzte bedauernd.

»Ich bin sicher, sie vermisst Euch genauso sehr«, sagte Noal und ließ ein lückenhaftes Lächeln aufblitzen, und er klang ernst. Vielleicht war es sogar sein Ernst. Er hatte behauptet, Schlimmeres als *Damane* und

Da'covale gesehen zu haben, was auch immer das bedeuten mochte.

Egeanin versteifte sich, und sie runzelte die Stirn, als würde sie ihm sein Verständnis nicht abnehmen. Oder ihr war gerade aufgefallen, wie sie die Schiffe im Hafen anstarrte. Auf jeden Fall wandte sie sich auffällig vom Wasser ab. »Ich habe den Befehl gegeben, dass keiner die Wagen verlässt«, sagte sie energisch. Die Männer auf ihren Schiffen waren bei diesem Tonfall garantiert gesprungen. Sie riss den Kopf vom Fluss weg, als würde sie erwarten, dass Mat und Noal ebenfalls in die von ihr erwartete Richtung sprangen.

»Habt Ihr das?« Mat grinste und zeigte seine Zähne. Er konnte ein so unverschämtes Grinsen zustande bringen, dass die meisten aufgeblasenen Narren kurz vor einem Schlaganfall standen. Egeanin war alles andere als eine Närrin, aber aufgeblasen war sie. Schiffskapitän und Adlige. Er wusste nicht, was davon schlimmer war. Ach, beide taugten nichts! »Nun, ich wollte sowieso dort hin. Es sei denn, Noal, dass Ihr noch nicht mit Fischen fertig seid. Wir können hier noch eine Weile warten, wenn Ihr noch nicht soweit seid.«

Aber der alte Mann leerte bereits die übrig gebliebenen silbergrauen Pfrillen aus dem Korb in den Fluss. Seine Hände waren übel gebrochen gewesen, ihrem verkrümmten Erscheinungsbild nach zu urteilen sogar mehr als nur einmal, aber sie konnten die Angelschnur geschickt um das Bambusrohr wickeln. In der kurzen Zeit hatte er fast ein Dutzend Fische gefangen, von denen der größte nicht ganz einen Fuß lang war. Er hatte behauptet, mit dem richtigen Pfeffer – aus Shara, ausgerechnet! Er hätte genauso gut auf dem Mond wachsen können! – eine Fischsuppe machen zu können, die Mat seine Hüfte vergessen lassen würde. So wie Noal auf dem Pfeffer beharrte, vermutete Mat, dass er alles höchstens deshalb vergessen würde, weil er vollauf damit beschäftigt wäre, genug Ale zu finden, um seine Zunge zu kühlen.

Egeanin, die voller Ungeduld wartete, beachtete Mats Grinsen ebenfalls nicht, also legte er einen Arm um sie. Wenn sie schon zurückgingen, konnten sie genauso gut auch jetzt schon damit anfangen. Sie schlug seine Hand von ihrer Schulter. Diese Frau ließ ein paar altjüngferliche Tanten, die er gekannt hatte, wie Tavernenmädchen aussehen.

»Wir sollen ein Paar darstellen, Ihr und ich«, erinnerte er sie.

»Hier ist niemand, der uns sehen kann«, knurrte sie.

»Wie oft muss ich dir das noch sagen, Leilwin?« Das war der Name, den sie benutzte. Sie behauptete, er stamme aus Tarabon. Auf jeden Fall klang er nicht seanchanisch. »Wenn wir nur dann Händchen halten, wenn wir sehen, dass uns jemand beobachtet, wird uns jeder, den wir nicht sehen, für ein seltsames Liebespaar halten.«

Sie schnaubte verächtlich, wehrte sich aber nicht, als er den Arm wieder um sie legte und sie es ihm nachmachte. Aber sie schenkte ihm gleichzeitig einen warnenden Blick.

Mat schüttelte den Kopf. Sie war so verrückt wie ein Märzhase, wenn sie glaubte, ihm würde das Spaß machen. Die meisten Frauen hatten eine gewisse Polsterung über den Muskeln, zumindest die Frauen, die ihm gefielen, aber Egeanin zu umarmen war wie einen Zaunpfosten in den Arm zu nehmen. Fast genauso hart und definitiv genauso steif. Er konnte nicht verstehen, was Domon in ihr sah. Vielleicht hatte sie dem Illianer ja keine Wahl gelassen. Immerhin hatte sie den Mann gekauft, so wie man ein Pferd kaufte. *Soll man mich zu Asche verbrennen, ich werde diese Seanchaner niemals verstehen,* dachte er. Nicht, dass er es überhaupt wollte. Das Problem war nur, dass er es musste.

Als sie sich abwandten, warf er einen letzten Blick in Richtung Hafen und wünschte sich beinahe, er hätte es nicht getan. Zwei kleine Segelschiffe durchbrachen die breite Nebelwand, die sich langsam auf den Hafen herabsenkte. Gegen den Wind herabsenkte. Zeit zu verschwinden; eigentlich hätten sie schon längst weg sein müssen.

Vom Fluss bis zur Großen Nordstraße waren es fast mehr als zwei Meilen durch eine hügelige Landschaft, die von winterbraunem Gras und Unkraut bedeckt wurde und mit schlingpflanzendurchzogenen Gebüschen gesprenkelt war, die selbst jetzt in fast blätterlosem Zustand zu dicht waren, um sich hindurchzwängen zu können. Die Steigungen verdienten kaum die Bezeichnung Hügel, jedenfalls nicht für jemanden, der als Junge in den Verschleierten Bergen herumgeklettert war – Mat hatte Gedächtnislücken, aber an ein paar seiner Exkursionen konnte er sich erinnern –, doch es dauerte nicht lange, und er war froh, den Arm um jemanden legen zu können. Er hatte zu lange reglos auf dem verdammten Felsen gesessen. Das Pochen in seiner Hüfte war zu einem dumpfen Schmerz geschwunden, aber es ließ ihn noch immer hinken, und ohne eine Stütze wäre er auf den Abhängen ins Stolpern geraten. Nicht, dass er sich auf Egeanin stützte, natürlich nicht, aber sich an ihr festzuhalten half ihm, gleichmäßig zu gehen. Die Frau schaute ihn düster an, als glaubte sie, er wolle sich etwas herausnehmen.

»Wenn Ihr das tun würdet, was man Euch sagt«, knurrte sie, »müsste ich Euch nicht tragen.«

Er zeigte ihr wieder die Zähne, aber diesmal versuchte er nicht, es als Lächeln zu tarnen. Noal spazierte mühelos neben ihnen her; obwohl er den Korb mit den Fischen auf die eine Hüfte stützte und in der anderen Hand die Angelrute trug, ging er so sicher wie auf ebenem Gelände, und es war peinlich. So ausgemergelt der Alte auch aussah, so agil war er doch. Manchmal sogar zu agil.

Ihre Route führte sie nördlich am Himmelskreis vorbei mit seinen langen Sitzreihen aus poliertem Stein, auf denen bei wärmerem Wetter reiche Gönner unter bunten Zeltplanen auf Kissen saßen und den Pferderennen zuschauten. Jetzt waren die Zeltbahnen und ihre Pfosten verstaut und die Pferde alle in ihren Ställen auf dem Land untergebracht – jedenfalls diejenigen, die die Seanchaner nicht genommen hatten –, und die Sitze waren bis auf ein paar Jungen leer, die die Reihen rauf- und runtersprangen und Fangen spielten. Mat mochte Pferde und Pferderennen, aber sein Blick glitt an dem Kreis vorbei in Richtung Ebou Dar. Jedes Mal, wenn er eine Anhöhe erklomm, waren die massiven weißen Stadtmauern sichtbar, auf denen eine Straße die ganze Stadt umkreiste, und der Anblick gab ihm einen Vorwand, einen Augenblick lang stehenzubleiben. Dumme Frau! Ein bisschen Hinken hieß noch lange nicht, dass sie ihn trug! Ihm gelang es, seine gute Laune zu behalten, es nicht zu ernst zu nehmen und sich nicht zu beschweren. Warum nicht also auch ihr?

In der Stadt funkelten weiße Dächer und Mauern, weiße Kuppeln und Türme, die mit schmalen Farbringen geschmückt waren, ein Bild des Friedens. Er konnte nicht die Lücken ausmachen, wo Häuser niedergebrannt waren. Eine lange Schlange aus Ochsenkarren mit hohen Rädern wälzte sich durch den breiten Torbogen, der sich auf die Große Nordstraße hin öffnete, Landleute auf ihrem Weg zu den Stadtmärkten, die das verkauften, was auch immer sie so spät im Winter noch anzubieten hatten, und in ihrer Mitte befand sich ein Kaufmannszug aus großen Planwagen, die von Gespannen mit sechs oder acht Pferden gezogen wurden, und allein das Licht wusste, wo die Waren herkamen, die sie transportierten. Sieben weitere Wagenzüge, die sich aus vier bis zehn Wagen zusammensetzten, standen am Straßenrand in einer Reihe und warteten darauf, dass die Torwächter ihre Inspektionen beendeten. Solange die Sonne schien, hörte der Handel nicht auf, ganz egal, wer eine Stadt beherrschte, es sei denn, es wurde gerade gekämpft. Und manchmal hörte er nicht einmal dann auf.

Der Menschenstrom in die andere Richtung bestand hauptsächlich aus Seanchanern, Soldaten in ihren mit Streifen bemalten Rüstungen und Helmen, die wie große Insektenköpfe aussahen. Einige von ihnen marschierten und andere ritten, Adlige, die immer im Sattel saßen und verzierte Umhänge, Reitgewänder und Spitzenschleier trugen oder Pluderhosen und lange Mäntel. Auch seanchanische Siedler verließen noch immer die Stadt, ein Wagen nach dem anderen voller Bauern und Handwerker und ihrem jeweiligen Handwerkszeug. Die Siedler waren unmittelbar nach dem Ausschiffen aufgebrochen, aber es würde Wochen dauern, bis sie alle weg waren. Es war ein friedlicher Anblick, alltäglich und gewöhnlich, wenn man außer Acht ließ, was geschehen war, aber jedes Mal, wenn sie an eine Stelle kamen, an der er die Tore sehen konnte, blitzte in Mat wieder die Erinnerung an den Augenblick vor sechs Nächten auf, und er war wieder da, am Tor.

Der Sturm war schlimmer geworden, als sie die Stadt vom Tarasin-Palast aus durchquert hatten. Der Regen fiel kübelweise, trommelte auf die dunkle Stadt herab und machte die Pflastersteine unter den Pferdehufen glitschig, und der Wind heulte vom Meer der Stürme heran und trieb den Regen wie aus Schleudern geschossene Steine vor sich her und riss an ihren Umhängen, sodass der Versuch, sich trocken zu halten, ein aussichtsloser Kampf war. Wolken verbargen den Mond, und die Sintflut schien das Licht der Stablaternen aufzusaugen, die Blaeric und Fen zu Fuß vor ihnen hertrugen. Dann betraten sie den langen Tunnel durch die Stadtmauer und fanden zumindest etwas Schutz vor dem Regen. Der Wind ließ den hohen Tunnel wie eine Flöte pfeifen. Die Torwächter warteten am anderen Ende des Durchgangs; vier von ihnen trugen ebenfalls Stablaternen. Ein weiteres Dutzend, die Hälfte davon Seanchaner, trugen Hellebarden, die einen Mann aus dem Sattel zerren konnten. Zwei Seanchaner mit abgenommenen Helmen schauten aus der Tür der hell erleuchteten Wachstube, die in die weiß getünchte Stadtmauer hineingebaut war, und zuckende Schatten hinter ihnen verrieten, dass sich dort noch mehr von ihnen aufhielten. Zu viele, um sich lautlos an ihnen vorbeikämpfen zu können, vielleicht sogar zu viele, um sich überhaupt an ihnen vorbeikämpfen zu können.

Die Wächter waren sowieso nicht die eigentliche Gefahr. Eine hochgewachsene, pausbäckige Frau in Dunkelblau, auf deren knöchellangem Hosenrock rote Rechtecke mit Silberblitzen aufgenäht waren, trat an den Männern in der Wachstubentür vorbei. In der linken Hand der *Sul'dam* war eine lange, silberne Metallleine, deren anderes Ende sie mit der grauhaarigen Frau in einem dunkelgrauen Kleid verband, die ihr mit einem eifrigen Grinsen nach draußen folgte. Mat hatte gewusst, dass sie da sein würden. Die Seanchaner hatten mittlerweile an allen Toren *Sul'dam* und *Damane* platziert. Möglicherweise hielt sich sogar noch ein Paar oder auch zwei in der Stube auf. Sie dachten nicht im Traum daran, auch nur eine Frau, welche die Eine Macht lenken konnte, durch ihre Netze schlüpfen zu lassen. Das silberne Fuchskopf-Medaillon unter seinem Hemd lag kalt auf seiner Haut; es war nicht *die* Kälte, die signalisierte, dass in unmittelbarer Nähe jemand die Quelle umarmte, sondern bloß die Kälte der Nacht, und seine Haut war zu kalt, es zu erwärmen, aber er konnte nicht auf die anderen warten. Beim Licht, er jonglierte heute Nacht mit Feuerwerk, und die Lunten brannten!

Die Wächter hätten sich vielleicht gefragt, warum eine Adlige zusammen mit über einem Dutzend Bediensteten und einer Reihe Packpferde, die auf eine längere Reise hindeuteten, Ebou Dar mitten in der Nacht und dann noch bei diesem Wetter verließ, aber Egeanin gehörte dem Blut an, ihr Umhang zeigte einen aufgestickten Adler mit gespreizten schwarzweißen Schwingen, und ihre roten Reithandschuhe hatten lange Finger, um Platz für ihre Fingernägel zu lassen. Gewöhnliche Soldaten stellten nie in Frage, was das Blut tat, nicht einmal das rangniedrige Blut. Was nicht bedeutete, dass es keine Formalitäten gab. Jeder konnte die Stadt nach freiem Willen verlassen, aber die Seanchaner führten über die Bewegungen von *Damane* Buch, und im Gefolge ritten drei von ihnen. Sie hielten die Köpfe gesenkt, die Gesichter von den Kapuzen ihrer grauen Umhänge verborgen, und waren mit der silbernen Länge eines *A'dam* mit einer *Sul'dam* verbunden.

Die pausbäckige *Sul'dam* ging an ihnen vorbei, ohne ihnen mehr als einen flüchtigen Blick zu widmen. Aber ihre *Damane* musterte jede Frau genau, sie spürte, ob sie die Macht lenken konnte, und Mat hielt den Atem an, als sie neben der letzten berittenen *Damane* mit einem leichten Stirnrunzeln verharrte. Selbst mit seinem Glück hätte er nicht gewettet, dass den Seanchanern das alterslose Gesicht einer Aes Sedai entging, wenn sie in die Kapuze hineinschauten. Es gab Aes Sedai, die als *Damane* gehalten wurden, aber wie wahrscheinlich war es, dass sich drei von ihnen bei Egeanin aufhielten? Beim Licht, wie standen die Chancen, dass eine vom niedrigen Blut drei von ihnen besaß?

Die pausbäckige Frau gab ein Schnalzen von sich, so wie man es vielleicht einem Schoßhund widmete, und zog am *A'dam*, und die *Damane* folgte ihr. Sie hielten nach *Marath'damane* Ausschau, die der Leine zu entkommen versuchten. Mat glaubte noch immer zu ersticken. In seinem Kopf ertönte wieder das Klappern rollender Würfel, laut genug, um das gelegentliche Grollen fernen Donners zu übertönen. Etwas würde schief gehen; er wusste es.

Der Wachoffizier, ein stämmiger Seanchaner mit den schräg stehenden Augen eines Saldaeaners, aber blasser, honigbrauner Haut, verbeugte sich höflich und lud Egeanin in die Wachstube ein, dort einen Becher gewürzten Wein zu trinken, während der Schreiber die Angaben über die *Damane* notierte. Jede Wachstube, die Mat je gesehen hatte, war ein unfreundlicher Ort gewesen, aber das Lampenlicht, das durch die Schießscharten drang, ließ diese beinahe einladend erscheinen. Vermutlich erschien eine Fängerpflanze einer Fliege ebenfalls einladend. Er war froh über den Regen gewesen, der von seiner Kapuze getropft und sein Gesicht hinuntergelaufen war. Das Wasser verbarg den Schweiß der Anspannung. Er hielt eines seiner Wurfmesser; es lag flach auf dem langen Bündel, das vor ihm auf dem Sattel festgeschnallt war. Dort würde es keiner der Soldaten entdecken. Er konnte die Frau in dem Bündel unter seinen Händen atmen spüren, und die Muskeln seiner Schultern waren verspannt, weil er darauf wartete, dass sie um Hilfe rief. Selucia hielt ihr Pferd in seiner unmittelbaren Nähe, beobachtete ihn aus dem Schutz ihrer Kapuze heraus, den blonden Zopf außer Sicht versteckt, und wandte den Blick nicht einmal ab, als die *Sul'dam* mit ihrer *Damane* vorbeiging. Ein Ruf von Selucia hätte alles auffliegen lassen können, genau wie einer von Tuon. Er glaubte, dass die Drohung des Messers beide Frauen schweigen ließ – sie mussten einfach glauben, dass er verzweifelt oder verrückt genug war, um es zu benutzen –, aber er konnte sich dessen nicht sicher sein. In dieser Nacht gab es so vieles, dessen er sich nicht sicher sein konnte, so vieles, das aus dem Gleichgewicht und unberechenbar war.

In seiner Erinnerung hielt er erneut den Atem an und fragte sich, wann jemandem auffallen würde, dass das Bündel, das er transportierte, mit kostbaren Stickereien verziert war, und sich fragte, warum er es im Regen nass werden ließ; er verfluchte sich, dass er einen Wandbehang genommen hatte, nur weil er in der Nähe gewesen war. In der Erinnerung verlangsamte sich alles. Egeanin stieg ab und warf Domon ihre Zügel zu, der sie mit einer Verbeugung im Sattel auffing. Domons Kapuze war gerade weit genug zurückgerutscht, um zu zeigen, dass sein Schädel auf der einen Seite rasiert und sein restliches Haar zu einem Zopf geflochten war, der ihm bis zu den Schultern ging. Regen tropfte von dem kurzen Bart des kräftigen Illianers, dennoch schaffte er es, die halsstarrige Arroganz eines *So'jhin* zu bewahren, eines erbberechtigten Oberdieners einer des Blutes und somit dem Blut fast gleichgestellt. Auf jeden Fall von höherem Rang als ein gewöhnlicher Soldat. Egeanin warf einen Blick zurück zu Mat und seiner Last, das Gesicht eine erstarrte Maske, die als Hochmut durchgehen konnte, wenn man nicht wusste, dass sie von dem entsetzt war, was sie da taten. Die hochgewachsene *Sul'dam* und ihre *Damane* kamen zurück, sie hatten ihre Kontrolle beendet. Vanin, der direkt hinter Mat eine Kolonne Packpferde führte und wie immer wie ein Sack Mehl im Sattel saß, beugte sich vor und spuckte aus. Mat vermochte nicht zu sagen, warum das in seiner Erinnerung hängen geblieben war, aber das war es. Vanin spuckte aus, und weit hinter ihnen in der Ferne erscholl Trompetenschall. Aus dem Süden der Stadt, wo Männer geplant hatten, auf der Buchtstraße abgeladenen seanchanischen Nachschub in Brand zu setzen.

Der Offizier der Wache verharrte beim Ton der Trompeten, aber plötzlich fing mitten in der Stadt eine Glocke an zu läuten, dann noch eine, und dann hatte es den Anschein, als würden Hunderte von ihnen in der Nacht Alarm schlagen, während der schwarze Himmel von mehr Blitzen zerrissen wurde, als jeder Sturm jemals hervorgebracht hatte, silberblaue Blitze, die innerhalb der Stadtmauern in die Tiefe zuckten. Sie tauchten den Tunnel in flackerndes Licht. Das war der Augenblick, in dem die ersten Schreie ertönten, gefolgt von donnernden Explosionen in der Stadt.

Einen Augenblick lang verfluchte Mat die Windsucherinnen dafür, früher zugeschlagen zu haben, als sie ihm versprochen hatten. Aber dann wurde ihm klar, dass die Würfel in seinem Kopf verstummt waren. Warum? Es wollte ihn losfluchen lassen, aber nicht einmal dazu war Zeit. Im nächsten Augenblick drängte der Offizier Egeanin eilig dazu, wieder in den Sattel zu steigen und ihre Reise fortzusetzen, dann rief er den Männern, die aus der Wachstube stürmten, Befehle zu und schickte einen in die Stadt hinein, um zu ergründen, worum es bei dem Alarm ging, während er die übrigen Männer gegen Bedrohungen von innen oder außen aufstellte. Die pausbäckige Frau rannte los, um zusammen mit ihrer *Damane* zwischen den Soldaten Aufstellung zu nehmen, gefolgt von einem weiteren mit einem *A'dam* verbundenen Paar, das aus der Wachstube gelaufen kam. Und Mat und die anderen galoppierten hinaus in den Sturm, unter ihnen drei Aes Sedai, von denen zwei entflohene *Damane* waren, sowie die entführte Erbin des Kristallthrons von Seanchan, während sich hinter ihnen ein viel schlimmerer Sturm über Ebou Dar entlud. *Blitze so zahlreich wie Grashalme…*

Mit einem Schauder riss sich Mat zurück in die Gegenwart. Egeanin sah ihn finster an und zog ihn übertrieben fest weiter. »Liebespärchen beeilen sich nicht«, murmelte er. »Sie … flanieren.« Sie verzog höhnisch die Lippen. Domon musste blind vor Liebe sein. Entweder das, oder er hatte zu viele Schläge auf den Kopf kassiert.

Das Schlimmste war vorbei. Mat hoffte jedenfalls, dass die Flucht aus der Stadt das Schlimmste gewesen war. Seitdem hatte er die Würfel nicht mehr gehört. Sie waren immer ein unheilverkündendes Zeichen gewesen. Seine Spuren waren so verwischt, wie es ihm möglich gewesen war, und er war davon überzeugt, dass man mindestens einen Glückspilz wie ihn brauchen würde, um das Gold vom Stroh zu trennen. Die Sucher hatten Egeanins Witterung bereits vor jener Nacht aufgenommen, und sie würde jetzt auch noch wegen des Diebstahls von *Damane* gesucht werden, aber die Behörden würden erwarten, dass sie ritt, so schnell sie konnte und bereits meilenweit von Ebou Dar entfernt war, statt in Sichtweite der Stadt zu verweilen. Abgesehen von einer zufälligen Zeitübereinstimmung brachte sie nichts mit Tuon in Verbindung. Oder mit Mat, und das war wichtig. Tylin hatte sicherlich ihre eigenen Anklagen gegen ihn vorgebracht – keine Frau würde einem Mann vergeben, dass er sie gefesselt unters Bett geschoben hatte, selbst wenn es ihr Vorschlag gewesen war –, aber mit etwas Glück würde er über jeden Verdacht erhaben sein, was die anderen Vorfälle jener Nacht betraf. Mit etwas Glück würde niemand außer Tylin einen Gedanken an ihn verschwenden. Eine Königin zu verschnüren wie ein für den Markt bestimmtes Schwein hätte für gewöhnlich mehr als nur ausgereicht, einem Mann den Tod zu bringen, aber neben dem Verschwinden der Tochter der Neun Monde war das nebensächlich, und was konnte Tylins Spielzeug damit zu tun haben? Es ärgerte ihn noch immer, dass man ihn als ein Anhängsel betrachtet hatte – schlimmer noch, als Spielzeug! –, aber es hatte auch seine Vorteile.

Er glaubte in Sicherheit zu sein – zumindest vor den Seanchanern –, aber eine Sache ließ ihm keine Ruhe, wie ein eingetretener Dorn. Nun, eigentlich waren es mehrere Dinge, die sich größtenteils aus Tuon ergaben, aber dieser Dorn hatte eine besonders lange Spitze. Tuons Verschwinden hätte so schockierend wie das Verschwinden der Sonne am Mittag sein sollen, aber es war kein Alarm gegeben worden! Nicht einer! Keine Belohnungen und keine Angebote für Lösegeld, keine heißblütigen Soldaten, die jeden Karren und jeden Wagen innerhalb von Meilen durchsuchten oder über das Land galoppierten, um jeden Verschlag und jedes Loch aufzuspüren, in dem man eine Frau hätte verstecken können. Die alten Erinnerungen verrieten ihm etwas über die Jagd nach entführten Adligen, aber abgesehen von den Galgen und den verbrannten Schiffen im Hafen erschien Ebou Dar nach außen hin genauso wie am Tag vor der Entführung. Egeanin behauptete, die Suche würde unter absoluter Geheimhaltung stattfinden, daher wüssten sogar viele Seanchaner noch nichts von Tuons Verschwinden. Ihre Erklärung hatte mit dem Entsetzen des Kaiserreichs und bösen Omen für die Wiederkehr und dem Verlust von *Sei'taer* zu tun, und sie hörte sich an, als sei sie fest davon überzeugt, aber Mat glaubte kein Wort davon. Die Seanchaner waren seltsame Leute, aber keiner konnte so seltsam sein. Die Stille in Ebou Dar ließ seine Haut jucken. Er fühlte eine Falle in dieser Stille. Als sie die Große Nordstraße erreichten, war er dankbar, dass die Stadt hinter den Hügeln verborgen war.

Die Straße war eine große Überlandstraße, eine wichtige Handelsroute, breit genug, dass fünf oder sechs

Wagen ungehindert nebeneinander herfahren konnten; Hunderte von Jahren der Benutzung hatten die Oberfläche aus Erde und Lehm so hart wie die uralten Pflastersteine gemacht, die gelegentlich am Rand oder einer Ecke ein paar Fingerbreit in die Höhe ragten. Mat und Egeanin eilten zwischen einem Handelszug, der auf die Stadt zurollte und von zehn Männern mit harten Augen in mit Eisenscheiben besetzten Lederwesten bewacht wurde, und einer Anzahl von Pferden, Maultieren oder Ochsen gezogenen Siedlerwagen, die vorn und hinten auf diese seltsame Weise spitz zuliefen, auf die andere Seite; Noal blieb ihnen dicht auf den Fersen. Zwischen den Wagen trieben barfüßige Jungen mit Stöcken vierhornige Ziegen mit langem, schwarzem Fell und große weiße Kühe mit langen Hautlappen. Hinter den Wagen führte ein Mann mit blauen Pluderhosen einen gewaltigen Bullen an einem dicken Seil an seinem Nasenring. Von der Kleidung einmal abgesehen, hätte er von den Zwei Flüssen stammen können. Er warf Mat und anderen, die in dieselbe Richtung gingen, einen Blick zu, als wollte er sie ansprechen, aber dann schüttelte er den Kopf und marschierte weiter, ohne noch einmal in ihre Richtung zu schauen. Wegen Mats Hinken gingen sie nicht besonders schnell, und die Siedler bewegten sich langsam, aber stetig.

Egeanin ging mit gekrümmten Schultern und hielt mit der freien Hand den Schal unter dem Kinn fest, dann seufzte sie und löste die Finger, die sich fast schon schmerzhaft in Mats Seite gegraben hatten. Einen Moment später richtete sie sich auf und starrte auf den Rücken des sich entfernenden Bauern, als wollte sie ihm hinterherstürmen und ihm und seinem Bullen eins auf die Ohren geben. Und als wäre das nicht schlimm genug, sobald der Bauer zwanzig Schritte entfernt war, richtete sie ihre finstere Miene auf eine Abteilung seanchanischer Soldaten, die in der Mitte der Straße in einem Tempo marschierte, das sie die Siedler bald überholen lassen würde, etwa zweihundert Mann in Viererreihe, denen von Maultieren gezogene Wagen mit festgezurrten Segeltuchplanen folgte. Die Straßenmitte war für Militärverkehr freigehalten. An der Spitze der Marschreihe ritten ein halbes Dutzend Offiziere mit Helmen, die lediglich ihre Augen freiließen, sie blickten weder nach rechts noch nach links, und ihre roten Umhänge waren ordentlich über die Kruppen ihrer Pferde ausgebreitet. Das Banner zeigte allem Anschein nach eine stilisierte silberne Pfeilspitze oder einen Anker, über dem sich ein langer Pfeil und ein gezackter Blitz in Gold kreuzten, darunter standen Zeichen und Ziffern, die Mat nicht lesen konnte, da Windböen das Banner in alle Richtungen flattern ließen. Die Männer auf den Proviantwagen trugen dunkelblaue Mäntel und rechteckige rotblaue Mützen, aber die Soldaten waren noch herausgeputzter als die meisten Seanchaner, die mit blauen Streifen versehene Segmentrüstung wies am unteren Ende einen silberweißen und roten, goldgelb abgesetzten Streifen auf, und die Helme waren mit allen vier Farben bemalt, sodass sie den Fratzen furchteinflößender Spinnen ähnelten. An der Vorderseite eines jeden Helms war ein großes Abzeichen mit dem Anker und dem gekreuzten Blitz und Pfeil befestigt – Mat hielt es jetzt für einen Anker –, und jeder Mann mit Ausnahme der Offiziere trug einen Bogen, einen gefüllten Köcher am Gürtel und auf der anderen Seite ein Kurzschwert.

»Schiffsbogenschützen«, murmelte Egeanin und starrte die Soldaten finster an. Ihre freie Hand ließ den Schal los, war aber noch immer zur Faust geballt. »Tavernenschläger. Die machen immer Ärger, wenn sie zu lange an Land sind.«

Auf Mat machten sie einen gut ausgebildeten Eindruck. Davon abgesehen hatte er noch nie von Soldaten gehört, die nicht in Raufereien verwickelt wurden, vor allem, wenn sie betrunken oder gelangweilt waren, und gelangweilte Soldaten neigten nun einmal dazu, sich zu betrinken. Er fragte sich, wie weit diese Bogen wohl trugen, aber es war ein flüchtiger Gedanke. Er wollte nichts mit irgendwelchen seanchanischen Soldaten zu haben. Wenn es nach ihm ging, würde er nie wieder etwas mit irgendwelchen Soldaten zu tun haben. Aber anscheinend reichte sein Glück dafür nicht aus. Schicksal und Glück waren zwei verschiedene Dinge. Höchstens zweihundert Schritte, entschied er. Eine gute Armbrust würde sie übertreffen. Oder jeder Bogen von den Zwei Flüssen.

»Wir sind aber nicht in der Taverne«, sagte er zwischen zusammengebissenen Zähnen, »und im Augenblick prügeln sie sich nicht. Und wollen auch keine Prügelei anfangen, nur weil Ihr Angst hattet, ein Bauer könnte Euch ansprechen.« Sie schob ihr Kinn vor und warf ihm einen Blick zu, der hart genug war, um ihm den Schädel zu spalten. Aber es war die Wahrheit. Sie hatte Angst, den Mund in der Nähe eines Fremden aufzumachen, der ihren Akzent erkennen konnte. Seiner Meinung nach war das eine kluge Vorsichtsmaßnahme, aber sie schien alles zu ärgern. »Wenn Ihr sie weiter so finster anstarrt, haben wir gleich einen Bannerträger hier, der Fragen stellt. Die Frauen im Umkreis von Ebou Dar sind berühmt für ihre Zurückhaltung«, log er. Was konnte sie schon von den hiesigen Bräuchen wissen?

Sie musterte ihn kurz von der Seite – vielleicht versuchte sie zu ergründen, was Zurückhaltung bedeutete –, aber sie hörte auf, die Bogenschützen anzustarren. Sie sah bereit aus, zu beißen statt zu schlagen.

»Der Bursche ist so dunkel wie ein Atha'an Miere«, murmelte Noal gedankenverloren und starrte die vorbeimarschierenden Soldaten an. »Dunkel wie ein Sharan. Aber ich könnte schwören, er hat blaue Augen. Ich habe solche Männer schon zuvor gesehen, aber wo?« Er wollte sich die Schläfe reiben und schlug sich mit der Bambusangel beinahe auf den Kopf, dann beschleunigte er seinen Schritt, als wollte er den Mann nach seinem Geburtsort fragen.

Mit einem Sprung erwischte Mat den alten Mann am Ärmel. »Wir gehen zurück zum Zirkus, Noal. Jetzt. Wir hätten ihn nie verlassen sollen.«

»Das habe ich Euch gleich gesagt«, meinte Egeanin mit einem energischen Nicken.

Mat stöhnte, aber er konnte bloß weitergehen. Oh, der Zeitpunkt, an dem sie hätten weg sein sollen, war vergangen. Er hoffte bloß, dass er nicht zu spät aufgebrochen war.

KAPITEL 2

Zwei Kapitäne

Etwa zwei Meilen nördlich der Stadt flatterte ein breites zwischen zwei Pfosten aufgespanntes blaues Spruchband im Wind; die hellroten Buchstaben, die groß genug waren, um auch noch von der hundert Schritte östlich gelegenen Straße gelesen werden zu können, kündigten Valan Lucas Großen Wanderzirkus und Prächtige Zurschaustellung von Mysterien und Wundern an. Und für jene, die nicht lesen konnten, wies es auf einen Ort hin, an dem sich etwas Ungewöhnliches befand. Dies war der größte Wanderzirkus auf der ganzen Welt, zumindest behauptete dies das Banner. Luca behauptete vieles, aber in dem Punkt sagte er Mats Meinung zufolge die Wahrheit. Die zehn Fuß hohe und am Boden fest verankerte Segeltuchwand umgab die Fläche eines mittelgroßen Dorfes.

Die vorbeiströmenden Leute betrachteten das Banner neugierig, aber die Bauern und Kaufleute hatten ihre Arbeit vor sich und die Siedler ihre Zukunft, und keiner machte einen Abstecher. Dicke, an im Boden versenkten Pfosten befestigte Taue sollten die Menschenmengen zu dem breiten, torbogenförmigen Eingang direkt hinter dem Banner leiten, aber keiner wartete auf Einlass, nicht zu dieser Stunde. In letzter Zeit kamen nur wenige, egal zu welcher Stunde. Der Fall von Ebou Dar hatte nur ein leichtes Absinken der Zuschauerzahlen zur Folge gehabt, aber sobald die Leute erkannt hatten, dass die Stadt nicht geplündert werden würde und sie nicht um ihr Leben flüchten mussten, sondern dass die Wiederkehr die ganzen Schiffe und Siedler brachte, entschloss sich fast jeder, sein Geld für dringendere Bedürfnisse aufzuheben. Unter dem Banner standen zwei kräftige Männer in Umhängen, die aussahen, als kämen sie aus einer Kleidersammlung, und schoben dort ihren Dienst, der daraus bestand, jeden fernzuhalten, der sich ohne zu bezahlen umsehen wollte, aber selbst von denen gab es im Moment kaum jemanden. Die beiden kauerten auf den Fersen und würfelten, der eine hatte eine Hakennase und einen dicken Schnurrbart, dem anderen fehlte ein Auge.

Überraschenderweise schaute Petra Anhill, der Kraftprotz des Zirkus, den beiden Pferdeknechten beim Spiel zu, die Arme, die größer waren als die meisten Männerbeine, vor der Brust verschränkt. Er war kleiner als Mat, aber mindestens doppelt so breit, seine Schultern spannten den Stoff des schweren blauen Mantels, den seine Frau ihm wegen der Kälte aufgenötigt hatte. Petra schien völlig in das Würfelspiel versunken zu sein, dabei spielte der Mann nicht, warf nicht einmal Kupfermünzen. Er und seine Frau Clarine, die Hunde dressierte, sparten jede Münze, die sie erübrigen konnten, und Petra brauchte keine große Aufmunterung, um lang und breit über den Gasthof zu sprechen, den sie eines Tages kaufen wollten. Noch überraschender war, dass Clarine an seiner Seite stand, vermummt in einen dunklen Umhang und anscheinend genauso in das Spiel vertieft wie er.

Petra schaute misstrauisch über die Schulter in Richtung Lager, als er Mat und Egeanin Arm in Arm näher kommen sah, was Mat die Stirn runzeln ließ. Leute, die über die Schulter blickten, das war nie gut. Aber Clarines ausdrucksloses braunes Gesicht verzog sich zu einem warmen Lächeln. Wie die meisten Frauen des Zirkus glaubte sie, dass er und Egeanin ein Liebespaar waren. Der Pferdeknecht mit der Hakennase, ein breitschultriger Tairener namens Col, grinste anzüglich, als er den bescheidenen Gewinn einstrich. Allein Domon konnte Egeanin etwas Attraktives abgewinnen, aber für ein paar Narren spendete Adel Schönheit. Oder das Geld sorgte dafür, und eine Adlige musste reich sein. Ein paar dachten, dass jede Adlige, die ihren Mann für jemanden wie Mat Cauthon aufgab, dazu bereit sein musste, auch ihn fallenzulassen und sich mit ihrem Geld dem nächsten zuzuwenden. Das war die Geschichte, die Mat und die anderen herumerzählt hatten, um zu erklären, warum sie sich vor den Seanchanern verbargen: ein bösartiger Ehemann und die Flucht von Liebenden. Jeder kannte solche Geschichten, von Märchenerzählern oder aus Büchern, wenn auch selten vom Leben selbst, aber alle hatten sie oft genug gehört, um sie zu akzeptieren. Col behielt jedoch seinen Kopf unten. Egeanin – Leilwin – hatte bereits bei einem Schwertjongleur, einem zu hübschen Burschen, der mit seiner Einladung zu einem Becher Wein in seinem Wagen zu forsch gewesen war, ihr Gürtelmesser gezückt, und keiner hegte auch nur den geringsten Zweifel, dass sie die Klinge benutzt hätte, wäre er auch nur einen Fingerbreit näher an sie herangekommen.

Als Mat den Kraftprotz erreichte, sagte Petra leise: »Seanchanische Soldaten sprechen gerade mit Luca, etwa zwanzig Mann. Das heißt, der Offizier spricht mit ihm.« Er klang nicht ängstlich, aber die Falten auf seiner Stirn kündeten von Besorgnis, und er legte seiner Frau eine beschützende Hand auf die Schulter. Clarines Lächeln verblasste, und sie hob eine Hand, um die seine zu berühren. Sie vertrauten Lucas Urteilsvermögen, aber sie kannten auch das Risiko, das sie eingingen. Oder glaubten es zu kennen. Das Risiko, an das sie glaubten, war schon schlimm genug.

»Was wollen sie?«, verlangte Egeanin zu wissen und löste sich von Mat, bevor er etwas sagen konnte.

»Haltet das für mich«, sagte Noal und drückte dem Einäugigen, der ungläubig zu ihm hochschaute, Korb und Angel in die Hand. Er richtete sich wieder auf und schob eine knotige Hand unter den Mantel, wo er zwei Messer mit langen Klingen versteckte. »Können wir es zu den Pferden schaffen?«, fragte er Petra. Der Kraftprotz musterte ihn zweifelnd. Mat war nicht der Einzige, der sich nicht ganz sicher war, ob Noal noch immer alle Sinne beisammen hatte.

»Sie scheinen nicht an einer Durchsuchung interessiert zu sein«, sagte Clarine hastig und deutete vor Egeanin einen Knicks an. Jeder sollte so tun, als gehörten Mat und die anderen zum Zirkus, aber nur wenigen gelang das bei Egeanin. »Die Offiziere sind seit einer guten halben Stunde in Lucas Wagen, aber die Soldaten waren die ganze Zeit bei ihren Pferden.«

»Ich glaube nicht, dass sie wegen Euch gekommen sind«, fügte Petra respektvoll hinzu. Ebenfalls an Egeanin gemünzt. Warum sollte er auch anders sein? Vermutlich übte er, Adlige in dem Gasthof willkommen zu heißen. »Wir wollten bloß nicht, dass Ihr überrascht seid oder Euch Sorgen macht, wenn Ihr sie seht. Ich bin sicher, dass Luca sie bald wieder los wird.« Trotz seines Tonfalls blieben die Sorgenfalten auf seiner Stirn. Die meisten Männer wurden wütend, wenn ihre Frauen wegliefen, und Adlige konnten andere die Macht ihres Zorns spüren lassen. Ein durchreisender Wanderzirkus bot da ein besonders leichtes Ziel ohne Komplikationen. »Ihr müsst Euch keine Sorgen machen, dass jemand etwas Falsches sagt, meine Lady.« Petra warf dem Pferdeknecht einen Blick zu. »Oder, Col?« Hakennase schüttelte den Kopf, den Blick auf die Würfel in seiner Hand gerichtet. Er war ein großer Mann, aber nicht so kräftig wie Petra, und der Kraftprotz konnte mit bloßen Händen Hufeisen verbiegen.

»Jedem gefällt dann und wann die Gelegenheit, einem Adligen auf die Stiefel zu spucken«, murmelte der Einäugige und schaute in den Korb mit den Fischen. Er war fast so groß und breitschultrig wie Col, aber sein Gesicht bestand fast nur aus Falten, und er verfügte über noch weniger Zähne als Noal. Mit einem Seitenblick auf Egeanin zog er den Kopf ein und fügte hinzu: »Entschuldigt, Lady. Außerdem kommen wir auf diese Weise alle an ein paar Münzen, und von denen hat es in letzter Zeit nicht viel gegeben. Stimmt's, Col? Wenn jemand den Mund aufmacht, dann nehmen uns die Seanchaner alle mit, hängen uns vielleicht auf wie diese Leute vom Meervolk. Oder sie lassen uns die Kanäle auf der anderen Hafenseite säubern.« Pferdeknechte erledigten im Zirkus alle anfallenden Arbeiten, vom Säubern der Tierkäfige bis zum Auf- und Abbau der Segeltuchwand, aber er erschauderte, als wäre die Vorstellung, im Rahad versandete Kanäle freizugraben, viel schlimmer, als gehängt zu werden.

»Hab ich was davon gesagt, dass einer redet?«, protestierte Col und breitete die Hände aus. »Ich hab bloß gefragt, wie lange wir hier noch rumsitzen, das ist alles. Ich hab bloß gefragt, wann wir etwas von dem Geld zu sehen bekommen.«

»Wir bleiben so lange hier, wie ich es sage.« Es war schon erstaunlich, wie hart Egeanin diesen breiten Akzent klingen lassen konnte, ohne die Stimme zu heben, es klang wie eine Klinge, die aus der Scheide glitt. »Ihr seht euer Geld, wenn wir unser Ziel erreichen. Für die, die mir treu gedient haben, wird es etwas extra geben. Und ein kaltes Grab für jeden, der an Verrat denkt.« Col zog seinen flickenübersäten Umhang enger und weitete die Augen gerade genug, um erstaunt oder vielleicht auch unschuldig auszusehen, aber das war nur gespielt, als würde er hoffen, dass sie so nahe an ihn herankam, dass er ihren Geldbeutel stehlen konnte.

Mat knirschte mit den Zähnen. Zum einen war es sein Gold, das sie hier so großzügig verteilte. Sie hatte selbst welches, aber bei weitem nicht genug für das hier. Aber viel wichtiger war, dass sie erneut versuchte, die Zügel in die Hand zu nehmen. Beim Licht, ohne ihn würde sie noch immer in Ebou Dar hocken und Pläne schmieden, wie sie den Suchern entwischen konnte, oder bereits der Befragung unterzogen werden. Ohne ihn wäre sie nie auf die Idee gekommen, in der Nähe von Ebou Dar zu bleiben, um die Verfolger abzuschütteln, oder hätte einen Unterschlupf bei Lucas Zirkus gefunden. Aber warum waren die Soldaten hier? Schon beim Hauch eines Verdachts, Tuon könnte sich hier befinden, hätten die Seanchaner hundert, nein, tausend Mann geschickt. Wenn sie den Verdacht hatten, dass die Aes Sedai … Nein, Petra und Clarine wußten nicht, dass sie dabei halfen, Aes Sedai zu verstecken, aber sie hätten *Sul'dam* und *Damane* erwähnt, und die Soldaten würden ohne sie keine Schwestern jagen. Er berührte den Fuchskopf durch den Mantel. Er trug ihn Tag und Nacht, und vielleicht würde er ihm eine kleine Warnung zukommen lassen.

Es wäre ihm nicht im Traum eingefallen, den Versuch zu unternehmen, zu den Pferden zu gelangen, und das nicht nur, weil Col und ein Dutzend weitere wie er zu den Seanchanern rennen würden, noch bevor er außer Sicht war. Soweit er wusste, hatten sie zwar nichts gegen ihn oder Egeanin – selbst Rumann, der Schwertjongleur, schien sich mit einer Verrenkungskünstlerin namens Adria zusammengetan zu haben –, aber manche Leute würden der Versuchung, etwas mehr Gold zu erhalten, gewiss nicht wiederstehen. Auf jeden Fall rollten keine warnenden Würfel in seinem

Kopf. Und hinter dieser Segeltuchwand befanden sich Menschen, die er nicht zurücklassen konnte.

»Wenn sie nichts suchen, dann haben wir auch nichts zu befürchten«, sagte er zuversichtlich. »Aber danke für die Warnung, Petra. Ich habe Überraschungen noch nie ausstehen können.« Der Kraftmensch machte eine kleine Geste, als wollte er sagen, dass das doch nichts Besonderes war, aber Egeanin und Clarine sahen Mat an, als wären sie überrascht, ihn dort stehen zu sehen. Sogar Col und der Einäugige schauten ihn an. Es kostete ihn wieder einige Mühe, nicht mit den Zähnen zu knirschen. »Ich gehe hinüber zu Lucas Wagen und sehe, was ich herausfinde. Leilwin, du und Noal sucht Olver und bleibt bei ihm.« Sie mochten den Jungen, das tat jeder, und das würde sie ihm vom Leib halten. Lauschen konnte er besser allein. Und falls sie die Flucht ergreifen mussten, konnten Egeanin und Noal vielleicht wenigstens den Jungen rausschaffen. Das Licht gebe, dass es nicht dazu kommen würde. Das konnte nur in einer Katastrophe enden.

»Nun, ich schätze, niemand lebt ewig«, seufzte Noal und holte seine Angel und den Korb zurück. Sollte er doch zu Asche verbrennen, aber der Bursche konnte eine Ziege mit einer Kolik fröhlich erscheinen lassen! Petras Stirnfalten vertieften sich. Verheiratete Männer schienen sich immer Sorgen zu machen, ein weiterer Grund, warum Mat es nicht mit dem Heiraten eilig hatte. Als Noal hinter der Ecke der Segeltuchwand verschwand, sah der Einäugige dem Fisch bedauernd nach. Er schien auch zu den Burschen zu gehören, die anscheinend nicht alle beisammen hatten. Vermutlich hatte er irgendwo eine Frau.

Mat zog sich die Mütze bis fast zu den Augen hinunter. Noch immer keine Würfel. Er versuchte nicht daran zu denken, wie oft ihm ohne die Würfel beinahe der Schädel gespalten oder die Kehle durchgeschnitten worden war. Aber sicherlich wären sie da gewesen, hätte es eine Gefahr gegeben. Natürlich wären sie das.

Er hatte noch keine drei Schritte in den Eingang hinein gemacht, als Egeanin ihn auch schon einholte und ihm den Arm um die Taille legte. Er blieb stehen und starrte sie unheilvoll an. Sie wiedersetzte sich seinen Befehlen wie eine Forelle dem Angelhaken, aber das hier ging über jede Sturheit hinaus. »Was soll das werden? Was ist, wenn dieser seanchanische Offizier dich erkennt, *Leilwin*?« Das erschien so wahrscheinlich, als hätte Tylin persönlich den Zirkus betreten, aber alles, was sie zum Verschwinden brachte, war einen Versuch wert.

»Wie stehen die Chancen, dass dieser Bursche jemand ist, den ich kenne?«, spottete sie. »Ich habe nicht …« – ihr Gesicht verzog sich kurz – »… hatte nicht viele Freunde auf dieser Seite des Ozeans, und in Ebou Dar überhaupt keine.« Sie berührte das Ende der langen Perücke, das über ihrem Busen hing. »Außerdem würde mich meine eigene Mutter nicht erkennen.« Am Ende wurde ihre Stimme kalt.

Er würde sich noch ein Stück von einem Zahn absplittern, wenn er weiterhin die Zähne so hart zusammenbiss. Hier herumzustehen und sich mit ihr zu streiten würde schlimmer als sinnlos sein, aber ihm war noch immer der Blick im Gedächtnis, mit dem sie die seanchanischen Soldaten angestarrt hatte. »Sieh niemanden böse an«, warnte er sie. »Sieh am besten gar keinen an.«

»Ich bin eine zurückhaltende Ebou Dari.« Sie ließ es wie eine Herausforderung klingen. »Du kannst das Reden übernehmen.« Das klang jetzt wie eine Warnung. Beim Licht! Wenn eine Frau nicht dafür sorgte, dass alles reibungslos verlief, dann machte sie die Dinge richtig ungemütlich, und Egeanin sorgte niemals dafür, dass etwas reibungslos verlief. Er schwebte eindeutig in Gefahr, einen Zahn abzusplittern.

Jenseits des Eingangs schlängelte sich der Hauptweg des Zirkus an Wagen vorbei, die denen von Kesselflickern ähnelten, Behausungen auf Rädern, deren Achsen vor die Kutschböcke hochgeklappt waren, und Zelte, die oftmals die Größe von kleinen Häusern hatten. Die meisten Wagen waren bunt gestrichen, rot, grün, gelb oder blau in allen Schattierungen, und viele Zelte waren genauso bunt, manche sogar gestreift. Hier und dort standen Podeste am Wegrand, auf denen die Artisten ihre Vorstellungen geben konnten, ihre bunten Fähnchen fingen langsam an, vergilbt auszusehen. Der Pfad, fast dreißig Schritte breit und von Tausenden von Füßen festgetreten, war wirklich eine Straße, eine von vielen, die durch den Zirkus führten. Der Wind riss dünne graue Rauchfahnen von den Schornsteinen auf den Wagendächern und von einigen Zelten mit sich. Die meisten Artisten waren entweder beim Frühstück oder noch im Bett. Sie standen meist spät auf – eine Regel, die Mat gut fand –, und bei dieser Kälte würde keiner draußen um ein Lagerfeuer sitzen wollen. Die einzige Person, die er sah, war Aludra, deren hellblauer Wagen an der Ecke einer kleineren Seitenstraßen stand; sie hatte die Ärmel ihres dunkelgrünen Kleids bis zu den Ellbogen hinaufgeschoben und zerstampfte etwas in dem Mörser auf dem Tisch, der sich von der Wagenseite herunterklappen ließ.

Ganz in ihre Arbeit versunken, konnte die schlanke Tarabonerin Egeanin und Mat nicht sehen. Er konnte jedoch nicht widerstehen, sie zu betrachten. Mit ihren schmalen, bis zur Taille reichenden Zöpfen war Aludra möglicherweise das Exotischste von Lucas Wundern. Er pries sie als Feuerwerkerin an, und im Gegensatz zu den anderen Artisten und Wundern was sie wirklich genau das, was Luca behauptete, obwohl er es vermutlich nicht einmal selbst glaubte. Mat fragte sich, was sie da zerkleinerte. Und ob es explodieren würde. Sie hatte versprochen, ihm das Geheimnis des Feuerwerks zu verraten, wenn er ein Rätsel löste, aber bis jetzt hatte er nicht einmal den Ansatz zur Lösung gefunden. Aber das würde er. Egal, auf welche Weise.

Egeanin stieß ihm einen Finger in die Rippen. »Wir sollen ein Liebespaar darstellen, wie *du* mich ständig erinnerst«, knurrte sie. »Wer wird das glauben, wenn du diese Frau anstarrst, als hättest du Hunger?«

Mat grinste lüstern. »Ich sehe mir hübsche Frauen immer an, ist dir das noch nicht aufgefallen?« Sie richtete den Schal mit etwas mehr Nachdruck als gewöhnlich und grunzte verächtlich, und er war zufrieden. Gelegentlich war ihre prüde Ader ganz nützlich. Egeanin lief um ihr Leben, aber sie war noch immer eine Seanchanerin, und sie wusste bereits mehr über ihn, als ihm recht war. Er würde ihr nicht alle seine Geheimnisse anvertrauen. Nicht einmal jene, die er selbst noch nicht kannte.

Lucas Wagen stand in der Mitte des Lagers auf der besten Position, soweit wie nur möglich von den Tierkäfigen und Pferdehalteseilen entfernt, die sich entlang der Segeltuchwand zogen. Selbst im Vergleich zu den anderen war der Wagen grell, ein rotes und blaues Ding, das wie eine kostbare Lackarbeit glänzte, jede Oberfläche war mit goldenen Kometen und Sternen gesprenkelt. Die Mondphasen zogen sich in Silber bis kurz unter das Dach um ihn herum. Selbst der Zinnschornstein war mit roten und blauen Ringen bemalt. Ein Kesselflicker wäre errötet. An der einen Seite des Wagens standen zwei Reihen seanchanische Soldaten mit aufgesetzten Helmen stramm neben ihren Pferden, die mit grünen Quasten ausgestatteten Lanzen in genau dem gleichen Winkel ausgerichtet. Einer der Männer hielt die Zügel eines zweiten Pferdes, ein prächtiger grauer Wallach mit starken Keulen und guten Fesseln. Neben Lucas Wagen erschien die blaue und grüne Rüstung des Soldaten farblos.

Es überraschte Mat nicht, dass sich noch andere für die Seanchaner interessierten. Bayle Domon hockte etwa dreißig Schritte von den Soldaten entfernt auf den Fersen, den Rücken gegen ein Rad des grünen Wagens gelehnt, der Petra und Clarine gehörte; eine dunkle Strickmütze verbarg seinen rasierten Schädel. Clarines Hunde lagen unter dem Wagen, ein kunterbuntes Rudel kleiner Tiere, die dicht aneinandergedrängt schliefen. Der kräftige Illianer tat so, als würde er schnitzen, aber bis jetzt hatte er nur einen kleinen Haufen Späne produziert. Mat wünschte sich, der Kerl würde sich entweder einen Schnurrbart wachsen lassen, um die Oberlippe zu verbergen, oder den Rest des Barts abrasieren. Jemand könnte einen Illianer mit Egeanin in Verbindung bringen. Blaeric Negina, ein großer Bursche, der an dem Wagen lehnte, als wollte er Domon Gesellschaft leisten, hatte nicht gezögert, seinen schienarischen Haarknoten zu entfernen, um bei den Seanchanern keine Aufmerksamkeit zu erregen, obwohl er ungefähr genauso oft mit der Hand über die nachwachsenden Stoppeln fuhr, wie Egeanin ihre Perücke überprüfte. Vielleicht hätte er eine Mütze aufsetzen sollen.

Beide Männer konnten in ihren dunklen Mänteln mit den ausgefransten Ärmeln und abgetragenen Stiefeln als Zirkusleute durchgehen, sie hätten durchaus Pferdeknechte sein können. Allerdings nicht bei anderen Zirkusleuten. Sie beobachteten die Seanchaner, taten aber so, als würden sie es nicht tun. Blaeric war darin glaubwürdiger, wie man es von einem Behüter auch erwarten konnte. Abgesehen von gelegentlichen Blicken zu den Seanchanern hinüber schien seine volle Aufmerksamkeit auf Domon gerichtet zu sein. Domon starrte die Seanchaner finster an, wenn er nicht düster auf das Stück Holz in seinen Händen blickte, als wollte er ihm befehlen, sich in eine schöne Schnitzarbeit zu verwandeln. Der Mann hatte sich seine Rolle als *So'jhin* zu sehr zu Herzen genommen.

Mat sann nach einer Möglichkeit, wie er ungesehen von den Soldaten zu Lucas Wagen schleichen und dort lauschen konnte, als sich die Tür am hinteren Ende des Wagens öffnete und ein Seanchaner mit hellem Haar die Stufen hinuntermarschierte und sich einen Helm mit einem schmalen blauen Federbusch aufstülpte, als die Stiefel den Boden berührten. Luca erschien hinter ihm, prächtig anzuschauen in seinem scharlachroten Mantel mit aufgestickten Sonnen, und verbeugte sich ausgiebig, während er dem Offizier folgte. Luca besaß mindestens zwei Dutzend Mäntel, von denen die meisten rot und noch geschmackloser als die Vorgänger waren. Es war gut, dass sein Wagen der größte des ganzen Zirkus war, sonst hätte er dafür keinen Platz gehabt.

Der Seanchaner ignorierte Luca und schwang sich in den Sattel, richtete das Schwert und bellte Befehle, die seine Männer anmutig aufsitzen und eine Zweierreihe bilden ließen, die im langsamen Schritt auf den Eingang zuhielt. Luca sah ihnen mit einem starren Lächeln auf dem Gesicht hinterher, bereit für eine weitere Verbeugung, falls jemand zurücksah.

Mat verharrte ein Stück hinter dem Straßenrand und ließ den Mund offen stehen, so als würde er staunend die vorbeireitenden Soldaten betrachten. Nicht, dass auch nur einer in seine Richtung blickte – der Offizier starrte stur geradeaus, und die Soldaten hinter ihm folgten seinem Beispiel –, aber niemand verschwendete je einen Gedanken an einen Bauerntrampel oder erinnerte sich an einen.

Zu seiner Überraschung musterte Egeanin den Boden vor ihren Zehen und umklammerte den Schalknoten unter dem Kinn, bis der letzte Reiter vorbei war. Als sie den Kopf hob, um ihnen hinterherzusehen, schürzte sie einen Augenblick lang die Lippen. »Ich glaube, diesen Jungen kenne ich«, sagte sie leise. »Ich habe ihn auf der *Furchtlos* nach Falme gebracht. Mitten auf der Reise starb sein Diener, und er dachte, er könnte sich einen aus meiner Mannschaft schnappen. Ich musste ihm den Kopf zurechtsetzen. Er hat ein solches Theater gemacht, man hätte meinen können, er würde zum Blut gehören.«

»Blut und verfluchte Asche«, zischte Mat. Wie viele Leute hatte sie vor den Kopf gestoßen, die sich ihr Gesicht eingeprägt hatten? So wie Egeanin nun einmal war, vermutlich Hunderte. Und er hatte sie lediglich mit einer Perücke und anderer Kleidung umherspazieren lassen! Hunderte? Vermutlich Tausende! Sie konnte einen Ziegel zur Weißglut bringen.

Aber was soll's, der Offizier war jetzt weg. Mat atmete langsam aus. Manchmal glaubte er, dass dies das Einzige war, das ihn davon abhielt, wie ein Säugling zu flennen. Er ging auf Luca zu, um herauszufinden, was die Soldaten gewollt hatten.

Domon und Blaeric erreichten Luca zur gleichen Zeit wie er und Egeanin, und Domons finsterer Blick wurde noch finsterer, als er auf Mats Arm um Egeanins Schulter starrte. Der Illianer verstand die Notwendigkeit des Schauspiels, oder behauptete zumindest, es zu verstehen, aber er schien der Meinung zu sein, dass man das ohne Händchenhalten machen konnte. Mat nahm den Arm von ihr – hier musste keiner schauspielern; Luca kannte die ganze Wahrheit –, und Egeanin fing ebenfalls an, auch von ihm abzurücken, aber nach einem Blick auf Domon fasste sie Mats Taille fester, und das, ohne auch nur die geringste Miene zu verziehen. Domon schaute weiter finster drein, aber nun richtete er den Blick zu Boden. Mat kam zu dem Schluss, dass er Seanchaner viel eher verstehen würde als die Frauen. Oder Illianer, was das betraf.

»Pferde«, knurrte Luca fast, bevor Mat stehenblieb. Seine düstere Miene schien sie alle mit einzuschließen, aber dann konzentrierte er seine ganze Wut auf Mat. Luca war etwas größer als Mat, und er richtete sich zu seiner vollen Größe auf, um auf ihn hinunterzustarren. »Das wollte er. Ich habe ihm das Dokument gezeigt, das mich von der Pferdelotterie befreit, unterschrieben von Hochlady Suroth höchstpersönlich, aber war er beeindruckt? Ihm war es egal, dass ich eine hochrangige Seanchanerin gerettet habe.« Die Frau war alles andere als hochrangig gewesen, und er hatte sie auch weniger gerettet als ihr vielmehr die Möglichkeit gegeben, als Artistin mitzureisen, aber Luca übertrieb immer zu seinem Vorteil. »Ich weiß sowieso nicht, wie lange diese Ausnahmeverfügung noch gültig sein wird. Die Seanchaner suchen verzweifelt nach Pferden. Sie könnten sie jeden Tag beschlagnahmen!« Sein Gesicht nahm langsam die Farbe seines Mantels an, und er stieß mehrmals mit dem Finger nach Mat. »Ihr werdet noch dafür sorgen, dass man mir die Pferde wegnimmt! Wie soll ich meinen Zirkus ohne Pferde transportieren? Beantwortet mir das, wenn ihr könnt. Ich wollte aufbrechen, als ich diesen Wahnsinn im Hafen sah, bis Ihr mich gezwungen habt, es nicht zu tun. Ihr werdet es noch schaffen, dass sie mir den Kopf abschlagen! Ohne Euch könnte ich schon hundert Meilen weit weg sein, aber nein, Ihr musstet in der Nacht angeritten kommen und mich in einen Eurer verrückten Pläne verstricken! Ich verdiene hier keine Münze! In den letzten drei Tagen waren nicht einmal genügend Zuschauer da, um das Tierfutter für einen Tag zu bezahlen! Für einen halben Tag! Ich hätte vor einem Monat aufbrechen sollen! Noch früher! Das hätte ich tun sollen!«

Beinahe hätte Mat gelacht, als Luca die Worte ausgingen. Pferde. Das war alles; bloß Pferde. Davon abgesehen war die Annahme, die schwerbeladenen Zirkuswagen könnten in fünf Tagen hundert Meilen zurücklegen, genauso lächerlich wie Lucas Wagen. Der Mann hätte schon vor einem, nein, vor zwei Monaten aufbrechen können, aber er hatte aus Ebou Dar und seinen seanchanischen Eroberern jedes Kupferstück herauspressen wollen, das möglich war. Und ihn vor sechs Nächten zum Bleiben zu überreden war so einfach gewesen, wie aus dem Bett zu fallen.

Aber statt zu lachen, legte Mat ihm die Hand auf die Schulter. Der Bursche war so eitel wie ein Pfau, darüber hinaus auch gierig, aber es brachte nichts, ihn noch wütender zu machen, als er ohnehin schon war. »Wärt Ihr in dieser Nacht aufgebrochen, glaubt Ihr nicht, dass sie misstrauisch geworden wären? Die Seanchaner hätten Euch die Wagen auseinandergerissen, bevor Ihr zwei Meilen weit gekommen wärt. Man könnte sagen, ich habe Euch das erspart.« Luca starrte ihn finster an. Manche Leute konnten einfach nicht weiter als bis zur eigenen Nasenspitze sehen. »Aber egal, Ihr könnt aufhören, Euch Sorgen zu machen. Sobald Thom aus der Stadt zurückgekehrt ist, können wir so viele Meilen hinter uns legen, wie Ihr wollt.«

Luca sprang so plötzlich hoch, dass Mat alarmiert zurücktrat, aber der Mann tanzte bloß in einem kleinen Kreis herum und lachte. Domon starrte ihn an, und selbst Blaeric riss die Augen auf. Manchmal schien Luca nichts weiter als ein alberner Narr zu sein.

Der Zirkusbesitzer hatte kaum mit seinem Tanz angefangen, als Egeanin Mat von sich stieß. »Sobald Merrilin zurückkehrt? Ich habe den Befehl gegeben, dass hier keiner geht!« Ihr Blick schwenkte zwischen ihm und Luca in kalter Wut hin und her. »Ich erwarte, dass meine Befehle befolgt werden!«

Luca blieb wie angewurzelt stehen und musterte sie aus den Augenwinkeln, dann machte er eine Verbeugung, die so anmutig war, dass man förmlich den nicht vorhandenen, ausgebreiteten Umhang sehen konnte. Man konnte förmlich die *Stickerei* auf dem Umhang sehen! Luca glaubte allen Ernstes, mit Frauen umgehen zu können. »Ihr befehlt, süße Lady, und ich springe, um zu gehorchen.« Er richtete sich wieder auf und zuckte entschuldigend mit den Schultern. »Aber Meister Cauthon hat Gold, und ich fürchte, Gold ist ein gewichtigeres Argument, um mir zu befehlen.« Mats mit Goldstücken gefüllte Truhe in seinem Wagen war der einzige Zwang gewesen, den man gebraucht hatte, um ihn zu überzeugen. Vielleicht hatte es geholfen, dass Mat *Ta'veren* war, aber für genug Gold würde Valan Luca dabei helfen, den Dunklen König zu entführen.

Egeanin holte zischend Luft, bereit, Luca weiter anzubrüllen, aber er wandte ihr den Rücken zu und tänzelte die Stufen zu seinem Wagen hinauf. Dabei rief er: »Latelle! Latelle! Wir müssen sofort jeden wecken! Wir brechen endlich auf, in dem Augenblick, in dem Merrilin zurückkehrt! Das Licht sei gesegnet!«

Einen Augenblick später war er wieder da und kam die kurze Treppe hinuntergeschossen, gefolgt von seiner Frau, die einen schwarzen, mit funkelndem Flitter bestickten Samtumhang um sich zog. Sie hatte ein ernstes Gesicht, und sie rümpfte die Nase, als würde Mat streng riechen. Egeanin warf sie einen Blick zu, der ihre dressierten Bären vermutlich die Bäume hochgejagt hätte. Latelle missfiel die Vorstellung, dass eine Frau ihrem Mann fortlief, obwohl sie wusste, dass es eine Lüge war. Glücklicherweise schien sie Luca aus unerfindlichen Gründen anzubeten, und sie liebte das Gold fast genauso sehr wie er. Luca rannte zum nächsten Wagen und trommelte gegen die Tür, und Latelle tat das gleiche beim übernächsten.

Mat blieb nicht stehen, um zuzusehen, sondern eilte in eine der Seitenstraßen. Mehr eine Gasse, die von der Hauptstraße abzweigte, wand sie sich um die gleiche Art von Wagen und Zelten, die alle hermetisch gegen die Kälte verschlossen waren und aus deren eisernen Schornsteinen Rauch emporstieg. Hier gab es keine Plattformen für Artisten, sondern Wäscheleinen zwischen den Wagen und hier und da auf dem Boden liegendes Holzspielzeug. Diese Straße war nur zum Leben gedacht, ihre Enge sollte Fremde abschrecken.

Er bewegte sich trotz seiner schmerzenden Hüfte schnell, aber er hatte noch keine zehn Schritte zurückgelegt, als Egeanin und Domon ihn eingeholt hatten. Blaeric war verschwunden, vermutlich um die Schwestern zu benachrichtigen, dass sie noch immer in Sicherheit waren und endlich aufbrechen konnten. Die Aes Sedai, die sich als Dienerinnen verkleidet hatten, die krank vor Sorge waren, dass der Ehemann ihrer Herrin sie finden würde, hatten genug davon, in ihrem Wagen eingesperrt zu sein, davon abgesehen reichte es ihnen, ihn auch noch mit den *Sul'dam* teilen zu müssen. Mat hatte sie dazu gebracht, sich den Wagen zu teilen, damit die Aes Sedai die *Sul'dam* unter Kontrolle halten konnten, während die *Sul'dam* ihm die Aes Sedai vom Hals hielten. Dennoch war Mat froh, dass Blaeric ihm abgenommen hatte, diesen Wagen noch einmal aufzusuchen zu müssen. Seit ihrer Flucht aus der Stadt hatte jede der Schwestern ihn vier oder fünf Mal am Tag zu sich befohlen, und er ging, wenn es sich nicht vermeiden ließ, aber es war niemals eine erfreuliche Erfahrung.

Diesmal legte Egeanin nicht den Arm um ihn. Sie ging an seiner Seite, schaute stur geradeaus und ließ es ausnahmsweise einmal sein, die Perücke zu überprüfen. Domon stapfte wie ein Bär hinter ihnen her und murmelte dabei etwas Unverständliches vor sich hin.

Die Mütze verriet die Tatsache, dass sein Bart abrupt auf der halben Höhe eines jeden Ohrs aufhörte und darüber nur Stoppeln zu sehen waren. Es ließ ihn … irgendwie unfertig aussehen.

»Zwei Kapitäne auf einem Schiff steuern es nur in die Katastrophe«, sagte Egeanin in überbetrieben geduldigem Tonfall. Ihr verständnisvolles Lächeln sah aus, als würde es ihr Schmerzen bereiten.

»Wir sind auf keinem Schiff«, erwiderte Mat.

»Das Prinzip ist das gleiche, Cauthon! Ihr seid ein Bauer. Ich weiß, dass Ihr in kritischen Situationen ein guter Mann seid.« Egeanin warf Domon über die Schulter einen finsteren Blick zu. Er hatte sie und Mat zusammengebracht, damals, als sie noch glaubte, einen Mann einzustellen. »Aber diese Situation braucht Urteilsvermögen und Erfahrung. Wir segeln in gefährlichen Gewässern, und Ihr habt nicht die geringste Ahnung vom Befehlen.«

»Mehr, als Ihr vielleicht glauben würdet«, sagte er trocken. Er hätte eine Liste der Schlachten hervorbeten können, in denen er das Kommando geführt hatte, aber die meisten würden nur einem Historiker etwas sagen, und vielleicht nicht einmal dem. Davon abgesehen würde es ihm ohnehin niemand glauben. Er hätte es gewiss nicht getan, hätte ein anderer etwas Vergleichbares behauptet. »Solltet Ihr und Domon euch nicht fertig machen? Ihr wollt doch nicht alles zurücklassen.« Ihr ganzer Besitz war bereits in dem Wagen verstaut, den sie und Mat sich mit Domon teilten – wahrlich kein bequemes Arrangement –, aber er beschleunigte den Schritt in der Hoffnung, dass sie den Wink verstand. Außerdem sah er sein Ziel vor sich.

Das hellblaue Zelt, das sich zwischen einen giftgelben und einen smaragdgrünen Wagen drängte, war kaum groß genug für drei Pritschen, aber für jeden, den er aus Ebou Dar herausgeschafft hatte, eine Unterkunft zu besorgen, hatte Bestechungsgelder erfordert, die Leute umziehen ließen, und noch mehr Geld, damit andere sie einziehen ließen. Er hatte nur mieten können, was ihm die Besitzer bereitwillig überlassen hatten. Mit Preisen, die eines guten Gasthofs würdig gewesen wären. Juilin, ein dunkler stämmiger Mann mit kurzem schwarzem Haar, saß mit untergeschlagenen Beinen zusammen mit Olver, dem dünnen kleinen Jungen, der für seine zehn Jahre – zumindest behauptete er, so alt zu sein – recht klein geraten und nicht mehr ganz so dünn war wie zu der Zeit, als Mat ihn kennengelernt hatte, vor dem Zelt auf dem Boden. Beide trugen trotz des Winds keine Mäntel und spielten eine Partie Schlangen und Füchse auf dem Spielbrett, das der verstorbene Vater des Jungen für ihn auf ein rotes Stück Tuch gemalt hatte. Olver warf die Würfel, zählte sorgfältig die Augen und überlegte seinen Zug auf dem Spinnennetz aus schwarzen Linien und Pfeilen. Der tairenische Diebefänger schenkte dem Spiel weniger Aufmerksamkeit. Bei Mats Anblick richtete er sich auf.

Plötzlich kam Noal um das Zelt herumgeschossen und atmete so schwer, als wäre er gerannt. Juilin schaute überrascht zu dem Alten hoch, und Mat runzelte die Stirn. Er hatte Noal befohlen, sich unverzüglich hierherzubegeben. Wo war er stattdessen gewesen? Noal blickte ihn erwartungsvoll an, ohne jedes schlechte Gewissen oder Verlegenheit, begierig zu hören, was Mat zu sagen hatte.

»Weißt du über die Seanchaner Bescheid?«, fragte Juilin und richtete ebenfalls die Aufmerksamkeit auf Mat.

Im Zelteingang bewegte sich ein Schatten, und eine dunkelhaarige Frau, die in einen alten grauen Umhang gewickelt auf dem Ende einer der Pritschen saß, beugte sich vor, um Juilin die Hand auf den Arm zu legen.

Und Mat einen misstrauischen Blick zuzuwerfen. Thera war hübsch, wenn einem ein Mund gefiel, der ständig zu schmollen schien, was bei Juilin wohl der Fall war, wenn man sah, wie er sie beruhigend anschaute und ihre Hand tätschelte. Sie war außerdem Amathera Aelfdene Casmir Lounault, Panarchin von Tarabon und so etwas ähnliches wie eine Königin. Zumindest war sie das einst gewesen. Juilin hatte das gewusst, Thom auch, aber keiner von ihnen hatte daran gedacht, Mat davon in Kenntnis zu setzen, jedenfalls nicht, bevor sie den Zirkus erreicht hatten. Bedachte man alles andere, so spielte das wohl kaum noch eine Rolle. Sie reagierte schneller auf Thera als auf Amathera, stellte abgesehen von Juilins Zeit keine Ansprüche, und es erschien unwahrscheinlich, dass jemand sie hier erkennen würde. Auf jeden Fall hoffte Mat, dass sie für ihre Rettung mehr als nur Dankbarkeit empfand, denn Juilin empfand mehr für sie. Wer konnte schon ausschließen, dass eine entthronte Panarchin sich in einen Diebfänger verlieben konnte? Seltsamere Dinge waren geschehen. Auch wenn sich Mat nicht sicher war, aus dem Stegreif eins benennen zu können.

»Sie wollten bloß die Freistellungsurkunde für Lucas Pferde sehen«, sagte er, und Juilin nickte und entspannte sich sichtlich.

»Gut, dass sie nicht die Pferdeseile gezählt haben.« Die Urkunde listete die genaue Zahl an Pferden auf, die Luca besitzen durfte. Die Seanchaner konnten großzügig mit ihren Belohnungen sein, aber bei ihrem Bedarf an Reittieren und Gespannen würden sie niemandem eine Lizenz zum Pferdehandel überlassen. »Bestenfalls hätten sie die Überzähligen mitgenommen. Schlimmstenfalls …« Der Diebefänger zuckte mit den Schultern. Noch eine fröhliche Seele.

Plötzlich keuchte Thera auf, zog den Umhang enger und zuckte in die Tiefen des Zelts zurück. Juilin schaute an Mat vorbei, Härte trat in seinen Blick, und der Tairener konnte es mit Behütern aufnehmen, wenn es um Dinge wie Härte ging. Egeanin schien Andeutungen nicht zu verstehen, und sie starrte das Zelt finster an. Domon stand mit verschränkten Armen neben ihr und kaute gedankenverloren oder in erzwungener Geduld an seiner Unterlippe.

»Baut Euer Zelt ab, Sandar«, befahl Egeanin. »Der Wanderzirkus bricht auf, sobald Merrilin zurückkehrt.« Ihr Kinn spannte sich, und der Blick, den sie Mat zuwarf, war nicht besonders giftig. Jedenfalls hielt es sich in Grenzen. »Kümmert Euch darum, dass Eure … Frau keinen Ärger macht.« Thera war zuletzt Dienerin gewesen, *Da'covale*, Besitz der Hochlady Suroth. Bis Juilin sie gestohlen hatte. Für Egeanin war der Diebstahl einer *Da'covale* beinahe so schlimm wie die Befreiung einer *Damane*.

»Darf ich Wind reiten?«, rief Olver aus und sprang auf die Füße. »Darf ich, Mat? Darf ich, Leilwin?« Egeanin lächelte ihn tatsächlich an. Mat hatte noch nie zuvor gesehen, dass sie jemanden anlächelte, nicht mal Domon.

»Noch nicht«, sagte Mat. Nicht, bis sie so weit von Ebou Dar weg waren, dass sich niemand mehr an den Grauen erinnerte, der mit einem kleinen Jungen auf dem Rücken Rennen gewann. »Vielleicht in ein paar Tagen. Juilin, sagst du den anderen Bescheid? Blaeric weiß es bereits, also kümmert sich schon jemand um die Schwestern.«

Juilin vergeudete keine Zeit, wenn man davon absah, dass er im Zelt verschwand, um Thera zu beruhigen. Sie schien oft beruhigt werden zu müssen. Als er herauskam, trug er einen abgetragenen tairenischen Mantel; er befahl Olver, das Spiel wegzuräumen und Thera bis zu seiner Rückkehr beim Packen zu helfen, dann setzte er den konischen roten Hut auf und ging los. Er ignorierte Egeanin. Sie hielt ihn für einen Dieb, was für einen Diebefänger besonders verwerflich war, und der Tairener hatte ebenfalls nichts für sie übrig.

Mat wollte Noal fragen, wo er gewesen war, aber der Alte eilte flink hinter Juilin her und rief über die Schulter, er würde dabei helfen, die anderen über den bevorstehenden Aufbruch zu informieren. Nun, zwei konnten die Nachricht schneller verbreiten als einer – Vanin und die vier überlebenden Rotwaffen teilten sich ein zu enges Zelt an der Seite des Zirkus, während Noal sich auf der anderen Seite eins mit Thom und den beiden Dienern Lopin und Nerim teilte –, und die Frage konnte warten. Vermutlich hatte er bloß seinen kostbaren Fisch irgendwo in Sicherheit gebracht. Auf jeden Fall erschien die Frage plötzlich unwichtig.

Das Lager hallte wider vom Lärm der Leute, die nach Pferdeknechten riefen, um ihre Gespanne zu bringen, und anderen, die lauthals wissen wollten, was denn los sei. Adria, eine schlanke Frau, die sich in einen grünen Morgenrock mit Blumenmustern hüllte, kam mit nackten Füßen angelaufen und verschwand in dem gelben Wagen, wo die anderen vier Verrenkungskünstler hausten. Jemand in dem grünen Wagen brüllte heiser, hier gäbe es Leute, die schlafen wollten. Ein paar voll Artistenkinder, von denen einige schon selbst Artisten waren, rannten vorbei, und Olver schaute vom Zusammenpacken des Spiels auf. Das war sein kostbarster Besitz, und wenn es ihn nicht gegeben hätte, wäre er ihnen offensichtlich gern nachgelaufen. Es würde noch einige Zeit dauern, bis der Wanderzirkus zur Reise bereit war, aber nicht das ließ Mat stöhnen. Er hatte gerade gehört, dass die verdammten Würfel wieder in seinem Kopf rollten.

KAPITEL 3

Ein farbiger Fächer

Mat wusste nicht, ob er fluchen oder weinen sollte. Da die Soldaten fort waren und Ebou Dar in seinem Staub zurückbleiben würde, schien es für die Würfel keinen Grund zu geben, aber es gab nie einen verfluchten Grund zu erkennen, bis es zu spät war. Was auch immer auf ihn zukam, konnte Tage in der Zukunft liegen oder auch nur eine Stunde, aber er war nie dazu fähig gewesen, es vorher herauszufinden. Sicher war nur, dass etwas Wichtiges – oder Furchtbares – geschehen würde, und dass er es nicht verhindern konnte. Manchmal, wie in jener Nacht am Tor, verstand er nicht einmal dann, wenn die Würfel verstummt waren, warum sie überhaupt gerollt waren. Er wusste nur eines mit Sicherheit: so sehr ihn die Würfel auch nervös machten wie eine Ziege mit Juckreiz, sobald sie loslegten, wollte er, dass sie nie wieder aufhörten. Aber das taten sie. Früher oder später verstummten sie immer.

»Alles in Ordnung, Mat?«, fragte Olver. »Diese Seanchaner werden uns nicht erwischen.« Er versuchte im Brustton der Überzeugung zu sprechen, aber in seinem Tonfall lag der Hauch einer Frage.

Unvermittelt wurde sich Mat bewusst, dass er ins Leere gestarrt hatte. Egeanin musterte ihn stirnrunzelnd, während sie nachdenklich an ihrer Perücke herumfummelte, offensichtlich wütend, dass er sie nicht beachtete. Domon blickte beflissen; Mat hätte seine

Mütze gefressen, wenn er nicht darüber nachdachte, ob er zu Egeanins Unterstützung wütend werden sollte oder nicht. Selbst Thera sah ihn am Zelteingang vorbei an, und sie bemühte sich stets, nicht in Egeanins Blickfeld zu geraten. Er konnte es nicht erklären. Nur ein Mann mit Hafergrütze im Kopf würde glauben, dass ihm laut klappernde, für alle unsichtbare Würfel Warnungen zukommen ließen. Und es konnte genauso gut wie in der Nacht am Tor sein. Nein, das war kein Geheimnis, das er verraten wollte. Außerdem würde es sowieso nichts bringen.

»Sie werden uns nie erwischen, Olver, nicht dich und mich.« Er fuhr dem Jungen durchs Haar, und Olver grinste breit; so einfach war es, seine Zuversicht wiederherzustellen. »Nicht solange wir die Augen offen und unseren Verstand geschärft halten. Vergiss nicht, du kannst einen Weg aus jeder Schwierigkeit heraus finden, wenn du die Augen offen und einen klaren Verstand behältst, aber wenn du das nicht tust, wirst du über deine eigenen Füße stolpern.« Olver nickte ernst, aber Mat hatte mit dieser Mahnung die anderen gemeint. Oder vielleicht auch sich selbst. Beim Licht, es war für jeden von ihnen unmöglich, noch aufmerksamer zu sein. Mit Ausnahme von Olver, der das alles für ein großes Abenteuer hielt, waren sie schon alle aus der Haut gefahren, bevor sie die Stadt verlassen hatten. »Geh und hilf Thera, wie es dir Juilin gesagt hat, Olver.«

Eine kalte Böe schnitt durch Mats Mantel und ließ ihn frösteln. »Und zieh deinen Mantel an, es ist kalt«, fügte er hinzu, als sich der Junge neben Thera ins Zelt duckte. Schleifende Geräusche aus dem Inneren verkündeten, dass sich Olver an die Arbeit machte, mit oder ohne Mantel, aber Thera blieb im Zelteingang hocken und betrachtete Mat. Bei der Sorgfalt, die alle außer Mat Cauthon walten ließen, konnte sich der Junge noch den Tod holen.

Sobald Olver verschunden war, trat Egeanin näher an Mat heran, die Fäuste in die Hüften gestemmt, und er stöhnte leise. »Wir werden diese Sache zu Ende bringen, Cauthon«, sagte sie mit harter Stimme. »Jetzt sofort! Ich werde unsere Reise nicht scheitern lassen, weil Ihr meine Befehle widerruft.«

»Es gibt nichts zu regeln«, sagte er zu ihr. »Ich bin nie in Eure Dienste getreten, und das war's.« Irgendwie schaffte es ihr Gesicht, noch kantiger zu werden, das war so deutlich, als hätte sie gebrüllt, dass sie die Dinge ganz anders sah. Die Frau war so hartnäckig wie eine zuschnappende Schildkröte, aber es musste einen Weg geben, ihren Kiefer von seinem Bein zu befreien. Er wollte lieber zu Asche verbrennen als mit den rollenden Würfeln allein zu sein, und doch war das besser, als ihnen zuhören zu müssen, während er sich mit ihr herumstritt. »Ich werde nach Tuon sehen, bevor wir aufbrechen.« Die Worte kamen aus seinem Mund, bevor er darüber nachgedacht hatte. Ihm wurde bewusst, dass sie dort für einige Zeit geruht und sich ganz langsam entwickelt hatten.

Das Blut verschwand aus Egeanins Wangen, sobald er Tuons Namen aussprach, und er hörte das Quieken Theras, dem das Geräusch eines zuschnappenden Zelteingangs folgte. Die einstige Panarchin hatte während ihrer Zeit als Suroths Besitz viele seanchanische Sitten angenommen und anscheinend auch viele ihre Tabus. Egeanin war da aus härterem Holz geschnitzt. »Warum?«, verlangte sie zu wissen. Um im gleichen Atemzug fortzufahren, zugleich wütend und voller Unbehagen. »Ihr dürft sie nicht so nennen. Ihr müsst Respekt zeigen.« Zumindest in machen Sachen härter.

Mat grinste, aber sie schien den Witz nicht zu verstehen. Respekt? Es war nicht besonders respektvoll, jemandem einen Knebel in den Mund zu stopfen und ihn dann in einen Wandbehang einzurollen. Tuon eine

Hochlady oder sonst wie zu nennen würde daran nichts ändern. Natürlich war Egeanin eher dazu bereit, über die Befreiung von *Damane* zu sprechen als über Tuon. Hätte sie so tun können, als hätte es die Entführung nie gegeben, dann hätte sie das auch getan, und tatsächlich versuchte sie es auch. Beim Licht, sie hatte diese Entführung zu ignorieren versucht, während sie geschah. In ihrer Welt waren sämtliche ihrer anderen Verbrechen im Gegensatz dazu bedeutungslos.

»Weil ich mit ihr sprechen möchte«, sagte er. Und warum auch nicht? Früher oder später musste er es tun. Mittlerweile schoben sich Leute durch die schmale Straße, zur Hälfte bekleidete Männer, denen die Hemden aus den Hosen hingen, und Frauen, deren Haar noch immer von Nachtschals verborgen wurde. Einige von ihnen führten Pferde, andere vertraten sich bloß die Beine. Ein drahtiger Junge, nur etwas größer als Olver, schlug ein Rad nach dem anderen, wenn ihm die Menge dafür Platz machte, entweder übte er oder spielte. Der verschlafene Bursche aus dem dunkelgrünen Wagen war noch immer nicht aufgetaucht. Es würde noch Stunden dauern, bevor sich Lucas Großer Wanderzirkus in Bewegung setzte. Es war also noch genug Zeit. »Ihr solltet mich begleiten«, schlug er in seinem unschuldigsten Tonfall vor. Das hätte ihm viel früher einfallen sollen.

Die Einladung ließ Egeanin so starr wie einen Zaunpfahl werden. Es erschien kaum möglich, dass sie noch blasser wurde, aber ihr Gesicht verlor noch eine Spur Farbe. »Ihr werdet Ihr den gebührenden Respekt erweisen«, sagte sie heiser und packte den Schal mit beiden Händen, als wollte sie sich die schwarze Perücke noch enger auf den Kopf drücken. »Komm, Bayle. Ich will sichergehen, dass meine Sachen ordentlich verstaut werden.«

Domon zögerte, als sie sich umdrehte und sich ohne

einen Blick zurück in die Menge stürzte, und Mat beobachtete ihn misstrauisch. Er hatte eine vage Erinnerung an einen Kampf auf Domons Flussschiff vor langer Zeit, aber sie war einfach nicht richtig greifbar. Thom begegnete Domon freundlich, was für den Illianer sprach, aber er war Egeanins Mann, dazu bereit, sie in allem zu unterstützen, bis hin zu ihrer Abneigung gegenüber Juilin, und Mat vertraute ihm nicht weiter als ihr. Also nicht besonders weit. Egeanin und Domon verfolgten ihre eigenen Ziele, und in ihnen spielte es keine Rolle, ob Mat Cauthon mit heiler Haut davonkam. Er bezweifelte, dass der Mann ihm vertraute, was das anging, aber im Augenblick blieb keinem von ihnen eine Wahl.

»Glück stich mich«, murmelte Domon und kratzte sich an den Stoppeln, die über seinem linken Ohr wuchsen, »was auch immer Ihr vorhabt, Ihr könntet Euch da gehörig übernehmen. Ich glaube, sie ist härter, als Ihr vermutet.«

»Egeanin?«, sagte Mat ungläubig. Er schaute sich hektisch um, ob jemand in der Gasse seinen Ausrutscher mitbekommen hatte. Ein paar warfen ihm und Domon im Vorbeigehen einen Blick zu, aber keiner sah zweimal hin. Luca war nicht der Einzige, der es eilig hatte, eine Stadt zu verlassen, wo der Zuschauerstrom versiegt war und nächtliche Blitze, die den Hafen in Brand setzten, noch frisch in Erinnerung waren. Am liebsten wären sie alle in jener Nacht geflohen und hätten Mat kein Versteck gelassen, aber Luca hatte es ihnen ausgeredet. Das versprochene Gold hatte Luca sehr überzeugend gemacht. »Ich weiß, dass sie zäher als altes Stiefelleder ist, Domon, aber alte Stiefel zählen bei mir nicht. Das hier ist kein verdammtes Schiff, und ich werde nicht zulassen, dass sie das Kommando übernimmt und alles ruiniert.«

Domon verzog das Gesicht, als wäre Mat schwachsinnig. »Das Mädchen, Mann. Glaubt Ihr, Ihr könntet so ruhig sein, wenn man Euch in der Nacht verschleppt hätte? Was auch immer Ihr vorhabt, mit diesem ganzen wirren Gerede, sie sei Eure Frau, seid vorsichtig, oder sie könnte Euch den Kopf auf Schulterhöhe rasieren.«

»Ich habe bloß den Narren gespielt«, murmelte Mat. »Wie oft muss ich das noch sagen? Ich hatte für einen Moment die Nerven verloren.« Oh, das war die Wahrheit. Zu erfahren, wer Tuon war, während er mit ihr rang, hätte einen verdammten Trolloc die Nerven verlieren lassen.

Domon grunzte ungläubig. Nun, es war kaum die beste Geschichte, die Mat je eingefallen war. Allerdings schien sie jeder, der ihn brabbeln gehört hatte, zu akzeptieren – mit Ausnahme von Domon. Zumindest glaubte Mat, dass die anderen sie geglaubt hatten. Egeanin mochte ja allein schon beim Gedanken an Tuon einen Knoten in der Zunge bekommen, aber sie hätte ihm ihre Meinung gesagt, hätte sie ihn ernst genommen. Vermutlich hätte sie ihn auf der Stelle erdolcht.

Der Illianer schaute in die Richtung, in der Egeanin verschwunden war, und schüttelte den Kopf. »Versucht von jetzt an, Eure Zunge im Zaum zu halten. Jedes Mal, wenn … Leilwin an Eure Worte denkt, bekommt sie beinahe einen Anfall. Ich habe sie murmeln gehört, und Ihr könnt darauf wetten, dass das Mädchen es keinesfalls leichter nimmt. Spielt bei ihr den Narren, und Ihr könntet uns alle einen Kopf kürzer machen.« Er fuhr sich mit dem Finger über die Kehle und nickte kurz, bevor er in der Menge verschwand.

Mat sah ihm hinterher und schüttelte den Kopf. Tuon, hart? Sicher, sie war die Tochter der Neun Monde und alles, was dazugehörte, und im Tarasin-Palast war ihm ihr Blick unter die Haut gegangen, als er sie noch für eine weitere seanchanische Adlige gehalten hatte, die die Nase zu hoch in der Luft trug, aber das war nur deshalb passiert, weil sie ständig da auftauchte, wo er sie nicht erwartete. Mehr gab es dazu nicht zu sagen. Hart? Sie sah aus wie eine Puppe aus schwarzem Porzellan. Wie hart konnte sie sein?

Es hat dich deine ganze Kraft gekostet, zu verhindern, dass sie dir die Nase und wer weiß was sonst noch brach, erinnerte er sich.

Er hatte darauf geachtet, nicht das zu wiederholen, was Domon als »wirres Gerede« bezeichnet hatte, aber es war nun einmal die Wahrheit, er *würde* Tuon heiraten. Der Gedanke ließ ihn seufzen. Er wusste es so sicher, wie er die Prophezeiung kannte. Er konnte sich nicht vorstellen, wie eine solche Ehe zustande kommen sollte; nüchtern betrachtet erschien es unmöglich, und er würde nicht weinen, wenn es so kam. Aber er wusste, dass das nicht passieren würde. Warum verdammt noch mal hatte er immer Frauen am Hals, die ihn mit Messern bedrohten oder versuchten, ihm den Schädel einzuschlagen? Es war nicht fair.

Er wollte auf direktem Weg zu dem Wagen gehen, in dem Tuon und Selucia unter der Aufsicht von Setalle Anan standen – die Gastwirtin konnte einen Stein weich erscheinen lassen; eine verwöhnte Adlige und ihre Zofe würden ihr keine Schwierigkeiten bereiten, vor allem, da einer der Rotwaffen draußen Wache schob –, aber seine Füße trugen ihn die gewundenen Straßen entlang, die sich durch das Zirkusgelände zogen. Sie alle, die breiten und die schmalen, waren von hektischer Aktivität erfüllt. Männer zogen eilig Pferde, die scheuten und umhertänzelten, weil sie zu lange nicht bewegt worden waren. Andere bauten Zelte ab und beluden Lastkarren oder schleppten in Tuch verpackte Bündel und messingbeschlagene Truhen und Fässer und Kanister in sämtlichen vorstellbaren Größen aus den hausähnlichen Wagen, die dort monatelang gestanden hatten, sie entluden sie teilweise, sodass alles für die Reise neu beladen werden konnte, während vorn die Gespanne angeschirrt wurden. Der Lärm war beständig: Pferde wieherten, Frauen riefen nach Kindern, Kinder weinten wegen verlorenem Spielzeug oder schrien aus purem Spaß am Lärm, Männer brüllten herum, weil sie wissen wollten, wer an ihren Gespannen gewesen oder wer sich ein Werkzeug ausgeliehen hatte. Eine Akrobatentruppe, schlanke, aber muskulöse Frauen, die an von hohen Pfosten herabhängenden Seilen arbeiteten, hatten einen der Pferdeknechte umzingelt; sie alle fuchtelten mit den Armen und kreischten so laut sie konnten herum, und keiner hörte zu. Mat blieb kurz stehen, um herauszufinden, wobei es bei dem Streit eigentlich ging, aber schließlich kam er zu der Erkenntnis, dass sie es selbst nicht wußten. Zwei Männer ohne Mantel wälzten sich am Boden, scharf beobachtet vom vermutlichen Anlass des Kampfes, einer gertenschlanken Näherin mit glühenden Augen namens Jameine, aber bevor Mat auch nur eine Wette auf den Ausgang abgeben konnte, erschien Petra und zog sie auseinander.

Er hatte keine Angst, Tuon wiederzusehen. Natürlich nicht. Nachdem er sie in diesem Wagen untergebracht hatte, hatte er sich von ihr ferngehalten, um ihr Zeit zu geben, wieder zur Ruhe zu kommen. Das war alles. Domon hatte sie als beherrscht bezeichnet, und das stimmte. Mitten in der Nacht entführt, von Leuten, die, soweit sie es wusste, ihr ohne zu zögern die Kehle durchschneiden würden, in einen Sturm verschleppt, und sie war von ihnen allen die ruhigste gewesen. Beim Licht, sie hätte es selbst geplant haben können, so wenig aufgebracht war sie! Es hatte ihm das Gefühl gegeben, als würde ein Messer zwischen seinen Schulterblättern schweben, und allein bei dem Gedanken an sie war das Messer wieder da. Und diese Würfel rollten in seinem Schädel.

Die Frau wird wohl kaum anbieten, das Ehegelöbnis hier und jetzt auszutauschen, dachte er mit einem Kichern, aber es klang selbst für seine Ohren gezwungen. Dennoch gab es für ihn keinen Grund unter der Sonne, Angst zu haben. Er war nur auf angemessene Weise vorsichtig, nicht ängstlich.

Der Zirkus entsprach der Größe eines durchschnittlichen Dorfes, aber ein Mann konnte nur eine gewisse Zeit auf dieser Fläche umherwandern, bevor er anfing, die gleichen Wege erneut einzuschlagen. Bald, zu bald, stand er vor einem fensterlosen Wagen in verblichenem Purpur in Sichtweite der südlichen Pferdeleinen, der von Planwagen umgeben wurde. Die Dungkarren waren an diesem Morgen nicht abgeholt worden, und der Geruch war stark. Der Wind trug auch schwere Gerüche von den nahen Tierkäfigen heran, den moschusartigen Duft von Großkatzen und Bären und das Licht allein wusste von was sonst noch. Jenseits der Planwagen und Pflöcke fiel ein Teil der Segeltuchwand und ein weiterer begann zu zittern, als Männer die Vertäuung lösten. Die mittlerweile von dunklen Wolken verborgene Sonne war auf dem halben Weg zur höchsten Stelle geklettert, aber es war noch immer zu früh.

Harnan und Metwyn, zwei der Rotwaffen, hatten bereits die ersten beiden Pferde an die Achse des purpurnen Wagens angeschirrt und waren mit dem zweiten Paar fast fertig. Als bei der Bande der Roten Hand gut ausgebildete Soldaten würden sie zum Aufbruch bereit sein, wenn das Zirkusvolk noch immer versuchte herauszufinden, wie man die Pferde anschirren musste. Mat hatte der Bande beigebracht, sich zu beeilen, wenn es notwendig war. Er schlurfte daher, als würde er durch Schlamm waten.

Harnan, der diese alberne Falkentätowierung auf der

Wange hatte, entdeckte ihn zuerst. Der Gruppenführer mit dem kantigen Kiefer war gerade dabei, einen Zugriemen festzuschnallen, und er wechselte einen Blick mit Metwyn, dem Cairhiener mit dem jungenhaften Aussehen, das sowohl seinem Alter wie auch seiner Schwäche für Wirtshausschlägereien widersprach. Sie hatten kein Recht, überrascht auszusehen.

»Läuft alles glatt? Ich will noch heute hier weg sein.« Mat rieb sich die Hände warm und musterte den purpurnen Wagen unbehaglich. Er hätte ihr ein Geschenk mitbringen sollen, Geschmeide oder Blumen. Beides funktionierte gut, jedenfalls bei den meisten Frauen.

»Glatt genug, mein Lord«, erwiderte Harnan vorsichtig. »Kein Geschrei, keine Proteste, keine Tränen.« Er sah den Wagen an, als könnte er es selbst nicht glauben.

»Die Ruhe gefällt mir«, sagte Metwyn und schob einen Zügel durch einen Ring des Kummets. »Wenn Frauen zu weinen anfangen, dann kann man nur gehen, wenn einem seine Haut etwas bedeutet, und wir können sie schlecht am Straßenrand absetzen.« Aber auch er warf dem Wagen einen Blick zu und schüttelte ungläubig den Kopf.

Mat blieb wirklich nichts anderes mehr übrig, als ihn zu betreten. Also tat er es. Er benötigte nur zwei Anläufe mit einem aufgesetzten Lächeln, um die kurze, bemalte Holztreppe an der Hinterseite des Wagens zu erklimmen. Er hatte keine Angst, aber jeder Narr würde genug wissen, um nervös zu sein.

Trotz der fehlenden Fenster war das Wageninnere hell erleuchtet; vier Spiegellampen brannten, und sie waren mit gutem Öl gefüllt, sodass es keine ranzigen Gerüche gab. Allerdings wäre das durch den draußen herrschenden Gestank kaum aufgefallen. Er musste einen besseren Stellplatz für diesen Wagen finden. Ein kleiner Ziegelofen mit Eisenklappe und einem Eisengitter zum Kochen machte den Raum mollig warm. Es war kein großer Wagen, und jede freie Handspanne Wand wurde mit Kommoden oder Regalbrettern oder Haken zum Aufhängen von Kleidung und Handtüchern und dergleichen genutzt, aber der Tisch, den man an Schnüren herablassen konnte, hing oben an der Decke, und die Frauen im Wagen waren kaum in ihrer Bewegungsfreiheit eingeschränkt.

Die drei Frauen hätten nicht unterschiedlicher sein können. Frau Anan saß auf einem der beiden schmalen Betten, die in die Wände eingebaut waren, eine gebieterische Frau, deren Haar die ersten Spuren von Grau aufwies; auf ihren Stickrahmen konzentriert, erweckte sie nicht im mindesten den Eindruck einer Wächterin. An jedem ihrer Ohren hing ein großer goldener Ohrring, von der eng anliegenden Silberkette baumelte ihr Hochzeitsdolch, dessen mit roten und weißen Steinen verzierter Griff sich in das Dekolleté schmiegte, das der schmale, tief nach unten führende Ausschnitt ihres Kleids freigab; der Rocksaum war an der einen Seite hochgenäht und entblößte die gelben Unterröcke. Sie trug noch ein weiteres Messer mit langer, gebogener Klinge, das hinter dem Gürtel steckte, aber das war nur ein Brauch aus Ebou Dar. Setalle hatte jede Verkleidung verweigert, was vernünftig erschienen war. Keiner hatte einen Grund, sie zu verfolgen, und es war auch so schon schwer genug gewesen, für jeden der anderen passende Kleidung zu finden.

Selucia saß mit untergeschlagenen Beinen zwischen den Betten auf dem Boden. Sie war eine hübsche Frau mit heller Haut, ihr kahl rasierter Kopf wurde von einem dunklen Tuch verborgen. Auf ihrem Gesicht lag ein mürrischer Ausdruck, obwohl sie für gewöhnlich würdevoll genug aussah, um Frau Anan wie ein leichtes Mädchen erscheinen zu lassen. Ihre Augen waren so blau wie die Egeanins und noch durchbohrender, und sie hatte wegen des Verlusts ihrer restlichen Haare noch mehr Theater als sie gemacht. Sie verabscheute auch das dunkelblaue Gewand, das man ihr gegeben hatte, und behauptete, der tiefe Ausschnitt sei unanständig, aber er machte sie so unkenntlich wie eine Maske. Nur wenige Männer würden sich lange auf Selucias Gesicht konzentrieren können, nachdem sie einen Blick auf ihren eindrucksvollen Busen geworfen hatten. Mat hätte den Anblick gern selbst für kurze Zeit genossen, aber da war Tuon, die auf dem einzigen Stuhl des Wagens saß, ein in Leder gebundenes, aufgeschlagenes Buch auf dem Schoß, und er konnte sich kaum dazu überwinden, woanders hinzuschauen. Seine zukünftige Gemahlin. Beim Licht!

Tuon war winzig, nicht nur klein, sondern auch noch fast so schlank wie ein Junge, und das lose sitzende braune Wollkleid, ausgeliehen von einer Artistin, ließ sie wie ein Kind aussehen, das die Kleider seiner älteren Schwester auftrug. Nicht im mindesten die Sorte von Frau, die er bevorzugte, vor allem mit den seit ein paar Tagen sprießenden schwarzen Haarstoppeln, die ihren Kopf bedeckten. Wenn man das ignorierte, *war* sie auf eine zurückgenommene Art und Weise durchaus hübsch zu nennen; sie hatte ein herzförmiges Gesicht mit vollen Lippen, und ihre dunklen Augen waren wie ruhige Teiche. Diese absolute Ruhe machte ihn beinahe nervös. Nicht einmal eine Aes Sedai wäre in ihrer Lage so gelassen gewesen. Die verdammten Würfel in seinem Kopf waren auch keine Hilfe.

»Setalle hat mich auf dem Laufenden gehalten«, sagte sie kühl, als er die Tür schloss. Mittlerweile konnte er Unterschiede in seanchanischen Akzenten erkennen; Tuon ließ Egeanin klingen, als hätte sie den Mund voll Brei, aber sie alle klangen langsam und verwaschen. »Sie hat mir die Geschichte erzählt, die Ihr über mich verbreitet habt, Spielzeug.« Tuon hatte im

Tarasin-Palast angefangen, ihn so zu nennen. Damals hatte es ihn nicht gestört. Jedenfalls nicht besonders.

»Mein Name ist Mat«, fing er an. Er vermochte nicht zu sagen, wo die Tasse in ihrer Hand hergekommen war, aber er konnte sich noch rechtzeitig zu Boden werfen, damit sie die Tür statt seinen Kopf traf.

»Bin ich eine *Dienerin*, Spielzeug?« War Tuons Tonfall zuvor kühl gewesen, war er jetzt so hart wie Eis. Ihr Gesichtsausdruck hätte einen Richter, der gerade eine Todesstrafe verhängte, fröhlich aussehen lassen. »Eine *diebische* Dienerin?« Das Buch rutschte von ihrem Schoß, als sie aufstand und sich bückte, um den weißen Nachttopf mit Deckel zu ergreifen. »Eine *treulose* Dienerin?«

»Den brauchen wir noch«, sagte Selucia bedächtig und nahm Tuon das bauchige Gefäß aus den Händen. Sie stellte es vorsichtig auf der Seite ab und hockte geduckt zu Tuons Füßen, so als wäre sie bereit, sich selbst auf Mat zu werfen, so lächerlich diese Vorstellung auch war. Obwohl im Augenblick eigentlich nichts lächerlich war.

Frau Anan griff nach einem der mit einer Holzstange gesicherten Regalbretter über ihrem Kopf und reichte Tuon eine weitere Tasse. »Davon haben wir genug«, murmelte sie.

Mat warf ihr einen wütenden Blick zu, aber in ihren haselnussbraunen Augen funkelte es amüsiert. Amüsiert! Sie sollte die beiden *bewachen*!

Eine Faust pochte an die Tür. »Braucht Ihr Hilfe?«, rief Harnan unsicher. Mat fragte sich, wen er wohl meinte.

»Wir haben hier alles im Griff«, rief Setalle zurück und stieß ruhig ihre Nadel durch den auf dem Stickrahmen aufgespannten Stoff. Man hätte glauben können, die Stickarbeit sei die wichtigste Sache auf der Welt. »Macht mit eurer Arbeit weiter. Trödelt nicht herum.« Die Frau war keine Ebou Dari, aber sie hatte deren Art offensichtlich in sich aufgesogen. Einen Augenblick später polterten draußen Stiefel die Treppe hinunter. Anscheinend hatte sich auch Harnan zu lange in Ebou Dar aufgehalten.

Tuon drehte die neue Tasse in ihrer Hand, als wollte sie die aufgemalten Blumen studieren, und ihre Lippen verzogen sich zu einem Lächeln, das so kurz währte, dass Mat beinahe glaubte, es sich nur eingebildet zu haben. Sie war mehr als nur hübsch, wenn sie lächelte, aber es war eines jener Lächeln, das besagte, dass sie Dinge wusste, die ihm unbekannt waren. Wenn sie so weitermachte, würde er einen Schluckauf bekommen. »Man wird mich nicht für eine Dienerin halten, Spielzeug.«

»Mein Name ist Mat, nicht … diese andere Sache«, sagte er, stellte sich auf die Füße und belastete vorsichtig seine Hüfte. Überraschenderweise schmerzte sie nach der Bekanntschaft mit dem Boden nicht stärker. Tuon hob eine Braue und wog die Tasse in der Hand. »Ich konnte den Zirkusleuten ja wohl kaum sagen, dass ich die Tochter der Neun Monde entführt habe«, sagte er verzweifelt.

»Die Hochlady Tuon, Bauer!«, sagte Selucia entschieden. »Sie ist unter dem Schleier!« Schleier? Tuon hatte im Palast einen Schleier getragen, jetzt aber nicht.

Die kleine Frau machte eine anmutige Geste, eine Königin, die eine Gnade erwies. »Das ist nicht von Bedeutung, Selucia. Er ist unwissend. Noch. Wir müssen ihn unterrichten. Aber Ihr werdet diese Geschichte ändern, Spielzeug. Ich werde keine Dienerin sein.«

»Es ist zu spät, um etwas zu ändern«, sagte Mat und behielt die Tasse im Auge. Ihre Hände sahen zerbrechlich aus, jetzt, da die langen Fingernägel kurz geschnitten waren, aber er erinnerte sich, wie schnell sie sein konnten. »Niemand hat von Euch verlangt, als Dienerin zu arbeiten.« Luca und seine Frau kannten die Wahrheit, aber es war eine Erklärung erforderlich gewesen, warum Tuon und Selucia in diesem Wagen eingesperrt worden waren und unter Bewachung standen. Die perfekte Lösung war die Geschichte von zwei Dienerinnen gewesen, die wegen Diebstahls entlassen werden sollten und die Flucht ihrer Herrin mit ihrem Liebhaber verraten wollten. Für Mat hatte das perfekt geklungen. Für das Zirkusvolk machte es die Sache nur noch romantischer. Er hatte befürchtet, Egeanin würde ihre Zunge verschlucken, als er es Luca erklärte. Vielleicht hatte sie ja gewusst, wie Tuon das aufnehmen würde. Beim Licht, fast wünschte er, die Würfel würden verstummen. Wie sollte ein Mann mit so etwas im Kopf nachdenken können?

»Ich konnte Euch nicht zurücklassen, damit Ihr Alarm schlagt«, fuhr er geduldig fort. Das stimmte auch, gewissermaßen. »Ich weiß, dass Frau Anan es Euch erklärt hat.« Er dachte daran zu erklären, dass ihn seine blankliegenden Nerven zu der Behauptung veranlasst hatten, sie sei seine Frau – sie musste ihn für völlig verrückt halten! –, aber es schien am besten, das gar nicht mehr zu erwähnen. Wenn sie die Sache auf sich beruhen ließ, umso besser. »Ich weiß, dass sie es Euch bereits gesagt hat, aber ich verspreche, dass Euch keiner etwas antun wird. Wir sind nicht auf Lösegeld aus, wir wollen nur unsere Köpfe auf den Schultern behalten. Sobald ich weiß, wie ich Euch unversehrt nach Hause zurückschicken kann, werde ich das tun. Das verspreche ich Euch. Bis dahin werde ich es Euch so bequem machen, wie es mir möglich ist. Ihr werdet Euch nur mit dem anderen abfinden müssen.«

Tuons große dunkle Augen funkelten, ein Wärmegewitter am Nachthimmel, aber sie sagte: »Es hat den Anschein, als müsste ich abwarten, was Eure Versprechungen wert sind, Spielzeug.« Zu ihren Füßen fauchte Selucia wie eine nass gespritzte Katze und drehte den Kopf, als wollte sie widersprechen, aber Tuon gestikulierte mit der linken Hand, und die Frau mit den blauen Augen errötete und verstummte. Manchmal benutzte das Blut etwas Ähnliches wie die Aiel-Handsprache bei ihren hochrangigen Dienern. Mat wünschte sich, er könnte die Signale verstehen.

»Beantwortet mir eine Frage, Tuon«, sagte er.

Er glaubte, Setalle »Narr« murmeln zu hören. Selucia biss die Zähne zusammen, und in Tuons Augen funkelte es gefährlich, aber wenn sie ihn weiterhin »Spielzeug« nannte, wollte er verdammt sein, wenn er ihr ihre Titel zugestand.

»Wie alt seid Ihr?« Er hatte gehört, dass sie nur wenige Jahre jünger als er war, aber wenn er sie in diesem Sack von Kleid ansah, erschien das unmöglich.

Zu seiner Überraschung entzündete sich das gefährliche Funkeln zu einer Flamme. Diesmal war es nicht nur ein Wärmegewitter. Er hätte auf der Stelle geröstet werden müssen. Tuon warf die Schultern zurück und richtete sich zu ihrer vollen Größe auf. So hoch das auch sein mochte: er bezweifelte, dass sie auf mehr als fünf Fuß kam, selbst wenn sie sich streckte. »Mein vierzehnter Wahrer-Namensgebungstag ist in fünf Monaten«, sagte sie mit einer Stimme, die alles andere als kalt war. Tatsächlich hätte sie den Wagen besser als der Ofen heizen können. Er verspürte einen Augenblick der Hoffnung, aber sie war noch nicht fertig. »Nein, ihr pflegt eure Geburtsnamen zu behalten, nicht wahr? Das wird mein zwanzigster Namensgebungstag sein. Seid Ihr zufrieden, Spielzeug? Habt Ihr befürchtet, Ihr hättet ein … Kind entführt?« Die letzten Worte zischte sie förmlich.

Mat fuchtelte mit beiden Händen, um diese Vorstellung hektisch zu entkräften. Wenn eine Frau anfing, einen wie ein Teekessel anzufauchen, fand ein Mann, der auch nur einen Funken Verstand sein eigen nannte, ganz schnell einen Weg, sie wieder abzukühlen. Sie hielt die Tasse so fest umklammert, dass auf ihrem Handrücken die Sehnen hervortraten, und er wollte seine Hüfte nicht mit einem weiteren Sturz auf die Probe stellen. Und wenn er darüber nachdachte, konnte er nicht abschätzen, wie sehr sie sich bemüht hatte, ihn das erste Mal zu treffen. Ihre Hände waren sehr schnell. »Ich wollte es nur wissen«, sagte er hastig. »Ich war neugierig, wollte ein wenig plaudern. Ich bin nur etwas älter.« Zwanzig. Soviel also zu der Hoffnung, dass sie zu jung war, um in den nächsten drei oder vier Jahren zu heiraten. Alles, was sich zwischen ihn und seinen Hochzeitstag stellte, wäre willkommen gewesen.

Tuon musterte ihn mit schräg gelegtem Kopf, dann warf sie die Tasse neben Frau Anan aufs Bett und setzte sich wieder auf den Stuhl; dabei richtete sie ihren voluminösen Wollrock mit der gleichen Aufmerksamkeit, als hätte es sich um ein Seidengewand gehandelt. Aber dabei musterte sie ihn weiterhin durch die langen Wimpern. »Wo ist Euer Ring?«, wollte sie wissen.

Unbewusst strich er mit dem Daumen über den Finger der linken Hand, an dem für gewöhnlich der lange Ring steckte. »Ich trage ihn nicht immer.« Nicht, wenn jeder im Tarasin-Palast von ihm wusste. Das Ding wäre bei seiner groben Tagelöhnertracht sowieso nur aufgefallen. Es war nicht einmal sein Siegelring, sondern bloß das Versuchsstück eines Schnitzers. Seltsam, wie sich seine Hand beträchtlich leichter ohne diesen Ring anfühlte. Zu leicht. Seltsam auch, dass sie es erwähnte. Andererseits, warum auch nicht? Beim Licht, diese Würfel ließen ihn vor Schatten zurückzucken und bei Seufzern zusammenschrecken. Aber vielleicht war das ja auch nur sie, ein beunruhigender Gedanke.

Er wollte sich auf das unbenutzte Bett setzen, aber

Selucia schwang sich so schnell darauf, dass jeder Akrobat neidisch gewesen wäre, und streckte sich aus, den Kopf auf eine Hand gestützt. Das ließ einen Augenblick lang das Tuch verrutschen, aber sie richtete es hastig, und die ganze Zeit starrte sie ihn so stolz und kalt wie eine Königin an. Er schaute auf das andere Bett, und Frau Anan legte ihre Stickarbeit lange genug ab, um eingehend ihre Röcke zu glätten und deutlich zu machen, dass sie nicht vorhatte, auch nur einen Fingerbreit zur Seite zu rücken. Sollte sie doch zu Asche verbrennen, sie benahm sich, als würde sie Tuon vor ihm beschützen! Frauen schienen sich immer zusammenzurotten, sodass kein Mann jemals eine faire Chance hatte. Nun, bis jetzt war es ihm gelungen, Egeanin davon abzuhalten, das Kommando zu übernehmen, und er würde sich nicht von Setalle Anan oder einer vollbusigen Zofe oder der ach so mächtigen Hochlady Tochter der Neun verdammten Monde herumschubsen lassen! Jedoch konnte er wohl kaum eine von ihnen aus dem Weg drängen, um einen Sitzplatz zu finden.

Er lehnte sich an eine Kommode am Fuß des Bettes, auf dem Frau Anan saß, und versuchte sich etwas einfallen zu lassen, was er sagen konnte. Er hatte nie Probleme damit, mit Frauen zu sprechen, aber der Lärm dieser Würfel lähmte seinen Verstand. Alle drei Frauen warfen ihm missbilligende Blicke zu – er konnte förmlich hören, wie zumindest eine von ihnen ihm befahl, sich gerade hinzustellen! –, also lächelte er. Die meisten Frauen fanden sein bestes Lächeln sehr gewinnend.

Tuon gab einen langen Seufzer von sich, der nicht im mindesten angetan klang. »Erinnert Ihr Euch an Falkenflügels Gesicht, Spielzeug?« Frau Anan blinzelte überrascht, und Selucia setzte sich mit einem finsteren Blick auf. Der Blick galt ihm! Wieso denn *ihm*? Tuon sah ihn einfach nur weiterhin an, die Hände im Schoß gefaltet, so ruhig und gesammelt wie eine Seherin am Sonntag.

Mats Lächeln fühlte sich wie erstarrt an. Beim Licht, was wusste sie? Wie konnte sie überhaupt etwas wissen? *Er lag unter der brennenden Sonne, hielt sich mit beiden Händen die Seite, versuchte den Rest seines Lebens daran zu hindern, aus ihm herauszuströmen, und fragte sich, ob es überhaupt einen Grund gab, daran festzuhalten. Nach den Anstrengungen dieses Tages war Aldeshar erledigt. Einen Augenblick lang verdeckte ein Schatten die Sonne, dann kniete ein großer Mann in einer Rüstung neben ihm nieder, den Helm unter den Arm geklemmt, mit tiefliegenden Augen, die eine Hakennase einrahmten. »Ihr habt heute gut gegen mich gekämpft, Culain, wie schon viele Tage in der Vergangenheit«, sagte diese markante Stimme. »Werdet Ihr mit mir in Frieden leben?« Mit seinem letzten Atemzug lachte er Artur Falkenflügel ins Gesicht.* Mat *hasste* es, sich an das Sterben zu erinnern. Ein Dutzend weitere Begegnungen schossen ebenfalls durch seinen Verstand, uralte Erinnerungen, die jetzt die seinen waren. Mit Artur Paendrag war auch schon schwierig auszukommen gewesen, bevor die Kriege angefangen hatten.

Er holte tief Luft und wählte seine Worte mit Sorgfalt. Das war nicht der richtige Zeitpunkt, um in der Alten Sprache zu sprechen. »Natürlich nicht!«, log er. Mit einem Mann, der nicht überzeugend lügen konnte, machten Frauen kurzen Prozess. »Beim Licht, Falkenflügel starb vor tausend Jahren! Was für eine Frage ist denn das?«

Ihr Mund öffnete sich langsam, und einen Augenblick lang war er überzeugt, sie wollte eine Frage mit einer Frage beantworten. »Eine dumme, Spielzeug«, erwiderte sie stattdessen. »Ich kann nicht sagen, warum sie mir in den Sinn kam.«

Die Anspannung in Mats Schultern ließ etwas nach.

Natürlich. Er war *ta'veren*. In seiner Nähe taten und sagten Leute Dinge, die sie anderswo niemals tun würden. Unsinn gehörte auch dazu. Trotzdem konnte eine Sache wie diese doch sehr unangenehm sein, wenn sie zu nahe ans Ziel traf. »Mein Name ist Mat. Mat Cauthon.« Das hätte er sich genauso gut sparen können.

»Ich kann nicht sagen, was ich nach meiner Rückkehr nach Ebou Dar tun werde, Spielzeug. Ich habe mich noch nicht entschieden. Vielleicht lasse ich Euch zu einem *Da'covale* machen. Ihr seid nicht hübsch genug für einen Pokalträger, aber es könnte mich trotzdem erfreuen. Aber egal, Ihr habt mir gewisse Versprechungen gemacht, also erfreut es mich jetzt, ebenfalls etwas zu versprechen. Solange Ihr Eure Versprechen haltet, werde ich weder fliehen noch Euch auf irgendeine Weise verraten, und ich werde unter Euren Anhängern auch keine Unruhe stiften. Ich glaube, das deckt alles Nötige ab.« Diesmal starrte Frau Anan sie an, und Selucia machte tief in ihrer Kehle einen Laut, aber Tuon schien keine von ihnen zu beachten. Sie sah ihn bloß erwartungsvoll an und wartete auf eine Antwort.

Auch er machte einen Laut. Es war kein Wimmern, nur ein Laut. Tuons Gesicht war so glatt wie eine Maske aus dunklem Glas. Ihre Ruhe war verrückt, aber das hier ließ das Gestammel eines Verrückten völlig normal erscheinen! Sie musste verrückt sein, wenn sie glaubte, er würde ihr dieses Angebot abnehmen. Aber er glaubte, dass sie es tatsächlich ernst meinte. Entweder das, oder sie war die beste Lügnerin, der er jemals begegnet war. Wieder beschlich ihn das unangenehme Gefühl, dass sie mehr als er wusste. Das war natürlich lächerlich, aber es war da. Er schluckte den Kloß in seinem Hals herunter. Es war ein harter Kloß.

»Nun, das alles gilt für Euch«, sagte er und versuchte Zeit zu schinden, »aber was ist mit Selucia?«

Zeit wofür? Er konnte nicht nachdenken, solange diese Würfel in seinem Schädel herumkollerten.

»Selucia folgt meinen Wünschen, Spielzeug«, sagte Tuon ungeduldig. Die blauäugige Frau richtete sich auf und starrte ihn an, als fände sie es schockierend, dass er daran gezweifelt hatte. Für eine Zofe konnte sie wild aussehen, wenn sie es versuchte.

Mat wusste nicht, was er tun oder sagen sollte. Ohne nachzudenken spuckte er in seine Hand und bot sie an, so als wollte er einen Pferdekauf besiegeln.

»Eure Bräuche sind sehr ... rustikal«, sagte Tuon trocken, aber sie spuckte in die Hand und ergriff seine. »›So ist unser Abkommen geschrieben; so ist die Abmachung erfolgt.‹ Was bedeutet diese Aufschrift auf Eurem Speer, Spielzeug?«

Diesmal war es ein Wimmern, und das nicht, weil sie die Inschrift in der Alten Sprache auf seinem *Ashandarei* gelesen hatte. Ein verdammter Stein hätte gewimmert. Die Würfel waren in dem Moment verstummt, als er ihre Hand berührt hatte. Beim Licht, was war geschehen?

Knöchel pochten an die Tür, und er stand so unter Anspannung, dass er ohne nachzudenken handelte; er fuhr herum, in jeder Hand ein Messer, dazu bereit, sie auf alles zu schleudern, was auch immer hereinkam. »Bleibt hinter mir«, fauchte er.

Die Tür öffnete sich, und Thom steckte den Kopf herein. Die Kapuze seines Umhangs war hochgeschlagen, und Mat erkannte, dass es draußen regnete. Mit Tuon und den Würfeln waren ihm die Laute des prasselnden Regens überhaupt nicht aufgefallen. »Ich störe doch nicht, oder?« sagte Thom und strich mit den Knöcheln über seinen langen weißen Schnurrbart.

Mats Gesicht wurde heiß. Setalle war mit der Nadel ihrer Stickarbeit in der Hand erstarrt, und ihre Brauen schienen unter ihren Haaransatz kriechen zu wollen. Selucia hockte angespannt auf der anderen Bettkante und verfolgte mit beträchtlichem Interesse, wie er die Messer wieder in den Ärmeln verschwinden ließ. Er hätte sie nicht für die Art Frau gehalten, die gefährliche Männer mochte. Diese Art Frau mied man besser; sie neigten dazu zu sorgen, dass ein Mann gefährlich sein musste. Er sah Tuon nicht an. Vermutlich starrte sie ihn an, als hätte er sich benommen wie Luca. Nur weil er nicht heiraten wollte, hieß das noch lange nicht, dass seine zukünftige Frau ihn für einen Narren halten sollte.

»Was hast du herausgefunden, Thom?«, fragte er kurz angebunden. Etwas *war* geschehen, oder die Würfel wären nicht verstummt. Ihm kam ein Gedanke, bei dem sich seine Haare sträuben wollten. Da war das zweite Mal, dass sie in Tuons Gegenwart verstummt waren. Das dritte Mal, wenn er das Stadttor in Ebou Dar mitzählte. Drei verdammte Male, und immer hatten sie mit ihr zu tun.

Der weißhaarige Mann kam mit einem leichten Hinken herein, schob die Kapuze zurück und zog die Tür hinter sich zu. Sein Hinken kam von einer alten Verletzung, nicht von Ärger in der Stadt. Hochgewachsen und schlank, mit scharfen blauen Augen und einem schneeweißen Schnurrbart, dessen Spitzen bis unters Kinn gingen, schien er überall sofort Aufmerksamkeit zu erregen, aber er hatte Übung darin, nirgendwo aufzufallen, und sein dunkeler Mantel und der braune Wollumhang passten zu einem Mann, der über etwas Geld verfügte, wenn auch nicht viel. »Auf den Straßen wimmelt es nur so von Gerüchten über sie«, sagte er und deutete mit dem Kopf auf Tuon, »aber nichts über ihr Verschwinden. Ich habe ein paar seanchanischen Offizieren einen Becher Wein ausgegeben, und sie scheinen zu glauben, dass sie gemütlich im Palast sitzt oder auf einer Inspektionsreise ist. Ich habe keine Heuchelei gespürt, Mat. Sie haben keine Ahnung.«

»Habt Ihr öffentliche Verlautbarungen erwartet, Spielzeug?«, sagte Tuon ungläubig. »Möglicherweise denkt Suroth darüber nach, sich wegen der Schande das Leben zu nehmen. Erwartet Ihr, dass sie ein so schlechtes Omen für die Wiederkehr verbreitet?«

Also hatte Egeanin recht gehabt. Es erschien *trotzdem* unmöglich. Und verglichen mit den verstummten Würfeln erschien es auch nicht im mindesten wichtig. Was war passiert? Er hatte Tuon die Hand geschüttelt, das war alles. Die Hände geschüttelt und ein Abkommen besiegelt. Er hatte vor, sich daran zu halten, aber was hatten die Würfel ihm gesagt? Dass sie sich ebenfalls daran halten würde? Oder doch nicht? Soweit er wusste, heirateten seanchanische Adlige für gewöhnlich – zu was hatte sie ihn noch mal machen wollen, ach ja, zu einem Pokalträger –, vielleicht verheirateten sie sich ja ständig mit Pokalträgern.

»Da ist noch mehr, Mat«, sagte Thom und musterte Tuon nachdenklich und mit einer gewissen Überraschung. Mat wurde klar, dass der Gedanke, Suroth könnte sich umbringen, sie nicht besonders zu belasten schien. Vielleicht war sie ja so hart, wie Domon glaubte. Was hatten die verdammten Würfel ihm bloß sagen wollen? Das war es, was hier wichtig war. Dann sprach Thom weiter, und Mat vergaß Tuon und sogar die Würfel. »Tylin ist tot. Sie halten es geheim, weil sie Angst vor Unruhen haben, aber eine der Palastwachen, ein junger Leutnant, der nicht viel vertragen konnte, hat mir verraten, dass sie ihre Begräbnisfeier und Beslans Krönung für denselben Tag vorbereiten.«

»Wie?«, wollte Mat wissen. Sie war älter als er, aber nicht so viel älter! Beslans Krönung! Beim Licht! Wie würde Beslan damit zurechtkommen, wo er die Seanchaner doch hasste? Es war sein Plan gewesen, den Nachschub auf der Buchtstraße in Brand zu setzen.

Hätte Mat ihn nicht davon überzeugen können, dass ein Aufstand nur in einem Massaker geendet hätte, und zwar nicht unter den Seanchanern, hätte er auch das versucht.

Thom zögerte und fuhr sich mit einem Daumen über den Schnurrbart. Schließlich seufzte er. »Man hat sie in ihrem Schlafgemach gefunden, Mat, am Morgen nach unserem Aufbruch, noch immer an Händen und Füßen gefesselt. Ihr Kopf … Man hat ihr den Kopf abgerissen.«

Mat war sich nicht bewusst, dass seine Knie unter ihm nachgegeben hatten, bis er sich mit dröhnendem Schädel auf dem Boden sitzend wiederfand. Er konnte ihre Stimme hören. *Du wirst deinen Kopf verlieren, wenn du nicht vorsichtig bist, Schweinchen, und das würde mir nicht gefallen.* Setalle beugte sich vor und fuhr ihm mitfühlend über die Wange.

»Die Windsucherinnen?«, fragte er tonlos. Er musste nicht mehr sagen.

»Diesem Leutnant zufolge haben die Seanchaner beschlossen, die Aes Sedai dafür verantwortlich zu machen, weil Tylin den Seanchanern die Treue geschworen hat. Das werden sie bei ihrer Begräbnisfeier verkünden.«

»Tylin stirbt in derselben Nacht, in der die Windsucherinnen entkommen, und die Seanchaner glauben, die Aes Sedai hätten sie getötet?« Er konnte es noch gar nicht fassen, dass Tylin tot war. *Du wirst mein Abendessen sein, Schweinchen.* »Das ergibt doch keinen Sinn, Thom.«

Thom zögerte und dachte mit gerunzelter Stirn nach. »Es könnte teilweise politisch veranlasst sein, aber ich vermute, sie glauben das wirklich, Mat. Der Leutnant meinte, sie seien davon überzeugt, dass die Windsucherinnen es viel zu eilig hatten, um Umwege zu machen, und von den *Damane*-Zwingern führt der schnellste Weg aus dem Palast nicht einmal annähernd an Tylins Gemächern vorbei.«

Mat grunzte. Er war davon überzeugt, dass das nicht die Wahrheit war. Und wenn doch, gab es nichts auf der Welt, was er daran ändern konnte.

»Die *Marath'damane* hatten Grund, Tylin zu ermorden«, sagte Selucia plötzlich. »Sie mussten fürchten, dass sie anderen ein Beispiel gab. Welchen Grund hätten die *Damane,* von denen Ihr sprecht? Keinen. Die Hand der Gerechtigkeit benötigt Motive und Beweise, selbst für *Damane* und *Da'covale.*« Sie hörte sich an, als würde sie die Worte von einem Blatt ablesen. Und sie sah Tuon aus den Augenwinkeln an.

Mat blickte über die Schulter, aber wenn die zierliche Frau Selucia mit den Händen vorgesagt hatte, ruhten sie jetzt wieder in ihrem Schoß. Sie beobachtete ihn, einen neutralen Ausdruck auf dem Gesicht. »Hegtet Ihr so tiefe Gefühle für Tylin?«, fragte sie vorsichtig.

»Ja. Nein. Soll man mich doch zu Asche verbrennen, ich habe sie *gemocht*!« Er wandte sich ab, fuhr sich mit den Fingern durchs Haar, schob die Mütze herunter. Noch nie in seinem Leben war er so froh gewesen, von einer Frau wegzukommen, aber das …! »Und ich habe sie gefesselt und geknebelt zurückgelassen, sodass sie nicht einmal um Hilfe rufen konnte, dass sie eine leichte Beute für den *Gholam* war«, sagte er bitter. »Er war auf der Suche nach mir. Schüttle nicht den Kopf, Thom. Du weißt es genauso gut wie ich.«

»Was ist ein … *Gholam*?«, fragte Tuon.

»Schattengezücht, meine Lady«, antwortete Thom. Er sah besorgt aus. Er machte sich nie schnell Sorgen, aber nur ein Narr würde sich wegen eines *Gholams* keine Sorgen machen. »Er sieht aus wie ein Mann, aber er kann durch ein Mausloch gehen oder unter einer Tür hindurchschlüpfen, und er ist stark genug, um …« Er räusperte sich. »Nun, genug davon. Mat, sie hätte von hundert Wachen umgeben sein können, und es hätte diese Kreatur nicht aufgehalten.« Sie hätte keine hundert Wachen gebraucht, hätte sie sich nicht mit Mat Cauthon eingelassen.

»Ein *Gholam*«, murmelte Tuon trocken. Plötzlich klopfte sie Mat hart mit den Knöcheln auf den Kopf. Er starrte ungläubig über die Schulter. »Ich bin sehr erfreut, dass Ihr Loyalität zu Tylin zeigt, Spielzeug«, sagte sie streng, »aber ich werde Euch keinen abergläubischen Unsinn durchgehen lassen. Das lasse ich nicht zu. Es erweist Tylin keine Ehre.« Sollte er doch zu Asche verbrennen, Tylins Tod schien sie genauso wenig zu berühren wie die Frage, ob sich Suroth umbrachte oder nicht. Was für eine Frau würde er da bloß heiraten?

Als eine Faust an die Tür klopfte, machte er sich gar nicht erst die Mühe aufzustehen. Er fühlte sich taub bis ins Mark. Blaeric platzte ohne zu fragen in den Wagen, von seinem dunkelbraunen Umhang tropfte der Regen. Es war ein alter Umhang, an einigen Stellen durchgescheuert, aber es schien ihm egal zu sein, dass er den Regen nicht abhielt. Der Behüter ignorierte jeden außen Mat – oder fast jeden. Der Mann nahm sich doch tatsächlich einen Augenblick Zeit, Selucias Busen zu bewundern! »Joline will Euch sprechen, Cauthon«, sagte er und betrachtete sie immer noch. Beim Licht! Das war alles, was Mat noch zu einem perfekten Tag fehlte.

»Wer ist Joline?«, wollte Tuon wissen.

Mat beachtete sie nicht. »Bestellt Joline, dass ich sie besuche, wenn wir unterwegs sind, Blaeric.« Sich noch mehr Beschwerden der Aes Sedai anzuhören war das letzte, was er jetzt wollte.

»Sie will Euch jetzt sprechen, Cauthon.«

Seufzend stand Mat auf und hob seine Mütze vom Boden auf. Blaeric sah aus, als würde er ihn notfalls auch mitzerren. Bei seiner derzeitigen Stimmung würde er dem Mann vielleicht einen Dolch in den Leib rammen, falls er es versuchen sollte. Und er selbst würde ein gebrochenes Genick davontragen; ein Behüter ließ sich nicht so ohne weiteres einen Dolch zwischen die Rippen jagen. Mat war ziemlich davon überzeugt, das eine Mal gestorben zu sein, das ihm zustand, und das nicht in alten Erinnerungen. Jedenfalls überzeugt genug, keine Risiken einzugehen, die sich umgehen ließen.

»Wer ist Joline, Spielzeug?« Hätte er es nicht besser gewusst, hätte er gesagt, dass Tuon eifersüchtig klang.

»Eine verdammte Aes Sedai«, murmelte er, setzte die Mütze auf und erhielt eine kleine Freude an diesem Tag. Tuon blieb entsetzt der Mund offen stehen. Er schloss hinter sich die Tür, bevor sie ihre Sprache wiederfand. Eine sehr kleine Freude. Ein Schmetterling auf einem Misthaufen. Tylin war tot, und man würde die Windsucherinnen dafür verantwortlich machen, ganz egal, was Thom sagte. Und dann waren da noch Tuon und die verfluchten Würfel. Ein sehr kleiner Schmetterling auf dem Misthaufen.

Der Himmel war jetzt voller dunkler Wolken, und der Regen fiel stetig. Trotz der Mütze klebte er ihm das Haar an den Schädel und sickerte durch den Mantel, sobald er draußen war. Blaeric schien ihn nicht weiter wahrzunehmen. Mat blieb nichts anderes übrig, als die Schultern einzuziehen und durch die immer größer werdenden Pfützen zu stapfen. Bis er an seinem Wagen gewesen wäre, um einen Umhang zu holen, wäre er sowieso bis auf die Haut durchnässt gewesen. Außerdem passte das Wetter gut zu seiner Stimmung.

Zu seiner Überraschung war trotz des Regens in der kurzen Zeit seiner Abwesenheit im Wagen viel Arbeit erledigt worden. Soweit er sehen konnte, war die Zeltwand in beiden Richtungen verschwunden, und die

Hälfte der Frachtwagen, die um Tuons Wagen gestanden hatten, fehlten ebenfalls. So wie die meisten der Tiere, die an den Pferdeleinen angezurrt gewesen waren. Ein großer Eisenkäfig mit einem schwarzmähnigen Löwen rollte von einem mühsam stampfenden Gespann gezogen der Straße entgegen, die Pferde störten sich anscheinend genauso wenig an dem scheinbar schlafenden Löwen hinter ihnen wie an dem Regenguss. Auch Artisten befanden sich bereits auf der Straße, wie sie die Reihenfolge ihres Aufbruchs festgelegt hatten, blieb ein Geheimnis. Die meisten Zelte waren verschwunden; an einer Stelle schienen drei hellbunt bemalte Wagen zu fehlen, an einer anderen jeder zweite Wagen, während anderswo die abgestellten Wagen noch immer eine solide Masse bildeten. Luca stolzierte in seinem hellroten Umhang die Straße entlang und blieb gelegentlich stehen, um einem Mann auf die Schulter zu schlagen oder einer Frau etwas zuzumurmeln, das sie lachen ließ. Wäre der Zirkus auseinandergebrochen, hätte Luca jene, die weg wollten, zu erwischen versucht. Er hielt den Zirkus nicht zuletzt mit Überredungskunst zusammen, und er würde niemals jemanden ziehen lassen, ohne sich vorher heiser zu reden bei dem Versuch, ihn davon abzubringen. Mat war klar, dass es ihn hätte freuen müssen, Luca noch immer hier zu sehen, obwohl ihm nie in den Sinn gekommen war, dass der Mann sich mit dem Gold hätte absetzen können, aber in diesem Augenblick bezweifelte er, dass es irgendetwas gab, das ihn sich anders als betäubt und wütend fühlen lassen würde.

Der Wagen, zu dem Blaeric ihn führte, war fast so groß wie Lucas Wagen, aber er war weiß gestrichen statt bemalt. Das Weiß war schon vor langer Zeit abgeblättert und verblichen, und der Regen wusch ihn dort, wo das Holz nicht schon bereits blank lag, etwas mehr dem Grau entgegen. Der Wagen gehörte einer Truppe von Spaßmachern, vier mürrischen Männern, die sich für die Zuschauer die Gesichter anmalten, sich mit Wasser überschütteten und mit aufgeblasenen Schweinsblasen aufeinander einschlugen, und die den Rest ihrer Zeit und ihres Geldes damit verbrachten, soviel Wein zu trinken, wie sie kaufen konnten. Mit dem, was Mat als Miete gezahlt hatte, konnten sie sich monatelang betrinken, und es hatte noch mehr gekostet, jemanden zu finden, der sie aufnahm.

Vier zottige, unauffällige Pferde waren bereits angeschirrt, und Fen Mizar, Jolines anderer Behüter, saß in einen grauen Umhang gehüllt und mit den Zügeln in der Hand oben auf dem Kutschbock. Seine schräg stehenden Augen betrachteten Mat, so wie ein Wolf einen unbotmäßigen Welpen betrachten mochte. Die Behüter waren von Anfang an gegen Mats Plan gewesen, davon überzeugt, dass sie, sobald sie außerhalb der Stadtmauern waren, die Schwestern in Sicherheit hätten bringen können. Vielleicht stimmte das sogar, aber die Seanchaner machten gnadenlos Jagd auf Frauen, welche die Macht lenken konnten – in den Tagen nach der Eroberung von Ebou Dar war der Zirkus viermal durchsucht worden –, und es hätte nur eines Versprechers bedurft, um sie alle im Kerker landen zu lassen. Wenn man Egeanin und Domon Glauben schenken wollte, konnten die Sucher einen Stein dazu bringen, ihnen alles zu erzählen, was er je gesehen hatte. Glücklicherweise waren nicht alle Schwestern so überzeugt wie Jolines Behüter. Aes Sedai neigten zum Zaudern, wenn sie sich nicht darauf einigen konnten, was zu tun war.

Als Mat die Treppe am Wagenende erreichte, hielt Blaeric ihn zurück, indem er ihm die Hand auf die Brust legte. Das Gesicht des Behüters hätte geschnitzt sein können, der Regen, der ihm die Wangen hinunterlief, schien ihn nicht mehr zu stören, als es ein Stück Holz gestört hätte. »Fen und ich sind Euch dankbar, dass Ihr sie aus der Stadt geschafft habt, Cauthon, aber so kann es nicht weitergehen. Die Schwestern sind eng zusammengepfercht, da sie den Wagen mit den anderen Frauen teilen müssen, und sie verstehen sich nicht. Es wird Ärger geben, wenn wir keinen anderen Wagen finden können.«

»Geht es darum?«, fragte Mat ärgerlich und zog den Kragen enger. Nicht, dass es etwas nützte. Sein Rücken war bereits nass, und vorn sah es nicht viel besser aus. Wenn Joline ihn hergezerrt hatte, um wieder über die Unterbringung zu jammern …

»Sie wird Euch sagen, worum es geht, Cauthon. Vergesst nur nicht, was ich Euch gesagt habe.«

Mat erklomm leise vor sich hinmurmelnd die schmutzigen Stufen und trat ein; er knallte die Tür nicht hinter sich zu, aber es fehlte nicht viel daran.

Vom Aufbau ähnelte er Tuons Wagen, allerdings gab es hier vier Betten, von denen zwei über den anderen beiden flach an die Wand geklappt waren. Mat hatte keine Ahnung, wie die sechs Frauen die Betten verteilt hatten, aber er vermutete, dass es nicht friedlich abgelaufen war. Die Luft im Wagen knisterte förmlich. Auf jedem der unteren Betten saßen drei Frauen, von denen jede die Frauen auf der gegenüberliegenden Seite entweder beobachtete oder ignorierte. Joline war niemals als *Damane* gehalten worden, und sie verhielt sich, als würden die drei *Sul'dam* nicht existieren. Sie las in einem kleinen Buch und war trotz des abgetragenen blauen Kleids, das einst einer Löwendompteuse gehört hatte, jeden Zoll Aes Sedai, die personifizierte Arroganz. Aber die anderen beiden Schwestern wußten aus eigener Erfahrung, was es bedeutete, *Damane* zu sein. Edesina musterte die drei *Sul'dam* argwöhnisch, die Hand in der Nähe ihres Gürtelmessers, während Teslyns Augen in ständiger Bewegung waren und alles betrachteten außer den *Sul'dam*, und sie knetete unablässig den Stoff ihres dunkelbraunen Wollrocks.

Mat hatte nicht die geringste Ahnung, wie Egeanin die drei *Sul'dam* dazu überredet hatte, den *Damane* bei der Flucht zu helfen, aber obwohl sie mit Sicherheit genau wie sie von den Behörden gesucht wurden, hatten sie keineswegs ihre Einstellung Frauen gegenüber geändert, die die Macht lenken konnten. Bethamin war hochgewachsen und sah in der Tracht Ebou Dars mit dem tiefen Ausschnitt und den an der einen Seite hochgenähten Röcken, die verblichene rote Unterröcke entblößten, genauso dunkel wie Tuon aus; sie erinnerte an eine Mutter, die auf das unausweichliche schlechte Benehmen ihrer Kinder wartete. Die blonde Seta in hochgeschlossener grauer Wolle, die sie von Kopf bis Fuß bedeckte, schien gefährliche Hunde im Auge zu behalten, die früher oder später in einem Zwinger eingesperrt werden mussten. Renna, die vom Abhacken der Hände und Füße gesprochen hatte, tat ebenfalls so, als würde sie lesen, aber ihre täuschend sanften braunen Augen hoben sich ständig von dem schmalen Buch, um die Aes Sedai zu beäugen, und wenn sie es tat, lächelte sie bösartig. Mat hätte am liebsten geflucht, noch bevor eine von ihnen den Mund aufmachen konnte. Ein kluger Mann hielt sich fern, wenn Frauen Streit hatten, vor allem, wenn Aes Sedai darunter waren, aber so war es immer gewesen, wenn er diesen Wagen betreten hatte.

»Ich hoffe, es ist wichtig, Joline.« Er knöpfte den Mantel auf und versuchte, ein paar Regentropfen abzuschütteln. Vermutlich wäre es vernünftiger gewesen, ihn gleich auszuwringen. »Ich habe gerade erfahren, dass der *Gholam* Tylin in der Nacht unseres Aufbruchs ermordet hat, und ich bin nicht in Stimmung für Beschwerden.«

Joline markierte die Stelle sorgfältig mit einem verzierten Lesezeichen und faltete die Hände auf dem Buch, bevor sie sprach. Aes Sedai beeilten sich niemals; das erwarteten sie bloß von allen anderen. Ohne ihn hätte sie vermutlich mittlerweile selbst ein *A'dam* getragen, aber er hatte auch nie erlebt, dass Aes Sedai viel für Dankbarkeit übrig hatten. Sie ignorierte das, was er von Tylin erzählt hatte. »Blaeric hat mir gesagt, dass der Zirkus im Aufbruch begriffen ist«, sagte sie kühl, »aber Ihr müsst ihn aufhalten. Luca hört nur auf Euch.« Bei diesen Worten spannten sich ihre Lippen leicht an. Aes Sedai waren es auch nicht gewöhnt, dass man nicht auf sie hörte, und die Grünen waren nicht gut darin, ihre Unzufriedenheit zu verbergen. »Wir müssen den Plan, nach Lugard zu gehen, für den Augenblick aufgeben. Wir müssen die Fähre über den Hafen nehmen und nach Illian reisen.«

Das war der dümmste Vorschlag, den er je von ihr gehört hatte, obwohl sie es natürlich keineswegs als Vorschlag gemeint hatte; in dieser Beziehung war sie noch schlimmer als Egeanin. Da die Hälfte oder fast die Hälfte der Zirkuswagen bereits unterwegs war, würde man den ganzen Tag benötigen, nur um alle zur Fährstelle zu bekommen, davon abgesehen, müssten sie die Stadt betreten. Die Reise nach Lugard brachte den Zirkus so schnell wie möglich von den Seanchanern weg, während sie entlang der Grenze zu Illian und möglicherweise sogar darüber hinaus überall Soldatenlager errichtet hatten. Egeanin zögerte, ihr Wissen preiszugeben, aber Thom hatte so seine Möglichkeiten, solche Dinge in Erfahrung zu bringen. Mat machte sich gar nicht erst die Mühe, mit den Zähnen zu knirschen. Er brauchte es nicht.

»Nein«, sagte Teslyn angespannt und mit starkem illianischem Akzent. Sie lehnte sich an Edesina vorbei und sah aus, als würde sie dreimal am Tag Felsen verspeisen, so hart war ihre Miene, aber die Wochen als

Damane hatten ein nervöses Flackern in ihre Augen treten lassen. »Nein, Joline. Ich habe Euch gesagt, dass wir das nicht wagen können! Wir können es nicht wagen!«

»Beim Licht!«, fauchte Joline und warf ihr Buch zu Boden. »Reißt Euch endlich zusammen, Teslyn. Nur weil Ihr eine Zeitlang eine Gefangene gewesen seid, ist das noch lange kein Grund, sich derart gehenzulassen!«

»Sich gehenzulassen? Sich gehenzulassen? Lasst Euch den Kragen um den Hals legen, dann wollen wir doch mal sehen, ob Ihr noch immer davon redet, sich gehenzulassen!« Teslyns Hand fuhr zu ihrem Hals, als würde sie das *A'dam* noch immer dort spüren. »Helft mir, sie zu überzeugen, Edesina. Wenn wir sie nicht aufhalten, wird sie dafür sorgen, dass man uns wieder an die Leine legt!«

Edesina drückte sich an die Wand hinter dem Bett – sie war eine schlanke hübsche Frau, deren langes schwarzes Haar bis zu ihrer Taille reichte, die immer, wenn sich die Rote und die Grüne stritten – was häufig geschah – ganz stumm wurde –, aber Joline hatte nicht einmal einen Blick für sie übrig. »Ihr bittet eine *Rebellin* um Hilfe, Teslyn? Wir hätten sie für die Seanchaner zurücklassen sollen! Hört mir zu. Ihr könnt es genauso fühlen wie ich. Würdet Ihr wirklich eine größere Gefahr in Kauf nehmen, um einer geringeren aus dem Weg zu gehen?«

»Geringer!«, fauchte Teslyn. »Ihr habt doch keine Ahnung …!«

Renna streckte die Hand mit dem Buch aus und ließ es mit einem Knall auf dem Boden landen. »Wenn mein Lord uns einen Augenblick entschuldigen würde, wir haben unsere *A'dam* noch, und wir können diesen Mädchen in kurzer Zeit wieder beibringen, wie man sich benimmt.« Ihr Akzent hatte etwas Melodisches, aber das Lächeln auf ihren Lippen reichte nie bis zu ihren braunen Augen. »Es funktioniert nie, wenn man bei ihnen auf diese Weise die Zügel schleifen lässt.« Seta nickte grimmig und stand auf, als wollte sie die Peitsche holen.

»Ich glaube, mit den *A'dam* sind wir durch«, sagte Bethamin und ignorierte die entsetzten Blicke der anderen beiden *Sul'dam*, »aber es gibt andere Methoden, diese Mädchen zur Vernunft zu bringen. Darf ich vorschlagen, dass mein Lord in einer Stunde wiederkommt? Dann werden sie Euch sagen, was Ihr wissen wollt, ohne das geringste Gezänk. Sobald sie wieder sitzen können.« Sie klang, als würde sie genau das meinen, was sie da sagte. Joline starrte die drei *Sul'dam* in ungläubigem Zorn an, aber Edesina saß stocksteif da und hielt mit entschlossenem Gesichtsausdruck ihr Messer, während Teslyn jetzt diejenige war, die sich mit verschränkten Händen gegen die Wand drückte.

»Das wird nicht nötig sein«, sagte Mat nach einem Augenblick. So befriedigend es auch sein mochte, Joline »zur Vernunft gebracht« zu sehen, Edesina würde vielleicht das Messer zücken, und das würde die Katze auf die Hühner loslassen, ganz egal, wie der Ausgang war. »Von welcher größeren Gefahr sprecht Ihr, Joline? Welche Gefahr ist größer als jene, die im Moment von den Seanchanern ausgeht?«

Die Grüne war zu dem Schluss gekommen, dass ihr vernichtender Blick auf Bethamin keinen Eindruck machte und richtete ihn stattdessen auf Mat. Wäre sie keine Aes Sedai gewesen, hätte er gesagt, sie würde schmollen; Joline hasste es, etwas erklären zu müssen. »Wenn Ihr es unbedingt wissen müsst, jemand lenkt die Macht.« Teslyn und Edesina nickten, die Rote Schwester zögernd, die Gelbe mit Nachdruck.

»Im Lager?«, sagte er alarmiert. Seine rechte Hand hob sich wie von allein, um den silbernen Fuchskopf unter dem Hemd zu berühren, aber das Medaillon war nicht kalt geworden.

»Weit entfernt«, erwiderte Joline noch immer unwillig. »Im Norden.«

»Viel weiter entfernt, als eine von uns Machtlenkerinnen wahrnehmen dürfte«, sagte Edesina. In ihrer Stimme lag ein Anflug von Furcht. »Die Menge an *Saidar*, die dort benutzt wird, muss unvorstellbar groß sein.« Ein scharfer Blick von Joline ließ sie verstummen, die sich dann wieder Mat zuwandte und ihn ansah, als müsste sie sich entscheiden, wie viel sie ihm verraten durfte.

»Auf diese Entfernung würden wir nicht einmal spüren können, wenn jede Schwester in der Weißen Burg die Macht lenkt«, fuhr sie fort. »Es müssen die Verlorenen sein, und was auch immer sie tun, wir wollen nicht näher heran, als unbedingt notwendig ist.«

Mat schwieg einen Augenblick lang, dann sagte er schließlich: »Wenn es weit weg ist, bleiben wir bei unserem Plan.«

Joline wollte das nicht akzeptieren, aber er hörte ihr nicht weiter zu. Wann immer er an Rand oder Perrin dachte, wirbelten in seinem Kopf Farben. Vermutlich hatte das damit zu tun, dass man ein *Ta'veren* war. Diesmal hatte er an keinen der beiden Freunde gedacht, aber die Farben waren plötzlich dagewesen, wie ein Fächer aus tausend Regenbogen. Diesmal hatten sie fast ein Bild geformt, einen vagen Eindruck, möglicherweise einen Mann und eine Frau, die einander gegenüber auf dem Boden saßen. Es war sofort wieder verschwunden gewesen, aber er wusste es so sicher, wie er seinen Namen kannte. Nicht die Verlorenen. Rand. Und eine Frage ging ihm nicht mehr aus dem Sinn: Was hatte Rand getan, als die Würfel verstummt waren?

KAPITEL 4

Die Geschichte einer Puppe

Furyk Karede starrte auf seinen Schreibtisch, ohne die vor ihm ausgebreiteten Papiere und Karten wahrzunehmen. Beide Öllampen waren entzündet und standen auf dem Tisch, aber er brauchte sie nicht länger. Die Sonne musste mittlerweile den Horizont berühren, aber seit er aus einem unruhigen Schlaf erwacht und der Kaiserin seine Ergebenheit bekundet hatte, mochte sie ewig leben, hatte er nur seinen Morgenmantel angezogen, den in dem dunklen kaiserlichen Grün, das manche beharrlich als Schwarz bezeichneten, sich dort hingesetzt und seitdem nicht gerührt. Er hatte sich nicht einmal rasiert. Der Regen hatte aufgehört, und er überlegte, seinem Diener Ajimbura den Befehl zu geben, ein Fenster zu öffnen, um in seinem Zimmer im Gasthof *Die Wanderin* frische Luft einzulassen. Frische Luft würde vielleicht seinen Verstand klären. Aber in den vergangenen fünf Tagen hatte es Unterbrechungen in dem Regen gegeben, die mit plötzlichen Schauern endeten, und sein Bett stand zwischen den Fenstern. Er hatte bereits einmal Matratze und Bettzeug in der Küche zum Trocknen aufhängen lassen müssen.

Ein leises Quieken und erfreutes Grunzen von Ajimbura ließ ihn aufsehen; der drahtige kleine Mann hielt eine schlaffe Ratte von der halben Größe einer Katze am Ende seines langen Messers in die Höhe. Es war nicht die erste, die Ajimbura in diesem Zimmer erlegt hatte, etwas, von dem Karede überzeugt war, dass es nicht geschehen wäre, wenn Setalle Anan noch die Besitzerin gewesen wäre, obwohl sich kurz vor dem Frühling in Ebou Dar die Zahl der Ratten beträchtlich zu vergrößern schien. Ajimbura sah selbst etwas wie eine verschrumpelte Ratte aus, sein Grinsen war zugleich zufrieden und wild. Nach mehr als drei Jahrhunderten Herrschaft unter dem Kaiserreich waren die Bergstämme von Kaensada nur zur Hälfte zivilisiert und weniger als halb gezähmt. Der Mann trug sein von grauen Strähnen durchzogenes Haar als dicken Zopf, der bis zu seiner Taille reichte und eine gute Trophäe abgegeben hätte, sollte er jemals seinen Weg zurück in die Berge finden und in eine jener endlosen Stammesfehden verwickelt werden, und er bestand darauf, aus einer Schale mit einem Silberstiel zu trinken, die, wie jedem bei näherer Betrachtung aufgefallen wäre, aus der Hirnschale eines Menschen bestand.

»Wenn du das isst«, sagte Karede, als wäre das gar keine Frage, »wirst du es im Stall tun, wo keiner zusehen kann.« Außer Echsen würde Ajimbura alles essen, die waren seinem Stamm aus irgendeinem Grund, über den er sich nie näher äußerte, verboten.

»Aber natürlich, Ehrenwerter«, erwiderte der Mann mit einem Schulterzucken, das bei seinem Volk als Verbeugung durchging. »Ich kenne die Sitten der Stadtmenschen gut, und ich würde den Ehrenwerten nie in Verlegenheit bringen.« Nach fast zwanzig Jahren in Karedes Diensten hätte er die Ratte ohne Ermahnung gehäutet und über den Flammen des kleinen Ziegelofens gebraten.

Ajimbura schüttelte den Kadaver von der Klinge in einen kleinen Segeltuchsack, den er für später in einer Ecke abstellte, wischte sorgfältig die Klinge sauber, bevor er sie wieder in die Scheide schob, und hockte sich auf die Fersen, um Karedes Anweisungen zu erwarten.

Falls nötig würde er geduldig wie ein *Da'covale* den ganzen Tag so warten. Karede hatte niemals zufriedenstellend ergründen können, warum Ajimbura seine Bergfestung verlassen hatte, um einem Angehörigen der Totenwache zu folgen. Es war ein bedeutend eingeschränkteres Leben, als der Mann zuvor gekannt hatte, davon abgesehen hatte Karede ihn beinahe drei Mal getötet, bevor er diese Entscheidung getroffen hatte.

Er verwarf die Gedanken an seinen Diener und richtete seine Aufmerksamkeit wieder auf den Schreibtisch, obwohl er im Augenblick nicht die Absicht hatte, den Stift zu ergreifen. Nach einem kleinen Erfolg in den Schlachten gegen die Asha'man war er zum Bannergeneral befördert worden, in Tagen, an denen wenige überhaupt etwas erreicht hatten, und weil er gegen Männer, die die Macht lenken konnten, den Befehl gehabt hatte, waren einige der Meinung, er wäre imstande, Wissen über den Kampf gegen *Marath'damane* weiterzugeben. Derartiges war seit Jahrhunderten nicht mehr vorgekommen, und da die so genannten Aes Sedai ihre unbekannte Waffe nur Meilen von dem Ort enthüllt hatten, an dem er jetzt saß, war intensiv darüber nachgedacht worden, wie man ihre Macht schwächen konnte. Das war nicht der einzige Befehl, der den Schreibtisch bedeckte. Abgesehen von den üblichen Ersuchen und Berichten, die seine Unterschrift erforderten, hatten vier Lords und drei Ladies seine Beurteilung der gegnerischen Streitkräfte in Illian angefordert, sechs Ladies und fünf Lords ging es um das besondere Aiel-Problem, aber diese Fragen würden anderswo entschieden werden; aller Wahrscheinlichkeit nach waren diese Entscheidungen sogar bereits gefallen. Seine Anmerkungen würden nur für die Grabenkämpfe benutzt, wer bei der Wiederkehr was kontrollierte. Krieg war für die Totenwache stets nur eine zweitrangige Beschäftigung gewesen. Sicher, die Wache war immer dabei, wenn eine wichtige Schlacht geschlagen wurde, die Schwerthand der Kaiserin, mochte sie ewig leben, um einen Schlag gegen ihre Feinde zu führen, ob sie selbst nun anwesend war oder nicht; die Totenwache war immer da, um dort zu führen, wo das Kampfgetümmel am heftigsten war, aber ihr eigentlicher Daseinszweck bestand darin, die Kaiserfamilie zu schützen. Falls nötig mit dem eigenen Leben und es willig opfern. Und vor neun Nächten war die Hochlady Tuon verschwunden, als hätte sie ein Sturm verschluckt. In seinen Gedanken war sie nicht die Tochter der Neun Monde, er konnte nicht so an sie denken, bis er wußte, dass sie nicht länger den Schleier trug.

Er hatte auch nicht darüber nachgedacht, sich das Leben zu nehmen, auch wenn ihm die Schmach sehr zusetzte. Es blieb dem Blut überlassen, den einfachen Weg zu nehmen, um der Schande zu entkommen; die Totenwache kämpfte bis zuletzt. Musenge befehligte ihre persönliche Leibwache, aber als höchstrangiger Vertreter der Wache auf dieser Seite des Aryth-Meers war es Karedes Pflicht, sie sicher zurückzubringen. Jeder Winkel in der Stadt wurde unter diesem oder jenem Vorwand durchsucht, jedes Schiff, das größer als ein Ruderboot war, aber meistens wurde diese Aufgabe von Männern erledigt, die gar nicht wußten, wonach sie suchten, die nicht einmal ahnten, dass das Schicksal der Wiederkehr möglicherweise von ihrer Aufmerksamkeit abhing. Es war seine Pflicht. Natürlich gab es in der Kaiserfamilie viel komplizierten Intrigen als beim restlichen Blut, und die Hochlady Tuon spielte häufig mit scharfsinnigem und tödlichem Geschick ein äußerst undurchsichtiges Spiel. Nur wenigen war bekannt, dass sie bereits zweimal zuvor verschwunden war, dass man sie für tot erklärt und schon die Begräbnisriten vorbereitet hatte, und es war alles ihr Plan gewesen. Aber welche Gründe ihr Verschwinden auch immer hatte, er musste sie finden und beschützen. Bis jetzt hatte er nicht die geringste Ahnung, wie er das machen sollte. Vom Sturm verschluckt. Oder vielleicht von der Lady der Schatten. Seit dem Tag ihrer Geburt hatte es zahllose Attentats- und Entführungsversuche gegeben. Wenn er sie tot auffand, musste er herausfinden, wer sie getötet und wer letztlich den Befehl dazu gegeben hatte, und sie rächen, ganz egal, was es kostete. Auch das war seine Pflicht.

Ein schlanker Mann schob sich ohne anzuklopfen ins Zimmer. Seinem schäbigen Mantel nach zu urteilen, hätte er einer der Pferdeknechte des Gasthofs sein können, aber kein Ortsansässiger hatte sein blondes Haar oder so blaue Augen, deren Blicke durch den Raum glitten, als wollten sie sich alles, was sich darin befand, genauestens einprägen. Seine Hand fuhr unter den Mantel, und in dem kurzen Augenblick, bevor er eine kleine, mit Gold eingefasste Elfenbeinmarke mit dem Raben und dem Turm zückte, ging Karede in Gedanken zwei Methoden durch, wie er ihn mit bloßen Händen töten konnte. Sucher der Wahrheit brauchten nicht anzuklopfen. Sie zu töten wurde nicht gern gesehen.

»Geh«, befahl der Sucher Ajimbura und steckte die Marke weg, nachdem er sicher war, dass Karede sie erkannt hatte. Der kleine Mann blieb reglos auf den Fersen hocken, und der Sucher hob überrascht die Brauen. Selbst in den Kaensada-Bergen wusste jeder, dass das Wort eines Suchers Gesetz war. Nun, vielleicht nicht in den abgelegeneren Bergfestungen, nicht, wenn sie der Meinung waren, dass niemandem der Aufenthaltsort des Suchers bekannt war, aber Ajimbura wusste es besser.

»Warte draußen«, befahl Karede scharf, und Ajimbura erhob sich bereitwillig und murmelte: »Ich höre und gehorche, Ehrenwerter.« Aber er sah den Sucher offen an, bevor er den Raum verließ, so als wollte er sichergehen, dass der Sucher wusste, dass er sich sein Gesicht gemerkt hatte. Eines Tages würde er es noch fertig bringen, dass man ihn enthauptete.

»Loyalität ist ein kostbares Gut«, sagte der blonde Mann und warf einen Blick auf den Schreibtisch, nachdem Ajimbura die Tür hinter sich zugezogen hatte. »Ihr seid an Lord Yulans Plänen beteiligt, Bannergeneral Karede? Ich hätte nicht erwartet, dass die Totenwache daran Anteil hat.«

Karede schob die beiden wie Löwen geformten Bronzebeschwerer zur Seite und ließ die Karte von Tar Valon sich aufrollen. Die andere war noch nicht entrollt gewesen. »Da müsst Ihr Lord Yulan fragen, Sucher. Loyalität dem Kristallthron gegenüber ist kostbarer als der Atem des Lebens, dicht gefolgt von dem Wissen, wann man schweigen muss. Je mehr von einer Sache sprechen, desto mehr erfahren davon, die nichts davon wissen sollten.«

Mit Ausnahme der Kaiserfamilie widersprach niemand einem Sucher oder der Hand, die ihn führte, aber das schien den Burschen nicht zu stören. Er setzte sich auf den gepolsterten Stuhl und formte die Finger zu einem Zelt, über dem er Karede betrachtete, der nun die Wahl hatte, seinen Stuhl zu verrücken oder den Mann beinahe in seinem Rücken sitzen zu lassen. Die meisten Leute wären sehr nervös gewesen, einen Sucher hinter sich zu haben. Die meisten wären nervös gewesen, mit einem Sucher im selben Raum zu sein. Karede verbarg ein Lächeln und rührte sich nicht. Er musste nur den Kopf ein wenig drehen, und er war darin ausgebildet, das zu sehen, was sich am Rand seines Blickfelds befand.

»Ihr müsst sehr stolz auf Eure Söhne sein«, sagte der Sucher, »zwei sind Euch in die Totenwache gefolgt, der dritte ist unter den geehrten Gefallenen aufgelistet. Eure Frau wäre sehr stolz gewesen.«

»Wie ist Euer Name, Sucher?« Das Schweigen, das er zur Antwort erhielt, war ohrenbetäubend. Mehr Leute widersprachen Suchern, als sich nach ihren Namen zu erkundigen.

»Mor«, kam schließlich die Antwort. »Almurat Mor.« Also Mor. Er hatte einen Ahnen, der Luthair Paendrag begleitet hatte, und war zu Recht stolz darauf. Ohne Zugang zu den Zuchtbüchern, der keinem *Da'covale* erlaubt war, konnte Karede nicht wissen, ob die Geschichten über seine eigene Herkunft der Wahrheit entsprachen – möglicherweise hatte auch er einen Vorfahren, der dem großen Falkenflügel gefolgt war –, aber es spielte keine Rolle. Männer, die versuchten, auf den Schultern ihrer Vorfahren zu stehen, fanden sich oftmals einen Kopf kürzer. Vor allem *Da'covale*.

»Nennt mich Furyk. Wir sind beide Besitz des Kristallthrons. Was wollt Ihr von mir, Almurat? Doch wohl nicht über meine Familie reden, oder?« Wären seine Söhne in Schwierigkeiten gewesen, hätte der Bursche sie nie so früh erwähnt, und Kalia war jenseits allen Elends. Aus dem Augenwinkel konnte Karede auf dem Gesicht des Suchers den inneren Kampf sehen, den er mit sich austrug, obwohl er ihn beinahe gut genug verborgen hätte. Der Mann hatte die Kontrolle über das Gespräch verloren – womit er hätte rechnen müssen; einem Totenwächter seine Marke zu zeigen, als wären sie nicht bereit, sich auf Befehl den Dolch ins eigene Herz zu stoßen.

»Hört einer Geschichte zu«, sagte Mor langsam, »und sagt mir, was Ihr davon haltet.« Sein Blick war unverwandt auf Karede gerichtet, er studierte ihn, wog ihn ab, schätzte ihn ein, als stünde er auf dem Verkaufsblock. »Das ist uns in den letzten Tagen zu Ohren gekommen.« Mit *uns* meinte er die Sucher. »Soweit wir sagen können, kam es unter der örtlichen Bevölkerung auf, obwohl wir die ursprüngliche Quelle noch nicht gefunden haben. Angeblich hat ein Mädchen mit seandarischem Akzent von Kaufleuten hier in Ebou Dar Gold und Juwelen erpresst. Der Titel Tochter der Neun Monde wurde erwähnt.« Er verzog angewidert das Gesicht, und einen Augenblick lang verfärbten sich seine Fingerspitzen weiß, da er sie so hart gegeneinander presste. »Keiner der Einheimischen schien zu begreifen, was der Titel bedeutete, aber die Beschreibung des Mädchens ist erstaunlich präzise. Und keiner kann sich erinnern, dieses Gerücht vor der Nacht gehört zu haben, in der … die Nacht, nach der Tylins Ermordung entdeckt wurde«, kam er zum Schluss und erwähnte das am wenigsten unerfreuliche Ereignis, um die Zeit festzusetzen.

»Ein seandarischer Akzent«, sagte Karede tonlos, und Mor nickte. »Dieses Gerücht ist auch zu unseren Leuten vorgedrungen.« Das war keine Frage, aber Mor nickte erneut. Ein seandarischer Akzent und eine genaue Beschreibung, zwei Dinge, die kein Ortsansässiger erfinden konnte. Jemand spielte hier ein sehr gefährliches Spiel. Gefährlich für sich selbst und für das Reich. »Wie werden im Tarasin-Palast die Vorfälle der letzten Zeit aufgenommen?« Unter den Dienern würde es Lauscher geben, mittlerweile vermutlich sogar unter den Dienern aus Ebou Dar, und was die Lauscher hörten, wurde schnell an die Sucher weitergegeben.

Mor verstand die Frage natürlich. Es war unnötig, das zu erwähnen, was nicht erwähnt werden sollte. Er antwortete in einem gleichgültigen Tonfall. »Das Gefolge der Hochlady Tuon macht weiter, als wäre nichts geschehen, nur Anath, ihre Wahrheitssprecherin, hat sich zurückgezogen, aber wie man mir sagte, ist das nicht ungewöhnlich. Suroth ist im Privaten noch aufgewühlter als in der Öffentlichkeit. Sie schläft schlecht, faucht ihre Günstlinge an und lässt ihren Besitz wegen Nichtigkeiten prügeln. Sie hat befohlen, dass jeden

Tag, an dem die Dinge nicht wieder in Ordnung gebracht worden sind, ein Sucher sterben soll, und hat diesen Befehl erst heute Morgen zurückgenommen, als ihr klar wurde, dass ihr eher die Sucher als die Tage ausgehen könnten.« Er zuckte kaum merklich mit den Schultern, vielleicht um zu zeigen, dass das für die Sucher nichts Besonderes war, vielleicht auch aus Erleichterung, noch mal davongekommen zu sein. »Es ist verständlich. Sollte man sie zur Rechenschaft ziehen, wird sie für den Tod der Zehntausend Tränen beten. Die vom Blut, die die Wahrheit kennen, versuchen sich Augen im Hinterkopf wachsen zu lassen. Ein paar haben sogar insgeheim Begräbnisarrangements getroffen, um auf jede Eventualität vorbereitet zu sein.«

Karede wollte einen besseren Blick auf das Gesicht des Mannes haben. Gegen Beleidigungen war er abgehärtet – das hatte zu seiner Ausbildung gehört –, aber das hier … Er schob den Stuhl zurück, stand auf und setzte sich auf die Schreibtischkante. Mor starrte ihn ohne zu blinzeln an, bereitete sich darauf vor, sich gegen einen Angriff zu wappnen, und Karede holte tief Luft, um seinen Zorn zu besänftigen. »Warum seid Ihr zu mir gekommen, wenn Ihr glaubt, dass die Totenwache in diese Angelegenheit verstrickt ist?« Die Anstrengung, seine Stimme neutral zu halten, schnürte ihm fast die Luft ab. Seit die ersten Männer der Totenwache über dem Leichnam Luthair Paendrags geschworen hatten, seinen Sohn zu verteidigen, hatte es niemals Verrat in der Wache gegeben! Niemals!

Mor entspannte sich sichtlich, als ihm klar wurde, dass Karede ihn nicht töten wollte, zumindest nicht in diesem Augenblick, aber auf seiner Stirn lag eine dünne Schweißschicht. »Man sagt, ein Totenwächter könnte den Atem eines Schmetterlings sehen. Habt Ihr etwas zu trinken?«

Karede deutete mit einer knappen Geste zum Kamin, wo ein Silberpokal und eine Kanne standen, um warm zu bleiben. Sie hatten dort unberührt gestanden, seit Ajimbura sie bei Karedes Aufwachen gebracht hatte. »Der Wein ist vermutlich mittlerweile kalt, aber bedient Euch. Und wenn Eure Kehle angefeuchtet ist, werdet Ihr mir meine Frage beantworten. Entweder Ihr verdächtigt Männer der Wache, oder Ihr wollt mich in Euer Spiel verwickeln, und bei meinem Augenlicht, ich werde erfahren, was es ist und warum.«

Der Bursche ging zum Kamin und beobachtete ihn aus den Augenwinkeln, aber als er sich nach der Kanne bückte, runzelte er die Stirn und verharrte kurz. Neben dem Pokal stand eine mit Silber eingefasste Schale mit einem in der Form eines Widderhorns gestalteten Silberstiel. Beim Licht des Himmels, er hatte Ajimbura doch oft genug gesagt, dieses Ding außer Sicht zu halten! Es bestand nicht der geringste Zweifel, dass Mor es als das erkannte hatte, was es war.

Der Mann hielt es für möglich, dass es in der Wache Verrat gab? »Schenkt mir auch etwas ein, wenn Ihr schon dabei seid.«

Mor blinzelte und zeigte eine leichte Verwirrung – er hielt den einzigen offensichtlichen Pokal in der Hand –, dann dämmerte Verstehen in seinen Augen auf. Ein unbehagliches Verstehen. Er füllte die Schale mit zitternder Hand und wischte sich die Finger am Mantel ab, bevor er den Stiel ergriff und sie hochhob. Jeder Mann hatte seine Grenzen, selbst ein Sucher, und ein Mann, den man bis an den Rand seiner Grenzen trieb, war besonders gefährlich, aber er war auch aus dem Gleichgewicht gebracht.

Karede nahm die Schädelschale mit beiden Händen entgegen, hob sie in die Höhe und neigte den Kopf. »Auf die Kaiserin, möge sie ewig in Ehre und Ruhm leben. Tod und Schande ihren Feinden.«

»Auf die Kaiserin, möge sie ewig in Ehre und Ruhm

leben«, sprach Mor ihm nach, senkte den Kopf und hob den Pokal. »Tod und Schande ihren Feinden.«

Als Karede Ajimburas Schale an die Lippen führte, war er sich bewusst, dass sein Besucher ihn beobachtete. Der Wein war tatsächlich kühl und die Gewürze bitter, darüber hinaus war da ein schwacher, strenger Nachgeschmack von Silberpolitur; er sagte sich, dass der Geschmack nach dem Staub des Toten nur in seiner Vorstellung existierte.

Mor stürzte die Hälfte seines Weins in hastigen Zügen hinunter, dann starrte er auf seinen Pokal, schien zu begreifen, was er getan hatte, und machte eine sichtliche Anstrengung, die Selbstbeherrschung zurückzuerlangen. »Furyk Karede«, sagte er energisch. »Vor zweiundvierzig Jahren als Sohn von Webern zur Welt gekommen, dem Besitz eines gewissen Jalid Magonine, einem Handwerker in Ancarid. Mit fünfzehn zur Ausbildung in der Totenwache aufgenommen worden. Zweimal wegen Tapferkeit verzeichnet, dreimal in den Tagesberichten erwähnt, dann als Veteran von sieben Jahren bei der Geburt der Hochlady Tuon zu ihrer Leibwache befohlen.« Natürlich war das damals nicht ihr Name gewesen, aber ihren Geburtsnamen zu erwähnen wäre eine Beleidigung gewesen. »Im gleichen Jahr als einer von drei Überlebenden des ersten bekannt gewordenen Anschlags auf ihr Leben zur Ausbildung als Offizier erwählt. Dienst während des Muyami-Aufstands und dem Jianmin-Zwischenfall, weitere Erwähnungen für Tapferkeit, weitere Erwähnungen in Tagesberichten, dann kurz vor dem ersten Wahren Namenstag der Hochlady zurück zu ihrer Leibwache abkommandiert.« Mor schaute in seinen Wein, dann blickte er plötzlich auf. »Aufgrund Eurer Bitte, was ungewöhnlich war. Im folgenden Jahr habt Ihr drei ernsthafte Verletzungen davongetragen, als Ihr sie mit dem Körper gegen weitere Attentäter gedeckt habt. Sie gab Euch ihren kostbarsten Besitz, eine Puppe. Nach weiterem ehrenvollem Dienst, mit weiteren Erwähnungen, hat man Euch für die Leibwache der Kaiserin erwählt, möge sie ewig leben, dort habt Ihr gedient, bis man Euch dazu abkommandiert hat, den Hochlord Turak mit der *Hailene* in dieses Land zu begleiten. Die Zeiten ändern sich, und Männer ändern sich, aber bevor Ihr den Thron bewacht habt, habt Ihr noch zwei weitere Gesuche eingebracht, Hochlady Tuons Leibwache zugeteilt zu werden. Was sehr ungewöhnlich war. Und Ihr habt diese Puppe behalten, bis sie beim Großen Brand von Sohima zerstört wurde, also insgesamt zehn Jahre.«

Nicht zum ersten Mal dankte Karede der Ausbildung, die ihm erlaubte, ein regloses Gesicht zu behalten, was auch immer geschah. Sorgloses Mienenspiel verriet einem Gegner zu viel. Er erinnerte sich an das Gesicht des kleinen Mädchens, das diese Puppe auf seine Trage gelegt hatte. Er hatte noch immer ihre Worte im Ohr. *Ihr habt mein Leben beschützt, darum müsst Ihr Emela nehmen, damit sie Euch beschützen kann*, sagte sie. *Natürlich kann sie Euch nicht richtig beschützen; sie ist bloß eine Puppe. Aber behaltet sie als Erinnerung, dass ich es immer hören werde, wenn Ihr meinen Namen sagt. Natürlich nur, wenn ich noch am Leben bin.*

»Meine Ehre heißt Loyalität«, sagte er und stellte Ajimburas Trinkschale vorsichtig auf dem Tisch ab, um keinen Wein auf die Dokumente zu verschütten. So oft der Bursche auch das Silber polierte, Karede bezweifelte, dass er sich die Mühe machte, das Ding auszuwaschen. »Loyalität dem Thron gegenüber. Warum seid Ihr zu mir gekommen?«

Mor machte einen Schritt, sodass sich der Lehnstuhl zwischen ihnen befand. Zweifellos glaubte er, ganz entspannt dazustehen, aber er war offensichtlich bereit, den Pokal zu schleudern. Er hatte auf dem Rücken unter dem Mantel ein Messer stecken, und vermutlich irgendwo noch ein anderes. »Drei Gesuche, der Leibwache von Hochlady Tuon zugeteilt zu werden. Und Ihr habt die Puppe behalten.«

»Das habe ich schon verstanden«, erwiderte Karede trocken. Totenwächter sollten keine Beziehung zu denen aufbauen, die sie beschützen sollten. Die Totenwache diente allein dem Kristallthron, diente *allein* dem, der auf dem Thron saß, mit ganzem Herzen und voller Überzeugung. Aber er erinnerte sich an das Gesicht dieses ernsten Kindes, das sich bereits darüber im Klaren war, dass es nicht überleben würde, um seine Pflicht zu tun, und es trotzdem versuchte, und er hatte die Puppe behalten. »Aber da steckt mehr dahinter als nur das Gerücht über ein Mädchen, oder?«

»Der Atem eines Schmetterlings«, murmelte der Bursche. »Es ist ein Vergnügen, sich mit jemandem zu unterhalten, der so tief blickt. In der Nacht, in der Tylin ermordet wurde, wurden zwei *Damane* aus den Zwingern des Tarasin-Palasts geholt. Beides ehemalige Aes Sedai. Findet Ihr diesen Zufall nicht auch verdächtig?«

»Ich finde jeden Zufall verdächtig, Almurat. Aber was hat das mit Gerüchten und … anderen Geschehnissen zu tun?«

»Dieses Netz ist verworrener, als Ihr denkt. In jener Nacht haben noch andere den Palast verlassen, darunter ein junger Mann, der offensichtlich Tylins Spielzeug war, und ein älterer Mann namens Thom Merrilin, zumindest nannte er sich so, der angeblich Diener war, aber sich durch eine viel größere Bildung auszeichnete, als man erwarten sollte. Sie alle wurden irgendwann in Begleitung von Aes Sedai gesehen, die sich in der Stadt aufhielten, bevor das Reich sie zurückeroberte.« Der Sucher beugte sich angespannt über die Stuhllehne. »Vielleicht wurde Tylin gar nicht ermordet, weil sie den Treueid leistete, sondern weil sie von Dingen erfahren hat, die gefährlich sind. Sie könnte sorglos gewesen sein und dem Jungen bei ihren Kopfkissengesprächen zu viel enthüllt haben, und er hat es dann Merrilin berichtet. Wir können ihn so nennen, bis wir einen zutreffenderen Namen in Erfahrung gebracht haben. Je mehr ich über ihn erfahre, desto interessanter wird er: er kennt sich in der Welt aus, weiß sich auszudrücken, kann mit Adligen und gekrönten Häuptern umgehen. Eigentlich ein Höfling, wenn man nicht weiß, dass er Diener war. Falls die Weiße Burg in Ebou Dar gewisse Pläne verfolgte, könnten sie solch einen Mann schicken, um sie durchzuführen.«

Pläne. Ohne nachzudenken nahm Karde Ajimburas Schale und hätte beinahe getrunken, bevor ihm bewusst wurde, was er da tat. Er hielt die Schale jedoch weiter, um nicht seine Aufregung zu verraten. Jedermann – also die Eingeweihten – waren davon überzeugt, dass Hochlady Tuons Verschwinden Teil des Wettkampfs war, der Kaiserin auf den Thron zu folgen, mochte sie ewig leben. So war das Leben in der Kaiserfamilie. Sollte die Hochlady tot sein, musste eine neue Nachfolgerin ernannt werden. Sollte sie tot sein. Und wenn nicht ... Die Weiße Burg hätte ihre Besten geschickt, falls sie die Absicht gehabt hätte, sie zu entführen. Falls der Sucher ihn nicht in sein eigenes Spiel verwickeln wollte. »Ihr habt diese Idee Euren Vorgesetzten vorgetragen, und sie haben sie verworfen, sonst wärt Ihr nicht zu mir gekommen. Entweder das, oder ... Ihr habt es ihnen gegenüber gar nicht erwähnt, richtig? Warum nicht?«

»Viel verwickelter, als Ihr Euch vorstellen könnt«, sagte Mor leise und warf einen Blick zur Tür, als würde er befürchten, dass man sie belauschte. Warum wurde er jetzt vorsichtig? »Es gibt da viele ... Komplikationen. Die beiden *Damane* wurden von der Lady Egeanin Tamarath abgeholt, die schon zuvor mit den

Aes Sedai Kontakt hatte. Tatsächlich sogar engen Kontakt. Offensichtlich hat sie die anderen *Damane* freigelassen, um ihre Flucht zu decken. Egeanin hat die Stadt noch in derselben Nacht verlassen, mit drei *Damane* in ihrem Gefolge, und, wie wir glauben, in Begleitung von Merrilin und den anderen. Wir wissen nicht, wer die dritte *Damane* war – wir vermuten, es war eine wichtige Persönlichkeit der Atha'an Miere oder vielleicht auch eine Aes Sedai, die sich in der Stadt versteckt hatte –, aber wir haben die *Sul'dam* identifiziert, die sie benutzt hat, und zwei davon stehen in enger Verbindung zu Suroth, die selbst enge Verbindungen zu den Aes Sedai hat.« Trotz seiner Vorsicht sagte Mor das nicht so, als wäre es ein Blitzschlag aus heiterem Himmel. Kein Wunder, dass er nervös war.

Also … Suroth hatte sich mit Aes Sedai verschworen und zumindest ein paar von Mors Vorgesetzten korrumpiert, und die Weiße Burg hatte einem ihrer besten Männer eine Mannschaft gegeben, um gewisse Dinge zu tun. Es war alles glaubwürdig. Als man Karede den Vorläufern zugeteilt hatte, hatte man ihm auch die Aufgabe übertragen, einige Angehörige des Blutes wegen übertriebenen Ambitionen im Auge zu behalten. Soweit vom Kaiserreich entfernt hatte immer die Möglichkeit bestanden, dass sie versuchen würden, ihre eigenen Königreiche zu gründen. Und er selbst hatte Männer in eine Stadt geschickt, von der er wusste, dass sie fallen würde, ganz egal, welche Anstrengungen man auch zu ihrer Verteidigung unternehmen würde, damit sie dem Feind von innen schaden konnten.

»Wisst Ihr die Richtung, Almurat?«

Mor schüttelte den Kopf. »Sie sind unterwegs nach Norden, und in den Palastställen wurde Jehannah erwähnt, aber das scheint ein offensichtlicher Täuschungsversuch zu sein. Sie werden bei der ersten Gelegenheit die Richtung geändert haben. Wir haben alle

Boote überprüft, die groß genug waren, um die Gruppe über den Fluss zu bringen, aber Fahrzeuge von dieser Größe kommen und gehen ständig. Es gibt keine Ordnung an diesem Ort, keine Kontrolle.«

»Das gibt mir viel zum Nachdenken.«

Der Sucher verzog das Gesicht, ein leichtes Verziehen der Lippen, aber er schien zu begreifen, dass Karede ihm nicht mehr zugestehen würde. Er nickte einmal. »Was auch immer Ihr zu tun gedenkt, eines solltet Ihr wissen. Ihr fragt Euch vielleicht, wie das Mädchen etwas von diesen Kaufleuten erpressen konnte. Anscheinend wurde sie immer von zwei oder drei Soldaten begleitet. Die Beschreibung ihrer Rüstung war ebenfalls sehr genau.« Er wollte die Hand ausstrecken, wie um Karedes Morgenmantel zu berühren, ließ sie klugerweise jedoch wieder sinken. »Die meisten Leute bezeichnen das als Schwarz. Versteht Ihr, was ich damit sagen will? Zu was auch immer Ihr Euch entscheidet, zögert nicht.« Mor hob den Pokal. »Auf Euer Wohl, Bannergeneral. Auf Euer Wohl und das Wohl des Kaiserreichs.«

Karede leerte Ajimburas Schale ohne zu zögern.

Der Sucher ging so plötzlich, wie er eingetreten war, und nur Augenblicke, nachdem sich die Tür hinter ihm geschlossen hatte, öffnete sie sich erneut, um Ajimbura hereinzulassen. Der kleine Mann starrte die Schädelschale in Karedes Händen anklagend an.

»Hast du von diesem Gerücht gewusst, Ajimbura?« Die Frage, ob der Bursche gelauscht hatte, war genauso überflüssig wie die Frage, ob die Sonne am Morgen aufgegangen war. Er stritt es auch nicht ab.

»Ich würde meine Zunge nicht mit solchem Schmutz beflecken, Ehrenwerter«, sagte er.

Karede gestattete sich einen Seufzer. Ob das Verschwinden der Hochlady Tuon nun von ihr selbst in die Wege geleitet worden war oder ob jemand anders dafür verantwortlich war, sie schwebte in großer Gefahr. Und wenn das Gerücht nur eine List Mors war – die beste Methode, das Spiel eines anderen zu besiegen, lag darin, es zu seinem eigenen Spiel zu machen. »Bereite mein Rasierzeug vor.« Er setzte sich, griff nach dem Stift und hielt mit der Linken den Ärmel seines Morgenmantels aus der Tinte. »Dann suchst du Kapitän Musenge; wenn er allein ist, gibst du ihm das hier. Komm schnell zurück; ich habe noch mehr Befehle für dich.«

Kurz nach Mittag des folgenden Tages durchquerte er den Hafen auf der Fähre, die jede Stunde zum Läuten der Glocken ablegte. Es war eine schwerfällige Barke, die sich hob und senkte, als die langen Ruderschläge sie über die unruhige Oberfläche des Hafens trugen. Die Taue, die das halbe Dutzend Planwagen einer Kauffrau an Deck festgezurrt hielten, ächzten bei jedem Windwechsel, die Pferde stampften nervös mit den Hufen, und die Ruderer mussten Kutscher und Mietwächter abwehren, die sich übergeben mussten. Manche Männer hatten nicht den Magen für die Bewegungen des Wassers. Die Kauffrau selbst, eine unscheinbare Frau mit kupferfarbener Haut, stand in ihren dunklen Umhang gehüllt am Bug, glich die Bewegungen mühelos aus, starrte stur auf die näher kommende Anlegestelle und ignorierte Karede neben sich. Vermutlich wusste sie, dass er Seanchaner war, allein schon durch den Sattel seines Braunen, aber sein mit Rot abgesetzter grüner Mantel wurde von einem einfachen grauen Umhang verborgen, und falls sie überhaupt an ihn dachte, dann als einfachen Soldaten. Nicht als Siedler, nicht mit einem Schwert an der Hüfte. Möglicherweise hatte es in der Stadt trotz seiner vielfältigen Bemühungen, ihnen zu entgehen, schärfere Augen gegeben, aber daran konnte er nichts ändern. Mit etwas Glück hatte er einen Tag, vielleicht auch zwei, bevor jemand bemerkte, dass er in absehbarer Zeit nicht in den Gasthof zurückkehren würde.

Er schwang sich in den Sattel, sobald die Fähre hart gegen das mit Leder gepolsterte Dock der Anlegestelle krachte, und verließ sie als Erster, als die Ladetore zur Seite schwangen; die Kauffrau scheuchte ihre Kutscher zu den Wagen, und die Fährleute machten Räder los. Er führte Aldazar in langsamem Schritttempo über die Pflastersteine, die noch vom morgendlichen Regen, Pferdemist und der Hinterlassenschaft einer Schafherde feucht waren, und ließ den Braunen erst schneller gehen, als er die Straße nach Illian erreichte, obwohl er selbst da noch nicht ganz in den Trab überging. Ungeduld war ein Laster, wenn man eine Reise von unbekannter Länge begann.

Die Straße jenseits der Anlegestelle wurde von Gasthäusern gesäumt, Gebäude mit flachen Dächern, die mit zersprungenem und abblätterndem weißem Verputz bedeckt waren und an der Vorderseite verblichene Schilder aufwiesen, und selbst das war nicht immer der Fall. Diese Straße markierte den nördlichen Rand des Rahad, und schlecht gekleidete Männer, die vor den Gasthäusern auf Bänken herumlungerten, sahen ihn mürrisch passieren. Nicht, weil er Seanchaner war; vermutlich hätten sie niemanden auf einem Pferderücken freundlich angesehen. Oder überhaupt jemanden, der zwei Münzen sein eigen nannte, was das anging. Aber sie blieben bald hinter ihm zurück, und in den nächsten paar Stunden kam er an Olivenhainen und kleinen Bauernhöfen vorbei, wo die Lagerarbeiter so an den Straßenverkehr gewöhnt waren, dass sie nicht von ihrem Tagwerk aufsahen. Der Verkehr war in jedem Fall spärlich, eine Handvoll hochrädriger Bauernkarren und zweimal Kaufmannszüge, die von Söldnern umgeben auf Ebou Dar zurollten. Viele der Kutscher und beide Kaufleute trugen die unverwechselbaren Illianerbärte. Es erschien seltsam, dass Illian weiterhin seine Kaufleute nach Ebou Dar schickte, während es gleichzeitig gegen das Kaiserreich kämpfte, aber die Menschen auf dieser Seite des Ostmeers waren oft seltsam, hatten merkwürdige Bräuche und nur wenig Ähnlichkeit mit den Geschichten, die man über die Heimat des großen Falkenflügel erzählte. Manchmal auch gar keine. Natürlich musste man sie verstehen, wenn man sie ins Reich heimholen wollte, aber Verständnis war eine Sache für andere, die höhergestellt waren als er. Er hatte seine Pflicht zu erfüllen.

Die Höfe wichen Waldland und mit Büschen bewachsenen Ebenen, und sein Schatten wurde vor ihm immer länger, aber als die Sonne schon mehr als die Hälfte des Weges zum Horizont zurückgelegt hatte, fand er, was er suchte. Direkt voraus hockte Ajimbura am nördlichen Straßenrand und spielte auf einer Schilfflöte. Bevor Karede ihn erreichte, steckte er die Flöte hinter den Gürtel, hob seinen braunen Umhang auf und verschwand zwischen den Sträuchern und Bäumen. Karede blickte über die Schulter, um sicherzugehen, dass die Straße auch in dieser Richtung leer war, dann lenkte er Aldazar an derselben Stelle in das Waldgebiet.

Der kleine Mann wartete gleich außer Sicht der Straße unter einer Baumgruppe, die irgendeine Art von Kiefer waren; der höchste Baum erreichte leicht eine Höhe von hundert Fuß. Er machte seine bekannte, schulterzuckende Verbeugung und zog sich auf den Sattel eines schlanken Fuchses mit weißen Füßen. Er beharrte darauf, dass weiße Füße an einem Pferd Glück brachten. »Hier entlang, Ehrenwerter?«, sagte er, und nach Karedes zustimmender Geste führte er sein Pferd tiefer in den Wald hinein.

Sie hatten nicht weit zu reiten, kaum mehr als eine halbe Meile, aber niemand, der auf der Straße vorbeigekommen wäre, hätte erahnt, was sie auf einer großen

Lichtung erwartete. Musenge hatte hundert Totenwächter auf guten Pferden und zwanzig Ogier-Gärtner mitgebracht, alle in voller Rüstung, zusammen mit zwanzig Packpferden und Vorräten für zwei Wochen. Das Packpferd, das Ajimbura am Vortag mitgenommen hatte und auf dem sich Karedes Rüstung befand, würde sich unter ihnen befinden. Eine Gruppe *Sul'dam* stand neben ihren eigenen Pferden, ein paar von ihnen tätschelten die sechs angeleinten *Damane*. Als Musenge nach vorn geritten kam, um Karede zu begrüßen, schloss sich ihm Hartha, der Erste Gärtner, mit langen Schritten und grimmiger Miene an, die mit grünen Quasten geschmückte Axt auf der Schulter. Eine der Frauen, Melitene, die *Der'sul'dam* der Hochlady Tuon, stieg in den Sattel und schloss sich ihnen an.

Musenge und Hartha führten die Fäuste in Herzhöhe zur Brust, und Karede erwiderte ihren Gruß, aber seine Blicke wanderten zu den *Damane*. Zu einer ganz bestimmten, einer kleinen Frau, der gerade eine dunkelhäutige *Sul'dam* mit kantigem Gesicht das Haar streichelte. Das Gesicht einer *Damane* war stets irreführend – sie alterten langsam und lebten lange Zeit –, aber diese wies einen Unterschied auf, den er jenen zuzuordnen gelernt hatte, die sich Aes Sedai nannten. »Unter welchem Vorwand habt Ihr sie alle auf einmal aus der Stadt schaffen können?«, fragte er.

»Manöver, Bannergeneral«, erwiderte Melitene mit einem trockenen Lächeln. »An Manöver glaubt jeder.« Es hieß, die Hochlady Tuon würde in Wahrheit keine *Der'sul'dam* brauchen, um ihren Besitz oder ihre *Sul'dam* auszubilden, aber Melitene, deren langes Haar mehr Grau als Schwarz war, kannte sich in mehr als nur ihrem Handwerk aus, und sie wusste, was er da verlangte. Er hatte Musenge befohlen, ein paar *Damane* mitzubringen, wenn er konnte. »Keiner von uns würde zurückbleiben, Bannergeneral. Nicht bei dem, worum es hier geht. Was Mylen betrifft …« Das musste die ehemalige Aes Sedai sein. »Nachdem wir die Stadt verlassen hatten, haben wir den *Damane* erklärt, warum wir gegangen sind. Es ist immer besser, wenn sie wissen, was wir von ihr erwarten. Seitdem haben wir Mylen beruhigen müssen. Sie liebt die Hochlady. Das tun sie alle, aber Mylen betet sie an, als säße sie bereits auf dem Kristallthron. Wenn Mylen eine dieser Aes Sedai in die Hände bekommt …« – sie kicherte – »… dann müssen wir schnell sein, damit diese Frau nicht zu sehr beschädigt wird, um an die Leine gelegt werden zu können.«

»Ich sehe da keinen Anlass zur Heiterkeit«, grollte Hartha. Der Ogier war mit seinem langen grauen Schnurrbart und den schwarzen Augen, die wie Steine aus seinem Helm herausblickten, noch faltiger und stärker von den Elementen gezeichnet als Musenge. Er war schon Gärtner gewesen, bevor Karedes Vater geboren wurde, vielleicht sogar schon vor seinem Großvater. »Wir haben kein Ziel. Wir wollen den Wind mit einem Netz fangen.« Melitene wurde rasch ernst, und Musenge schaute noch grimmiger drein als Hartha, falls das überhaupt möglich war.

In zehn Tagen hatten die Leute, die sie suchten, eine Menge Meilen hinter sich gelassen. Die Besten, die die Weiße Burg schicken konnte, würden nicht so unvorsichtig sein, um nach der List mit Jehannah nach Osten zu reisen, aber auch nicht dumm genug, um genau fast nördliche Richtung einzuschlagen, aber da blieb noch immer ein großes und immer größer werdendes Gebiet übrig, das durchsucht werden musste. »Dann müssen wir anfangen, unsere Netze ohne Verzögerung auszuwerfen«, sagte Karede, »und wir müssen sie eng spannen.«

Musenge und Hartha nickten. Für die Totenwache wurde das, was getan werden musste, einfach getan. Und wenn sie den Wind einfangen wollten.

KAPITEL 5

Ein Hammer wird geschmiedet

Trotz des Schnees lief er leichtfüßig durch die Nacht. Er war eins mit den Schatten, schlüpfte durch den Wald, und das Mondlicht war für seine Augen fast so hell wie die Sonne. Ein kalter Wind fuhr durch sein dickes Fell und trug plötzlich einen Geruch heran, der seine Haare sich aufrichten und sein Herz mit einem Hass pochen ließ, der den Hass für die Niegeborenen noch weit übertraf. Hass und das sichere Wissen vom herannahenden Tod. Es waren keine Entscheidungen zu treffen, jetzt nicht. Er lief schneller, dem Tod entgegen.

Perrin erwachte abrupt in der tiefen Dunkelheit vor dem Morgengrauen unter einem der Proviantkarren mit den hohen Rädern. Trotz des schweren, pelzgefütterten Umhangs und zwei Decken war die Kälte in seine Knochen gekrochen, und es wehte eine unbeständige Brise, nicht stark genug, um als leichter Wind bezeichnet zu werden, aber eiskalt. Als er sich mit seinen behandschuhten Händen das Gesicht rieb, knisterte Frost in seinem kurzen Bart. Wenigstens schien es während der Nacht nicht mehr geschneit zu haben. Viel zu oft war er trotz des schützenden Wagens wie bestäubt aufgewacht, und der Schnee erschwerte den Spähern die Arbeit. Er wünschte sich, er könnte mit Elyas auf die gleiche Weise sprechen wie mit den Wölfen. Dann würde er nicht dieses endlose Warten erdulden müssen. Müdigkeit haftete an ihm wie eine zweite Haut; er konnte sich nicht erinnern, wann er das letzte Mal eine

Nacht vernünftig durchgeschlafen hatte. Schlaf oder auch der Mangel daran schien ohnehin bedeutungslos zu sein. In diesen Tagen verlieh ihm nur die Hitze des Zorns die Kraft zum Weitermachen.

Er glaubte nicht, dass ihn der Traum geweckt hatte. Jeden Abend legte er sich hin und erwartete Albträume, und jede Nacht kamen sie auch. In den schlimmsten fand er Faile tot oder niemals. Diese Träume ließen ihn zitternd und schweißgebadet aufwachen. Bei allen weniger schrecklichen schlief er durch oder sein Schlaf wurde nur unruhiger, wenn Trollocs ihn für den Kochtopf lebendig in Scheiben schnitten oder ein Draghkat seine Seele fraß. Dieser Traum verblasste schnell, so wie es die Art von Träumen war, doch er erinnerte sich, ein Wolf gewesen zu sein und etwas gerochen zu haben … Aber was? Etwas, das Wölfe noch mehr hassten als Myrddraal. Etwas, von dem ein Wolf wusste, dass es ihn umbringen konnte. Das Wissen, das er im Traum gehabt hatte, war verschwunden; geblieben waren nur noch kaum fassbare Eindrücke. Er hatte sich nicht im Wolfstraum befunden, dieser Spiegelung seiner Welt, in der tote Wölfe weiterlebten und die Lebenden sie um Rat fragen konnten. Der Wolfstraum hielt sich immer klar in seinem Bewusstsein, nachdem er ihn verlassen hatte, ob er sich nun bewusst oder unbewusst hineinbegeben hatte. Und doch schien dieser Traum real gewesen zu sein, und irgendwie dringend.

Reglos auf dem Rücken liegend, schickte er seine Gedanken aus und tastete nach den Wölfen. Er hatte versucht, die Wölfe dazu zu benutzen, ihm bei seiner Jagd zu helfen, doch ohne Erfolg. Sie für die Angelegenheiten der Zweibeiner zu interessieren war schwierig, um es höflich auszudrücken. Sie mieden große Menschenansammlungen; für sie reichten schon ein halbes Dutzend, um ihnen aus dem Weg zu gehen. Männer verjagten das Wild, und die meisten Männer versuchten einen Wolf sofort zu töten, sobald sie ihn sahen. Seine Gedanken fanden nichts, aber nach einiger Zeit berührte er Wölfe in der Ferne. Er vermochte nicht zu sagen, wie weit sie entfernt waren, aber es war, als würde er ein Flüstern am äußeren Rand des Hörvermögens wahrnehmen. Eine große Distanz. Das war seltsam. Trotz verstreuter Dörfer und Landgüter und selbst der einen oder anderen Stadt war das hier typisches Wolfsgebiet, größtenteils unberührte Wälder mit vielen Hirschrudeln und kleinerem Wild.

Wollte man mit einem fremden Rudel sprechen, gab es immer Förmlichkeiten zu beachten. Höflich entbot er seinen Namen unter Wölfen, Junger Bulle, teilte seinen Geruch und erhielt als Erwiderung ihre Namen, Blattjägerin und Großer Bär, Weißer Schwanz, Feder, Donnernebel und viele andere. Es war ein großes Rudel, und Blattjägerin, ein Weibchen mit einer in sich gefestigten Sicherheit, war ihre Anführerin. Feder, klug und in seinen besten Jahren, war ihr Gefährte. Sie hatten von Junger Bulle gehört und konnten es kaum erwarten, mit dem Freund des legendären Langzahn zu sprechen, die ersten beiden Zweibeiner, die nach einer Zeitspanne, die sich wie ein in den Nebeln der Vergangenheit verschwundenes Zeitalter anfühlte, gelernt hatten, mit den Wölfen zu sprechen. Es war ein Malstrom aus Bildern und Erinnerungen an Gerüche, die sein Verstand in Worte verwandelte, so wie die Worte, die er dachte, irgendwie zu Bildern und Gerüchen wurden, die sie verstehen konnten.

Da gibt es etwas, das ich wissen möchte, dachte er, nachdem die Begrüßungen vorbei waren. *Was würde ein Wolf noch mehr hassen als die Niegeborenen?* Er versuchte sich an den Geruch aus dem Traum zu erinnern, um ihn hinzuzufügen, aber er war aus seiner Erinnerung verschwunden. *Etwas, von dem ein Wolf weiß, dass es den Tod bedeutet.*

Die Antwort bestand aus Schweigen, und eine Spur Furcht vermengte sich mit Hass, Entschlossenheit und Zögern. Er hatte schon zuvor Furcht von Wölfen gespürt – vor allem fürchteten sie seines Wissens nach Waldbrände –, aber das hier war die Art von Furcht, die einem Mann eine Gänsehaut verschaffte, die ihn zittern und vor unsichtbaren Dingen zusammenzucken ließ. Durchtränkt von einem Schuss Entschlossenheit weiterzumachen, ganz egal, was passierte, reichte es an Entsetzen heran. Wölfe kannten diese Art Schrecken nicht. Aber dieses Rudel schon.

Einer nach dem anderen zogen sie sich aus seinem Bewusstsein zurück, eine willentliche Handlung, die ihn ausschloss, bis nur noch Blattjägerin da war. *Die Letzte Jagd naht,* sagte sie schließlich, und dann war auch sie verschwunden.

Habe ich euch beleidigt?, übersandte er ihnen. *Wenn ja, dann aus Unwissenheit.* Aber es kam keine Erwiderung. Zumindest diese Wölfe würden in der nächsten Zeit nicht mehr mit ihm sprechen.

Die Letzte Jagd naht. So nannten die Wölfe die Letzte Schlacht. Tarmon Gai'don. Sie wußten, dass sie dabei sein würden, bei der letzten Konfrontation zwischen dem Licht und dem Schatten, obwohl sie den Grund dafür nicht erklären konnten. Manche Dinge waren vom Schicksal bestimmt, so sicher wie der Lauf der Gestirne, und es war vom Schicksal vorherbestimmt, dass viele Wölfe in der Letzten Schlacht sterben würden. Sie fürchteten etwas anderes. Perrin hatte das starke Gefühl, dass auch er dort sein musste, zumindest dort sein sollte, aber wenn die Letzte Schlacht bald kam, würde das nicht passieren. Er hatte eine Aufgabe zu erfüllen, vor der er sich nicht drücken konnte – und es auch nicht würde! Nicht einmal für Tarmon Gai'don.

Er verdrängte namenlose Ängste und die Letzte

Schlacht aus seinen Gedanken, zog seine Panzerhandschuhe aus und tastete in der Manteltasche nach dem Stück Lederschnur, das er dort verwahrte. In einem morgendlichen Ritual banden seine Finger mechanisch einen weiteren Knoten und tasteten dann die Schnur ab. Er zählte zweiundzwanzig Knoten. Zweiundzwanzig Morgen, seitdem Faile entführt worden war.

Anfangs hatte er nicht geglaubt, dass Zählen überhaupt nötig sein würde. Am ersten Tag war er überzeugt gewesen, zwar kalt und wie betäubt, aber konzentriert zu sein, doch im Rückblick sah er ein, dass er von zügelloser Wut und dem verzehrenden Verlangen überwältigt gewesen war, die Shaido so schnell wie möglich zu finden. Unter den Aiel, die Faile geraubt hatten, hatten sich auch Männer aus anderen Clans befunden, doch den Spuren zufolge waren die meisten Shaido gewesen, und das waren sie für ihn, wenn er an sie dachte. Das Verlangen, ihnen Faile zu entreißen, bevor sie ihr etwas antun konnten, hatte ihm die Kehle zugeschnürt, bis er beinahe keine Luft mehr bekam. Natürlich würde er die anderen Frauen retten, die man zusammen mit ihr gefangen genommen hatte, aber manchmal musste er ihre Namen im Kopf auflisten, um sich zu vergewissern, dass er sie nicht völlig vergessen hatte. Alliandre Maritha Kigarin, Königin von Ghealdan und seine Lehnsfrau. Es erschien noch immer seltsam, dass jemand auf seine Person einen Lehnseid geschworen hatte, vor allem eine Königin – er war Schmied! Jedenfalls war er einstmals Schmied gewesen –, aber er trug Alliandre gegenüber eine Verantwortung, und ohne ihn wäre sie nie in Gefahr geraten. Bain von den Schwarzfelsen Sharaad und Chiad von den Steinfluß Goshien, beide Aiel und Töchter des Speers, die Faile nach Ghealdan und Amadicia gefolgt waren. Auch sie hatten in den Zwei Flüssen Trollocs gegenübergestanden, als Perrin jede Hand gebraucht hatte, die eine Waffe halten konnte, und damit hatten sie sich das Recht verdient, sich auf ihn verlassen zu können. Arrela Shiego und Lacile Aldorwin, zwei dumme junge Frauen, die glaubten, sie könnten lernen, Aiel zu werden oder zumindest eine seltsame Version der Aiel. Sie hatten einen Eid auf Faile geschworen, genau wie Maighdin Dorlain, eine mittellose Flüchtlingsfrau, die Faile als Dienerin unter ihre Fittiche genommen hatte. Er konnte Failes Leute nicht im Stich lassen. Faile ni Bashere t'Aybara.

Seine Frau, der Atem seines Lebens. Mit einem Aufstöhnen packte er die Schnur so fest, dass sich die Knoten schmerzhaft in eine Hand gruben, die vom langen Schwingen eines Hammers am Schmiedefeuer gehärtet worden war. Beim Licht, zweiundzwanzig Tage!

Mit Eisen zu arbeiten hatte ihn gelehrt, dass Hast Metall ruinieren konnte, aber am Anfang war er hastig gewesen. Zuerst nach Süden durch von den beiden Asha'man Grady und Neald geschaffene Wegetore zu der Stelle, an der man kaum sichtbare Spuren der Shaido gefunden hatte, dann, sobald die Asha'man wieder Wegetore erschaffen konnten, wieder ein Sprung nach Süden, jene Richtung, in die die Spuren zeigten. Voller Wut über jede Stunde der Erholung, die die beiden brauchten, weil sie das erste Wegetor erschaffen und lange genug offengehalten hatten, damit jeder hindurchschreiten konnte. Besessen von dem Gedanken, Faile um jeden Preis befreien zu müssen. Gefunden hatte er nur Tage wachsenden Schmerzes, in denen sich die Kundschafter immer weiter in eine unbesiedelte Wildnis ausbreiteten, ohne auch nur das geringste Anzeichen zu finden, dass jemand diesen Weg zuvor benutzt hatte – bis ihm klar geworden war, dass er seinen Weg zurückverfolgen musste, und er noch mehr Tage damit verschwendete, Gelände zu durchqueren, über das die Asha'man ihn mit einem Schritt hätten befördern können, nur um nach einem Hinweis zu suchen, wo die Shaido abgebogen waren.

Er hätte wissen müssen, dass sie abbiegen würden. Die südliche Richtung brachte sie den wärmeren Ländern entgegen, wo es keinen Schnee gab, der den Aiel so fremd erschien, aber sie brachte sie auch näher an die Seanchaner in Ebou Dar heran. Er wusste über die Seanchaner Bescheid, und er hätte damit rechnen müssen, dass die Shaido von ihnen erfuhren! Sie waren auf Plünderung aus, nicht auf einen Kampf mit Seanchanern und *Damane.* Tage des langsamen Marsches, in denen die Kundschafter an der Spitze ausschwärmten, Tage, an denen der fallende Schnee selbst den Aiel die Sicht raubte und sie alle zum Anhalten zwang, bis Jondyn Barran schließlich einen von einem Wagen gestreiften Baum fand und Elyas einen zerbrochenen Aiel-Speerschaft aus dem Schnee ausgrub. Schließlich war Perrin nach Osten abgebogen, höchstens zwei Tage südlich von der Stelle, an der er das erste Mal mit einem Wegetor Gereist war. Als ihm das klar geworden war, hätte er am liebsten laut aufgeheult, aber er hielt sich eisern unter Kontrolle. Er konnte nicht nachgeben, nicht mal einen Daumenbreit, nicht wenn Faile sich auf ihn verließ. Das war der Augenblick, in dem er sich seine Wut zunutze machte, sie zu schmieden begann.

Ihre Entführer hatten einen gewaltigen Vorsprung erzielt, weil er zu hastig gewesen war, aber seitdem war er so überlegt wie in einer Schmiede vorgegangen. Seine Wut war auf ein Ziel hin gehärtet und geschmiedet worden. Seit er die Spur der Shaido wiedergefunden hatte, war er in einem Sprung nicht weiter Gereist, als die Kundschafter zwischen Sonnenauf- und Untergang zurücklegen konnten, und seine Vorsicht hatte sich ausgezahlt, denn die Shaido hatten plötzlich mehrmals die Richtung gewechselt, waren im Zickzack gegangen, so als könnten sie sich nicht auf ein Ziel einigen. Oder vielleicht hatten sie gedreht, um sich mit anderen ihrer Art zu vereinen. Er konnte sich nur nach alten Spuren richten, alten Lagerstätten, die der Schnee begraben hatte, doch alle Kundschafter hatten übereinstimmend bestätigt, dass die Zahl der Shaido angewachsen war. Es mussten mindestens zwei oder drei Septimen sein, vielleicht auch mehr, ein formidables Wild, das hier zu jagen war. Doch langsam, aber sicher hatte er angefangen, sie zu überholen. Nur darauf kam es an.

Bedachte man die Zahl der Shaido und den Schnee, legten sie auf ihrem Marsch eine größere Strecke zurück, als er für möglich gehalten hätte, aber es schien ihnen gleichgültig zu sein, ob sie jemand verfolgte. Vielleicht glaubten sie ja, es würde keiner wagen. Manchmal hatten sie mehrere Tage an einem Ort kampiert. Wut, die zu einem Ziel geschmiedet worden war. Zerstörte Dörfer und kleine Städte und Höfe säumten den Pfad der Shaido, als wären sie menschliche Heuschrecken, Lagerhäuser und Wertsachen waren geplündert, Männer und Frauen zusammen mit dem Vieh verschleppt worden. Oft war niemand mehr bei seinem Eintreffen vorzufinden, nur verlassene Häuser; die Menschen suchten anderswo nach Nahrung, um bis zum Frühling überleben zu können. Er hatte den Eldar an einer Stelle nach Altara überquert, an der eine kleine Fähre, die von Tagelöhnern und hiesigen Bauern, aber nicht von Kaufleuten benutzt worden war, zwischen zwei Dörfern an den bewaldeten Flussufern verkehrte. Wie die Shaido den Übergang vollbracht hatten, vermochte er nicht zu sagen, aber er hatte die Asha'man Wegetore errichten lassen. Von der Fähre waren nur noch die steinernen Fundamente der Anlegestellen an den Ufern übrig, und die wenigen Gebäude, die nicht niedergebrannt worden waren, lagen verlassen da bis auf ein paar verwilderte Hunde, deren

Rippen hervortraten und die beim Anblick der Menschen geduckt davonschlichen. Wut, die zu einem Hammer geformt wurde.

Am gestrigen Morgen war er zu einem winzigen Dorf gekommen, in dem zwei Handvoll verblüffter Leute mit schmutzigen Gesichtern die Hunderte von Lanzenreitern und Bogenschützen angestarrt hatten, die beim ersten Tageslicht unter dem Roten Adler von Manetheren und dem scharlachroten Wolfskopf, den Silbernen Sternen von Ghealdan und dem Goldenen Falken von Mayene aus dem Wald geritten kamen, gefolgt von einer langen Reihe Wagen mit hohen Rädern und Scharen von Ersatzpferden. Beim ersten Blick auf Gaul und die anderen Aiel überwanden die Leute ihre Lähmung und rannten voller Entsetzen auf die Bäume zu. Ein paar zu fangen, um Auskünfte zu erhalten, war schwierig gewesen; sie hätten sich lieber zu Tode gerannt als einen Aiel in ihre Nähe kommen zu lassen. Brytan hatte nur aus einem Dutzend Familien bestanden, aber die Shaido hatten neun junge Männer und Frauen mitgenommen, und das gesamte Vieh, und zwar erst vor zwei Tagen. Zwei Tage. Ein Hammer war ein Werkzeug, das einem Zweck diente und ein Ziel hatte.

Er wusste, dass er vorsichtig sein musste, sonst würde er Faile für immer verlieren, aber durch zu große Vorsicht konnte er sie ebenfalls verlieren. Gestern am frühen Vormittag hatte er den Kundschaftern befohlen, weiter vorzustoßen als zuvor und erst nach einem vollen Sonnendurchlauf zurückzukehren, es sei denn natürlich, sie fanden die Shaido früher. Gleich würde die Sonne aufgehen, und höchstens ein paar Stunden später würden Elyas und Gaul und die anderen zurückkehren, die Töchter und die Männer von den Zwei Flüssen, von denen er wusste, dass sie einen Schatten über einen Strom verfolgen konnten. So schnell die Shaido auch reisten, die Kundschafter kamen schneller voran. Sie wurden nicht von Familien und Wagen und Gefangenen behindert. Diesmal würden sie ihm genau sagen können, wo die Shaido waren. Sie würden es tun. Er konnte es in seinen Knochen spüren. Die Überzeugung floss in seinen Adern. Er würde Faile finden und sie befreien. Das kam vor allem anderen, sogar dem Leben selbst, wenn er nur lange genug lebte, um das zu erreichen, aber er war jetzt ein Hammer, und falls es eine Möglichkeit gab, sein Ziel zu erreichen, hatte er vor, diese Shaido zu zermalmen.

Perrin warf die Decken zur Seite, zog die Handschuhe wieder an, hob die Axt auf, eine halbmondförmige Klinge mit einem schweren Dorn, rollte sich ins Freie und stand auf. Überall um ihn herum standen Karren in Reihen auf dem, was einst Brytans Felder gewesen waren. Die Ankunft von noch mehr Fremden mit ihren ausländischen Bannern, so vielen und dann auch noch bewaffnet, war mehr gewesen, als die Überlebenden des kleinen Dorfes ertragen konnten. Sobald Perrin sie hatte gehen lassen, war der traurige Rest in den Wald geflohen; ihre Habseligkeiten schleppten sie auf dem Rücken oder auf Schlitten mit. Sie waren so schnell gelaufen, als wäre Perrin ein weiterer Shaido, und hatten sich aus Furcht, er könnte ihnen folgen, nicht einmal umgedreht.

Als er den Axtschaft durch die dicke Schlaufe an seinem Gürtel schob, wurde ein tiefer Schatten neben einem Karren größer und verwandelte sich in einen Mann, dessen Umhang in der Dunkelheit schwarz erschien. Perrin war nicht überrascht; die nahegelegenen Halteseile der Pferde erfüllten die Luft mit dem Geruch mehrerer Tausend Tiere, Reitpferde und Ersatzpferde und Zugpferde, ganz zu schweigen von dem süßlichen Gestank von Pferdemist, dennoch hatte er den Geruch des anderen beim Aufwachen gerochen. Menschengeruch ragte immer hervor. Außerdem war Aram immer da, wenn Perrin aufwachte, und wartete. Die verblassende Mondsichel tief am Himmel sorgte noch immer für genug Licht, damit er das Gesicht des anderen Mannes und den mit einem Messingknauf versehenen Schwertgriff über seiner Schulter ausmachen konnte, wenn auch nicht gut. Aram war einst Kesselflicker gewesen, aber Perrin konnte sich nicht vorstellen, dass er jemals wieder dieser Beschäftigung nachgehen würde, selbst wenn er einen hellgestreiften Kesselflickermantel trug. Von Aram ging jetzt eine mürrische Härte aus, die Mondschatten nicht verbergen konnten. Er stand da, als wäre er bereit, das Schwert zu ziehen, und seit Failes Entführung schien Zorn ein beständiger Teil seines Geruchs zu sein. Failes Entführung hatte viel verändert. Aber Perrin verstand Wut. Das hatte er vor Failes Entführung nicht getan, jedenfalls nicht richtig.

»Sie wollen Euch sehen, Lord Perrin«, sagte Aram und deutete ruckartig mit dem Kopf auf zwei schattenhafte Gestalten, die ein Stück weiter entfernt zwischen den Karrenreihen standen. In der kalten Luft verwandelten sich die Worte in dünnen Nebel. »Ich habe ihnen gesagt, sie sollen Euch schlafen lassen.« Das war ein Fehler, den Aram hatte, er passte ungebeten zu viel auf ihn auf.

Perrin schmeckte die Luft und trennte die Gerüche der beiden Schatten von den maskierenden Gerüchen der Pferde. »Ich spreche jetzt mit ihnen. Lasst Traber für mich bereit machen, Aram.« Er versuchte immer im Sattel zu sein, bevor der Rest des Lagers aufwachte. Das lag zum Teil daran, dass es ihm unmöglich erschien, längere Zeit irgendwo untätig herumzustehen. Untätiges Herumstehen würde die Shaido nicht einholen. Zum Teil wollte er aber auch die Gesellschaft von anderen meiden. Er wäre mit den Kundschaftern ausgeritten, wären die Männer und Frauen, die diese Arbeit machten, darin nicht so viel besser als er gewesen.

»Ja, mein Lord.« Aram roch nach Schroffheit, als er über den Schnee stapfte, aber Perrin bemerkte es kaum. Nur etwas Wichtiges konnte Sebban Balwer veranlasst haben, sich in der Dunkelheit aus seinen Decken zu schälen, und was Selande Darengil anging …

Balwer erschien in seinem dicken Mantel schmächtig, sein verkniffenes Gesicht wurde fast vollständig von der tiefen Kapuze verborgen. Hätte er sich gerade hingestellt statt so gekrümmt, hätte er die Frau aus Cairhien noch immer fast eine Handlänge überragt, die nicht groß war. Mit um den Leib geschlungenen Armen hüpfte er von einem Fuß auf den anderen und versuchte der Kälte zu entgehen, die durch seine Stiefelsohlen dringen musste. Selande in ihrem dunklen Männermantel und den Hosen gab sich trotz des weißen Dampfs bei jedem Atemzug recht viel Mühe, die Kälte zu ignorieren. Sie zitterte, schaffte es aber, still dazustehen; die eine Seite ihres Umhangs war zurückgeworfen, und eine behandschuhte Hand ruhte auf dem Schwertgriff. Auch ihre Kapuze war zurückgeschlagen und enthüllte Haar, das bis auf den im Nacken mit einem dunklen Band zusammengebundenen Pferdeschwanz kurz geschnitten war. Selande war die Anführerin dieser Narren, die Aiel imitieren wollten, Aiel mit Schwertern. Ihr Geruch war weich und dick, wie Gelee. Sie machte sich Sorgen. Balwer roch … angespannt, aber das tat er fast immer, obwohl seine Anspannung niemals Leidenschaft aufwies, sondern nur Konzentration.

Der schmächtige kleine Mann hörte auf zu hüpfen und machte eine steife, schnelle Verbeugung. »Lady Selande hat Neuigkeiten, die Ihr, wie ich finde, von ihr selbst hören solltet, mein Lord.« Balwers dünne

Stimme war trocken und präzise, genau wie ihr Besitzer. Sollte sein Kopf einmal auf einem Richtblock liegen, würde er sich genauso anhören. »Meine Lady, wenn ihr so nett wäret?« Er war bloß Sekretär – Failes und Perrins Sekretär –, größtenteils ein übertrieben penibler, zurückhaltender Bursche, und Selande war eine Adlige, aber Balwer ließ es nicht unbedingt wie eine Bitte klingen.

Sie warf ihm einen scharfen Seitenblick zu und rückte das Schwert zurecht. Perrin hielt sich bereit, nach ihr zu greifen. Er glaubte eigentlich nicht, dass sie tatsächlich die Klinge ziehen und auf den Mann richten würde, aber andererseits kannte er sie und ihre lächerlichen Freunde nicht gut genug, um es auszuschließen. Balwer beobachtete sie bloß mit schräg gelegtem Kopf, und sein Geruch trug lediglich Ungeduld heran und keine Sorge.

Selande warf den Kopf zurück und richtete ihre Aufmerksamkeit wieder auf Perrin. »Ich grüße Euch, Lord Perrin Goldauge«, begann sie mit dem scharfen Akzent Cairhiens, aber da ihr klar war, dass er nur wenig Geduld für ihre vorgebliche Aiel-Förmlichkeit hatte, legte sie an Tempo zu. »Ich habe in dieser Nacht drei Dinge erfahren. Zuerst die am wenigsten wichtige Sache. Haviar berichtet, dass Masema gestern einen weiteren Reiter zurück nach Amadicia geschickt hat. Nerion hat versucht, ihn zu verfolgen, ihn aber aus den Augen verloren.«

»Sagt Nerion, ich habe befohlen, dass er niemandem folgen soll«, sagte Perrin schroff. »Und Haviar könnt Ihr das Gleiche sagen. Sie sollten das wissen! Sie sollen aufpassen, zuhören und berichten, was sie sehen und hören, mehr nicht! Habt Ihr mich verstanden?« Selande nickte schnell, und einen Augenblick lang stahl sich dornige Furcht in ihren Duft. Furcht vor ihm, vermutete Perrin, die Angst, dass er auf sie wütend war.

Gelbe Augen bei einem Mann machten manche Leute nervös. Er ließ die Axt los und verschränkte die Hände hinter dem Rücken.

Haviar und Nerion gehörten ebenfalls zu Failes zwei Dutzend jungen Narren, der eine war Tairener, der andere aus Cairhien. Faile hatte sie als Augen-und-Ohren benutzt, eine Tatsache, die ihn aus irgendeinem Grund noch immer ärgerte, obwohl sie ihm ins Gesicht gesagt hatte, dass Spionieren die Aufgabe einer Ehefrau war. Ein Mann musste genau zuhören, wenn er glaubte, dass seine Frau scherzte; möglicherweise war es ihr nämlich ernst. Das ganze Konzept des Spionierens bereitete ihm Unbehagen, aber wenn Faile sie so benutzen konnte, dann konnte es ihr Mann erst recht, wenn die Notwendigkeit bestand. Aber nur die beiden. Masema schien davon überzeugt zu sein, dass abgesehen von Schattenfreunden jedermann vom Schicksal dazu bestimmt war, ihm früher oder später zu folgen, aber er konnte misstrauisch werden, wenn zu viele Perrins Lager verließen und sich ihm anschlossen.

»Nennt ihn nicht Masema, nicht einmal hier«, fügte er brüsk hinzu. In letzter Zeit behauptete der Mann, Masema Dagar sei tatsächlich gestorben und als Prophet des Wiedergeborenen Drachen aus dem Grabe auferstanden, und er war empfindlicher als je zuvor, was die Erwähnung seines früheren Namens anging. »Geht am falschen Ort sorglos mit Eurer Zunge um, und Ihr könnt Euch glücklich schätzen, wenn er Euch das nächste Mal, wenn seine Schläger Euch allein erwischen, nur von ihnen auspeitschen lässt.« Selande nickte wieder ernst, und diesmal ohne Angstgeruch. Beim Licht, Failes Narren hatten nicht einmal genug Verstand, um zu erkennen, wovor sie sich fürchten sollten.

»Der Morgen dämmert bereits«, murmelte Balwer und zog den Umhang enger. »Alle werden gleich erwachen, und einige Dinge bespricht man am besten ungesehen. Wenn die Lady fortfahren würde?« Wieder war es mehr als ein Vorschlag. Selande und der Rest von Failes Narrenbande hatten bis jetzt nur Ärger gemacht, das war jedenfalls Perrins Meinung, und Balwer schien aus irgendeinem Grund zu versuchen, sie zu provozieren, aber sie zuckte bloß verlegen zusammen und murmelte eine Entschuldigung.

Die Dunkelheit nahm tatsächlich ab, jedenfalls für Perrins Augen. Der Himmel über ihnen sah noch immer schwarz und mit hellen Sternen bestäubt aus, aber er konnte schon die Farben von sechs der schmalen Streifen ausmachen, die sich auf der Vorderseite von Selandes Mantel kreuzten. Zumindest konnte er einen von dem anderen unterscheiden. Die Erkenntnis, dass er länger geschlafen hatte als gewöhnlich, ließ ihn ein Knurren ausstoßen. Er konnte es sich nicht leisten, der Erschöpfung nachzugeben, ganz egal, wie müde er auch war! Er musste Selandes Bericht hören – sie würde sich keine Sorgen machen, nur weil Masema Reiter losschickte; das machte der Mann fast jeden Tag –, und doch hielt er nervös nach Aram und Traber Ausschau. Seine Ohren nahmen die Laute von Aktivitäten bei den Pferdeseilen wahr, aber noch war von seinem Pferd keine Spur zu entdecken.

»Die zweite Sache besteht darin, mein Lord«, fuhr Selande fort, »dass Haviar Fässer mit gesalzenem Fisch und gepökeltem Rindfleisch gesehen hat, die altaranische Markierungen tragen, und zwar viele davon. Er sagt auch, dass sich unter Ma… unter den Leuten des Propheten Altaraner befinden. Einige scheinen Handwerker zu sein, und einer oder zwei könnten Kaufleute oder städtische Amtsträger sein. Auf jeden Fall angesehene Männer und Frauen, anständige Leute, und einige scheinen sich nicht sicher zu sein, ob sie die richtige Entscheidung getroffen haben. Ein paar Fragen könnten enthüllen, wo der Fisch und das Fleisch hergekommen sind. Und vielleicht weitere Augen-und-Ohren für Euch gewinnen.«

»Ich weiß, wo der Fisch und das Fleisch herkommen, und Ihr wisst es auch«, sagte Perrin gereizt. Hinter seinem Rücken ballten sich die Hände zu Fäusten. Er hatte gehofft, dass die Schnelligkeit seines Marsches Masema davon abhalten würde, Plünderer auszuschicken. Das war es, was sie waren, und genauso schlimm wie die Shaido, wenn nicht sogar noch schlimmer. Sie gaben den Leuten eine Chance, einen Treueid auf den Wiedergeborenen Drachen zu schwören, und jene, die sich weigerten, starben durch Feuer und Stahl – manchmal auch jene, die einfach nur zu lange zögerten. Ob jene, die den Eid abgelegt hatten, sich nun Masema auf seinem Marsch anschlossen oder nicht, man erwartete von ihnen, dass sie der Sache des Propheten eine großzügige Spende zukommen ließen, während jene, die starben, offensichtlich Schattenfreunde waren, deren Besitz man konfiszierte. Masemas Gesetzen zufolge verloren Diebe eine Hand, aber das, was seine Plünderer da taten, war seiner Meinung nach kein Diebstahl. Seinen Gesetzen zufolge verdienten Mord und eine ganze Reihe anderer Verbrechen den Strang, aber eine große Anzahl seiner Anhänger schienen lieber töten zu wollen, als neue Eide zu erzwingen. So gab es mehr Beute, und für einige von ihnen war Mord ein hübsches Spiel, mit dem man sich vor dem Essen die Zeit vertreiben konnte.

»Sagt ihnen, sie sollen sich von diesen Altaranern fernhalten«, fuhr Perrin fort. »Alle möglichen Leute schließen sich Masema an, und selbst wenn sie Bedenken haben, wird es nicht lange dauern, bis sie wie der Rest nach Hingabe stinken. Dann würden sie nicht zögern, einem Nachbarn den Bauch aufzuschlitzen, ganz zu schweigen von jemandem, der die falschen Fragen stellt. Ich will wissen, was Masema vorhat.«

Dass der Mann einen Plan verfolgte, erschien offensichtlich. Masema behauptete, es sei Blasphemie, wenn jemand außer Rand die Eine Macht berührte, und gab vor, nichts mehr zu wollen als sich im Osten Rand anzuschließen. Wie immer ließ der Gedanke an Rand in Perrins Kopf Farben umherwirbeln, diesmal viel deutlicher als gewöhnlich, aber der Zorn zerstäubte sie. Blasphemie oder nicht, Masema akzeptierte das Schnelle Reisen, bei dem nicht nur die Macht gelenkt wurde, sondern das auch noch von Männern. Und was er auch behauptete, er hatte es getan, um so lange wie möglich im Westen bleiben zu können, nicht um bei Failes Rettung zu helfen. Perrin neigte dazu, Menschen zu vertrauen, bis sie sich als unzuverlässig erwiesen, aber ein Hauch von Masemas Geruch hatte ihm verraten, dass der Kerl so verrückt wie ein tollwütiges Tier war und bedeutend weniger vertrauenswürdig.

Er hatte über Möglichkeiten nachgedacht, diesen Plan zu verhindern und Masemas Töten und Brandschatzen ein Ende zu bereiten. Masema hatte zehn- oder zwölftausend Mann bei sich, vielleicht sogar mehr – er behielt die Zahl für sich, und die Art, wie sie sich überall ausbreiteten, wenn sie lagerten, verhinderte jede Zählung –, während Perrin weniger als ein Viertel davon zur Verfügung stand, und davon waren mehrere Hundert Fuhrleute und Pferdeknechte und andere, die bei einem Kampf mehr Behinderung als Hilfe sein würden, doch mit den drei Aes Sedai, den beiden Asha'man und nicht zu vergessen den sechs Weisen Frauen der Aiel konnte er Masema in Schach halten. Die Weisen Frauen und zwei der Aes Sedai würden ihm bereitwillig helfen. Sogar mehr als bereitwillig. Sie wollten Masema tot sehen. Aber die Auflösung von Masemas Heer würde es nur in Hunderte von kleinen Gruppen zersplittern, die sich in ganz Altara und den umliegenden Gebieten ausbreiten und weiter töten und plündern würden, nur auf eigene Rechnung statt im Namen des Wiedergeborenen Drachen. *Die Zerschlagung der Shaido wird das gleiche Ergebnis haben*, dachte er und verdrängte den Gedanken. Masema aufzuhalten würde Zeit erfordern, die er nicht hatte. Der Mann würde warten müssen, bis Faile in Sicherheit war. Bis die Shaido zu Kleinholz verarbeitet waren.

»Was ist die dritte Sache, die Ihr heute Nacht erfahren habt, Selande?«, fragte er grob. Zu seiner Überraschung verstärkte sich die Sorge, die von der Frau ausging.

»Haviar hat jemanden gesehen«, sagte sie zögernd. »Er hat es mir zuerst gar nicht gesagt.« Einen Augenblick lang verhärtete sich ihre Stimme. »Ich habe dafür gesorgt, dass sich das nicht wiederholen wird!« Sie holte tief Luft, schien mit sich zu kämpfen und platzte dann heraus: »Masuri Sedai hat Masema … den Propheten besucht. Es ist wahr, mein Lord; glaubt mir! Haviar hat sie mehr als einmal gesehen. Sie schleicht mit hochgeschlagener Kapuze in sein Lager und verlässt es auch auf die gleiche Art, aber er hat zweimal einen guten Blick auf ihr Gesicht werfen können. Sie wird jedes Mal von einem Mann begleitet, und manchmal auch von einer anderen Frau. Haviar hat den Mann nicht gut genug sehen können, um sicher zu sein, aber die Beschreibung passt auf Rovair, Masuris Behüter, und Haviar ist davon überzeugt, dass die zweite Frau Annoura Sedai ist.«

Sie verstummte abrupt, ihre Augen funkelten dunkel im Mondlicht, während sie ihn beobachtete. Beim Licht, sie war genauso wegen seiner Reaktion besorgt wie über das, was diese Nachricht bedeutete! Er zwang seine Fäuste dazu, sich zu entspannen. Masema verabscheute Aes Sedai so sehr wie Schattenfreunde; fast betrachtete er sie als Schattenfreunde. Also warum sollte er zwei Schwestern empfangen? Warum sollten sie ihn besuchen? Annouras Meinung über Masema lag hinter Geheimnistuerei und zweideutigen Kommentaren verborgen, die alles bedeuten konnten, aber Masuri hatte geradeheraus gesagt, dass man den Mann wie einen tollen Hund erschlagen müsste.

»Sorgt dafür, dass Haviar und Nerion die Schwestern im Auge behalten, vielleicht können sie ja eines ihrer Treffen mit Masema belauschen.« Konnte sich Haviar geirrt haben? Nein, es gab nur wenige Frauen in Masemas Lager, relativ gesprochen, und es war kaum vorstellbar, dass der Tairener eine dieser ungewaschenen, verrückten Schreckschrauben mit Masuri verwechseln konnte. Jene Frauen, die bereit waren, Masemas Heer zu begleiten, ließen die Männer für gewöhnlich wie Kesselflicker aussehen. »Aber sagt ihnen, sie sollen vorsichtig sein. Es ist besser, wenn sie eine Gelegenheit verstreichen lassen, als dabei ertappt zu werden. An einem Baum aufgeknüpft nutzen sie niemandem.« Perrin wusste, dass er grob klang, und versuchte seine Stimme zu mäßigen. Seit Failes Entführung schien das schwieriger geworden zu sein. »Das war gute Arbeit, Selande.« Wenigstens klang er nicht so, als würde er sie anbrüllen. »Von Euch und Haviar und Nerion. Faile wäre stolz auf Euch, wenn sie es wüsste.«

Ein Lächeln erhellte ihr Gesicht, und sie stand etwas aufrechter da, falls das überhaupt möglich war. Reiner Stolz, der Stolz einer vollbrachten Leistung, überwältigte beinahe jeden anderen Geruch, der von ihr ausging! »Danke, mein Lord. Danke!« Man hätte glauben können, er hätte ihr einen Preis überreicht. Vielleicht hatte er das sogar, wenn man es näher bedachte. Obwohl – wenn man darüber nachdachte, konnte es durchaus sein, dass Faile nicht besonders darüber erfreut sein würde, dass er ihre Augen-und-Ohren benutzte oder überhaupt von ihnen wusste. Früher hätte der Gedanke an eine verärgerte Faile ihm Unbehagen bereitet, aber das war gewesen, bevor er von ihren Spionen erfahren hatte. Und diese kleine Sache mit der Zerbrochenen Krone, die Elyas versehentlich herausgerutscht war. Alle behaupteten immer, Ehefrauen würden ihre Geheimnisse für sich behalten, aber es gab Grenzen!

Balwer richtete mit einer Hand seinen Umhang auf den schmalen Schultern und hustete in die andere hinein. »Gut gesagt, mein Lord. Sehr gut gesagt. Meine Lady, Ihr wollt gewiss Lord Perrins Anweisungen so schnell wie möglich weitergeben. Es wäre nicht gut, wenn es da Missverständnisse gäbe.«

Selande nickte, ohne den Blick von Perrin zu wenden. Ihr Mund öffnete sich, und Perrin war davon überzeugt, dass sie ihrer Hoffnung Ausdruck verleihen wollte, dass er Wasser und Schatten fand. Beim Licht, Wasser war das eine, was sie im Überfluss hatten. Selbst wenn es hauptsächlich gefroren war, und zu dieser Jahreszeit brauchte man nicht einmal am Mittag Schatten! Vermutlich hatte sie es vorgehabt, denn sie zögerte, bevor sie schließlich sagte: »Die Gnade sei Euch gewogen, mein Lord. Wenn ich so offen sein darf, die Gnade ist Lady Faile gewogen gewesen, da sie Euch gefunden hat.«

Perrin nickte ruckartig zum Dank. In seinem Mund lag der Geschmack von Asche. Die Gnade hatte eine merkwürdige Art gehabt, Faile gewogen zu sein, indem sie ihr einen Gemahl beschert hatte, der sie nach zwei Wochen der Suche noch immer nicht gefunden hatte. Die Töchter hatten behauptet, dass man sie zur *Gai'schain* gemacht hatte und sie nicht schlecht behandeln würde, aber sie hatten auch zugeben müssen, dass diese Shaido ihre Bräuche bereits auf hundert verschiedene Arten gebrochen hatten. Seiner Meinung nach reichte Entführung aus, um als schlechte Behandlung zu gelten. Bittere Asche.

»Die Lady wird ihre Sache gut machen, mein Lord«, sagte Balwer leise und sah zu, wie Selande zwischen den Wagen in der Dunkelheit verschwand. Seine Zustimmung war eine Überraschung; er hatte versucht, Perrin den Einsatz von Selande und ihren Freunden auszureden, weil sie hitzköpfig und unzuverlässig waren. »Sie hat die nötigen Instinkte. Das haben Cairhiener für gewöhnlich, und Tairener bis zu einem gewissen Grade auch, zumindest die Adligen, vor allem, sobald ...« Er verstummte abrupt und musterte Perrin vorsichtig. Bei jedem anderen Mann wäre Perrin zu dem Schluss gekommen, dass er mehr als beabsichtigt gesagt hatte, aber er bezweifelte, dass Balwer sich auf diese Art versprach. Der Geruch des Mannes veränderte sich nicht, schwankte nicht auf die Weise, wie er es bei einem unsicheren Mann tun würde. »Darf ich auf einen oder zwei Punkte ihres Berichts näher eingehen, mein Lord?«

Das Knirschen von Hufen im Schnee verkündete Arams Näherkommen, der Perrins Hengst und seinen grauen Wallach brachte. Die beiden Tiere versuchten, nacheinander zu schnappen, und Aram hielt sie auseinander, wenn auch mit einiger Mühe. Balwer seufzte.

»Ihr könnt vor Aram sprechen, Meister Balwer«, sagte Perrin. Der kleine Mann neigte zustimmend den Kopf, aber er seufzte erneut. Im Lager wusste jeder, dass Balwer die Fähigkeit hatte, Gerüchte, zufällig aufgeschnappte Kommentare und Beobachtungen zu einem Bild dessen zusammenzusetzen, was wirklich passiert war oder möglicherweise geschehen würde, und Balwer selbst betrachtete das als Teil seiner Aufgabe als Sekretär, aber aus irgendeinem Grund tat er gern so, als würde das nicht stimmen. Es war eine harmlose Marotte, und Perrin ließ sie ihm durchgehen.

Er nahm von Aram Trabers Zügel entgegen und sagte: »Geht ein paar Schritte hinter uns, Aram. Ich muss allein mit Meister Balwer sprechen.« Balwers Seufzer war so leise, dass Perrin ihn kaum hörte.

Aram blieb wortlos hinter ihnen zurück, als sie sich in Bewegung setzten und der Schnee unter ihren Füßen knirschte, aber er roch wieder mürrisch und bebend; es war ein dünner, saurer Geruch. Diesmal nahm Perrin ihn wahr, aber er schenkte ihm nicht mehr Aufmerksamkeit als gewöhnlich. Aram war auf jeden eifersüchtig, der Zeit mit ihm verbrachte, Faile einmal ausgenommen. Perrin sah keine Möglichkeit, wie er das beenden sollte, außerdem war er genauso an Arams Besitzgier gewöhnt wie an die Weise, auf die Balwer neben ihm herhüpfte und über die Schulter blickte, um zu sehen, ob Aram nahe genug war, um etwas mitzubekommen, als er schließlich sprach. Balwers rasiermesserscharfer Geruch nach Misstrauen, der selten trocken und nicht einmal warm war, aber dennoch Misstrauen ausdrückte, sorgte für ein Gegengewicht zu Arams Eifersucht. Man konnte Männer nicht ändern, die sich nicht ändern wollten.

Die Halteseile der Pferde und Proviantwagen waren in der Mitte des Lagers, wo Diebe nur schwer an sie herankommen würden, und obwohl der Himmel für die meisten Augen noch immer schwarz war, waren die Kutscher und Pferdeknechte, die in der Nähe ihrer Schützlinge schliefen, bereits wach und falteten ihre Decken zusammen; ein paar von ihnen kümmerten sich um aus Kiefernästen und kleinen Baumstämmen gefertigte Unterstände, nur für den Fall, dass man sie noch eine Nacht länger brauchte. Lagerfeuer wurden entzündet und kleine schwarze Kessel darüber aufgehängt, obwohl es außer Haferbrei und getrockneten Bohnen kaum etwas zu essen gab. Jagen und Fallenstellen fügte etwas Fleisch hinzu, Wild und Hasen,

Rebhühner und Fasane und dergleichen, aber bei so vielen Mündern, die gefüttert werden mussten, reichte das nicht lange aus, und schon vor der Überquerung des Eldar hatten sie nirgendwo Vorräte kaufen können. Verbeugungen und Knickse und gemurmelte »Einen guten Morgen, mein Lord« und »Das Licht sei Euch gnädig, mein Lord« folgten Perrin, aber die Männer und Frauen, die ihn sahen, hörten mit den Bemühungen auf, ihre Unterstände zu verstärken, und ein paar fingen an, sie abzureißen, als hätten sie aus seinem Schritt seine Entschlossenheit gespürt. Mittlerweile hätten sie seine Entschlossenheit kennen müssen. Seit dem Tag, an dem er das Ausmaß seines Irrtums erkannt hatte, hatte er keine zwei Nächte am selben Ort mehr verbracht. Er erwiderte ihre Grüße, ohne langsamer zu werden.

Der Rest des Lagers bildete einen schmalen Ring um die Pferde und Wagen, der dem Wald entgegensah; die Männer von den Zwei Flüssen waren in vier Gruppen aufgeteilt, die Lanzenreiter aus Ghealdan und Mayene waren dazwischen untergebracht. Wer auch immer auf sie zukam, egal aus welcher Richtung, würde sich Langbogen von den Zwei Flüssen und schlagkräftiger Kavallerie gegenübersehen. Perrin fürchtete keinen Überraschungsangriff der Shaido, sondern Masema. Der Mann schien ihm brav zu folgen, aber von den Nachrichten über die Plünderungen abgesehen waren in den vergangenen zwei Wochen neun Ghealdaner und acht Mayener verschwunden, und keiner glaubte, dass sie desertiert waren. Und am Tag von Failes Entführung waren zwanzig Mayener überfallen und getötet worden, und keiner glaubte, dass dafür jemand anders als Masemas Männer verantwortlich sein konnte. So gab es einen unsicheren Frieden, eine seltsame dornige Art von Frieden, doch eine auf die Möglichkeit gesetzte Kupfermünze, dass er ewig Bestand haben würde, wäre eine verlorene Kupfermünze gewesen. Masema tat so, als sei er sich der Brüchigkeit dieses Friedens nicht bewusst, aber seinen Anhängern schien es so oder so gleichgültig zu sein; was auch immer ihr Anführer nach außen hin sagen mochte, sie nahmen sich ihn zum Vorbild. Aber Perrin hatte sich vorgenommen, den Frieden irgendwie zu bewahren, bis Faile wieder frei war. Sein Lager zu einer zum Knacken zu harten Nuss zu machen war eine Methode, diesen Frieden zu erhalten.

Die Aiel hatten auf ihr eigenes schmales Stück des seltsamen Kuchens bestanden, obwohl sie kaum mehr als fünfzig Personen waren, die *Gai'schain* mitgezählt, die den Weisen Frauen dienten, und Perrin blieb stehen, um ihre niedrigen dunklen Zelte zu mustern. Die einzigen anderen Zelte, die im Lager errichtet worden waren, gehörten Berelain und ihren beiden Dienerinnen; sie standen auf der gegenüberliegenden Seite, nicht weit von den paar Häusern Brytans entfernt. Horden von Flöhen und Läusen machten sie selbst für abgehärtete Soldaten auf der Suche nach einem Unterschlupf vor der Kälte unbewohnbar, und die Scheunen waren einfache Schuppen, durch die der Wind pfiff und die noch viel schlimmeres Ungeziefer beherbergten als die Häuser. Die Töchter und Gaul, der einzige Mann unter den Aiel, der kein *Gai'schain* war, waren alle mit den Kundschaftern unterwegs, und die Aielzelte lagen still da, allerdings verriet ihm der Rauch, der aus einigen Öffnungen aufstieg, dass die *Gai'schain* für die Weisen Frauen das Frühstück vorbereiteten. Annoura war Berelains Beraterin und teilte für gewöhnlich ihr Zelt, aber Masuri und Seonid würden bei den Weisen Frauen sein, vielleicht sogar den *Gai'schain* bei der Zubereitung des Frühstücks helfen. Sie versuchten noch immer die Tatsache zu verbergen, dass die Weisen Frauen sie als Lehrlinge betrachteten, obwohl das mittlerweile jedem im Lager klar sein musste. Jeder, der eine Aes Sedai sah, die Feuerholz oder Wasser schleppte, oder der hörte, wie sie geschlagen wurde, konnte sich das zusammenreimen. Die beiden Aes Sedai waren auf Rand eidverschworen – wieder wirbelten die Farben in seinem Kopf, eine wahre Explosion an bunten Mustern; wieder zerschmolzen sie durch seinen unbändigen Zorn –, aber Edarra und die anderen Weisen Frauen waren geschickt worden, um sie im Auge zu behalten.

Allein die Aes Sedai wußten, wie streng sie ihre Eide banden oder welche Spielräume sie zwischen den Worten sahen, und keine von ihnen durfte auch nur springen, ohne dass eine Weise Frau ihnen vorher sagte, wie hoch. Seonid und Masuri hatten *beide* gesagt, man müsse Masema wie einen tollwütigen Hund erschlagen, und die Weisen Frauen hatten ihnen zugestimmt. Zumindest hatten sie das gesagt. Bei ihnen gab es keine Drei Eide, die ihnen befahlen, die Wahrheit zu sagen, obwohl gerade dieser Eid auch von den Aes Sedai eher als Richtschnur gesehen wurde. Und Perrin glaubte sich zu erinnern, dass eine der Weisen Frauen ihm gesagt hatte, Masuri sei der Ansicht, ein tollwütiger Hund könne an die Leine gelegt werden. Nicht springen, ohne dass ihnen eine Weise Frau sagte, wie hoch. Es war wie ein schmiedeeisernes Rätselspiel, dessen Kanten geschärft worden waren. Perrin musste es lösen, aber ein Fehler, und er konnte sich bis auf den Knochen schneiden.

Aus dem Augenwinkel sah er, dass Balwer ihn mit nachdenklich geschürzten Lippen beobachtete. Wie ein Vogel, der etwas Unbekanntes musterte, ohne Furcht, ohne Hunger, einfach nur neugierig. Er hielt Trabers Zügel fester und ging so schnell weiter, dass der kleine Mann fast schon springen musste, um ihn einzuholen.

Männer von den Zwei Flüssen hatten den Lagerbereich neben den Aiel und deckten den Nordosten ab, und Perrin überlegte, ein Stück nach Norden zu den ghealdanischen Lanzenreitern oder nach Süden zu den nächsten Mayenern zu gehen, aber dann holte er tief Luft und zwang sich dazu, sein Pferd an seinen Freunden und Nachbarn aus der Heimat vorbeizuführen. Sie waren alle wach, hüllten sich in ihre Umhänge und fütterten die Lagerfeuer mit den Überresten ihrer Unterstände oder schnitten die Reste der Hasen vom Vorabend auf, um sie in den Haferbrei in den Kesseln zu mischen. Gespräche verstummten, und der Geruch von Vorsicht verdichtete sich, als Köpfe sich drehten, um ihm entgegenzusehen. Schleifsteine hielten darin inne, Stahl entlangzugleiten, und nahmen dann ihr zischendes Flüstern wieder auf. Ihre bevorzugte Waffe war der Bogen, aber jeder von ihnen trug auch einen schweren Dolch oder ein Kurzschwert, manchmal auch ein Langschwert, und sie hatten Speere und Hellebarden und andere Langwaffen mit seltsamen Klingen und Spitzen unterwegs aufgesammelt, welche die Shaido bei ihren Plünderungen als wertlos eingestuft hatten. Mit Speeren waren sie vertraut, und Hände, die daran gewöhnt waren, an den Festtagswettkämpfen Kampfstäbe zu schwingen, fanden den Umgang mit Langwaffen nicht schwer, sobald sie sich an das zusätzliche Gewicht des Metalls gewöhnt hatten. Ihre Gesichter waren hungrig, müde und in sich gekehrt.

Ein paar riefen halbherzig »Goldauge!«, aber keiner nahm den Ruf auf, eine Tatsache, die Perrin noch vor einem Monat erfreut hätte. Seit Failes Entführung hatte sich vieles verändert. Jetzt war ihr Schweigen bleiern. Der junge Kenly Maerin, dessen Wangen dort, wo er den gescheiterten Versuch eines Bartes abrasiert hatte, noch immer blass waren, mied Perrins Blick, und Jori Congar, der immer flinke Finger hatte, wenn er etwas Kleines und Wertvolles sah und sich bei jeder sich bietenden Gelegenheit betrank, spuckte verächtlich aus, als Perrin an ihm vorbeiging. Ban Crawe stieß ihn deswegen hart gegen die Schulter, aber auch er schaute Perrin nicht an.

Dannil Lewin stand auf und zupfte nervös am dichten Schnurrbart, der unter seiner Hakennase so albern aussah. »Befehle, Lord Perrin?« Der dürre Mann sah tatsächlich erleichtert aus, als Perrin den Kopf schüttelte, und er setzte sich schnell wieder und starrte den nächststehenden Topf an, als würde er begierig auf den morgendlichen Haferschleim warten. Vielleicht tat er es tatsächlich; in letzter Zeit wurde keiner mehr satt, und Dannil hatte noch nie zuviel Fleisch auf den Knochen gehabt. Aram gab hinter Perrin einen angewiderten Laut von sich, der große Ähnlichkeit mit einem Knurren hatte.

Hier gab es außer den Leuten von den Zwei Flüssen noch andere, aber sie waren keinesfalls besser. Oh, Lamgwin Dorn, ein großer Bursche mit narbigem Gesicht, riss an seiner Haarlocke und nickte. Lamgwin sah aus wie ein Wirtshausschläger, aber er war jetzt Perrins Leibdiener, wenn er einen benötigte, was nicht oft vorkam, und er wollte es sich vermutlich nicht mit seinem Arbeitgeber verderben. Aber Basel Gill, der stämmige einstige Gastwirt, den Faile als ihr *Shambayan* aufgenommen hatte, faltete seine Decken mit übertriebener Sorgfalt zusammen und hielt seinen kahl werdenden Kopf gesenkt, und Lini Eltring, Failes Erste Dienerin, eine hagere Frau, deren schmales Gesicht vom strengen weißen Haarknoten nur noch schmaler gemacht wurde, erhob sich mit zusammengepressten Lippen von dem Kessel, in dem sie rührte, und hob den Löffel, als wollte sie Perrin abwehren. Breane Taborwin mit ihrem blassen cairhienischen Gesicht und den funkelnden dunklen Augen schlug hart nach Lamgwins Arm und sah ihn stirnrunzelnd an. Sie war

Lamgwins Gefährtin, möglicherweise auch seine Ehefrau, und die zweite von Failes drei Dienerinnen. Falls nötig würden sie den Shaido folgen, bis sie tot umfielen, und sie würden Faile um den Hals fallen, wenn sie sie fanden, aber nur Lamgwin brachte Perrin einen Funken Willkommen entgegen. Von Jur Grady hätte er vermutlich etwas mehr bekommen – die Asha'man wurden selbst von allen anderen auf Distanz gehalten, und keiner von ihnen hatte gegenüber Perrin irgendwelche Feindseligkeit gezeigt –, aber Grady lag trotz des Lärms der Leute, die über den gefrorenen Schnee stapften und fluchten, wenn sie ausrutschten, noch immer in seine Decken gehüllt und schnarchte unter einem Unterstand aus Kiefernästen. Perrin bahnte sich einen Weg an seinen Freunden und Nachbarn und Dienern vorbei und fühlte sich allein. Ein Mann konnte seine Treue nur eine gewisse Zeit lang beteuern, bevor er einfach aufgab. Das Herz seines Lebens befand sich irgendwo im Nordosten. Alles würde wieder wie früher werden, sobald er sie zurückhatte.

Das Lager wurde von einer zehn Schritte tiefen Barriere aus angespitzten Pflöcken umgeben, und Perrin ging zur Sektion der Ghealdaner, wo gewundene Pfade für Reiter freigelassen worden waren; Balwer und Aram mussten auf dem schmalen Weg hintereinander hergehen. Vor dem Abschnitt der Zwei Flüsse hätte ein Mann einen verschlungenen Weg zurücklegen müssen, um hier durchzukommen. Der Waldrand lag kaum einhundert Schritte weit entfernt, eine bequeme Bogenschussreichweite für die Männer von den Zwei Flüssen; große Bäume bildeten hoch oben ein undurchdringliches Blätterdach. Einige der Bäume waren Perrin unbekannt, aber es gab auch Kiefern und Zwerglorbeer und Ulmen, manche Stämme durchmaßen an ihrer Basis fast drei oder vier Schritte, und die Eichen waren noch größer. Bäume, die alles verdrängt hatten, was größer als ein Busch oder Unkraut war und zwischen ihnen hatte wachsen wollen; das hatte weite, offene Flächen zwischen ihnen freigelassen, aber diese Flächen waren jetzt mit Schatten gefüllt, die dunkler als die Nacht waren. Ein alter Wald, einer von der Sorte, der ganze Heere verschlingen und die Gebeine niemals freigeben würde.

Balwer folgte ihm den Weg an den Pflöcken vorbei, bevor er zu dem Schluss kam, dass er in absehbarer Zeit wohl kaum näher an seinen Herrn herankommen würde. »Die Reiter, die Masema losgeschickt hat, mein Lord«, sagte er und hielt den Umhang eng um den Körper geschlungen, während er dem hinter ihm gehenden Aram einen argwöhnischen Blick zuwarf, den dieser mit einem ausdruckslosen Starren erwiderte.

»Ich weiß«, sagte Perrin, »Ihr glaubt, sie sind zu den Weißmänteln unterwegs.« Er hatte es eilig, noch weiter von seinen Freunden wegzukommen. Er legte die Hand mit den Zügeln auf den Sattelknauf, sah aber davon ab, einen Stiefel in den Steigbügel zu schieben. Traber warf voller Ungeduld den Kopf in den Nacken. »Masema könnte genauso gut den Seanchanern Botschaften schicken.«

»Wie Ihr bereits gesagt habt, mein Lord. Eine denkbare Möglichkeit, sicher. Darf ich aber noch einmal erwähnen, dass Masemas Ansichten über die Aes Sedai denen der Weißmäntel sehr ähneln? Tatsächlich stimmen sie überein. Am liebsten würde er jede Schwester tot sehen. Die seanchanische Einstellung ist da … pragmatischer, falls es mir erlaubt ist, das so auszudrücken. Auf jeden Fall stehen sie Masema nicht zu nahe.«

»So sehr Ihr die Weißmäntel auch hasst, Meister Balwer, sie sind nicht die Wurzel allen Übels. Und Masema hatte schon seine Auseinandersetzungen mit den Seanchanern.«

»Wie Ihr meint, mein Lord.« Balwer verzog keine

Miene, aber er stank nach Zweifel. Perrin konnte nicht beweisen, dass sich Masema mit den Seanchanern getroffen hatte, und jemandem zu erzählen, wie er davon erfahren hatte, würde seine derzeitigen Probleme nur noch verschlimmern. Das stellte Balwer nicht zufrieden; er war ein Mann, der gern Beweise sah. »Was die Aes Sedai und die Weisen Frauen angeht, mein Lord ... Aes Sedai scheinen immer davon überzeugt zu sein, es besser als alle anderen zu wissen, ausgenommen vielleicht andere Aes Sedai. Ich glaube, die Weisen Frauen sind da sehr ähnlich.«

Perrin schnaubte weiße Wölkchen in die Luft. »Erzählt mir etwas, das ich nicht weiß. Zum Beispiel, warum sich Masuri mit Masema treffen sollte, und warum die Weisen Frauen es erlaubt haben. Ich wette Traber gegen einen Hufeisennagel, dass sie es nicht ohne ihre Erlaubnis getan hat.« Bei Annoura sah es anders aus, sie konnte durchaus aus eigenem Antrieb gehandelt haben. Mit Sicherheit erschien es unwahrscheinlich, dass sie es aufgrund von Berelains Bitte getan hatte.

Balwer rückte den Umhang auf seinen Schultern zurecht und schaute über die Reihen von spitzen Pflöcken zu den Zelten der Aiel; dabei kniff er die Augen zusammen, als hoffte er, durch das Segeltuch blicken zu können. »Es gibt viele Möglichkeiten, mein Lord«, sagte er gereizt. »Für manche, die einen Eid schwören, ist alles erlaubt, was nicht verboten ist, und was nicht befohlen wird, kann ignoriert werden. Andere tun Dinge, von denen sie glauben, dass es ihrem Lehnsherrn helfen wird, und zwar ohne vorher um Erlaubnis zu fragen. Es hat den Anschein, als würden Aes Sedai und Weise Frauen in eine dieser Kategorien fallen, aber darüber hinaus kann ich, so wie die Dinge stehen, nur spekulieren.«

»Ich könnte sie fragen. Aes Sedai können nicht

lügen, und wenn ich genug Druck ausübe, könnte Masuri mir die Wahrheit sagen.«

Balwer verzog das Gesicht, als hätte er plötzlich Magenschmerzen. »Vielleicht, mein Lord, Vielleicht. Aber es ist eher wahrscheinlich, dass sie Euch etwas sagt, das wie die Wahrheit klingt. Wie Ihr wisst, sind Aes Sedai darin sehr erfahren. Auf jeden Fall würde sich Masuri fragen, woher Ihr davon wisst, mein Lord, und diese Überlegungen könnten zu Haviar und Nerion führen. Wer kann unter diesen Umständen schon sagen, mit wem sie darüber spricht? Der gerade Weg ist nicht immer der beste. Gewisse Dinge muss man manchmal aus Gründen der Sicherheit hinter Masken erledigen.«

»Ich habe Euch gesagt, dass man den Aes Sedai nicht vertrauen kann«, sagte Aram plötzlich. »Ich habe Euch das gesagt, Lord Perrin.« Er schwieg, als Perrin die Hand hob, aber der Wutgestank, der von ihm ausging, war so stark, dass er ausatmen musste, um seine Lungen zu klären. Ein Teil von ihm wollte den Geruch tief inhalieren und sich von ihm überwältigen lassen.

Perrin musterte Balwer. Wenn die Aes Sedai die Wahrheit so lange verdrehen konnten, bis man oben nicht mehr von unten unterscheiden konnte, und sie konnten und taten es auch, wie weit konnte man ihnen vertrauen? Vertrauen war immer die Frage. Das hatte er in harten Lektionen gelernt. Aber er legte seinem Zorn die Zügel an. Ein Hammer musste mit Sorgfalt geschwungen werden, und er arbeitete in einer Schmiede, wo ihm ein Fehler das Herz aus dem Leib reißen würde. »Würden sich die Dinge ändern, wenn ein paar von Selandes Freunden mehr Zeit mit den Aiel verbringen würden? Schließlich wollen sie ja Aiel sein. Das sollte ihnen einen ausreichenden Vorwand geben. Und vielleicht kann einer von ihnen mit Berelain und ihrer Beraterin Freundschaft schließen.«

»Das sollte möglich sein, mein Lord«, sagte Balwer nach kurzem Zögern. »Der Vater von Lady Medore ist ein Hochlord von Tear, was ihr eine ausreichend hohe Stellung verleiht, um sich der Ersten von Mayene zu nähern, und auch einen Grund. Für eine oder zwei der Cairhiener gilt das Gleiche. Aber es wird dennoch einfacher sein, jene zu finden, die unter den Aiel leben wollen.«

Perrin nickte. Unendliche Sorgfalt mit dem Hammer, auch wenn man alles in Reichweite zerschlagen wollte. »Dann kümmert Euch darum. Aber, Meister Balwer, Ihr habt versucht, mich … dazu zu verleiten, seit Selande gegangen ist. Wenn Ihr wieder einen Vorschlag zu machen habt, dann tut es. Selbst wenn ich neunmal nein sage, werde ich immer ein zehntes Mal zuhören. Ich bin kein kluger Mann, aber ich bin bereit, klugen Leuten zuzuhören, und ich glaube, Ihr seid es. Aber versucht nicht, mich in die Richtung zu schubsen, die Ihr für richtig haltet. Das mag ich nicht, Meister Balwer.«

Balwer blinzelte, dann verneigte er sich unvermittelt mit in Hüfthöhe gefalteten Händen. Er roch überrascht. Und erfreut. Erfreut? »Wie Ihr befehlt, mein Lord. Mein voriger Dienstherr mochte es nicht, wenn ich ungefragt Vorschläge machte. Ich werde den gleichen Fehler nicht noch einmal machen, das versichere ich Euch.« Er musterte Perrin und schien sich zu einer Entscheidung durchzuringen. »Falls ich das sagen darf«, begann er vorsichtig, »die Arbeit in Euren Diensten hat sich auf eine Weise … angenehm … erwiesen, mit der ich nie gerechnet hatte. Ihr seid, was Ihr zu sein scheint, mein Lord, keine verborgenen Giftnadeln, um die Unvorsichtigen zu erwischen. Mein voriger Dienstherr war weithin bekannt für seine Gewitztheit, aber ich halte Euch für genauso klug, wenn auch auf eine andere Weise. Ich glaube, ich würde es bedauern,

Eure Dienste zu verlassen. Jeder Mann würde das sagen, um seine Stellung zu behalten, aber ich meine es ernst.«

Giftnadeln? Bevor Balwer in Perrins Dienste getreten war, war er Sekretär einer murandianischen Adligen gewesen, die verarmt war und sich ihn nicht länger leisten konnte. Murandy musste ein schwierigerer Ort sein, als Perrin dachte. »Ich sehe keinen Grund, warum Ihr meine Dienste verlassen solltet. Sagt mir einfach, was Ihr tun wollt, und lasst mich entscheiden, versucht aber nicht, mich zu drängen. Und die Schmeichelei könnt Ihr vergessen.«

»Ich schmeichle nie, mein Lord. Aber ich bin darin geübt, mich den Bedürfnissen meines Herrn anzupassen; das ist in meinem Beruf erforderlich.« Der kleine Mann verbeugte sich erneut. Er war noch nie zuvor so formell gewesen. »Wenn Ihr keine weiteren Fragen habt, mein Lord, darf ich dann zu Lady Medore gehen?«

Perrin nickte. Der kleine Mann verbeugte sich noch einmal rückwärtsgehend, dann rutschte er dem Lager entgegen, und sein Umhang flatterte hinter ihm her, als er sich wie ein durch den Schnee hüpfender Spatz einen Weg an den Pflöcken vorbei suchte. Er war ein seltsamer Bursche.

»Ich vertraue ihm nicht«, murmelte Aram und starrte Balwer hinterher. »Und ich vertraue auch nicht Selande und ihrem Haufen. Sie werden sich mit den Aes Sedai verbünden, denkt an meine Worte.«

»Irgendjemandem muss man vertrauen«, sagte Perrin grob. Die Frage war nur: wem? Er schwang sich auf Trabers Rücken und stieß dem Braunen die Stiefel in die Rippen. Ein Hammer war nutzlos, wenn er herumlag.

KAPITEL 6

Der Geruch eines Traums

Die kalte Luft roch sauber und frisch, als Perrin in den Wald galoppierte; die Brise war erfüllt von der Reinheit des Schnees, der fontänenartig unter Trabers Hufen aufspritzte. Hier draußen konnte er alte Freunde vergessen, die bereit waren, aufgrund von Gerüchten das Schlimmste zu glauben. Er konnte versuchen, Masema zu vergessen, und die Aes Sedai und die Weisen Frauen. Die Shaido hingegen waren mit dem Inneren seines Schädels verschmolzen, ein Rätselspiel, das nicht nachgab, wie sehr er auch daran zerrte. Er wollte es auseinanderreißen, aber das funktionierte nie bei einem schmiedeeisernen Rätselspiel.

Nach einem kurzen Sprint zügelte er den Mausgrauen, bis er Schritt ging, und verspürte einen Anflug von schlechtem Gewissen. Die Dunkelheit unter dem Blätterdach war tief, und zwischen den hohen Bäumen hervorragende Felsspitzen warnten vor weiteren, die unter dem Schnee verborgen lagen, hundert Stellen, die einem galoppierenden Pferd das Bein brechen konnten, und da waren Maulwurfslöcher und Fuchshöhlen nicht mit eingerechnet. Es war unnötig, dieses Risiko einzugehen. Ein Galopp würde Faile keine Stunde früher befreien, davon abgesehen konnte kein Pferd dieses Tempo lange durchhalten. Der Schnee war an verwehten Stellen knietief, und überall sonst tief genug. Er ritt nach Nordosten. Die Kundschafter würden aus Nordosten kommen, mit Neuigkeiten über

Faile. Oder zumindest Neuigkeiten über die Shaido. Er hatte so oft darauf gehofft, dafür gebetet, aber heute würden sie eintreffen, das wußte er. Aber dieses Wissen verstärkte seine Anspannung nur. Sie zu finden war bloß der erste Teil dieses Rätselspiels. Der Zorn ließ seine Gedanken von einer Sache zur nächsten springen, aber was Balwer auch sagen mochte, Perrin wußte, dass er bestenfalls methodisch war. Er war nicht gut darin, schnell zu denken, und da es ihm an Gewitztheit fehlte, musste das Methodische reichen. Irgendwie.

Aram schloß zu ihm auf und trieb seinen Grauen hart an, dann wurde er langsamer und ritt ein Stück hinter ihm, an der Seite wie ein Hund, der bei Fuß ging. Aram roch niemals entspannt, wenn Perrin ihm befahl, neben ihm zu reiten. Der ehemalige Kesselflicker sagte kein Wort, aber Ströme in der eisigen Luft trieben seinen Geruch heran, eine Mischung aus Wut und Enttäuschung und Verärgerung. Er saß so angespannt wie eine überdrehte Uhrenfeder im Sattel und beobachtete den Wald grimmig, als würde er erwarten, dass hinter dem nächsten Baum Shaido hervorspringen würden.

In Wahrheit hätte sich in diesem Wald so gut wie alles vor den meisten Männern verbergen können. Wo durch das Blätterdach der Himmel hindurchschimmerte, zeigte er einen dunkelgrauen Ton, aber im Augenblick war der Wald in Schatten getaucht, die verschwommener als die Nacht waren, und die Bäume selbst waren massive Säulen aus Dunkelheit. Doch Perrins Augen nahmen selbst die Bewegung einer schwarzen Dohle auf einem verschneiten Ast wahr, deren Federn sich wegen der Kälte sträubten, und eine jagende Kiefernschwalbe, die ein tieferes Schwarz als die Dunkelheit aufwies. Er nahm auch von beiden den Geruch wahr. Von einer massiven Eiche mit Ästen, die so dick wie Baumstämme waren, trieb ein schwacher Hauch von Männergeruch heran. Die Ghealdaner und Mayener ließen ihre berittenen Patrouillen das Lager im Umkreis von ein paar Meilen umrunden, aber Perrin bevorzugte es, in der Nähe Männer von den Zwei Flüssen zu haben. Er hatte nicht genug Leute, um das Lager komplett zu umringen, aber sie waren an Wälder gewöhnt und daran, Tiere zu jagen, die im Gegenzug sie jagen würden, daran gewöhnt, Bewegungen zu bemerken, die einem Mann entgehen würden, der in Begriffen wie Soldat und Krieg dachte. Raubkatzen aus den Bergen, die Jagd auf Schafe machten, konnten sich überall verbergen, und Bären und wilde Eber waren dafür bekannt, dass sie sich ihren Verfolgern stellten und im Hinterhalt lauerten. Von dreißig oder vierzig Fuß hohen Ästen sahen die Männer alles, was sich bewegte, und zwar rechtzeitig, um das Lager zu warnen, und mit ihren Langbögen konnten sie von jedem, der sich den Weg an ihnen vorbeikämpfen wollte, einen blutigen Preis einfordern. Aber er nahm die Anwesenheit des Wächters so flüchtig wahr wie die Dohle. Seine Konzentration war jenseits der Bäume und Schatten gerichtet, auf das erste Anzeichen der zurückkehrenden Kundschafter.

Plötzlich warf Traber den Kopf in die Höhe und schnaubte eine Nebelwolke, seine Augen verdrehten sich vor Furcht, er blieb abrupt stehen, und Arams Grauer wieherte und scheute. Perrin beugte sich vor, um den Hals des zitternden Hengstes zu tätscheln, aber seine Hand erstarrte, als er den Hauch eines Geruchs wahrnahm, den Geruch von brennendem Schwefel, bei dem sich seine Nackenhaare aufrichten wollten. Es roch aber nur beinahe wie verbrannter Schwefel; dies war nur eine schwache Imitation dieses Geruchs. Es hatte den Gestank von … etwas Unnatürlichem, etwas, das nicht in diese Welt gehörte. Der Geruch war nicht neu – man hätte diesen Gestank niemals frisch nennen können –, aber auch nicht alt. Eine Stunde, vielleicht weniger. Vielleicht die Zeit, zu der er aufgewacht war. Die Zeit, in der er diesen Geruch geträumt hatte.

»Was ist, Lord Perrin?« Aram hatte Mühe, seinen Grauen zu besänftigen, der sich im Kreis drehte, gegen die Zügel ankämpfte und in jede Richtung laufen wollte, solange sie ihn nur hier fort brachte. Aber obwohl er an den Zügeln zerrte, hatte er das Schwert mit dem Wolfkopfknauf gezogen. Er übte täglich damit, stundenlang, wenn er konnte, und jene, die sich in solchen Dingen auskannten, waren der Ansicht, dass er gut darin war. »Ihr könnt hier vielleicht einen schwarzen Faden von einem weißen unterscheiden, aber für mich ist es noch nicht Tag. Ich kann in der Dunkelheit nichts erkennen.«

»Steckt das Schwert weg«, sagte Perrin. »Es wird nicht gebraucht. Schwerter würden sowieso nichts ausrichten.« Er musste sein zitterndes Pferd dazu verleiten, sich wieder vorwärts zu bewegen, aber er folgte dem ranzigen Duft und studierte den schneebedeckten Boden. Er kannte diesen Geruch, und nicht nur aus seinem Traum.

Er brauchte nicht lange, um das zu finden, was er suchte, und Traber wieherte dankbar, als Perrin ihn ein Stück vor einem abgeflachten grauen Felsen anhielt, der rechts von ihm in die Höhe ragte. Der umliegende Schnee war unberührt, aber die schräg stehende Felsplatte war mit Pfotenabdrücken von Hunden versehen, so als wäre ein Rudel darübergelaufen. Ob das Licht nun schlecht war oder nicht, für Perrins Augen waren sie deutlich sichtbar. Pfotenabdrücke, die größer als seine Hand waren und sich in den Stein eingegraben hatten, als bestünde er aus Lehm. Er tätschelte wieder Trabers Hals. Kein Wunder, dass das Tier Angst hatte.

»Aram, reitet ins Lager zurück und sucht Dannil. Sagt ihm, ich hätte befohlen, alle wissen zu lassen, dass Schattenhunde hier waren, vielleicht vor einer Stunde. Ihr würdet nicht versuchen wollen, einen Schattenhund mit dem Schwert zu töten, glaubt mir.«

»Schattenhunde?«, rief Aram aus und schaute in die trüben Schatten zwischen den Bäumen. Jetzt ging eine nervöse Furcht von ihm aus. Die meisten Männer hätten über die Geschichten von Reisenden oder Kindermärchen gelacht. Kesselflicker durchstreiften das Land und wußten, auf was man in der Wildnis stoßen konnte. Aram schob das Schwert mit offensichtlichem Zögern wieder in die Scheide auf seinem Rücken, aber seine rechte Hand blieb erhoben, auf halber Höhe zum Griff. »Wie tötet man einen Schattenhund? Können sie überhaupt getötet werden?«

»Seid froh, dass Ihr es nicht versuchen müsst, Aram. Und jetzt geht und tut, was ich Euch aufgetragen habe. Jeder muss auf der Hut sein für den Fall, dass sie zurückkommen. Ich würde zwar sagen, dass das nicht sehr wahrscheinlich ist, aber es ist besser, vorbereitet zu sein.« Perrin erinnerte sich daran, wie er einem Rudel gegenübergestanden und einen getötet hatte. Er hatte gedacht, einen getötet zu haben, nachdem er ihn mit drei guten Pfeilen getroffen hatte. Schattengezücht starb nicht so leicht. Moraine hatte das Rudel mit Baalsfeuer auslöschen müssen. »Sorgt dafür, dass die Aes Sedai und Weisen Frauen davon erfahren, und die Asha'man.« Ziemlich unwahrscheinlich, dass einer von ihnen wusste, wie man Baalsfeuer erschuf – die Frauen würden möglicherweise nicht zugeben wollen, dass sie ein verbotenes Gewebe kannten, wenn sie es denn taten, und für die Männer galt möglicherweise das Gleiche –, aber vielleicht wußten sie etwas anderes, das funktionierte.

Aram wollte ihn nicht allein lassen, bis Perrin ihn

anschnauzte, und dann wandte er sich beleidigt dem Lager zu, als wären zwei Männer auch nur eine Spur sicherer gewesen als einer allein. Sobald er außer Sicht war, lenkte Perrin Traber nach Süden, die Richtung, die auch die Schattenhunde genommen hatten. Hierfür wollte er keine Begleitung, nicht einmal Aram. Nur weil Leute manchmal seine scharfen Augen erwähnten, war das kein Grund, sie unter Beweis zu stellen, genauso wenig wie seinen Geruchssinn. Es gab bereits mehr als genug Gründe, ihm aus dem Weg zu gehen, da musste man nicht noch welche hinzufügen.

Möglicherweise war es Zufall gewesen, dass die Kreaturen so nahe an seinem Lager vorbeigelaufen waren, aber die letzten paar Jahre hatten ihn vorsichtig gemacht, was Zufälle anging. Allzu oft waren es überhaupt keine Zufälle, nicht in dem Sinn, wie andere Männer sie auffassten. Falls dies wieder einmal einer der Fälle war, an denen sein *ta'veren* am Muster zupfte, hätte er darauf verzichten können. Diese Veranlagung schien mehr Nachteile als Vorteile zu haben, selbst wenn sie zum Vorteil zu gereichen schien. Die Chance, die einem noch in dem einen Augenblick einen Vorteil brachte, konnte sich im nächsten gegen einen wenden. Und es gab da auch immer eine andere Möglichkeit. Als *Ta'veren* stach man immer aus dem Muster heraus, und einige der Verlorenen konnten einen dadurch manchmal aufspüren; zumindest hatte man ihm das erzählt. Vielleicht verfügte ein Teil des Schattengezüchts ebenfalls über diese Fähigkeit.

Die Spur, der er folgte, war mindestens eine Stunde alt, aber Perrin spürte eine Anspannung zwischen den Schulterblättern, ein Prickeln in der Kopfhaut. Der Himmel war da, wo er sich zeigte, noch immer dunkelgrau, sogar für seine Augen. Die Morgenröte hatte den Horizont noch nicht erhellt. Kurz vor Sonnenaufgang war einer der schlechtesten Augenblicke, um der Wilden Jagd zu begegnen, wenn sich die Dunkelheit in Licht verwandelte, das Licht aber noch nicht Fuß gefasst hatte. Wenigstens gab es in der Nähe keine Kreuzwege, auch keinen Friedhof, aber die einzigen Herdsteine, die man hätte berühren können, gab es ein Stück zurück in Brytan, und er war sich nicht sicher, wie viel Schutz diese Hütten boten. In Gedanken markierte er den Verlauf eines naheliegenden Stroms, wo man Wasser für das Lager geschöpft hatte, indem man das Eis aufschlug. Er war kaum breiter als zehn oder zwölf Schritte und nur knietief, aber fließendes Wasser zwischen sich und Schattenhunde zu bringen sollte sie angeblich aufhalten. Aber das sollte es auch, wenn man sich ihnen stellte, und er hatte gesehen, wie das Ergebnis war. Seine Nase prüfte die Brisen und suchte nach jenem alten Geruch. Und nach jedem Hinweis auf einen neuen. Nichtsahnend auf diese Ungeheuer zu stoßen würde schlimmer als nur unerfreulich sein.

Traber witterte fast so mühelos wie Perrin und erkannte die Gerüche manchmal sogar früher, aber jedes Mal, wenn das mausgraue Pferd scheute, zwang Perrin es weiter. Der Schnee wies viele Spuren auf, Hufabdrücke der berittenen Patrouillen, gelegentlich auch Fährten von Hasen und Füchsen, aber die Spuren der Schattenhunde waren nur dort zu sehen, wo Stein aus dem Schnee ragte. Der Gestank nach verbranntem Schwefel war hier stets am stärksten, aber er verweilte ausreichend dazwischen, um Perrin zu der nächsten Stelle zu führen, an der ihre Abdrücke zu sehen waren. Die gewaltigen Pfotenspuren überlappten einander, und man konnte unmöglich sagen, wie viele Schattenhunde es gewesen waren, aber ob die von ihnen überquerte felsige Fläche nun einen Schritt oder sechs breit war, sie war von einer Seite zur anderen mit Abdrücken übersät. Ein größeres Rudel als das, das er außerhalb von Illian gesehen hatte. Viel größer. War das der Grund, warum es in der Gegend keine Wölfe gab? Er war davon überzeugt, dass der sichere Tod, den er im Traum gefühlt hatte, etwas Reales war, und in diesem Traum *war* er ein Wolf gewesen.

Als der Pfad nach Westen abbog, beschlich ihn ein wachsender Verdacht, der zur Gewissheit wurde, als er die Richtung beibehielt. Die Schattenhunde hatten das Lager vollständig umrundet, sie hatten die Stelle nördlich des Lagers überquert, an der mehrere große Bäume zur Hälfte umgestürzt lagen und von ihren Nachbarn gestützt wurden; bei jedem der zersplitterten Stämme war ein großes Stück sauber herausgestanzt. Die Spuren führten über eine Felsplatte, die die flache Glätte eines Marmorbodens aufwies, wenn man von dem haardünnen Spalt absah, der sich in einer geraden Linie quer darüberzog. Nichts konnte der Öffnung eines Asha'man-Wegetors widerstehen, und hier hatten sich zwei aufgetan. Eine stämmige Kiefer, die ihnen im Weg gestanden hatte und umgestürzt war, wies eine vier Schritte breite Lücke auf, die aus ihr herausgebrannt war, doch die verkohlten Enden schlossen so sauber ab, als wären sie in einer Sägemühle entstanden. Aber anscheinend hatten sich die Schattenhunde nicht für die Eine Macht interessiert. Das Rudel hatte hier genauso wenig wie an anderen Stellen verweilt und war, soweit Perrin sehen konnte, auch nicht langsamer geworden. Schattenhunde konnten schneller als Pferde laufen und auch länger, und ihr Gestank schien sich an keinem Ort mehr aufgelöst zu haben als an anderen. An zwei Stellen des Kreises hatte er eine Abzweigung vom Weg gespürt, aber hier war das Rudel nur aus dem Norden gekommen und später nach Süden weitergeeilt. Einmal um das Lager herum und dann weiter ihrem Wild nach, wer oder was das auch immer war.

Offensichtlich war er es nicht. Vielleicht hatte das Rudel die Runde eingelegt, weil sie ihn gespürt hatten, jemanden, der *ta'veren* war, aber er bezweifelte, dass die Schattenhunde auch nur einen Augenblick lang gezögert hätten, in das Lager einzufallen, wenn sie hinter ihm hergewesen wären. Das Rudel, dem er seinerzeit entgegengetreten war, war in die Mauern Illians eingedrungen, obwohl es ihn erst später hatte umbringen wollen. Aber erstatteten Schattenhunde Bericht über das, was sie sahen, so wie Ratten und Raben? Der Gedanke ließ ihn die Zähne zusammenbeißen. Jeder geistig gesunde Mann fürchtete die Aufmerksamkeit der Schatten, und sie könnte die Befreiung Failes beeinträchtigen. Das sorgte ihn mehr als alles andere. Aber sollte es dazu kommen, es gab Methoden, Schattengezücht zu bekämpfen, Methoden, die Verlorenen zu bekämpfen. Was auch immer sich zwischen ihn und Faile stellte, Schattenhunde oder die Verlorenen oder etwas anderes, er würde einen Weg finden, es zu umgehen oder mitten hindurchzumarschieren, was auch immer nötig war. Ein Mann konnte in einer Situation nur bis zu einem gewissen Grad Angst haben, und seine sämtlichen Ängste drehten sich um Faile. Da war einfach kein Platz mehr für andere.

Bevor er seinen Ausgangspunkt erreichte, trug der Wind die Gerüche von Menschen und Pferden heran, die in der eiskalten Luft scharf hervortraten, und er zügelte Traber zum langsamen Schritt und schließlich zum Halt. Etwa hundert Schritte voraus hatte er fünfzig oder sechzig Pferde gesehen. Die Sonne blinzelte endlich über den Horizont und schickte schräge Lichtstrahlen durch das Blätterdach, die vom Schnee widergespiegelt wurden und das Dämmerlicht etwas aufhellten; allerdings blieben zwischen den schlanken Fingern der Sonne tiefe Schattentümpel bestehen. Einige dieser Schatten hüllten ihn ein. Die berittene Gruppe war nicht weit von der Stelle entfernt, an der er die Fährte der Schattenhunde entdeckt hatte, und er konnte Arams giftgrünen Umhang und rotgestreiften Mantel ausmachen. Die Kesselflickertracht passte überhaupt nicht zu dem Schwert auf seinem Rücken. Die meisten Reiter trugen wie Töpfe geformte, rote Helme und dunkle Umhänge über roten Brustpanzern, und die langen roten Wimpel an ihren Lanzen flatterten im leichten Windzug, als die Soldaten versuchten, in alle Richtungen Ausschau zu halten. Die Erste von Mayene ritt oft morgens aus, begleitet von einer Leibwache aus Geflügelten Wachen.

Perrin fing an, sich davonzustehlen, um Berelain nicht begegnen zu müssen, aber dann entdeckte er drei hochgewachsene Frauen, die barfuß zwischen den Pferden gingen, lange dunkle Schultertücher um die Köpfe und die Oberkörper geschlungen, und er zögerte. Weise Frauen ritten, wenn sie es mussten, wenn auch unwillig, aber eine Meile oder mehr mit schweren Röcken durch den Schnee zu stapfen war kein ausreichender Grund, um sie auf einen Pferderücken zu zwingen. Mit ziemlicher Sicherheit befanden sich auch Seonid oder Masuri bei der Gruppe; die Aielfrauen schienen Berelain aus irgendeinem unerfindlichen Grund zu mögen.

Er hatte nicht daran gedacht, sich den Reitern anzuschließen, wer auch immer bei ihnen war, aber sein Zögern beraubte ihn der Chance, ihnen ungesehen aus dem Weg zu gehen. Eine der Weisen Frauen – er glaubte Carelle zu erkennen, eine Frau mit feuerrotem Haar, deren scharfe blauen Augen stets eine Herausforderung zu verkünden schien – hob eine Hand, um in seine Richtung zu zeigen, und die ganze Gruppe drehte sich, die Soldaten rissen die Pferde herum, schauten zwischen den Bäumen zu ihm herüber und senkten die mit einem Fuß Stahl versehenen Lanzen. Es war unwahrscheinlich, dass sie ihn in den tiefen Schattenflecken und den hellen Sonnenlichtstrahlen deutlich erkennen konnten. Es überraschte ihn, dass es der Weisen Frau gelungen war, aber für gewöhnlich hatten Aiel scharfe Augen.

Masuri war da, eine schlanke Frau mit einem bronzefarbenen Umhang, die eine gescheckte Stute ritt, und Annoura, die ihre braune Stute ein ganzes Stück abseits hielt, doch an den Dutzenden dünnen schwarzen Zöpfen zu erkennen war, die aus ihrer Kapuzenöffnung hingen. Berelain saß an der Spitze auf einem schlanken kastanienbraunen Wallach, eine große wunderschöne junge Frau mit langem schwarzem Haar, die einen roten, mit schwarzem Pelz gefütterten Umhang trug. Aber ihre Schönheit wurde von einem einfachen Makel geschmälert: sie war nicht Faile. Und so weit es ihn betraf, wurde sie noch von einem viel schlimmeren Makel entstellt. Sie hatte ihm die Nachricht von Failes Entführung überbracht und von Masemas Kontakt mit den Seanchanern, aber beinahe jeder im Lager glaubte, er hätte mit ihr in der Nacht des Tages geschlafen, an dem Faile entführt worden war, und sie hatte nichts getan, um diese Verleumdung zu entkräften. Bei einer solchen Geschichte konnte er sie wohl kaum bitten, die Verleumdung öffentlich zu widerlegen, aber sie hätte etwas tun können, hätte ihren Dienerinnen befehlen können, es abzustreiten, irgendetwas. Stattdessen schwieg Berelain, und ihre Dienerinnen, die wie die Elstern klatschten, nährten die Geschichte auch noch. So etwas blieb an einem Mann hängen, jedenfalls in den Zwei Flüssen.

Seit jener Nacht war er Berelain aus dem Weg gegangen, und er wäre jetzt weggeritten, obwohl sie ihn gesehen hatte, aber sie nahm von der Dienerin in ihrer Begleitung, einer molligen Frau in einem blauen und goldenen Umhang, einen Korb entgegen, sagte etwas zu den anderen und lenkte ihren Wallach in seine Richtung. Allein. Annoura hob eine Hand und rief ihr etwas hinterher, aber Berelain sah sich nicht einmal um. Perrin hatte nicht den geringsten Zweifel, dass sie ihm folgen würde, wo auch immer er sich hinwandte, und wenn er jetzt ging, würden die Leute beim derzeitigen Stand der Dinge nur glauben, dass er mit ihr allein sein wollte. Er stieß seine Hacken in Trabers Flanken, um sich zu den anderen zu gesellen, so wenig Lust er dazu auch hatte – sollte sie ihm doch zurück zu ihnen folgen, wenn sie wollte –, aber sie trieb ihr Pferd trotz des schwierigen Geländes und des Schnees zum leichten Galopp an, setzte sogar mit wehendem rotem Umhang über einen hervorragenden Felsen hinweg und traf ihn auf halbem Weg. Sie war eine gute Reiterin, wie er widerstrebend zugeben musste. Nicht so gut wie Faile, aber besser als die meisten.

»Eure finstere Miene ist ziemlich wild«, sagte sie und lachte leise, als sie vor Traber anhielt. Nach der Art zu urteilen, wie sie die Zügel hielt, war sie bereit, ihm den Weg zu verstellen, sollte er versuchen, um sie herumzureiten. Die Frau hatte nicht das geringste Schamgefühl! »Lächelt, damit die Leute denken, wir würden flirten.« Sie hielt ihm den Korb entgegen. »Zumindest das sollte Euch aufmuntern. Wie ich gehört habe, habt Ihr vergessen zu frühstücken.« Sie rümpfte die Nase. »Und Euch zu waschen. Euer Bart müsste ebenfalls gestutzt werden. Ein gramgebeugter, etwas ungepflegter Ehemann, der seine Frau rettet, ist eine romantische Figur, aber sie dürfte nicht sehr von einem schmutzigen zerlumpten Kerl angetan sein. Keine Frau wird jemals verzeihen, wenn Ihr ihr Bild von Euch zerstört.«

Verwirrt nahm Perrin den Korb entgegen, stellte ihn vor sich auf dem hohen Knauf seines Sattels ab und rieb sich unbewusst die Nase. An gewisse Düfte von Berelain war er gewöhnt, für gewöhnlich die einer jagenden Wölfin und er war das Wild, aber heute verströmte sie keinen Jagdgeruch. Nicht einmal einen Hauch davon. Sie roch so geduldig wie ein Stein, und amüsiert mit einem Unterton von Furcht. Soweit er sich erinnern konnte, hatte sich diese Frau noch nie vor ihm gefürchtet. Und weswegen musste sie geduldig sein? Und wenn er schon dabei war, worüber konnte sie sich amüsieren? Ein Berglöwe, der wie ein Lamm roch, hätte ihn nicht mehr verwirren können.

Verwirrt oder nicht, der aus dem zugeklappten Korb aufsteigende Duft ließ seinen Magen knurren. Gebratenes Rebhuhn, wenn er sich nicht irrte, und Brot, das noch warm war. Mehl war knapp geworden, und Brot war fast so selten wie Fleisch. Es stimmte, dass er an manchen Tagen das Essen versäumte. Er vergaß es einfach manchmal, und wenn er sich daran erinnerte, war es eine Last, denn um eine Mahlzeit zu bekommen, musste er entweder Linis und Breanes Spießrutenlauf erdulden oder sich von Leuten, mit denen er aufgewachsen war, die kalte Schulter zeigen lassen. Essen direkt unter seine Nase ließ ihm das Wasser im Mund zusammenlaufen. Wäre es verwerflich, von Berelain gebrachtes Essen zu verspeisen?

»Danke für das Brot und das Huhn«, sagte er grob, »aber das letzte, was ich auf dieser Welt will, ist, dass jemand auf die Idee kommt, wir würden flirten. Und ich wasche mich, wenn ich kann, auch wenn Euch das nichts angeht. Bei diesem Wetter ist das nicht einfach. Davon abgesehen riecht keiner besser als ich.« Und plötzlich wurde ihm klar, dass sie es tat. Unter ihrem leichten Parfüm war nicht das geringste Anzeichen von Schweiß oder Schmutz. Es ärgerte ihn, dass ihm ihr Parfüm überhaupt aufgefallen war, oder dass sie sauber roch. Es kam ihm wie ein Verrat vor.

Berelains Augen weiteten sich einen Augenblick lang überrascht – warum? –, dann seufzte sie mit einem Lächeln, das langsam aufgesetzt aussah, und eine Spur von Gereiztheit schlich sich in ihren Duft. »Lasst Euer Zelt aufbauen. Ich weiß, dass auf einem Eurer Wagen eine gute Kupferbadewanne ist. Die werdet Ihr nicht zurückgelassen haben. Die Leute erwarten, dass ein Adliger auch wie einer aussieht, Perrin, und das schließt mit ein, dass man präsentabel ist, selbst wenn das zusätzliche Mühe kostet. Das ist ein Handel zwischen ihnen und Euch. Ihr müsst ihnen nicht nur das geben, was sie brauchen, sondern auch das, was sie erwarten, oder sie verlieren den Respekt und fangen an, einen zu verachten. Offen gesagt kann sich keiner von uns leisten, dass Ihr es soweit kommen lasst. Wir sind alle weit von zu Hause weg, umgeben von Feinden, und ich bin der festen Überzeugung, dass Ihr, Lord Perrin Goldauge, vermutlich unsere einzige Chance seid, wieder lebend nach Hause zu kommen. Ohne Euch wird alles auseinanderfallen. Und jetzt lächelt, denn wenn wir flirten, dann sprechen wir über nichts anderes.«

Perrin bleckte die Zähne. Die Mayener und die Weisen Frauen sahen zu, aber auf fünfzig Schritte würde man es in diesem Dämmerlicht für ein Lächeln halten. Den Respekt verlieren? Berelain hatte dabei geholfen, ihm jeden Respekt zu nehmen, den er jemals bei den Leuten von den Zwei Flüssen gehabt hatte, ganz zu schweigen bei Failes Dienern. Aber was noch schlimmer war, Faile hatte ihm ihren Vortrag über die Pflicht eines Adligen, den Leuten das zu geben, was sie erwarteten, mehr als einmal gehalten. Es machte ihn wütend, von allen Leuten ausgerechnet dieser Frau zuhören zu müssen, wie sie das Gleiche wie seine Gemahlin von sich gab. »Und worüber wollt Ihr mit mir sprechen, was Eure eigenen Leute nicht mitkriegen sollen?«

Ihr Gesicht blieb unbewegt und freundlich, aber der Unterton von Furcht, der von ihr ausging, wurde stärker. Es handelte sich keinesfalls um Panik, aber sie glaubte sich in Gefahr. Ihre behandschuhten Hände verkrampften sich um die Zügel. »Ich habe meine Diebefänger in Masemas Lager herumschnüffeln und Freundschaften schließen lassen. Nicht so gut, als hätte man dort Augen-und-Ohren, aber sie haben Wein mitgebracht, den sie mir angeblich gestohlen haben, und sie haben ein paar Dinge erfahren.« Einen Augenblick lang betrachtete sie ihn fragend mit schräg gelegtem Kopf. Beim Licht! Sie wusste, dass Faile Selande und die anderen Narren als Spione eingesetzt hatte! Schließlich war Berelain diejenige gewesen, die ihn überhaupt darüber in Kenntnis gesetzt hatte. Vermutlich hatten Gendar und Santes, ihre Diebefänger, Haviar und Nerion in Masemas Lager gesehen. Man würde Balwer warnen müssen, bevor er versuchte, Medore auf Berelain und Annoura anzusetzen. Das würde ein schönes Durcheinander geben.

Als er nichts sagte, fuhr sie fort. »Ich habe neben dem Brot und dem Huhn noch etwas anderes in den Korb gelegt. Ein … Dokument, das Santes gestern Früh entdeckt hat, es war in Masemas Lagertisch eingeschlossen. Der Narr konnte noch nie an einem Schloss vorbeigehen, ohne sich zu fragen, was dahinter wohl verborgen ist. Wenn er schon seine Nase in das stecken musste, was Masema unter Verschluss hielt, hätte er es seinem Gedächtnis anvertrauen sollen, statt es mitzunehmen, aber was geschehen ist, ist geschehen. Nach der ganzen Mühe, die ich mir gemacht habe, um es zu verstecken, lasst bitte keinen sehen, wie Ihr es lest!«, fügte sie scharf hinzu, als er den Korbdeckel hob und ein in ein Tuch eingewickeltes Bündel enthüllte, von dem ein noch stärkerer Duft von warmem Brot und gebratenem Geflügel ausging. »Mir ist schon einmal aufgefallen, dass Masemas Männer Euch folgen. Sie könnten Euch in diesem Augenblick beobachten!«

»Ich bin kein Narr!«, knurrte er. Es war ihm nicht neu, dass Masema ihn beobachten ließ. Die meisten seiner Anhänger waren Stadtleute, und der größte Teil von ihnen verhielt sich im Wald so unbeholfen, dass es jedem Zehnjährigen in der Heimat peinlich gewesen wäre. Aber das bedeutete nicht, dass sich keiner von ihnen irgendwo zwischen den Bäumen verbarg und aus den Schatten heraus spionierte. Sie blieben immer auf Distanz, da sie ihn wegen seiner Augen für eine halb gezähmte Schattenbrut hielten, und so stieß er nur selten auf ihren Geruch, und an diesem Morgen hatte er andere Dinge im Kopf.

Er schob das Tuch ein Stück zur Seite, um das Rebhuhn auszupacken, das fast so groß wie ein normales Huhn und dessen Haut knusprig braun gebraten war, und riss eine Keule ab, während er unter dem Bündel herumtastete und ein schweres, elfenbeinfarbenes, viermal gefaltetes Stück Papier nach vorn schob. Ohne auf Fettflecken zu achten, entfaltete er das Papier auf dem Huhn, was mit seinen Panzerhandschuhen nicht ganz leicht war, und las, während er an der Keule nagte. Für jeden Zuschauer würde es so aussehen, als überlegte er, welches Stück Huhn als nächstes dran war. Ein dickes grünes Wachssiegel war auf der einen Seite gebrochen; soweit er erkennen konnte, zeigte es drei Hände, deren Zeigefinger und kleiner Finger ausgestreckt und die anderen gefaltet waren. Die Buchstaben der geschwungenen Schrift waren seltsam geformt, teilweise nicht zu erkennen, aber mit etwas Mühe konnte es lesen.

Der Besitzer dieses Schreibens steht unter meinem persönlichen Schutz. Gebt ihm im Namen der Kaiserin – möge sie ewig leben – alles was er braucht, um dem Reich zu dienen, und sprecht zu niemandem außer mir darüber.

Bei Ihrem Siegel
SUROTH SABELLE MELDARATH
VON ASINBAYAR UND BARSABBA
Hochlady

»Die Kaiserin«, hauchte er so sanft wie über Seide gleitender Stahl. Eine Bestätigung für Masemas Verbindungen zu den Seanchanern, auch wenn er persönlich keine gebraucht hätte. Bei einer solchen Angelegenheit hätte Berelain gewiss nicht gelogen. Suroth Sabelle Meldarath musste eine wichtige Person sein, um so ein Dokument ausstellen zu können. »Das wird ihn erledigen, sobald Santes bezeugt, wo er es gefunden hat.« Ein Dienst am Reich? Masema wusste, dass Rand gegen die Seanchaner gekämpft hatte! In seinem Kopf flammte der Regenbogen auf und wurde fortgerissen. Der Mann war ein Verräter!

Berelain lachte, als hätte er etwas Geistreiches gesagt, aber ihr Lächeln sah jetzt eindeutig gezwungen aus. »Santes hat mir versichert, dass ihn im Chaos des Lagerbaus keiner gesehen hat. Also habe ich ihm und Gendar erlaubt, mit meinem letzten Fass guten Tunaighan zurückzugehen. Sie sollten eine Stunde nach Einbruch der Dunkelheit zurück sein, aber das ist nicht geschehen. Vielleicht schlafen sie ja ihren Rausch aus, aber sie sind noch nie …«

Sie verstummte mit einem überraschten Laut und starrte ihn an, und er wurde sich bewusst, dass er gerade den Knochen der Hühnerkeule durchgebissen hatte. Beim Licht, er hatte das Bein von der letzten Faser Fleisch befreit, ohne es zu bemerken. »Ich bin hungriger, als ich gedacht habe«, murmelte er. Er spuckte ein Stück Knochen in seinen Panzerhandschuh und warf es zu Boden. »Masema weiß, dass Ihr dieses Dokument habt, davon kann man mit Sicherheit ausgehen. Ich hoffe, Ihr umgebt Euch nicht nur beim Ausritt mit einer starken Wache.«

»Gallenne lässt seit gestern Abend fünfzig Mann um mein Zelt herum schlafen«, sagte sie. Dabei starrte sie ihn noch immer an, und er seufzte. Man hätte denken können, sie hätte noch nie zuvor gesehen, wie jemand einen Knochen entzweibiss.

»Was hat Euch Annoura geraten?«

»Sie wollte, dass ich es ihr gebe, damit sie es vernichten kann; dann hätte ich im Zweifelsfall behaupten können, dass ich nichts davon weiß, und sie könnte meine Worte bestätigen. Aber ich habe meine Zweifel, ob sich Masema damit zufrieden geben würde.«

»Ja, das bezweifle ich auch.« Annoura hätte das ebenfalls wissen müssen. Aes Sedai konnten miteinander starrköpfig und sogar uneinsichtig sein, aber sie waren niemals dumm. »Hat sie gesagt, sie würde das Dokument vernichten, oder dass sie es vernichten könnte, wenn Ihr es ihr überlasst?«

Berelains Stirn runzelte sich nachdenklich, und es dauerte ein paar Augenblicke, bis sie sagte: »Dass sie es tun würde.« Das Pferd tänzelte ein paar Schritte, aber sie brachte es mühelos unter Kontrolle, ohne sich darauf konzentrieren zu müssen. »Ich kann mir nicht vorstellen, wofür sie es sonst haben wollte«, sagte sie nach einer weiteren Pause. »Masema ist wohl kaum zugänglich für … Druck.« Sie meinte Erpressung. Perrin konnte sich nicht vorstellen, dass Masema sich so etwas gefallen ließ. Vor allem nicht Erpressung durch eine Aes Sedai.

Er gab vor, eine weitere Keule abzureißen, und schaffte es, das Papier zusammenzufalten und sich in den Ärmel zu stecken. Es war trotz allem ein Beweis. Aber wovon? Wie konnte ein Mann gleichzeitig den Wiedergeborenen Drachen fanatisch verehren und ein Verräter sein? Konnte er das Dokument jemandem abgenommen haben? Aber wem? Einem gefangenen Kollaborateur? Aber warum sollte Masema es unter Verschluss halten, es sei denn, es war für ihn bestimmt? Er *hatte* sich mit den Seanchanern getroffen. Und wofür hatte er es benutzen wollen? Wer vermochte schon zu sagen, was man mit so einem Dokument alles tun konnte? Perrin seufzte schwer. Er hatte so viele Fragen und keine Antworten. Vielleicht würde Balwer eine Idee haben.

Auf den Geschmack gekommen wollte sein Magen, dass er die Keule in seiner Hand und den Rest des Rebhuhns verschlang, aber er verschloss den Korbdeckel fest und versuchte, kleine Bissen zu nehmen. Eines konnte er selbst herausfinden. »Was hat Annoura sonst noch gesagt? Über Masema?«

»Nichts, außer dass er gefährlich ist und ich ihm aus dem Weg gehen soll, als hätte ich das nicht schon bereits gewusst. Sie verabscheut ihn und spricht auch nicht gern über ihn.« Wieder ein kurzes Zögern, dann fügte Berelain hinzu: »Warum?« Die Erste von Mayene war an Intrigen gewöhnt, und sie achtete auf das, was nicht gesagt wurde.

Perrin nahm noch einen Bissen, um sich einen Augenblick Zeit zu verschaffen, während er kaute und schluckte. Er war nicht an Intrigen gewöhnt, aber er war genügend Intrigen ausgesetzt gewesen, um zu wissen, dass es gefährlich sein konnte, wenn man zuviel sagte. Oder zu wenig, selbst wenn Balwer anders darüber dachte. »Annoura hatte ein Geheimtreffen mit Masema. Masuri auch.«

Berelains aufgesetztes Lächeln blieb an Ort und Stelle, aber jetzt ging auch noch Sorge von ihr aus. Sie wollte sich im Sattel umdrehen, um zu den beiden Aes Sedai hinüberzublicken, beherrschte sich aber und fuhr sich mit der Zungenspitze über die Lippen. »Aes Sedai haben immer ihre Gründe«, war alles, was sie dazu zu sagen hatte. Nun ja, war sie besorgt, weil sich ihre Beraterin mit Masema traf oder dass Perrin davon wusste oder…? Er hasste diese ganzen Verwicklungen. Sie behinderten nur die wichtigen Dinge. Beim Licht, er hatte die zweite Keule auch schon abgenagt! In der Hoffnung, dass Berelain es nicht bemerkt hatte, warf er den Knochen hastig zur Seite. Sein Magen verlangte knurrend nach mehr.

Ihre Leute waren auf Distanz geblieben, aber Aram war ein kurzes Stück auf Perrin und Berelain zugeritten und beugte sich vor, um sie zwischen den schattenverhüllten Bäumen zu betrachten. Die Weisen Frauen standen etwas abseits und unterhielten sich, ohne anscheinend zu bemerken, dass sie bis zu den Knöcheln im Schnee standen oder dass die kalte Brise heftig genug geworden war, um die Enden ihrer Schultertücher zu bewegen. Trotzdem schaute gelegentlich auch eine von ihnen in Perrins und Berelains Richtung. Perrins Privatsphäre hielt keine Weise Frau davon ab, ihre Nase dort hineinzustecken, wo auch immer sie wollte. In dieser Beziehung waren sie wie die Aes Sedai. Auch Masuri und Annoura schauten zu, obwohl sie sich von den anderen fern zu halten schienen. Perrin wäre jede Wette eingegangen, dass beide Schwestern ohne die Anwesenheit der Weisen Frauen mit der Einen Macht gelauscht hätten. Natürlich wußten auch die Weisen Frauen, wie man das anstellte, und sie hatten Masuris Besuch bei Masema erlaubt. Würden die Aes Sedai die Zähne zusammenbeißen, wenn sie bemerkten, dass die Weisen Frauen mit der Macht lauschten? Annoura schien die Weisen Frauen beinahe mit der gleichen Vorsicht zu behandeln wie Masuri.

Beim Licht, er hatte keine Zeit für dieses Dornengestrüpp! Aber er musste darin leben.

»Wir haben ihnen genug gegeben, worüber sie sich das Maul zerreißen können«, sagte er. Nicht, dass sie mehr brauchten, als sie ohnehin schon hatten. Er schob den Tragegriff des Korbs über den Sattelknauf und stieß Traber in die Flanken. Es konnte wohl kaum als treulos gelten, ein gebratenes Huhn zu essen.

Berelain schloss sich ihm nicht sofort an, holte ihn aber ein, bevor er Aram erreichte, und zügelte ihr Pferd neben ihm. »Ich werde herausfinden, was Annoura vorhat«, sagte sie entschlossen und schaute starr geradeaus. Ihr Blick war hart. Perrin hätte Annoura bedauert, hätte er nicht schon selbst versucht, Antworten aus ihr herauszuschütteln. Aber Aes Sedai brauchten selten Mitleid, und sie gaben selten Antworten, die sie nicht geben wollten. Im nächsten Augenblick war Berelain wieder die personifizierte Lebenslust und lächelte strahlend, auch wenn der Geruch der Entschlossenheit sie noch immer umgab und die Furcht beinahe auslöschte. »Der junge Aram hat uns erzählt, dass Herzverderber mit der Wilden Jagd durch diese Wälder reitet, Lord Perrin. Haltet Ihr das für möglich? Ich erinnere mich, diese Geschichten in meiner Kinderstube erzählt bekommen zu haben.« Ihre Stimme war hell und amüsiert. Arams Wangen färbten sich rot, und ein paar der Männer hinter ihm lachten.

Dann hörten sie auf zu lachen, als Perrin ihnen die Spuren auf der Felsplatte zeigte.

KAPITEL 7

Scharfkantige Rätselspiele

Als das Gelächter abrupt verstummte, setzte Aram ein selbstzufriedenes Grinsen auf, und der Furchtgeruch, der zuvor von ihm ausgegangen war, war verschwunden. Jeder hätte geglaubt, dass er die Spuren bereits selbst gesehen hatte und alles wusste, was es darüber zu wissen gab. Aber alle hatten nur Augen für die riesigen Pfotenabdrücke auf dem Stein, und keiner beachtete das Grinsen oder sonst etwas, nicht einmal Perrins Erklärung, dass die Schattenhunde schon lange fort waren. Natürlich konnte er ihnen nicht verraten, woher er das wusste, aber diesen Mangel schien keiner zu bemerken. Ein schräger Sonnenstrahl fiel direkt auf die graue Platte und erhellte sie deutlich. Traber hatte sich an den vergehenden Geruch nach verbranntem Schwefel gewöhnt – zumindest schnaubte er nur und legte die Ohren an –, aber die anderen Pferde scheuten vor dem schrägen Stein. Abgesehen von Perrin konnte keiner der Menschen den Geruch wahrnehmen, und die meisten fluchten über das Verhalten ihrer Reittiere und betrachteten den seltsam gezeichneten Felsen, als wäre er eine von einem Wanderzirkus zur Schau gestellte Kuriosität.

Berelains mollige Dienerin schrie auf, als sie die Spuren sah, und schwankte so auf ihrer dickbäuchigen, nervös tänzelnden Stute herum, dass sie hinunterzufallen drohte, aber Berelain bat Annoura lediglich gedankenverloren, auf sie aufzupassen, und starrte die Pfotenabdrücke so regungslos an, als wäre sie selbst eine Aes Sedai. Aber ihre Hände verkrampften sich um die Zügel, bis sich das dünne rote Leder um ihre Knöchel spannte. Bertain Gallenne, der Lordhauptmann der Geflügelten Wachen, dessen roter Helm mit den herausgehämmerten Flügeln von drei dünnen roten Federn gekrönt wurde, hatte an diesem Morgen persönlich das Kommando über Berelains Leibwache, und er trieb seinen großen schwarzen Wallach an den Felsen heran, schwang sich aus dem Sattel in den knietiefen Schnee und nahm seinen Helm ab, um die Platte mit seinem einen Auge zu betrachten. Die leere Augenhöhle wurde von einer scharlachroten Klappe bedeckt, deren Riemen durch sein schulterlanges graues Haar führte. Seine Grimasse verkündete, dass er Ärger sah, aber er sah immer zuerst die Probleme. Perrin vermutete, dass das bei einem Soldaten besser war, als immer nur das Gute zu sehen.

Auch Masuri stieg ab, aber sobald sie auf dem Boden stand, blieb sie mit den Zügeln in der einen behandschuhten Hand stehen und sah unsicher zu den drei sonnenverbrannten Aielfrauen hinüber. Ein paar mayenische Soldaten murmelten unbehaglich, aber mittlerweile hätten sie sich daran gewöhnen müssen. Annoura verbarg ihr Gesicht tiefer in der grauen Kapuze, als wollte sie den Felsen nicht sehen, und schüttelte Berelains Dienerin energisch; die Frau starrte sie erstaunt an. Masuri andererseits wartete scheinbar geduldig neben ihrem Pferd, aber ihr unablässiges, unbewusstes Glätten des rotbraunen Seidenreitrocks verriet ihre Nervosität. Die Weisen Frauen wechselten so ausdruckslos wie die Schwestern stumme Blicke. Carelle stand zwischen Nevarin, einer dürren Frau mit grünen Augen, und Marline, deren Augen das Blau des Zwielichts aufwiesen und deren schwarzes Haar – eine Seltenheit unter den Aiel – unter dem Tuch hervorschaute. Alle drei waren hochgewachsene Frauen, so groß wie Männer, und keine von ihnen schien mehr als ein paar Jahre älter als Perrin zu sein, aber ihre ruhige Gelassenheit wäre nicht möglich gewesen, ohne mehr Jahre gelebt zu haben, als ihre Gesichter verkündeten. Abgesehen von den langen Ketten und schweren Armreifen aus Gold und Elfenbein hätten ihre schweren dunklen Röcke und die dunklen Schultertücher auch zu Bäuerinnen gepasst, aber es bestand nicht der geringste Zweifel, wer hier das Kommando hatte, die Aes Sedai oder sie. Wenn man ehrlich war, schienen manchmal sogar Zweifel zu bestehen, wer den Oberbefehl hatte, Perrin oder sie.

Schließlich nickte Nevarin und zeigte ein warmes und zustimmendes Lächeln. Perrin hatte sie noch nie lächeln gesehen. Nevarin ging nie mit finsterer Miene umher, aber für gewöhnlich schien sie nach jemandem Ausschau zu halten, den sie ausschimpfen konnte.

Masuri hatte auf das Nicken gewartet, bevor sie ihre Zügel einem Soldaten gab. Ihr Behüter war nirgendwo in Sicht, und das musste das Werk der Weisen Frauen sein. Für gewöhnlich klebte Rovair an ihr wie Pech. Sie hob ihren Reitrock und stapfte durch den Schnee, der in der Nähe des Steins immer tiefer wurde, dann strich sie mit den Händen über die Pfotenabdrücke und lenkte offensichtlich die Macht, obwohl nichts passierte, das Perrin sehen konnte. Die Weisen Frauen beobachteten sie genau, aber sie konnten Masuris Gewebe sehen. Annoura zeigte kein Interesse. Die Enden ihrer schmalen Zöpfe zuckten, als würde sie in der Kapuze den Kopf schütteln, und die Graue Schwester lenkte ihr Pferd von der Dienerin fort und aus der Sichtweite der Weisen Frauen, obwohl sie das auch weiter von Berelain fortbrachte, die vielleicht gerade jetzt ihren Rat gebraucht hätte. Annoura ging den Weisen Frauen so gut aus dem Weg, wie sie nur konnte.

»Wandelnde Lagerfeuergeschichten«, murmelte Gallenne und zog mit einem Seitenblick auf Masuri seinen Wallach von dem Felsen fort. Er verehrte Aes Sedai, aber nur wenige Männer wollten in der Nähe einer Aes Sedai sein, wenn sie die Macht lenkte. »Obwohl ich eigentlich gar nicht weiß, warum ich noch überrascht bin nach all dem, was ich gesehen habe, seit wir Mayene verlassen haben.« Masuri schien ihn nicht zu bemerken, sie konzentrierte sich auf die Spuren.

Eine Unruhe ging durch die Lanzenreiter, so als hätten sie ihren eigenen Augen nicht getraut, bis ihr Befehlshaber ihnen eine Bestätigung gab, und ein paar von ihnen fingen an, nach unbehaglicher Furcht zu riechen, als rechneten sie jeden Augenblick mit dem Angriff von Schattenhunden.

Gallenne schien zu spüren, was Perrin roch; er hatte seine Fehler, aber er führte schon lange Zeit Soldaten. Er hängte seinen Helm auf den langen Schwertknauf und grinste. Die Augenklappe verlieh dem Grinsen eine grimmige Note, da war ein Mann, der im Angesicht des Todes etwas witzig finden konnte und erwartete, dass andere es ebenso sahen. »Wenn uns die Schwarzen Hunde ärgern, salzen wir ihre Ohren ein«, verkündete er mit energischer Stimme. »Das macht man doch in den Geschichten, oder? Streue ihnen Salz auf die Ohren, und sie verschwinden.« Ein paar Lanzenreiter lachten, allerdings hatte das auf den Gestank nach Furcht keinen großen Einfluss. Geschichten am Lagerfeuer waren eine Sache, wenn die Gespenster einem leibhaftig begegneten, eine ganz andere.

Gallenne führte seinen Schwarzen zu Berelain und legte eine behandschuhte Hand auf den Hals ihres Braunen. Er warf Perrin einen fragenden Blick zu, den dieser ruhig erwiderte, denn er dachte nicht daran, nach diesem Köder zu schnappen. Was auch immer der Mann zu sagen hatte, konnte er vor ihm und Aram sagen. Gallenne seufzte. »Die Geflügelten Wächter werden die Nerven nicht verlieren, meine Lady«, sagte er leise, »aber die Tatsache bleibt bestehen, dass unsere Lage unsicher ist; wir sind von allen Seiten von Feinden umgeben, und unsere Vorräte gehen zur Neige. Schattengezücht kann alles nur noch verschlimmern. Meine Pflicht liegt bei Euch und Mayene, meine Lady, und bei allem Respekt Lord Perrin gegenüber, vielleicht wollt Ihr ja Eure Pläne ändern.« Zorn loderte in Perrin empor – der Mann wollte Faile im Stich lassen! –, aber Berelain ergriff das Wort, bevor er das sagen konnte.

»Es wird keine Änderung geben, Lord Gallenne.« Manchmal fiel es leicht zu vergessen, dass sie eine Herrscherin war, wie klein Mayene auch sein mochte, und in ihrer Stimme lag ein majestätischer Klang, der zu einer Königin von Andor gepasst hätte. Aufrecht dasitzend ließ sie ihren Sattel wie einen Thron erscheinen, und sie sprach laut genug, damit auch jeder ihre Entscheidung hören konnte, und entschieden genug, dass auch jeder wusste, dass es sich um eine endgültige Entscheidung handelte. »Wenn wir von Feinden umzingelt sind, dann ist der Vorstoß genauso sicher wie der Rückzug. Und selbst wenn es zehnmal sicherer wäre, sich zurückzuziehen, würde ich weitermarschieren. Ich will, dass Lady Faile gerettet wird, und wenn wir uns den Weg durch tausend Schattenhunde freikämpfen müssen, und Trollocs obendrein. Das habe ich geschworen!«

Lauter Jubel antwortete ihr, die Geflügelten Wächter brüllten und stießen ihre Lanzen in die Luft, sodass die roten Wimpel tanzten. Der Furchtgeruch blieb bestehen, aber sie klangen bereit, sich lieber einen Weg durch eine beliebige Anzahl von Trollocs zu bahnen, als in Berelains Augen an Ansehen zu verlieren. Gallenne führte sie an, aber sie empfanden mehr als nur

Zuneigung für ihre Herrscherin, und das trotz ihres Rufes, was Männer anging. Vielleicht sogar deswegen. Berelain hatte verhindert, dass Mayene von Tear geschluckt wurde, indem sie einen Mann, der sie wunderschön fand, gegen den nächsten ausgespielt hatte. Perrin musste sich beherrschen, sie nicht überrascht anzustarren. Sie klang so entschlossen wie er! Sie *roch* so entschlossen! Gallenne neigte den grauen Kopf in unwilligem Einverständnis, und Berelain zeigte ein schnelles, zufriedenes Nicken, bevor sie ihre Aufmerksamkeit auf die Aes Sedai neben der Felsplatte richtete.

Masuri hatte aufgehört, mit den Händen herumzufuchteln, tippte sich nachdenklich mit einem Finger gegen die Lippen und starrte die Pfotenabdrücke an. Sie war eine hübsche Frau, ohne dabei eine Schönheit zu sein, obwohl das auch an der Alterslosigkeit der Aes Sedai liegen konnte, und sie verfügte über eine anmutige Eleganz, die möglicherweise ebenfalls darin begründet war. Es fiel oft sehr schwer, eine Schwester, die auf einem Bauernhof geboren war, von einer aus einem Palast zu unterscheiden. Perrin hatte sie mit rotem Gesicht und zornig gesehen, erschöpft und am Ende ihrer Beherrschung, aber trotz der beschwerlichen Reise und dem Leben in den Aielzelten sahen ihr dunkles Haar und ihre Kleidung aus, als stünde auch ihr eine Zofe zur Verfügung. Sie hätte genauso gut in einer Bibliothek stehen können.

»Was habt Ihr erfahren, Masuri?«, fragte Berelain. »Masuri, bitte? Masuri?«

Ihre letzten Worte klangen etwas schärfer, und Masuri zuckte zusammen, als würde sie plötzlich überrascht erkennen, dass sie nicht allein war. Möglicherweise war sie tatsächlich überrascht; in vielerlei Hinsicht schien sie eher den Grünen Ajahs zu entsprechen als den Braunen, neigte eher zum Handeln statt zum Nachdenken, kam immer direkt zur Sache, aber sie war noch immer dazu fähig, sich völlig in dem zu verlieren, was gerade ihre Aufmerksamkeit fesselte. Sie faltete die Hände in Hüfthöhe und öffnete den Mund, aber statt zu sprechen zögerte sie und blickte fragend zu den Weisen Frauen hinüber.

»Macht schon, Mädchen«, sagte Nevarin ungeduldig und stemmte mit klirrenden Armreifen die Fäuste in die Hüften. Ein Stirnrunzeln ließ sie so mürrisch wie immer erscheinen, aber keine der anderen Weisen Frauen sah freundlicher aus. Drei finstere Mienen in einer Reihe wie drei helläugige Krähen auf einem Zaun. »Wir lassen Euch nicht einfach Eure Neugier stillen. Macht schon, sagt uns, was Ihr erfahren habt.«

Masuris Gesicht rötete sich, aber sie sprach sofort, den Blick auf Berelain gerichtet. Es konnte ihr nicht gefallen, in der Öffentlichkeit zurechtgewiesen zu werden, gleichgültig, was über ihre Beziehung zu den Aes Sedai nach außen gedrungen war. »Über die Schattenhunde ist nur wenig bekannt, aber ich habe sie studiert. Im Laufe der Jahre bin ich sieben Rudeln begegnet, fünf von ihnen zweimal und zwei weiteren dreimal.« Die Farbe schwand aus ihren Wangen, und langsam klang sie, als würde sie einen Vortrag halten. »Einige der alten Chronisten behaupten, dass es nur sieben Rudel gibt, andere wiederum neun oder dreizehn oder eine andere Zahl, die ihrer Meinung nach eine besondere Bewandtnis hat, aber während der Trolloc-Kriege schrieb Sorelana Alsahhan von den ›Hunderten Rudeln von Schattenhunden, die die Nacht heimsuchen‹, und davor schrieb Ivonell Bharatiya von ›aus dem Schatten geborenen Hunden, deren Anzahl so groß ist wie die Albträume der Menschheit‹. Obwohl Ivonell, um die Wahrheit zu sagen, apokryph sein könnte. Wie dem auch sei, der …« Sie gestikulierte, als würde sie nach einem passenden Ausdruck suchen. »Geruch ist nicht das richtige Wort. Die Ausstrahlung, die von jedem Rudel ausgeht, ist einzigartig, und ich kann mit Sicherheit sagen, dass mir dieses hier noch nie begegnet ist, also wissen wir, dass die Zahl sieben falsch ist. Ob die korrekte Zahl nun neun oder dreizehn oder anders ist, es gibt viel mehr Geschichten über Schattenhunde als Schattenhunde selbst, und so weit südlich von der Großen Fäule sind sie äußerst selten. Und da ist noch eine zweite Ausnahme: dieses Rudel dürfte fast fünfzig Tiere umfasst haben. Für gewöhnlich sind zehn oder zwölf die Grenze. Eine nützliche Maxime: zwei Ausnahmen, die zusammentreffen, verlangen nähere Aufmerksamkeit.« Sie hielt inne und hob einen Finger, um den Punkt zu unterstreichen, dann nickte sie, als sie davon überzeugt war, dass Berelain es begriffen hatte, und faltete wieder die Hände. Ein heftiger Wind stieß ihr den gelbbraunen Umhang von einer Schulter, aber sie schien den Wärmeverlust nicht zu spüren.

»Von den Spuren der Schattenhunde geht immer das Gefühl von Dringlichkeit aus, aber das ändert sich durch eine Vielzahl von Faktoren, die ich nicht alle mit Sicherheit benennen kann. Diese hier weisen eine intensive Beimischung von … ich schätze, man könnte es Ungeduld nennen. Das trifft es zwar nicht einmal annähernd – genauso gut könnte man eine Stichwunde als Nadelstich bezeichnen –, aber es muss reichen. Ich würde sagen, ihre Jagd dauert schon eine Weile, und ihr Wild entgeht ihnen irgendwie. Was die Geschichten auch behaupten mögen – übrigens, Lord Gallenne, Salz kann den Schattenhunden nicht im mindesten schaden.« Also war sie doch nicht völlig in Gedanken versunken gewesen. »Den Geschichten zum Trotz jagen sie niemals zufällig, obwohl sie töten, wenn sich die Gelegenheit bietet und sie nicht die Jagd behindert. Bei den Schattenhunden kommt die Jagd an erster Stelle. Ihr Opfer ist dem Schatten immer wichtig, auch wenn uns der Grund dafür manchmal verborgen bleibt. Sie sind dafür bekannt, die Großen und Mächtigen links liegen zu lassen, um eine Bauersfrau oder einen Handwerker zu töten, oder ein Dorf oder eine Stadt zu betreten und ohne zu töten wieder zu verschwinden, obwohl sie doch offensichtlich aus einem bestimmten Grund kamen. Mein erster Gedanke, was sie hergeführt hat, musste verworfen werden, da sie weitergelaufen sind.« Ihr Blick glitt zu Perrin herüber, so schnell, dass er sich nicht sicher war, ob es jemand bemerkt hatte. »Darum bezweifle ich sehr, dass sie zurückkommen werden. O ja, und sie sind eine Stunde oder länger weg. Ich fürchte, das ist alles, was ich euch sagen kann.« Nevarin und die anderen Weisen Frauen nickten zufrieden, als sie endete, und in ihre Wangen trat wieder eine Spur Farbe, die allerdings schnell verschwand, als sie die gelassene Maske der Aes Sedai aufsetzte. Eine Veränderung der Windrichtung trug ihren Geruch an Perrin heran; sie war überrascht und erfreut – und aufgebracht, dass sie erfreut war.

»Danke, Masuri Sedai«, sagte Berelain förmlich und machte im Sattel eine kleine Verbeugung, die Masuri mit einem leichten Nicken entgegennahm. »Ihr habt uns unsere Sorgen genommen.«

Tatsächlich begann die Furcht unter den Soldaten zu verblassen, obwohl Perrin hörte, wie Gallenne leise murmelte: »Sie hätte uns das Letzte auch zuerst sagen können.«

Perrins Ohren nahmen durch das Stampfen der Pferdehufe und das leise, erleichterte Gelächter der Männer hindurch allerdings noch etwas anderes wahr. Im Süden ertönte das Trillern eines Blaufinken, das sonst keiner wahrnehmen konnte, dicht gefolgt vom summenden Ruf eines Maskenspatzen. Ein weiterer Blaufink ertönte, wieder gefolgt von einem Maskenspatzen, und dann rief das Paar aus noch größerer Nähe. Es mochte in Altara Blaufinken und Maskenspatzen geben, aber er wusste, dass diese Vögel Langbogen aus den Zwei Flüssen trugen. Der Blaufink bedeutete, dass Männer kamen, mehr als nur ein paar und möglicherweise mit unfreundlichen Absichten. Der Maskenspatz andererseits, der zu Hause auch Diebvogel genannt wurde, weil er gern funkelnde Gegenstände stahl … Perrin fuhr mit dem Daumen über die Axtschneide, wartete aber auf weitere Rufe, die nahe genug ertönten, dass sie auch den anderen auffielen.

»Hört Ihr das?«, sagte er und schaute nach Süden, als wäre es ihm gerade erst aufgefallen. »Meine Posten haben Masema entdeckt.« Das führte dazu, dass sich Köpfe hoben und lauschten, und mehrere Männer nickten, als die Rufe aus noch größerer Nähe wiederholt wurden. »Er kommt hier entlang.«

Gallenne stülpte sich unter Flüchen den Helm auf den Kopf und stieg in den Sattel. Annoura zog die Zügel enger, und Masuri stapfte zurück zu ihrem Pferd. Die Lanzenreiter rutschten in den Sätteln umher und fingen an, nach Wut zu riechen, in die sich wieder Furcht mischte. In ihren Augen schuldete Masema den Geflügelten Wachen eine Blutschuld, aber keiner war darauf versessen, sie mit nur fünfzig Mann einzufordern, nicht, wenn Masema immer mit hundert Mann ritt.

»Ich werde nicht vor ihm davonlaufen«, verkündete Berelain. Sie starrte mit einem kalten Blick nach Süden. »Wir werden hier auf ihn warten.«

Gallenne öffnete den Mund und schloss ihn wieder, ohne etwas gesagt zu haben – jedenfalls zu ihr. Er holte tief Luft, dann begann er, Befehle zu brüllen, um seine Männer zu gruppieren. Das war nicht einfach. Auch wenn die Bäume weit voneinander entfernt standen, ein Wald war kein guter Ort für einen Lanzenreiter. Jeder Ausfall würde von Anfang an unzusammenhängend sein, und es war schwer, einen Mann mit der Lanze aufzuspießen, wenn er sich hinter einem Baumstamm verstecken und einem in den Rücken fallen konnte. Gallenne versuchte, sie vor Berelain aufzustellen, vor ihr und den näher kommenden Männern, aber sie warf ihm einen missbilligenden Blick zu, und der Einäugige änderte seine Befehle und stellte die Lanzenreiter in einer einzigen, leicht schrägen Reihe auf, die sich um große Bäume ballte, aber sie in die Mitte nahm. Gallenne schickte einen Soldaten ins Lager zurück; er duckte sich tief in seinen Sattel, hielt die Lanze wie bei einem Angriff gesenkt, und ritt so schnell, wie es Schnee und Gelände erlaubten. Berelain nahm das mit einer erhobenen Braue zur Kenntnis, sagte aber nichts.

Annoura fing an, ihren Braunen auf Berelain zuzusteuern, hielt aber inne, als Masuri ihren Namen rief. Die Braune Schwester hatte ihr Pferd geholt, stand aber noch immer von den Weisen Frauen umgeben im Schnee. Verglichen mit ihr waren sie so groß, dass sie wie eine Halbwüchsige erschien. Annoura zögerte, bis Masuri sie erneut rief, diesmal etwas schärfer, und Perrin glaubte sie seufzen zu hören, bevor sie zu ihnen ritt und abstieg. Was auch immer die Aielfrauen zu sagen hatten – ihre Stimmen waren zu leise, als dass Perrin sie verstehen konnte, und sie drängten sich vor Annoura und steckten die Köpfe zusammen –, es gefiel der Schwester aus Tarabon nicht. Ihr Gesicht blieb in der Kapuze verborgen, aber ihre dünnen Zöpfe wirbelten immer schneller umher, je länger sie den Kopf schüttelte, und schließlich wandte sie sich abrupt ab und schob einen Fuß in den Steigbügel. Masuri hatte still dagestanden und die Weisen Frauen reden lassen, aber jetzt legte sie Annoura eine Hand auf den Ärmel und sagte leise etwas, das Annouras Schultern nach vorn sacken und die Weisen Frauen nicken ließ. Annoura stieß die Kapuze zurück und wartete, bis Masuri aufgesessen war, bevor sie auf ihr Pferd stieg, und dann ritten die beiden Schwestern zusammen zu der Reihe der Lanzenreiter und schoben sich auf der anderen Seite von Perrin neben Berelain, während sich die Weisen Frauen dazwischendrängten. Annouras Mundwinkel hingen mürrisch nach unten, und sie rieb sich nervös ihre Daumen.

»Was habt Ihr vor?«, fragte Perrin und versuchte nicht, sein Misstrauen zu verbergen. Vielleicht hatten die Weisen Frauen ja erlaubt, dass sich Masuri mit Masema traf, aber sie behaupteten noch immer, der Meinung zu sein, dass dieser Mann sterben sollte. Die Aes Sedai konnten die Macht nicht als Waffe verwenden, solange sie nicht in Gefahr schwebten, aber die Weisen Frauen kannten diese Beschränkung nicht. Er fragte sich, ob sie einen Zirkel gebildet hatten. Er wusste mehr über die Eine Macht, als ihm lieb war, und genug über die Weisen Frauen, um sicher zu sein, dass Nevarin in diesem Fall den Befehl über einen Zirkel hatte.

Annoura öffnete den Mund, ließ ihn nach einer warnenden Berührung von Carelle zuschnappen und warf Masuri einen finsteren Blick zu. Die Braune Schwester schürzte die Lippen und schüttelte kaum merklich den Kopf, was Annoura nicht zu beschwichtigen schien. Ihre Hände griffen die Zügel so fest, dass sie zitterten.

Nevarin schaute an Berelain vorbei zu Perrin hoch, als würde sie seine Gedanken lesen. »Wir wollen dafür sorgen, dass Ihr wieder sicher ins Lager zurückkommt, Perrin Aybara«, sagte sie entschieden, »Ihr und Berelain Paeron. Wir wollen dafür sorgen, dass so viele wie möglich den heutigen Tag überleben, und die kommenden Tage auch. Habt Ihr Einwände?«

»Unternehmt nichts, bevor ich es auch sage«, erwiderte er. Diese Antwort konnte alles mögliche bedeuten. »Aber auch gar nichts.«

Nevarin schüttelte angewidert den Kopf, und Carelle lachte, als hätte er einen großartigen Witz erzählt. Keine der Weisen Frauen schien zu glauben, dass eine weitere Erwiderung notwendig war. Man hatte ihnen befohlen, ihm zu gehorchen, aber ihr Verständnis von Gehorsam stimmte mit keinem überein, das er kannte. Schweinen würden Flügel wachsen, bevor er eine bessere Antwort aus ihnen herausbekam.

Er hätte dem ein Ende setzen können. Er wusste, er hätte es tun sollen. Was die Weisen Frauen auch geplant haben mochten, Masema so weit entfernt vom Lager zu treffen, obwohl der Mann wissen musste, wer seinen seanchanischen Brief gestohlen hatte, war so ähnlich wie die Hoffnung, die Hand vom Amboss reißen zu können, bevor der Hammer traf. Berelain war beinahe genauso schlimm wie die Weisen Frauen, wenn es darum ging, Befehle zu befolgen, aber er glaubte, sie würde auf ihn hören, wenn er befahl, sich ins Lager zurückzuziehen. Er glaubte es, obwohl ihr Geruch verkündete, dass sie die Absätze tief in den Boden gerammt hatte. Hier zu bleiben war ein sinnloses Risiko. Er war zuversichtlich, sie davon überzeugen zu können. Und doch wollte auch er nicht vor dem Mann davonlaufen. Ein Teil von ihm sagte ihm, dass er ein Narr war. Der größere Teil schwelte mit einem Zorn, der sich kaum bändigen ließ. Aram drängte sich mit finsterer Miene neben ihn, aber immerhin hatte er das Schwert nicht gezogen. Mit dem Schwert herumzufuchteln mochte eine glühende Kohle in den Heuschober werfen, und der Zeitpunkt für die Konfrontation mit Masema war noch nicht gekommen. Perrin legte eine Hand auf die Axt. Noch nicht.

Trotz der schrägen Sonnenstrahlen, die ihren Weg durch das dichte Blätterdach hindurchfanden, war der Wald in dämmerige Schatten gehüllt. Selbst am Mittag würde es hier düster sein. Zuerst hörte er die Geräusche, das gedämpfte Stampfen von Hufen im Schnee, das heisere Schnauben von Pferden, die angetrieben wurden, und dann erschien eine Masse von Reitern, eine wilde Horde, die trotz Schnee und unwegsamem Gelände fast im Galopp an den gewaltigen Bäumen vorbeiströmte. Es waren keine Hundert, sondern zwei- oder dreimal soviel. Ein Pferd stürzte mit schrillem Wiehern und blieb zuckend auf seinem Reiter liegen, aber keiner verlangsamte auch nur das Tempo, bis ein siebzig oder achtzig Schritte vorausreitender Mann die Hand hob, und sie rissen an den Zügeln, und Schnee spritzte auf, und die schwitzenden Pferde schnaubten und dampften. Hier und da ragten bei den Reitern Lanzen in die Höhe. Die meisten trugen keine Rüstung, viele bloß einen Brustpanzer oder einen Helm, aber an ihren Sätteln hingen Schwerter und Äxte und Keulen. Sonnenstrahlen beleuchteten ein paar Gesichter, grimmige Männer, die aussahen, als hätten sie nie in ihrem Leben gelächelt und würden es auch niemals tun.

Perrin kam der Gedanke, dass es ein Fehler gewesen war, Berelain nicht zu überstimmen. Das kam davon, wenn man hastige Entscheidungen traf, der Wut das Denken überließ. Jeder wusste, dass sie morgens oft ausritt, und Masema wollte möglicherweise sein seanchanisches Dokument verzweifelt wiederhaben. Selbst mit den Aes Sedai und den Weisen Frauen konnte ein Kampf in diesen Wäldern zu einem blutigen Handgemenge werden, bei dem Männer und Frauen sterben konnten, ohne zu sehen, wer sie getötet hatte. Wenn keine Zeugen übrig blieben, konnte man alles auf Banditen oder sogar die Shaido schieben. Das war schon zuvor geschehen. Und falls Zeugen übrig blieben, würde Masema nicht zögern, ein paar Dutzend seiner eigenen Männer aufzuhängen und zu behaupten, die Schuldigen seien bestraft worden. Allerdings würde er

Perrin Aybara vermutlich noch eine Weile am Leben lassen wollen, und er würde nicht mit den Weisen Frauen gerechnet haben, oder einer zweiten Aes Sedai. Kleine Punkte, um daran fünfzig Leben festzumachen. Sehr kleine Punkte, um daran Failes Leben festzumachen. Perrin lockerte die Axt im Gürtel. Berelain neben ihm roch nach kühler Ruhe und steinerner Entschlossenheit. Seltsamerweise war da keine Furcht. Nicht mal ein Hauch. Aram roch … aufgeregt.

Die beiden Gruppen musterten sich schweigend, bis Masema schließlich von nur zwei Männern gefolgt nach vorn ritt; alle drei schoben die Kapuzen zurück. Keiner trug einen Helm oder eine Rüstung. Wie Masema kamen auch Nengar und Bartu aus Schienar, aber genau wie er hatten sie die Haarknoten abrasiert und waren jetzt kahlköpfig, was ihnen das Aussehen von Totenschädeln verlieh. Das Auftauchen des Wiedergeborenen Drachen hatte alle Bande zerstört, einschließlich der Eide dieser Männer, an der Grenze der Fäulnis gegen den Schatten zu kämpfen. Nengar und Bartu trugen jeder ein Schwert auf dem Rücken und ein zusätzliches am Sattelknauf, und Bartu, der kleinere der beiden, hatte ein Futteral mit einem Reiterbogen und einen Köcher am Sattel befestigt. Masema trug keine sichtbaren Waffen. Der Prophet des Wiedergeborenen Lord Drachen brauchte keine. Perrin war froh, dass Gallenne die von Masema zurückgelassenen Männer im Auge behielt, denn der Prophet hatte etwas an sich, das die Blicke auf sich zog. Vielleicht war es nur das Wissen, wer er war, aber das reichte schon aus.

Masema zügelte seinen schlanken Fuchs ein paar Schritte von Perrin entfernt. Der Prophet war ein Mann von durchschnittlicher Größe mit einer strengen Miene, dessen eine Wange von einer verblassten Pfeilnarbe gezeichnet wurde. Er trug einen abgetragenen braunen Wollmantel und einen dunklen Umhang mit ausgefransten Säumen. Masema kümmerte sich nicht um das äußere Erscheinungsbild, am wenigsten um das seine. Nengar und Bartu hinter ihm hatten einen fiebrigen Blick, aber Masemas tiefsitzende, beinahe schwarze Augen erschienen so heiß wie die Kohlen in einem Schmiedefeuer, als würde der Wind sie gleich zum Glühen anfachen, und sein Geruch war die zerrissene Schärfe unverfälschten Wahnsinns. Er ignorierte die Weisen Frauen und Aes Sedai mit einer Verachtung, die er nicht einmal verbarg. In seinen Augen waren die Weisen Frauen noch viel schlimmer als die Aes Sedai; nicht nur, dass sie Blasphemie betrieben, indem sie die Eine Macht lenkten, sie waren außerdem auch noch wilde Aiel, also eine zweifache Sünde. Die Geflügelten Wachen unter den Bäumen hätten genauso gut Schatten sein können. »Macht ihr ein Picknick?«, fragte er mit einem Blick auf den Korb, der an Perrins Sattel hing. Normalerweise war Masemas Stimme so intensiv wie sein Blick, aber jetzt klang sie trocken, und seine Lippen verzogen sich, als er zu Berelain hinüberschaute. Natürlich hatte er die Gerüchte gehört.

Wut loderte in Perrin empor, aber er zwang sie zurück. Seine Wut hatte ein Ziel, und er würde sie nicht verschwenden, indem er nach einem anderen schlug. Traber nahm die Stimmung seines Reiters wahr und schien nach Masemas Wallach schnappen zu wollen, und Perrin musste ihn scharf zügeln. »Hier waren Schattenhunde in der Nacht«, sagte er nicht besonders elegant, aber besser brachte er es nicht zustande. »Sie sind weg, und Masuri glaubt nicht, dass sie zurückkehren, also gibt es keinen Grund zur Sorge.«

Masema roch nicht im mindesten besorgt. Er roch nie nach etwas anderem als Wahnsinn. Der Fuchs stieß heftig mit dem Kopf nach Traber, aber Masema zog ihn mit einem brutalen Ruck zurück. Masema war ein guter Reiter, aber er behandelte seine Tiere genauso, wie er Menschen behandelte. Zum ersten Mal sah er Masuri an. Sein Blick wurde noch etwas brennender, falls das möglich war. »Man kann den Schatten überall finden«, sagte er, die hitzige Verkündigung einer unzweifelhaften Wahrheit. »Keiner, der dem Wiedergeborenen Lord Drachen folgt – möge das Licht seinen Namen leuchten lassen –, muss den Schatten fürchten. Selbst im Tode werden sie den endgültigen Sieg des Lichts finden.«

Masuris Stute scheute, als hätte sie der Blick verbrannt, aber sie zügelte das Tier und erwiderte Masemas Blick mit der Unergründlichkeit einer Aes Sedai, so ruhig wie ein zugefrorener Teich. Nichts wies darauf hin, dass sie mit dem Mann ein Geheimtreffen gehabt hatte. »Wenn sie gut kontrolliert wird, ist Furcht ein nützlicher Antrieb für das Urteilsvermögen und die Entschlossenheit. Wenn wir uns vor unseren Feinden nicht fürchten, bleibt nur Verachtung übrig, und Verachtung führt zum Sieg des Feindes.« Man hätte glauben können, sie würde mit einem einfachen Bauern sprechen, dem sie noch nie zuvor begegnet war. Annoura sah aus, als sei ihr leicht übel. Fürchtete sie, ihr Geheimnis würde ans Tageslicht kommen? Dass ihre Pläne für Masema durchkreuzt werden könnten?

Masema verzog erneut die Lippen; es konnte genauso gut ein Lächeln wie ein verächtliches Grinsen sein. Die Aes Sedai schienen für ihn nicht länger zu existieren, als er seine Aufmerksamkeit wieder Perrin zuwandte. »Einige von denen, die dem Lord Drachen folgen, haben eine Stadt namens So Habor gefunden.« So nannte er seine Anhänger: natürlich folgten sie in Wirklichkeit dem Wiedergeborenen Drachen und nicht etwa ihm. Die Tatsache, dass Masema ihnen sagte, was sie wann und wie zu tun hatten, war nur eine Nebensächlichkeit. »Ein hübscher Ort mit drei- oder viertausend Einwohnern, etwa einen Tag oder weniger im

Südwesten. Anscheinend waren sie abseits vom Weg der Aiel, und trotz der Dürre haben sie letztes Jahr eine gute Ernte eingefahren. Sie haben Speicher voller Gerste, Hirse und Hafer, und noch anderer nützlicher Dinge, wie ich glaube. Ich weiß, dass Ihr nur noch wenig Vorräte habt. Sowohl für Eure Männer wie auch für die Tiere.«

»Warum sollten ihre Speicher zu dieser Jahreszeit voll sein?« Berelain beugte sich mit einem Stirnrunzeln nach vorn; ihr Tonfall war nicht weit von einem Befehl entfernt und klang fast ungläubig.

Nengar legte mit einem finsteren Blick die Hand auf das Sattelschwert. Keiner gab dem Propheten des Lord Drachen einen Befehl. Und erst recht stellte ihn keiner in Frage. Keiner, der weiterleben wollte. Leder ächzte, als die Lanzenreiter in ihren Sätteln das Gewicht verlagerten, aber Nengar ignorierte sie. Der Gestank von Masemas Wahnsinn kroch in Perrins Nase. Masema musterte Berelain. Er schien sich weder Nengar noch den Lanzenreitern noch der Möglichkeit bewusst zu sein, dass die Männer jeden Augenblick damit anfangen konnten, einander zu töten.

»Eine Sache der Habgier«, sagte er schließlich. »Anscheinend glaubten die Kornhändler von So Habor, sie könnten größere Profite machen, wenn sie ihre Vorräte zurückhalten, bis der Winter die Preise in die Höhe treibt. Aber normalerweise verkaufen sie in den Westen, nach Ghealdan und Amadicia, und die Geschehnisse dort und in Ebou Dar haben in ihnen die Befürchtung geweckt, dass man ihre Lieferungen beschlagnahmen könnte. Ihre Habgier hat dazu geführt, dass sie volle Speicher und leere Geldbeutel haben.« Ein zufriedener Ton stahl sich in Masemas Stimme. Er verabscheute Habgier. Aber er verabscheute jede menschliche Schwäche, ob groß oder klein. »Ich glaube, dass sie sich jetzt sehr billig von ihrem Korn trennen werden.«

Perrin witterte eine Falle, und dazu brauchte er nicht die Spürnase eines Wolfs. Masema musste seine eigenen Männer und Tiere ernähren, und wie gründlich sie das Umland auch geplündert hatten, sie konnten kaum in besserer Verfassung sein als Perrins Leute. Warum hatte Masema nicht ein paar Tausend seiner Anhänger in die Stadt geschickt und sich genommen, was es dort zu holen gab? Einen Tag entfernt. Das würde ihn weiter von Faile wegbringen und den Shaido vielleicht Zeit verschaffen, um weiter an Boden zu gewinnen. Was war der Grund für dieses seltsame Angebot? Oder sollte es nur eine weitere Verzögerung sein, damit Masema im Westen bleiben konnte, in der Nähe seiner seanchanischen Freunde?

»Vielleicht werden wir Zeit genug haben, dieser Stadt einen Besuch abzustatten – nachdem meine Frau befreit ist.« Wieder nahmen Perrins Ohren vor allen anderen die kaum wahrnehmbaren Geräusche von Männern und Pferden wahr, die sich durch den Wald bewegten, diesmal von Westen her aus dem Lager. Gallennes Bote musste die ganze Strecke im Galopp zurückgelegt haben.

»Eure Frau«, sagte Masema tonlos und warf Berelain einen Blick zu, der Perrins Blut kochen ließ. Selbst Berelain wurde rot, obwohl ihr Gesicht völlig reglos blieb. »Glaubt Ihr wirklich, Ihr werdet heute etwas über sie erfahren?«

»Das tue ich.« Perrins Stimme war genauso tonlos wie Masemas, nur härter. Er umfasste den Sattelknauf, oberhalb der Henkel von Berelains Korb, um nicht nach seiner Axt zu greifen. »Ihre Befreiung kommt an erster Stelle. Ihre und die der anderen. Sobald das vollbracht ist, können wir unsere Bäuche bis zum Platzen füllen, aber das kommt zuerst.«

Die näher kommenden Pferde waren jetzt für alle hörbar. Im Westen erschien eine lange Reihe Lanzenreiter, die gefolgt von einer weiteren Reihe an den im Schatten liegenden Bäumen vorbeizog. Die roten Wimpel und Brustpanzer von Mayene wurden durchsetzt von den grünen Wimpeln und glänzenden Brustpanzern Ghealdans. Die Reihen erstreckten sich von der gegenüberliegenden Seite Perrins und dann entlang der Reiterhorde, die auf Masema wartete. Unberittene Männer huschten geisterhaft von Baum zu Baum, die Langbögen der Zwei Flüsse in Händen. Perrin hoffte, dass sie nicht zu viele Männer vom Lager abgezogen hatten. Der Diebstahl des seanchanischen Dokuments hatte Masema zum Handeln gezwungen, und er war ein Veteran, der an der Fäule und gegen die Aiel gekämpft hatte. Möglicherweise hatte er nicht weiter gedacht, als einfach loszureiten und Berelain aufzuspüren. Es war wie ein weiteres Rätselspiel. Man musste ein Teil bewegen, um ein anderes gerade genug verschieben zu können, dass ein drittes freikam. Ein Lager mit einer geschwächten Verteidigung konnte überrannt werden, und in diesen Wäldern konnte die Anzahl genauso viel bedeuten wie die Frage, wem Leute zur Verfügung standen, die die Macht lenken konnten. Wollte Masema sein Geheimnis so sehr bewahren, dass er den Versuch unternahm, es hier und jetzt aus der Welt zu schaffen? Perrin wurde sich bewusst, dass er seine Hand auf die Axt gelegt hatte, aber er ließ sie da.

In Masemas Horde tänzelten Pferde nervös umher, weil ihre Reiter an den Zügeln zogen, brüllten Männer und fuchtelten mit Waffen herum, aber der Prophet selbst musterte die herannahenden Lanzenreiter und Bogenschützen ohne die geringste Gefühlsregung. Sie hätten genauso gut Vögel sein können, die von einem Ast zum nächsten hüpften. Sein Geruch wirbelte wie verrückt, veränderte sich um keinen Hauch.

»Was getan wird, um dem Licht zu dienen, muss getan werden«, sagte er, als die Neuankömmlinge etwa zweihundert Schritte entfernt anhielten. Das war eine mühelose Reichweite für die Bogenschützen von den Zwei Flüssen, und Masema hatte Demonstrationen ihrer Kunst gesehen, aber er gab durch nichts zu erkennen, dass die breiten Pfeilspitzen möglicherweise auf sein Herz zielten. »Alles andere ist Abfall und Unrat. Vergesst das nie, Lord Perrin Goldauge. *Alles* andere ist Abfall und Unrat!«

Ohne ein weiteres Wort zu verlieren, riss er seinen Fuchs herum und ritt begleitet von Nengar und Bartu zu seinen wartenden Männern zurück und dann weiter, und alle drei trieben ihre Pferde ohne Rücksicht auf gebrochene Beine oder angeschlagene Köpfe an. Der Rest schloss sich ihnen an, eine Horde, die nach Süden strömte. Ein paar Männer aus der letzten Reihe hielten an, um eine schlaffe Gestalt unter dem verletzten Pferd hervorzuziehen und das Tier mit einem schnellen Dolchhieb von seinen Qualen zu befreien. Dann fingen sie mit dem Schlachten an. So viel Fleisch durfte man nicht umkommen lassen. Den Reiter ließen sie dort zurück, wo sie ihn hatten fallen lassen.

»Er glaubt jedes Wort, das er sagt«, hauchte Annoura, »aber wo führt ihn sein Glaube hin?«

Perrin zog in Betracht, sie geradeheraus zu fragen, wo Masemas Glaube ihn denn ihrer Meinung nach hinführen würde, wo *sie* ihn hinführen wollte, aber plötzlich setzte sie wieder die undurchdringliche Beherrschung der Aes Sedai auf. Ihre Nasenspitze hatte sich durch die Kälte gerötet; sie betrachtete ihn mit einem energischen Blick. Eher hätte man die von Schattenhunden markierte Felsplatte mit bloßen Händen aus der Erde gezogen als eine Antwort von einer Aes Sedai erhalten, die diesen Blick zeigte. Er würde die Fragen Berelain überlassen müssen.

Der Mann, der die Lanzenreiter herbeigeführt hatte, trieb plötzlich sein Pferd nach vorn. Gerard Arganda war ein kleiner stämmiger Bursche mit einem silbern funkelnden Brustpanzer und einem Helm mit Gittervisier; er war ein Soldat, der sich von ganz unten hochgearbeitet hatte, um gegen alle Wahrscheinlichkeiten zum Ersten Hauptmann von Alliandres Leibwache aufzusteigen. Er hatte nichts für Perrin übrig, der seine Königin aus nichtigen Gründen nach Süden gebracht und dann zugelassen hatte, dass man sie entführte, aber Perrin erwartete, dass er anhielt und Berelain seinen Respekt erwies, bevor er sich vermutlich mit Gallenne besprach. Arganda empfand großen Respekt für Gallenne, die beiden saßen oft zusammen und rauchten eine Pfeife. Aber stattdessen trabte sein Rotschimmel an Perrin und den anderen vorbei, und dann stieß Arganda dem Tier seine Absätze in die Flanken. Als Perrin sah, wo der Mann hinwollte, begriff er. Aus dem Osten näherte sich in gemächlichem Tempo ein einzelner Reiter auf einem mausgrauen Tier, und an seiner Seite schlurfte ein Aiel auf Schneeschuhen.

KAPITEL 8

Farbstrudel

Perrin war sich gar nicht darüber im Klaren, dass er etwas getan hatte, bis er sich über Trabers Hals gebeugt hinter Arganda hergaloppierend wiederfand. Der Schnee war nicht weniger tief, der Boden nicht gleichmäßiger und das Licht keinesfalls besser, aber Traber preschte durch die Schatten, nicht willens, dem Rotschimmel die Führung zu überlassen, und Perrin drängte ihn, noch schneller zu laufen. Der näher kommende Reiter war Elyas, sein Bart breitete sich auf seiner Brust aus, ein breitkrempiger Hut tauchte sein Gesicht in Schatten, und sein pelzverbrämter Umhang bedeckte seinen Rücken. Der Aiel an seiner Seite war eine der Töchter, die die dunkle *Shoufa* um den Kopf gewunden hatte und über dem Mantel und den Hosen in grauen, braunen und grünen Farbtönen einen weißen Umhang trug, der zur Tarnung im Schnee benutzt wurde. Elyas und eine Tochter, das bedeutete, dass sie Faile gefunden hatten. Es musste so sein.

Arganda trieb sein Pferd ohne Rücksicht darauf an, ob er dem Rotschimmel den Hals brach oder seinen eigenen, er sprang über Felsen und spritzte beinahe im Galopp durch den Schnee, aber Traber überholte ihn in dem Augenblick, in dem er Elyas erreichte und grob rief: »Habt Ihr die Königin gesehen? Lebt sie? Sagt es mir, Mann!« Die Tochter, Elienda, hob mit ausdruckslosem Gesicht eine Hand in Perrins Richtung. Es hätte ein Gruß sein können oder auch eine Geste des Mitgefühls, aber sie unterbrach ihren weit ausholenden Schritt nicht. Während Elyas ihm Bericht erstattete, würde sie den ihren den Weisen Frauen vortragen.

»Hast du sie gefunden?« Plötzlich war Perrins Kehle so trocken wie Sand. Er hatte so lange auf diese Nachricht gewartet. Arganda knurrte lautlos durch die Stahlstangen des Visiers, denn er wusste, dass Perrin nicht Alliandre meinte.

»Wir haben die Shaido gefunden, denen wir gefolgt sind«, sagte Elyas bedächtig und legte beide Hände auf den Sattelknauf. Selbst Elyas, der sagenhafte Langzahn, der unter Wölfen gelebt hatte, zeigte die Anstrengung von zu vielen Meilen und zu wenig Schlaf. Sein ganzes Gesicht wurde von einer Müdigkeit gezeichnet, die das gelbgoldene Glühen seiner Augen unter der Hutkrempe noch betonte. Sein dichter Bart war mit Grau durchsetzt, und sein Haar reichte bis zur Taille und war im Nacken mit einem Lederband zusammengebunden, und zum ersten Mal, seit Perrin ihn kannte, sah er alt aus. »Sie lagern um eine mittelgroße Stadt, die sie eingenommen haben, in hügeligem Gelände, fast vierzig Meilen von hier entfernt. In unmittelbarer Nähe haben sie keine nennenswerten Wachen aufgestellt, und die Außenposten scheinen mehr nach Gefangenen Ausschau zu halten, die flüchten wollen, als nach sonst etwas, also konnten wir nahe genug heran, um einen eingehenden Blick auf sie werfen zu können. Perrin, es sind viel mehr, als wir dachten. Mindestens neun oder zehn Septimen, sagen die Töchter. Zählt man die *Gai'schain* hinzu, oder alle Leute in Weiß, könnten dort so viele Menschen sein wie in Mayene oder Ebou Dar. Ich weiß nicht, wie viele Speerkämpfer es sind, aber nach dem zu urteilen, was ich gesehen habe, dürfte zehntausend eine niedrige Schätzung sein.«

Verzweiflung verknotete Perrins Eingeweide. Sein Mund war so trocken, dass er nicht hätte sprechen können, wäre Faile jetzt wunderbarerweise vor ihm aufgetaucht. Zehntausend *Algai'd'siswai,* und selbst Weber und Silberschmiede und alte Männer, die ihre Tage mit dem Austausch von Erinnerungen im Schatten verbrachten, würden zum Speer greifen, wenn sie angegriffen wurden. Er hatte weniger als zweitausend Lanzenreiter, und sie wären bei der gleichen Anzahl von Aiel unterlegen gewesen. Weniger als dreihundert Männer von den Zwei Flüssen, die aus der Ferne mit ihren Bögen große Vernichtung anrichten, aber keine Zehntausend aufhalten konnten. So viele Shaido würden Masemas mörderischen Abschaum zerfetzen wie ein Kater ein Mäusenest. Selbst wenn man die Asha'man und die Weisen Frauen und Aes Sedai hinzurechnete ... Edarra und die anderen Weisen Frauen hatten ihm nicht gerade viel über Weise Frauen erzählt, aber er wusste, dass zehn Septimen vermutlich über fünfzig Frauen verfügten, die die Macht lenken konnten, vielleicht sogar mehr. Vielleicht auch weniger – es gab keine feststehende Zahl –, aber nicht so viel weniger, dass es einen Unterschied gemacht hätte.

Mit einer großen Anstrengung erwürgte er die Verzweiflung, die in ihm aufstieg, drückte so lange, bis nur noch ein paar sich windende Fasern übrig waren, die sein Zorn verbrennen konnte. In einem Hammer war kein Platz für Verzweiflung. Zehn Septimen oder der ganze Clan der Shaido, sie hielten noch immer Faile gefangen, und er musste noch immer einen Weg finden.

»Was spielt es für eine Rolle, wie viele es sind?«, wollte Aram wissen. »Als Trollocs zu den Zwei Flüssen kamen, da waren es Tausende, Zehntausende, aber wir haben sie trotzdem getötet. Shaido können nicht schlimmer als Trollocs sein.«

Perrin blinzelte, völlig überrascht, den Mann hinter sich zu finden, ganz zu schweigen von Berelain und

Gallenne und den Aes Sedai. In seiner Eile, Elyas zu erreichen, hatte er alles andere verdrängt. Zwischen den Bäumen hielten die kaum auszumachenden Soldaten, die Arganda herangeführt hatte, um Masema abzuwehren, noch immer ihre unregelmäßigen Reihen aufrecht, aber Berelains Leibwache bildete einen losen Kreis mit Elyas in der Mitte, die Lanzen auswärts gerichtet. Die Weisen Frauen standen außerhalb des Kreises und hörten Elienda mit ernsten Gesichtern zu. Sie sprach leise und schüttelte manchmal den Kopf. Ihre Einschätzung der Dinge war kein bisschen zuversichtlicher als die von Elyas. Perrin musste in der Eile den Korb verloren oder ihn weggeworfen haben, denn er hing jetzt an Berelains Sattel. Ihr Gesicht zeigte einen Ausdruck von ... konnte es etwa Mitgefühl sein? Sollte man ihn doch zu Asche verbrennen, er war zu müde, um vernünftig denken zu können. Aber jetzt musste er vernünftig denken, in diesem Augenblick mehr als jemals zuvor. Sein nächster Fehler konnte der letzte sein – für Faile.

»So wie man es mir erzählt hat, Kesselflicker«, sagte Elyas ruhig, »kamen bei den Zwei Flüssen die Trollocs zu euch, und es ist euch gelungen, sie in die Zange zu nehmen. Hast du irgendwelche großartigen Pläne, um die Shaido in die Zange zu nehmen?« Aram starrte ihn mürrisch an. Elyas hatte ihn schon gekannt, bevor er das Schwert ergriffen hatte, und trotz seiner hellbunten Kleidung mochte es Aram gar nicht, an diese Zeit erinnert zu werden.

»Zehn Septimen oder fünfzig«, knurrte Arganda, »es muss eine Möglichkeit geben, die Königin zu befreien. Und die anderen natürlich auch.« Sein hartes Gesicht war zu einer wütenden Grimasse verzogen, aber er roch ungestüm, wie ein Fuchs, der bereit war, sich das eigene Bein abzunagen, um aus einer Falle zu entkommen. »Würden ...? Würden sie ein Lösegeld akzeptieren?« Der Ghealdaner sah sich um, bis er Marline entdeckte, die sich an den Geflügelten Wachen vorbeischob. Trotz des Schnees schritt sie gleichmäßig daher, geriet nicht ein einziges Mal ins Stolpern. Die anderen Weisen Frauen waren nicht länger zwischen den Bäumen zu sehen, genauso wenig wie Elienda. »Würden diese Shaido ein Lösegeld annehmen … Weise Frau?« Die Nennung ihres Titels klang wie ein nachträglicher Einfall. Arganda war nicht länger der Überzeugung, dass die sich bei ihnen befindlichen Aiel von der Entführung gewusst hatten, aber da gab es noch immer ein tiefsitzendes Misstrauen.

»Das weiß ich nicht.« Marline schien seinen Tonfall nicht zu bemerken. Mit vor der Brust verschränkten Armen stand sie da und blickte Perrin an und nicht Arganda. Es war einer jener Blicke, mit denen eine Frau einen maß und abschätzte, bis sie einem einen Anzug hätte nähen oder sagen können, wann man das letzte Mal die Unterwäsche gewaschen hatte. Als er noch Zeit für solche Dinge gehabt hatte, hätte ihm das Unbehagen bereitet. Als sie weitersprach, war ihr Tonfall keinesfalls belehrend; sie stellte lediglich die Fakten dar. Möglicherweise meinte sie es sogar so. »Die Zahlung von Lösegeld, wie ihr Feuchtländer es nennt, entspricht nicht unseren Bräuchen. *Gai'schain* können als Geschenk weitergereicht werden oder gegen andere *Gai'schain* eingetauscht werden, es sind jedoch keine Tiere, die man verkauft. Aber es hat den Anschein, als würden die Shaido nicht länger dem *Ji'e'toh* folgen. Sie machen Feuchtländer zu *Gai'schain* und nehmen jeden, statt nur jeden fünften. Vielleicht setzten sie einen Preis fest.«

»Meine Juwelen stehen Euch zur Verfügung, Perrin«, warf Berelain mit fester Stimme und unbewegtem Gesicht ein. »Falls nötig, können Grady oder Neald aus Mayene auch Gold holen.«

Gallenne räusperte sich. »Altaraner sind an Plünderer gewöhnt, meine Lady, ob es nun benachbarte Adlige oder Banditen sind«, sagte er langsam und schlug die Zügel in die Handfläche. Obwohl er zögerte, Berelain zu widersprechen, hatte er sich offensichtlich dazu entschlossen. »So weit von Ebou Dar entfernt gibt es kein Gesetz, wenn man einmal davon absieht, was die örtlichen Lords oder Ladies bestimmen. Adlige oder Gemeine, sie sind daran gewöhnt, jeden zu bezahlen, den sie nicht abwehren können, und sie sind geübt darin, schnell zu erkennen, was im Einzelfall erforderlich ist. Es ist wider jede Vernunft, dass keiner von ihnen versucht hat, sich Sicherheit zu erkaufen, und doch haben wir auf dem Pfad dieser Shaido nur Zerstörung gesehen, haben nur von Plünderungen gehört. Möglicherweise akzeptieren sie ein Lösegeld, aber kann man ihnen vertrauen, dass sie auch die Gegenleistung erbringen? Allein schon ein Angebot gibt unseren einzigen wahren Vorteil preis, nämlich dass sie nichts von uns wissen.« Annoura schüttelte kaum merklich den Kopf, aber Gallenne bemerkte es, und er runzelte die Stirn. »Ihr widersprecht, Annoura Sedai?«, fragte er höflich. Und mit einer Spur von Überraschung. Manchmal war die Graue beinahe scheu, vor allem für eine Schwester, aber sie zögerte nie, ihre Meinung zu sagen, wenn sie mit einem für Berelain bestimmten Rat nicht einverstanden war.

Aber diesmal zögerte Annoura und verbarg es, indem sie ihren Umhang enger zog und die Falten sorgfältig richtete. Das war unbeholfen von ihr; wenn sie wollten, konnten Aes Sedai Hitze oder Kälte ignorieren und blieben unberührt, während alles um sie herum schweißgebadet war oder darum kämpfte, ein Zähneklappern zu unterdrücken. Eine Aes Sedai, die der Temperatur Aufmerksamkeit schenkte, schindete Zeit zum Nachdenken, für gewöhnlich, um zu verbergen, was sie gerade dachte. Sie schenkte Marline ein leises Stirnrunzeln und kam endlich zu einer Entscheidung, und die paar Falten auf ihrer Stirn verschwanden.

»Verhandeln ist immer besser als kämpfen«, sagte sie in ihrem kühlen tarabonischen Akzent, »und bei Verhandlungen ist das Vertrauen stets eine Sache der Vorsichtsmaßnahmen, oder? Wir müssen sorgfältig die Vorsichtmaßnahmen bedenken, die sie ergriffen haben müssen. Und es ist die Frage, wer sich ihnen nähert. Die Weisen Frauen sind vielleicht nicht länger unberührbar, seit sie an der Schlacht bei den Quellen von Dumai teilgenommen haben. Eine Schwester oder eine Gruppe von Schwestern könnte da besser sein, aber selbst das sollte sorgfältig vorbereitet sein. Ich biete mich an …«

»Kein Lösegeld«, sagte Perrin, und als alle ihn anstarrten, die meisten verblüfft, Annoura mit unleserlichem Gesicht, wiederholte er es mit harter Stimme. »Kein Lösegeld.« Er würde diese Shaido nicht auch noch dafür bezahlen, dass sie Faile hatten leiden lassen. Sie würde Angst haben, und dafür mussten sie bezahlen und nicht profitieren. Nichts von dem, was Perrin in Altara oder Amadicia oder davor in Cairhien gesehen hatte, wies auch nur im mindesten darauf hin, dass man den Shaido vertrauen konnte, einen Handel einzuhalten. Da konnte man genauso gut den Ratten im Kornspeicher vertrauen. »Elyas, ich will ihr Lager sehen.« Als Junge hatte er einen blinden Mann gekannt. Nat Torfinn mit seinem faltigen Gesicht und dem dünnen weißen Haar konnte jedes Rätselspiel allein durch seinen Tastsinn lösen. Jahrelang hatte Perrin versucht zu lernen, wie man dieses Bravourstück nachahmen konnte, aber es war ihm nie gelungen. Er musste sehen, wie die Stücke zusammenpassten, bevor er sie begriff. »Aram, findet Grady und sagt ihm, er soll so schnell wie möglich an der Reisestelle zu mir kommen.« So nannten sie mittlerweile die Stelle, an der sie nach jedem Sprung ankamen und von der sie auch wieder aufbrachen. Es fiel den Asha'man leichter, ein Wegetor an einem Ort zu weben, der bereits von einem früheren Tor berührt worden war.

Aram nickt knapp, dann zog er seinen Grauen herum und galoppierte in Richtung Lager, aber Perrin konnte von den ihn umgebenden Gesichtern Einwände, Fragen und Forderungen ablesen. Marline musterte ihn noch immer, so als wäre sie sich plötzlich nicht mehr genau darüber im Klaren, was er war, und Gallenne betrachtete mit finsterer Miene die Zügel in seiner Hand; zweifellos malte er sich schon aus, dass die Dinge schlimm ausgehen würden, ganz egal, was Perrin auch machte. Aber Berelain zeigte einen beunruhigten Ausdruck, der ihre Einwände deutlich zutage treten ließ, und Annouras Lippen waren zu einem schmalen Strich verzogen. Aes Sedai mochten es gar nicht, wenn man sie unterbrach, und ob sie nun für eine Aes Sedai scheu war oder nicht, sie sah bereit aus, ihrem Ärger Luft zu machen. Argandas Gesicht verfärbte sich rot, und er öffnete den Mund mit der klaren Absicht, sofort loszubrüllen. Arganda hatte oft herumgebrüllt, seit seine Königin entführt worden war. Es war sinnlos, sich das wieder anzuhören.

Perrin stieß Traber die Fersen in die Flanken, ließ ihn die Reihe der Geflügelten Wachen durchbrechen und hielt auf die Bäume zu. Nicht im Galopp, aber auch nicht in gemütlichem Tempo – ein schneller Trab durch den Wald, die Zügel fest in der Hand, mit dem Blick bereits auf der Suche nach Grady. Elyas schloss sich ihm wortlos auf seinem Wallach an. Perrin war davon überzeugt gewesen, in seinem Inneren keinen Platz mehr für auch nur eine weitere Unze Furcht zu haben, aber Elyas' Schweigen machte die Last noch schwerer, die auf ihm ruhte. Elyas sah nie ein Hindernis, ohne zugleich einen Weg zu sehen, wie man es umgehen konnte. Sein Schweigen schrie geradezu von unpassierbaren Bergen. Aber es musste einen Weg geben. Als sie den Ort des Tors erreichten, führte Perrin seinen Hengst durch die Sonnenstrahlen an den umgestürzten Bäumen vorbei und zwischen den stehenden hindurch, nicht dazu in der Lage, einfach stehen zu bleiben. Er musste in Bewegung bleiben. Es musste einen Weg geben. Seine Gedanken schossen hin und her wie eine Ratte im Käfig.

Elyas stieg ab und hockte sich auf die Fersen; er musterte stirnrunzelnd die Felsplatte und achtete nicht auf seinen Wallach, der an den Zügeln zerrte und vor ihr zurückweichen wollte. Neben dem Felsen ruhte der dicke Stamm einer Kiefer, die gute fünfzig Fuß in die Höhe geragt hatte, auf den zersplitterten Überresten ihres Stumpfs; hoch genug, dass Elyas darunter aufrecht hätte hindurchgehen können. Grelle Sonnenstrahlen, die an anderen Stellen das Blätterdach durchstießen, schienen die Schatten um den mit Spuren versehenen Stein fast in eine undurchdringliche Finsternis zu verwandeln, aber das störte ihn genauso wenig wie Perrin. Er rümpfte die Nase wegen des Gestanks nach verbranntem Schwefel, der noch in der Luft hing. »Ich habe mir auf dem Weg hierher doch gedacht, diesen Gestank gerochen zu haben. Ich schätze, du hättest es erwähnt, wenn du nicht andere Dinge im Kopf haben würdest. Ein großes Rudel. Größer als alles, was ich je gesehen habe. Oder von dem ich gehört habe.«

»Das hat Masuri auch gesagt«, erwiderte Perrin gedankenverloren. Was hielt Grady bloß auf? Wie viele Menschen gab es in Ebou Dar? Das war die Größe des Shaido-Lagers. »Sie hat gesagt, sie sei sieben Rudeln begegnet, aber dieses ist ihr unbekannt.«

»Sieben«, murmelte Elyas überrascht. »Selbst eine Aes Sedai muss weit herumkommen, um das zu erreichen. Hinter den meisten Geschichten von Schattenhunden stecken bloß Leute, die sich vorm Dunkeln fürchten.« Er starrte die Pfotenspuren an, die sich über den glatten Stein zogen, und schüttelte den Kopf. Trauer stahl sich in seine Stimme, als er sagte: »Einst waren sie Wölfe. Jedenfalls die Seelen von Wölfen, die der Schatten eingefangen und verzerrt hat. Das war der Kern, aus dem die Schattenhunde entstanden, die Schattenbrüder. Ich glaube, darum müssen die Wölfe bei der Letzten Schlacht dabei sein. Oder vielleicht wurden die Schattenhunde auch erschaffen, weil die Wölfe dort sein werden, um gegen sie zu kämpfen. Manchmal lässt das Muster die feine Spitze aus Sovarra wie aus einem Stück Bindfaden gewoben aussehen. Wie dem auch sei, es war vor langer Zeit, soweit ich weiß, während der Trolloc-Kriege, und davor dem Schattenkrieg. Wölfe haben weit zurückreichende Erinnerungen. Was ein Wolf weiß, gerät nie wirklich in Vergessenheit, solange noch andere Wölfe leben. Aber sie vermeiden es, über die Schattenhunde zu sprechen, und sie meiden auch die Schattenhunde selbst. Hundert Wölfe könnten bei dem Versuch sterben, einen Schattenbruder zu töten. Schlimmer, wenn sie scheitern, kann der Schattenhund die Seelen derjenigen fressen, die noch nicht verendet sind, und ein Jahr später gäbe es ein neues Rudel Schattenbrüder, die sich nie mehr daran erinnern würden, dass sie einmal Wölfe waren. Ich hoffe jedenfalls, dass sie sich nicht mehr daran erinnern.«

Perrin zügelte Traber, obwohl es ihn in den Fingern juckte, weiter in Bewegung zu bleiben. Die Bezeichnung der Wölfe für Schattenhunde hatte eine zusätzliche grimmige Note erhalten. »Können sie die Seele eines Menschen fressen, Elyas? Sagen wir, von einem Mann, der zu den Wölfen sprechen kann?« Elyas zuckte mit den Schultern. Soweit beide wußten, konnten nur eine Hand voll Leute das tun, was sie taten. Eine Antwort auf diese Frage würde es möglicherweise erst im Augenblick des Todes geben. Was aber jetzt viel wichtiger war, wenn sie einst Wölfe gewesen waren, dann mussten sie auch intelligent genug sein, um Bericht über das zu erstatten, was sie gesehen hatten. Masuri hatte etwas in der Art angedeutet. Es wäre närrisch gewesen, etwas anderes anzunehmen. Wie lange, bevor sie es taten? Wie lange blieb ihm, um Faile zu befreien?

Die Laute von im Schnee knirschenden Hufen verkündeten das Eintreffen von Reitern, und er setzte Elyas schnell darüber in Kenntnis, dass sie das Lager umrundet hatten und über ihn Bericht erstatten würden, wem auch immer sie Rechenschaft schuldig waren.

»Ich würde mir deswegen keine großen Sorgen machen, mein Junge«, erwiderte der ältere Mann und hielt argwöhnisch nach den herannahenden Pferden Ausschau. Er bewegte sich von dem Stein fort und fing an sich zu strecken und dehnte Muskeln, da er zu lange im Sattel gesessen hatte. Elyas war zu vorsichtig, um sich dabei erwischen zu lassen, wie er etwas studierte, was für andere Augen von Schatten verhüllt wurde. »Klingt, als würden sie jemanden Wichtigeres jagen als dich. Sie werden weitermachen, bis sie ihn finden, und wenn es das ganze Jahr dauert. Mach dir keine Sorgen. Wir werden deine Frau befreien, bevor die Schattenhunde berichten können, dass du hier warst. Ich sage nicht, dass es einfach werden wird, aber wir werden es schaffen.« Entschlossenheit lag in seiner Stimme und in seinem Geruch, aber nicht viel Hoffnung. Eigentlich sogar gar keine.

Perrin kämpfte die erneut aufsteigende Verzweiflung nieder und ließ Traber umherschreiten, als Berelain mit ihrer Leibwache zwischen den Bäumen erschien. Marline saß hinter Annoura auf dem Pferd. Sobald die Aes Sedai die Zügel anzog, rutschte die Weise Frau zu Boden und schüttelte die voluminösen Röcke zurecht, um ihre dunklen Strümpfe zu bedecken. Einer anderen Frau wäre es möglicherweise peinlich gewesen, ihre Beine entblößt zu haben, aber nicht Marline. Sie richtete lediglich ihre Kleidung. Annoura war diejenige, die aufgebracht aussah, eine griesgrämige Verstimmung, die ihre Nase noch mehr wie einen Schnabel aussehen ließ. Sie sagte kein Wort, aber ihr Mund lauerte förmlich darauf, zubeißen zu können. Sie musste fest davon überzeugt gewesen sein, dass man ihr Angebot, mit den Shaido zu verhandeln, annehmen würde, vor allem, weil Berelain es unterstützte und sich Marline anscheinend schlimmstenfalls neutral verhalten hätte. Graue waren Vermittler und Unterhändler, sie sprachen Recht und handelten Verträge aus. Möglicherweise waren das ihre Beweggründe gewesen. Oder doch nicht? Ein Problem, das er im Moment beiseite schieben musste, aber keineswegs vergessen durfte. Er musste alles, was sich zu einem Hindernis für Failes Befreiung entwickeln konnte, in seine Pläne mit einbeziehen, aber das Problem, das er lösen konnte, lag vierzig Meilen im Nordosten.

Während die Geflügelten Wachen zwischen den riesigen Bäumen um den Wegetorplatz herum ihren Schutzkreis bildeten, lenkte Berelain ihren Braunen neben Traber und versuchte, Perrin in ein Gespräch zu verwickeln und ihn mit dem Rest des Rebhuhns zu locken. Der Geruch von Unsicherheit ging von ihr aus, Zweifel an seiner Entscheidung. Vielleicht hoffte sie, ihn doch zu einem Lösegeldangebot überreden zu können. Er ließ Traber weitergehen und hörte einfach nicht zu. Der Vorschlag mit dem Lösegeld kam dem Versuch gleich, alles auf einen Würfelwurf zu setzen. Er konnte nicht mit Faile als Einsatz spielen. Es musste so methodisch wie die Arbeit in einer Schmiede gemacht werden. Beim Licht, war er müde. Er umarmte den Zorn in ihm noch fester, zog aus der lodernden Hitze Energie.

Gallenne und Arganda trafen kurz nach Berelain mit einer Zweierreihe ghealdanischer Lanzenreiter in ihren funkelnden Brustpanzern und hellen Spitzhelmen ein, die sich zwischen den Bäumen zu den Mayenern gesellten. Ein Hauch von Gereiztheit trat in Berelains Geruch, und sie verließ Perrin und ritt zu Gallenne hinüber. Die beiden führten ihre Pferde aneinander, bis sich ihre Knie fast berührten, der Einäugige beugte den Kopf vor, um verstehen zu können, was Berelain sagte. Ihre Stimme war leise, aber Perrin war klar, worüber sie sprach, jedenfalls teilweise. Gelegentlich warf einer von ihnen einen Blick in seine Richtung, während er Traber unablässig auf und ab gehen ließ. Arganda ließ seinen Rotschimmel stehen und starrte an den Bäumen vorbei nach Süden, in Richtung des Lagers, einerseits so unbeweglich wie eine Statue, strahlte er dennoch Ungeduld aus wie ein Feuer Hitze. Mit seinen Helmfedern, dem Schwert und der silbernen Rüstung und dem versteinerten Gesicht verkörperte er das Bild eines Soldaten, aber sein Geruch verkündete, dass er am Rand der Panik stand. Perrin fragte sich, wie er selbst wohl roch. Nur in einem abgeschlossenen Raum konnte man den eigenen Geruch wahrnehmen. Er glaubte nicht, dass er nach Panik roch, bloß nach Furcht und Zorn. Alles würde wieder gut, sobald er Faile zurückhatte. Dann würde wieder alles gut sein. Auf und ab. Auf und ab.

Endlich erschien Aram mit einem gähnenden Jur Grady auf einem braunen Wallach, der so dunkel war, dass die Blässe auf seiner Stirn ihn beinahe schwarz erscheinen ließ. Hinter ihm ritten Dannil und zwei Dutzend Männer von den Zwei Flüssen, die ihre Speere und Hellebarden für den Augenblick gegen ihre Langbögen eingetauscht hatten, aber sie blieben immer ein Stück hinter ihm. Grady war ein untersetzter Bursche mit wettergegerbtem Gesicht, in dem sich bereits die ersten Falten zeigten, obwohl er noch nicht einmal seine mittleren Jahre erreicht hatte, und er sah trotz des Schwerts an seiner Taille und dem schwarzen Mantel mit dem silbernen Schwertanstecker an dem hohen Kragen wie ein verschlafener Bauer aus, aber er hatte seinen Hof für immer hinter sich gelassen, und Dannil und die anderen hielten immer gebührenden Abstand zu ihm ein. Genau wie zu Perrin; sie blieben ein Stück weit entfernt stehen und schauten zu Boden, manchmal warfen sie ihm oder Berelain auch peinlich berührte Blicke zu. Es spielte keine Rolle. Alles würde wieder gut werden.

Aram wollte Grady zu Perrin bringen, aber der Asha'man wusste, warum er geholt worden war. Mit einem Seufzen stieg er neben Elyas aus dem Sattel, der in einem Flecken Sonnenlicht kauerte, mit dem Finger eine Karte in den Schnee malte und von Entfernung und Richtung sprach, den Ort, zu dem er wollte, in allen Details beschrieb; eine Lichtung auf einem Hügel, die fast genau nach Süden ausgerichtet war, und der weiter oben befindliche Hügelkamm wies an drei Stellen Einkerbungen auf. Entfernung und Richtung reichten, wenn Entfernung und Richtung präzise waren, aber je besser sich der Asha'man das Bild vorstellen konnte, desto besser würde er die genaue Stelle treffen.

»Für einen Fehler bleibt da kein Spielraum, mein Junge.« Elyas' Augen schienen vor Intensität zu funkeln. Was auch immer die anderen von den Asha'man hielten, ihn konnten sie nicht einschüchtern. »In dieser Gegend gibt es viele Hügel, und das Hauptlager liegt auf der anderen Seite dieses Hügels und ist kaum eine Meile entfernt. Es wird Wachen geben, kleine Gruppen, die jede Nacht an einer anderen Stelle lagern, vielleicht weniger als zwei Meilen in der anderen Richtung. Setzt Ihr uns ein gutes Stück weiter ab, wird man uns mit Sicherheit entdecken.«

Grady erwiderte seinen Blick, ohne zu blinzeln. Dann nickte er, fuhr sich mit den dicken Fingern durch die Haare und holte tief Luft. Er sah so müde wie Elyas aus. So erschlagen, wie sich Perrin fühlte. Wegetore zu erschaffen und lange genug aufzuhalten, dass Tausende von Leuten und Pferden sie passieren konnten, war eine mühsame Arbeit.

»Seid Ihr dazu ausgeruht genug?«, fragte Perrin. Müde Männer machten Fehler, und Fehler bei der Einen Macht konnten tödlich sein. »Soll ich Neald holen lassen?«

Grady starrte kurzsichtig zu ihm hoch, dann schüttelte er den Kopf. »Fager ist nicht ausgeruhter, als ich es bin. Vielleicht sogar weniger. Ich bin etwas stärker als er. Besser, ich mache es.« Er wandte sich der nordöstlichen Richtung zu, und neben dem mit Pfotenspuren übersäten Stein erschien ohne Vorwarnung ein senkrechter, silberblauer Strich. Annoura riss ihre Stute mit einem lauten Stöhnen aus dem Weg, als sich der Lichtbalken zu einer Öffnung verbreiterte, einem Loch in der Luft, das eine sonnenbeschienene Lichtung auf einer steilen Anhöhe zeigte, die von Bäumen gesäumt wurde – kleineren als jenen, die sich um Perrin und die anderen herum befanden. Die zersplitterte Kiefer erbebte, als sie einen weiteren schmalen Keil verlor, und landete ächzend mit einem vom Schnee gedämpften Krachen, das die Pferde schnauben und scheuen ließ, auf dem Boden. Annoura warf dem Asha'man einen finsteren Blick zu, ihr Gesicht verfärbte sich dunkel, aber Grady blinzelte nur und sagte: »Ist das der richtige Ort?« Elyas richtete den Hut, bevor er nickte.

Perrin hatte nur auf dieses Nicken gewartet. Er zog den Kopf ein und ritt mit Traber in Schnee, der ihm bis zu den Fesseln reichte. Es war eine kleine Lichtung, aber der mit weißen Wolken gefüllte Himmel ließ sie nach der Enge des Waldes riesig erscheinen. Das Licht war fast blendend, dabei wurde die Sonne noch immer von dem bewaldeten Hügelkamm verborgen. Das Shaido-Lager befand sich auf der anderen Hügelseite. Er starrte voller Sehnsucht die Anhöhe hinauf. Es kostete ihn seine ganze Beherrschung, an dem Ort zu bleiben, an dem er war, statt loszugaloppieren, um endlich zu sehen, wo Faile war. Er zwang sich dazu, Traber zum Tor zu drehen, als Marline herauskam.

Sie musterte ihn immer noch, nahm den Blick kaum lange genug von ihm, um sich ohne zu stolpern den Weg durch den Schnee zu bahnen, und trat zur Seite, um Aram und die Männer von den Zwei Flüssen durchreiten zu lassen. Mittlerweile hatten sie sich so sehr an das Schnelle Reisen gewöhnt – wenn auch nicht an den Asha'man –, dass sie kaum die Köpfe senkten, um die Oberseite des Tors nicht zu berühren, und nur der größte von ihnen tat es. Es fiel Perrin auf, dass das Wegetor größer als jene war, die Grady zuerst erschaffen hatte. Damals hatte er noch absteigen müssen. Es war aber nur ein flüchtiger Gedanke, nicht wichtiger als eine vorbeisummende Fliege. Aram ritt auf geradem Weg zu Perrin; er roch ungeduldig und entschlossen. Sobald Dannil und die anderen aus dem Weg waren – sie stiegen ab und spannten Pfeile in die Bögen, während sie die umliegenden Bäume betrachteten –, erschien Gallenne und starrte grimmig um sich, als erwartete er jeden Augenblick, den Feind aus dem Wald stürmen zu sehen. Ihm folgten ein halbes Dutzend Mayener, die ihre mit roten Wimpeln versehenen Lanzen senken mussten.

Ein langer Augenblick verging, in dem das Tor leer blieb, aber gerade als Perrin beschlossen hatte zurückzugehen, um zu sehen, was Elyas aufhielt, führte der bärtige Mann sein Pferd hindurch, gefolgt von Arganda und sechs Ghealdanern, deren Gesichter deutlich Unmut verrieten. Ihre funkelnden Helme und Brustpanzer waren nirgendwo in Sicht, und sie schauten so finster drein, als hätte man sie gezwungen, ihre Hosen zurückzulassen.

Perrin nickte. Natürlich. Das Shaido-Lager war auf der anderen Seite dieses Hügels, genau wie die Sonne. Die funkelnden Rüstungen wären wie Spiegel gewesen. Daran hätte er denken müssen. Noch immer ließ er zu, dass ihn die Angst zur Ungeduld verleitete und seinen Verstand vernebelte. Er musste einen klaren Kopf behalten, in diesem Moment noch mehr als je zuvor. Das Detail, das er jetzt übersah, konnte ihn töten und Faile den Shaido überlassen. Aber seine Angst loszulassen war leichter gesagt als getan. Wie konnte er denn aufhören, Angst um Faile zu haben? Das musste doch zu schaffen sein, bloß wie?

Zu seiner Überraschung ritt Annoura direkt vor Grady durch das Wegetor, der seinen Braunen an den Zügeln führte. Wie immer, wenn er sie ein Tor durchqueren sah, lag sie so flach auf ihrer Stute, wie es der hohe Sattelknauf erlaubte, und betrachtete die Öffnung, die mit der verdorbenen männlichen Hälfte der Einen Macht erschaffen worden war, mit einer Grimasse, und sobald sie sie hinter sich gelassen hatte, galoppierte sie den Hügel so weit hinauf, wie sie nur konnte, ohne den Wald zu betreten. Grady ließ das Wegetor zuschnappen, was in Perrins Augen einen Moment lang das purpurfarbene Nachbild eines vertikalen Strichs funkeln ließ, und Annoura zuckte zusammen, schaute weg und starrte Marline und dann Perrin böse an. Wäre sie keine Aes Sedai gewesen, hätte er gesagt, sie würde vor Wut kochen. Berelain musste ihr befohlen haben, die anderen zu begleiten, aber sie gab nicht der Ersten von Mayene die Schuld dafür, dass sie hier war.

»Ab jetzt gehen wir zu Fuß«, verkündete Elyas mit leiser Stimme, die kaum das gelegentliche Aufstampfen eines Pferdehufs übertönte. Er hatte gesagt, dass die Shaido unvorsichtig waren und kaum Wachen aufgestellt hatten, aber er sprach, als würden sie keine zwanzig Schritte entfernt lauern. »Ein Mann auf einem Pferd ist auffällig. Die Shaido sind nicht blind, nur blind für Aiel, was bedeutet, dass sie doppelt so gut sehen können wie jeder von euch, also zeigt euch oben auf dem Kamm nicht. Und versucht, so wenig Lärm wie möglich zu machen. Sie sind auch nicht taub. Irgendwann werden sie unsere Spuren finden – da kann man wegen des Schnees nichts machen –, aber wir dürfen sie jetzt nicht wissen lassen, dass wir hier sind.«

Arganda, der bereits über den Verlust seiner Rüstung verstimmt war, fing an sich zu beschweren, dass Elyas jetzt die Befehle gab. Da er kein kompletter Narr war, tat er es mit leiser Stimme, die nicht weit trug, aber er war seit seinem fünfzehnten Lebensjahr Soldat, er hatte Soldaten gegen Weißmäntel, Altaraner und Amadicianer in den Kampf geführt, und, wie er gern betonte, er hatte im Aiel-Krieg gekämpft und in Tar Valon den Blutigen Schnee erlebt. Er wusste über die Aiel Bescheid, und er brauchte keinen Waldläufer, der ihm sagte, wie er die Stiefel anzuziehen hatte. Perrin ließ es geschehen, da er sich erst beschwerte, nachdem er zwei Männer dazu abkommandiert hatte, auf die Pferde aufzupassen. Er war kein Narr, er hatte nur Angst um seine Königin. Gallenne ließ seine Männer alle zurück und murmelte etwas darüber, dass Lanzenreiter ohne ihre Pferde weniger als nutzlos waren und sich vermutlich den Hals brechen würden, wenn er sie zu Fuß losschickte. Auch er war kein Narr, aber er sah zuerst immer die schlechte Seite. Elyas übernahm die Führung, und Perrin wartete nur lange genug, um sein

Fernglas aus Trabers Satteltasche in seine Manteltasche zu stecken, bevor er ihm folgte.

Das Unterholz – hauptsächlich Kiefern, Tannen und andere Baumgruppen, jetzt wintergrau und blattlos – war nicht besonders dicht, und das Gelände war nicht steiler als die Sandhügel zu Hause, wenn auch etwas felsiger, also stellte es für Dannil und die Männer von den Zwei Flüssen kein Hindernis dar; geistergleich und fast so lautlos wie der Nebel ihres Atems schwärmten sie mit eingespannten Pfeilen und wachsamen Blicken den Hügel hinauf. Aram hielt sich mit gezogenem Schwert in Perrins Nähe; auch ihm waren Wälder nicht fremd. Einmal fing er an, ein Dickicht aus braunen Schlingpflanzen aus seinem Weg zu hacken, bis Perrin ihn mit einer Berührung innehalten ließ, dennoch machte er kaum mehr Lärm als Perrin, von dem nur das leise Knirschen von Stiefeln im Schnee zu hören war. Es war keine große Überraschung, dass sich Marline zwischen den Bäumen bewegte, als wäre sie in einem Wald statt in der Aiel-Wüste aufgewachsen, wo alles, das die Bezeichnung Baum verdiente, selten und Schnee völlig unbekannt war; eigentlich hätte man annehmen sollen, dass ihre Ketten und Armbänder bei ihren Bewegungen klirrten, aber das taten sie nicht. Annoura stieg mit beinahe der gleichen Mühelosigkeit den Hang hinauf; zwar musste sie sich mit ihren Röcken manchmal etwas abmühen, aber sie wich geschickt den scharfen Dornen von Katzenklauen und Schlingpflanzen aus. Aes Sedai fanden für gewöhnlich eine Möglichkeit, einen zu überraschen. Sie schaffte es sogar, Grady misstrauisch im Auge zu behalten, dabei schien sich der Asha'man lediglich darauf zu konzentrieren, einen Fuß vor den anderen zu setzen. Gelegentlich seufzte er tief, blieb eine Minute lang stehen und schaute stirnrunzelnd zum Kamm hinauf, aber irgendwie fiel er nie zurück. Gallene und Arganda waren keine jungen Männer mehr und auch nicht daran gewöhnt zu gehen, wenn sie reiten konnten, und ihre Atmung wurde schwerer, je höher sie kamen, manchmal zogen sie sich sogar von einem Baum zum nächsten, aber sie beobachteten einander fast so oft wie den Boden, keiner von ihnen war bereit, sich von dem anderen überholen zu lassen. Die vier ghealdanischen Lanzenreiter hingegen rutschten aus und stolperten über vom Schnee verborgene Wurzeln, verfingen sich mit ihren Schwertscheiden im Gestrüpp und knurrten Flüche, wenn sie auf Steinen landeten und von Dornen geritzt wurden. Perrin zog langsam in Betracht, sie zurück zu den Pferden zu schicken. Entweder das, oder ihnen eins über den Schädel zu verpassen und sie auf dem Rückweg wieder einzusammeln.

Plötzlich kamen vor Elyas zwei Aiel aus dem Unterholz. Dunkle Schleier verhüllten ihre Gesichter bis zu den Augen, weiße Umhänge bedeckten ihre Rücken, in Händen hielten sie Speere und Schilde. Der Größe nach zu urteilen, waren es Töchter des Speers, was sie keineswegs weniger gefährlich machte als jeden anderen *Algai'd'siswai*, und im nächsten Augenblick wurden neun Langbögen gespannt, und breite Pfeilspitzen zielten auf ihre Herzen.

»Ihr könntet Euch auf diese Weise verletzten, Tuandha«, murmelte Elyas. »Sulin, Ihr solltet es besser wissen.« Perrin bedeutete den Männern von den Zwei Flüssen, die Bogen zu senken, und Aram, das Schwert herunterzunehmen. Er hatte ihre Gerüche im gleichen Augenblick wie Elyas erkannt, bevor sie aus ihrem Versteck getreten waren.

Die Töchter wechselten einen überraschten Blick, aber sie nahmen die Schleier ab und ließen sie auf der Brust hängen. »Ihr habt scharfe Augen, Elyas Machera«, sagte Sulin. Drahtig und mit einem Gesicht wie Leder, das auf einer Wange eine Narbe aufwies, hatte sie scharfe blaue Augen, die so durchdringend wie eine Nadel blicken konnten, aber jetzt schauten sie noch immer überrascht. Tuandha war größer und jünger, und möglicherweise war sie hübsch gewesen, bevor sie das rechte Auge verloren und die wulstige Narbe erhalten hatte, die vom Kinn unterhalb ihrer *Shoufa* nach oben führte. Sie verzerrte ihren Mundwinkel zu einem halben Lächeln, aber das war auch das einzige Lächeln, das sie je zeigte.

»Eure Mäntel sind anders«, sagte Perrin. Tuandha blickte stirnrunzelnd an sich herab, ihr Mantel war grau und grün und braun, genau wie Sulins Kleidung. »Eure Umhänge auch.« Elyas *war* müde. So einen Fehler zu machen. »Sie sind doch nicht etwa aufgebrochen?«

»Nein, Perrin Aybara«, sagte Sulin. »Die Shaido scheinen eine Zeitlang an diesem Ort bleiben zu wollen. Letzte Nacht haben sie die Menschen aus der Stadt dazu gezwungen, sie zu verlassen und nach Norden zu gehen, zumindest jene, die sie weggelassen haben.« Sie schüttelte den Kopf, noch immer verwirrt darüber, dass die Shaido Leute dazu zwangen, *Gai'schain* zu werden, die nicht dem *Ji'e'toh* folgten. »Eure Freunde Jondyn Barran und Get Ayliah und Hu Marwin sind ihnen gefolgt, um zu sehen, ob sie etwas in Erfahrung bringen können. Unsere Speerschwestern und Gaul umrunden wieder das Lager. Wir haben hier darauf gewartet, dass Elyas Machera mit Euch zurückkehrt.« Sie ließ nur selten Gefühle in ihrer Stimme zu, und es waren auch jetzt keine herauszuhören, aber sie roch nach Traurigkeit. »Kommt, ich zeige es Euch.«

Die beiden Töchter wandten sich dem Hügel zu, und er eilte ihnen hinterher und vergaß alles andere um sich herum. Ein kurzes Stück vor dem Kamm gingen sie in die Hocke, dann auf Hände und Knie, und er machte es ihnen nach und kroch die letzten paar

Handspannen, um oben auf dem Kamm an einem Baum vorbei durch den Schnee zu spähen. Der Wald endete hier und ging auf dem Abhang in verstreut wachsende Büsche und vereinzelte Schösslinge über. Perrin konnte mehrere Meilen weit sehen, hinweg über Bodenwellen, die wie baumlose Hügel aussahen, bis zu der Stelle, an der das dunkle Band des Waldes wieder begann. Er konnte alles sehen, was er sehen wollte, mehr, als ihm lieb gewesen wäre.

Er hatte versucht, sich das Lager der Shaido aufgrund von Elyas' Beschreibung vorzustellen, aber die Wirklichkeit machte dieses Bild zunichte. Eintausend Schritte unter ihm lag eine Masse aus niedrigen Aielzelten und jeder anderen Art von Zelt, eine Masse aus Wagen und Karren, Menschen und Tieren. Sie breitete sich fast über eine Meile von den grauen Mauern der Stadt bis zur Hälfte des Weges zur nächsten Anhöhe in alle Richtungen aus. Ihm war klar, das es auf der anderen Seite genauso aussehen musste. Es handelte sich um keine der großen Städte, sie war nicht wie Caemlyn oder Tar Valon; auf der Seite, die er sehen konnte, maß sie weniger als vierhundert Schritte und war auf der anderen offensichtlich noch schmaler, doch es war dennoch eine Stadt mit hohen Mauern und Türmen und allem Anschein nach einer Festung am nördlichen Ende. Aber das Lager der Shaido verschluckte sie völlig. Faile befand sich irgendwo in diesem riesigen Meer aus Menschen.

Er zog das Fernglas aus der Tasche und dachte im letzten Augenblick daran, eine Hand über das andere Ende zu wölben, um für Schatten zu sorgen. Die Sonne war eine goldene Kugel fast direkt vor ihm und hatte fast den halben Weg zum Zenit erklommen. Eine zufällige Spiegelung der Linse konnte alles verderben. Gruppen aus Menschen sprangen ihm in dem Fernglas entgegen, ihre Gesichter waren deutlich zu erkennen, zumindest für seine Augen. Langhaarige Frauen mit dunklen Schultertüchern und Dutzenden langer Halsketten, Frauen mit weniger Ketten, die Ziegen molken, Frauen im *Cadin'sor* und manchmal mit Speer und Schild, Frauen, die aus den Tiefen der Kapuzen schwerer weißer Roben blickten, während sie durch matschigen Schnee eilten. Da waren auch Männer und Kinder, aber sein Auge glitt an ihnen vorbei. Tausende über Tausende von Frauen, und da waren nur die in Weiß gezählt.

»Zu viele«, flüsterte Marline, und er senkte das Glas, um sie böse anzustarren. Die anderen hatten sich zu den Töchtern und ihm gesellt, sie alle lagen entlang des Kamms in einer Reihe im Schnee. Die Männer von den Zwei Flüssen unternahmen große Anstrengungen, ihre Bogensehen vom Schnee fernzuhalten, ohne ihre Bogen über den Kamm zu heben. Arganda und Gallenne studierten das Lager mit ihren eigenen Ferngläsern, und Grady starrte mit auf den Händen aufgestütztem Kinn den Abhang hinunter; er war genauso konzentriert wie die beiden Soldaten. Vielleicht benutzte er auf irgendeine Weise die Macht. Auch Marline und Annoura starrten hinunter zum Lager, die Aes Sedai befeuchtete sich die Lippen, und die Weise Frau runzelte die Stirn. Perrin glaubte nicht, dass Marline beabsichtigt hatte, das laut zu sagen.

»Wenn Ihr glaubt, ich gehe wieder, nur weil dort unten mehr Shaido als erwartet sind …«, begann er hitzig, aber sie unterbrach ihn und erwiderte seinen Blick gleichmütig.

»Zu viele Weise Frauen, Perrin Aybara. Wo ich auch hinsehe, entdecke ich eine Frau, die die Macht lenken kann. Nur für einen Augenblick hier, einen Augenblick da – Weise Frauen lenken nicht ununterbrochen die Macht –, aber sie sind überall, wo ich hinsehe. Zu viele, um die Weisen Frauen von zehn Septimen zu sein.«

Er holte tief Luft. »Was glaubt Ihr, wie viele sind es?«

»Ich glaube, dass da unten alle Weisen Frauen der Shaido versammelt sind«, erwiderte Marline so ruhig, als würde sie über den Haferpreis sprechen. »Alle, die die Macht lenken können.«

Alle? Das ergab keinen Sinn! Wie konnten sie alle dort versammelt sein, wo die Shaido doch in alle Winde verstreut waren? Immerhin hatte er Geschichten von Shaido-Raubzügen in ganz Ghealdan und Amadicia gehört, Geschichten von Raubzügen hier in Altara, und zwar lange vor Failes Entführung. Warum sollten sie alle zusammengekommen sein? Falls die Shaido sich hier sammeln wollten, der ganze Clan ... Nein, er musste von dem ausgehen, was ihm als Tatsache bekannt war. Das war schlimm genug. »Wie viele?«, fragte er noch einmal, diesmal in vernünftigem Tonfall.

»Knurrt mich nicht an, Perrin Aybara. Ich kann nicht genau sagen, wie viele Weise Frauen der Shaido am Leben geblieben sind. Selbst Weise Frauen sterben an Krankheiten, Schlangenbissen, Unfällen. Einige sind bei den Quellen von Dumai gestorben. Wir haben zurückgelassene Leichen gefunden, und sie müssen jene, die sie mitschleppen konnten, für ein angemessenes Begräbnis mitgenommen haben. Nicht einmal die Shaido können alle Sitten aufgegeben haben. Wenn alle Überlebenden dort unten sind, und die Lehrlinge, die die Macht lenken können, dann würde ich sagen, etwa vierhundert. Vielleicht auch mehr, aber weniger als fünfhundert. Bevor die Weisen Frauen der Shaido das Rückgrat der Welt überquert haben, gab es weniger als fünfhundert von ihnen, und vielleicht fünfzig Lehrlinge.« Die meisten Bauern hätten lebhafter über Hafer gesprochen.

Annoura, die noch immer das Lager der Shaido anstarrte, gab einen erstickten Laut von sich, der zur

Hälfte ein Schluchzen war. »*Fünfhundert?* Beim Licht! Die Hälfte der Weißen Burg in einem Clan? Oh, Licht!«

»Wir könnten uns nachts hineinschleichen«, murmelte Dannil von seiner Position ein Stück weiter in der Reihe, »so wie Ihr zu Hause in das Lager der Weißmäntel geschlichen seid.« Elyas gab ein Grunzen von sich, das alles hätte bedeuten können, aber nicht hoffnungsvoll klang.

Sulin schnaubte verächtlich. »*Wir* könnten uns nicht in dieses Lager schleichen, wir hätten kaum eine Hoffnung, wieder heil herauszukommen. Euch würde man verschnüren wie eine Ziege auf dem Bratspieß, bevor Ihr an den ersten Zelten vorbei seid.«

Perrin nickte langsam. Er hatte auch schon daran gedacht, im Schutz der Dunkelheit hineinzuschleichen und Faile irgendwie dort herauszuschaffen. Und die anderen natürlich. Sie würde nicht ohne die anderen gehen. Aber er glaubte nicht, dass das gut gehen würde, nicht bei Aiel, und die Größe des Lagers hatte die letzten Funken Hoffnung erstickt. Er hätte dort tagelang zwischen den Menschen umherwandern können, ohne sie zu finden.

Plötzlich wurde ihm bewusst, dass er keine Verzweiflung mehr niederkämpfen musste. Die Wut blieb, aber sie war jetzt so kalt wie Stahl im Winter, und er konnte nicht einen Tropfen von der Hoffnungslosigkeit entdecken, die zuvor gedroht hatte, ihn zu ersticken. In diesem Lager hielten sich zehntausend *Algai'd'siswai* auf, und fünfhundert Frauen, die die Macht lenken konnten – Gallenne hatte Recht, bereite dich auf das Schlimmste vor, und du wirst nur noch angenehme Überraschungen erleben –, fünfhundert Frauen, die nicht zögern würden, die Eine Macht als Waffe zu benutzen. Faile war verborgen wie eine Schneeflocke auf einer schneebedeckten Wiese, aber wenn man so viel auftürmte, dann war Verzweiflung nur noch sinnlos.

Entweder man machte sich ans Werk oder wurde untergepflügt. Außerdem begriff er jetzt das Rätsel. Nat Torfinn hatte immer behauptet, dass jedes Rätsel zu lösen sei, sobald man herausgefunden hatte, wo man schieben und wo man ziehen musste.

Im Norden und Süden der Stadt hatte man das Land wesentlich weiter als bis zu dem Hügel, auf dem er lag, gerodet. Vereinzelte Bauernhäuser, aus deren Schornsteinen kein Rauch aufstieg, sprenkelten die Landschaft, und Zäune markierten die unter dem Schnee liegenden Felder, aber wären aus diesen Richtungen mehr als nur eine Handvoll Männer angerückt, hätten sie genauso gut Fackeln und Banner schwingen und Fanfarenstöße von sich geben können. Es gab eine Straße, die ungefähr im Süden an den Höfen vorbeiführte; für den Norden galt das gleiche. Vermutlich nutzte ihm das nichts, aber das konnte man nie sagen. Möglicherweise brachte Jondyn ein paar Informationen über die Stadt mit, aber was das nutzen würde, wo sie doch vom Lager der Shaido umgeben war, wusste Perrin nicht. Gaul und die Töchter, die das Lager umrundeten, würden ihm sagen können, was hinter dem nächsten Hügel lag. Sein Kamm wies einen Sattel auf, der dem äußeren Anschein nach eine Straße vermuten ließ, die nach Osten führte. Seltsamerweise stand etwa eine Meile nördlich von dem Sattel eine Gruppe Windmühlen, deren lange weiße Flügel sich langsam drehten, und auf dem dahinterliegenden Hügel schien es eine weitere Gruppe von Windmühlen zu geben. Eine Reihe von Steinbögen, die an eine lange schmale Brücke denken ließen, erstreckten sich von der vordersten Mühle den Hügel hinunter bis hin zur Stadtmauer.

»Weiß jemand, was das ist?«, fragte er und zeigte in die Richtung. Der Blick durch das Fernglas hatte ihm nicht mehr verraten als die Tatsache, dass die Bögen anscheinend aus dem gleichen grauen Stein wie die

Stadtmauer erbaut waren. Die Konstruktion war viel zu schmal für eine Brücke. Es fehlten Seitenmauern, außerdem schien es hier nichts zu geben, wofür eine Brücke notwendig gewesen wäre.

»Das ist für den Transport von Wasser«, erwiderte Sulin. »Es erstreckt sich über fünf Meilen bis zu einem See. Ich weiß nicht, warum sie ihre Stadt nicht näher herangebaut haben, aber der größte Teil des Landes um den See herum sieht aus, als bestünde er aus Schlamm, wenn die Kälte weg ist.« Sie stolperte nicht länger über unvertraute Worte wie Schlamm, aber bei »See«, der Vorstellung von so viel Wasser an einem Ort, schwang noch immer eine Spur von Ehrfurcht mit. »Ihr denkt daran, ihre Wasserversorgung zu unterbrechen? Das wird sie sicherlich hervorlocken.« Ein Kampf um Wasser, das konnte sie verstehen. In der Wüste nahmen die meisten Kämpfe wegen Wasser ihren Anfang. »Aber ich glaube nicht …«

Die Farben explodierten in Perrins Kopf, und zwar so stark, dass Sicht- und Hörvermögen verschwand. Die Farben einmal ausgenommen, was die Sicht anging. Sie kamen als eine riesige Welle, als hätten die viele Male, die er sie aus seinem Kopf gedrängt hatte, einen Damm errichtet, den sie nun in einer stummen Flut zerschmetterten, um in lautlosen Strudeln zu kreisen, die ihn in die Tiefe zu reißen drohten. Mittendrin nahm ein Bild Gestalt an, Rand und Nynaeve, die einander gegenüber auf dem Boden saßen, und es war so klar, als säßen sie direkt vor ihm. Er hatte keine Zeit für Rand, nicht jetzt. Nicht jetzt! Er krallte die Farben beiseite, wie ein Ertrinkender das Wasser zur Seite krallte, um zur Oberfläche zu gelangen, er … zwang … sie … aus … seinem … Kopf!

Sicht- und Hörvermögen, die ganze Welt schlug über ihm zusammen.

»… ist Wahnsinn«, sagte Grady besorgt. »Niemand

kann so viel *Saidin* lenken, dass ich es aus dieser Entfernung noch spüre! Niemand!«

»Und niemand kann so viel *Saidar* lenken«, murmelte Marline. »Aber jemand tut es.«

»Die Verlorenen?« Annouras Stimme zitterte. »Die Verlorenen, die ein *Sa'angreal* benutzen, von dem wir nichts wußten. Oder … der Dunkle König selbst.«

Alle drei schauten nach Nordwesten, und wenn Marline beherrschter als Annoura oder Grady aussah, roch sie doch genauso verängstigt. Mit Ausnahme von Elyas beobachteten alle sie mit dem Gesichtsausdruck von Männern, die die Ankündigung erwarteten, dass die erneute Zerstörung der Welt ihren Anfang genommen hatte. Elyas' Miene drückte Akzeptanz aus. Ein Wolf würde nach einem Erdrutsch schnappen, der ihn in den Tod riss, aber ein Wolf wusste auch, dass der Tod früher oder später kam, und gegen den Tod konnte man nicht kämpfen.

»Es ist Rand«, murmelte Perrin heiser. Der Versuch der Farben, ihn erneut zu überschwemmen, ließ ihn erbeben, aber er hämmerte sie nieder. »Das ist seine Sache. Er wird sich darum kümmern, was auch immer es ist.« Alle starrten ihn an, selbst Elyas. »Sulin, ich brauche Gefangene. Sie schicken sicher Jagdexpeditionen aus. Elyas hat gesagt, dass sie Wachen ein paar Meilen weit ausgesandt haben, kleine Gruppen. Könnt Ihr mir Gefangene besorgen?«

»Hört mir genau zu«, stieß Annoura hervor. Sie erhob sich weit genug aus dem Schnee, um über Marline hinweg eine Handvoll von Perrins Umhang zu ergreifen. »Etwas geschieht gerade, vielleicht etwas Wunderbares, vielleicht auch etwas Schreckliches, aber auf jeden Fall etwas Gewaltiges, und zwar weitaus bedeutsamer, als alles in der überlieferten Geschichte! Wir müssen wissen, was das ist! Grady kann uns nahe genug heranbringen, um es zu beobachten. *Ich* könnte uns dort hinbringen, wenn ich wüsste, wie man das Gewebe erschaffen muss. Wir müssen es wissen!«

Perrin erwiderte ihren Blick und hob die Hand, und sie verstummte mit offenstehendem Mund. So leicht ließen sich Aes Sedai sonst nicht zum Schweigen bringen, aber sie ließ es geschehen. »Ich habe Euch gesagt, was zu tun ist. Unsere Arbeit liegt direkt vor uns. Sulin?«

Sulin sah von ihm zu der Aes Sedai und dann zu Marline. Schließlich zuckte sie mit den Schultern. »Ihr werdet nur wenig Nützliches erfahren, selbst wenn Ihr sie der Befragung unterzieht. Sie werden den Schmerz umarmen und Euch auslachen. Und Scham wird nur langsam wirken – falls diese Shaido überhaupt noch zu beschämen sind.«

»Was auch immer ich erfahre, wird mehr sein, als ich jetzt weiß«, erwiderte er. Seine Arbeit lag vor ihm ausgebreitet. Ein Rätsel musste gelöst, Faile musste befreit und die Shaido vernichtet werden. Das war alles, was auf der Welt zählte.

KAPITEL 9

Fallen

Und sie hat sich wieder darüber beschwert, dass die anderen Weisen Frauen so zaghaft sind«, beendete Faile in ihrer besten demütigen Stimme den Satz, rückte den hohen Korb auf ihrer Schulter zurecht und trat in dem matschigen Schnee von einem Fuß auf den anderen. Der Korb war nicht schwer, auch wenn er mit schmutziger Wäsche gefüllt war, und die Wolle ihres weißen Gewands war dick und warm, und darunter trug sie noch zwei Untergewänder, aber ihre weichen, weiß gebleichten Lederstiefel boten nur wenig Schutz gegen den Schneematsch. »Man hat mir befohlen, die genauen Worte der Weisen Frau Sevanna wiederzugeben«, fügte sie schnell hinzu. Someryn war eine der »anderen« Weisen Frauen, und ihr Mund hatte sich bei dem Wort zaghaft verzogen.

Mit ihrem gesenkten Blick war das alles, was Faile von Someryns Gesicht sehen konnte. *Gai'schain* hatten eine demütige Haltung einzunehmen, ganz besonders die *Gai'schain*, die keine Aiel waren, und obwohl sie durch die Wimpern blinzelte, um Someryns Miene zu erfassen, war ihr Gegenüber doch größer als die meisten Männer, Aiel eingeschlossen; sie war eine blonde Riesin, die sie hoch überragte. In der Hauptsache konnte sie bloß Someryns übertrieben großen Busen sehen, das üppige, von der Sonne verbrannte Dekolleté, das von einer Bluse enthüllt wurde, die bis zur Hälfte ihrer Brust hinunter nicht verschnürt war und größtenteils von einer gewaltigen Sammlung langer Halsketten aus Feuertropfen, Smaragden, Rubinen und Opalen sowie dreilagigen Strängen dicker Perlen und aufwändig verzierter Goldketten bedeckt wurde. Die meisten Weisen Frauen schienen Sevanna, die »für den Häuptling« sprach, bis man einen neuen Clanhäuptling der Shaido erwählen konnte – eine Prozedur, die kaum in absehbarer Zeit stattfinden würde –, nicht leiden zu können. Sie versuchten ihre Autorität bei jeder sich bietenden Gelegenheit zu untergraben, wenn sie sich nicht gerade gegenseitig bekämpften oder Cliquen bildeten, aber viele von ihnen teilten Sevannas Vorliebe für Feuchtländerschmuck, und ein paar waren sogar ihrem Beispiel gefolgt und trugen Ringe an den Fingern. An Someryns rechter Hand steckte ein großer weißer Opal, in dem rote Adern aufblitzten, wenn sie ihr Schultertuch richtete, und an der linken war ein langer blauer, mit Rubinen eingefasster Saphir. Allerdings hatte sie nicht die Seidenkleidung übernommen. Ihre Bluse war einfaches weißes *Aglode* aus der Wüste, und Rock und Schultertuch bestanden aus dicker Wolle, die genauso dunkel wie das zusammengefaltete Halstuch war, mit dem sie ihr taillenlanges blondes Haar aus dem Gesicht hielt. Die Kälte schien sie nicht im mindesten zu stören.

Sie standen direkt jenseits der Grenze, die Failes Ansicht zufolge das Lager der Shaido von dem der *Gai'schain* trennte – dem der Gefangenen –, aber natürlich gab es in Wirklichkeit keine zwei Lager. Ein paar *Gai'schain* schliefen bei den Shaido, aber den Rest hielt man in der Mitte des Lagers, wenn sie nicht ihren aufgetragenen Arbeiten nachgingen, Vieh, das durch eine Mauer aus Shaido vom Lockruf der Freiheit abgegrenzt wurde. Die meisten Männer und Frauen, die an ihnen vorbeigingen, trugen die weißen Gewänder der *Gai'schain*, wenn auch nur wenige so fein gewoben waren wie das ihre. Da so viele einzukleiden waren, nahmen die Shaido sämtliches weißes Tuch, das sie finden konnten. Manche trugen grobes Leinen oder Handtuchstoff oder gar Gewänder aus rauer Zeltplane, und viele Gewänder waren schlammverschmiert oder mit Asche verdreckt. Nur gelegentlich hatte einer der *Gai'schain* die Größe und die hellen Augen eines Aiel. Die überwiegende Mehrzahl waren rotgesichtige Amadicianer, Altaraner mit olivenfarbener Haut und blasse Cairhiener, dazu kamen der eine oder andere Reisende oder Kaufmann aus Illian oder Tarabon oder woher auch immer, die sich zur schlimmsten Zeit am schlimmsten Ort aufgehalten hatten. Die Cairhiener befanden sich am längsten von allen in Gefangenschaft und hatten sich – abgesehen von den Aiel in Weiß – resigniert in ihr Schicksal gefügt, aber sie alle hielten den Blick gesenkt und gingen ihren Arbeiten so schnell nach, wie es der zertrampelte Schnee und Schlamm erlaubte. Von *Gai'schain* wurde erwartet, dass sie Demut und Gehorsam zeigten und sich beides bereitwillig zu Eigen machten. Jede geringere Anstrengung führte zu schmerzhaften Lektionen.

Faile wäre auch gern weitergeeilt. Die kalten Füße spielten bei dem Wunsch nur eine geringe Rolle, und das Verlangen, Sevannas Wäsche zu waschen, noch weniger. Zu viele Augen konnten sehen, wie sie hier in aller Öffentlichkeit mit Someryn zusammenstand, und obwohl die tiefe Kapuze ihr Gesicht verbarg, kennzeichnete der breite Gürtel aus funkelnden Goldgliedern um ihre Taille und der dazu passende engsitzende Kragen sie als Sevannas Dienerin. Niemand nannte sie so – in den Augen der Aiel war die Tätigkeit als Diener demütigend –, aber genau das waren sie, zumindest die Feuchtländer, nur dass man sie nicht bezahlte und sie noch weniger Rechte und Freiheiten hatten als jeder Diener, von dem Faile je gehört hatte.

Früher oder später würde Sevanna erfahren, dass Weise Frauen ihre *Gai'schain* befragten. Sevanna hatte über hundert Diener und vergrößerte deren Anzahl ständig, und Faile war davon überzeugt, dass jeder einzelne von ihnen vor den Weisen Frauen jedes Wort wiederholen würde, das sie Sevanna hatten sagen hören.

Es war eine brutal effiziente Falle. Sevanna war eine strenge Herrin, und zwar auf eine eher gleichgültige Weise, sie schrie nie jemanden an und zeigte auch nur selten offen irgendwelche Wut, aber die kleinste Übertretung, der winzigste Ausrutscher in Betragen oder Verhalten wurde auf der Stelle mit dem Riemen oder der Rute bestraft, und jeden Abend wurden die fünf *Gai'schain*, die sie an diesem Tag am wenigsten zufriedengestellt hatten, für zusätzliche Bestrafungen – außer einer weiteren Prügelstrafe mussten sie die Nacht gefesselt und geknebelt verbringen – ausgesondert, um dem Rest als Beispiel zu dienen. Faile wollte gar nicht daran denken, was diese Frau mit einem Spion machen würde. Andererseits hatten die Weisen Frauen deutlich gemacht, dass sich jeder, der nicht freiwillig das weitergab, was er gehört hatte oder der etwas zurückhielt, einer ungewissen Zukunft gegenübersah, die vermutlich in einem flachen Grab endete. Einem *Gai'schain* über die erlaubten Grenzen der Disziplin hinaus zu schaden, war ein Verstoß gegen das *Ji'e'toh*, das Netz aus Ehre und Verpflichtung, das das Leben der Aiel beherrschte, aber die Feuchtländer-*Gai'schain* schienen von einer Vielzahl von Regeln ausgenommen zu sein.

Früher oder später würde die eine oder die andere Seite der Falle zuschnappen. Bis jetzt hatte nur eines ihren Rachen auseinandergehalten: die Shaido schienen ihre Feuchtländer-Gai'sch*ain* nicht anders als ihre Karrenpferde oder Lasttiere zu betrachten, obwohl in Wahrheit die Tiere viel besser behandelt wurden. Gelegentlich versuchte ein *Gai'schain* zu fliehen, aber davon abgesehen gab man ihnen zu essen und eine Unterkunft, trug ihnen Arbeit auf und bestrafte sie, wenn sie nicht schnell genug waren. Die Weisen Frauen rechneten genauso wenig damit, dass sie ungehorsam sein könnten, und Sevanna rechnete genauso wenig damit, dass sie sie ausspionieren könnten, wie sie erwartet hätten, dass ein Karrenpferd singen würde. Aber früher oder später ... Und das war nicht die einzige Falle, in der Faile steckte.

»Weise Frau, ich habe nicht mehr zu sagen«, murmelte sie, als Someryn schwieg. Solange man seine fünf Sinne beisammen hatte, ließ man eine Weise Frau nicht einfach stehen, nicht, bevor sie einen entlassen hatte. »Die Weise Frau Sevanna spricht frei vor uns, aber sie sagt nur wenig.«

Die große Frau schwieg weiter, und nach einem langen Augenblick wagte es Faile, den Blick ein Stück weiter zu heben. Someryn starrte über Failes Kopf hinweg, ihr Mund stand in völliger Verblüffung offen. Stirnrunzelnd rückte Faile den Korb auf ihrer Schulter zurecht und sah dabei nach hinten, aber da war nichts, das Someryns Gesichtsausdruck gerechtfertigt hätte, nur das riesige Lager, in dem sich dunkle, niedrige Aiel-Zelte mit Spitzzelten und allen anderen Arten von Zelten vermengten, von denen die meisten schmutzigweiß oder hellbraun waren. Aber es gab auch grüne und blaue und rote und sogar gestreifte Zelte. Die Shaido nahmen alles mit, was sie gebrauchen konnten, wenn sie zuschlugen, und sie ließen nichts zurück, das auch nur Ähnlichkeit mit einem Zelt hatte.

Trotzdem hatten sie kaum genug Unterkünfte. Hier hatten sich zehn Septimen versammelt, Failes Schätzung nach waren es mehr als siebzigtausend Shaido und fast genausoviele *Gai'schain*, und überall sah sie nur das übliche Gewimmel, dunkel gewandete Aiel, die zwischen weißgekleideten Gefangenen ihren Alltagsgeschäften nachgingen. Vor einem offenen Zelt betätigte ein Schmied den Blasebalg seines Schmiedefeuers, während seine Werkzeuge ausgebreitet auf einer gegerbten Stierhaut lagen, Kinder trieben Ziegenherden mit Ruten, eine Händlerin stellte ihre Waren in einem offenen Pavillon aus gelbem Segeltuch aus, angefangen von goldenen Kerzenständern und Silberschalen bis zu Töpfen und Kesseln, natürlich alles Beutestücke. Ein schlanker Mann, der ein Pferd an seinem Seil führte, unterhielt sich mit einer grauhaarigen Weisen Frau namens Masalin, der Art und Weise nach zu urteilen, wie er immer wieder auf den Pferdeleib zeigte, war er zweifellos auf der Suche nach einer Behandlung für eine Krankheit, die das Tier plagte. Nichts davon gab Anlass für Someryns ungläubigen Blick.

Faile wollte sich gerade wieder umdrehen, als ihr eine dunkelhaarige Aiel auffiel, die in die andere Richtung blickte. Das Haar war nicht nur dunkel, sondern rabenschwarz, eine große Seltenheit unter den Aiel. Selbst von hinten glaubte Faile Alarys zu erkennen, eine der Weisen Frauen. Im Lager hielten sich über vierhundert von ihnen auf, aber sie hatte schnell gelernt, sie alle am Aussehen zu erkennen. Eine Weise Frau mit einer Töpferin oder einer Weberin zu verwechseln brachte einem schnell die Prügelstrafe ein.

Möglicherweise hatte es nichts zu bedeuten, dass Alarys stocksteif dastand und in dieselbe Richtung wie Someryn starrte, oder dass sie ihr Schultertuch zu Boden hatte fallen lassen, aber nur ein Stück von ihr entfernt entdeckte Faile eine weitere Weise Frau, die ebenfalls in nordwestliche Richtung blickte und nach Leuten schlug, die sich ihr in den Weg stellten. Das musste Jesain sein, eine Frau, die man selbst dann als klein bezeichnet hätte, wäre sie keine Aiel gewesen, und deren wild wucherndes rotes Haar jedes Feuer hätte verblassen lassen und deren Temperament dementsprechend war. Masalin unterhielt sich mit dem Mann mit dem Pferd und zeigte auf das Tier. Sie konnte nicht die Macht lenken, aber drei Weise Frauen, die es vermochten, starrten alle in dieselbe Richtung. Dafür konnte es nur eine Erklärung geben; sie sahen eine Machtlenkerin auf dem bewaldeten Hügelkamm jenseits des Lagers. Eine Weise Frau, die nach der Macht griff, hätte bestimmt keine von ihnen in diese Richtung starren lassen. Konnte es eine Aes Sedai sein? Oder mehr als nur eine? Besser, sich keine Hoffnungen zu machen. Es war zu früh.

Ein Schlag auf den Kopf ließ sie taumeln, beinahe hätte sie den Korb fallen gelassen.

»Was stehst du da dumm herum?«, fauchte Someryn. »Geh an deine Arbeit. Geh, bevor ich …«

Faile setzte sich in Bewegung, balancierte mit der einen Hand den Korb und hob mit der anderen den Gewandsaum aus dem Schneematsch, und ging so schnell sie konnte, ohne auszurutschen und in den Dreck zu fallen. Someryn schlug nie jemanden, und sie hob auch nie die Stimme. Wenn sie beides tat, dann war es vernünftiger, ihr sofort aus dem Weg zu gehen. Demütig und gehorsam.

Der Stolz befahl ihr, kühlen Trotz aufrechtzuerhalten, eine stille Weigerung, sich zu unterwerfen, aber der Verstand sagte ihr, dass das der beste Weg war, um doppelt so streng bewacht zu werden, als es der Fall war. Die Shaido betrachteten die Feuchtländer-*Gai'schain* vielleicht als gezähmte Haustiere, aber sie waren nicht völlig blind. Sie mussten glauben, dass Faile sich in ihre Gefangenschaft gefügt hatte, nur dann hatte sie eine Chance zur Flucht. Je früher, desto besser. Auf jeden Fall, bevor Perrin sie einholte. Sie hatte nie daran gezweifelt, dass Perrin ihr folgte, dass er sie irgendwie aufspüren würde – der Mann würde durch eine Mauer laufen, wenn er es sich in den Kopf gesetzt hatte! –, aber sie musste zuvor fliehen. Sie war die Tochter eines Soldaten. Sie kannte die Zahl der Shaido, sie wusste, wie viele Männer Perrin zur Verfügung standen, und sie wusste, dass sie ihn vor dieser Auseinandersetzung erreichen musste. Da gab es bloß das kleine Problem, sich vorher von den Shaido zu befreien.

Was hatten die Weisen Frauen gesehen – Aes Sedai oder die Weisen Frauen in Perrins Gefolge? Beim Licht, sie hoffte nicht, noch nicht! Aber andere Dinge hatten Vorrang, und die Wäsche gehörte dazu. Sie trug den Korb auf die Ruinen der Stadt Malden zu und bahnte sich ihren Weg durch den ständigen Fluss an *Gai'schain*. Jene, die die Stadt verließen, balancierten jeweils zwei schwere Eimer an einer Stange auf den Schultern, während die Eimer derer, die hineingingen, leer auf ihren Stangen baumelten. Die vielen Menschen im Lager benötigten reichlich Wasser, und so wurde es zu ihnen gebracht, Eimer für Eimer. Es fiel leicht, die *Gai'schain* zu erkennen, die einst Malden bewohnt hatten. So weit nördlich von Altara wiesen sie alle helle Haut statt olivfarbige aus, und manche hatten sogar blaue Augen, aber sie alle stolperten wie betäubt daher. In der Nacht hatten die Shaido die Stadtmauern erklommen und die Verteidiger überwältigt, bevor die meisten Bewohner überhaupt begriffen hatten, in welcher Gefahr sie schwebten, und sie schienen noch immer nicht glauben zu können, wie sehr sich ihr Leben verwandelt hatte.

Faile hielt nach einem bestimmten Gesicht Ausschau, nach jemandem, von dem sie hoffte, dass sie heute kein Wasser trug. Sie suchte nach ihr, seit die Shaido vor vier Tagen hier ihr Lager aufgeschlagen hatten. Und sie fand sie direkt vor den Stadttoren, die weit offen und an die Granitmauern gelehnt standen, eine weißgekleidete Frau, die größer als sie war und einen flachen Korb mit Brot in die Hüfte stemmte. Ihre Kapuze war gerade weit genug zurückgeschoben, um dunkles, rötliches Haar zu zeigen. Chiad schien die eisenverstärkten Tore zu betrachten, die Malden nicht hatten beschützen können, aber sie wandte sich sofort von ihnen ab, als Faile herankam. Sie blieben nebeneinander stehen, ohne sich anzusehen, während sie so taten, als würden sie ihre Körbe zurechtrücken. Es gab keinen Grund, warum zwei *Gai'schain* nicht miteinander sprechen sollten, aber niemand sollte sich daran erinnern, dass sie zusammen gefangen genommen worden waren. Bain und Chiad standen nicht unter so strenger Aufsicht wie die *Gai'schain*, die Sevanna dienten, aber das konnte sich ändern, falls es jemandem wieder einfiel. Fast jeder in Sichtweite war *Gai'schain* und darüber hinaus von der Westseite des Drachenwalls, aber schon zu viele hatten gelernt, sich mit Hilfe von Geschichten und Gerüchten Vorteile zu erschleichen. Die meisten Leute taten, was sie mussten, um zu überleben, und einige versuchten immer, ihre eigenen Nester zu federn, unter welchen Umständen auch immer.

»Sie sind in der ersten Nacht entkommen«, murmelte Chiad. »Bain und ich haben sie in den Wald geführt und auf dem Rückweg ihre Spuren verwischt. Soweit ich es beurteilen kann, scheint niemand ihr Fehlen zu bemerken. Bei so vielen *Gai'schain* scheint es ohnehin ein Wunder zu sein, dass den Shaido Flüchtlinge auffallen.«

Faile gestattete sich einen leisen Seufzer der Erleichterung. Drei Tage weg. Die Shaido bemerkten sehr wohl, wenn jemand flüchtete. Einigen gelang es, einen vollen Tag in Freiheit zu verbringen, aber die Chancen auf Erfolg wuchsen mit jedem Tag, den man nicht wieder eingefangen wurde, und es schien sicher zu sein, dass die Shaido am nächsten oder übernächsten Tag weiterziehen würden. So lange waren sie seit

Failes Gefangennahme noch nie an einem Ort geblieben. Sie vermutete, dass sie zurück zum Drachenwall marschieren und von dort aus in die Wüste gelangen wollten.

Es war nicht einfach gewesen, Lacile und Arrela dazu zu überreden, ohne sie aufzubrechen. Überzeugt hatte sie letztlich das Argument, dass sie Perrin darüber informieren konnten, wo Faile war, zusammen mit einer Warnung, wie viele Shaido es gab, und der Behauptung, dass Faile ihre Flucht im Griff hatte und jede Einmischung sie nur in Gefahr bringen würde. Sie war davon überzeugt, dass sie ihr das abgenommen hatten – sie hatte ihre Flucht im Griff, jedenfalls in gewisser Weise; tatsächlich hatte sie mehrere Pläne, und einer davon musste funktionieren –, aber bis zu dieser Minute hatte sie befürchtet, die beiden Frauen würden darauf beharren, dass die auf ihre Person abgelegten Treueide sie zum Bleiben verpflichteten. In mancherlei Hinsicht waren Wassereide bindender als Lehnseide, aber sie ließen einen beträchtlichen Spielraum für Dummheiten im Namen der Ehre. In Wahrheit hatte sie nicht die geringste Ahnung, ob die beiden Perrin je finden würden, aber sie waren frei, und jetzt gab es nur noch zwei Frauen, um die sie sich sorgen musste. Natürlich würde man das Fehlen von drei von Sevannas Dienerinnen sehr schnell bemerken, innerhalb weniger Stunden, und man würde die besten Fährtenleser einsetzen, um sie zurückzubringen. Faile kannte sich in Wäldern aus, aber sie wusste es besser, als gegen Aiel-Fährtenleser anzutreten. Für gewöhnliche *Gai'schain,* die wegliefen und wieder eingefangen wurden, hatte das unangenehme Konsequenzen zur Folge. Für Sevannas *Gai'schain* war es besser, wenn sie bei dem Versuch starben. Bestenfalls würden sie nie wieder die Gelegenheit zu einem zweiten Versuch haben.

»Der Rest von uns hätte eine bessere Chance, wenn

du und Bain mitkommen würdet«, sagte sie leise. Der Strom der Männer und Frauen in Weiß, die Wasser transportierten, bewegte sich unablässig fort, niemand schien mehr als einen Blick in ihre Richtung zu verschwenden, aber in den vergangenen zwei Wochen war Vorsicht zu einem festen Bestandteil ihres Lebens geworden. Beim Licht, es schienen mehr als zwei Jahre zu sein! »Was für einen Unterschied kann es machen, Lacile und Arrela bis in den Wald zu helfen, dem Rest von uns aber ein Stück weiter zu helfen?« Da sprach die Verzweiflung aus ihr. Sie kannte den Unterschied – Bain und Chiad waren ihre Freundinnen und hatten sie in den Sitten der Aiel unterrichtet, dem *Ji'e'toh* und sogar etwas in der Handsprache der Töchter – und es überraschte sie nicht im mindesten, als Chiad den Kopf ein Stück drehte und sie mit grauen Augen anblickte, in denen nichts von *Gai'schain*-Demut lag. Genauso wenig wie in ihrer Stimme, obwohl sie noch immer leise sprach.

»Ich werde dir helfen, soweit ich kann, weil es nicht richtig ist, dass die Shaido euch gefangen halten. Ihr folgt nicht dem *Ji'e'toh.* Ich schon. Wenn ich meine Ehre und meine Verpflichtungen zur Seite werfe, nur weil die Shaido dies getan haben, dann erlaube ich ihnen, meine Handlungen zu bestimmen. Ich werde das Weiß ein Jahr und einen Tag tragen, und dann werden sie mich freilassen oder ich gehe, aber ich werde nicht wegwerfen, wer ich bin.« Ohne ein weiteres Wort zu verlieren, fädelte sich Chiad in den Strom der *Gai'schain* ein.

Faile hob die Hand, um sie aufzuhalten, dann ließ sie sie sinken. Sie hatte diese Frage schon zuvor gestellt und eine freundlichere Antwort erhalten, und weil sie sie erneut gestellt hatte, hatte sie ihre Freundin beleidigt. Sie würde sich entschuldigen müssen. Nicht um Chiads Hilfe zu behalten – die Frau würde sie nicht zurücknehmen –, sondern weil sie selbst Ehre besaß, selbst wenn sie nicht dem *Ji'e'toh* folgte. Man beleidigte Freunde nicht und vergaß es dann einfach, oder erwartete, dass sie es vergaßen. Aber Entschuldigungen mussten warten. Sie wagten es nicht, dass man sie zu lange miteinander sprechen sah.

Malden war eine blühende Stadt gewesen, ein Umschlagplatz für gute Wolle und eine Menge ordentlichen Wein, aber innerhalb der Stadtmauern war es jetzt nur noch eine leere Ruine. Viele der schiefergedeckten Häuser waren sowohl aus Stein wie aus Holz gebaut, und während der Plünderung war das Feuer außer Kontrolle geraten. Das südliche Ende der Stadt bestand aus Haufen geschwärzter Holzbalken, die von Eiszapfen verziert wurden, zur Hälfte niedergebrannte, dachlose Grundmauern. Die vom Wind verwehte Asche färbte die Straßen grau, ob sie nun gepflastert oder nur aus Erde bestanden, und die ganze Stadt stank nach verbranntem Holz. Wasser war die einzige Sache, von der es in Malden anscheinend niemals zu wenig gab, aber wie alle Aiel maßen die Shaido ihm einen hohen Wert zu, und sie verstanden nichts von Brandbekämpfung. In der Aiel-Wüste gab es nur wenig, das brennen konnte. Wären sie mit Stehlen fertig gewesen, hätten sie die ganze Stadt niederbrennen lassen, und tatsächlich hatten sie wegen der Wasserverschwendung gezaudert, bevor sie die *Gai'schain* mit vorgehaltenen Speeren zu Eimerreihen gezwungen und den Männern von Malden gestattet hatten, ihre Pumpenwagen hervorzuholen. Faile hätte gedacht, dass die Shaido wenigstens diese Männer belohnt hätten, indem sie sie zusammen mit den Leuten gehen ließen, die der Auswahl als *Gai'schain* entgangen waren, aber die Männer an den Pumpen waren jung und kräftig, genau die Sorte, welche die Shaido als *Gai'schain* haben wollten. Die Shaido hielten sich an einige der

Regeln, die für *Gai'schain* galten – Frauen, die schwanger waren oder Kinder unter dem Alter von zehn Jahren hatten, durften gehen, genau wie Jugendliche unter sechzehn Jahren und die Schmiede der Stadt, die zu gleichen Maßen verblüfft und dankbar gewesen waren –, aber Dankbarkeit spielte dabei keine Rolle.

Möbel lagen auf den Straßen, große umgestürzte Tische und verzierte Truhen und Stühle, und manchmal auch ein zerknitterter Wandbehang oder kaputtes Geschirr. Überall lagen Kleidungsstücke, Mäntel und Hosen und Kleider, die meisten zu Fetzen zerschlitzt. Die Shaido hatten alles genommen, was aus Gold oder Silber war, alles, was mit Edelsteinen verziert war, alles, was nützlich oder essbar war, aber die Möbel mussten während der Plünderung hinausgeworfen und dann zurückgelassen worden sein, wenn derjenige, der sie erbeutet hatte, zu dem Schluss gekommen war, dass eine kleine vergoldete Gravur oder schöne Schnitzerei die Mühe nicht lohnte. Aiel benutzten sowieso keine Stühle, und für die schweren Tische war auf den Wagen und Karren kein Platz. Ein paar Shaido streiften noch immer durch die Häuser und Gasthöfe und Läden und suchten nach allem, was sie möglicherweise übersehen hatten, aber die meisten Leute, die Faile begegneten, waren *Gai'schain*, die Eimer schleppten. Aiel hatten kein Interesse an Städten, es sei denn an Lagerhäusern, die man plündern konnte. Zwei Töchter gingen an ihr vorbei, die einen nackten Mann mit wildem Blick, dem man die Arme auf den Rücken gefesselt hatte, mit den Speerschäften auf das Tor zutrieben. Zweifellos hatte er geglaubt, er könnte sich in einem Keller oder Dachboden verstecken, bis die Shaido abgezogen waren. Zweifellos hatten die Töchter geglaubt, eine Truhe mit Münzen zu finden. Als ihr ein großer Mann im *Cadin'sor* eines *Algai'd'siswai* den Weg versperrte, wich sie ihm so geschickt aus, wie sie konnte. Ein *Gai'schain* machte einem Shaido immer Platz.

»Du bist sehr hübsch«, sagte er und vertrat ihr den Weg. Er war der größte Mann, den sie je gesehen hatte, bestimmt sieben Fuß groß und massig. Nicht dick – sie hatte noch keinen dicken Aiel gesehen –, aber sehr breit. Er rülpste, und sie roch Wein. Betrunkene Aiel hatte sie schon gesehen, seit sie in Malden die vielen Weinfässer gefunden hatten. Aber sie verspürte keine Furcht. *Gai'schain* wurden für alle möglichen Verfehlungen bestraft, oft für Dinge, die nur wenige Feuchtländer überhaupt begreifen konnten, aber die weißen Gewänder boten einen gewissen Schutz.

»Ich bin *Gai'schain* der Weisen Frau Sevanna«, sagte sie im unterwürfigsten Ton, den sie zustande brachte. Zu ihrem Widerwillen musste sie feststellen, dass sie ihn sehr gut traf. »Sevanna wäre verärgert, würde ich meine Pflichten vernachlässigen, um mich zu unterhalten.« Sie versuchte noch einmal, um ihn herumzugehen, und keuchte auf, als er ihren Arm mit einer Hand ergriff, die zweimal darum gepasst und noch Platz übrig gelassen hätte.

»Sevanna hat Hunderte von *Gai'schain*. Eine mehr oder weniger wird sie eine oder zwei Stunden nicht vermissen.«

Der Korb fiel auf die Straße, als er sie mit der gleichen Mühelosigkeit in die Luft hob, als würde er ein Kissen hochheben. Bevor sie wusste, wie ihr geschah, hatte er sie sich unter den Arm geklemmt. Sie wollte schreien, doch er drückte mit seiner freien Hand ihr Gesicht gegen seine Brust. Der Geruch von verschwitzter Wolle stieg ihr in die Nase. Sie konnte nur graubraune Wolle sehen. Wo waren die beiden Töchter? Töchter des Speers würden ihn das nicht tun lassen! Jeder Aiel, der dies sah, würde einschreiten! Von den *Gai'schain* erwartete sie keine Hilfe. Wenn sie Glück hatte, würden einer oder zwei vielleicht loslaufen, um Hilfe zu holen, aber die erste Lektion eines jeden *Gai'schain* bestand darin, dass selbst nur die Androhung von Gewalt dazu führte, an den Füßen aufgehängt und so lange geschlagen zu werden, bis man schrie. Zumindest die erste Lektion der Feuchtländer, Aiel wußten das: den *Gai'schain* war jede Art von Gewalt verboten. Egal aus welchem Grund. Was Faile nicht davon abhielt, wütend nach dem Mann zu treten. Sie hätte genauso gut gegen eine Wand treten können, soviel Eindruck machte sie damit. Er lief weiter und trug sie irgendwo hin. Sie biss so hart zu, wie sie konnte, und bekam für ihre Anstrengungen nur den Mund voll kratziger schmutziger Wolle, während ihre Zähne über Muskeln glitten, die keinen Ansatzpunkt boten. Er schien aus Stein gemacht zu sein. Sie schrie, aber selbst in ihren Ohren klang der Schrei gedämpft.

Plötzlich blieb das Ungeheuer, das sie trug, stehen.

»Ich habe sie zur *Gai'schain* gemacht, Nadric«, sagte eine tiefe Männerstimme.

Faile spürte ein grollendes Lachen in der Brust, gegen die ihr Gesicht gedrückt wurde, bevor sie es hörte. Sie hörte nicht auf zu treten, genauso wenig wie sie aufhörte, sich zu winden oder zu schreien, aber ihr Entführer schien nichts davon zu bemerken. »Sie gehört jetzt Sevanna, Bruderloser«, sagte der große Mann – Nadric? – verächtlich. »Sevanna nimmt sich, was sie will, und ich nehme mir, was ich will. Das sind die neuen Sitten.«

»Sevanna hat sie sich genommen«, erwiderte der andere Mann ruhig, »aber ich habe sie nie Sevanna gegeben. Ich habe nie angeboten, sie gegen etwas einzutauschen. Wollt Ihr Eure Ehre preisgeben, nur weil Sevanna die ihre preisgibt?«

Eine lange Stille trat ein, die nur von Failes gedämpften Geräuschen unterbrochen wurde. Sie hörte nicht auf, sich zu wehren, sie konnte es nicht, aber sie hätte genauso gut ein Säugling in Windeln sein können.

»Sie ist nicht hübsch genug, um wegen ihr zu kämpfen«, sagte Nadric schließlich. Er klang nicht ängstlich, nicht einmal besorgt.

Er ließ Faile los, und ihre Zähne wurde so plötzlich von seinem Mantel losgerissen, dass sie glaubte, einen oder zwei verloren zu haben, aber dann landete sie mit dem Rücken auf dem Boden, und der Aufprall trieb ihr sämtliche Luft aus den Lungen und fast jeden klaren Gedanken aus dem Kopf. Als sie wieder zu genug Atem gekommen war, um sich auf die Hände stützen zu können, schritt der große Mann die Gasse entlang und hatte die Straße fast schon wieder erreicht. Es *war* eine Gasse, ein schmaler Lehmweg zwischen zwei Steinhäusern. Niemand hätte gesehen, was er hier tat. Zitternd spuckte sie den Geschmack nach ungewaschener Wolle und Nadrics Schweiß aus – sie bebte nicht, sie zitterte bloß! – und starrte auf seinen Rücken. Wäre sie jetzt an ihr verstecktes Messer gekommen, hätte sie auf ihn eingestochen. Nicht hübsch genug, um wegen ihr zu kämpfen, ach ja? Ein Teil von ihr wusste, dass das einfach lächerlich war, aber sie griff nach allem, das ihre Wut anfachen konnte, nur um ihre Wärme zu spüren und das Zittern zu unterdrücken. Sie hätte so lange auf ihn eingestochen, bis sie die Arme nicht mehr hätte heben können.

Sie stand auf, stellte sich auf ihre unsicheren Beine und tastete mit der Zunge ihre Zähne ab. Sie waren alle noch da, keiner war zerbrochen oder fehlte. Die raue Wolle von Nadrics Mantel hatte ihr das Gesicht aufgescheuert und ihre Lippen waren wund, aber sie war unverletzt. Sie hielt diesen Gedanken fest. Sie war unverletzt und konnte die Gasse aus freiem Willen verlassen. Jedenfalls so frei, wie man in einem *Gai'schain*-

Gewand sein konnte. Wenn es viele wie Nadric gab, die den Schutz dieses Gewands nicht länger anerkannten, dann brach unter den Shaido die Ordnung zusammen. Das Lager würde ein noch gefährlicherer Ort sein, aber fehlende Ordnung würde nur noch mehr Gelegenheiten zur Flucht erschaffen. Aus dieser Perspektive musste sie es betrachten. Sie hatte etwas erfahren, das ihr helfen konnte. Wenn sie doch bloß aufgehört hätte zu zittern.

Schließlich wandte sie sich zögernd ihrem Retter zu. Sie hatte seine Stimme erkannt. Er stand ein gutes Stück von ihr entfernt und beobachtete sie ruhig, machte keinerlei Anstalten, sie zu trösten. Vermutlich hätte sie geschrien, wenn er sie berührt hätte. Noch eine Absurdität, immerhin hatte er sie gerettet, aber das war eine Tatsache. Rolan war kaum mehr als ein paar Fingerbreit kleiner als Nadric und beinahe genauso breit, und Faile hatte auch genug Gründe, ihn zu erstechen. Er war kein Shaido, sondern gehörte zu den Bruderlosen, den *Mera'din*, Männer, die ihre Clans verlassen hatten, weil sie Rand al'Thor nicht folgen wollten, und er war tatsächlich derjenige gewesen, der sie »zur *Gai'schain* gemacht« hatte. Sicher, er hatte sie in der Nacht ihrer Entführung vor dem Erfrieren bewahrt, indem er sie in seinen Mantel gehüllt hatte, aber sie hätte das Kleidungsstück nicht gebraucht, hätte er nicht zuvor jeden Fetzen Stoff von ihrem Körper heruntergeschnitten. Der erste Schritt, jemanden zum *Gai'schain* zu machen, bestand immer darin, ihn nackt auszuziehen, aber das war kein Grund für sie, ihm zu vergeben.

»Danke«, sagte sie, und das Wort schmeckte bitter auf ihrer Zunge.

»Ich habe nicht um Dankbarkeit gebeten«, sagte er milde. »Sieh mich nicht an, als wolltest du mich nur beißen, weil du Nadric nicht beißen konntest.«

Sie schaffte es, ihn nicht anzufauchen, wenn auch nur mit Mühe – im Augenblick hätte sie keine Demut zustande gebracht, selbst wenn sie es gewollt hätte –, bevor sie sich abwandte und zur Straße marschierte. Das heißt, sie wollte marschieren. Ihre Beine zitterten noch immer so sehr, dass es mehr ein Taumeln war. Die vorbeigehenden *Gai'schain* schenkten ihr kaum einen Blick, während sie sich mit ihren Wassereimern die Straße entlangschleppten. Nur wenige der Gefangenen wollten sich mit den Sorgen anderer Leute belasten. Sie hatten genug eigene.

Als Faile den Wäschekorb erreichte, stieß sie ein Seufzen aus. Er lag auf der Seite, und weiße Seidenblusen und dunkle Seidenreitröcke breiteten sich über das schmutzige, ascheverschmierte Kopfsteinpflaster aus. Wenigstens war keiner daraufgetreten. Man hätte niemandem, der den ganzen Morgen Wasser geschleppt und einen weiteren Tag dieser Beschäftigung noch vor sich hatte, verübeln können, wenn er keinen Bogen um herumliegende Kleidungsstücke gemacht hätte, die man den zu *Gai'schain* gemachten Bürgern Maldens vom Leib geschnitten hatte. Sie hätte versucht, ihnen zu vergeben. Sie stellte den Korb aufrecht hin und fing an, die Kleider einzusammeln, schüttelte soweit möglich den Dreck und die Asche ab und achtete sorgfältig darauf, den verbleibenden Rest nicht tiefer in den Stoff zu drücken. Im Gegensatz zu Someryn hatte Sevanna an Seide Gefallen gefunden. Sie trug nichts anderes mehr. Sie war auf ihre seidene Kleidung genauso stolz wie auf ihre Juwelen, und bei beiden gleichermaßen besitzergreifend. Sie würde nicht erfreut sein, wenn auch nur eines dieser Kleidungsstücke nicht sauber zurückkam.

Als Faile die letzte Bluse obenauf legte, griff Rolan an ihr vorbei und hob den Korb mit einer Hand hoch. Im Begriff, ihn anzuschnauzen – sie konnte ihre Last selbst tragen, vielen herzlichen Dank! –, schluckte sie die Worte wieder hinunter. Ihr Verstand war die einzige Waffe, die ihr zur Verfügung stand, und sie musste ihn benutzen, statt ihrem Temperament freien Lauf zu lassen. Rolan war nicht zufällig da gewesen. Das war kaum vorstellbar. Seit ihrer Gefangennahme hatte sie ihn oft gesehen, viel zu oft, als sich nur durch Zufälle erklären ließ. Er war ihr gefolgt. Was hatte er Nadric gesagt? Er hatte sie Sevanna nicht gegeben und sie auch nicht gegen etwas eingetauscht. Obwohl er sie gefangen genommen hatte, schien er es nicht für richtig zu halten, Feuchtländer zu *Gai'schain* zu machen – die meisten Bruderlosen vertraten diese Ansicht –, aber anscheinend beanspruchte er noch immer das Recht auf ihre Person.

Sie war sich sicher, keine Angst haben zu müssen, dass er versuchen würde, sie mit Gewalt zu nehmen. Rolan hatte seine Chance gehabt, als er sie nackt und gefesselt vor sich hatte, und damals hätte er genauso gut einen Zaunpfosten ansehen können. Vielleicht konnte er Frauen nichts abgewinnen. Auf jeden Fall waren die Bruderlosen fast ebensolche Außenseiter unter den Shaido wie die Feuchtländer. Kein Shaido vertraute ihnen vorbehaltlos, und die Bruderlosen erschienen selbst oft wie Männer, die sich die Nase zuhielten und das in ihren Augen kleinere Übel akzeptierten, statt sich mit dem größeren abzufinden, die sich aber nicht länger so sicher waren, was das kleinere Übel wirklich war. Wenn sie mit dem Mann Freundschaft schließen konnte, würde er vielleicht bereit sein, ihr zu helfen. Nicht bei einer Flucht – das wäre zuviel verlangt gewesen –, aber … Oder doch nicht? Die einzige Möglichkeit, das herauszufinden, bestand darin, es zu versuchen.

»Danke«, sagte sie erneut, und diesmal brachte sie ein Lächeln zustande. Überraschenderweise erwiderte er das Lächeln. Es war ein kleines Lächeln, kaum zu sehen, aber Aiel waren nicht für ihre überschwängliche Art bekannt. Sie erschienen kalt und abweisend, bevor man sie besser kennenlernte.

Ein paar Schritte gingen sie schweigend nebeneinander her, er trug den Korb mit einer Hand, und sie hielt den Gewandsaum hoch. Man hätte denken können, sie würden einen Spaziergang machen. Wenn man etwas im Auge hatte. Einige der vorbeigehenden *Gai'schain* starrten sie überrascht an, senkten aber schnell wieder den Blick. Faile wusste nicht, wie sie anfangen sollte, er sollte schließlich nicht glauben, dass sie mit ihm flirtete; möglicherweise gefielen ihm Frauen ja doch, aber er kam ihr zuvor.

»Ich habe dich beobachtet«, sagte er. »Du bist stark und wild, und ich glaube, du hast keine Angst. Sie meisten Feuchtländer sind halb wahnsinnig vor Angst. Die stellen sich so lange dumm an, bis sie bestraft werden, und dann weinen sie und kriechen. Ich glaube, du bist eine Frau mit viel *Ji*.«

»Ich habe Angst«, erwiderte sie. »Ich versuche bloß, es nicht zu zeigen. Weinen nützt nichts.« Das glaubten die meisten Männer. Tränen konnten einem in die Quere kommen, wenn man dies zuließ, aber ein paar in der Nacht vergossene Tränen konnten einem dabei helfen, den nächsten Tag zu überstehen.

»Es gibt Augenblicke, in denen man weinen sollte, und Augenblicke, in denen sollte man lachen. Ich würde dich gern einmal lachen sehen.«

Sie lachte, ein trockenes Lachen. »Solange ich Weiß trage, gibt es dafür wenig Anlass, Rolan.« Sie betrachtete ihn aus dem Augenwinkel. War sie zu schnell? Aber er nickte nur.

»Ich würde es trotzdem gern sehen. Ein Lächeln passt zu deinem Gesicht. Lachen würde ihm noch besser stehen. Ich habe keine Ehefrau, aber manchmal kann ich eine Frau zum Lachen bringen. Ich habe gehört, du hast einen Ehemann?«

Überrascht stolperte Faile über die eigenen Füße und griff haltsuchend nach seinem Arm. Sie riss die Hand schnell weg und musterte ihn am Kapuzenrand vorbei. Er blieb lange genug stehen, bis sie wieder sicher stand, und ging weiter, als sie sich in Bewegung setzte. Seine Miene verriet nicht mehr als milde Neugier. Nadric zum Trotz stellte nach den Sitten der Aiel die Frau die Fragen, nachdem ein Mann ihr Interesse erregt hatte. Ihr Geschenke zu machen war eine Möglichkeit. Sie zum Lachen zu bringen, eine andere. Soviel zu der Überlegung, dass er nicht auf Frauen stand. »Ich habe einen Ehemann, Rolan, und ich liebe ihn sehr. Sogar über alles. Ich kann es nicht erwarten, zu ihm zurückzukehren.«

»Was mit dir geschieht, während du *Gai'schain* bist, kann man dir nicht zum Vorwurf machen, sobald du das Weiß abgelegt hast«, sagte er ruhig. »Aber vielleicht betrachtet ihr Feuchtländer das nicht auf diese Weise. Dennoch kann es sehr einsam sein, wenn man *Gai'schain* ist. Vielleicht können wir uns ja gelegentlich unterhalten.«

Der Mann wollte sie lachen sehen, und sie wusste nicht, ob sie lachen oder weinen sollte. Er verkündete, dass er keinesfalls vorhatte, seine Bemühungen einzustellen, ihre Aufmerksamkeit zu erregen. Aielfrauen bewunderten Hartnäckigkeit an einem Mann. Aber wenn Bain und Chiad ihr nicht weiter als bis zum Waldrand helfen wollten oder konnten, stellte Rolan ihre beste Hoffnung dar. Mit etwas Zeit glaubte sie, ihn überzeugen zu können. Natürlich würde sie das schaffen; zaghafte Herzen waren niemals erfolgreich! Er war ein verachteter Außenseiter, der nur geduldet wurde, weil die Shaido seinen Speer brauchten. Aber sie würde ihm einen Grund geben müssen, sein Interesse aufrechtzuerhalten.

»Das würde mir gefallen«, sagte sie vorsichtig. Vielleicht würde sie doch etwas flirten müssen, aber sie konnte ihm schlecht im einen Atemzug sagen, wie sehr sie ihren Mann liebte, um ihn im nächsten anzuhimmeln. Nicht, dass sie vorhatte, soweit zu gehen – schließlich war sie keine Domani! –, aber möglicherweise musste sie näher an ihn herankommen. Im Moment würde eine kleine Erinnerung, dass Sevanna sein »Recht« an sich gerissen hatte, nicht schaden. »Aber jetzt muss ich arbeiten, und ich bezweifle, dass Sevanna erfreut wäre, wenn ich mich stattdessen mit Euch unterhalte.«

Rolan nickte wieder, und Faile seufzte. Vermutlich wusste er, wie er eine Frau zum Lachen bringen konnte, so wie er es behauptet hatte, aber gesprächig war er nicht. Wenn sie von ihm mehr als Witze hören wollte, die sie ohnehin nicht verstehen würde, musste sie einiges tun, um ihn aus sich herauszulocken. Trotz Chiads und Bains Bemühungen war ihr der Humor der Aiel völlig unverständlich geblieben.

Sie hatten einen großen Platz vor der Festung am Nordende der Stadt erreicht; es war eine sich auftürmende Masse grauer Steinmauern, die ihre Bewohner nicht besser beschützt hatte als die Stadtmauern. Faile glaubte, unter den wasserschleppenden *Gai'schain* die Lady gesehen zu haben, die Malden und alles im Umkreis von zwanzig Meilen beherrscht hatte, eine ansehnliche, ehrwürdige Witwe in den mittleren Jahren. Auf dem gepflasterten Platz drängten sich in Weiß gekleidete Männer und Frauen, die alle Eimer trugen. Am östlichen Ende des Platzes schien sich ein Teil der Stadtmauer grau und dreißig Fuß hoch zu erheben, aber in Wirklichkeit war das die Mauer einer großen Zisterne, die von dem Aquädukt gespeist wurde. Vier Pumpen, die jeweils von zwei Männern bedient wurden, ließen Wasser in die bereitstehenden Eimer fließen, dabei spritzte mehr auf das Straßenpflaster, als die Männer zugelassen hätten, wäre ihnen bewusst gewesen, dass Rolan in der Nähe war. Faile hatte überlegt, durch den tunnelähnlichen Aquädukt zu fliehen, aber es war unmöglich, sich trocken zu halten, und wo auch immer sie die Röhren hinführten, sie wäre triefend nass gewesen und wahrscheinlich eher erfroren, als im Schnee mehr als zwei Meilen weit zu kommen.

Es gab in der Stadt noch zwei andere Stellen, an denen man Wasser bekommen konnte, die beide von unterirdischen Röhren gespeist wurden, aber hier hatte man einen langen Schwarzholztisch mit Löwenpfoten als Füße an der Zisternenmauer aufgestellt. Einst war es ein Banketttisch gewesen, dessen Oberfläche mit Elfenbeinintarsien geschmückt war, aber die hatte man herausgebrochen. Dafür standen jetzt mehrere Waschzuber dort. Neben dem Tisch standen zwei Holzeimer, und an einem Ende dampfte ein Kupferkessel über einem mit zersplitterten Stühlen gefütterten Feuer. Faile bezweifelte, dass Sevanna ihre Schmutzwäsche in die Stadt schleppen ließ, um ihrer *Gai'schain* die Mühe zu ersparen, Wasser zu den Zelten schleppen zu müssen, aber was auch der Grund war, Faile war dankbar dafür. Ein Korb mit Wäsche war leichter als zwei Eimer Wasser. Davon hatte sie genug geschleppt, um es zu wissen. Auf dem Tisch standen zwei Körbe, aber nur eine Frau mit goldenem Gürtel und Kragen war an der Arbeit, die Ärmel ihres weißen Gewands waren so weit aufgerollt, wie es ging, und ihr langes dunkles Haar war mit einem Stoffstreifen zurückgebunden, damit es nicht in das Wasser des Waschzubers fiel.

Als Alliandre Faile zusammen mit Rolan näher kommen sah, richtete sie sich auf und trocknete sich die nackten Arme am Gewand ab. Alliandre Maritha Kigarin, Königin von Ghealdan, Gesegnete des Lichts, Verteidiger von Garens Wall und Trägerin eines Dutzends weiterer Titel, war eine elegante, zurückhaltende, ausgeglichene und vornehme Frau gewesen. Alliandre die *Gai'schain* war noch immer hübsch, aber sie trug ständig einen gehetzten Ausdruck. Mit den feuchten Flecken auf ihrem Gewand und den vom langen Eintauchen ins Wasser geschrumpelten Händen hätte sie als hübsche Waschfrau durchgehen können. Sie sah zu, wie Rolan den Korb abstellte und Faile zulächelte, bevor er davonging, sah zu, wie Faile das Lächeln erwiderte, und hob fragend eine Braue.

»Er ist derjenige, der mich gefangen genommen hat«, sagte Faile und stapelte Kleidungsstücke aus dem Korb auf den Tisch. Selbst hier unter *Gai'schain* war es besser, beim Sprechen zu arbeiten. »Er gehört zu den Bruderlosen, und ich glaube, es missfällt ihm, dass man Feuchtländer zu *Gai'schain* macht. Ich glaube, er könnte uns nützlich sein.«

»Ich verstehe«, sagte Alliandre. Mit einer Hand strich sie behutsam über den Rücken von Failes Gewand.

Stirnrunzelnd blickte Faile über die Schulter. Einen Augenblick lang starrte sie den Schmutz und die Asche an, die ihren Rücken von den Schultern abwärts bedeckten, dann schoss Hitze in ihre Wangen. »Ich bin gefallen«, sagte sie schnell. Sie konnte Alliandre nicht erzählen, was mit Nadric vorgefallen war. Sie glaubte nicht, es jemals jemandem erzählen zu können. »Rolan hat angeboten, mir den Korb zu tragen.«

Alliandre zuckte mit den Schultern. »Wenn er mir bei der Flucht helfen würde, würde ich ihn heiraten. Oder auch nicht, ganz wie er will. Er ist nicht besonders ansehnlich, aber es wäre auch keine Qual, und mein Ehemann, wenn ich denn einen hätte, müsste es niemals erfahren. Wenn er auch nur einen Funken Verstand hätte, wäre er überglücklich, mich zurückzuhaben, und würde keine Fragen stellen, deren Antworten er nicht würde hören wollen.«

Faile biss die Zähne zusammen, ihre Hände krallten sich in eine Seidenbluse. Alliandre war durch Perrin ihre Lehnsfrau. Zwar befolgte sie Befehle, aber es hatten sich Spannungen in die Natur ihrer Beziehung geschlichen. Sie waren übereingekommen, dass sie, wenn sie überleben wollten, versuchen mussten, wie Diener zu denken, versuchen mussten, Diener *zu sein*. Aber das bedeutete auch, dass sie beide gesehen hatten, wie die andere auf die Knie ging und jedem Befehl eifrig nachkam. Sevannas Bestrafungen wurden immer von dem *Gai'schain* ausgeführt, der gerade in der Nähe stand, und einmal hatte Faile den Befehl erhalten, Alliandre eine Prügelstrafe zu verabreichen. Noch schlimmer aber war, dass Alliandre den Gefallen zweimal hatte erwidern müssen. Dabei Zurückhaltung an den Tag zu legen, bedeutete nur, dass man selbst in den Geschmack der Strafe kam, außerdem erhielt die andere Frau dann die doppelte Abreibung von jemandem, der seinen Arm nicht schonte. Es musste einen Unterschied machen, wenn man seine Lehnsherrin zweimal zum Zappeln und Schreien gebracht hatte.

Plötzlich wurde ihr bewusst, dass die Bluse, die sie da hielt, zu denen gehörte, die noch schmutziger geworden waren, als der Korb umkippte. Sie löste den Griff und musterte sie erschrocken. Aber es hatte nicht den Anschein, dass sie den Schmutz in den Stoff gerieben hatte. Einen Augenblick lang verspürte sie Erleichterung und dann Gereiztheit, weil sie erleichtert war. Und noch viel schlimmer war, dass die Erleichterung nicht verschwand.

»Arrela und Lacile sind vor drei Tagen entkommen«, raunte sie. »Mittlerweile müssten sie außer Reichweite sein. Wo ist Maighdin?«

Ein besorgter Ausdruck trat in das Gesicht der anderen Frau. »Sie will sich in Theravas Zelt schleichen. Therava ist uns mit einer Gruppe Weiser Frauen entgegengekommen, und soweit wir hören konnten, waren sie auf dem Weg zu einem Treffen mit Sevanna. Maighdin hat mir ihren Korb in die Hand gedrückt und gesagt, sie wolle es versuchen. Ich glaube … ich glaube, sie ist so verzweifelt, dass sie zu große Risiken eingeht«, sagte sie resigniert. »Mittlerweile hätte sie längst wieder dasein müssen.«

Faile holte tief Luft und atmete langsam wieder aus. Sie alle wurden verzweifelt. Sie hatten Dinge für die Flucht gesammelt – Messer und Nahrung, Stiefel und Männerhosen und Mäntel, die halbwegs passten, und alles lag sorgfältig in den Wagen versteckt; die weißen Gewänder würden als Decken dienen sowie als Umhänge, um sie im Schnee zu verbergen –, aber die Gelegenheit, dies alles auch zu benutzen, schien kein Stück näher gerückt zu sein als an dem Tag ihrer Gefangennahme. Nur zwei Wochen. Zweiundzwanzig Tage, um genau zu sein. Das hätte nicht lange genug sein dürfen, um alles zu verändern, aber trotz alledem veränderte sie die Rolle als Diener. Nur zwei Wochen, und sie sprangen bei jedem Befehl, ohne nachzudenken, sorgten sich wegen Bestrafungen und ob sie Sevanna erfreuten. Das Schlimmste daran war, dass sie selbst Zeuginnen wurden, wie sie diese Dinge taten, dass sie genau wußten, dass ein Teil von ihnen gegen ihren Willen umgeformt wurde. Im Moment konnten sie sich einreden, dass sie nur das taten, was nötig war, um keinen Verdacht zu erregen und dann entkommen zu können, aber jeden Tag wurden die Reaktionen mechanischer. Wie lange würde es noch dauern, bevor Flucht ein verblasster Traum in der Nacht nach einem Tag als perfekter *Gai'schain* sowohl in Gedanken als auch in Taten war? Bis jetzt hatte keine gewagt, die Frage laut zu stellen, und Faile wusste, dass sie sich bemühte, nicht daran zu denken, aber die Frage lauerte immer in einem Winkel ihres Bewusstseins. In gewisser Weise hatte sie Angst davor, dass sie verschwand. Denn wenn sie das tat, würde sie vorher beantwortet sein?

Mit einer bewussten Anstrengung zwang sie sich, die Verzweiflung zu verdrängen. Sie war die zweite Falle, und allein Willenskraft ließ sie nicht zuschnappen. »Maighdin weiß, dass sie vorsichtig sein muss«, sagte sie mit fester Stimme. »Sie wird bald hier sein, Alliandre.«

»Und wenn sie erwischt wird?«

»Das wird nicht passieren!«, sagte Faile scharf. Wenn sie … Nein, sie musste an den Sieg denken, nicht an die Niederlage. Verzagte Herzen gewannen nie.

Die Seide zu waschen war zeitaufwändig. Das Wasser aus der Zisterne war eiskalt, aber das heiße Wasser aus dem Kupferkessel ließ die Temperatur in den Waschzubern auf lauwarm ansteigen. Man konnte Seide nicht in heißem Wasser waschen. Die Hände in die Waschzuber zu tauchen fühlte sich in der Kälte wunderbar an, aber man musste sie immer wieder herausnehmen, und dann biss die Kälte zweimal so schlimm zu. Es gab keine Seife, jedenfalls keine, die mild genug gewesen wäre, also musste man jede Bluse und jeden Rock einzeln eintauchen und den Stoff behutsam reiben. Das feuchte Kleidungsstück wurde dann in einen weiteren Waschzuber getaucht, der mit einer Mischung aus Wasser und Essig gefüllt war – das verhinderte das Ausbleichen und ließ die Seide glänzen –, danach rollte man es wieder in ein Handtuch ein. Das feuchte Handtuch wurde kräftig ausgewrungen und später in der Sonne zum Trocknen überall dort ausgebreitet, wo Platz war, während die Seide auf einem waagrechten Pfahl aufgehängt wurde, den man im Schatten eines schlichten Segeltuchpavillons am Rand des Platzes errichtet hatte, und man sie mit der Hand glättete, um Falten herauszureiben. Mit etwas

Glück würde man nichts bügeln müssen. Sie beide wußten, wie man Seide pflegen musste, aber für das Bügeln brauchte man Übung, die sie beide nicht hatten. Die hatte keine von Sevannas *Gai'schain*, nicht einmal Maighdin, obwohl sie doch Zofe einer Lady gewesen war, bevor sie in Failes Dienste getreten war, aber Sevanna akzeptierte keine Entschuldigungen. Jedes Mal, wenn Faile oder Alliandre gingen, um ein weiteres Stück Wäsche aufzuhängen, überprüften sie die bereits hängenden und glätteten alles, bei dem es allem Anschein nach nötig war.

Faile goss gerade frisches heißes Wasser in den Waschzuber, als Alliandre verbittert sagte: »Da kommt die Aes Sedai.«

Galina war Aes Sedai, komplett mit alterslosem Gesicht und goldenem Schlangenring am Finger, aber auch sie trug das weiße Gewand der *Gai'schain* – selbstverständlich war es aus Seide, die so dick wie bei den anderen die Wolle war – mitsamt einem breiten, aufwändigen Gürtel aus Gold und Feuertropfen, der ihre Taille eng einschnürte, und einem passenden Kragen um den Hals, Schmuck, der einer Königin zur Ehre gereicht hätte. Sie war Aes Sedai und ritt manchmal allein aus dem Lager, aber sie kehrte immer zurück, und sie sprang, wenn eine Weise Frau auch nur den Finger krumm machte. Mit Therava teilte sie oft das Zelt. In gewisser Weise war Letzteres das Seltsamste von allem. Galina wusste, wer Faile war und mit wem sie verheiratet war und kannte Perrins Verbindung zu Rand al'Thor, und sie drohte, es Sevanna zu verraten, falls Faile und ihre Freundinnen nicht etwas ausgerechnet aus dem Zelt stahlen, in dem sie schlief. Das war die dritte Falle, die auf sie lauerte. Sevanna war besessen von Rand al'Thor; sie war verrückterweise davon überzeugt, ihn irgendwie heiraten zu können, und sollte sie von Perrin erfahren, würde Faile keinen

Schritt mehr aus ihrer unmittelbaren Umgebung tun können, von einer Flucht ganz zu schweigen. Man würde sie wie eine Ziege anleinen, die als Köder für den Löwen dienen sollte.

Faile hatte gesehen, wie sich Galina kriecherisch duckte, aber jetzt rauschte sie majestätisch über den Platz, jeder Zoll eine Aes Sedai. Hier waren keine Weisen Frauen anwesend, bei denen sie sich einschmeicheln konnte. Galina war hübsch, aber alles andere als eine Schönheit, und Faile konnte nicht verstehen, was Therava in ihr sah; vielleicht war es ja nur das Vergnügen, eine Aes Sedai dominieren zu können. Aber das ließ noch immer die Frage offen, warum die Frau blieb, da Therava doch jede Gelegenheit zu ergreifen schien, um sie zu demütigen.

Galina blieb einen Schritt von dem Tisch entfernt stehen und musterte sie mit einem schmalen Lächeln, das man als bedauernd hätte bezeichnen können. »Ihr seid ja noch nicht sehr weit mit eurer Arbeit gekommen«, sagte sie. Sie meinte nicht die Wäsche.

Sie hatte Faile angesprochen, aber Alliandre ergriff das Wort, und zwar noch bitterer als zuvor. »Maighdin ist heute Morgen losgegangen, um Euren Elfenbeinstab zu holen, Galina. Wann werden wir etwas von der Hilfe zu sehen bekommen, die Ihr uns zugesagt habt?« Hilfe bei der Flucht war die Karotte, die Galina vor ihrer Nase baumeln ließ; der Stock war die Drohung, Faile zu verraten. Bis jetzt hatten sie allerdings nur den Stock zu sehen bekommen.

»Sie ist heute Morgen zu Theravas Zelt gegangen?«, flüsterte Galina und wurde aschfahl.

Faile wurde plötzlich bewusst, dass die Sonne im Westen den halben Weg zum Horizont zurückgelegt hatte, und ihr Herz begann, schmerzhaft zu pochen. Maighdin hätte schon längst wieder dasein müssen.

Die Aes Sedai schien noch erschütterter als sie zu

sein. »Heute Morgen?«, wiederholte sie und sah über die Schulter. Sie zuckte zusammen und gab einen leisen Aufschrei von sich, als Maighdin unvermittelt aus dem Strom der *Gai'schain* trat, die den Platz bevölkerten.

Im Gegensatz zu Alliandre war die blonde Frau an jedem Tag ihrer Gefangenschaft härter geworden. Sie war nicht weniger verzweifelt, aber sie schien alles zu kanalisieren und in Entschlossenheit umzuwandeln. Sie hatte immer schon über eine Ausstrahlung verfügt, die mehr zu einer Königin gehörte als zu einer Zofe – obwohl die meisten Zofen darüber verfügten –, aber jetzt stolperte sie mit stumpfem Blick an ihnen vorbei und stieß die Hände in einen Wassereimer, führte eine Hand voll an den Mund, um gierig zu trinken, und rieb sich dann mit dem Handrücken über die Lippen.

»Ich will Therava töten, wenn wir gehen«, sagte sie heiser. »Ich würde sie gern auf der Stelle umbringen.« Leben trat erneut in ihre blauen Augen, und ein hitziges Funkeln. »Ihr seid sicher, Galina. Sie hat geglaubt, ich wollte etwas stehlen. Ich hatte noch nicht einmal zu suchen angefangen. Etwas … etwas ist geschehen, und sie ist gegangen. Nachdem sie mich gefesselt hatte. Für später.« Das Funkeln verschwand aus ihrem Blick und wich Ratlosigkeit. »Was ist das, Galina? Selbst ich kann es fühlen, und mein Talent ist so verschwindend klein, dass diese Aielfrauen mich als ungefährlich eingestuft haben.« Maighdin konnte die Macht lenken. Nicht verlässlich und auch nicht sehr viel – soweit es Faile beurteilen konnte, hätte die Weiße Burg sie nach wenigen Wochen fortgeschickt, und sie behauptete, niemals dort gewesen zu sein –, darum würde ihnen das auch nicht bei der Flucht helfen können. Faile hätte sie gern gefragt, wovon sie sprach, aber sie erhielt keine Gelegenheit.

Galina war noch immer sehr blass, aber davon abgesehen schien ihre Gelassenheit unerschütterlich. Nur dass sie nach Maighdins Kapuze mitsamt dem darunterliegenden Haar griff und ihren Kopf nach hinten riss. »Das geht Euch nichts an«, sagte sie kühl. »Das hat nichts mit Euch zu tun. Ihr sollt Euch nur darum kümmern, mir das zu beschaffen, was ich haben will. Und das sollte Eure einzige Sorge sein.«

Bevor Faile Maighdin zur Hilfe eilen konnte, war eine andere Frau mit dem goldenen Gürtel über ihrem weißen Gewand zur Stelle, zerrte Galina weg und stieß sie zu Boden. Mollig und unscheinbar hatte Aravine einen völlig resignierten Eindruck gemacht, als Faile ihr das erste Mal begegnet war, an dem Tag, an dem ihr die Amadicianerin den goldenen Gürtel überreicht und sie darüber belehrt hatte, dass sie jetzt in den Diensten von »Lady Sevanna« stand. Doch die seitdem vergangene Zeit hatte Aravine noch härter gemacht als Maighdin.

»Seid Ihr verrückt, Hand an eine Aes Sedai zu legen?«, fauchte Galina und kämpfte sich auf die Füße. Sie klopfte sich den Schmutz von ihrem Seidengewand und richtete ihre volle Wut auf die mollige Frau. »Ich werde Euch …«

»Soll ich Therava sagen, dass Ihr eine von Sevannas *Gai'schain* misshandelt habt?«, schnitt ihr Aravine eiskalt das Wort ab. Ihr Akzent klang gebildet. Möglicherweise war sie eine bedeutende Kauffrau gewesen, vielleicht sogar eine Adlige, aber sie sprach nie davon, was sie gewesen war, bevor sie das Weiß hatte anziehen müssen. »Als Therava das letzte Mal der Ansicht war, Ihr würdet Eure Nase dorthin stecken, wo sie nicht hingehört, konnte jeder im Umkreis von hundert Schritten Euch kreischen und betteln hören.«

Galina zitterte förmlich vor Wut; es war das erste Mal, dass Faile eine Aes Sedai so außer sich sah. Es kostete sie eine sichtbare Anstrengung, die Beherrschung zurückzuerlangen. Und es gelang ihr nur so gerade eben. Ihre Stimme troff vor Gift. »Aes Sedai haben ihre eigenen Gründe für das, was sie tun, Aravine, Gründe, die Ihr nie verstehen würdet. Ihr werdet es bereuen, diese Schulden gemacht zu haben, wenn ich sie eintreiben komme. Ihr werdet es schrecklich bereuen.« Sie strich ein letztes Mal über ihr Gewand und stolzierte davon, nicht länger eine Königin, die den Pöbel verabscheute, sondern eine Leopardin, die die Schafe herausforderte, ihr den Weg zu versperren.

Aravine sah ihr hinterher und schien nicht besonders beeindruckt zu sein, und sie schien auch nicht zu einer Unterhaltung geneigt zu sein. »Sevanna will dich sehen, Faile«, war alles, was sie zu sagen hatte.

Faile machte sich nicht die Mühe, nach dem Grund zu fragen. Sie trocknete sich die Hände ab, rollte die Ärmel herunter und folgte der Amadicianerin, nachdem sie Alliandre und Maighdin versprochen hatte, so bald wie möglich zurückzukehren. Sevanna war von ihnen dreien fasziniert. Maighdin, die einzige echte Zofe unter ihren *Gai'schain*, schien sie genauso zu interessieren wie Königin Alliandre, ganz zu schweigen von Faile, eine Frau, die mächtig genug war, um eine Königin zur Lehnsfrau zu haben. Manchmal schickte sie namentlich nach einer von ihnen, um ihr beim Umziehen zu helfen oder beim Bad in der großen Kupferbadewanne, die sie öfter als das Schweißzelt benutzte, oder auch nur um ihr Wein einzuschenken. Die restliche Zeit bekamen sie die gleichen Arbeiten zugeteilt wie ihre anderen Diener, aber Sevanna fragte nie danach, ob man ihnen bereits eine Aufgabe zugeteilt hatte, genauso wenig, wie sie sie in diesem Fall in Ruhe ließ. Was auch immer sie wollte, Faile war sich völlig darüber im Klaren, dass sie zusammen mit den anderen beiden auch weiterhin für die Wäsche zuständig war. Sevanna wollte, was sie wollte, wenn sie es wollte, und sie akzeptierte keine Entschuldigungen.

Faile brauchte keinen, der ihr den Weg zu Sevannas Zelt zeigen musste, aber Aravine führte sie an den Wasserträgern vorbei, bis sie die ersten niedrigen Aielzelte erreichten, und dann wies sie in die entgegengesetzte Richtung von Sevannas Zelt und sagte: »Zuerst dort hin.«

Faile blieb stehen. »Warum?«, fragte sie misstrauisch. Unter Sevannas Dienerin gab es tatsächlich Männer und Frauen, die eifersüchtig auf die Aufmerksamkeit waren, die sie Faile, Alliandre und Maighdin schenkte, und obwohl Faile das bislang noch nicht bei Aravine bemerkt hatte, war es durchaus nicht undenkbar, dass ein paar der anderen sie in Schwierigkeiten bringen wollten, indem sie falsche Befehle weitergaben.

»Du wirst das sehen wollen, bevor du zu Sevanna gehst. Glaub es mir.«

Faile öffnete den Mund, um eine Erklärung zu verlangen, aber Aravine drehte sich einfach um und ging. Faile hob den Rocksaum an und folgte ihr.

Zwischen den Zelten standen alle möglichen Wagen und Karren, deren Räder durch Schlittenkufen ersetzt worden waren. In den meisten stapelten sich Bündel und Holzkisten und Fässer, und die Räder hatte man oben auf die Ladung gebunden, aber sie musste Aravine nicht weit folgen, bevor sie den Wagen sah, den man entladen hatte. Aber die Ladefläche war nicht leer. Auf den groben Holzplanken lagen zwei nackte Frauen, denen man Arme und Beine wie bei Schweinen brutal zusammengefesselt hatte. Sie zitterten in der Kälte und keuchten dennoch, als würden sie rennen. Beide Frauen ließen den Kopf hängen, aber dann sahen sie auf, als wüßten sie, dass Faile da war. Arrela, eine dunkelhaarige Tairenerin, die fast so groß wie die meisten Aielfrauen war, wandte verlegen den Blick ab. Lacile, schlank, hellhäutig und Cairhienerin, wurde knallrot.

»Man hat sie heute Morgen zurückgebracht«, sagte Aravine und beobachtete Failes Gesicht. »Man wird sie vor Einbruch der Dunkelheit losbinden, da es ihr erster Fluchtversuch war, allerdings bezweifle ich, dass sie vor morgen wieder laufen können.«

»Warum zeigst du mir das?«, sagte Faile. Sie hatten sich solche Mühe gegeben, ihre Verbindung geheimzuhalten.

»Du vergisst, dass ich dabei war, als man euch alle in Weiß gesteckt hat.« Aravine musterte sie einen Augenblick lang, dann ergriff sie plötzlich Failes Hände und drehte sie so, dass die ihren genau dazwischen lagen. Sie beugte die Knie, ohne direkt niederzuknien, und sagte schnell: »Ich, Aravine Carnel, schwöre unter dem Licht und bei meiner Hoffnung auf Wiedergeburt der Lady Faile t'Aybara Gehorsam in allem und die Lehnstreue.«

Nur Lacile schien es zu bemerken; der Shaido, der an ihnen vorbeiging, beachtete die beiden *Gai'schain* nicht weiter. Faile riss die Hände frei. »Woher kennst du diesen Namen?« Sie hatte natürlich mehr als ihren Vornahmen preisgeben müssen, aber sie hatte Faile Bashere gewählt, sobald ihr klargeworden war, dass kein Shaido die geringste Ahnung hatte, wer Davram Bashere war. Abgesehen von Alliandre und den anderen kannte nur Galina die Wahrheit. Zumindest hatte sie das gedacht. »Und wer hat es dir gesagt?«

»Ich höre zu, meine Lady. Ich habe einmal eines Eurer Gespräche mit Galina belauscht.« Sorge trat in Aravines Stimme. »Und ich habe es niemandem verraten.« Es schien sie nicht zu überraschen, dass Faile ihren Namen geheim halten wollte, obwohl ihr t'Aybara offenbar nichts sagte. Vielleicht war Aravine Carnel ja auch nicht ihr wahrer Name, oder nur ein Teil davon. »An diesem Ort muss man Geheimnisse hüten wie in Amador. Ich wusste, dass diese Frauen zu Euch gehören, aber ich habe es niemandem gesagt. Ich weiß, dass Ihr fliehen wollt. Das weiß ich seit dem zweiten oder dritten Tag mit Sicherheit, und nichts von dem, was ich seither gesehen habe, hat mich vom Gegenteil überzeugt. Akzeptiert meinen Eid und nehmt mich mit. Ich kann helfen, und was noch viel wichtiger ist, Ihr könnt mir vertrauen. Ich habe es bewiesen, indem ich Euer Geheimnis bewahrt habe. Bitte.« Das letzte Wort klang gequält, als würde es jemand sagen, der es nicht gewöhnt war. Also eine Adlige und doch keine Kauffrau.

Sie hatte nichts bewiesen außer der Tatsache, dass sie Geheimnisse herausbekommen konnte, aber das allein war schon eine nützliche Fähigkeit. Andererseits wusste Faile von mindestens zwei *Gai'schain*, die flüchten wollten und von anderen verraten worden waren. Manche Leute versuchten unter welchen Umständen auch immer das eigene Nest zu federn. Aber Aravine wusste bereits genug, um alles zu ruinieren. Faile dachte wieder an ihr verstecktes Messer. Eine Tote konnte nichts verraten. Aber das Messer war eine halbe Meile weit entfernt, ihr fiel nichts ein, wie sie die Leiche verstecken sollte, und außerdem hätte die Frau Sevanna nur zu sagen brauchen, sie sei der Meinung, Faile wollte fliehen, um sich ein paar Vorteile zu verschaffen.

Sie nahm Aravines Hände in die ihren und sprach so schnell, wie es die andere Frau zuvor getan hatte. »Unter dem Licht akzeptiere ich Euren Eid und werde Euch und die Euren im Verderben der Schlacht und der Kälte des Winters und allem anderen, das die Zeit bringen mag, verteidigen und beschützen. Gut. Kennt Ihr noch jemanden, der vertrauenswürdig ist? Keine Leute, von denen Ihr glaubt, ihnen trauen zu können, sondern Leute, von denen Ihr das wisst.«

»Nicht, was das angeht, meine Lady«, sagte Aravine grimmig. Aber auf ihrem Gesicht lag Erleichterung. Sie war sich nicht sicher gewesen, dass Faile sie akzeptieren würde. Dass es Erleichterung und nichts anderes war, ließ Faile dazu neigen, ihr zu glauben. Sie neigte dazu, aber das hieß nicht, dass sie es auch vollständig tat. »Die Hälfte würde die eigene Mutter verraten in der Hoffnung, sich die Freiheit erkaufen zu können, und die andere Hälfte hat zu viel Angst, es zu versuchen oder ist zu betäubt, als dass man sich darauf verlassen könnte, dass sie nicht in Panik geraten. Es muss ein paar geben, und ich habe mein Auge auf einen oder zwei geworfen, aber ich muss sehr vorsichtig sein. Ein Fehler ist mehr, als ich mir erlauben kann.«

»Sehr vorsichtig«, stimmte Faile ihr zu. »Hat Sevanna wirklich nach mir geschickt? Oder …«

Aber anscheinend hatte sie es getan, und Faile beeilte sich, zu ihrem Zelt zu kommen – schneller, als ihr lieb war; es war ärgerlich, sofort zu springen, nur um Sevannas Missfallen zu entgehen –, aber niemand schenkte ihr auch nur die geringste Beachtung, als sie eintrat und neben dem Eingang stehenblieb.

Sevannas Zelt war keine der niedrigen Aielbehausungen, sondern ein Wohnzelt aus roter Plane, das groß genug war, um zwei Zeltstangen zu benötigen, und es wurde von fast einem Dutzend Spiegelstehlampen erhellt. Zwei vergoldete Kohlebecken sorgten für etwas Wärme und gaben dünne Rauchschwaden von sich, die durch die Rauchlöcher im Dach abzogen, aber drinnen war es kaum wärmer als draußen. Kostbare Teppiche bildeten einen Boden aus Rot, Grün und Blau, die Motive waren tairenische Labyrinthe und Blumen und Tiere – der Schnee war sorgfältig abgetragen worden, bevor man sie ausgelegt hatte. Überall auf den Teppichen lagen quastenverzierte Seidenkissen verstreut, und in einer Ecke stand ein Stuhl mit aufwändigen Schnitzereien und massiv vergoldet. Faile hatte noch nie jemanden dort sitzen gesehen, aber sie wusste, dass der Stuhl die Gegenwart des Clanhäuptlings heraufbeschwören sollte. Sie war zufrieden damit, mit gesenktem Blick dort zu stehen. An der einen Zeltwand standen drei weitere *Gai'schain* mit goldenen Gürteln und Kragen, einer davon war ein bärtiger Mann. Sie waren da für den Fall, dass jemand bedient werden musste. Sevanna war da, Therava auch.

Sevanna war eine hochgewachsene Frau, etwas größer als Faile, mit hellgrünen Augen und Haar wie gesponnenem Gold. Man hätte sie als schön bezeichnen können, wäre da nicht dieser Zug von Habsucht um ihre wulstigen Lippen gewesen. Abgesehen von ihren Augen und dem Haar und dem von der Sonne verbrannten Gesicht schien nur wenig an ihr zu einer Aiel zu passen. Ihre Bluse war aus weißer Seide, ihr Rock war ein Reitrock und ebenfalls aus Seide, wenn auch dunkelgrau, und das in Schläfenhöhe gebundene Tuch leuchtete blutrot und golden. Es war ebenfalls aus Seide. Rote Stiefel lugten unter den Rocksäumen hervor, wenn sie sich bewegte. An jedem Finger steckte ein juwelengeschmückter Ring, und ihre Halsketten und Armbänder aus dicken Perlen und Diamanten und taubeneigroßen Rubinen und Saphiren und Smaragden und Feuertropfen ließen alles, was Someryn trug, lächerlich erscheinen. Nicht ein Stück war von Aiel gefertigt. Therava hingegen war die personifizierte Aiel, dunkle Wolle und weiße *Aglode,* die Hände ohne Schmuck und alle Halsketten und Armreifen aus Gold und Elfenbein. Sie war größer als die meisten Männer, und ihr dunkelrotes Haar war mit weißen Strähnen durchsetzt; sie war ein blauäugiger Adler, der Sevanna eigentlich wie ein verkrüppeltes Lamm hätte verschlingen müssen. Faile würde eher Sevanna zehn Mal verärgern als Therava auch nur einmal, aber die beiden Frauen standen sich an einem mit Elfenbein- und Türkisintarsien verzierten Tisch gegenüber, und Sevanna erwiderte jeden von Theravas wütenden Blicken mit der gleichen Intensität.

»Was heute geschieht, bedeutet Gefahr«, sagte Therava mit der Miene von jemandem, der es leid war, sich ständig zu wiederholen. Und vielleicht bereit war, das Messer aus dem Gürtel zu ziehen. Sie strich über den Griff, während sie sprach, und Faile glaubte nicht, dass das in Gedanken geschah. »Wir müssen soviel Abstand wie nur möglich zwischen uns und dem bringen, was auch immer es ist, und zwar so schnell wir können. Im Osten gibt es Berge. Sobald wir sie erreicht haben, sind wir in Sicherheit, bis wir alle Septimen wieder vereint haben. Septimen, die nie getrennt worden wären, wärt Ihr nicht so überzeugt von Euch gewesen, Sevanna.«

»Ihr sprecht von Sicherheit?« Sevanna lachte. »Seid Ihr so alt und zahnlos geworden, dass Ihr mit Brot und Milch gefüttert werden müsst? Denkt doch mal nach. Eure Berge sind wie weit entfernt? Wie viele Tage oder Wochen, die wir durch diesen verfluchten Schnee stapfen müssen?« Sie zeigte auf den Tisch zwischen ihnen, auf dem eine Karte ausgebreitet lag, die man mit zwei schweren Goldschalen und einem schweren dreigeteilten goldenen Kerzenständer beschwert hatte. Die meisten Aiel hatten für Karten nichts übrig, aber Sevanna hatte sie zusammen mit anderen Feuchtländersitten schätzen gelernt. »Was auch immer geschehen ist, es ist weit weg von uns, Therava. Das habt Ihr gesagt, so wie jede Weise Frau. Die Stadt ist voller Vorräte, sie kann uns wochenlang ernähren, wenn wir hier bleiben. Wer soll uns hier herausfordern, sollten wir bleiben? Und wenn wir es tun … Ihr kennt die Gerüchte, die Botschaften. In zwei oder drei Wochen, höchstens vier, werden sich mir zehn weitere Septimen angeschlossen haben. Vielleicht auch mehr! Wenn man den Feuchtländern aus der Stadt Glauben schenken kann, wird der Schnee bis dahin geschmolzen sein. Dann werden wir schnell reisen können, statt alles auf Schlitten ziehen zu müssen.« Faile fragte sich, ob die Städter den Schlamm erwähnt hatten.

»Zehn weitere Septimen werden sich Euch anschließen«, sagte Therava. Ihre Hand schloss sich um den Messergriff. »Ihr sprecht für den Clanhäuptling, Sevanna, und darum hat man mich erwählt, Euch wie ein Clanhäuptling zu beraten, der zum Wohle des Clans auf den Rat hören muss. Ich rate Euch, nach Osten zu ziehen. Die anderen Septimen können sich uns genauso gut in den Bergen anschließen, und wenn wir unterwegs ein bisschen hungern müssen, wem unter uns sind ein paar Entbehrungen fremd?«

Sevanna spielte an einer Kette herum, ein großer Smaragd in ihrer Hand funkelte im Licht der Stehlampen wie ein grünes Feuer. Ihr Mund wurde schmal, was sie noch hungriger aussehen ließ. Sie kannte Entbehrungen, aber trotz der mangelnden Wärme im Zelt hatte sie sich entschieden, in Zukunft darauf zu verzichten. »Ich spreche für den Häuptling, und ich sage, wir bleiben hier.« In ihrer Stimme lag mehr als nur ein Hauch von Herausforderung, aber sie gab Therava keine Gelegenheit, ihr zu widersprechen. »Ah, wie ich sehe, ist Faile da. Meine gute, gehorsame *Gai'schain*.« Sie nahm einen in ein Stück Tuch gehüllten Gegenstand vom Tisch und wickelte ihn aus. »Erkennst du das, Faile Bashere?«

Was Sevanna da hielt, war ein Messer mit einer einseitig geschliffenen, anderthalb Handspanne langen Klinge, ein simples Werkzeug von der Art, wie es Tausende von Bauern mit sich trugen. Aber Faile erkannte das Muster am Holzgriff und die Ecke in der Schneide. Es war das Messer, das sie gestohlen und mit solcher

Sorgfalt verborgen hatte. Sie sagte nichts. Es gab nichts zu sagen. *Gai'schain* war der Besitz von Waffen verboten, sie durften nicht einmal ein Messer haben, es sei denn, sie mussten fürs Kochen Fleisch oder Gemüse schneiden. Aber als Sevanna fortfuhr, konnte sie ein Zusammenzucken nicht unterdrücken.

»Wie gut, dass Galina mir das gebracht hat, bevor du es benutzen konntest. Für welchen Zweck auch immer. Hättest du jemanden verletzt, müsste ich sehr böse mit dir sein.«

Galina? Natürlich. Die Aes Sedai würde ihnen die Flucht nicht erlauben, bevor sie das getan hatten, was sie wollte.

»Sie ist schockiert, Therava.« Sevannas Gelächter klang amüsiert. »Galina weiß, was von *Gai'schain* erwartet wird, Faile Bashere. Was soll ich mit ihr machen, Therava? Was ratet Ihr mir? Mehrere Feuchtländer sind getötet worden, weil sie Waffen versteckt hatten, aber ich würde sie nur ungern verlieren.«

Therava legte einen Finger unter Failes Kinn, drückte ihr den Kopf nach oben und starrte ihr in die Augen. Faile erwiderte den Blick, ohne zu blinzeln, aber sie fühlte, wie ihre Knie zitterten. Sie versuchte sich nicht einzureden, dass daran nur die Kälte schuld war. Faile war nicht feige, aber als Therava sie ansah, kam sie sich wie ein Hase in den Krallen dieses Adlers vor, der darauf wartete, dass der scharfe Schnabel nach unten zuckte. Therava war die Erste gewesen, die ihr befohlen hatte, Sevanna auszuspionieren. So vorsichtig die anderen Weisen Frauen auch mit ihren Andeutungen gewesen waren, Faile hatte nicht den geringsten Zweifel, dass Therava ihr ohne zu zögern die Kehle durchschneiden würde, wenn sie versagte. Es war sinnlos, so zu tun, als würde ihr die Frau keine Angst einjagen. Sie musste diese Angst nur kontrollieren. Wenn sie das schaffte.

»Ich glaube, sie wollte fliehen, Sevanna. Aber ich glaube auch, dass sie lernen kann, das zu tun, was sie tun soll.«

Der grob gezimmerte Holztisch war hundert Schritte von Sevannas Zelt an der nächsten freien Stelle zwischen den anderen Zelten aufgestellt worden. Zuerst hatte Faile geglaubt, das Schlimmste wäre die Scham, nackt zu sein, das und die eisige Kälte. Die Sonne stand niedrig am Himmel, die Luft war kälter geworden, und vor dem nächsten Morgen würde es noch viel kälter werden. Sie würde bis zum Morgen dort liegen müssen. Die Shaido lernten schnell, wie man Feuchtländer demütigen konnte, und sie benutzten Scham als Bestrafung. Faile glaube jedes Mal vor Erröten zu sterben, wenn jemand sie ansah, aber die vorbeigehenden Shaido blieben nicht einmal stehen. Nacktheit war bei den Aiel kein Grund, sich zu schämen. Aravine trat vor sie, blieb aber nur lange genug stehen und flüsterte: »Verliert nicht den Mut.« Dann war sie verschwunden. Faile hatte dafür Verständnis. Ob die Frau nun loyal war oder nicht, sie wagte es nicht, ihr zu helfen.

Nach kurzer Zeit dachte Faile nicht mehr an Scham. Man hatte ihr die Handgelenke auf den Rücken gefesselt, dann waren ihre Fußknöchel nach hinten gebogen und an den Ellbogen festgeschnürt worden. Sie verstand jetzt, warum Lacile und Arrela gekeucht hatten. In dieser Position fiel das Atmen schwer. Die Kälte drang immer tiefer, bis sie heftig zitterte, aber selbst das erschien nebensächlich. Beine, Schultern und die Seiten wurden von Krämpfen heimgesucht, verkrampfte Muskeln, die in Flammen zu stehen schienen, und das Feuer wurde immer heißer. Sie konzentrierte sich darauf, nicht zu schreien. Das wurde zum Kern ihrer Existenz. Sie … würde … nicht … schreien. Aber beim Licht, es tat so weh!

»Sevanna hat befohlen, dass du bis zum Morgengrauen hier liegen sollst, Faile Bashere, aber sie hat nichts davon gesagt, dass du keine Gesellschaft haben darfst.«

Sie musste mehrmals blinzeln, bevor sie klar sehen konnte. Schweiß brannte in ihren Augen. Wie konnte sie schwitzen, da sie doch bis ins Mark fror? Rolan stand vor ihr, und seltsamerweise trug er zwei niedrige Bronzepfannen voller glühender Kohlen. Er hatte um die Griffe Stoff gewickelt, um seine Hände vor der Hitze zu schützen. Als er sah, dass sie die Kohlenpfannen anstarrte, zuckte er mit den Schultern. »Einst hätte mir eine Nacht in der Kälte nichts ausgemacht, aber ich bin verweichlicht, seit ich den Drachenwall überquert habe.«

Beinahe hätte sie aufgestöhnt, als er die Kohlenpfannen unter dem Tisch abstellte. Wärme flutete durch die Spalten zwischen den Holzbohlen. Ihre Muskeln kreischten noch immer vor Krämpfen, aber ach, diese gesegnete Wärme … Dann stöhnte sie doch auf, als der Mann einen Arm um ihre Brust und den anderen unter ihre gebeugten Knie legte. Plötzlich wurde ihr bewusst, dass der Druck von den Ellbogen genommen worden war. Er hatte sie … zusammengedrückt. Eine seiner Hände fing an, ihren Oberschenkel zu bearbeiten, und sie schrie beinahe auf, als sich seine Finger in verknotete Muskeln gruben, aber dann spürte sie, wie sich die Knoten zu lösen begannen. Sie schmerzten noch immer, seine Massage schmerzte, aber der Schmerz in diesem Oberschenkelmuskel veränderte sich. Er nahm zwar nicht gerade ab, aber ihr war klar, dass das passieren würde, wenn er weitermachte.

»Du hast doch nichts dagegen, wenn ich mich beschäftige, während ich darüber nachdenke, wie ich dich zum Lachen bringen kann, oder?«

Plötzlich wurde ihr bewusst, dass sie lachte, und

zwar nicht hysterisch. Nun ja, nicht wirklich. Sie war verschnürt wie eine Gans, die in den Ofen sollte, und wurde das zweite Mal von einem Mann vor der Kälte gerettet, den sie vielleicht doch nicht erstechen würde. Sevanna würde sie von jetzt an wie ein Falke im Auge behalten, und Therava würde sie vielleicht töten, um ein Exempel zu statuieren. Aber sie wusste, dass sie entkommen würde. Eine Tür schloss sich nie, ohne dass sich eine andere öffnete. Sie würde fliehen. Sie lachte, bis sie weinte.

KAPITEL 10

Ein flammendes Fanal

Die Dienerin mit den weit aufgerissenen Augen war eher darin geübt, Brotteig zu kneten statt Reihen winziger Knöpfe zu schließen, aber irgendwann hatte sie Elaynes dunkelgrünes Reitkleid zugeknöpft, machte einen Knicks und trat schwer atmend zurück, aber es war nur schwer zu sagen, ob das von der benötigten Konzentration kam oder von der Ehre, sich in Gegenwart der Tochter-Erbin zu befinden. Der Große Schlangenring an Elaynes linker Hand mochte ebenfalls etwas damit zu tun haben. Nur zwanzig Meilen in gerader Linie würden einen vom Herrenhaus des Hauses Matherin zum Erinin mit seinem Flusshandel bringen, aber tatsächlich war die Entfernung viel größer, da man die Chishen-Berge überqueren musste, und die Menschen hier waren eher an die Besuche von Viehdieben aus Murandy gewöhnt, welche die nahe Grenze überquerten, als an andere Besucher, insbesondere wenn die Besucherin Tochter-Erbin und Aes Sedai in einer Person war. Diese Ehre schien mehr zu sein, als die Dienerschaft ertragen konnte. Elsie hatte das blaue Seidennachthemd, das Elayne in der Nacht getragen hatte, mit übertriebener Gewissenhaftigkeit zusammengefaltet und in eine große Reisetruhe aus Leder gepackt. Davon standen zwei im Ankleidezimmer des Gemachs. Sie hatte es so gewissenhaft gemacht, dass Elayne es ihr beinahe aus den Händen genommen hätte, um es selbst zu tun. Sie hatte zuerst schlecht geschlafen und war immer wieder aufgewacht, dann hatte sie verschlafen, und sie war außer sich, dass sie sich noch nicht auf dem Rückweg nach Caemlyn befand.

Dies war die fünfte Nacht, die sie seit der Nachricht von den anrückenden Heeren außerhalb von Caemlyn verbracht hatte, und bei jeder Reise hatte sie jeweils einen Tag darauf verwandt, drei oder vier Herrenhäuser zu besuchen – einmal sogar fünf –, die alle Männer und Frauen gehörten, die durch Blut oder Eide mit dem Haus Trakand verbunden waren, und jeder Besuch kostete Zeit. Gerade der Zeitdruck lastete schwer auf ihr, aber es war unumgänglich, das richtige Bild zu präsentieren. Wenn sie nicht wie eine Flüchtige aussehen wollte, brauchte sie Reitkleidung, um von einem Herrenhaus zum nächsten zu reisen, aber sie musste sich vor den Empfängen umziehen, ob sie nun dort übernachtete oder nur wenige Stunden blieb. Zwar wurde die Hälfte dieser Stunden davon in Beschlag genommen, die Reitkleidung gegen ein Gewand einzutauschen, aber Reitkleidung kündete von Hast und Bedürftigkeit, vielleicht sogar von Verzweiflung, während die Adelskrone der Tochter-Erbin und ein mit viel Spitze gesäumtes und mit aufwändigen Stickereien verziertes Gewand, das man aus einer Reisekiste holte und anlegte, nachdem man sich gewaschen hatte, der Welt Zuversicht und Stärke zum Ausdruck brachte. Sie hätte gern ihre Zofe mitgenommen, um den Eindruck noch zu verstärken, aber für Essande war die winterliche Reise zu anstrengend; außerdem hätte die Bedächtigkeit der weißhaarigen Frau sie vor Ungeduld vermutlich in die eigene Zunge beißen lassen. Andererseits hätte Essande niemals so langsam sein können wie die zaghafte und verschreckte junge Elsie.

Endlich reichte ihr Elsie den pelzgefütterten roten Umhang mit einem Knicks, und Elayne schwang ihn sich hastig über die Schultern. Im Kamin prasselte ein Feuer, aber der Raum war alles andere als warm, und in letzter Zeit schien sie einfach nicht dazu fähig zu sein, die Kälte verlässlich zu ignorieren. Das Mädchen senkte den Kopf, während sie fragte, ob es ihrer Majestät recht sei, wenn sie nach den Männern schickte, die die Kisten runtertrugen. Beim ersten Mal hatte Elayne ihr in aller Ruhe erklärt, dass sie noch nicht die Königin war, aber Elsie schien die Vorstellung, sie einfach nur als Lady oder auch nur als Prinzessin anzusprechen – obwohl das Letztere in Wahrheit als überaus altmodisch galt –, schlichtweg zu entsetzen. Ob es sich nun gehörte oder nicht, für gewöhnlich freute es Elayne, wenn jemand ihr Recht auf den Thron anerkannte, aber an diesem Morgen war sie zu müde, als etwas anderes als Ungeduld zu empfinden. Sie unterdrückte ein Gähnen und befahl Elsie kurz angebunden, die Männer zu holen und sich dabei zu beeilen, dann wandte sie sich der holzgetäfelten Tür zu. Das Mädchen eilte los, um sie zu öffnen, was mehr Zeit in Anspruch nahm, als hätte sie es selbst getan, und sie machte einen Hofknicks, bevor sie sie öffnete und auch danach. Elaynes seidener Reitrock knisterte laut, als die Beine bei jedem ihrer energischen Schritte aneinander scheuerten, während sie die roten Reithandschuhe ungeduldig zurechtzupfte. Hätte Elsie sie noch eine Sekunde länger aufgehalten, hätte sie vermutlich laut geschrien.

Aber es war das Mädchen, das aufschrie, bevor Elayne drei Schritte weit gekommen war, ein furchterfülltes Heulen, das sich ihrer Kehle entrang. Der Umhang bauschte sich auf, als Elayne herumfuhr, während sie die Wahre Quelle umarmte und fühlte, wie das überwältigende *Saidar* durch sie hindurchflutete. Elsie stand auf dem Teppich, der die hellbraunen Bodenfliesen bedeckte, und starrte mit vor den Mund gepressten Händen in den Gang auf der gegenüberliegenden Seite. Dort öffneten sich die Durchgänge von zwei sich kreuzenden Korridoren, aber es war niemand zu sehen.

»Was ist denn, Elsie?«, wollte Elayne wissen. Mehrere verschiedene Gewebe waren fast vollendet, von einem einfachen Netz aus Luft bis zu einem Feuerball, der die vor ihr befindlichen Wände pulverisiert hätte, und in ihrer derzeitigen Stimmung wollte sie einen von ihnen benutzen, wollte mit der Macht zuschlagen. In letzter Zeit waren ihre Stimmungen etwas unberechenbar, um es höflich auszudrücken.

Das Mädchen schaute zitternd über die Schulter, und wenn ihre Augen zuvor weit aufgerissen gewesen waren, quollen sie jetzt förmlich hervor. Ihre Hände krallten sich noch immer vor ihren Mund, als wollte sie einen weiteren Schrei verhindern. Sie hatte schwarze Augen und schwarze Haare, war hoch gewachsen mit einem üppigen Busen und trug die graublaue Livree des Hauses Matherin; eigentlich war sie gar kein Mädchen mehr – Elsie mochte vier oder fünf Jahre älter als Elayne sein –, aber so, wie sie sich benahm, fiel es schwer, sie für etwas anderes zu halten.

»Was ist denn, Elsie? Und erzähl mir nicht, dass es nichts war. Du siehst aus, als hättest du einen Geist gesehen.«

Das Mädchen zuckte zusammen. »Das habe ich auch«, sagte sie unsicher. Dass sie Elaynes Titel unterschlug, zeigte, wie durcheinander sie war. »Lady Nelein, Lord Aedmuns Großmutter. Sie starb, als ich noch klein war, aber ich kann mich noch daran erinnern, dass sich selbst Lord Aedmun wegen ihres Temperaments in ihrer Umgebung auf Zehenspitzen bewegte, und die Dienerschaft sprang, wenn sie sie nur anschaute, und die zu Besuch kommenden Ladys auch, genau wie die Lords. *Jeder* hatte Angst vor ihr. Sie stand direkt vor mir, und sie hat so wütend dreingeschaut ...« Sie verstummte und wurde dunkelrot, als Elayne lachte.

Es war mehr ein Lachen der Erleichterung als alles andere. Die Schwarze Ajah war ihr nicht bis in Lord Aedmuns Herrenhaus gefolgt. Es warteten keine Attentäter mit blankgezogenen Messern, keine Elaida treu ergebene Schwestern, die sie nach Tar Valon zurückschleppen wollten. Manchmal träumte sie davon, und zwar von allem im selben Traum. Sie ließ *Saidar* los, so widerstrebend wie immer, voller Bedauern, dass die Fülle des Lebens und der Freude aus ihr herausströmte. Matherin unterstützte sie, aber Aedmun hätte es vermutlich missverstanden, wenn sie sein Haus zerstört hätte.

»Die Toten können den Lebenden nicht schaden, Elsie«, sagte sie besonders sanft, weil sie gelacht hatte, ganz zu schweigen davon, dass sie die alberne Gans am liebsten geohrfeigt hätte. »Sie sind nicht länger von dieser Welt, und sie können nichts darin berühren, uns eingeschlossen.« Das Mädchen nickte und machte noch einen Hofknicks, aber der Größe ihrer Augen und dem Zittern ihrer Lippen nach zu urteilen, war sie nicht davon überzeugt. Aber Elayne hatte keine Zeit, sie an der Hand zu nehmen. »Hol die Männer für mein Gepäck, Elsie«, sagte sie energisch, »und sorge dich nicht wegen der Geister.« Das Mädchen flitzte nach einem weiteren Hofknicks davon und ließ nervös den Kopf hin und her schwingen für den Fall, dass Lady Nelein aus den getäfelten Wänden sprang. Geister! Das Mädchen *war* eine alberne Gans!

Matherin war ein altes Haus, wenn auch nicht groß oder besonders stark befestigt, und die Haupttreppe, die zur Eingangshalle hinunterführte, war breit und mit einem Marmorgeländer ausgestattet. Die Halle mit ihren grauen und blauen Bodenfliesen und den mit

Spiegeln versehenen Öllampen, die an Ketten von der zwanzig Fuß hohen Decke herabhingen, bot großzügig Platz. Hier war nichts vergoldet, und es gab auch kaum Einlegearbeiten, aber entlang der Wände standen mit Schnitzereien versehene Truhen und Schränke, und an der einen Wand hingen zwei Wandteppiche. Der eine stellte Reiter dar, die Leoparden jagten, ein bestenfalls unsicheres Geschäft, und der andere zeigte, wie die Frauen von Haus Matherin der ersten Königin von Andor ein Schwert übergaben, ein Ereignis, das die Matherin in Ehren hielten und von dem keiner sagen konnte, ob es tatsächlich passiert war.

Aviendha ging bereits ungeduldig in der Halle auf und ab, und Elayne seufzte, als sie es sah. Eigentlich hätten sie sich das Zimmer geteilt, wäre da nicht die Andeutung Matherins gewesen, zwei wichtige Besucherinnen nicht angemessen unterbringen zu können. Je kleiner das Haus, desto größer der Stolz. Die kleineren Häuser besaßen oft nicht mehr. Aviendha hätte Stolz eigentlich verstehen müssen, da sie förmlich vor wildem Stolz und Stärke leuchtete. Ein Stück größer als Elayne und mit dem dicken, dunklen Schultertuch über der hellen Bluse und dem zusammengefalteten grauen Kopftuch, das ihr langes rötliches Haar zurückhielt, sah sie aus wie die sprichwörtlicher Weise Frau, dabei war sie nur ein Jahr älter. Weise Frauen, die die Macht lenken konnten, erschienen oftmals jünger, als sie tatsächlich waren, und Aviendha verfügte über die notwendige Erhabenheit. Zumindest in diesem Augenblick, obwohl sie oft genug zusammen gekichert hatten. Ihr einziger Schmuck bestand aus einer langen kandorischen Silberkette, einer Bernsteinbrosche in Form einer Schildkröte und einem breiten Armreif aus Elfenbein; für gewöhnlich waren Weise Frauen regelrecht mit Ketten und Armreifen behängt, aber Aviendha war noch keine Weise Frau, sondern bloß

Lehrling. Für Elayne spielte das keine Rolle, aber manchmal ergaben sich daraus Probleme. Manchmal glaubte sie, dass die Weisen Frauen sie ebenfalls als eine Art Lehrling betrachteten, oder zumindest als Studentin. Ein sicherlich alberner Gedanke, aber manchmal …

Als Elayne den Fuß der Treppe erreichte, richtete Aviendha ihr Schultertuch und fragte: »Hast du gut geschlafen?« Ihr Tonfall war unbefangen, aber in ihrem Blick lag Sorge. »Du hast dir keinen Wein bringen lassen, um besser einschlafen zu können, oder? Ich habe dafür gesorgt, dass dein Wein beim Essen mit Wasser verdünnt war, aber ich habe genau gesehen, wie du den Weinkrug angestarrt hast.«

»Ja, Mutter«, sagte Elayne honigsüß. »Nein, Mutter. Ich hatte mich gefragt, wo Aedmun einen so guten Jahrgang herbekommen hat, Mutter. Es war eine Schande, ihn zu verwässern. Und ich habe vor dem Schlafengehen die Ziegenmilch getrunken.« Wenn ihr etwas die Schwangerschaftskrankheit brachte, dann die Ziegenmilch! Wenn sie nur daran dachte, dass sie Ziegenmilch einmal gern getrunken hatte.

Aviendha stemmte die Hände in die Hüften und stellte eine derartige Entrüstung zur Schau, dass Elayne lachen musste. Es gab Unbequemlichkeiten, wenn man ein Kind erwartete, von abrupten Stimmungsschwankungen angefangen über extreme Sensibilität in den Brüsten bis hin zu ständiger Müdigkeit, aber in gewisser Weise war das ewige Verhätscheltwerden am schlimmsten. Im Königlichen Palast wusste jeder, dass sie schwanger war – viele hatten es vor ihr gewusst, was Mins Vorahnungen und ihrem viel zu losen Mundwerk zu verdanken war –, und sie glaubte nicht, als Säugling derart bemuttert worden zu sein. Aber sie erduldete alles mit so viel Anstand, wie sie aufbringen konnte. Jedenfalls meistens. Sie versuchten alle nur zu helfen. Sie wünschte bloß, dass nicht jede Frau, die sie kannte, der Überzeugung sein würde, dass die Schwangerschaft ihr den Verstand genommen hatte. Fast jede Frau, die sie kannte. jene, die selbst noch keine Kinder hatten, waren die schlimmsten.

Der Gedanke an ihr Baby – manchmal wünschte sie, Min hätte verraten, ob es ein Junge oder ein Mädchen war, oder dass Aviendha oder Birgitte sich an Mins genaue Worte erinnern könnten; Min irrte sich niemals, aber die drei hatten in jener Nacht einige Becher Wein getrunken, und Min hatte den Palast verlassen, bevor sie sie hatte fragen können – ließ sie unwillkürlich auch an Rand denken, so wie der Gedanke an ihn sie an ihr Baby denken ließ. Das eine folgte dem anderen so unweigerlich, wie in einer Milchkanne Schaum nach oben stieg. Sie vermisste Rand schrecklich, dabei konnte sie ihn gar nicht vermissen. Ein Teil von ihm, seine *Essenz,* war ständig in ihrem Hinterkopf präsent, solange sie den Bund nicht verschleierte, direkt neben der Essenz von Birgitte, ihrer anderen Behüterin. Aber der Bund hatte seine Grenzen. Rand hielt sich irgendwo im Westen auf, so weit entfernt, dass sie kaum mehr wusste, als dass er am Leben war. Nicht mehr, obwohl sie fest davon überzeugt war, dass sie es wissen würde, wenn er schwer verletzt wäre. Sie war sich nicht sicher, ob sie genau wissen wollte, was er vorhatte. Nachdem er sie verlassen hatte, war er eine lange Zeit im Süden gewesen, und gerade an diesem Morgen war er mit Hilfe des Schnellen Reisens in den Westen gegangen. Es verwirrte sie, ihn im einen Augenblick in einer bestimmten Richtung zu spüren und dann im nächsten in einer ganz anderen und noch weiter weg. Er konnte Feinde verfolgen oder vor Feinden fliehen, es waren auch tausend andere Dinge vorstellbar. Sie hoffte von ganzem Herzen, dass der Grund für seinen Ortswechsel harmlos war. Er würde allzu bald sterben – Männer, die die Macht lenken konnten, starben immer daran –, aber sie wollte ihn so lange wie möglich am Leben erhalten.

»Es geht ihm gut«, sagte Aviendha, als hätte sie ihre Gedanken lesen können. Seitdem sie sich einander gegenseitig als Erstschwestern adoptiert hatten, teilten sie ein eigenes Gespür für die andere, aber das ging nicht so tief wie der Behüterbund, den sie und Min mit Rand teilten. »Wenn er sich umbringen lässt, schneide ich ihm die Ohren ab.«

Elayne blinzelte, dann lachte sie wieder, und nach einem überraschten Blick stimmte Aviendha in das Lachen ein. So toll war der Witz nicht gewesen, höchstens für einen Aiel – Aviendha hatte einen sehr merkwürdigen Sinn für Humor –, aber Elayne konnte nicht aufhören zu lachen, und Aviendha ging es ebenso. Sie umarmten einander lachend und hielten sich fest. Das Leben war schon seltsam. Hätte ihr jemand vor ein paar Jahren gesagt, dass sie sich einen Mann mit einer anderen Frau teilen würde – mit zwei anderen Frauen! –, hätte sie ihn für verrückt erklärt. Allein die Vorstellung wäre unanständig gewesen. Aber sie liebte Aviendha genauso sehr wie Rand, nur auf eine andere Weise, und die Aiel liebte ihn genauso sehr, wie sie ihn liebte. Das zu verneinen hätte bedeutet, Aviendha zu verneinen, und da hätte sie genauso gut aus ihrer Haut schlüpfen können. Aielfrauen – egal ob Schwestern oder enge Freundinnen – heirateten oft denselben Mann und ließen ihm in dieser Sache nur selten eine Wahl. Sie würde Rand heiraten, und Aviendha auch, und Min ebenfalls. Was auch immer jemand davon halten mochte, es war eben so. Wenn sie lange genug lebten.

Plötzlich verspürte sie die Furcht, dass aus ihrem Lachen ein Weinen werden würde. Sie flehte das Licht an, dass sie nicht zu den Frauen gehörte, die bei einer

Schwangerschaft weinerlich wurden. Es war schlimm genug, nicht zu wissen, ob sie in der nächsten Minute trübsinnig oder wütend sein würde. Manchmal vergingen Stunden, in denen sie sich völlig ausgeglichen fühlte, aber dann gab es wiederum Stunden, in denen sie sich wie ein Spielzeugball vorkam, der eine endlose Treppe hinunterhüpfte. An diesem Morgen schien sie oben an dieser Treppe zu stehen.

»Ihm geht es gut, und ihm wird es auch weiterhin gut gehen«, flüsterte Aviendha wild, als wollte sie sein Überleben dadurch gewährleisten, dass sie alles tötete, was ihn bedrohte.

Elayne wischte mit einer Fingerspitze eine Träne von der Wange ihrer Schwester. »Ihm geht es gut, und ihm wird es auch weiterhin gut gehen«, stimmte sie ihr leise zu. Aber sie konnten *Saidin* nicht töten, und der Makel der männlichen Hälfte der Macht würde ihn umbringen.

Die Deckenlampen flackerten, als sich einer der hohen Türflügel öffnete und einen Windstoß hereinließ, der noch kälter als die Luft in der Halle war, und sie rückten schnell voneinander fort und hielten sich nur noch an den Händen. Elayne glättete ihre Züge zu einer Miene der Gelassenheit, die einer Aes Sedai wert gewesen wäre. Sie konnte es sich nicht erlauben, dabei ertappt zu werden, wie sie offensichtlich Trost in einer Umarmung suchte. Einer Herrscherin oder jemand, der herrschen wollte, war nicht die kleinste Andeutung von Schwäche erlaubt, jedenfalls nicht in der Öffentlichkeit. Es gab bereits genug Gerüchte über sie, gute wie schlechte. Sie war gütig oder grausam, gerecht oder willkürlich, großzügig oder geizig, je nachdem, welcher Geschichte man Glauben schenken wollte. Immerhin hielten sich diese Geschichten im Gleichgewicht, aber alle, die sagen konnten, dass sie mit eigenen Augen gesehen hatten, wie sich die Tochter-

Erbin trostsuchend an ihre Gefährtin klammerte, fügten eine Geschichte über Angst hinzu, und wenn ihre Feinde zu der Überzeugung gelangten, dass sie Angst hatte, würden sie nur noch mutiger werden. Und stärker. Feigheit gehörte zu der Art von Gerücht, die wie Schlamm an einem kleben blieben; man wurde sie nie wieder richtig los. Die Geschichte erzählte von Frauen, die ihren Anspruch auf den Löwenthron aus unerfindlichen Gründen verloren hatten. Für einen erfolgreichen Herrscher war Befähigung eine Grundvoraussetzung, und auf Weisheit konnte man nur hoffen; zwar hatten Frauen den Thron errungen, denen es an beidem mangelte und die sich irgendwie durchgemogelt hatten, aber kaum einer würde einen Feigling unterstützen, davon abgesehen würde sie niemanden, der es tat, auf ihrer Seite haben wollen.

Der Mann, der eintrat und die schwere Tür hinter sich schloss, hatte nur ein Bein und stützte sich auf eine Krücke. Selbst mit der Schafsfellpolsterung war der Ärmel seines schweren Wollmantels davon durchgescheuert. Fridwyn Ros war ein Veteran mit breiten Schultern, der mit Hilfe eines fetten Schreibers Lord Aedmuns Besitz verwaltete; der Schreiber hatte die Tochter-Erbin unbehaglich angesehen, ihren Großen Schlangenring beinahe ehrfurchtsvoll angestarrt und war erleichtert zu seinen Kontobüchern zurückgeeilt, nachdem ihm klar geworden war, dass sie von ihm nichts wollte. Möglicherweise hatte er eine neue Abgabe befürchtet. Meister Ros hatte den Ring ebenfalls erstaunt angestarrt, aber er hatte die Tochter-Erbin erfreut angelächelt und die Tatsache, dass er nicht länger für sie reiten konnte, mit solcher Aufrichtigkeit bedauert, dass er, wäre er ein Lügner gewesen, Aedmun und den Schreiber schon längst um ihren gesamten Besitz gebracht hätte. Elayne hatte keine Angst, dass er falsche Geschichten in Umlauf brachte.

Seine Krücke erzeugte unterwegs ein rhythmisches Stampfen, und er brachte ihr zum Trotz eine vernünftige Verbeugung zustande, wobei er Aviendha in die erwiesene Höflichkeit mit einschloss. Zuerst hatte sie ihn aus dem Gleichgewicht gebracht, aber er hatte ihre Freundschaft überraschend schnell akzeptiert, selbst wenn er einer Aiel nicht vollständig vertrauen sollte. Man konnte nicht alles haben.

»Die Männer beladen die Lasttiere mit Euren Sachen, meine Königin, und Eure Eskorte steht bereit.« Er gehörte zu denjenigen, die sich weigerten, sie anders als »meine Königin« oder »Majestät« anzusprechen, aber als er ihre Eskorte erwähnte, schlich sich ein Hauch von Zweifel in seinen Tonfall. Er überspielte ihn hastig mit einem Husten und sprach rasch weiter. »Die Männer, die wir mit Euch schicken, sind die besten, die ich aufbieten konnte. In der Hauptsache sind es junge Männer, ein paar erfahrenere sind auch dabei, aber sie alle wissen, an welchem Ende einer Hellebarde die Spitze sitzt. Ich wünschte, ich könnte Euch mehr geben, aber wie ich bereits erklärte, hat Lord Aedmun, als er hörte, dass man Euch Euer Recht streitig macht, nicht bis zum Frühling warten wollen, sondern seine Waffenmänner versammelt und ist nach Caemlyn aufgebrochen. Seitdem hatten wir ein paar schlimme Schneestürme, aber mit etwas Glück bei den Pässen könnte er den halben Weg zurückgelegt haben.« Sein Blick verriet Zuversicht, aber er wusste besser als sie, dass Aedmun und seine Männer mit etwas Pech in diesen Pässen den Tod gefunden haben konnten.

»Matherin hat immer an Trakand geglaubt«, sagte Elayne, »und ich vertraue darauf, dass das auch so bleibt. Ich schätze Lord Aedmuns Loyalität, Meister Ros, so wie ich die Eure schätze.«

Sie beleidigte Matherin und ihn nicht, indem sie ihm versicherte, sich an ihn zu erinnern, oder Belohnungen versprach, aber Meister Ros' breites Lächeln verriet ihr, dass sie ihm bereits die Belohnung gegeben hatte, die er sich wünschte. Matherin würde belohnt werden, falls es sich das verdient hatte, aber man konnte das nicht so anbieten, als würde es sich um einen Pferdekauf handeln.

Meister Ros geleitete sie auf seiner Krücke bis zur Tür und weiter bis zur breiten Granittreppe, an der Diener in schweren Mänteln in der bitteren Kälte mit heißem gewürztem Wein warteten, den sie mit einem Murmeln ablehnte. Sie wollte den Umhang mit beiden Händen geschlossen halten, bis sie Gelegenheit hatte, sich an die Luft zu gewöhnen. Davon abgesehen, hätte Aviendha sowieso einen Vorwand gefunden, sie davon abzuhalten. *Sie* nahm natürlich einen Becher, nachdem sie sich das Tuch um Kopf und Schultern gewickelt hatte, das einzige Zugeständnis, das sie an den eiskalten Morgen machte. *Sie* ignorierte die Kälte natürlich. Elayne war diejenige gewesen, die ihr das beigebracht hatte. Sie versuchte erneut, die Kälte wegzudrücken, und zu ihrer Überraschung wich sie zurück. Nicht ganz – ihr war noch immer etwas kalt –, aber es war besser, als frieren zu müssen.

Der Himmel war klar, die Sonne schwebte hell über den Bergen, aber jeden Augenblick konnten sich brodelnde Sturmwolken um die Gipfel bilden. Es würde besser sein, ihr erstes Ziel an diesem Tag so schnell wie möglich zu erreichen. Unglücklicherweise machte Feuerherz, ihr großer schwarzer Wallach, seinem Namen alle Ehre; er bäumte sich auf und schnaubte dampfenden Atem, als hätte er noch nie Zaumzeug getragen, und Aviendhas langbeinige Graue hatte es sich in den Kopf gesetzt, ihm alles nachzumachen; sie tänzelte im knietiefen Schnee und versuchte überallhin zu gehen, nur nicht dahin, wo die Stallmägde sie haben wollten. Sie war ein temperamentvolleres Tier, als Elayne für ihre Schwester ausgewählt hätte, aber Aviendha hatte auf ihr bestanden, nachdem sie den Namen der Stute erfahren hatte. Siswai bedeutete Speer in der Alten Sprache. Die Stallmägde schienen fähige Frauen zu sein, aber sie schienen zu glauben, die Tiere beruhigen zu müssen, bevor sie sie übergaben. Elayne musste sich zusammenreißen, um sie nicht anzufauchen und ihnen zu sagen, dass sie Feuerherz schon beherrscht hatte, bevor sie ihn je zu Gesicht bekommen hatten.

Ihre Eskorte war bereits aufgesessen, um nicht im Schnee stehen zu müssen, zwanzig Reiterinnen in den roten Mänteln und glänzenden Harnischen und Helmen der Königlichen Garde. Dass die Mäntel der Reiterinnen genauso aus Seide waren wie ihre roten Hosen mit dem weißen Streifen an der Seite und die helle Spitze am Kragen und Ärmeln, war vielleicht die Erklärung für Meister Ros' Zweifel. Sie erwecken sicherlich eher einen zeremoniellen als einen wehrhaften Eindruck. Vielleicht lag es auch daran, dass es alles Frauen waren. Frauen waren ungewöhnlich in Tätigkeiten, die den Einsatz von Waffen erforderten, es gab die eine oder andere Kaufmannswächterin oder auch mal eine Frau, die in Kriegszeiten in einem Heer auftauchte, aber Elayne hatte noch nie zuvor von einer Formation Soldaten gehört, die nur aus Frauen bestand, bevor sie sie erschaffen hatte. Ausgenommen natürlich die Töchter, aber das waren Aiel und damit etwas völlig anderes. Sie hoffte, dass die Leute sie für eine Marotte von ihr hielten, dass sie mit all der Spitze und Seide in erster Linie dekorativ aussahen. Männer neigten dazu, eine Frau mit Waffen zu unterschätzen, bis sie ihr gegenüberstanden, und selbst die meisten anderen Frauen hielten sie meistens für hirnlose Närrinnen. Für gewöhnlich versuchten Leibwächter einen so wilden Eindruck zu erwecken, dass niemand auch nur den Versuch wagen würde, an ihnen vorbeizukommen, aber Elaynes Feinde würden einfach nur einen neuen Weg finden, um sie anzugreifen, wenn sie sich mit der gesamten Königlichen Garde umgab. Ihr Ziel war es, eine Leibwache zu haben, die ihre Feinde nicht ernst nehmen würden, bis es zu spät war. Sie wollte die Uniformen noch aufwändiger machen, einerseits, um diese Fehleinschätzungen weiter zu unterstützen, andererseits, um die Frauen darin zu bestärken, sich von den anderen Soldaten zu unterscheiden, aber sie selbst hegte nicht den geringsten Zweifel. Jede von ihnen, von den Kaufmannswachen bis zu den Jägerinnen des Horns, war sorgfältig wegen ihrer Fähigkeiten, ihrer Erfahrung und ihrem Mut ausgesucht worden. Elayne war bereit, ihnen ihr Leben anzuvertrauen. Und sie hatte es bereits getan.

Eine schlanke Frau mit den zwei goldenen Knoten eines Leutnants auf der Schulter ihres roten Umhangs salutierte vor Elayne, indem sie den Arm quer über die Brust führte, und ihr gescheckter Wallach warf den Kopf hoch und ließ die Silberglöckchen in seiner Mähne leise klirren, so als würde er auch salutieren. »Wir sind bereit, meine Lady, und die Gegend ist frei.« Caseille Raskovni war eine der ehemaligen Kaufmannswachen, und ihr arafellinischer Akzent war nicht der einer gebildeten Frau, aber ihre Stimme klang forsch und geschäftsmäßig. Sie benutzte die richtige Anrede und würde es auch weiterhin tun, bis Elayne gekrönt worden war, aber sie war bereit, diese Krone für Elayne zu erkämpfen. In diesen Tagen unterzeichneten nur wenige die Regimentsrolle der Königlichen Garde, wenn sie dazu nicht bereit waren. »Die Männer, die uns Meister Ros übergeben hat, sind ebenfalls so weit. So weit, wie sie je sein werden.« Ros räusperte sich, fummelte an seiner Krücke herum und betrachtete den Schnee.

Elayne verstand, was Caseille meinte. Meister Ros hatte elf Männer vom Gut zusammengekratzt und sie mit Hellebarden, Kurzschwertern und sämtlichen Rüstungen versehen, die er hatte finden können, neun antike Helme ohne Visier und sieben Harnische mit Dellen, die sie verwundbar machten. Ihre Pferde waren nicht übel, wenn auch mit ihrem Winterfell ziemlich haarig, aber so sehr sich ihre Reiter auch in ihre Umhänge einhüllten, blieb Elayne nicht verborgen, dass acht von ihnen sich kaum öfters als einmal in der Woche rasieren mussten, wenn überhaupt. Die Männer, die Meister Ros als erfahren bezeichnet hatte, hatten faltige Gesichter, knochige Hände und konnten alle zusammengenommen vermutlich nicht mal ein vollständiges Gebiss aufweisen. Er hatte nicht gelogen oder gar etwas beschönigt, Aedmun hatte alle fähigen Männer der Gegend genommen und sie mit dem Besten ausgerüstet, was er hatte. Es war überall die gleiche Geschichte gewesen. In ganz Andor bemühte sich eine große Anzahl kräftiger Männer, in Caemlyn zu ihr zu stoßen. Und vermutlich würde keiner von ihnen in der Stadt eintreffen, bevor alles bereits entschieden war. Sie konnte jeden Tag suchen, ohne auch nur eine Gruppe zu finden. Immerhin hielt diese kleine Abteilung ihre Hellebarden, als wüsste sie, wie man damit umgehen musste. Andererseits war das auch nicht allzu schwer, solange man ruhig im Sattel saß und den Hellebardenknauf im Steigbügel stecken hatte. Das hätte sie auch geschafft.

»Wir haben neunzehn Herrenhäuser besucht, Schwester«, sagte Aviendha leise und rückte näher heran, bis sich ihre Schultern berührten. »Diese hier mitgezählt, haben wir jetzt zweihundertfünfzig Burschen, die zu jung sind, um Blut zu vergießen, und alte Männer, die den Speer schon vor langer Zeit hätten niederlegen sollen. Ich habe dich das noch nie zuvor gefragt. Du kennst dein Volk und seine Sitten. Ist das die Zeit wert, die du dem opferst?«

»O ja, Schwester.« Elayne hielt ihre Stimme genauso leise, damit der einbeinige Veteran und die Diener sie nicht hören konnten. Die besten Leute konnten starrköpfig werden, wenn ihnen klar wurde, dass die Hilfe, die sie unter großen Mühen beschafft hatten und die man angenommen hatte, gar nicht das war, worauf es einem eigentlich ankam. »Mittlerweile weiß jeder im Dorf unten am Fluss, dass ich hier bin, und das gilt auch für die Hälfte aller Bauernhöfe im Umkreis von Meilen. Am Mittag wird es auch die andere Hälfte wissen, und morgen das nächste Dorf und noch mehr Höfe. Im Winter verbreiten sich Neuigkeiten nur langsam, vor allem in diesem Landstrich. Sie *wissen*, dass ich meinen Anspruch auf den Thron verkündet habe, doch sollte ich den Thron morgen gewinnen oder morgen sterben, erfahren sie es vermutlich nicht vor der Mitte des Frühlings, vielleicht auch erst im Sommer. Aber heute wissen sie, dass Elayne Trakand am Leben ist, dass sie das Herrenhaus in Seide und juwelengeschmückt besucht und Männer unter ihrem Banner versammelt hat. Zwanzig Meilen von hier entfernt werden Leute behaupten, dass sie mich gesehen und meine Hand berührt haben. Nur wenige Leute können sich damit brüsten, ohne sich vorteilhaft über denjenigen auszulassen, den sie zu sehen behauptet haben, und wenn man vorteilhaft über jemanden spricht, dann überzeugt man sich selbst davon, dass man gut über ihn denkt. An neunzehn Orten Andors reden Männer und Frauen darüber, wie sie vergangene Woche die Tochter-Erbin gesehen haben, und jeden Tag breiten sich diese Gespräche aus wie ein Tintenfleck. Hätte ich Zeit, würde ich jedes Dorf in Andor besuchen. Es würde nicht die geringsten Auswirkungen auf die Ereignisse in Caemlyn haben, aber es könnte einen riesigen Unterschied machen, wenn ich gewonnen habe.« Sie würde keine andere Möglichkeit als den Sieg in Betracht ziehen. Vor allem nicht, da klar war, wer den Thron besteigen würde, sollte sie scheitern. »Die meisten Königinnen in unserer Geschichte haben die ersten Jahre ihrer Herrschaft damit verbracht, das Volk hinter sich zu bringen, und einigen ist das nie gelungen, aber auf uns kommen härtere Zeiten zu. Möglicherweise bleibt mir nicht einmal ein Jahr, bevor ich jeden Andoraner hinter mir haben muss. Ich kann nicht warten, bis ich auf dem Thron sitze. Härtere Zeiten kommen auf uns zu, und ich muss bereit sein. Andor muss bereit sein, und dafür muss ich sorgen.«

Aviendha berührte mit einem Lächeln Elaynes Wange. »Ich glaube, ich werde von dir viel darüber lernen, wie man eine Weise Frau wird.«

Zu ihrem Entsetzen wurde Elayne vor Verlegenheit knallrot. Ihre Wangen fühlten sich an, als würden sie in Flammen stehen! Vielleicht waren die Gefühlsschwankungen doch schlimmer als das Bemuttertwerden. Beim Licht, sie konnte sich noch auf *Monate* freuen, in denen es ihr so ging. Nicht zum ersten Mal verspürte sie einen Funken Unmut gegenüber Rand. Er hatte ihr das angetan – gut, sie hatte ihm dabei geholfen, hatte es sogar in die Wege geleitet, aber darum ging es nicht –, er hatte das getan und war mit einem selbstzufriedenen Grinsen auf dem Gesicht wieder gegangen. Sie bezweifelte, dass sein Grinsen wirklich selbstzufrieden gewesen war, aber es fiel ihr so leicht, sich das auf diese Weise vorzustellen. Sollte *er* doch in der einen Stunde fröhlich und in der nächsten weinerlich sein, mal sehen, wie ihm das gefiel! *Ich kann nicht geradlinig denken,* dachte sie gereizt. Und das war auch seine Schuld.

Die Stallmägde schätzten Feuerherz und Siswai schließlich als ruhig genug ein, um von Damen geritten zu werden, und Aviendha stieg viel anmutiger von dem steinernen Sattelstein in den Sattel, als sie es einst gekonnt hatte, und sie richtete ihre weiten Röcke, um so viel von ihren mit dunklen Strümpfen bekleideten Beinen zu verhüllen, wie es möglich war. Sie war noch immer der Meinung, dass ihre Beine einem jeden Pferd überlegen waren, aber sie war eine ganz passable Reiterin geworden. Obwohl sie dazu neigte, überrascht auszusehen, wenn das Pferd sich ihrem Willen fügte. Feuerherz wollte tänzeln, sobald Elayne aufgesessen war, aber sie zügelte ihn schnell und etwas fester, als sie es sonst getan hätte. Ihre Stimmungsschwankungen hatten plötzlich dafür gesorgt, dass sie schreckliche Angst um Rand hatte, und wenn sie schon nicht für seine Sicherheit sorgen konnte, war hier doch wenigstens ein männliches Wesen, das genau das tat, was es tun sollte.

Sechs Gardistinnen ritten voraus, die übrigen folgten ihr und Aviendha in ordentlichen Reihen; die letzte Reiterin führte die Lasttiere. Die Männer kamen in einem unordentlichen Haufen hinter ihnen her, sie hatten ihr eigenes Lasttier, eine zottelige Kreatur, an der man Kochtöpfe und Bündel und sogar ein halbes Dutzend lebendiger Hühner festgebunden hatte. Ein paar Jubelrufe begrüßten sie, als sie durch das Dorf mit den Strohdächern kamen und die Steinbrücke überquerten, die über einen zugefrorenen Fluss führte, laute Rufe wie »Elayne von den Lilien!« und »Trakand! Trakand« und »Matherin hält Euch die Treue!«. Aber Elayne sah eine Frau, die an der Brust ihres Mannes weinte, und auch auf seinem Gesicht waren Tränen zu sehen, und eine andere Frau wandte den Reitern den Rücken zu und weigerte sich auch nur hinzuschauen. Sie hoffte, dass sie ihnen ihre Söhne wieder unversehrt nach Hause schicken konnte. Solange sie keine schweren Fehler beging, sollte es vor Caemlyn nicht zu großen

Kämpfen kommen, aber es würden welche stattfinden, und sobald sie die Rosenkrone errungen hatte, lagen weitere Schlachten vor ihnen. Im Süden marschierten die Seanchaner, und im Norden warteten Myrddraal und Trollocs auf Tarmon Gai'don. Andor würde in der kommenden Zeit Söhne verlieren. Verflucht, sie würde *nicht* weinen!

Jenseits der Brücke führte die Straße wieder in die Höhe, eine steile Steigung vorbei an Kiefern und Fichten und Zwerglorbeer, aber bis zu der von ihnen gesuchten Bergwiese war es nicht weiter als eine Meile. Der im Licht der Vormittagssonne funkelnde Schnee zeigte noch immer die Hufabdrücke, die von der tiefen Furche ausgingen, die das Wegetor in der Schneedecke hinterlassen hatte. Es hätte näher am Herrenhaus errichtet werden können, aber es bestand immer die Gefahr, dass jemand an der Stelle stand, an der sich das Wegetor öffnete.

Das Glühen *Saidars* umgab Aviendha, als sie auf die Wiese ritten. Sie hatte an ihrem letzten Halt am gestrigen Nachmittag, einem hundert Meilen nördlich gelegenen Gut, das Wegetor erschaffen, also würde sie auch das Tor nach Caemlyn weben, aber der Anblick der mit der Macht leuchtenden Aviendha stimmte Elayne mürrisch. Wer auch immer das Wegetor erschuf, mit dem sie Caemlyn verließen, erschuf bis zu ihrer Rückkehr auch alle anderen, da er den Boden eines jeden Orts kennen lernte, an dem sich das Tor bildete. Aber bei jeder ihrer fünf Reisen hatte Aviendha gebeten, das erste Wegetor machen zu dürfen. Möglicherweise wollte sie sich nur darin üben, wie sie behauptet hatte, aber Elayne hatte kaum mehr Übung darin als sie. Und dann war ihr eine andere Möglichkeit in den Sinn gekommen. Vielleicht wollte Aviendha sie davon abhalten, die Macht zu lenken, zumindest wenn es sich um eine beträchtliche Menge handelte.

Weil sie schwanger war. Das Gewebe, das sie zu Schwestern gemacht hatte, wäre nicht möglich gewesen, wenn eine von ihnen ein Kind erwartet hätte, da das Ungeborene an dem Bund beteiligt worden wäre – was es nicht überlebt hätte, da ihm dazu die nötige Kraft gefehlt hätte –, aber bestimmt hätte eine der Aes Sedai im Palast etwas gesagt, wenn man in der Schwangerschaft nicht die Macht benutzen sollte. Andererseits bekamen nur sehr wenige Aes Sedai jemals Kinder. Möglicherweise wussten sie nicht darüber Bescheid. Elayne war sich darüber im Klaren, dass es viele Dinge gab, von denen die Aes Sedai nichts wussten, so sehr sie dem Rest der Welt auch das Gegenteil vorspielten – sie hatte dies selbst schon ausgenutzt –, aber der Gedanke erschien seltsam, dass sie über etwas nicht Bescheid wissen sollten, das für die meisten Frauen von solcher Bedeutung war. Aber die Weisen Frauen brachten Kinder zur Welt, und sie hatten nichts dergleichen gesagt …

Plötzlich wurden die Sorgen um ihr Kind und die Benutzung der Macht und was Aes Sedai möglicherweise wussten oder auch nicht aus ihrem Bewusstsein verdrängt. Sie konnte fühlen, dass jemand *Saidar* lenkte. Nicht Aviendha, und auch keiner in den Bergen ringsum, niemand, der in der Nähe war. Das hier geschah in der Ferne, es war wie ein Leuchtfeuer, das in der Nacht auf einem weit entfernten Berg loderte. Einem sehr weit entfernten Berg. Sie konnte sich nicht vorstellen, wie viel von der Einen Macht benötigt wurde, damit sie es auf diese Entfernung mitbekam. Jede Frau auf der Welt, die die Macht lenken konnte, musste das hier fühlen können. Darauf zeigen können. Und das Leuchtfeuer lag im Westen. An dem Bund mit Rand hatte sich nichts verändert, sie hätte nicht genau sagen können, wo er sich in einem Radius von hundert Meilen aufhielt, aber sie wusste es.

»Er ist in Gefahr«, sagte sie. »Wir müssen zu ihm, Aviendha.«

Aviendha schüttelte sich und hörte auf, nach Westen zu starren. Das Glühen um sie herum blieb bestehen, und Elayne konnte fühlen, dass sie so tief aus der Quelle geschöpft hatte, wie es ihr möglich war. Aber in dem Moment, in dem sich Aviendha ihr zuwandte, fühlte sie, wie das *Saidar* schwand, das ihre Schwester hielt. »Das müssen wir nicht, Elayne.«

Ungläubig drehte sich Elayne im Sattel um und starrte sie an. »Du willst ihn im Stich lassen? *Dabei?*« Niemand konnte so viel *Saidar* beherrschen, nicht der stärkste Zirkel, nicht ohne zusätzliche Hilfe. Angeblich gab es ein *Sa'angreal*, das größer als alle anderen und in der Lage war, mit einer solchen Machtfülle zurechtzukommen – falls es stimmte, was sie gehört hatte. Vielleicht. Aber so weit sie wusste, konnte keine Frau es benutzen und überleben, nicht ohne für diesen Zweck hergestellte *Ter'angreal*, und die hatte ihres Wissens nach nie jemand zu Gesicht bekommen. Bestimmt würde keine Schwester den Versuch wagen, selbst wenn sie eines davon gefunden hätte. Diese Anhäufung der Einen Macht konnte mit einem Schlag ganze Bergketten einebnen! Keine Schwester würde es versuchen, die Schwarzen Ajah vielleicht einmal ausgenommen. Oder noch schlimmer, einer der Verlorenen. Vielleicht auch mehr als nur einer. Aber was *sonst* konnte es sein? Und Aviendha wollte es einfach *ignorieren*, obwohl sie *wissen* musste, dass Rand dort war?

Die Gardistinnen, die nichts davon mitbekommen hatten, warteten noch immer geduldig auf ihren Pferden und beobachteten die Baumgrenze, obwohl sie sich nach dem Empfang im Herrenhaus keine großen Sorgen machten; allerdings betrachtete Caseille Elayne und Aviendha, und hinter dem Helmvisier war ein leichtes Stirnrunzeln erkennbar. Sie wusste, dass sie noch nie gezögert hatten, ein Wegetor zu öffnen. Die Männer versammelten sich um ihr Lasttier, kramten in den Bündeln herum und stritten sich anscheinend darüber, ob etwas vergessen worden war oder nicht. Aviendha lenkte ihre graue Stute näher an Elaynes Schwarzen heran und sprach in einem Tonfall, der nicht weit trug.

»Elayne, wir wissen nichts. Vielleicht tanzt er mit den Speeren, vielleicht handelt es sich um etwas ganz anderes. Wenn er den Tanz der Speere tanzt und wir platzen da rein – wird er uns angreifen, bevor er uns erkennt? Werden wir ihn ablenken, weil er uns nicht erwartet, und seinen Feinden dadurch den Sieg bringen? Sollte er sterben, werden wir diejenigen finden, die ihn getötet haben, und sie werden auch sterben, aber wenn wir jetzt zu ihm gehen, dann stürzen wir uns blindlings in etwas hinein, und möglicherweise lösen wir eine Katastrophe aus.«

»Wir könnten vorsichtig sein«, sagte Elayne bockig. Es erzürnte sie, dass sie sich bockig fühlte und es auch zeigte, aber sie konnte ihre Stimmungen bloß erdulden und versuchen, sie nicht völlig die Oberhand gewinnen zu lassen. »Wir müssen ja nicht genau zu der Stelle Reisen.« Sie tastete nach ihrer Gürteltasche und fühlte die kleine Elfenbeinschnitzerei der sitzenden Frau, die darin steckte, dann sah sie auf die Bernsteinbrosche ihrer Schwester. »Beim Licht, Aviendha, wir haben *Angreale*, und keine von uns ist hilflos.« Beim Licht, jetzt klang sie verdrossen. Sie wusste nur zu gut, dass sie, wenn sie gegen das antraten, was sie da fühlten, selbst mit den Angrealen wie Fliegen sein würden, die gegen eine Flamme ankämpften, dennoch konnte ein Mückenstich im richtigen Augenblick einen Unterschied machen. »Und komm mir jetzt nicht damit, dass ich mein Baby gefährde. Min hat behauptet, dass es stark und gesund zur Welt kommen wird. Das hast du selbst gesagt. Das bedeutet, dass ich lange genug lebe, um meine Tochter zur Welt zu bringen.« Sie hoffte, dass es eine Tochter wurde.

Feuerherz wählte diesen Augenblick, um nach der Grauen zu schnappen, und Siswai biss zurück, und für eine Weile war Elayne damit beschäftigt, ihren Wallach unter Kontrolle zu bekommen und zu verhindern, dass Aviendha abgeworfen wurde, außerdem musste sie Caseille sagen, dass sie keine Hilfe brauchten, und als das alles getan war, fühlte sie sich nicht länger verdrossen. Am liebsten hätte sie Feuerherz eins zwischen die Ohren gegeben.

Aviendha zügelte ihr Pferd und tat so, als wäre nichts geschehen. Ihr von der dunklen Wolle des Schultertuchs eingerahmtes Gesicht zeigte eine Spur von Unsicherheit, aber diese Unsicherheit hatte nichts mit dem Pferd zu tun.

»Ich habe dir von den Ringen in Rhuidean erzählt«, sagte sie langsam, und Elayne nickte ungeduldig. Jede Frau, die zur Weisen Frau werden wollte, wurde vor ihrer Ausbildung durch ein *Ter'angreal* geschickt. Es ähnelte dem *Ter'angreal,* mit dem man in der Weißen Burg die Novizinnen auf die Probe stellte, bevor man sie in den Rang der Aufgenommenen erhob, nur mit dem Unterschied, dass in Rhuidean eine Frau ihr ganzes Leben vor sich sah. Alle ihre möglichen Leben, jede Entscheidung, die einen Unterschied machte, ein unendlicher Fächer von Leben, die auf unterschiedlichen Entscheidungen beruhten. »Niemand kann sich an alles erinnern, Elayne, nur an Bruchstücke. Ich wusste, dass ich Rand al'Thor lieben werde …« – manchmal bereitete es ihr noch immer Unbehagen, vor anderen seinen Vornamen zu benutzen – »… und dass ich Schwesterfrauen finden werde. Größtenteils behält man aber nur vage Eindrücke. Manchmal eine leise Warnung. Ich glaube, wenn wir jetzt zu ihm gehen, wird etwas sehr Schlimmes geschehen. Vielleicht wird eine von uns sterben, vielleicht auch wir beide, ganz egal, was Min gesagt hat.« Dass sie Mins Namen aussprach, ohne zu stocken, war ein Zeichen ihrer Besorgnis. Sie kannte Min nicht besonders gut, und für gewöhnlich bezeichnete sie sie förmlich als Min Farshaw. »Vielleicht wird er sterben. Vielleicht geschieht auch etwas anderes. Ich weiß es nicht mit Sicherheit. Vielleicht überleben wir auch alle und setzen uns an ein Feuer und rösten *Pecara*, wenn wir zu ihm gestoßen sind. Aber in meinem Kopf funkelt eine Warnung.«

Elayne öffnete wütend den Mund. Dann schloss sie ihn wieder, und ihre Wut strömte aus ihr heraus wie Wasser durch einen Abfluss, und ihre Schultern sackten nach unten. Vielleicht verkündete Aviendhas Funkeln die Wahrheit und vielleicht auch nicht, aber die Tatsache blieb bestehen, dass ihre Argumente von Anfang an stichhaltig gewesen waren. Ein Wagnis, in das sie sich blindlings hineinstürzten, und wenn sie es eingingen, konnte daraus eine Katastrophe entstehen. Das Leuchtfeuer war noch heller geworden. Und er war genau da, wo dieses Fanal brannte. Der Bund verriet ihr das nicht, nicht auf diese Entfernung, aber sie wusste es. Und sie wusste, dass sie es ihm überlassen musste, sich um sich selbst zu kümmern, während sie sich um Andor kümmerte.

»Ich muss dir nicht mehr beibringen, eine Weise Frau zu sein, Aviendha«, sagte sie leise. »Du bist bereits viel weiser als ich. Ganz zu schweigen davon, dass du tapferer bist und einen viel kühleren Kopf behältst. Wir kehren nach Caemlyn zurück.«

Das Lob ließ Aviendha leicht erröten – sie konnte manchmal sehr feinfühlig sein –, aber sie verschwendete keine Zeit und öffnete das Wegetor, ein rotierendes Abbild eines Stallhofs im Königlichen Palast, das sich zu einem Loch in der Luft verbreiterte und Schnee von der Wiese auf das frisch gefegte Pflaster fallen ließ, da fast dreihundert Meilen Entfernung keinen Unterschied machten. Schlagartig erwachte Birgittes Präsenz irgendwo im Palast in Elaynes Kopf zu neuem Leben. Birgitte hatte Kopfschmerzen und Magendrücken, in letzter Zeit keine ungewöhnlichen Vorkommnisse, aber sie passten hervorragend zu Elaynes Stimmung.

Ich muss es ihm überlassen, sich um sich selbst zu kümmern, dachte sie, als sie durch das Tor ritt. Beim Licht, wie oft dachte sie das? Es spielt keine Rolle. Rand war die Liebe ihres Lebens und die Freude ihres Herzens, aber Andor war ihre Pflicht.

KAPITEL 11

Gespräche über Schulden

Das Wegetor war so ausgerichtet, dass Elayne aus einem Loch in der Wand auf einen gepflasterten Platz zu reiten schien, der aus Sicherheitsgründen von sandgefüllten Weinfässern markiert wurde. Seltsamerweise konnte sie im Palast nicht eine Frau fühlen, die gerade die Macht lenkte, obwohl er mehr als hundertfünfzig Frauen mit dieser Fähigkeit beherbergte. Ein paar von ihnen würden natürlich auf der äußeren Stadtmauer stationiert sein, zu weit weg, um alles außer einem verbundenen Zirkel wahrzunehmen, aber im Palast benutzte eigentlich immer gerade jemand *Saidar*, sei es, um eine der gefangenen *Sul'dam* dazu zu zwingen zuzugeben, dass sie die Gewebe der Einen Macht wirklich sehen konnten, oder um die Falten aus einem Schultertuch zu bekommen, ohne ein Bügeleisen erwärmen zu müssen. Doch nicht an diesem Morgen. Die Arroganz der Windsucherinnen reichte oft an das schlimmste Verhalten einer jeden Aes Sedai heran, aber selbst das musste von dem unterdrückt worden sein, was sie alle wahrnahmen. Elayne war der festen Überzeugung, dass sie, wäre sie in die oberste Etage gestiegen, die Wellen dieses gewaltigen Fanals hätte sehen können, auch wenn sie Hunderte von Meilen entfernt waren. Sie kam sich wie eine Ameise vor, die sich zum ersten Mal der Berge bewusst geworden war, eine Ameise, die das Rückgrat der Welt mit dem Hügel verglich, der ihr immer Ehrfurcht eingeflößt hatte. Ja, angesichts dessen mussten selbst die Windsucherinnen die Köpfe einziehen.

Der Stallhof der Königin, der sich am Ostflügel des Palasts befand und im Norden und Süden von jeweils einem zweistöckigen Stall aus weißem Stein abgegrenzt wurde, war traditionellerweise den Pferden und Kutschen der Königin vorbehalten, und sie hatte gezögert, ihn zu benutzen, bevor man ihr den Löwenthron zugesprochen hatte. Die Schritte, die zum Thron führten, waren so kompliziert wie bei einem Hoftanz, und auch wenn dieser Tanz manchmal Ähnlichkeit mit einer Tavernenschlägerei hatte, musste man dennoch seine Schritte mit Präzision und Anmut ausführen, wollte man sein Ziel erreichen. Die Beanspruchung von Sonderrechten vor der Amtseinführung hatte einige Anwärterinnen die Herrschaft gekostet. Am Ende hatte sie entschieden, dass das keine Überschreitung war, die sie übermäßig stolz erscheinen lassen würde. Außerdem war der Stallhof der Königin eher klein und wurde für nichts anderes benutzt. Hier musste man weniger Leute als anderswo fern halten, wenn man ein Wegetor öffnen wollte. Tatsächlich war der gepflasterte Hof abgesehen von einem mit einem roten Mantel bekleideten Stallburschen menschenleer, als sie ihn betrat; er stand vor einer der bogenförmigen Stalltore und drehte sich um, um hineinzurufen, und ein Dutzend weiterer Stallburschen strömte heraus, während sie Feuerherz von dem abgesperrten Rechteck ritt. Schließlich wäre es durchaus möglich gewesen, dass sie in Begleitung mächtiger Lords und Ladys zurückkam; vielleicht hofften sie es auch nur.

Caseille brachte die Gardistinnen durch das Tor und befahl den meisten abzusteigen und sich um ihre Tiere zu kümmern. Sie selbst und ein halbes Dutzend Frauen blieben im Sattel sitzen und hielten über den Köpfen der zu Fuß gehenden Menschen Wache. Nicht einmal hier ließen sie Elayne unbewacht. Vor allem hier, wo mehr Gefahren auf sie lauerten als in jedem der von ihr besuchten Herrenhäuser. Die Männer von Matherin gingen hierhin und dorthin und standen Stallburschen und Gardistinnen im Weg, während sie die weißen Steinbalkone und Säulengänge anstarrten, die auf den Hof hinausschauten, und die dahinter befindlichen Türme und goldenen Kuppeln. Die Kälte schien hier weniger ausgeprägt zu sein als in den Bergen – die Weigerung, sich von ihr berühren zu lassen, jedenfalls so weit sie das im Augenblick konnte, bedeutete nicht gleichzeitig, dass sie sie nicht länger wahrnehmen konnte –, aber Männer, Frauen und Pferde stießen noch immer Atemwölkchen hervor. Nach der klaren Bergluft erschien der Gestank von Pferdemist ebenfalls übermäßig stark. Ein heißes Bad vor einem lodernden Kaminfeuer wäre ihr jetzt sehr willkommen gewesen. Danach würde sie sich wieder der Aufgabe zuwenden, sich den Thron zu sichern, aber im Augenblick wäre ein langes Eintauchen in heißes Wasser genau das Richtige.

Zwei Stallburschen kamen angerannt. Einer nahm nach einer flüchtigen Verbeugung Feuerherz' Zaumzeug – er war mehr darauf bedacht, dass der große Wallach keinen Ärger machte, während Elayne abstieg –, während der andere nach seiner tiefen Verbeugung gebückt stehen blieb und mit den Händen für Elayne einen Steigbügel bildete. Sie hatten für den Anblick der schneebedeckten Bergwiese, die sich dort erstreckte, wo sonst eine Mauer zu sehen war, kaum mehr als einen flüchtigen Blick übrig. Mittlerweile hatte sich das Stallpersonal an die Wegetore gewöhnt. Elayne war zu Ohren gekommen, dass sie sich in den Tavernen freihalten ließen, indem sie damit prahlten, wie oft sie den Gebrauch der Macht erlebten und von welchen angeblichen Taten sie Zeugen geworden waren. Elayne konnte sich lebhaft vorstellen, wie diese Geschichten klingen würden, wenn sie bis zu Arymilla gedrungen waren. Ihr gefiel die Vorstellung, dass Arymilla an den Nägeln kaute.

Sie hatte den Fuß noch nicht auf das Steinpflaster gesetzt, als eine Horde Gardistinnen sie auch schon umringte; sie trugen blutrote Hüte mit weißen Federn, die flach auf den breiten Hutkrempen lagen, und blutrote, mit Spitze abgesetzte Schärpen mit einem aufgestickten Weißen Löwen, die sich quer über funkelnde Harnische zogen. Erst jetzt führte Caseille den Rest von Elaynes Eskorte in den Stall. Ihre Ablösung war genauso misstrauisch, Blicke gingen in alle Richtungen, Hände schwebten über den Schwertgriffen; die einzige Ausnahme war Deni, eine breite Frau mit gleichmütiger Miene, die eine lange, messingbeschlagene Keule hielt. Es waren nur neun Frauen – *bloß neun,* dachte Elayne bitter, *ich brauche im Königlichen Palast nur neun Leibwächterinnen* –, aber jede von ihnen, die ein Schwert trug, war eine Meisterin ihres Faches. Frauen, die das »Handwerk des Schwertes« ausübten, wie Caseille es nannte, mussten gut sein, denn sonst wurden sie früher oder später von irgendeinem Kerl niedergemacht, dessen einziger Vorteil darin bestand, über genug Kraft zu verfügen, um sie niederzuprügeln. Deni konnte überhaupt nicht mit dem Schwert umgehen, aber die wenigen Männer, die sich mit ihrer Keule anlegten, hatten es bitter bereut. Trotz ihrer Beleibtheit war Deni ausgesprochen flink, und die Idee eines fairen Kampfes war ihr völlig fremd, genau wie die eines Übungskampfes, was das anging.

Rasoria, eine untersetzte Frau im Rang eines Unterleutnants, die das Kommando hatte, schien erleichtert zu sein, als die Stallburschen Feuerherz fortführten. Wäre es nach Elaynes Leibwache gegangen, hätte außer ihnen niemand auf Armlänge an sie herankommen dürfen. Nun ja, das mochte etwas übertrieben sein, so schlimm waren sie nun auch wieder nicht, aber abgesehen von Aviendha und Birgitte betrachteten sie jeden mit Misstrauen. Rasoria gehörte in dieser Hinsicht zu den Schlimmsten von ihnen, die Tairenerin mit den untypischen blauen Augen und dem blonden, kurz geschorenen Haar bestand sogar darauf, die Köche bei der Zubereitung von Elaynes Mahlzeiten zu überwachen, außerdem ließ sie alles vorkosten, bevor man es brachte. Elayne hatte nicht protestiert, egal wie übertrieben das auch sein mochte. Eine Erfahrung mit vergiftetem Wein reichte, auch wenn sie wusste, dass sie zumindest lange genug leben würde, um ihr Kind zur Welt zu bringen. Aber es war weder das Misstrauen der Gardistinnen noch deren Notwendigkeit, die sie den Mund verziehen ließ. Es war Birgitte, die sich einen Weg über den bevölkerten Hof suchte, aber nicht auf sie zuging.

Aviendha kam natürlich als Letzte durch das Wegetor, nachdem sie sich vergewissert hatte, dass jeder durchgekommen war, und bevor sie es verschwinden ließ, hatte sich Elayne in ihre Richtung in Bewegung gesetzt, und zwar so schnell, dass ihre Eskorte förmlich springen musste, um den Ring um sie aufrechtzuerhalten. Doch so schnell sie auch ging, Birgitte mit ihrem langen goldenen Zopf, der ihr bis zur Taille reichte, war vor ihr da, half Aviendha beim Absteigen und übergab die graue Stute an einen Stallburschen mit einem langen Gesicht, der beinahe genauso lange Beine wie Siswai zu haben schien. Aviendha hatte stets mehr Schwierigkeiten beim Absteigen als beim Aufsitzen, aber Birgitte wollte mehr als bloß behilflich sein. Elayne und ihre Eskorte trafen gerade noch rechtzeitig ein, um zu hören, wie sie Aviendha hastig fragte: »Hat sie ihre Ziegenmilch getrunken? Hat sie genug geschlafen? Sie fühlt …« Sie verstummte und holte tief

Luft, bevor sie sich Elayne scheinbar unbewegt zuwandte; es schien sie nicht zu überraschen, dass sie da war. Der Bund funktionierte in beide Richtungen.

Birgitte war keine große Frau, auch wenn sie in ihren Stiefeln Elayne überragte, aber sie verfügte für gewöhnlich über eine beeindruckende Ausstrahlung, die noch von der Uniform des Generalhauptmanns der Königlichen Garde verstärkt wurde, ein kurzer roter Mantel mit weißem Stehkragen über weiten blauen Hosen, die in auf Hochglanz polierten schwarzen Stiefeln steckten; auf der linken Schulter prangten vier goldene Knoten, auf jedem der weißen Ärmelaufschläge vier goldene Ringe. Schließlich war sie Birgitte Silberbogen, die Heldin aus der Legende. Sie scheute sich davor, der Legende entsprechen zu wollen; sie behauptete, dass die Geschichten auf groteske Weise übertrieben seien, wenn es sich nicht direkt um Erfindungen handelte. Aber sie war dieselbe Frau, die jede einzelne der Taten vollbracht hatte, die den Kern dieser Legenden bildeten. Trotz ihrer augenscheinlichen Ruhe war ihre Sorge um Elayne mit Unbehagen vermischt, und beides strömte zusammen mit ihren Kopfschmerzen und dem sauren Magen durch den Behüterbund. Sie wusste ganz genau, dass Elayne es hasste, wenn die beiden hinter ihrem Rücken über sie sprachen. Das war nicht der ganze Grund für Elaynes Gereiztheit, aber der Bund ließ Birgitte wissen, wie aufgebracht sie war.

Aviendha wickelte seelenruhig das Tuch von ihrem Kopf, legte es sich auf die Schultern und bemühte sich um den Blick einer Frau, die nichts Falsches getan und ohne jeden Zweifel auch mit niemandem zu tun hatte, der in derartige Aktivitäten verstrickt war. Es wäre ihr auch gelungen, hätte sie die Augen nicht für eine zusätzliche Spur Unschuld geweitet. In mancherlei Hinsicht übte Birgitte einen schlechten Einfluss auf sie aus.

»Ich habe die Ziegenmilch getrunken«, sagte Elayne gefasst, da sie sich der Gardistinnen, die sie umringten, nur allzu bewusst war. Sie wandten ihnen den Rücken zu und überprüften ständig den Hof, die Balkone und die Dächer, aber mit Sicherheit hörte jede von ihnen zu. »Ich habe genug Schlaf bekommen. Gibt es sonst noch etwas, das du mich fragen willst?« Aviendhas Wangen röteten sich.

»Ich glaube, im Augenblick habe ich alle Antworten, die ich brauche«, erwiderte Birgitte ohne auch nur den Hauch eines Errötens, auf das Elayne gehofft hatte. Die Frau *wusste*, dass sie müde war, *wusste*, dass sie, was den Schlaf betraf, gelogen hatte.

Manchmal war der Bund entschieden lästig. *Sie* hatte am vergangenen Abend nicht mehr als einen halben Pokal ausgesprochen verwässerten Wein getrunken, aber nun fing *sie* an, Birgittes Kopfschmerzen und ihren aufgewühlten Magen zu haben. Keine der anderen Aes Sedai, mit denen sie über den Bund gesprochen hatte, hatte von ähnlichen Erfahrungen berichtet, aber sie und Birgitte spiegelten einander allzu oft physisch und emotional wider. Letzteres stellte manchmal ein echtes Problem dar, wenn ihre Nerven blank lagen. Manchmal konnte sie es einfach abschütteln oder sich auch dagegen wehren, aber heute wusste sie, dass sie es würde ertragen müssen, bis Birgitte Geheilt war. Sie glaubte, dass es zu der Spiegelung kam, weil sie beide Frauen waren. Soweit bekannt war, waren noch nie zuvor zwei Frauen den Behüterbund eingegangen. Tatsächlich hatte sich das auch nicht besonders weit herumgesprochen, und viele schienen es nicht glauben zu können. Ein Behüter war männlich, so wie ein Stier männlich war. Jeder wusste das, und nur wenige vertraten die Ansicht, dass das, was »jeder« wusste, einer näheren Untersuchung würdig war.

Bei einer Lüge ertappt zu werden, wo sie doch versuchte, Egwenes Gebot zu befolgen und so zu leben, als hätte sie bereits die Drei Eide abgelegt, verunsicherte Elayne, und das machte sie kurz angebunden. »Ist Dyelin zurück?«

»Nein«, sagte Birgitte genauso kurz angebunden, und Elayne seufzte. Dyelin hatte die Stadt zusammen mit Reanne Corly, die für sie Wegetore weben und ihre Reise beschleunigen sollte, Tage vor Arymillas Aufmarsch verlassen, und von ihrer Rückkehr hing vieles ab. Von den Nachrichten, die sie mitbringen würde. Ob sie auch noch etwas anderes als Nachrichten mitbringen würde.

Wenn man es auf die grundsätzlichen Dinge reduzierte, war die Wahl der Königin von Andor eine relativ simple Sache. Es gab über vierhundert Häuser im Reich, aber nur neunzehn waren mächtig genug, dass die anderen ihnen folgen würden. Für gewöhnlich standen alle neunzehn oder zumindest die meisten hinter der Tochter-Erbin, solange sie nicht völlig unfähig war. Haus Mantear hatte nach Mordrellens Tod den Thron nur deshalb an Trakand verloren, weil Tigraine, die Tochter-Erbin, verschwunden war und bei Mantear immer mehr Knaben geboren worden waren. Und weil Morgase Trakand dreizehn Häuser hinter sich hatte versammeln können. Gesetz und Brauch zufolge reichten zehn der neunzehn aus, um den Thron zu besteigen. Für gewöhnlich schlossen sich Anspruchsteller, die immer noch der Ansicht waren, dass der Thron eigentlich ihnen zustand, dem Rest an oder verstummten und gaben ihre Anstrengungen auf, wenn eine Anwärterin zehn Häuser hinter sich brachte.

Es war schlimm genug gewesen, als Elayne drei erklärte Rivalen gehabt hatte, aber da nun Naean und Elenia ausgerechnet geschlossen hinter Arymilla Marne standen, hatten die drei mit den eigentlich geringsten Aussichten den Erfolg davongetragen, und das bedeutete, sie verfügte über zwei Häuser – beide waren groß genug, um zu zählen; Matherin und die achtzehn anderen, die sie besucht hatte, waren zu klein –, denen sechs andere gegenüberstanden. Ihr eigenes Haus Trakand und Dyelins Taravin. Oh, Dyelin beharrte darauf, dass Carand, Coelan und Renshar sich Elayne anschließen würden, ganz zu schweigen von Norwelyn, Pendar und Traemane, aber die ersten drei wollten Dyelin auf dem Thron sehen, und die letzten drei schienen im Winterschlaf versunken zu sein. Aber Dyelins Loyalität zu Elayne war ungebrochen, und sie unterstützte sie unermüdlich. Sie bestand auf ihrer Überzeugung, dass einige der Häuser, die sich abwartend verhielten, überzeugt werden konnten, sich auf Elaynes Seite zu schlagen. Natürlich konnte Elayne nicht selbst auf sie zugehen, aber Dyelin konnte es. Und jetzt grenzte die Situation an Verzweiflung. Sechs Häuser unterstützten Arymilla, und nur ein Narr würde glauben, dass sie keine Fühler nach den anderen ausgestreckt hatte. Oder dass keiner zuhören würde, nur weil sie bereits sechs hatte.

Obwohl Caseille und ihre Wächterinnen den Platz geräumt hatten, mussten sich Elayne und die anderen einen Weg durch eine Menschenmenge bahnen. Die Männer von Matherin waren endlich von ihren Pferden gestiegen, standen aber noch immer im Weg; sie ließen ihre Hellebarden fallen und hoben sie wieder auf, nur um sie abermals fallen zu lassen, und versuchten, ihr Packpferd auf dem Stallhof abzuladen. Einer der Jungen verfolgte ein Huhn, das irgendwie freigekommen war, und duckte sich unter den Pferden hindurch, während einer der alten Männer Anfeuerungsrufe schrie; dabei blieb unklar, ob er den Jungen oder das Huhn meinte. Ein ledergesichtiger Bannerträger in einem verblichenen roten Mantel, der sich über seinem Bauch spannte, versuchte mit Hilfe eines nur unwesentlich jüngeren Gardesoldaten für Ordnung zu sorgen – vermutlich waren beide aus dem Ruhestand zurückgekehrt, wie so viele andere auch –, aber ein anderer Junge schien sein zotteliges Pferd in den Palast führen zu wollen, und Birgitte musste ihm befehlen, aus dem Weg zu gehen, bevor Elayne eintreten konnte. Der Junge, der nicht älter als vierzehn sein konnte, starrte Birgitte so unverhohlen an wie zuvor den Palast. In ihrer Uniform war sie sicherlich weitaus malerischer als die Tochter-Erbin im Reitkleid, davon abgesehen hatte er die Tochter-Erbin bereits gesehen. Rasoria stieß ihn in Richtung des alten Bannerträgers zurück und schüttelte den Kopf.

»Ich weiß verflucht noch mal nicht, was ich mit ihnen anfangen soll«, knurrte Birgitte in der kleinen Vorhalle, als eine Dienerin in roter und weißer Livree Elayne Umhang und Handschuhe abnahm. Klein im Sinne des Königlichen Palasts. Zwar war die Decke nicht ganz so hoch wie Matherins Eingangshalle, aber der Raum war mindestens halb so groß, und zwischen schmalen, kannelierten weißen Säulen flackerten vergoldete Kandelaber. Eine andere Dienerin mit dem Weißen Löwen auf der linken Brustseite ihres Mantels, die kaum älter als der Junge sein konnte, der sein Pferd ins Haus hatte führen wollen, bot auf einem mit Flechtwerk verzierten Silbertablett hohe Pokale mit gewürztem Wein an, bevor finstere Blicke von Aviendha und Birgitte sie zurückweichen ließen. »Auf der Wache schlafen die verfluchten Jungen ein«, fuhr Birgitte fort und sah die sich zurückziehende Dienerin weiterhin finster an. »Die alten Männer bleiben wach, aber die Hälfte weiß nicht mehr, was zu tun ist, wenn sie jemanden die verdammte Mauer hochsteigen sehen, und die andere Hälfte könnte nicht sechs Schafhirten mit einem Hund zurückschlagen.« Aviendha sah Elayne mit hochgezogener Braue an und nickte.

»Sie sind nicht hier, um zu kämpfen«, erinnerte Elayne sie, als sie einen mit blauen Fliesen ausgelegten Korridor betraten, der von mit Kandelabern und intarsienverzierten Truhen gesäumt wurde. Birgitte und Aviendha hatten sie in die Mitte genommen, während die Gardistinnen ein paar Schritte vor und hinter ihr ausgeschwärmt waren. *Beim Licht*, dachte sie, *ich hätte den Wein doch gar nicht genommen!* Ihr und Birgittes Kopf pochten im gleichen Rhythmus, und sie berührte ihre Schläfe und fragte sich, ob sie ihrer Behüterin sofort befehlen sollte, eine Heilerin aufzusuchen.

Birgitte hatte aber andere Vorstellungen. Sie musterte Rasoria und die anderen, die vorausgingen, dann warf sie einen Blick über die Schulter und bedeutete den Gardistinnen hinter ihnen, ein Stück zurückzufallen. Das war seltsam. Sie hatte jede Frau in der Garde persönlich ausgesucht, und sie vertraute ihnen. Trotzdem neigte sie Elayne den Kopf zu und flüsterte beinahe. »Kurz vor deiner Rückkehr ist etwas passiert. Ich habe Sumeko gebeten, mich zu Heilen, bevor du wieder eintriffst, und plötzlich wurde sie ohnmächtig. Sie verdrehte die Augen und kippte um. Und sie ist nicht die Einzige. Keiner will etwas zugeben, jedenfalls mir gegenüber nicht, aber die anderen Kusinen sind fast aus ihrer verdammten Haut gefahren, und die Windsucherinnen auch. Keine von ihnen hätte spucken können, wenn sie es gemusst hätte. Du warst wieder da, bevor ich eine Schwester finden konnte, aber vermutlich hätten die mich auch nur dumm angeschaut. Dir werden sie es aber sagen.«

Der Palast benötigte die Einwohnerschaft eines Dorfs, um zu funktionieren, und Diener tauchten auf, Männer und Frauen in Livreen, die die Korridore entlangeilten und sich an die Wände drückten oder in abzweigende Gänge auswichen, um Platz für Elaynes Eskorte zu machen, also erklärte sie so leise und mit so wenigen Worten wie möglich das Wenige, das sie wusste. Bei einigen Gerüchten war es ihr egal, wenn sie ihren Weg auf die Straße und dann unweigerlich zu Amyrilla fanden, aber Geschichten über Rand konnten genauso schlimm wie Geschichten über die Verlorenen sein, sobald sie durch häufiges Weitererzählen verdreht worden waren. In gewisser Weise sogar schlimmer. Niemand würde glauben, dass die Verlorenen sie als Marionette auf den Thron setzen wollten. »Auf jeden Fall hat das nichts mit uns zu tun«, sagte sie abschließend.

Sie fand, dass sie sich überzeugend anhörte, kühl und beherrscht, aber Aviendha griff nach ihrer Hand und drückte sie, für eine Aiel so tröstend wie eine Umarmung, wenn man bedachte, wie viele Leute sie sahen, und durch den Bund strömte Birgittes Mitgefühl. Es war mehr als Mitleid; es war das Mitgefühl einer Frau, die den Verlust, den sie am meisten fürchtete, bereits erlitten hatte. Gaidal Cain war für Birgitte so sicher verloren, als wäre er tot, und darüber hinaus verblassten ihre Erinnerungen an die Vergangenheit allmählich. Sie konnte sich nicht mehr klar an Dinge vor der Gründung der Weißen Burg erinnern, und nicht einmal mehr an alles danach. In manchen Nächten raubte ihr die Furcht den Schlaf, dass auch Gaidal aus ihrer Erinnerung schwinden würde, dass sie vollständig vergessen würde, ihn je gekannt und geliebt zu haben – dann trank sie so viel Branntwein, wie sie vertrug. Das war eine schlechte Lösung, und Elayne wünschte sich, sie hätte eine bessere parat, aber sie wusste, dass ihre Erinnerungen an Rand erst mit ihrem Tod sterben würden, und sie konnte sich nicht vorstellen, wie schrecklich das Wissen sein musste, diese Erinnerungen möglicherweise zu verlieren. Dennoch hoffte sie, dass jemand Birgittes schweren Kopf bald Heilte, bevor ihrer wie eine überreife Melone zerplatzte. Ihre Fertigkeiten im Heilen reichten dafür nicht und Aviendhas ebenso wenig.

Trotz der Gefühle, die sie in Birgitte wahrnehmen konnte, war die Miene der Behüterin glatt und unbesorgt. »Die Verlorenen«, murmelte sie trocken. Und leise. Das war kein Name, mit dem man leichtfertig umging. »Nun, solange es nichts mit uns zu tun hat, geht es uns verdammt noch mal gut.« Ein Grunzen, das ein Lachen hätte sein können, strafte sie Lügen. Aber obwohl Birgitte immer behauptet hatte, nie zuvor Soldatin gewesen zu sein, hatte sie die Sichtweise eines Soldaten. Mit anderen Worten: Für gewöhnlich standen die Chancen immer schlecht, aber die Aufgabe musste erledigt werden. »Ich frage mich, was sie davon halten«, fügte sie hinzu und deutete mit dem Kopf auf die vier Aes Sedai, die gerade aus einem angrenzenden Korridor traten.

Vandene, Merilille, Sareitha und Careane steckten beim Gehen die Köpfe zusammen, oder vielmehr drängten sich die letzteren drei um Vandene und redeten mit drängenden Gesten auf sie ein, die die Fransen ihrer Stolen baumeln ließ. Vandene rauschte langsam daher, als wäre sie allein, und schenkte ihnen keine Beachtung. Sie war schon immer schlank gewesen, aber das dunkelgrüne Gewand mit den Blumenmustern auf Ärmeln und Schultern hing ihr am Leib, als wäre es für eine stämmigere Frau geschneidert worden, und das im Nacken zusammengefasste weiße Haar schien dringend frisiert werden zu müssen. Ihre Miene war düster, aber das musste nichts mit dem zu tun haben, was die anderen Schwestern sagten. Seit der Ermordung ihrer Schwester war sie freudlos. Elayne hätte gewettet, dass das Gewand einst Adeleas gehört hatte. Seit dem Mord trug Vandene öfter die Kleider ihrer Schwester als die eigenen. Allerdings war das nicht der Grund, warum es so schlecht saß. Die beiden Frauen hatten dieselbe Größe gehabt, aber Vandenes Appetit war zusammen mit ihrer Schwester gestorben. So wie ihr Interesse für die meisten Dinge.

Sareitha, eine Braune, deren dunkles breites Gesicht noch nicht von der Alterslosigkeit berührt worden war, entdeckte in diesem Augenblick Elayne und legte eine Hand auf Vandenes Arm, als wollte sie sie in den Korridor hineinführen. Vandene stieß die Hand der Tairenerin fort und ging ohne einen Blick an Elayne zu verschwenden weiter geradeaus und betrat die Fortführung des Ganges, aus dem sie gekommen waren. Zwei Frauen im Weiß der Novizinnen, die den anderen in respektvollem Abstand gefolgt waren, machten vor den anderen Schwestern einen schnellen Knicks und eilten Vandene hinterher. Merilille sah ihnen nach, als wollte sie ihnen folgen; die kleine Frau trug Dunkelgrau, was ihre cairhienische Blässe wie Elfenbein aussehen ließ. Careane richtete die Stola mit den grünen Fransen auf Schultern, die breiter als die vieler Männer waren, und wechselte ein paar leise Worte mit Sareitha. Die beiden drehten sich um, um Elayne zu begrüßen, und machten fast so tiefe Hofknickse wie zuvor die Novizinnen. Merilille bemerkte die Gardistinnen und blinzelte, dann sah sie Elayne und zuckte zusammen. *Ihr* Hofknicks entsprach dem der Novizinnen.

Merilille trug die Stola seit über hundert Jahren, Careane mehr als fünfzig, und selbst Sareitha hatte sie länger als Elayne Trakand getragen, aber bei den Aes Sedai ergab sich der Rang aus der Stärke in der Einen Macht, und keine der drei verfügte über mehr als Mittelmaß. In den Augen von Aes Sedai verlieh einem größere Stärke zwar nicht unbedingt größere Weisheit, aber doch mehr Gewicht, was die Ansichten anging. War der Abstand ausreichend groß, wurden diese Ansichten zu Befehlen. Manchmal war Elayne der Meinung, dass die Gebräuche der Kusinen vernünftiger waren.

»Ich weiß nicht, was es ist«, sagte sie, bevor eine der anderen Aes Sedai das Wort ergreifen konnte, »aber es gibt nichts, was wir dagegen tun könnten, also können wir genauso gut aufhören, uns Sorgen zu machen. Wir haben genug Probleme vor uns, dass wir uns auch noch wegen Dingen verrückt machen müssen, auf die wir keinen Einfluss haben.«

Rasoria drehte stirnrunzelnd den Kopf und fragte sich offensichtlich, was sie nicht mitbekommen hatte, aber die Worte vertrieben die Sorge aus Sareithas dunklen Augen. Vielleicht nicht vollständig, denn ihre Hände schienen unablässig ihre braunen Röcke glätten zu wollen, aber sie war bereit, dem Beispiel einer Schwester zu folgen, die einen so hohen Rang wie Elayne einnahm. Manchmal hatte es seine Vorteile, hoch genug zu stehen, dass man Einwände mit einem Satz ersticken konnte. Careane hatte ihre Gelassenheit bereits wiedergefunden, falls sie sie je verloren hatte. Sie passte zu ihr, obwohl sie trotz der Seide und dem glatten, alterslosen kupferfarbenen Gesicht eher wie eine Kutscherin aussah. Aber für gewöhnlich waren die Grünen aus härterem Holz geschnitzt als die Braunen. Merilille sah nicht einmal annähernd gelassen aus. Weit aufgerissene Augen und leicht geöffnete Lippen verliehen ihr ein überraschtes Aussehen. Allerdings war das für sie nicht ungewöhnlich.

Elayne ging weiter und hoffte, dass sie sich um ihre Angelegenheiten kümmern würden, aber Merilille hängte sich an Birgittes Fersen. Die Graue hätte unter den dreien die Führung beanspruchen müssen, aber sie hatte die Neigung entwickelt, darauf zu warten, dass ihr jemand sagte, was sie tun sollte, und sie trat wortlos auf die andere Seite, als Sareitha Birgitte höflich bat, ihr Platz zu machen. Die Schwestern begegneten Elaynes Behüterin mit tadelloser Höflichkeit, wenn sie als Generalhauptmann auftrat. Es war Birgitte die Behüterin, die sie zu ignorieren versuchten. Aviendha wurde von Careane nicht so höflich behandelt; sie drängte sich einfach zwischen sie und Elayne. Jede nicht in der Weißen Burg ausgebildete Frau war per se eine Wilde, und Careane verabscheute Wilde. Aviendha schürzte die Lippen, obwohl sie weder ihr Gürtelmesser zückte noch Anstalten in diese Richtung machte, wofür Elayne dankbar war. Ihre Erstschwester konnte manchmal … überstürzt handeln. Bei näherer Betrachtung hätte sie Aviendha allerdings in diesem Augenblick eine kleine hastige Tat verziehen. Die Bräuche verboten Unhöflichkeiten gegenüber einer anderen Aes Sedai unter allen Umständen, aber Aviendha hätte so lange Drohungen ausstoßen und mit dem Messer herumfuchteln können, wie sie Lust hatte. Möglicherweise hätte das gereicht, um die drei zum Gehen zu veranlassen. Careane schien den kühlen grünen Blick nicht zu bemerken, der sie festnagelte.

»Ich habe Merilille und Sareitha gesagt, dass wir nichts tun können«, sagte sie beherrscht. »Aber sollten wir nicht Vorbereitungen für eine Flucht treffen, wenn es näher kommt? Es ist keine Schande, vor so etwas zu fliehen. Selbst in einem Zirkel wären wir Motten, die einen Waldbrand bekämpfen. Vandene hat nicht einmal zugehört.«

»Wir sollten wirklich ein paar Vorbereitungen treffen, Elayne«, murmelte Sareitha abwesend, als würde sie in Gedanken schon Listen erstellen. »Wenn man keine Pläne gemacht hat, dann wünscht man sich, man hätte es doch getan. In der Bibliothek gibt es ein paar Bände, die man nicht zurücklassen darf. Ich glaube, einige davon gibt es in der Burgbibliothek nicht.«

»Ja.« Merililles Stimme war atemlos und genauso besorgt wie der Blick ihrer großen dunklen Augen. »Ja, wir sollten wirklich zum Aufbruch bereit sein. Vielleicht … Vielleicht sollten wir nicht warten. Es ist doch sicher kein Verstoß gegen das Abkommen, wenn ein Notfall eintritt. Ganz bestimmt nicht.« Allein Birgitte warf ihr einen finsteren Blick zu, aber sie zuckte zusammen.

»Sollten wir gehen«, sagte Careane, als hätte Merilille kein Wort gesagt, »müssen wir sämtliche Kusinen mitnehmen. Erlaubt man ihnen, sich in alle Winde zu zerstreuen, weiß das Licht allein, was sie tun werden oder wann wir sie jemals wieder einfangen, vor allem jetzt, da einige die Kunst des Schnellen Reisens erlernt haben.« In ihrer Stimme lag keine Bitterkeit, obwohl von den Schwestern im Palast allein Elayne das Schnelle Reisen beherrschte. Für Careane schien es einen Unterschied zu machen, dass die Kusinen in der Weißen Burg begonnen hatten, selbst wenn die meisten fortgeschickt worden und einige auch weggelaufen waren. Sie selbst hatte nicht weniger als vier von ihnen identifiziert, einschließlich einer Ausreißerin. Immerhin waren sie keine Wilden.

Aber Sareitha verzog den Mund. Ihr machte es zu schaffen, dass mehrere Kusinen Wegetore weben konnten, und sie hatte andere Vorstellungen, was diese Frauen betraf. Normalerweise beschränkte sie ihre Einwände auf ein gelegentliches Stirnrunzeln oder eine geringschätzige Grimasse, seit Elayne ihren Standpunkt klargemacht hatte, aber die Belastungen des Morgens schienen ihre Zunge gelöst zu haben. »Wir müssen sie mitnehmen«, sagte sie scharf, »sonst behaupten sie alle, Aes Sedai zu sein, sobald wir außer Sichtweite sind. Eine Frau, die behauptet, vor über dreihundert Jahren von der Burg fortgeschickt worden zu sein, wird alles behaupten! Wenn ihr mich fragt, muss man sie unter strenger Aufsicht halten, statt sie gewähren zu lassen, und vor allem jene, die das

Schnelle Reisen beherrschen. Bis jetzt mögen sie ja dorthin gegangen sein, wohin Ihr sie befohlen habt, Elayne, und auch wieder zurückgekehrt sein, aber wie lange wird es noch dauern, bis eine von ihnen nicht zurückkehrt? Denkt an meine Worte, sobald eine von ihnen entkommt, werden ihr andere folgen, und wir werden ein Chaos haben, das wir niemals bewältigen können.«

»Es gibt für uns keinen Grund, irgendwohin zu gehen«, sagte Elayne entschieden, sowohl an die Schwestern gerichtet wie auch an die Gardistinnen. Das ferne Fanal befand sich noch immer an derselben Stelle, an der sie es zuerst gespürt hatte, und sollte es sich bewegen, erschien es unwahrscheinlich, dass es sich in Richtung Caemlyn bewegte oder sogar herkam, aber das Gerücht, dass die Aes Sedai eine Flucht planten, mochte genügen, um eine Massenhysterie auszulösen, ein wilder Mob, der die Tore stürmte, um vor dem zu fliehen, was Aes Sedai Angst einjagte. Ein Heer, das die Stadt stürmte, würde nicht so viele töten. Und diese drei schnatterten so unbekümmert, als könnten nur die Wandbehänge sie hören! Merilille konnte man vielleicht noch entschuldigen, aber nicht die anderen. »Wir werden hier bleiben, wie es der Amyrlin-Sitz befohlen hat, bis die Amyrlin einen anderen Befehl gibt. Die Kusinen werden weiterhin mit jeder Höflichkeit behandelt, bis man sie wieder in der Burg willkommen heißen kann, wie Ihr ganz genau wisst. Und Ihr werdet die Windsucherinnen weiterhin unterrichten und Euer Leben so führen, wie es sich für Aes Sedai gehört. Von uns wird erwartet, mit den Ängsten der Menschen umzugehen und sie zu lindern, und nicht sinnlose Furcht zu verbreiten und Gerüchte in die Welt zu setzen.«

Nun, vielleicht war das etwas zu energisch gewesen. Sareitha schaute wie eine zurechtgewiesene Novizin zu

Boden. Merilille zuckte bei der Erwähnung der Windsucherinnen zusammen, aber das war zu erwarten gewesen. Die anderen gaben Unterricht, aber das Meervolk hielt Merilille so fest an der Leine wie einen ihrer Lehrlinge. Sie schlief in ihren Quartieren, und normalerweise sah man sie nie ohne zwei oder drei von ihnen, und sie ging demütig hinter ihnen her. Etwas anderes als völlige Demut kam für sie nicht in Frage.

»Natürlich, Elayne«, sagte Careane hastig. »Natürlich. Keine von uns würde vorschlagen, der Amyrlin nicht zu gehorchen.« Zögernd richtete sie ihre mit grünen Fransen versehene Stola auf ihren Armen und schien sich ganz darauf zu konzentrieren. Allerdings hatte sie einen mitleidigen Blick für Merilille übrig. »Da wir gerade vom Meervolk sprechen, könntet Ihr Vandene sagen, sie soll ihren Teil des Unterrichts übernehmen?« Als Elayne schwieg, trat ein Ton in ihre Stimme, den man bei jedem anderen als einer Aes Sedai als verdrossen bezeichnet hätte. »Sie sagt, sie hat zu viel mit diesen beiden Ausreißerinnen zu tun, aber sie hat genug Zeit, um sich an manchen Abenden so lange mit mir zu unterhalten, bis ich fast einschlafe. Die beiden sind schon so eingeschüchtert, die würden nicht mal einen Mucks machen, wenn ihre Kleider in Flammen stehen. Sie brauchen ihre Aufmerksamkeit nicht. Sie könnte ihren Anteil am Unterricht für diese verfluchten Wilden übernehmen. Auch Vandene sollte anfangen, sich wie eine Aes Sedai zu benehmen!«

Sie vergaß Rang und Zurechtweisung, warf Elayne einen unheilvollen Blick zu und brauchte einen Moment, bis sie ihn unterdrücken konnte. Elayne war diejenige gewesen, die das Abkommen getroffen hatte, dem zufolge die Aes Sedai die Windsucherinnen unterrichten mussten, aber bis jetzt hatte sie kaum mehr als ein paar Stunden gegeben und andere, dringendere Pflichten vorgeschützt. Davon abgesehen betrachtete das Meervolk Lehrer der Küstenbewohner wie Tagelöhner – das traf selbst auf Aes Sedai zu –, und zwar Tagelöhner, die noch unterhalb einer Küchenmagd anzusiedeln waren. Eine Küchenmagd, die sich möglicherweise bemühte, sich vor ihren Pflichten zu drücken. Elayne war noch immer fest davon überzeugt, dass Nynaeve nur gegangen war, um sich vor diesem Unterricht zu drücken. Sicher erwartete niemand, so wie Merilille zu enden, aber selbst ein paar Stunden waren schon schlimm genug.

»O nein, Careane«, mischte sich Sareitha ein und mied noch immer Elaynes Blick. Und Merililles. Sie vertrat die Meinung, dass sich die Graue selbst in diese Zwangslage gebracht hatte und darum verdiente, was daraus entstanden war, aber sie bemühte sich, kein Salz in diese Wunden zu streuen. »Vandene ist wegen ihrer Schwester verzweifelt, und Kirstian und Zarya helfen ihr, auf andere Gedanken zu kommen.« Was auch immer sie von den anderen Kusinen hielt, sie akzeptierte, dass Zarya eine Ausreißerin war, was offensichtlich war, da Zarya zu denen gehörte, die Careane erkannt hatte, und wenn Kirstian eine Lügnerin war, würde sie für ihre Lüge den vollen Preis entrichten müssen. Ausreißerinnen wurden nicht sanft behandelt. »Ich habe auch Stunden mit ihr verbracht, und sie spricht von fast nichts anderem als Adeleas. Es ist, als wollte sie meine Erinnerungen zu ihren hinzufügen. Ich glaube, man muss ihr so viel Zeit lassen, wie sie braucht, und diese beiden verhindern, dass sie zu oft allein ist.« Sie warf Elayne einen Seitenblick zu und holte tief Luft. »Dennoch, der Unterricht ist mit Sicherheit … eine Herausforderung. Vielleicht würde eine Stunde dann und wann helfen, sie aus ihrer Verzweiflung herauszuholen, und sei es nur dadurch, dass sie in Wut gerät. Findet Ihr nicht, Elayne? Nur dann und wann eine Stunde.«

»Vandene wird so viel Zeit bekommen, wie sie braucht, um ihre Schwester zu betrauern«, sagte Elayne schlicht. »Und damit ist diese Diskussion beendet.«

Careane seufzte abgrundtief und richtete ihre Stola erneut. Sareitha seufzte leise und fing an, an dem Großen Schlangenring am Zeigefinger ihrer linken Hand herumzuspielen. Vielleicht hatte sie ihre Stimmung gespürt, vielleicht lag es auch nur daran, dass sich keine von ihnen auf eine weitere Sitzung mit den Windsucherinnen freute. Merililles Ausdruck änderte sich nicht, sie sah noch immer überrascht aus, aber ihre Sitzungen mit dem Meervolk dauerten auch den ganzen Tag und die Nacht dazu, wenn Elayne sie dort nicht wegholen konnte, und die Windsucherinnen waren immer weniger dazu bereit, sie gehen zu lassen, wie sehr Elayne auch darauf beharrte.

Immerhin schaffte sie es, die drei nicht unfreundlich zu behandeln. Was Mühe kostete, vor allem in Aviendhas Anwesenheit. Elayne wusste nicht, was sie tun würde, sollte sie jemals ihre Schwester verlieren. Vandene trauerte nicht nur um eine leibliche Schwester, sie suchte nach Adeleas Mördern, und es gab nicht den geringsten Zweifel, dass sie unter Merilille Ceandaevin, Careane Fransi oder Sareitha Tomares zu suchen waren. Eine von ihnen, oder, noch schlimmer, mehrere. Bei Merilille in ihrem derzeitigen Zustand war diese Anschuldigung nur schwer zu glauben, aber das galt eigentlich für jede Schwester. Wie Birgitte einmal gesagt hatte, der schlimmste Schattenfreund, der ihr je in den Trolloc-Kriegen begegnet war, war ein milchbärtiger Junge gewesen, der bei lauten Geräuschen zusammenzuckte. Und der die Zisterne einer ganzen Stadt vergiftet hatte. Aviendha hatte vorgeschlagen, alle drei einer Befragung zu unterziehen, was Birgitte entsetzt hatte, aber die Aiel brachte den Aes Sedai mittlerweile bedeutend weniger Ehrfurcht als zuvor entgegen. Die angebrachten Höflichkeiten mussten beibehalten werden, bis es Beweise für eine Verurteilung gab. Dann würde es allerdings überhaupt keine Höflichkeiten mehr geben.

»Oh«, sagte Sareitha und strahlte plötzlich. »Da ist Hauptmann Mellar. Er ist während Eurer Abwesenheit schon wieder zum Helden geworden.«

Aviendha umklammerte den Griff ihres Gürtelmessers, und Birgitte versteifte sich. Careanes Gesicht nahm einen ausgesprochen frostigen Ausdruck an, und selbst Merilille brachte eine missbilligende Miene zustande. Keine der Schwestern machte einen Hehl aus ihrer Abneigung gegen Doilan Mellar.

Mit seinem schmalen Gesicht war er nicht hübsch, nicht einmal ansehnlich, aber er bewegte sich mit der geschmeidigen Anmut eines Schwertkämpfers, die von körperlicher Kraft kündete. Als Hauptmann von Elaynes Leibwache hatte er drei goldene Rangknoten vorzuweisen, und er trug sie auf jeder Schulter seines auf Hochglanz polierten Brustpanzers. Ein unwissender Beobachter hätte gedacht, dass er Birgitte im Rang übertraf. Die schneeweiße Spitze an seinem Hals und den Ärmeln war doppelt so dick und lang wie bei jeder Gardistin, aber er hatte auf die Schärpe verzichtet, möglicherweise weil sie auf einer Seite die goldenen Knoten verdeckt hätte. Er behauptete, nicht mehr im Leben zu wollen als ihre Leibwache zu befehligen, aber er sprach oft von Schlachten, an denen er als Söldner teilgenommen hatte. Anscheinend hatte er nie auf der Verliererseite gekämpft, und seine unbesungenen Bemühungen auf dem Feld hatten oft den entscheidenden Ausschlag für den Sieg gegeben. Er riss sich den Hut mit den weißen Federn vom Kopf und machte eine tiefe, schwungvolle Verbeugung, wobei er mit einer Hand geschickt sein Schwert festhielt, dann entrichtete er Birgitte einen etwas nüchterner ausfallenden Gruß, indem er den Arm quer über die Brust führte.

Elayne zwang sich zu einem Lächeln. »Sareitha sagte, Ihr seid wieder ein Held gewesen, Hauptmann Mellar? Wie das?«

»Das war nicht mehr als meine Pflicht der Königin gegenüber.« Obwohl er sich mit seinem Tonfall offensichtlich selbst herabwürdigte, war sein Lächeln wärmer, als es hätte sein sollen. Der halbe Palast hielt ihn für den Vater von Elaynes Kind. Dass sie das Gerücht nicht zum Verstummen gebracht hatte, schien in ihm den Glauben geweckt zu haben, dass er Chancen hatte. Das Lächeln erreichte allerdings nie seine dunklen Augen. Sie blieben so kalt wie der Tod. »Meine Pflicht Euch gegenüber ist meine Freude, meine Königin.«

»Hauptmann Mellar hat gestern ohne Befehl einen weiteren Ausfall angeführt«, sagte Birgitte mit sorgfältig beherrschter Stimme. »Diesmal hätte der Kampf beinahe auf das Far Madding-Tor übergegriffen, das auf seinen Befehl hin für seinen Rückzug offen gelassen wurde.« Elayne fühlte, wie sich ihre Züge verhärteten.

»Aber nein«, protestierte Sareitha. »So ist das gar nicht gewesen. In der Nacht haben hundert von Lord Luans Waffenmännern versucht, die Stadt zu erreichen, aber sie sind zu spät aufgebrochen und wurden vom Sonnenaufgang überrascht. Da hat sie die dreifache Zahl von Lord Nasins Männern angegriffen. Hätte Hauptmann Mellar nicht die Tore geöffnet und einen Entlastungsangriff angeführt, hätte man sie vor den Mauern in Stücke gehauen. So konnte er achtzig Mann für Eure Sache retten.« Lächelnd sonnte sich Mellar im Lob der Aes Sedai, als hätte er Birgittes Kritik nicht wahrgenommen. Natürlich schien er sich genauso wenig Careanes und Merililles missbilligenden Blicken bewusst zu sein. Missbilligung ignorierte er immer.

»Woher habt Ihr gewusst, dass es sich um Lord Luans Männer handelte, Hauptmann?«, fragte Elayne leise. Auf Birgittes Gesicht erschien ein schmales Lächeln, das Mellar eine Warnung hätte sein müssen. Aber er gehörte zu denjenigen, die anscheinend nicht glauben konnten, dass sie eine Behüterin war. Und selbst wenn er es geglaubt hätte, außer Behütern und Aes Sedai wussten nur wenige, was der Bund tat. Mellars Miene wurde noch selbstzufriedener.

»Ich habe mich nicht nach den Bannern gerichtet, meine Königin. Jeder kann ein Banner tragen. Ich habe Jurad Accan durch mein Fernglas erkannt. Accan ist durch und durch Luans Mann. Als ich das wusste …« Spitze raschelte, als er eine wegwerfende Geste machte. »Der Rest war nicht mehr als eine kleine Übung.«

»Und hat dieser Jurad Accan eine Botschaft von Lord Luan gebracht? Etwas Unterschriebenes und Versiegeltes, das die Unterstützung von Haus Norwelyn für Trakand bestätigt?«

»Nichts Schriftliches, meine Königin, aber wie ich bereits sagte …«

»Lord Luan hat sich nicht für mich erklärt, Hauptmann.«

Mellars Lächeln verblasste etwas. Er war es nicht gewöhnt, unterbrochen zu werden. »Aber meine Königin, Lady Dyelin hat gesagt, dass Luan so gut wie in Eurem Lager steht. Dass Accan hier auftaucht, ist Beweis genug …«

»Das beweist gar nichts, Hauptmann«, sagte Elayne kalt. »Vielleicht wird Lord Luan irgendwann in meinem Lager sein, Hauptmann, aber bis er es öffentlich verkündet, habt Ihr mir achtzig Männer verschafft, die beobachtet werden müssen.« Achtzig von hundert. Und wie viele ihrer Leute hatte er dabei verloren? Und dafür hatte er Caemlyn riskiert? Sollte er zu Asche verbrennen! »Da Ihr während Eurer Pflichten in der Garde die Zeit findet, Ausfälle anzuführen, werdet Ihr auch die Zeit finden, ihre Bewachung zu veranlassen. Lasst Meister Accan und seine Burschen die Männer drillen, die ich von den Herrenhäusern mitgebracht habe. Das wird sie den größten Teil des Tages beschäftigen und aus allen Schwierigkeiten heraushalten, aber ich überlasse es Euch, wie Ihr sie den Rest von den Mauern fern haltet. Und ich erwarte, dass man sie von den Mauern fern hält und sie keinen Ärger machen, Hauptmann. Ihr dürft gehen und Euch darum kümmern.«

Mellar starrte sie verblüfft an. Noch nie zuvor hatte sie ihn zur Rede gestellt, und es gefiel ihm nicht, vor allem nicht vor so vielen Zeugen. Jetzt gab es kein strahlendes Lächeln mehr. Seine Lippen zuckten, ein verdrossenes Feuer trat in seine Augen. Aber er konnte nichts anderes tun, als sich erneut zu verneigen, heiser ein »wie meine Königin befiehlt« zu murmeln und mit so viel Anstand zu gehen, wie er aufbringen konnte. Er war keine drei Schritte weit gegangen, als er auch schon den Korridor entlangstürmte, als wollte er jeden niedertrampeln, der sich ihm in den Weg stellte. Elayne nahm sich vor, Rasoria zu warnen. Vielleicht würde er versuchen, seine Wut an denen auszulassen, die Zeuge des Vorfalls geworden waren. Merilille und Careane nickten beinahe gleichzeitig; sie hätten Mellar schon vor langer Zeit zur Rede gestellt und danach am liebsten aus dem Palast verwiesen.

»Selbst wenn er etwas falsch gemacht hat«, sagte Sareitha vorsichtig, »und ich bin nicht davon überzeugt, dass es sich so verhält, hat Hauptmann Mellar sein Leben riskiert, um Euch und Lady Dyelin vor dem Tod zu bewahren. War es wirklich nötig, ihn vor uns allen zu demütigen?«

»Glaubt nie, dass ich meine Schulden nicht bezahle, Sareitha.« Elayne fühlte, wie Aviendha ihre eine Hand und Birgitte die andere ergriff. Sie drückte beide leicht. Wenn man von Feinden umzingelt war, dann war es gut, eine Schwester und eine Freundin in der Nähe zu haben. »Ich werde jetzt ein heißes Bad nehmen, und falls keine von Euch mir den Rücken schrubben will ...«

Sie erkannten eine Verabschiedung, wenn es nötig war, und sie gingen mit mehr Anstand als Hauptmann Mellar. Careane und Sareitha diskutierten bereits darüber, ob die Windsucherinnen heute überhaupt Unterricht haben wollten oder nicht, Merilille versuchte in alle Richtungen gleichzeitig zu schauen in der Hoffnung, jeder Windsucherin aus dem Weg zu gehen. Aber worüber würden sie später sprechen? Ob Elayne Streit mit dem Vater ihres Kindes hatte? Ob sie ihre Schuld an der Ermordung Adeleas erfolgreich verborgen hatten?

Ich zahle immer meine Schulden, dachte Elayne und sah ihnen hinterher. *Und ich helfe meinen Freunden, die ihren zu begleichen.*

KAPITEL 12

Ein Handel

Ein Bad war nicht schwer aufzutreiben, obwohl Elayne im Korridor stehen bleiben und im Licht der flackernden Kandelaber die mit geschnitzten Löwen versehenen Türen ihrer Gemächer stirnrunzelnd anstarrten musste, während Rasoria und zwei Gardistinnen eintraten, um alles zu durchsuchen. Sobald sie sich vergewissert hatten, dass dort keine Attentäter lauerten und im Korridor und dem äußeren Raum Wachen aufgestellt waren, trat Elayne ein und fand im Schlafgemach die weißhaarige Essande vor; sie wurde von Naris und Sephanie begleitet, zwei jungen Kammerzofen, die sie ausbildete. Essande war gertenschlank, auf ihrer linken Brust war Elaynes Goldene Lilie aufgestickt. Sie war die Würde in Person, was von der anmutigen Art ihrer Bewegungen noch unterstrichen wurde, allerdings trug auch ihr Alter und der Schmerz in ihren Gelenken dazu bei, den sie beharrlich ignorierte. Naris und Sephanie waren Schwestern, derb, mit rosigen Gesichtern und scheuen Blicken, sie trugen ihre Livree mit Stolz und waren glücklich, für diese Arbeit auserwählt worden zu sein, statt Korridore putzen zu müssen, aber sie hatten fast genauso viel Ehrfurcht vor Essande wie vor Elayne. Es gab erfahrenere Kammerzofen, Frauen, die seit Jahren im Palast arbeiteten, aber leider waren Mädchen, die irgendeine Arbeit gesucht hatten, viel sicherer.

Man hatte einen der Teppiche zusammengerollt und

ihn auf den rosafarbenen Fliesen mit einer dicken Schicht Handtücher ersetzt, auf denen zwei Kupferwannen standen, der Beweis dafür, dass die Nachricht von Elaynes Ankunft ihr vorausgeeilt war. Diener hatten ein Talent, Dinge zu erfahren, um das sie die Augen-und-Ohren der Weißen Burg beneidet hätten. Ein ordentliches Feuer im Kamin und die dichten Fensterflügel ließen den Raum nach den Korridoren warm erscheinen, und Essande wartete nur, bis sie Elayne eintreten sah, bevor sie Sephanie im Laufschritt losschickte, die Männer mit dem heißen Wasser zu holen. Das würde man in Kübeln bringen, die aus zwei Schichten Holz gefertigt und mit Deckeln versehen waren, damit ihr Inhalt auf dem Weg aus der Küche nicht abkühlte; allerdings würde sich ihr Eintreffen möglicherweise etwas verschieben, weil die Gardistinnen sie nach im Wasser verborgenen Messern durchsuchen würden.

Aviendha betrachtete die zweite Badewanne fast so misstrauisch, wie Essande Birgitte ansah; die eine fühlte sich noch immer unbehaglich dabei, sich in Wasser zu setzen, und die andere konnte noch immer nicht akzeptieren, dass während eines Bads mehr Personen als unbedingt nötig anwesend waren, aber die weißhaarige Frau verlor keine Zeit und drängte Elayne und Aviendha stumm in das Ankleidezimmer, in dem ein weiteres Feuer in einem großen Marmorkamin die Luft ihrer Kälte beraubt hatte. Es war für Elayne eine große Erleichterung, dass Essande ihr aus dem Reitgewand half, denn sie wusste, dass mehr auf sie wartete als ein hastiges Bad und gespielte Gelassenheit, während sie sich darüber sorgen musste, wie schnell sie ihr nächstes Ziel erreichen konnte. Weitere Täuschungen warteten und – beim Licht! – andere Sorgen, aber sie war zu Hause, und das zählte viel. Beinahe konnte sie das im Westen leuchtende Fanal vergessen. Beinahe. Gut, nicht mal annähernd, aber sie konnte aufhören, sich deswegen verrückt zu machen, solange sie nicht darüber nachdachte.

Als sie ausgezogen waren – Aviendha schlug Naris' Hände weg, nahm ihren Schmuck selbst ab und gab sich alle Mühe, so zu tun, als wäre die Kammerzofe gar nicht da und ihre Kleidung würde sich irgendwie von selbst ablegen –, als man sie in bestickte Seidenroben gehüllt und ihre Haare mit weißen Handtüchern zu Turbanen hochgewickelt hatte – Aviendha unternahm drei Versuche, und erst als die Konstruktion das dritte Mal zusammenbrach, erlaubte sie Naris, es zu tun, wobei sie etwas davon murmelte, so verweichlicht zu werden, dass sie bald jemanden brauchen würde, der ihr die Stiefel zuschnürte, bis Elayne anfing zu lachen und sie mit einfiel, wobei sie den Kopf zurückwarf und Naris wieder von vorn anfangen musste –, als das alles erledigt war und sie in das Schlafgemach zurückkehrten, waren die Badewannen gefüllt, und der Duft von Rosenöl, das man dem Wasser hinzugefügt hatte, schwängerte die Luft. Die Männer, die das Wasser gebracht hatten, waren natürlich weg, und Sephanie wartete mit hochgeschobenen Ärmeln für den Fall, dass jemand den Rücken gewaschen haben wollte. Birgitte saß auf der Truhe mit den Intarsien aus Türkis am Fuß des Bettes, die Ellbogen auf die Knie gestützt.

Elayne erlaubte Essande, ihr aus der hellgrünen Robe zu helfen, und tauchte sofort bis zum Hals in das Wasser ein, das fast zu heiß war, aber eben nur fast. Zwar ließ das ihre Knie herausragen, aber es hüllte den größten Teil von ihr in die Wärme ein, und sie seufzte, als sie fühlte, wie die Müdigkeit aus ihr heraus und Ermattung in sie hinein kroch. Heißes Wasser musste das größte Geschenk der Zivilisation sein.

Aviendha starrte die andere Wanne an und zuckte zusammen, als Naris ihre lavendelfarbene und mit aufgestickten Blumen auf den Ärmeln verzierte Robe ausziehen wollte. Mit einer Grimasse erlaubte sie es schließlich und trat behutsam in das Wasser, aber sie riss Sephanie die runde Seife aus der Hand und fing an, sich energisch einzuseifen. Energisch, aber achtsam, um nicht auch nur einen Tropfen Wasser über den Wannenrand zu spritzen. Die Aiel benutzten Wasser zum Waschen, so wie sie es auch in den Schweißzelten taten, vor allem, um das Haarwaschmittel auszuspülen, das sie aus einem in der Wüste wachsenden Gewächs herstellten, aber das Schmutzwasser wurde verwahrt, um das Getreide zu wässern. Elayne hatte ihr zwei der großen Zisternen unterhalb von Caemlyn gezeigt, die von unterirdischen Flüssen gespeist wurden und groß genug waren, dass das andere Ufer inmitten eines Waldes aus dicken Säulen und Schatten verschwand, aber die trockene Wüste lag Aviendha im Blut.

Birgitte ignorierte Essandes viel sagende Blicke – sie sagte selten zwei Worte mehr als nötig und hielt Bäder für eine Zeit des Schweigens – und redete, während sie badeten, obwohl sie darauf achtete, was sie vor Naris und Sephanie sagte. Es war unwahrscheinlich, dass sie im Sold eines anderen Hauses standen, aber Zofen klatschten fast so ungeniert wie Männer – das schien fast schon eine Tradition zu sein. Trotzdem waren es einige Gerüchte wert, sie zu nähren. Birgitte erzählte hauptsächlich von zwei großen Handelszügen, die am Vortag aus Tear eingetroffen waren und deren Wagen schwer mit Korn und gepökeltem Rindfleisch beladen waren, und einem weiteren mit Öl und Salz und Räucherfisch aus Illian. Es war immer nützlich, die Leute daran zu erinnern, dass auch weiterhin Nahrung in die Stadt strömte. Im Winter wagten sich nur wenige Kaufleute auf die Straßen von Andor, aber die Wegetore bedeuteten, dass Arymilla so viele Kaufleute wie sie wollte abfangen konnte und ihre Streitkräfte dennoch lange verhungert sein würden, bevor Caemlyn den ersten Hunger verspürte. Die Windsucherinnen, die die Wegetore erschufen, hatten berichtet, dass Hochlord Darlin – der in Tear ausgerechnet den Titel Verwalter für den Wiedergeborenen Drachen beanspruchte! – im Stein von Tear von Adligen belagert wurde, die den Wiedergeborenen Drachen ganz aus Tear heraushaben wollten, aber es war unwahrscheinlich, dass sie versuchen würden, einen lohnenden Getreidehandel zu unterbinden, vor allem, weil sie die Kusinen im Gefolge der Windsucherinnen für Aes Sedai hielten. Nicht, dass jemand hier eine absichtliche Täuschung in die Wege geleitet hätte, aber die Kusinen, die die Prüfung für die Aufgenommenen bestanden hatten, bevor man sie aus der Burg wies, hatten ihre Großen Schlangenringe erhalten, und auch wenn jemand die falschen Schlüsse zog, hatte ihn doch niemand angelogen.

Elayne kam zu dem Schluss, dass das Wasser seine Wärme verlieren würde, wenn sie zu lange wartete, also nahm sie von Sephanie die nach Rosen duftende Seife entgegen und gestattete Naris, ihr mit einer langstieligen Bürste den Rücken zu schrubben. Falls es Neuigkeiten von Gawyn oder Galad gegeben hätte, dann hätte das Birgitte am Anfang erwähnt. Sie wartete darauf genauso begierig wie Elayne, und sie hätte es nicht für sich behalten können. Gawyns Rückkehr war ein Gerücht, von dem sie sich verzweifelt wünschten, es unter die Leute bringen zu können. Birgitte erfüllte ihre Pflichten als Generalhauptmann hervorragend, und Elayne wollte sie auch in dieser Position behalten, falls sie sich überzeugen ließ, aber Gawyns Anwesenheit hätte beiden Frauen erlaubt, sich etwas zu entspannen. Bei den meisten Soldaten in der Stadt handelte es sich um Söldner, und sie reichten gerade aus, um die Tore in voller Stärke zu besetzen und entlang der meilenlangen Stadtmauern um die Neustadt Präsenz zu zeigen, aber es waren dennoch mehr als dreißig Kompanien, und jede davon verfügte über ihren eigenen Hauptmann, der unweigerlich davon besessen war, vor anderen den Vorzug zu erhalten, und bereit war, wegen eingebildeten Kränkungen mit anderen Offizieren sofort Streit anzufangen. Gawyn hatte sein ganzes Leben damit verbracht, zu lernen, wie man Heere führte. Er konnte sich mit den Streithähnen auseinander setzen, was ihr die Freiheit gab, sich um die Sicherung des Throns zu kümmern.

Davon abgesehen wollte sie einfach, dass er von der Weißen Burg wegkam. Sie betete, dass einer ihrer Boten durchgekommen und er mittlerweile ein ordentliches Stück flussabwärts war. Egwene belagerte seit mehr als einer Woche Tar Valon mit ihrem Heer, und es würde eine grausame Fügung des Schicksals sein, wenn Gawyn zwischen seinem Eid, die Burg zu beschützen, und seiner Liebe zu Egwene gefangen gewesen wäre. Schlimmer noch, er hatte diesen Eid bereits einmal gebrochen oder ihn zumindest gedehnt, aus Liebe zu seiner Schwester und vielleicht auch aus Liebe zu Egwene. Sollte Elaida jemals Verdacht schöpfen, dass Gawyn bei Siuans Flucht geholfen hatte, würden sämtliche Verdienste, die er errungen hatte, indem er ihr half, Siuan als Amyrlin zu ersetzen, dahinschwinden wie ein Tautropfen in der Morgensonne. Und sollte er noch in Elaidas Reichweite sein, wenn sie davon erfuhr, würde er sich in einer Zelle wieder finden und Glück haben, wenn er der Axt des Scharfrichters entging. Elayne nahm ihm seine Entscheidung, Elaida zu helfen, keineswegs übel; damals konnte er nicht über genügend Informationen verfügt haben, um sich anders zu entscheiden. Selbst viele Schwestern waren von den Geschehnissen verwirrt gewesen. Viele schienen es noch immer zu sein. Wie konnte sie da von Gawyn verlangen, das zu erkennen, was die Aes Sedai selbst nicht erkannten?

Was Galad betraf … Ihre ganze Kindheit über hatte sie den Mann nicht ausstehen können, sicherlich verabscheute er sie und vor allem Gawyn. Bis zu Gawyns Geburt hatte Galad damit rechnen dürfen, eines Tages der Erste Prinz des Schwertes zu werden. Ihre frühesten Erinnerungen an ihn waren die an einen Jungen, der sich bereits mehr wie ein Vater oder Onkel benahm als wie ein Bruder und der Gawyn den ersten Fechtunterricht erteilte. Sie erinnerte sich, dass sie Angst gehabt hatte, er würde Gawyn mit dem Übungsschwert den Kopf einschlagen. Aber er hatte nie mehr als die üblichen blauen Flecke ausgeteilt, mit denen jeder Junge rechnen musste, der den Schwertkampf erlernte. Galad wusste, was richtig war, und er war auch dazu bereit, das Richtige zu tun, was es auch kostete, und er nahm sich selbst davon nicht aus. Beim Licht, er hatte einen Krieg angefangen, um ihr und Nynaeve bei der Flucht aus Samara zu helfen, und vermutlich war er sich von Anfang an über die Gefahr im Klaren gewesen! Galad hatte sich in Nynaeve verliebt oder war es zumindest eine Zeit lang gewesen – es war schwer vorstellbar, dass er noch immer so empfand; da er ein Weißmantel war, wusste allein das Licht, wo er war und was er tat –, aber es war die Wahrheit, er hatte einen Krieg angezettelt, um seine Schwester zu retten. Sie konnte ihn nicht verurteilen, weil er zu den Kindern des Lichts gehörte, sie konnte ihn nicht mögen, und doch hoffte sie, dass er in Sicherheit war und es ihm gut ging. Und sie hoffte, dass auch er den Weg nach Hause fand. Neuigkeiten über ihn wären beinahe so willkommen gewesen wie Neuigkeiten über Gawyn. Das überraschte sie, aber es stimmte.

»Während deiner Abwesenheit sind zwei weitere

Schwestern eingetroffen. Sie wohnen im *Silbernen Schwan*.« Birgitte ließ es klingen, als würden sie lediglich im Gasthaus wohnen, weil im Palast jedes Bett belegt war. »Eine Grüne mit zwei Behütern und eine Graue mit einem. Sie kamen getrennt voneinander. Am gleichen Tag sind eine Gelbe und eine Braune aufgebrochen, also sind es noch immer zehn. Die Gelbe ist nach Süden gereist, in Richtung Far Madding. Die Braune ging nach Osten.«

Sephanie, die geduldig neben Aviendhas Wanne stand und nichts zu tun hatte, wechselte über Elaynes Kopf hinweg einen Blick mit ihrer Schwester und grinste. Wie so viele in der Stadt wusste sie, dass die Anwesenheit von Aes Sedai im *Silbernen Schwan* die Unterstützung der Weißen Burg für Elayne und das Haus Trakand bedeutete. Essande, die die beiden Mädchen wie ein Raubvogel beobachtete, nickte ebenfalls; auch sie wusste das. Jeder Straßenfeger und Müllsammler wusste, dass die Burg gespalten war, aber der Name hatte noch immer Gewicht und vermittelte das Bild einer Stärke, die nie versagte. Jeder wusste, dass die Weiße Burg jede rechtmäßige Königin von Andor unterstützt hatte. Tatsächlich warteten die meisten Schwestern auf eine Monarchin, die gleichzeitig eine Aes Sedai war; es wäre die erste seit tausend Jahren und die erste seit der Zerstörung der Welt gewesen, von der öffentlich bekannt war, dass sie eine Aes Sedai war, aber es hätte Elayne nicht überrascht, wenn es in Arymillas Lager eine Schwester gegeben hätte, die sich diskret zurückhielt. Die Weiße Burg setzte niemals alle Münzen auf ein Pferd, es sei denn, der Ausgang des Rennens stand bereits fest.

»Das genügt«, sagte sie und wich gereizt den Borsten aus. Das gut ausgebildete Mädchen legte die Bürste auf einen Stuhl und reichte ihr einen großen illianischen Schwamm, mit dem sie sich die Seife abspülte.

Sie wünschte, sie *hätte* gewusst, was die Schwestern hier wollten. Sie waren wie ein Sandkorn in ihrem Pantoffel, ein so winziges Ding, dass man sich schwer vorstellen konnte, dass es einen störte, aber je länger es da war, desto größer erschien es. Die Schwestern im *Silbernen Schwan* wurden allein dadurch zu einem Stein von beträchtlicher Größe, weil sie da waren.

Schon vor ihrem Eintreffen in Caemlyn hatte sich die Anzahl im Gasthof häufig geändert, jede Woche reisten ein paar Schwestern ab, während andere eintrafen, um sie zu ersetzen. Die Belagerung hatte nichts daran geändert; die Soldaten um Caemlyn würden genauso wenig versuchen, eine Aes Sedai aufzuhalten, wie die aufrührerischen Adligen in Tear. Eine Zeit lang hatte es in der Stadt auch Rote gegeben, die sich nach Männern auf dem Weg zur Schwarzen Burg erkundigten, aber je mehr sie erfuhren, desto offener hatten sie Verärgerung gezeigt, und das letzte Paar war einen Tag nach Arymillas Aufmarsch vor den Mauern aus der Stadt geritten. Jede Aes Sedai, die die Stadt betrat, wurde sorgfältig überwacht, und keine der Roten war auch nur in die Nähe des *Silbernen Schwans* gekommen, darum erschien es unwahrscheinlich, dass Elaida die Schwestern geschickt hatte, um sie zu entführen. Aus irgendeinem Grund stellte sie sich kleine Gruppen von Aes Sedai vor, die von der Fäule bis zum Meer der Stürme verstreut waren und zwischen denen sich ein beständiger Strom von Schwestern bewegte, die Informationen sammelten und teilten. Ein seltsamer Gedanke. Schwestern benutzten Augen-und-Ohren, um die Welt zu beobachten, und teilten nur selten, was sie erfahren hatten, es sei denn, es handelte sich um eine Bedrohung für die Burg. Vermutlich gehörten die Frauen im *Silbernen Schwan* zu den Schwestern, die angesichts der Spaltung der Burg abwarteten, ob am Ende Egwene oder Elaida auf dem Amyrlin-Sitz saß, bevor sie Partei ergriffen. Das war falsch – eine Aes Sedai sollte für das eintreten, was sie für richtig hielt, ohne sich darüber Sorgen machen zu müssen, ob sie die Gewinnerseite unterstützte! –, aber diese Schwestern bereiteten ihr noch aus einem anderen Grund Unbehagen.

Kürzlich hatte einer ihrer Beobachter im *Silbernen Schwan* einen beunruhigenden Namen aufgeschnappt, der gemurmelt worden war, und man hatte die Sprecherin schnell zum Schweigen gebracht, so als befürchte man Lauscher. Cadsuane. Kein gewöhnlicher Name. Und Cadsuane Melaidhrin hatte Rand in Cairhien eng umgarnt. Vandene hielt nicht viel von der Frau, sie hatte sie als engstirnig bezeichnet, aber Careane war bei der Erwähnung des Namens beinahe vor Ehrfurcht in Ohnmacht gefallen. Anscheinend waren die Geschichten, die Cadsuane umgaben, fast schon so etwas wie Legenden. Den Wiedergeborenen Drachen ganz allein zu bezwingen schien genau die Art von Unternehmen sein, die Cadsuane Melaidhrin in Angriff nehmen würde. Nicht, dass sich Elayne Sorgen wegen Rand und einer Aes Sedai machte, er würde sie höchstens so in Rage bringen, dass sie die Kontrolle verlor – manchmal war der Mann sogar zu stur, um zu erkennen, wo seine Vorteile lagen! –, aber warum sollte eine Schwester in Caemlyn ihren Namen erwähnen? Und warum hatte eine andere sie zum Schweigen gebracht?

Trotz des heißen Badewassers fröstelte sie und dachte an all die Netze, die die Weiße Burg im Laufe der Jahrhunderte gesponnen hatte und die so fein waren, dass sie keiner wahrnehmen konnte – abgesehen von den Schwestern, die sie gesponnen hatten –, und die so kompliziert waren, dass auch nur diese Schwestern sie wieder auflösen konnten. Die Burg webte ihre Netze, die Ajahs webten ihre Netze, sogar einzelne Schwestern webten Netze. Manchmal verschmolzen diese Gewebe miteinander, als wären sie von einer einzigen Hand geführt worden. Manchmal hatten sie einander auch zerrissen. Auf diese Weise war die Welt dreitausend Jahre lang geformt worden. Jetzt hatte sich die Burg sauber in Drittel von annähernd gleicher Größe gespalten, ein Drittel für Egwene, eines für Elaida und eines, das auf der Seitenlinie stand. Wenn das letzte miteinander in Verbindung stand, Informationen austauschte – Pläne schmiedete? –, waren die Implikationen …

Ein plötzlicher Tumult von Stimmen, gedämpft von der geschlossenen Tür, ließ sie sich gerade aufsetzen. Naris und Sephanie kreischten auf und sprangen aufeinander zu, um sich aneinander festzuklammern und mit weit aufgerissenen Augen auf die Tür zu starren.

»Was zur verdammten …?« Birgitte schoss knurrend von der Truhe hoch und aus dem Zimmer heraus und knallte die Tür hinter sich zu. Die Stimmen wurden noch lauter.

Es hörte sich nicht so an, als würden die Gardistinnen kämpfen, sondern nur mit voller Lautstärke debattieren, und der Bund übermittelte zusammen mit den *verdammten* Kopfschmerzen hauptsächlich Zorn und Empörung, aber Elayne stieg aus der Wanne und streckte die Arme aus, damit Essande ihr die Robe überstreifen konnte. Die Ruhe der weißhaarigen Frau und vielleicht auch Elaynes beruhigte die beiden Zofen so weit, dass sie erröteten, als Essande sie ansah, aber Aviendha sprang aus der Wanne, verspritzte überall Wasser und stürmte tropfend in das Ankleidezimmer. Elayne rechnete damit, dass sie mit ihrem Gürtelmesser zurückkam. Aber stattdessen umgab sie das Glühen *Saidars*, während sie die Bernsteinschildkröte in der Hand hielt. Mit der anderen gab sie Elayne das *Angreal*, das in ihrer Gürteltasche gewesen war, die alte Elfenbeinschnitzerei einer Frau, die nur mit ihrem

Haar bekleidet war. Abgesehen von dem Handtuch auf ihrem Kopf trug Aviendha nur einen feuchten Schimmer am Leib, und sie winkte Sephanie ärgerlich fort, als sie versuchte, ihr die Robe anzulegen. Messer oder nicht, Aviendha neigte noch immer dazu, so zu denken, als würde sie mit der Klinge kämpfen und sich plötzlich bewegen müssen.

»Bringt das in den Ankleideraum zurück«, sagte Elayne und gab Essande das Elfenbein-Angreal. »Aviendha, ich glaube wirklich nicht, dass wir …«

Die Tür öffnete sich einen Spalt, und Birgitte steckte stirnrunzelnd den Kopf herein. Naris und Sephanie zuckten zusammen, offenbar waren sie doch nicht so beruhigt, wie es den Anschein gehabt hatte.

»Zaida will dich sehen«, knurrte Birgitte Elayne an. »Ich habe ihr gesagt, sie soll warten, aber …« Mit einem plötzlichen Aufschrei stolperte sie ins Zimmer hinein, gewann nach zwei Schritten das Gleichgewicht wieder und wirbelte herum, um sich der Frau zu stellen, die sie gestoßen hatte.

Die Herrin der Wogen vom Clan Catelar sah allerdings keineswegs so aus, als hätte sie jemanden gestoßen. Die Enden ihrer auf komplizierte Weise verknoteten roten Schärpe baumelten in Kniehöhe, als sie gemächlich das Zimmer betrat. Ihr folgten zwei Windsucherinnen, von denen eine der wütenden Rasoria die Tür vor der Nase zuschlug. Alle drei schwankten beim Gehen fast so sehr wie Birgitte in ihren hochhackigen Stiefeln. Zaida war klein, ihr dichtes lockiges Haar wies graue Strähnen auf, aber ihr dunkles Gesicht gehörte zu der Sorte, die mit den Jahren an Schönheit gewann, und ihre Schönheit schien von der goldenen, mit kleinen Medaillons übersäten Kette, die einen ihrer dicken goldenen Ohrringe mit dem Nasenring verband, nur noch unterstrichen zu werden. Aber weitaus wichtiger war ihr befehlsgewohntes Auftreten. Ihm lag keine Arroganz zugrunde, sondern das Wissen, dass man ihr gehorchte. Die Windsucherinnen musterten Aviendha, die noch immer vom Schein der Macht umgeben wurde, und Chanelles ebenmäßiges Gesicht spannte sich an, aber abgesehen von Shielyns Murmeln, dass »das Aielmädchen« zum Weben bereit war, verhielten sie sich stumm und abwartend. Die acht Ohrringe zeichneten Shielyn als Windsucherin einer Herrin der Wogen aus, und Chanelles Ehrenkette trug fast so viele Medaillons wie Zaidas. Beide waren Frauen mit Autorität, was durch die Art und Weise ihrer Haltung deutlich gemacht wurde, aber man musste nichts über die Atha'an Miere wissen, damit einem klar wurde, dass hier Zaida din Parede das Sagen hatte.

»Ihr müsst über Eure Stiefel gestolpert sein, Generalhauptmann«, murmelte sie mit einem schmalen Lächeln, während eine ihrer dunklen, tätowierten Hände mit dem goldenen Duftkästchen spielte, das auf ihrer Brust hing. »Beengende, alberne Dinger, diese Stiefel.« Sie und die beiden Windsucherinnen waren wie immer barfuß. Fußsohlen der Atha'an Miere waren so hart wie Schuhsohlen und störten sich genauso wenig an rauen Decks wie an kalten Bodenfliesen. Zusätzlich zu ihren Blusen und Hosen aus hellem, farbigem Seidenbrokat trug jede der Frauen seltsamerweise eine breite weiße Stola, die über die Taille reichte und die vielen Ketten fast verbarg.

»Ich habe gerade ein Bad genommen«, sagte Elayne mit angespannter Stimme. Als könnten sie das nicht sehen, wo ihr Haar vom Handtuch verhüllt wurde und die Robe ihr feucht am Leib klebte. Essande *zitterte* fast vor Empörung, was bedeuten musste, dass sie außer sich vor Wut war. So wie Elayne beinahe auch. »Und ich werde wieder ein Bad nehmen, sobald Ihr gegangen seid. Ich spreche mit Euch, wenn ich mit dem Bad fertig bin. Wenn es dem Licht gefällt.« So! Wenn sie sich schon in ihr Zimmer drängten, dann mussten sie auf das übliche Zeremoniell eben verzichten!

»Möge auch Euch das Licht strahlen, Elayne Sedai«, erwiderte Zaida glatt. Sie hob eine Braue und sah Aviendha an, aber sie konnte damit nicht den flackernden Schein *Saidars* meinen, da sie nicht die Macht lenken konnte, und auch nicht ihre Nacktheit, da das Meervolk damit ausgesprochen lässig umging, zumindest außerhalb der Sicht von Küstenbewohnern. »Mich habt Ihr nie zu einem gemeinsamen Bad eingeladen, obwohl das höflich gewesen wäre, aber darüber wollen wir nicht reden. Ich habe erfahren, dass Nesta din Reas Zwei Monde tot ist, ermordet von den Seanchanern. Wir betrauern ihren Verlust.« Die drei Frauen berührten die weißen Stolen und führten die Fingerspitzen an die Lippen, aber Zaida schien mit dem Zeremoniell genauso ungeduldig zu sein wie Elayne. Sie machte einfach weiter, ohne die Stimme zu heben oder schneller zu sprechen, was für eine vom Meervolk beinahe schockierend abrupt war.

»Die Ersten Zwölf der Atha'an Miere müssen zusammenkommen, um eine neue Herrin der Schiffe zu erwählen. Die Geschehnisse im Westen machen deutlich, dass es keine Verzögerung geben darf.« Shielyn verzog die Lippen zu einem schmalen Strich, und Chanelle hob das Duftkästchen an die Nase, als wollte sie einen bestimmten Geruch vertreiben. Das würzige Parfüm war scharf genug, um den Duft des Rosenöls zu überlagern. Obwohl sie Zaida über ihre Wahrnehmungen unterrichtet hatten, zeigte diese weder Unbehagen noch etwas anderes als Selbstsicherheit. Sie hielt den Blick fest auf Elaynes Gesicht gerichtet. »Wir müssen für alles bereit sein, und darum brauchen wir eine Herrin der Schiffe. Ihr habt mir im Namen der Weißen Burg zwanzig Lehrerinnen versprochen. Ich kann weder Vandene in ihrer Trauer oder Euch nehmen, aber ich werde die anderen drei mitnehmen. Den Rest schuldet mir die Weiße Burg, und ich erwarte, dass diese Schuld bezahlt wird. Ich habe nach den Schwestern im *Silbernen Schwan* schicken lassen, um mich zu erkundigen, ob sie die Schuld der Burg erfüllen wollen. Aber ich kann nicht auf ihre Antwort warten. Wenn es dem Licht gefällt, werde ich heute Abend zusammen mit den anderen Herrinnen der Wogen im Hafen von Illian baden.«

Elayne musste hart darum ringen, ihr Gesicht reglos zu halten. Die Frau hatte gerade *verkündet*, dass sie jede ungebundene Aes Sedai in Caemlyn einsammeln und mitnehmen wollte. Und es klang auch nicht so, als wollte sie auch nur eine Windsucherin zurücklassen. Das ließ Elaynes Mut sinken. Bis zu Reannes Rückkehr gab es sieben Kusinen, die stark genug waren, ein Wegetor zu weben, aber zwei von ihnen schafften keines, das groß genug war, einen Pferdekarren hindurchzulassen. Ohne Windsucherinnen wurden die Pläne, Caemlyn von Tear und Illian aus zu versorgen, bestenfalls zweifelhaft. Der *Silberne Schwan*! Beim Licht, wen auch immer Zaida losgeschickt hatte, würde den von ihr abgeschlossenen Handel in jeder Einzelheit verraten! Egwene würde nicht dankbar sein, diesen Schlamassel an die Öffentlichkeit gebracht zu haben. Elayne konnte sich nicht erinnern, jemals mit einer kurzen Erklärung so viele Probleme in den Schoß geworfen bekommen zu haben.

»Ich bedauere Euren Verlust, wie auch den Verlust der Atha'an Miere«, sagte sie und dachte rasend schnell nach. »Nesta din Reas war eine große Frau.« Auf jeden Fall war sie eine mächtige Frau gewesen, mit einer starken Persönlichkeit. Elayne hatte sich glücklich geschätzt, nach ihrer einzigen Begegnung mit noch mehr am Leib als ihrem Unterhemd gehen zu können.

Und nebenbei bemerkt, Unterhemd, sie konnte sich keine Zeit zum Ankleiden erlauben. Zaida würde vielleicht nicht warten. Sie band die Robe fester zu. »Wir müssen uns unterhalten. Essande, lasst für unsere Gäste Wein bringen und Tee für mich. Schwachen Tee«, seufzte sie, als ein Sturm der Vorsicht durch Birgittes Bund drang. »Im kleinen Wohnzimmer. Werdet Ihr Euch zu mir gesellen, Herrin der Wogen?«

Zu ihrer Überraschung nickte Zaida bloß, so als hätte sie das erwartet. Das brachte Elayne darauf, über Zaidas Teil des Vertrages nachzudenken. Die Vereinbarungen; eigentlich waren es ja zwei, und das konnte der Schlüssel zu allem sein.

Niemand hatte damit gerechnet, dass das kleine Wohnzimmer in nächster Zeit benutzt werden würde, darum war die Luft auch noch frostig, nachdem Sephanie mit einem Funkenrad herbeigeeilt war, um die Späne unter der Eiche in dem breiten weißen Kamin zu entzünden und danach sofort aus dem Raum zu eilen. Flammen tänzelten in die Höhe und griffen auf das Holzstück auf dem Feuereisen über, während die Frauen vor den mit schlichten Schnitzereien verzierten Stühlen mit den niedrigen Lehnen Aufstellung nahmen, die im Halbkreis vor dem Kamin aufgestellt waren. Nun ja, Elayne und die Meervolk-Frauen nahmen Aufstellung. Elayne drapierte die Robe sorgfältig über den Knien und wünschte sich, Zaida hätte ihr eine Stunde Zeit gelassen, um sich vernünftig anzuziehen. Die Windsucherinnen warteten unbewegt darauf, dass die Herrin der Wogen Platz nahm, dann setzten sie sich neben sie. Birgitte stand mit finsterer Miene und in die Hüften gestemmten Fäusten vor dem Schreibtisch. Der Bund übermittelte das deutliche Verlangen, einer Atha'an Miere den Hals umzudrehen. Aviendha lehnte lässig an einer Kommode, und selbst als Essande ihr die Robe brachte und sie ihr eindringlich entgegenhielt, streifte sie sie einfach nur über und nahm mit unter den Brüsten verschränkten Armen die gleiche Pose ein. Sie hatte *Saidar* losgelassen, hielt aber noch immer die Schildkröte, und Elayne vermutete, dass sie bereit war, die Macht unverzüglich zu umarmen. Jedoch konnten weder Aviendhas stechender Blick noch Birgittes finstere Miene die Meervolk-Frauen auch nur im Geringsten beeindrucken. Sie waren, wer sie waren, und sie wussten, wer sie waren.

»Den *Atha'an Miere* wurden zwanzig Lehrerinnen versprochen«, sagte Elayne mit leichter Betonung. Zaida hatte gesagt, dass man sie *ihr* versprochen hatte, dass *sie* die Bezahlung entgegennehmen würde, aber der Handel war mit Nesta din Raes abgeschlossen worden. Natürlich war Zaida überzeugt, die nächste Herrin der Schiffe zu werden. »Vernünftige Lehrerinnen, ausgesucht vom Amyrlin-Sitz. Ich weiß, dass die Atha'an Miere stolz darauf sind, ihre Abmachungen bis in die letzte Einzelheit einzuhalten, und die Burg wird ihre Seite erfüllen. Als sich die Schwestern bereit erklärten, den Unterricht aufzunehmen, war Euch klar, dass das nur eine vorübergehende Maßnahme ist. Und eine Vereinbarung, die eigentlich nichts mit dem Handel zu tun hatte, der mit der Herrin der Schiffe abgeschlossen wurde. Das habt Ihr so gut wie zugegeben, als Ihr Euch bereit erklärt habt, Eure Windsucherinnen Wegetore weben zu lassen, um von Illian und Tear Lebensmittel nach Caemlyn zu schaffen. Sicherlich hättet Ihr Euch nicht in die Angelegenheiten der Küstenbewohner verwickeln lassen, wenn Ihr es nicht als Euren Teil dieser Vereinbarung betrachtet hättet. Aber wenn Ihr geht, ist Eure Hilfe beendet, und damit auch unsere Verpflichtung zum Unterricht. Und ich fürchte, Ihr werdet auch im *Silbernen Schwan* keine Lehrerinnen finden. Die Atha'an Miere werden warten müssen, bis die Amyrlin Lehrer schickt, wie es die Abmachung vorsieht, die mit der Herrin der Schiffe getroffen wurde.« Schade, dass sie von ihnen nicht verlangen konnte, sich vom Gasthof fern zu halten, aber dafür war es möglicherweise schon zu spät, und sie konnte diese Bitte sowieso nicht vernünftig begründen. Ein Argument, das mangels Masse nicht standhielt, würde Zaida nur ermutigen. Die Atha'an Miere konnten gnadenlos feilschen. Sie waren gewissenhaft, aber gnadenlos. Sie würde sehr langsam und sehr vorsichtig vorgehen müssen.

»Meine Schwester hat Euch am Ohr gepackt, Zaida din Parede«, kicherte Aviendha und schlug sich auf den Oberschenkel. »Sie hat Euch an den Füßen aufgehängt!« Das war eine Bestrafung des Meervolks, die sie aus irgendeinem Grund unglaublich amüsant fand.

Elayne unterdrückte einen gereizten Ausbruch. Aviendha genoss es, dem Meervolk in die Nase zu kneifen – sie hatte während ihrer Flucht aus Ebou Dar damit angefangen und nie mehr aufgehört –, aber jetzt war nicht der Augenblick dafür.

Chanelle versteifte sich, ihr ausdrucksloses Gesicht verzog sich zu einer finsteren Miene. Die schlanke Frau war mehr als einmal die Zielscheibe für Aviendhas Nasenkneifer gewesen, einschließlich einer bedauernswerten Episode mit *Oosquai*, dem sehr starken Aielgetränk. Das Leuchten *Saidars* hüllte sie ein! Zaida konnte das nicht sehen, aber sie wusste von dem *Oosquai* und dass man Chanelle ins Bett hatte tragen müssen, wobei sie sich die ganze Zeit über erbrochen hatte, und sie hob vorausschauend die Hand. Das Leuchten verblasste, und Chanelles Gesicht wurde dunkel. Es hätte ein Erröten oder auch Wut sein können.

»Es mag alles sein, wie Ihr behauptet«, sagte Zaida, was nicht weit von einer Beleidigung entfernt war, vor allem einer Aes Sedai gegenüber. »Auf jeden Fall gehört Merilille nicht dazu. Sie hat eingewilligt, als Lehrerin zu arbeiten, lange bevor sie nach Caemlyn gekommen ist, und sie wird mich begleiten, um mit ihrem Unterricht fortzufahren.«

Elayne holte tief Luft. Sie brauchte nicht einmal versuchen, Zaida das auszureden. Der Einfluss der Weißen Burg beruhte größtenteils auf der Tatsache, dass sie ihr Wort genauso unverbrüchlich hielt wie das Meervolk. Dass allgemein *bekannt* war, dass sie ihr Wort hielt. Oh, die Leute behaupteten, man müsse ganz genau zuhören, um sicher zu sein, dass eine Aes Sedai auch das versprochen hatte, was man annahm, und das stimmte auch oft, aber sobald das Versprechen eindeutig war, war es so bindend wie ein unter dem Licht abgelegter Schwur. Die Windsucherinnen würden Merilille niemals gehen lassen. Sie ließen sie ja kaum aus den Augen. »Vielleicht müsst Ihr sie mir zurückgeben, falls ich sie brauche.« Falls Vandene und ihre beiden Helferinnen Beweise fanden, dass sie eine Schwarze Ajah war. »Sollte das passieren, sorge ich für einen Ersatz.« Und sie hatte nicht die geringste Vorstellung, wer das wohl sein sollte.

»Sie muss den Rest ihres Jahres abdienen. Der Vereinbarung zufolge mindestens ein Jahr.« Zaida gestikulierte, als würde sie ein Zugeständnis machen. »Ihr Ersatz muss vor ihrer Abreise da sein. Ich werde sie nicht gehen lassen, ohne dass zuvor jemand ihren Platz eingenommen hat.«

»So soll es geschehen«, erwiderte Elayne ruhig. Das würde es verflucht noch mal auch müssen, da sie keine andere Wahl hatte!

Zaida lächelte flüchtig und schwieg. Chanelle scharrte mit den Füßen, aber mehr aus Ungeduld als um aufzustehen, und die Herrin der Wogen rührte sich nicht. Vermutlich hatte sie noch einen anderen Handel im Sinn, und offensichtlich wollte sie, dass Elayne den Anfang machte. Elayne beschloss, ihr Gegenüber warten zu lassen. Das Feuer loderte mittlerweile, es schickte Funken den Kamin hinauf und strahlte eine behagliche Wärme in das Zimmer, aber Elaynes feuchte Robe schluckte die in der Luft liegende Kühle und übertrug sie auf ihre Haut. Es war schön und gut, die Kälte zu ignorieren, aber wie sollte man ignorieren, kalt *und* nass zu sein? Sie erwiderte Zaidas Blick ungerührt und zeigte das gleiche flüchtige Lächeln. Essande trat ein, gefolgt von Naris und Sephanie, die Tabletts trugen. Auf dem einen standen eine silberne Teekanne in der Form eines Löwen und dünne grüne Tassen aus Meervolk-Porzellan, auf dem anderen gehämmerte Silberpokale und ein hoher Weinkrug, aus dem der Duft von Gewürzen strömte. Jeder nahm Wein, mit Ausnahme von Elayne, die ihn nicht einmal angeboten bekam. Sie schaute in ihren Tee und seufzte. Sie konnte den Tassengrund deutlich sehen. Hätten sie ihn noch schwächer aufgegossen, hätten sie ihr genauso gut Wasser geben können!

Einen Moment später durchquerte Aviendha das Zimmer, um ihren Weinpokal auf dem Tablett abzustellen, das seinen Platz auf einer Kommode gefunden hatte, und schenkte sich eine Tasse Tee ein. Sie widmete Elayne ein Nicken und ein Lächeln, eine Kombination aus Mitgefühl und der Andeutung, dass sie allen Ernstes wässrigen Tee Wein vorzog. Unwillkürlich lächelte Elayne zurück. Erstschwestern teilten sowohl das Gute wie das Schlechte. Birgitte grinste über den Rand ihres Pokals und leerte ihn mit einem Schluck bis zur Hälfte. Der Bund vermittelte ihre Heiterkeit über den Missmut, der von Elayne ausging. Und er vermittelte noch immer ihre Kopfschmerzen, die nicht nachgelassen hatten. Elayne rieb sich die Schläfe. Sie hätte darauf bestehen sollen, dass Merilille die Frau Heilte, und zwar in dem Moment, in dem sie ihr über den Weg lief. Einige Kusinen übertrafen Merilille in der Kunst des Heilens, aber sie war im Palast die einzige Schwester, die halbwegs gut darin war.

»Ihr benötigt Frauen, die Wegetore erschaffen«, sagte Zaida unvermittelt. Ihre vollen Lippen lächelten nicht mehr. Es gefiel ihr nicht, als Erste das Wort ergreifen zu müssen.

Elayne schlürfte ihren schaurigen Tee und schwieg.

»Es könnte dem Licht gefallen, wenn ich eine oder zwei Windsucherinnen hier zurücklasse«, fuhr Zaida fort. »Für einen festgesetzten Zeitraum.«

Elayne legte die Stirn in Falten, als müsste sie darüber nachdenken. Sie *brauchte* diese verdammten Frauen, und zwar mehr als eine oder zwei. »Was würdet Ihr als Gegenleistung erwarten?«, fragte sie schließlich.

»Eine Quadratmeile Land am Fluss Erinin. Gutes Land. Keinesfalls feucht oder sumpfig. Es muss den Atha'an Miere für unbegrenzte Dauer gehören. Und es muss unter unseren Gesetzen stehen, nicht unter denen von Andor«, fügte sie dann hinzu, als wäre das ein kaum erwähnenswerter nachträglicher Einfall.

Elayne verschluckte sich an ihrem Tee. Die Atha'an Miere hassten es, das Meer verlassen zu müssen, sie hassten es, außer Sichtweise von ihm zu sein. Und Zaida bat um Land, das tausend Meilen vom nächsten Meer entfernt war? Und bat auch noch darum, dass man es in jeder Hinsicht an sie abtrat? Cairhiener und Murandianer und sogar Altaraner hatten den Versuch, sich Teile von Andor einzuverleiben, mit Blut bezahlt, und Andoraner hatten geblutet, um sie rauszuhalten. Andererseits war eine Quadratmeile nicht viel, und obendrein ein kleiner Preis, um Caemlyn weiterhin zu versorgen. Nicht dass sie Zaida das wissen lassen würde. Und wenn das Meervolk direkte Handelsbeziehungen zu Andor aufnahm, dann würden andoranische Waren überall dorthin gelangen, wohin das Meervolk segelte, und das war die ganze bekannte Welt. Das war Zaida mit Sicherheit klar, aber es brachte nichts, sie wissen zu lassen, dass Elayne daran gedacht hatte. Der Behüterbund riet zur Vorsicht, aber es gab Augenblicke, in denen Wagnisse gefragt waren, wie Birgitte besser als sonst jemand hätte wissen sollen.

»Manchmal bekommt man Tee in den falschen Hals.« Das war keine Lüge, lediglich eine Ausflucht. »Für eine Quadratmeile von Andor verdiene ich mehr als zwei Windsucherinnen. Für die Benutzung der Schale der Winde haben die Atha'an Miere zwanzig Lehrerinnen und noch andere Hilfe erhalten, und wenn sie gehen, werdet ihr zwanzig bekommen, die sie ersetzen. In Eurem Gefolge sind einundzwanzig Windsucherinnen. Für eine Meile von Andor sollte ich alle einundzwanzig bekommen, und solange Aes Sedai das Meervolk unterrichten, einundzwanzig weitere als Ersatz, wenn sie gehen.« Es war besser, die Frau nicht glauben zu lassen, dass sie das Angebot auf diese Weise ohne nachzudenken ablehnte. »Natürlich würden sämtliche Waren, die von diesem Land nach Andor transportiert werden, den üblichen Zöllen unterliegen.«

Zaida hob den Silberpokal an die Lippen, und als sie ihn senkte, zeigte sie ein winziges Lächeln. Aber Elayne hielt es eher für ein Lächeln der Erleichterung statt des Triumphs. »Waren, die nach Andor transportiert werden, aber nicht die Waren, die über den Fluss in unser Land kommen. Und ich könnte drei Windsucherinnen zurücklassen. Sagen wir, für ein halbes Jahr. Und sie dürfen nicht bei Kämpfen eingesetzt werden. Ich werde nicht zulassen, dass meine Leute für Euch sterben, und ich werde nicht zulassen, dass andere Andoraner auf uns wütend sind, weil das Meervolk welche von ihnen getötet hat.«

»Sie sollen nur Wegetore erschaffen«, sagte Elayne,

»aber sie müssen es dort tun, wo immer ich es von ihnen verlange.« Beim Licht! Als hätte sie vor, die Eine Macht als Waffe zu benutzen! Das Meervolk tat das, ohne auch nur einen Gedanken daran zu verschwenden, aber sie gab sich alle Mühe, sich so zu benehmen, wie Egwene es verlangte, so als hätte sie die Drei Eide bereits abgelegt. Davon abgesehen, würde sich ihr nicht ein Haus von Andor anschließen, sollte sie die Heerlager außerhalb der Mauern mit *Saidar* angreifen oder zulassen, dass es ein anderer tat. »Sie müssen bleiben, bis meine Krone sicher ist, ob das nun ein halbes Jahr dauert oder auch länger.« Die Krone müsste ihr in viel weniger Zeit gehören, aber wie ihre alte Amme Lini immer zu sagen pflegte, man zählte seine Pflaumen im Korb und nicht am Baum. Aber sobald die Krone ihr gehörte, würde sie die Windsucherinnen nicht mehr brauchen, um die Stadt zu versorgen, und wenn sie ehrlich war, würde sie froh sein, sie gehen zu sehen. »Aber drei sind nicht einmal annähernd genug. Ihr werdet Shielyn behalten wollen, da sie Eure Windsucherin ist. Ich behalte den Rest.«

Die Medaillons an Zaidas Ehrenkette baumelten leise, als sie den Kopf schüttelte. »Talaan und Metarra sind noch immer Lehrlinge. Sie müssen ihre Ausbildung fortsetzen. Auch die anderen haben Pflichten. Man könnte vier von ihnen entbehren, bis Euch Eure Krone sicher ist.«

Von dem Punkt an war es nur noch eine Sache des Verhandelns. Elayne hatte nie damit gerechnet, die Lehrlinge behalten zu können, und die Windsucherinnen der Herrin der Wogen des Clans waren ebenfalls unabkömmlich, was sie erwartet hatte. Den meisten Herrinnen der Wogen dienten ihre Windsucherinnen und Schwertmeister als enge Berater, und man würde sich genauso leicht von ihnen trennen wie sie sich von Birgitte. Zaida versuchte auch andere auszuschließen, beispielsweise Windsucherinnen, die auf großen Schiffen wie Gleitern und Klippern fuhren, aber damit wäre die größte Anzahl sofort ausgenommen gewesen, und Elayne weigerte sich, und sie weigerte sich auch, ihre Forderungen herunterzuschrauben, bis Zaida ihr entgegenkam. Was sie nur langsam tat, und jedes Zugeständnis wurde mürrisch gemacht. Aber es geschah nicht so langsam, wie Elayne erwartet hätte. Offensichtlich brauchte die Herrin der Wogen diese Abmachung so nötig, wie sie Frauen brauchte, die Wegetore erschaffen konnten.

»Unter dem Licht, einverstanden«, konnte sie schließlich sagen, die Fingerspitzen der rechten Hand küssen und sich nach vorn beugen, um sie Zaida auf die Lippen zu drücken. Aviendha grinste, offensichtlich beeindruckt. Birgitte verzog keine Miene, aber der Bund verriet, dass sie es kaum glaubte, dass Elayne so gut dabei weggekommen war.

»Unter dem Licht, einverstanden«, murmelte Zaida. Ihre Finger auf Elaynes Lippen waren hart und schwielig, obwohl sie seit vielen Jahren kein Tau mehr in den Händen gehabt haben konnte. Für eine Frau, die neun von vierzehn Windsucherinnen abgegeben hatte, sah sie recht zufrieden aus. Elayne fragte sich, bei wie vielen dieser neun es sich um Frauen handelte, deren Schiffe in Ebou Dar von den Seanchanern zerstört worden waren. Unter den Atha'an Miere war der Verlust eines Schiffes eine ernste Sache, aus welchem Grund auch immer, und vielleicht Anlass genug, eine Weile länger von zu Hause fortzubleiben. Aber das spielte jetzt keine Rolle.

Chanelle sah missmutig aus, ihre tätowierten Hände umfassten die Knie ihrer roten Hose, aber sie sah bei weitem nicht so missmutig aus, wie man von einer Meervolkfrau hätte erwarten sollen, die noch eine Zeit lang an Land bleiben musste. Sie war den zurückbleibenden Windsucherinnen zugeteilt worden, und es gefiel ihr nicht, dass Zaida eingewilligt hatte, dass sie unter Elaynes und Birgittes Kommando stand. Es würde keine Atha'an Miere mehr geben, die durch den Palast schritten, als würde er ihnen gehören, und eine Forderung nach der anderen stellten. Aber Elayne hatte den Verdacht, dass Zaida vor diesem Treffen gewusst hatte, dass sie einige Angehörige ihrer Gruppe würde zurücklassen müssen, und Chanelle hatte gewusst, dass sie ihre Anführerin sein würde. Aber auch das spielte weiter keine Rolle, so wie es auch keine Rolle spielte, welche Vorteile Zaida sich zu verschaffen glaubte, um zur Herrin der Schiffe aufzusteigen. Dass sie welche sah, war so klar wie Glas. Wichtig war allein, dass Caemlyn nicht hungern würde. Das und das verdammte … Fanal, das noch immer im Westen loderte. Nein, sie würde Königin sein, und sie konnte kein verliebtes Mädchen sein. Caemlyn und Andor, das war *alles*, was zählte.

KAPITEL 13

Hohe Herrinnen und Herren

Zaida und die beiden Windsucherinnen verließen Elaynes Gemächer anmutig und äußerlich ohne jede Eile, aber fast so zwanglos, wie sie eingetreten waren. Sie hatten sich lediglich ein »das Licht möge Elayne erleuchten und beschützen« abgerungen. Für Atha'an Miere war das fast so, als würden sie wortlos davonrauschen. Elayne kam zu dem Schluss, dass Zaida wirklich die nächste Herrin der Schiffe werden wollte und sie eine Rivalin hatte, der sie den Vorsprung stehlen wollte. Möglicherweise war es gut für Andor, wenn Zaida den Thron der Atha'an Miere bestieg oder wie auch immer das Meervolk dies nannte; ob Handel oder nicht, sie würde nie vergessen, dass Andor ihr geholfen hatte, und das musste etwas zählen. Sollte sie allerdings scheitern, würde auch ihre Rivalin wissen, wem Andors Gunst gehört hatte. Aber das alles war Zukunftsmusik. Das Hier und Jetzt war da eine ganz andere Sache.

»Ich erwarte nicht, dass jemand einen Botschafter zusammenschlägt«, sagte sie leise, nachdem sich die Türen hinter ihnen geschlossen hatten, »aber für die Zukunft erwarte ich, dass die Privatsphäre meiner Gemächer geschützt wird. Nicht einmal Botschafter dürfen einfach hereinspazieren. Ist das klar?«

Rasoria nickte mit hölzernem Gesicht, aber der Farbe ihrer Wangen nach zu urteilen, empfand sie es genau wie Birgitte als schlimme Demütigung, dass die Meervolkfrauen an ihr vorbeigekommen waren, und der Bund … *wand sich förmlich* …, bis Elayne fühlte, wie ihre Wangen vor Verlegenheit brannten. »Ihr habt nichts falsch gemacht, aber es soll nicht noch einmal geschehen.« Beim Licht, sie klang wie eine Närrin! »Wir werden nicht mehr darüber reden«, sagte sie steif. Oh, sollte Birgitte und ihr Bund doch zu Asche verbrennen! Sie *hätten* mit Zaida einen Ringkampf austragen müssen, um sie aufzuhalten, aber zu den Kopfschmerzen auch noch eine tiefe Demütigung hinzuzufügen, das war zu viel! Und Aviendha hatte kein Recht, auf diese … diese *widerwärtige* Weise zu grinsen. Elayne wusste nicht, wann oder wie ihre Schwester erfahren hatte, dass sie und Birgitte einander manchmal widerspiegelten, aber Aviendha fand das alles furchtbar komisch. Ihr Sinn für Humor konnte manchmal sehr derb sein.

»Eines Tages werdet ihr beiden die andere noch zum Schmelzen bringen«, sagte Aviendha lachend. »Aber den Scherz hast du ja bereits gemacht, Birgitte Trahelion.« Birgitte schaute sie finster an, die Verlegenheit in dem Bund wurde von plötzlichem Aufruhr zermalmt, und sie erwiderte den Blick mit einer solchen Unschuld, dass Elayne befürchtete, ihr würden gleich die Augen aus dem Kopf fallen.

Es war besser, jetzt keine Fragen zu stellen. Wenn du Fragen stellst, pflegte Lini zu sagen, dann musst du dir auch die Antworten anhören, ob sie dir gefallen oder nicht. Sie wollte es nicht hören, nicht, wenn Rasoria die Fliesen zu ihren Stiefelspitzen betrachtete und die restlichen Gardistinnen im Zimmer niemandem weismachen konnten, dass sie nicht zuhörten. Elayne hatte sich nie klargemacht, wie kostbar Privatsphäre doch war, bis sie sie völlig verloren hatte. Jedenfalls so gut wie, was das anging. »Ich werde jetzt mein Bad beenden«, sagte sie ruhig. Blut und Asche, was für einen

Streich hatte Birgitte ihr gespielt? Etwas, das sie … schmelzen ließ? Es konnte nicht sehr wirkungsvoll gewesen sein, wenn sie noch immer nicht wusste, worum es dabei gegangen war.

Unglücklicherweise war das Badewasser kalt geworden. Zumindest lauwarm. Nicht gerade etwas, in das sie sich hineinsetzen wollte. Sich noch eine Zeit lang im Wasser räkeln zu können wäre wunderbar gewesen, aber nicht, wenn sie dafür hätte warten müssen, dass die Wannen Eimer für Eimer geleert wurden und man neues Wasser brachte. Mittlerweile musste der ganze Palast von ihrer Rückkehr wissen, und die Haushofmeisterin und der Erste Schreiber würden ungeduldig mit ihren täglichen Berichten warten. Täglich, wenn sie in der Stadt war, und doppelt ungeduldig, weil sie einen Tag lang weggewesen war. Wenn man ein Land regieren wollte, dann kam die Pflicht vor dem Vergnügen. Und das galt doppelt, wenn man versuchte, den Thron zu erringen.

Aviendha zog das Handtuch vom Kopf und schüttelte ihr Haar aus, offensichtlich erleichtert, dass sie nicht wieder ins Wasser steigen musste. Sie ging auf das Ankleidezimmer zu, streifte unterwegs die Robe ab und war fast schon vollständig bekleidet, als Elayne und die Zofen eintraten. Sie ließ Naris ohne allzu großen gemurmelten Protest den Rest erledigen, obwohl kaum etwas übrig blieb außer in den schweren Wollrock zu steigen. Aber sie schlug die Hände der Zofe weg und verschnürte die weichen, kniehohen Stiefel selbst.

Für Elayne war das nicht so einfach. Solange kein Notfall drohte, fühlte sich Essande zurückgesetzt, wenn sie nicht vorher ihre Garderobe besprachen. Mit eng vertrauten Dienern galt es immer, ein zerbrechliches Gleichgewicht aufrechtzuerhalten. Ausnahmslos jede Leibdienerin kannte mehr Geheimnisse von einem, als man glaubte, und sie erlebte einen in den schlimmsten Augenblicken, wenn man schlechter Laune oder müde war, wenn man in sein Kissen weinte, bei Wutausbrüchen und wenn man schmollte. Es musste ein beidseitiger Respekt vorhanden sein, oder die Situation wurde unmöglich. Also saß Aviendha auf einer Polsterbank und ließ zu, dass Naris ihr das Haar auskämmte, bevor Elayne sich für ein schlichtes graues Gewand aus feiner Wolle entschied, dessen hoher Kragen und Ärmel mit grünen Stickereien verziert und dessen Säume mit schwarzem Fuchspelz abgesetzt waren. Es lag nicht so sehr daran, dass sie sich nicht entscheiden konnte, sondern dass Essande mit Perlen oder Saphiren oder Feuertropfen bestickte Seidengewänder vorlegte, von denen jedes noch aufwändiger verziert war als das vorherige. Obwohl ihr der Thron noch nicht gehörte, wollte Essande sie jeden Tag wie eine Königin kleiden, die Audienz hielt.

Das hatte in gewisser Weise Sinn gemacht, als jeden Tag Kaufmannsdelegationen gekommen waren, um Petitionen einzureichen oder ihr ihren Respekt zu erweisen, vor allem Ausländer, die hofften, dass die Auseinandersetzungen in Andor nicht ihre Geschäfte behindern würden. Das alte Sprichwort, dass derjenige, der Caemlyn beherrschte, auch Andor beherrschte, entsprach nicht unbedingt der Wahrheit, und in den Augen der Kaufleute waren ihre Chancen, den Thron tatsächlich zu besteigen, nach Arymillas Aufmarsch vor den Toren deutlich gesunken. Sie konnten die auf jeder Seite versammelten Häuser so genau zählen wie ihr Geld. Selbst andoranische Kaufleute mieden mittlerweile den Palast und betraten die Innenstadt so wenig wie möglich, nur damit niemand auf die Idee kam, sie hätten den Palast besucht, und die Bankiers kamen vermummt in anonymen Kutschen. Niemand wünschte ihr etwas Böses, das war ihr klar, und mit Sicherheit wollte sie auch niemand verärgern, aber sie wollten auch Arymilla nicht verärgern, vor allem jetzt nicht. Immerhin kamen die Bankiers noch, und bislang hatte sie noch nicht gehört, dass Kaufleute sich mit ihren Petitionen an Arymilla gewandt hatten. Das würde das erste Zeichen sein, dass ihre Sache verloren war.

Das Gewand anzuziehen dauerte doppelt so lange, wie es hätte dauern dürfen, da Essande Sephanie erlaubte, Elayne dabei zu helfen. Die ganze Zeit über atmete das Mädchen schwer, sie hatte sich noch nicht daran gewöhnt, eine andere Person anzukleiden und hatte Angst, unter Essandes strengen Blicken Fehler zu machen. Vermutlich sogar mehr, als sie vor ihrer Herrin zu machen, dachte Elayne. Nervosität machte die mollige junge Frau ungeschickt, die Ungeschicklichkeit führte dazu, dass sie sich noch größere Mühe gab, was wiederum dazu führte, dass sie noch mehr befürchtete, Fehler zu machen. Als Resultat bewegte sie sich noch langsamer, als es die alte und hinfällige Frau je getan hatte. Aber endlich saß Elayne Aviendha gegenüber und ließ Essande ihre Locken mit einem Elfenbeinkamm bearbeiten. Einem der Mädchen zu erlauben, Elayne ein Unterhemd über den Kopf zu ziehen oder einen Knopf zuzuknöpfen, war Essandes Ansicht zufolge eine Sache, aber das Risiko einzugehen, dass sie ihre Frisur durcheinander brachten, eine ganz andere.

Aber der Kamm hatte noch keine zwei Dutzend Striche gemacht, als Birgitte in der Tür erschien. Essande schniefte, und Elayne konnte förmlich vor ihrem geistigen Auge sehen, wie die Frau hinter ihr das Gesicht verzog. Essande hatte es – wenn auch nur widerstrebend – aufgegeben, sich darüber zu ärgern, dass Birgitte beim Baden anwesend war, aber das Ankleidezimmer war heilig.

Überraschenderweise ignorierte Birgitte das Missfallen der Leibdienerin und zeigte sogar einen beschwichtigenden Blick. Für gewöhnlich verzichtete sie bloß darauf, Essande eine Handspanne weiter in die Ecke zu treiben, als Elayne verlangte. »Dyelin ist zurückgekehrt, Elayne. Sie hat jemanden mitgebracht. Die Hohen Herrinnen und Herren von Mantear, Haevin, Gilyard und Northan.« Aus irgendeinem Grund vermittelte der Bund Töne von Verblüffung und Verärgerung.

Ob nun geteilter Kopfschmerz oder nicht, Elayne hätte einen Freudensprung machen können. Und hätte Essande den Kamm nicht tief in ihren Locken vergraben gehabt, hätte sie es vielleicht sogar getan. Sie hatte darauf gehofft, hatte dafür gebetet, aber sie hatte es nicht erwartet, mit Sicherheit nicht in einer kurzen Woche. Ehrlich gesagt war sie sich sicher gewesen, dass Dyelin mit leeren Händen zurückkehren würde. Vier Häuser verschafften ihr den Gleichstand mit Arymilla. Der Gedanke, mit dieser närrischen Frau auf gleicher Höhe zu sein, war abscheulich, aber die Wahrheit musste die Wahrheit bleiben. Mantear, Haevin, Gilyard und Northan. Warum nicht Candraed? Das war das fünfte Haus, das Dyelin hatte ansprechen wollen. Nein. Sie hatte vier weitere Häuser, und sie würde nicht darüber schmollen, dass eins fehlte.

»Bewirte sie im Gästewohnzimmer, bis ich kommen kann, Birgitte.« Das kleine Wohnzimmer hatte für Zaida ausgereicht – sie hoffte, dass die Herrin der Wogen die Beleidigung nicht bemerkt hatte –, aber vier Hohe Herrinnen und Herren erforderten etwas mehr. »Und bitte die Haushofmeisterin, Unterkünfte vorzubereiten.« Unterkünfte. Beim Licht! Man würde die Atha'an Miere aus den ihren drängen müssen, um Platz zu schaffen. Bis zu ihrer Abreise schliefen in den meisten Betten, die nicht von zwei Personen benutzt wurden, drei Personen. »Essande, ich glaube, das grüne Seidene mit den Saphiren. Und auch Saphire für mein Haar. Die großen Saphire.«

Birgitte ging, und sie war noch immer verwirrt und aufgebracht. Warum? Sie konnte doch nicht allen Ernstes glauben, sie hätte *Dyelin* wegen Zaida warten lassen müssen? O Licht, jetzt war sie verwirrt, weil Birgitte verwirrt war; wenn sie dem freie Hand ließ, würde ihnen beiden noch schwindelig! Als sich die Tür schloss, trat Essande mit einem triumphierenden Lächeln zum nächsten Kleiderschrank.

Elayne betrachtete Aviendha, die Naris weggeschickt hatte und ihr Haar mit einem dunkelgrauen Tuch zurückband, und musste lächeln. Sie brauchte etwas, das sie aus dieser wirbelnden Schleife riss. »Vielleicht solltest du dieses eine Mal Seide und Juwelen tragen, Aviendha«, zog sie ihre Schwester auf. »Dyelin wäre das natürlich egal, aber die anderen sind nicht an Aiel gewöhnt. Sie könnten auf die Idee kommen, ich würde ein Stallmädchen beherbergen.«

Sie hatte es als Scherz gemeint – sie zogen einander ständig wegen ihre Kleidung auf, und Dyelin sah Aviendha immer entsetzt an, egal, was sie trug –, aber ihre Schwester musterte die Kleiderschränke an den Wänden, nickte dann und legte das Tuch neben sich auf den Sitz. »Nur, damit diese Hohen Herrinnen auch ordentlich beeindruckt sind. Glaube bloß nicht, ich würde das jetzt immer tun. Ich tue dir einen Gefallen.«

Für jemanden, der einem anderen einen Gefallen tat, brütete sie mit großen Interesse über den Gewändern, die Essande hervorholte, bevor sie sich für ein dunkelblaues Samtgewand mit grünen Schlitzen und ein Silbernetz für ihr Haar entschied. Es waren ihre Sachen, sie waren für sie angefertigt worden, aber sie hatte sie seit ihrer Ankunft auf Caemlyn gemieden, als wären sie voller Totenkopfspinnen. Sie strich über die Ärmel und zögerte, so als hätte sie es sich doch anders überlegt, aber schließlich ließ sie Naris die winzigen Perlenknöpfe schließen. Sie verzichtete auf die Smaragde, die ihr Elayne anbot und die großartig zu dem Gewand gepasst hätten, und behielt die silberne Schneeflockenkette und den schweren Elfenbeinarmreif, aber in letzter Minute steckte sie die Bernsteinschildkröte an ihre Schulter.

»Man kann nie wissen, wann man sie braucht«, sagte sie.

»Vorsicht ist besser als Nachsicht«, stimmte Elayne ihr zu. »Du siehst wunderschön in diesem Kleid aus.« Das war die Wahrheit, aber Aviendha errötete. Machte man ihr Komplimente, wie gut sie mit dem Bogen schoss oder wie schnell sie lief, nahm sie sie unbefangen entgegen, da sie sie verdiente, aber es fiel ihr schwer, die Tatsache zu akzeptieren, dass sie bildhübsch war. Diesen Teil von ihr hatte sie bis vor kurzem erfolgreich ignorieren können.

Essande schüttelte missbilligend den Kopf, da sie sich nicht darüber im Klaren war, dass es sich bei der Brosche um ein *Angreal* handelte. Bernstein passte nicht zu blauem Samt. Vielleicht war es auch Aviendhas Messer mit dem Horngriff, das sie hinter den grünen Samtgürtel steckte. Die weißhaarige Frau achtete darauf, dass Elayne einen kleinen Dolch mit Saphiren auf der Scheide und am Knauf trug, der an einem Gürtel aus Webgold hing. Alles musste so sein, wie es sein sollte, um Essandes Zustimmung zu finden.

Rasoria sah zweimal hin, als Aviendha das Vorzimmer in Samt betrat. Die Gardistinnen hatten sie noch nie zuvor in etwas anderem als der Aieltracht gesehen. Aviendha runzelte die Stirn, als hätten sie gelacht, und umklammerte den Gürteldolch fest, aber glücklicherweise wurde ihre Aufmerksamkeit von einem mit einem Tuch abgedeckten Tablett abgelenkt, das auf einem langen Seitentisch an der Wand stand. Während sie sich angezogen hatten, hatte man Elaynes Mittagessen gebracht. Aviendha riss das blau gestreifte Tuch zur Seite und versuchte Elayne für das Essen zu interessieren, sie lächelte und wies darauf hin, wie süß das Kompott aus getrockneten Pflaumen doch sein würde, und war entzückt über das Schweinefleisch in Brei. Rasoria räusperte sich und erwähnte, dass in dem größeren Wohnzimmer der Gemächer ein ordentliches Feuer loderte. Sie wäre mehr als glücklich, für Lady Elayne das Tablett hinübertragen zu dürfen. Jeder versuchte, Elayne dazu zu bringen, doch vernünftig zu essen, was sie als »vernünftig« betrachteten, aber das hier war lächerlich. Das Tablett hatte bereits einige Zeit dort gestanden. Der Brei war eine erstarrte Masse, der in der Schüssel kleben geblieben wäre, hätte sie sie umgekippt!

Die vier Hohen Herrinnen und Hohen Herren von vier Häusern warteten auf sie, und sie hatten lange genug gewartet. Sie machte darauf aufmerksam, bot den beiden jedoch an, etwas zu essen, falls sie hungrig waren. Tatsächlich deutete sie an, sogar darauf zu bestehen, dass sie etwas aßen. Das reichte, um Aviendha mit einem Schauder das Tuch über das Tablett decken zu lassen, und auch Rasoria verschwendete keine Zeit mehr.

Es war nur ein kurzer Weg durch den eisigen Korridor zum Gästewohnzimmer, und das Einzige, was sich außer ihnen bewegte, waren die hellen Winterwandbehänge, die in der Zugluft wehten, aber die Gardistinnen bildeten einen Ring um Elayne und Aviendha und hielten Ausschau, als würden sie Trollocs erwarten. Es kostete Mühe, Rasoria davon zu überzeugen, dass es unnötig war, vor ihrem Eintreffen das Wohnzimmer zu durchsuchen. Die Gardistinnen dienten Elayne und gehorchten ihr, aber sie hatten auch geschworen, ihr Leben zu beschützen, und sie konnten bei dieser letzten Pflicht so stur sein wie Birgitte, wenn sie sich entscheiden musste, ob sie in diesem Augenblick Behüterin, Generalhauptmann oder ältere Schwester war. Beim Licht, nach dem Zwischenfall mit Zaida würde Rasoria vermutlich wollen, dass die wartenden Adligen ihre Waffen ablegten! Die Drohung mit dem Brei mochte auch eine Rolle spielen. Aber nach einer kurzen Debatte rauschten Elayne und Aviendha Seite an Seite durch die breite Tür, und zwar allein. Elaynes Gefühl der Zufriedenheit hielt jedoch nicht lange an.

Das Wohnzimmer war geräumig und für den bequemen Aufenthalt von einem Dutzend Menschen gedacht, ein mit dunklem Holz getäfelter Raum mit Schichten aus Teppichen auf den Fliesen und hochlehnigen Stühlen, die man in Hufeisenform vor dem riesigen Kamin aus weißem, rotgeädertem Marmor aufgestellt hatte. Hier konnte man wichtige Würdenträger mit größeren Ehren als bei einer Audienz im Thronsaal empfangen, weil es intimer war. Das lodernde Feuer im Kamin hatte kaum genug Zeit gehabt, um die schneidende Kälte zu erwärmen, aber das war nicht der einzige Grund, warum sich Elayne fühlte, als hätte ihr jemand einen Schlag in den Magen versetzt. Jetzt verstand sie Birgittes Verblüffung.

Bei ihrem Eintreten wandte sich Dyelin vom Kamin ab, wo sie ihre Hände gewärmt hatte. Sie war eine Frau mit markanten Zügen und feinen Fältchen in den Augenwinkeln und Spuren von Grau im blonden Haar, und sie hatte sich bei ihrer Ankunft im Palast nicht mit Umziehen aufgehalten, sondern trug noch immer ein dunkelgraues Reitgewand, dessen Saum Schmutzflecken aufwies. Ihr Hofknicks bestand aus einem leichten Neigen des Kopfes und einem angedeuteten Beugen der Knie, aber sie wollte damit keineswegs respektlos sein. Dyelin wusste genau wie Zaida, wer sie war – ihr einziger Schmuck bestand aus einer kleinen goldenen Anstecknadel in der Form von Taravins Eule und Eiche auf der Schulter, eine offensichtliche Bekundung, dass die Hohe Herrin von Taravin nicht mehr brauchte –, und doch war sie fast gestorben, um ihre Loyalität zu beweisen. »Meine Lady Elayne«, sagte sie förmlich, »ich habe die Ehre, Euch Lord Perival vorzustellen, der Hohe Herr von Haus Mantear.«

Ein hübscher, blonder Junge in einem einfachen blauen Mantel riss sich von dem vierrohrigen Kaleidoskop auf dem vergoldeten Gestell los, das größer als er war. Er hielt einen Silberpokal in der Hand, und Elayne hoffte von ganzem Herzen, dass er keinen Wein enthielt oder zumindest ordentlich mit Wasser verdünnt war. Auf einem Seitentisch standen mehrere mit Krügen und Pokalen beladene Tabletts. Und eine verzierte Teekanne, von der sie wusste, dass sie genauso gut mit Wasser hätte gefüllt sein können. »Die Ehre liegt bei mir, Lady Elayne«, piepste er, errötete und brachte eine ordentliche Verbeugung zustande, obwohl ihn das Schwert an der Taille etwas behinderte. Die Waffe sah viel zu groß für ihn aus. »Haus Mantear steht an der Seite von Haus Trakand.« Sie erwiderte seine Höflichkeit wie betäubt und raffte mechanisch die Röcke.

»Lady Catalyn, Hohe Herrin von Haus Haevin«, fuhr Dyelin fort.

»Elayne«, murmelte eine junge Frau mit dunklen Augen an ihrer Seite, berührte den grünen Reitrock und machte einen kaum merklichen Knicks, der möglicherweise ein Hofknicks sein sollte, obwohl sie es vielleicht auch nur Dyelin hatte nachmachen wollen. Vielleicht hatte sie auch nur vermeiden wollen, mit dem Kinn gegen die große Emaillebrosche auf dem hohen Kragen zu stoßen, dem blauen Bär von Haevin. Ihr Haar steckte in einem Silbernetz, das ebenfalls den Blauen Bären aufwies, und sie trug auch noch einen großen Ring mit dem Siegel. Möglicherweise einen Funken zu viel Stolz auf das eigene Haus. Trotz ihrer kühlen Überheblichkeit konnte man sie nur mit viel Wohlwollen als Frau bezeichnen, ihre Wangen wiesen noch immer kindlichen Speck auf. »Haevin steht an der Seite von Trakand, offensichtlich, sonst wäre ich nicht hier.«

Dyelin presste die Lippen aufeinander, und sie bedachte das Mädchen mit einem strengen Blick, den Catalyn nicht zu bemerken schien. »Lord Branlet, Hoher Herr von Haus Gilyard.«

Ein weiterer Junge; dieser hier hatte widerspenstige schwarze Locken und trug Grün mit goldenen Stickereien auf den Ärmeln. Er stellte hastig den Weinpokal auf einem Seitentisch ab, als wäre es ihm peinlich, damit gesehen zu werden. Seine blauen Augen waren zu groß für sein Gesicht, und bei seiner Verbeugung stolperte er beinahe über sein Schwert. »Es ist mir eine Freude zu sagen, dass Haus Gilyard für Trakand steht, Lady Elayne.« Aber mittendrin brach seine Stimme, und er errötete noch heftiger als Perival.

»Und Lord Conail, Hoher Herr von Haus Northan.«

Conail Northan grinste über den Rand seines Silberpokals hinweg. Hoch gewachsen und schlank trug er einen grauen Mantel, dessen Ärmel eine Spur zu kurz waren, um seine knochigen Handgelenke zu bedecken. Er hatte ein ansteckendes Lächeln, fröhliche braune Augen und eine Hakennase. »Wir haben Strohhalme gezogen wegen der Reihenfolge der Vorstellung, und ich habe verloren. Northan steht an der Seite von Trakand. Man kann doch keine dumme Kuh wie Arymilla auf den Thron lassen.« Er kam mühelos mit seinem Schwert zurecht, und zumindest er war volljährig, aber wenn er viele Monate über sechzehn war, hätte Elayne seine Stiefel *und* seine silbernen Sporen aufgegessen.

Natürlich war ihre Jugend keine Überraschung, aber sie hätte erwartet, dass man Conail einen ergrauenden Kopf an die Seite gestellt hätte, um ihn zu beraten, und dass den anderen ihr Vormund über die Schulter blickte. Abgesehen von Birgitte war sonst niemand mehr im Raum, sie stand mit unter der Brust verschränkten Armen vor den hohen Bogenfenstern. Helles mittägliches Sonnenlicht flutete durch das klare Glas in den Raum und machte sie zu einer Silhouette des Missfallens.

»Trakand heißt euch alle willkommen, und ich heiße euch alle willkommen«, sagte Elayne und unterdrückte ihre Verzweiflung. »Ich werde eure Unterstützung nicht vergessen, und Trakand wird sie nicht vergessen.« Aber etwas von ihrer Bestürzung musste durchgeklungen sein, denn Catalyn presste die Lippen zusammen, und ihre Augen funkelten.

»Ich bin über das Vormundalter hinaus, wie Ihr wissen müsst, Elayne«, sagte sie steif. »Mein Onkel, Lord Arendor, hat am Lichterfest gesagt, dass ich so bereit bin, wie ich je sein werde, und genauso gut jetzt schon auf eigene Verantwortung handeln kann als erst in einem Jahr. Allerdings glaube ich, dass er in Wahrheit mehr Zeit für die Jagd haben wollte, solange er noch kann. Er hat die Jagd immer geliebt, und er ist ziemlich alt.« Wieder übersah sie Dyelins Stirnrunzeln. Arendor, Haevin und Dyelin waren ungefähr im gleichen Alter.

»Ich habe auch keinen Vormund«, sagte Branlet, und seine Stimme war fast so schrill wie Catalyns.

Dyelin schenkte ihm ein mitfühlendes Lächeln und strich ihm das Haar aus der Stirn. Es fiel sofort wieder nach vorn. »Mayv ritt allein, wie sie es gern tat, und ihr Pferd trat in ein Maulwurfsloch«, erklärte sie ruhig. »Als man sie fand, war es zu spät. Es hat ein paar … Diskussionen … gegeben, wer ihren Platz einnehmen soll.«

»Sie haben drei Monate lang gestritten«, murmelte Branlet. Einen Augenblick lang sah er jünger als Perival aus, ein Junge, der versuchte, seinen Weg zu finden, ohne dass ihm jemand den Weg zeigen konnte. »Ich soll das keinem sagen, aber ich sage es Euch trotzdem. Ihr werdet die Königin werden.«

Dyelin legte Perival eine Hand auf die Schulter, und er stand aufrechter da, obwohl er noch immer kleiner als sie war. »Lord Willin sollte Lord Perival begleiten, aber die Jahre haben ihn bettlägerig gemacht. Irgendwann überkommt das Alter uns alle.« Sie warf Catalyn einen weiteren Blick zu, aber das Mädchen konzentrierte ihre Aufmerksamkeit jetzt mit geschürzten Lippen auf Birgitte. »Willin hat mich gebeten, Euch zu sagen, dass er Euch seine guten Wünsche schickt und jemanden, den er als Sohn betrachtet.«

»Onkel Willin hat mir befohlen, die Ehre von Mantear und Andor zu wahren«, sagte Perival mit einem Ernst, zu dem nur ein Kind fähig war. »Ich werde es versuchen, Elayne. Ich werde es mit aller Kraft versuchen.«

»Ich bin davon überzeugt, dass Ihr es schaffen werdet«, sagte Elayne zu ihm und brachte es fertig, wenigstens etwas Wärme in ihre Stimme zu legen. Sie wollte sie alle rausscheuchen und Dyelin ein paar sehr ernste Fragen stellen, aber das war unmöglich, zumindest in diesem Augenblick. Egal, wie alt sie waren, sie waren auch die Herrscher von mächtigen Häusern, und sie musste zumindest Erfrischungen und ein klein wenig Konversation anbieten, bevor sie sich nach der Reise umziehen gingen.

»Ist sie wirklich Generalhauptmann der Königlichen Garde?«, fragte Catalyn, während Birgitte Elayne eine dünne blaue Porzellantasse mit heißem, leicht dunkel gefärbtem Wasser reichte. Das Mädchen sprach, als wäre Birgitte nicht anwesend. Birgitte hob eine Braue, bevor sie sich zurückzog, aber Catalyn schien darin geübt zu sein, das nicht zu sehen, was sie nicht sehen wollte. Der Weinpokal in ihrer plumpen Hand verströmte das süße Aroma von Gewürzen. In Elaynes miserabler Entschuldigung für eine Tasse Tee war nicht mal ein Tropfen Honig.

»Ja, und auch meine Behüterin«, sagte sie. So bereit, wie sie je sein würde. Vermutlich hielt sie das auch noch für ein Kompliment. Allein schon ihr unhöfliches Benehmen verdiente eine ordentliche Tracht Prügel, aber eine Hohe Herrin konnte man nicht prügeln. Nicht, wenn man ihre Unterstützung brauchte.

Catalyns Blick fiel auf Elaynes Hand, aber der Große Schlangenring veränderte ihren kühlen Ausdruck nicht im mindesten. »Den haben sie Euch gegeben? Ich habe nicht gehört, dass man Euch zur Aes Sedai erhoben hat. Ich dachte, die Weiße Burg hätte Euch nach Hause geschickt, als Eure Mutter starb. Oder wegen der Schwierigkeiten in der Burg, von denen man hört. Das muss man sich einmal vorstellen, Aes Sedai, die sich streiten wie Bauernweiber auf dem Markt. Doch wie kann sie ohne ein Schwert General *oder* Behüterin sein? Aber wie dem auch sei, meine Tante Evelle sagt, eine Frau sollte das Schwert den Männern überlassen. Man beschlägt ja auch nicht das eigene Pferd, wenn man einen Hufschmied hat, oder mahlt das eigene Korn, wenn man einen Müller hat.« Zweifellos ein Zitat von Lady Evelle.

Elayne hielt ihr Gesicht unbewegt und ignorierte die kaum verhohlenen Beleidigungen. »Das Schwert eines Generals ist sein Heer, Catalyn. Gareth Bryne sagt, ein General, der eine andere Klinge benutzt, macht seine Arbeit falsch.« Aber dieser Name schien auch keinen Eindruck auf sie zu machen. Die Kinder von Minenarbeitern in den *Verschleierten Bergen* kannten Gareth Brynes Namen!

Aviendha trat an Elaynes Seite und lächelte, als wäre sie begeistert von der Gelegenheit, sich mit dem Mädchen unterhalten zu können. »Schwerter sind völlig nutzlos«, sagte sie honigsüß. Honigsüß! Aviendha! Elayne hatte gar nicht gewusst, dass sich ihre Schwester so geschickt verstellen konnte. Auch sie hielt einen Weinpokal. Es wäre auch zu viel gewesen, von ihr zu erwarten, aus schwesterlicher Zuneigung weiterhin bitteren Tee zu trinken. »Ihr solltet den Umgang mit dem Speer erlernen. Und mit dem Messer und dem Bogen. Birgitte Trahelion könnte Euch mit ihrem Bogen auf zweihundert Schritte die Augen ausschießen. Vielleicht auch auf dreihundert.«

»Der Speer?«, wiederholte Catalyn leise. Und dann, in ungläubigem Tonfall: »Meine *Augen*?«

»Ihr habt meine Schwester noch nicht kennen gelernt«, sagte Elayne. »Aviendha, Lady Catalyn Haevin. Catalyn, Aviendha von den Neun Täler Taardad.« Vielleicht hätte sie es anders herum machen sollen, aber Aviendha war ihre Schwester, und selbst eine Hohe Herrin musste sich damit abfinden, der Schwester der Tochter-Erbin vorgestellt zu werden und nicht anders herum. »Aviendha ist eine Aiel. Sie lernt, eine Weise Frau zu werden.«

Anfangs blieb dem dummen Mädchen der Mund offen stehen, und ihr Kinn klappte mit jeder weiteren Erklärung weiter herunter, bis sie am Ende wie ein Fisch aussah. Äußerst zufrieden stellend. Aviendha schenkte Elayne ein kleines Lächeln, ihre grünen Augen über dem Pokal funkelten zustimmend. Elayne hielt ihr Gesicht ausdruckslos, aber sie wollte zurückgrinsen.

Die anderen waren viel leichter zu handhaben und brachten einen nicht so in Rage. Perival und Branlet waren bei ihrem ersten Aufenthalt in Caemlyn – vom Königlichen Palast ganz zu schweigen – zurückhaltend, sie sagten kaum zwei Worte, solange sie nicht jemand ansprach. Conail hielt die Behauptung, dass Aviendha eine Aiel war, für einen Witz, und lachte so laut, dass er sich beinahe ihr Gürtelmesser in der Brust eingefangen hätte, aber glücklicherweise hielt er auch das für einen Witz. Aviendha setzte eine eisige Miene auf, die sie in ihrer gewöhnlichen Kleidung wie eine Weise Frau hätte erscheinen lassen; in Samt bot sie nur noch mehr das Bild einer Hofdame, und dabei spielte es keine Rolle, dass sie ständig nach ihrem Messer tastete. Und Branlet warf Birgitte ununterbrochen Seitenblicke zu. Elayne brauchte eine Zeit lang, bis ihr klar wurde, dass er sie beim Gehen mit ihren hochhackigen Stiefeln betrachtete – die weiten Hosen saßen an den Hüften tatsächlich ziemlich eng –, aber sie seufzte bloß. Glücklicherweise bemerkte es Birgitte nicht, und der Bund hätte es Elayne wissen lassen, selbst wenn sie versucht hätte, es zu verbergen. Birgitte gefielen die Blicke von Männern. Erwachsenen Männern. Es wäre nicht besonders förderlich für Elaynes Sache gewesen, hätte ihre Behüterin Branlet den Hintern versohlt.

In der Hauptsache wollten sie wissen, ob Reanne Corly eine Aes Sedai war. Keiner der vier hatte je zuvor eine Schwester gesehen, aber sie hielten sie dafür, da sie die Macht lenken und sie und ihre Waffenmänner mit einem Schritt über eine Distanz von Hunderten von Meilen transportieren konnte. Es war eine gute Gelegenheit, ausweichende Antworten zu üben, ohne direkt zu lügen, und der Große Schlangenring an ihrem Finger half ihr dabei. Eine Lüge würde ihr Verhältnis zu den vieren von Anfang an vergiften, aber wie sollte man hoffen, dass Gerüchte über die Unterstützung von Aes Sedai zu Arymilla drangen, während man gleichzeitig die Wahrheit verbreitete? Natürlich waren alle vier begierig, sie wissen zu lassen, wie viele Waffenmänner sie mitgebracht hatten, insgesamt über dreitausend Mann, die Hälfte davon Armbrustschützen oder Hellebardiere, die sehr nützlich auf den Mauern sein würden. Für vier Häuser war das eine beträchtliche Streitmacht, die sie Dyelin einfach so mitgeben konnten, nur weil sie darum bat, aber in diesen Zeiten würde kein Haus seine Anführer unbewacht lassen wollen. Entführungen waren nichts Neues, wenn die Thronfolge ungeklärt war. Tatsächlich machte Conail mit einem Lachen eine Bemerkung in dieser Richtung; ihm schien alles ein Lachen wert zu sein. Branlet nickte und fuhr sich mit der Hand durchs Haar. Elayne fragte sich, wie viele seiner zahlreichen Tanten, Onkel und Cousins wussten, dass er fort war, und was sie unternehmen würden, wenn sie es erfuhren.

»Wäre Dyelin bereit gewesen, noch ein paar Tage zu warten«, sagte Catalyn, »hätte ich mehr als zwölfhundert Mann mitbringen können.« Das war das dritte Mal in genauso vielen Sätzen, dass es ihr gelang, darauf hinzuweisen, dass sie das bei weitem größte Kontingent mitgebracht hatte. »Ich habe allen Häusern Botschaften geschickt, die mit Haevin verbunden sind.«

»Und ich jedem Haus, das mit Northan verbunden ist«, fügte Conail hinzu. Natürlich mit einem Grinsen. »Northan mag vielleicht nicht so viele Schwerter wie Haevin oder Trakand sammeln – oder Mantear«, fügte er mit einer Verbeugung in Perivals Richtung hinzu, »aber wer auch immer reitet, wenn der Adler ruft, wird für Caemlyn reiten.«

»Im Winter werden sie nicht sehr schnell reiten«, sagte Perival leise. Und erstaunlicherweise, da niemand ihn angesprochen hatte. »Ich glaube, was auch immer wir tun wollen, wir müssen es jetzt tun mit dem, was wir haben.«

Conail lachte und hieb dem Jungen auf die Schulter und riet ihm, mehr Mut zu zeigen, da jeder Mann mit einem Herzen auf dem Weg nach Caemlyn war, um Lady Elayne zu unterstützen, aber Elayne musterte Perival genauer. Er erwiderte ihren Blick einen Moment lang ohne zu blinzeln, bevor er ihn schüchtern senkte.

Er war ein Junge, aber er wusste, worauf er sich da eingelassen hatte, und zwar besser als Conail oder Catalyn, die allen erneut erzählte, wie viele Waffenmänner sie mitgebracht hatte *und* wie viele Haevin zusammenziehen konnte, so als wüsste keiner der Anwesenden nicht ganz *genau*, wie viele auf den Ruf eines Hauses kamen, ob es nun ausgebildete Soldaten und Bauern waren, die in irgendeinem Krieg eine Pike getragen hatten, oder Dörfler, die man nötigenfalls einziehen konnte. Jedenfalls fast genau. Lord Willin hatte bei dem jungen Perival gute Arbeit geleistet. Nun musste Elayne dafür sorgen, dass sie nicht verschwendet gewesen war.

Schließlich kam die Zeit, um Küsse auszutauschen, und Branlet errötete bis zu den Haarspitzen, und Perival blinzelte verschämt, als sich Elayne zu ihm herunterbeugte, und Conail schwor, sich niemals mehr die Wange zu waschen. Catalyn revanchierte sich mit einem erstaunlich zögernden Küsschen auf Elaynes Wange, so als wäre ihr gerade eben erst eingefallen, dass sie sich bereit erklärt hatte, den Rang der Tochter-Erbin anzuerkennen, aber schon im nächsten Moment nickte sie versonnen, und der kühle Stolz senkte sich wieder auf sie wie ein Mantel. Sobald die vier den Bediensteten übergeben worden waren, die sie zu den Gemächern bringen würden, von denen Elayne hoffte, dass die Haushofmeisterin sie in der Zwischenzeit vorbereitet hatte, schenkte sich Dyelin Wein nach und setzte sich mit einem müden Seufzen auf einen der hochlehnigen Stühle.

»Die beste Arbeit, die ich je in einer Woche zustande gebracht habe, wenn ich das selbst sagen darf. Ich habe Candraed sofort aus dem Weg geschafft. Ich bin nicht davon ausgegangen, dass sich Danine entscheiden kann, und es hat bloß eine Stunde gedauert, bis sich das bestätigt hat, obwohl ich dann drei Stunden bleiben musste, um sie nicht zu beleidigen. Die Frau kann nie im Leben vor Mittag aus dem Bett kommen, weil sie sich nicht entscheiden kann, auf welcher Seite der Matratze sie aufstehen soll! Der Rest brauchte nur wenig Überzeugungsarbeit, um zur Vernunft zu kommen. Niemand mit einem Funken Verstand will riskieren, dass Arymilla auf den Thron kommt.«

Sie blickte stirnrunzelnd in ihren Wein, dann fixierte sie Elayne. Sie zögerte nie, ihre Meinung zu sagen, ob sie nun glaubte, dass Elayne ihr zustimmte oder nicht, und offensichtlich beabsichtigte sie das auch jetzt wieder. »Vielleicht war es ein Fehler, diese Kusinen als Aes Sedai auszugeben, so ausweichend wir da auch gewesen sind. Die Belastung mag zu groß für sie sein, und das bringt uns alle in Gefahr. Heute Morgen starrte Frau Corly aus einem für mich unerfindlichen Grund wie ein dummes Mädchen, das zum ersten Mal in die Stadt kommt, in die Gegend. Ich glaube, sie hätte beinahe das Wegetor nicht zustande gebracht. Das wäre großartig gewesen, jeder hat Aufstellung genommen, um durch ein wunderbares Loch in der Luft zu reiten, das nicht erscheint. Das Licht allein weiß, wie lange ich in Catalyns Gesellschaft festgesessen hätte. Ein widerwärtiges Balg! Da würde ein guter Verstand drinstecken, wenn sie jemand ein paar Jahre an der Hand nimmt, aber sie hat zu viel Haevin-Gift abbekommen.«

Elayne biss die Zähne zusammen. Sie wusste, wie verletzend die Haevins sein konnten. Die ganze Sippe war auch noch stolz darauf! Catalyn offensichtlich auch. Und sie war es leid, an diesem Tag jedem zu erklären, was einer Frau, die die Macht lenken konnte, Angst machen konnte. Sie war es leid, an das erinnert zu werden, was sie nicht ignorieren konnte. Dieses *verfluchte* Fanal loderte noch immer im Westen, was bei seiner Größe und der Dauer völlig unmöglich war. Das Ding hatte sich seit Stunden nicht verändert! *Jeder*, der so lange ohne Pause die Macht lenkte, *musste* mittlerweile erschöpft umgekippt sein. Und der verdammte Rand al'Thor war genau in seiner Mitte. Davon war sie überzeugt! Er lebte, aber das entfachte in ihr bloß den Wunsch, ihm ins Gesicht zu schlagen, weil er sie das durchmachen ließ. Nun, sein *Gesicht* war nicht hier, aber …

Birgitte knallte ihren Pokal so hart auf einen Seitentisch, dass der Wein in alle Richtungen spritzte. Irgendeine Waschfrau würde ganz schön ins Schwitzen geraten, um diese Flecken aus ihrem Ärmel zu bekommen. Eine Dienerin würde *Stunden* dafür brauchen, den Glanz des Tischs wieder hinzubekommen. »Kinder!«, brüllte sie. »Ihre Entscheidungen werden zum Tod von Menschen führen, und sie sind verdammte Kinder, und Conail ist der Schlimmste von ihnen! Ihr habt ihn gehört, Dyelin. Er will wie Artur Falkenflügel Arymillas Favoriten herausfordern! Falkenflügel hat nie gegen irgendeinen verdammten Favoriten gekämpft, und als er noch jünger als *Lord* Northan war, wusste er bereits, dass es idiotisch ist, so viel auf ein verdammtes Duell zu setzen, aber Conail glaubt, er könnte Elayne mit seinem verfluchten Schwert den verfluchten Thron erringen!«

»Birgitte Trahelion hat Recht«, sagte Aviendha wild. Ihre Hände hatten sich in ihre Röcke gekrallt. »Conail Northan ist ein Narr! Aber wieso sollte jemand diesen Kindern in den Tanz der Speere folgen? Wie sollte sie jemand darum bitten können, sie anzuführen?«

Dyelin sah beide an und entschied sich, Aviendha zuerst zu antworten. Sie war sichtlich verwirrt von Aviendhas Aufmachung. Andererseits verstand sie auch nicht, dass sich Elayne und Aviendha gegenseitig als Schwestern adoptiert hatten, oder dass Elayne überhaupt eine Aiel zur Freundin hatte. Dass Elayne diese Freundin mit in die Beratungen einschloss, war wiederum etwas, das sie tolerieren konnte. Allerdings nicht, ohne alle ständig an ihre Nachsichtigkeit zu erinnern. »Ich bin mit fünfzehn zur Hohen Herrin geworden, als mein Vater bei einem Scharmützel auf den Altaranischen Märschen getötet wurde. Meine beiden jüngeren Brüder fielen im selben Jahr im Kampf gegen Viehdiebe aus Murandy. Ich habe mir das angehört, was mir meine Berater gesagt haben, aber ich habe den Reitern von Taravin befohlen, wo sie zuschlagen sollen, und wir haben die Altaraner und Murandianer gelehrt, anderswo zu rauben. Die Zeit trifft die Entscheidung, wann Kinder erwachsen werden müssen, Aviendha, nicht wir, und in diesen Zeiten kann eine Hohe Herrin, die noch ein Kind ist, nicht länger ein Kind bleiben. Was Euch angeht, Lady Birgitte«, fuhr sie in einem trockeneren Tonfall fort. »Eure Ausdrucksweise ist wie immer … farbig.« Sie fragte nicht, woher Birgitte so viel über Artur Falkenflügel wusste, und zwar Dinge, die keinem Historiker bekannt waren, aber sie musterte sie abschätzend. »Branlet und Perival werden meinem Vorbild folgen, und Catalyn vermutlich auch, so sehr ich auch die Zeit bedaure, die ich mit diesem Mädchen verbringen muss. Was Conail angeht, er ist kaum der erste junge Mann, der sich für unverwundbar hält. Wenn Ihr ihn nicht als Generalhauptmann unter Kontrolle halten könnt, schlage ich vor, dass Ihr vor ihm hergeht. So wie er Eure Hosen betrachtet hat, wird er Euch überall hin folgen.«

Elayne ignorierte die reine, unverfälschte Wut, die in ihr aufstieg. Es war nicht ihre Wut, genauso wenig wie sie es gewesen war, die auf Dyelin wütend gewesen war oder dass Birgitte den Wein vergossen hatte. Es war Birgitte. *Sie* wollte Rand nicht ins Gesicht schlagen. Nun ja, eigentlich wollte sie das schon, aber darum ging es hier nicht. Beim Licht, auch Conail hatte Birgitte angestarrt? »Sie sind die Anführer ihrer Häuser, Aviendha. Niemand aus ihren Häusern würde es mir danken, wenn ich sie nicht mit dem gebührenden Respekt behandeln würde, ganz im Gegenteil. Die Männer, die für sie reiten, werden darum kämpfen, sie am Leben zu erhalten, aber sie reiten für Perival und Branlet, Conail und Catalyn, und nicht für mich. Denn sie sind die Hohen Herrschaften.« Aviendha runzelte die Stirn, aber sie nickte. Abrupt und zögernd – bei den Aiel stieg niemand ohne jahrelange Erfahrung und Zustimmung der Weisen Frauen in eine so hohe Stellung auf –, aber sie nickte.

»Birgitte, du wirst dich mit ihnen auseinander setzen müssen, vom Generalhauptmann zu den Hohen Herren und Herrinnen. Weißes Haar würde sie nicht unbedingt weise machen, und es würde auch definitiv nicht den Umgang mit ihnen einfacher machen. Sie würden trotzdem ihre eigenen Meinungen haben, und Jahre der Erfahrung würde ihnen Gewicht verleihen, vermutlich wären sie sich zehnmal sicherer als du, was getan werden muss. Oder als ich.« Sie gab sich große Mühe, jede Schärfe aus ihrem Ton herauszuhalten, und zweifellos spürte Birgitte die Anstrengung. Zumindest nahm die Wut ab, die durch den Bund strömte. Sie war nur gemildert, nicht verschwunden – Birgitte genoss es, von Männern angesehen zu werden, zumindest wenn ihr danach war, aber es gefiel ihr nicht im mindesten, wenn jemand behauptete, sie würde versuchen, ihre Aufmerksamkeit zu erregen –, aber sie kannte die Gefahr, wenn sie beide ihren Gefühlen freien Lauf ließen.

Dyelin nippte an ihrem Wein, und dabei musterte sie Birgitte immer noch. Nur eine ausgesuchte Hand voll kannte die Wahrheit, die Birgitte verzweifelt zu verbergen versuchte, und Dyelin gehörte nicht dazu, aber die Behüterin war ziemlich sorglos gewesen und hatte hier und da eine Bemerkung fallen gelassen, sodass die ältere Frau davon überzeugt war, dass sich hinter diesen blauen Augen ein Geheimnis verbarg. Allein das Licht wusste, was sie denken würde, sollte sie je dieses Rätsel lösen. Im Moment waren die beiden wie Öl und Wasser. Sie konnten sich darüber streiten, wo genau oben war, und über alles andere erst recht. Diesmal war Dyelin offensichtlich der Ansicht, dass sie gewonnen hatte.

»Das mag ja alles so sein, Dyelin«, fuhr Elayne fort, »aber ich hätte es besser gefunden, wenn Ihr ihre Berater mitgebracht hättet. Was geschehen ist, ist geschehen, aber vor allem Branlet macht mir Sorgen. Wenn das Haus Gilyard mich beschuldigt, ihn entführt zu haben, werden die Dinge noch schlimmer, als sie es ohnehin schon sind.«

Dyelin winkte ab. »Ihr kennt die Gilyards nicht sehr gut, oder? So, wie sie sich untereinander befehden, könnte es Sommer sein, bevor ihnen auffällt, das der Junge fort ist, und keiner von ihnen wird zugeben, dass sie so damit beschäftigt waren, sich darüber zu streiten, wer sein Vormund sein soll, dass sie vergaßen, ihn im Auge zu behalten. Und zweitens wird keiner von ihnen zugeben wollen, dass man sie vorher nicht gefragt hat.«

»Ich hoffe, Ihr habt Recht, Dyelin, denn ich beauftrage Euch damit, Euch um die wütenden Gilyards zu kümmern, falls welche auftauchen sollten. Und während ihr die anderen drei beratet, könnt Ihr den Daumen auf Conail halten, damit er nichts Hirnverbranntes anstellt.«

Trotz ihrer überzeugten Worte ließ die erste Bemerkung Dyelin leicht zusammenzucken. Und die zweite ließ sie seufzen.

Birgitte musste daraufhin laut lachen. »Falls Ihr Probleme haben solltet, leihe ich Euch eine Hose und Stiefel, dann könnt Ihr vor ihm hergehen.«

»Manche Frauen«, murmelte Dyelin in ihren Wein, »können einen Fisch anbeißen lassen, indem sie den Finger krümmen, Lady Birgitte. Andere Frauen müssen alle ihre Köder in den Teich werfen.« Das ließ nun Aviendha lachen, aber Birgittes Wut stieg erneut in dem Bund in die Höhe.

Ein kalter Luftschwall drang in den Raum, als die Tür aufging und Rasoria eintrat, die sofort Haltung annahm. »Die Haushofmeisterin und der Erste Schreiber sind eingetroffen, Lady Elayne«, verkündete sie. Ihre Stimme versagte, als sie die Stimmung im Raum bemerkte.

Eine blinde Ziege hätte sie bemerkt; Dyelin, die so selbstzufrieden wie eine Katze im Milchladen aussah, Birgitte, die sie und Aviendha finster anstarrte, und Aviendha, der ausgerechnet in diesem Augenblick wieder einfiel, dass Birgitte schließlich Birgitte Silberbogen war, was dazu führte, dass sie zu Boden starrte, und zwar so peinlich berührt, als hätte sie eine Weise Frau ausgelacht. Manchmal wünschte Elayne, all ihre Freunde könnten so gut miteinander auskommen wie sie und Aviendha, aber irgendwie schafften sie es, sich in die Haare zu geraten, und vermutlich konnte man von richtigen Menschen nichts anderes erwarten. Perfektion gab es nur in Büchern und den Geschichten der Gaukler.

»Schickt sie rein«, sagte sie Rasoria. »Und stört uns nicht, es sei denn, die Stadt würde angegriffen. Es sei denn, es ist wichtig«, lenkte sie ein. In den Geschichten forderten Frauen, die solche Befehle gaben, immer Katastrophen heraus. Manchmal lag in diesen Geschichten auch eine Lektion, wenn man danach Ausschau hielt.

KAPITEL 14

Was Weise Frauen wissen

Halwin Norry, der Erste Schreiber, und Reene Harfor, die Haushofmeisterin, traten gemeinsam ein; er machte eine ruckartige, ungelenke Verbeugung und sie einen anmutigen Hofknicks, der weder zu niedrig noch zu oberflächlich war. Sie hätten nicht unterschiedlicher sein können. Frau Harfor hatte ein rundliches Gesicht und wirkte majestätisch, ihr Haar war oben auf dem Kopf zu einem makellosen Knoten zusammengefasst. Meister Norry war hoch gewachsen und so schlank wie ein Stelzvogel, und das wenige Haar, das ihm noch geblieben war, stand hinter seinen Ohren wie ein Büschel weißer Federn ab. Jeder von ihnen trug eine reich verzierte, mit Papieren voll gestopfte Ledermappe, aber sie hielt sie an der Seite, so als wollte sie ihren scharlachroten Wappenrock nicht verknittern, der nie die geringste Falte aufwies, welche Stunde auch geschlagen hatte oder wie lange sie auf den Beinen gewesen war, während er die Mappe an die Brust klammerte, als wollte er alte Tintenflecken verbergen, von denen einige seinen Wappenrock sprenkelten, der große Fleck eingeschlossen, der die Schwanzspitze des Weißen Löwen in einem schwarzen Schopf enden ließ. Nachdem sie die Höflichkeiten hinter sich gebracht hatten, nahmen sie sofort etwas Distanz zueinander ein, und jeder hielt den anderen verstohlen im Auge.

Sobald sich die Tür hinter Rasoria geschlossen hatte, flammte um Aviendha der Schein *Saidars* auf, und sie webte ein Schutzgewebe gegen mögliche Lauscher, die an den Wänden klebten. Was nun zwischen ihnen gesagt werden würde, war so sicher, wie es möglich war, und Aviendha würde wissen, wenn jemand versuchte, mittels der Macht zu lauschen. Sie war sehr gut in dieser Art von Gewebe.

»Frau Harfor«, sagte Elayne, »Ihr fangt an.« Natürlich bot sie weder Wein noch einen Stuhl an. Meister Norry wäre über eine derartige Entgleisung bei der Etikette bis zu den Zehennägeln entsetzt und Frau Harfor vermutlich beleidigt gewesen. Tatsächlich zuckte Norry leicht zusammen und warf Reene einen Seitenblick zu, und ihr Mund wurde zu einem schmalen Strich. Selbst nach einer Woche gemeinsamer Berichterstattung war ihr Widerwillen, dass der andere Zeuge ihrer Vorträge wurde, deutlich zu spüren. Sie hüteten ihre Lehen eifersüchtig, und das umso mehr, seit die Haushofmeisterin auf ein Gebiet vorgedrungen war, das man einst als zu Meister Norrys Verantwortung gehörend hätte betrachten können. Natürlich war die Leitung des Königlichen Palasts immer die Aufgabe der Haushofmeisterin gewesen, und man hätte sagen können, dass ihre neuen Pflichten lediglich eine Erweiterung dessen darstellten. Natürlich hätte Halwin Norry das keineswegs so ausgedrückt. Die brennenden Scheite im Kamin setzten sich mit einem lauten Krachen, was eine Funkenflut den Schornstein hochschickte.

»Ich bin davon überzeugt, dass der zweite Bibliothekar ein … Spion ist, meine Lady«, sagte Frau Harfor schließlich und ignorierte Norry, so als wollte sie ihn verschwinden lassen. Sie hatte sich dagegen gesträubt, auch nur eine Person wissen zu lassen, dass sie auf der Jagd nach Spionen im Palast war, aber dass es der Erste Schreiber wusste, schien ihr am meisten zu schaffen zu machen. Die einzige Autorität, die er, wenn überhaupt, über sie hatte, bestand darin, die Zahlungen für den

Palast auszuführen, und er stellte niemals eine Ausgabe in Frage, aber selbst schon diese Kleinigkeit war mehr, als sie wünschte. »Alle drei oder vier Tage besucht Meister Harnder eine Schenke namens *Ring und Pfeil,* angeblich wegen des Ales, das die Wirtin, eine gewisse Millis Fendry, macht, aber Frau Fendry hält auch Tauben, und bei jedem von Meister Harnders Besuchen schickt sie eine Taube nach Norden. Gestern statteten drei der Aes Sedai aus dem *Silbernen Schwan* dem *Ring und Pfeil* einen Besuch ab, obwohl es sich hier um ein wesentlich niedrigeres Publikum als im *Schwan* handelt. Sie kamen und gingen mit hochgeschlagenen Kapuzen und setzten sich über eine Stunde mit Frau Fendry unter vier Augen zusammen. Alle drei gehören zur Braunen Ajah. Ich fürchte, das ist ein Hinweis auf Meister Harnders Auftraggeber.«

»Frisöre, Köche, Diener, der Meisterkunsttischler, nicht weniger als fünf von Meister Norrys Schreibern, und jetzt einer der Bibliothekare.« Dyelin lehnte sich in ihrem Stuhl zurück, schlug die Beine übereinander und schaute düster drein. »Gibt es irgendjemanden, der *kein* Spion ist, Frau Harfor?« Norry streckte unbehaglich den Hals; er empfand die Missetaten seiner Schreiber als persönliche Beleidigung.

»Ich habe die Hoffnung, dass ich mich dem Grund dieses Fasses nähere, meine Lady«, sagte Frau Harfor selbstzufrieden. Sie konnten weder Spione noch die Hohen Herrinnen mächtiger Häuser aus der Ruhe bringen. Spione waren Ungeziefer, von dem sie den Palast so sicher befreien wollte, wie sie ihn von Flöhen und Ratten frei hielt – obwohl sie bei den Ratten in letzter Zeit Hilfe der Aes Sedai annehmen musste –, während mächtige Adlige wie Regen oder Schnee waren, ein Faktum der Natur, das man ertragen musste, bis es weg war, aber nichts, weswegen man sich aufregen musste. »Es gibt nur eine begrenzte Anzahl von

Leuten, die man kaufen kann, und nur eine bestimmte Anzahl kann es sich überhaupt leisten, sie zu kaufen oder es zumindest zu versuchen.«

Elayne bemühte sich, Meister Harnder ins Gedächtnis zurückzurufen, aber da kam nur das unbestimmte Bild eines dicklichen Manns mit beginnender Glatze, der dauernd blinzelte. Er hatte ihrer Mutter gedient und davor schon Königin Mordrellen, wenn sie sich richtig erinnerte. Niemand schien die Tatsache für bemerkenswert zu halten, dass er anscheinend auch der Braunen Ajah diente. Jeder Herrscherpalast zwischen dem Rückgrat der Welt und dem Aryth-Meer hatte ein paar Augen-und-Ohren der Weißen Burg. Jeder Herrscher mit einem Funken Verstand ging davon aus. Zweifellos würden sogar bald die Seanchaner unter dem Blick der Burg leben, wenn sie es nicht schon bereits taten. Reene hatte mehrere Spione der Roten Ajah entdeckt, sicherlich Überbleibsel von Elaidas Zeit in Caemlyn, aber dieser Bibliothekar war der Erste, der einer anderen Ajah diente. Elaida hätte es während ihrer Zeit als Beraterin der Königin nicht gefallen, dass andere Ajahs über die Geschehnisse im Palast informiert gewesen wären.

»Eine Schande, dass wir keine falschen Geschichten für die Braune Ajah haben«, sagte Elayne leichthin. Es war wirklich bedauerlich, dass sie und die Roten über die Kusinen Bescheid wussten. Sie wussten zumindest, dass sich im Palast eine große Zahl von Frauen aufhielt, die die Macht lenken konnten, und sie würden nicht lange brauchen, um herauszufinden, um wen es sich dabei handelte. Das würde noch einigen Kummer verursachen, aber der lag in der Zukunft. Plane immer voraus, pflegte Lini zu sagen, aber mach dir wegen dem nächsten Jahr zu viele Sorgen, und du kannst morgen stolpern. »Behaltet Meister Harnder im Auge und versucht herauszufinden, wer seine Freunde sind.

Das muss im Augenblick reichen.« Manche Spione verließen sich auf ihre Ohren, entweder um den Klatsch aufzuschnappen oder an Türen zu lauschen, andere schmierten Zungen mit ein paar Pokalen Wein. Der erste Schritt, gegen einen Spion vorzugehen, bestand darin herauszufinden, wie er das erfuhr, was er verkaufte.

Aviendha schnaubte laut, raffte die Röcke und wollte sich auf den Teppich setzen, bevor ihr wieder einfiel, was sie da trug. Mit einem warnenden Blick in Dyelins Richtung hockte sie sich steif auf eine Stuhlkante und bot das Bild einer Hofdame mit blitzenden Augen, wenn man davon absah, dass eine Hofdame nicht die Schneide ihres Gürtelmessers mit dem Daumen geprüft hätte. Hätte Aviendha bestimmen können, hätte sie jedem Spion in dem Augenblick die Kehle durchgeschnitten, in dem man sie für das Messer straffen konnte. Ihrer Ansicht nach war Spionage ein widerwärtiges Geschäft, ganz egal, wie oft Elayne erklärte, dass jeder entlarvte Spion ein Werkzeug war, das man dazu benutzen konnte, ihre Feinde das glauben zu lassen, was sie wollte.

Nicht, dass jeder Spion notwendigerweise für einen Feind arbeitete. Die meisten, die die Haushofmeisterin entlarvt hatte, bekamen aus mehr als nur einer Quelle Geld, und unter denen, die sie identifiziert hatte, befanden sich auch König Roedran von Murandy, diverse tairenische Hochlords und Ladys, eine Hand voll cairhienischer Adlige und eine erkleckliche Zahl von Kaufleuten. Viele Leute waren daran interessiert, was in Caemlyn passierte, ob nun wegen der Auswirkungen auf den Handel oder aus anderen Gründen. Manchmal hatte es den Anschein, als würde jeder jeden ausspionieren.

»Frau Harfor«, sagte sie, »Ihr habt noch keine Augen-und-Ohren der Schwarzen Burg entdeckt.«

Dyelin fröstelte, wie die meisten Leute, vor denen man die Schwarze Burg erwähnte, und nahm einen tiefen Schluck, aber Reene verzog nur leicht das Gesicht. Sie hatte sich entschieden, die Tatsache zu ignorieren, dass es sich hier um Männer handelte, die die Macht lenken konnten; sie konnte ja doch nichts daran ändern. Für sie war die Schwarze Burg ein … Ärgernis. »Sie hatten nicht genug Zeit, meine Lady. Gebt ihnen ein Jahr, und Ihr werdet Diener und Bibliothekare finden, die auch ihre Münzen annehmen.«

»Vermutlich.« Ein scheußlicher Gedanke. »Was habt Ihr sonst noch?«

»Ich habe mit Jon Skellit gesprochen, meine Lady. Ein Mann, der seine Loyalität einmal wendet, ist oft dafür zugänglich, sie erneut zu wenden, und auf Skellit trifft das zu.« Skellit, ein Barbier, stand im Sold des Hauses Arawn, was ihn im Augenblick zu Arymillas Mann machte.

Birgitte stieß einen Fluch aus, den sie nicht zu Ende brachte – aus irgendeinem Grund versuchte sie in Anwesenheit von Reene Harfor ihre Ausdrucksweise zu zügeln –, und sagte dann gequält: »Ihr habt mit ihm *gesprochen*? Ohne vorher jemanden zu fragen?«

Dyelin hatte keine Vorbehalte, was die Haushofmeisterin betraf, und sie murmelte: »Muttermilch in einem Becher!« Elayne hatte sie noch nie zuvor eine Obszönität benutzen hören. Meister Norry blinzelte, ließ beinahe seine Mappe fallen und bemühte sich angestrengt, nicht in Dyelins Richtung zu sehen. Die Haushofmeisterin schwieg lediglich, bis sie sicher war, dass alle zuhörten, dann fuhr sie ruhig fort.

»Die Zeit erschien reif, und Skellit auch. Einer der Männer, denen er Bericht erstattet, hat die Stadt verlassen und ist noch nicht zurückgekehrt, während sich der andere anscheinend das Bein gebrochen hat. Die Straßen sind immer spiegelglatt, wo ein Feuer gelöscht wurde.« Sie sagte das so sanft, dass es mehr als wahrscheinlich erschien, dass sie beim Sturz des Mannes irgendwie nachgeholfen hatte. Harte Zeiten brachten in vielen Leuten, bei denen man nun wirklich nicht damit gerechnet hätte, harte Talente zum Vorschein. »Skellit ist durchaus einverstanden, seine nächste Botschaft selbst ins Lager zu bringen. Er hat gesehen, wie ein Wegetor entstand, und er muss nicht so tun, als hätte er Angst.« Man hätte glauben können, sie hätte schon ihr ganzes Leben lang Kaufmannswagen aus Löchern in der Luft rattern sehen.

»Was soll diesen Barbier daran hindern weiterzulaufen, sobald er die Stadt verlassen hat?«, wollte Birgitte gereizt wissen und fing an, mit auf dem Rücken verschränkten Händen vor dem Kamin auf und ab zu gehen. Ihr schwerer goldener Zopf hätte sich eigentlich sträuben müssen. »Wenn er verschwindet, wird Arawn jemand anderen anheuern, und wir müssen mit der Suche von vorn anfangen. Beim Licht, Arymilla muss kurz nach ihrer Ankunft von den Wegetoren erfahren haben, und Skellit muss das wissen.« Es war nicht der Gedanke, dass Skellit entkommen konnte, der sie ärgerte. Oder nicht nur das. Die Söldner waren der Meinung, angeheuert worden zu sein, um Soldaten aufzuhalten, aber für ein paar Silberstücke würden sie einem oder zwei erlauben, in der Nacht durchs Tor zu schlüpfen, und zwar in beiden Richtungen. Ihrer Ansicht nach konnten einer oder zwei keinen Schaden anrichten. Birgitte gefiel es nicht, daran erinnert zu werden.

»Die Habgier wird ihn hindern, meine Lady«, erwiderte Frau Harfor ruhig. »Der Gedanke, sowohl von Lady Elayne wie auch von Lady Naean Gold zu erhalten, reicht aus, um diesen Mann schwer atmen zu lassen. Es ist richtig, Lady Arymilla muss bereits von den Wegetoren erfahren haben, aber das ist nur ein weiterer Grund für Skellit, persönlich zu ihr zu gehen.«

»Und wenn seine Habgier groß genug ist, um den Versuch zu unternehmen, mit einem dritten Verrat noch mehr Gold zu verdienen?«, sagte Dyelin. »Er könnte viel … Unruhe stiften, Frau Harfor.«

Reenes Tonfall wurde etwas schärfer. Sie würde niemals ihre Grenzen überschreiten, aber es missfiel ihr, dass *jemand* glaubte, sie sei unvorsichtig. »Lady Naean würde ihn unter der nächsten Schneewehe begraben lassen, meine Lady, wie ich ihm überaus deutlich gemacht habe. Sie hatte noch nie Geduld, wie Ihr sicherlich wisst. Auf jeden Fall erhalten wir kaum Informationen aus dem Lager, um es vorsichtig auszudrücken, und er könnte ein paar Dinge sehen, die wir gern wüssten.«

»Wenn Skellit uns sagen kann, in welchem Lager sich Arymilla, Elenia und Naean aufhalten und zu welchem Zeitpunkt, gebe ich ihm persönlich das Gold«, sagte Elayne wohlüberlegt. Elenia und Naean blieben in Arymillas Nähe, oder sie hielt sie in ihrer, und Arymilla war noch ungeduldiger als Naean und noch weniger zu der Annahme bereit, dass etwas ohne ihre Anwesenheit funktionierte. Sie verbrachte den halben Tag damit, von Lager zu Lager zu reiten, und soweit in Erfahrung zu bringen war, schlief sie keine zwei Nächte an einem Ort. »Das ist das Einzige, was ich von ihm wissen will.«

Reene neigte den Kopf. »Wie Ihr wünscht, meine Lady. Ich werde dafür sorgen.« Sie versuchte zu oft, vor Norry die Dinge nicht auszusprechen, aber sie ließ sich nicht anmerken, dass sie etwas als Tadel aufgefasst hatte. Natürlich war sich Elayne nicht sicher, ob sie diese Frau öffentlich tadeln würde. Frau Harfor würde ihre Pflichten auch weiterhin tadellos erfüllen, und sie würde sicherlich mit ungebrochenem Eifer Spione jagen, und sei es auch nur aus dem Grund, dass ihre Anwesenheit im Palast sie ärgerte, aber Elayne würde vermutlich jeden Tag ein Dutzend Unbequemlichkeiten vorfinden, ein Dutzend kleine Ärgernisse, die sich zu echtem Elend aufhäufen würden, und nicht eine davon würde sie der Haushofmeisterin ankreiden können. *Wir müssen den Tanzschritten genauso folgen wie unsere Diener auch,* hatte ihr ihre Mutter einmal gesagt. *Du kannst ständig neue Diener einstellen und deine ganze Zeit damit verbringen, sie auszubilden, und sie ertragen, bis sie es gelernt haben, nur um dich dann am Ausgangspunkt wiederzufinden, oder du kannst genau wie sie die Regeln akzeptieren und bequem leben, während du deine Zeit zum Herrschen nutzt.*

»Danke, Frau Harfor«, sagte sie, wofür sie einen weiteren präzisen Hofknicks erhielt. Reene Harfor war eine weitere Person, die ihren Wert kannte. »Meister Norry?«

Der reiherähnliche Mann zuckte zusammen und hörte auf, Reene stirnrunzelnd anzusehen. In gewisser Weise betrachtete er die Wegetore als die seinen, und da durfte ihm keiner in die Quere kommen. »Ja, meine Lady. Natürlich.« Seine Stimme war trocken und monoton. »Ich gehe davon aus, dass Lady Birgitte Euch bereits über die Kaufmannszüge aus Illian und Tear unterrichtet hat. Ich glaube, das ist ihre … Angewohnheit, wenn Ihr in die Stadt zurückkehrt.« Einen Augenblick lang ruhte sein Blick vorwurfsvoll auf Birgitte. Ihm würde nicht im Traum einfallen, Elayne auch nur den geringsten Grund zur Klage zu geben, selbst wenn sie ihn angeschrien hätte, aber er lebte nach seinen eigenen Regeln, und auf eine mäßige Art und Weise nahm er es Birgitte übel, dass sie ihm die Gelegenheit stahl, die eingetroffenen Wagen und Kisten und Fässer zu zählen. Er liebte seine Zahlen. Elayne glaubte zumindest, dass es eine mäßige Art und Weise war. In Meister Norry schien es keine großen Leidenschaften zu geben.

»Das hat sie«, sagte sie in einem leicht entschuldigenden Tonfall, nicht genug, um ihn in Verlegenheit zu bringen. »Ich fürchte, einige Meervolkfrauen werden uns verlassen. Nach dem heutigen Tag werden wir nur noch die Hälfte an Leuten haben, die uns Wegetore erschaffen können.«

Seine Finger tasteten spinnenhaft über die Ledermappe an seiner Brust, als wollte er die darin befindlichen Papiere befühlen. Sie hatte noch nie gesehen, dass er jemals darin etwas nachgelesen hätte. »Ah. Wir werden ... damit zurecht kommen, meine Lady.« Halwin Norry kam immer zurecht. »Um fortzufahren, es gab gestern und letzte Nacht neun Brandstiftungen, etwas mehr als gewöhnlich. Es wurden drei Versuche unternommen, Lagerhäuser mit Lebensmitteln anzuzünden. Keiner davon war erfolgreich, wie ich betonen möchte.« Er wollte es betonen, aber er tat es in dem gleichen leiernden Tonfall. »Wenn ich so sagen darf, die in den Straßen patrouillierenden Wachen zeigen Wirkung – die Zahl der Überfälle und Diebstähle ist auf einen Stand zurückgegangen, der nur wenig über dem für diese Jahreszeit üblichen liegt –, aber es scheint offensichtlich, dass diese Brandstiftungen gesteuert werden. Siebzehn Gebäude wurden zerstört, bis auf eines waren sie alle verlassen.« Er verzog missbilligend den Mund; es würde mehr als eine Belagerung brauchen, um ihn aus Caemlyn zu vertreiben. »Meiner Meinung nach wurden alle Brände so gelegt, dass die Löschwagen so weit wie möglich von den Lagerhäusern entfernt waren. Ich bin jetzt der festen Überzeugung, dass dieses Muster für jeden Brand gilt, den wir in den vergangenen Wochen erlebt haben.«

»Birgitte?«, sagte Elayne.

»Ich kann die Lagerhäuser auf einer Karte eintragen«, erwiderte Birgitte zweifelnd, »und auf den am weitesten entfernten Straßen zusätzliche Wachen aufstellen, aber das überlässt noch immer ver… viel dem Zufall.« Sie schaute nicht in Frau Harfors Richtung, aber Elayne verspürte einen Hauch von Verlegenheit von ihr ausgehen. »Jeder kann Feuerstein und Stahl in der Gürteltasche haben und mit etwas trockenem Stroh im Handumdrehen ein Feuer machen.«

»Tu, was du kannst«, sagte Elayne. Es *würde* reines Glück sein, wenn sie einen Brandstifter auf frischer Tat ertappten, und mehr als Glück, wenn er mehr aussagen konnte, als dass ihm eine vermummte Gestalt ein paar Münzen in die Hand gedrückt hatte. Dieses Gold zu Arymilla oder Elenia oder Naean zurückverfolgen zu können würde Mat Cauthons Glück erfordern. »Sonst noch etwas, Meister Norry?«

Er fuhr sich mit dem Knöchel über die lange Nase und mied ihren Blick. »Mir ist … äh … zu Ohren gekommen«, sagte er zögernd, »dass Marne, Arawn und Sarand kürzlich große Darlehen aufgenommen und die Einkünfte ihrer Güter als Sicherheit verpfändet haben.« Frau Harfor runzelte die Stirn, glättete sie jedoch sofort wieder.

Ein Blick in ihre Teetasse verriet Elayne, dass sie sie tatsächlich geleert hatte. Bankiers verrieten einem nie, wie viel sie wem geliehen hatten oder was als Sicherheit gedient hatte, aber sie fragte ihn nicht, woher er es wusste. Es würde … peinlich sein. Für sie beide. Sie lächelte, als ihre Schwester ihr die Tasse abnahm, und verzog dann das Gesicht, als Aviendha sie aufgefüllt zurückbrachte. Aviendha schien zu glauben, sie könnte verwässerten Tee trinken, bis ihre Augen schwammen! Ziegenmilch war besser, aber Spülwasser als Tee war in Ordnung. Nun, sie würde die *verdammte* Tasse halten, aber sie würde *nichts* davon trinken.

»Die Söldner«, knurrte Dyelin, und die Hitze in ihren Augen hätte gereicht, um einen Bären zurückweichen zu lassen. »Ich habe es zuvor gesagt, und ich werde es wieder sagen; das Problem mit den Mietschwertern ist, dass sie nicht immer gemietet bleiben.« Sie war von Anfang an dagegen gewesen, zur Verteidigung der Stadt zusätzlich Söldner anzuheuern, obwohl es eine Tatsache war, dass Arymilla ohne diese Männer sich ein Tor hätte aussuchen können, durch das sie ihr Heer hineingeführt hätte. Es waren einfach nicht genug Soldaten da gewesen, um jedes Tor ordentlich zu beschützen, von den Mauern ganz zu schweigen.

Birgitte war ebenfalls gegen Söldner gewesen, aber sie hatte Elaynes Einwände wenn auch zögernd akzeptiert. Sie misstraute ihnen immer noch, aber jetzt schüttelte sie den Kopf. Sie saß in der Nähe des Feuers auf einer Stuhllehne und hatte die gespornten Stiefel auf den Sitz gelegt. »Söldner sorgen sich um ihren Ruf, wenn nicht sogar um ihre Ehre. Die Seiten zu wechseln ist eine Sache, ein Tor zu verraten eine andere. Eine Kompanie, die das tun würde, würde nie wieder Arbeit finden, nirgendwo. Arymilla müsst dem Hauptmann so viel Gold anbieten, dass er den Rest seines Lebens wie ein Lord leben könnte, und auch seine Männer davon überzeugen, dass sie das auch könnten.«

Norry räusperte sich. Selbst das klang irgendwie trocken. »Es hat den Anschein, als hätten sie dieselben Sicherheiten zwei- oder sogar dreimal verpfändet, um Geld zu leihen. Natürlich sind sich die Bankiers dessen nicht … bewusst, noch nicht.«

Birgitte fing an zu fluchen und unterbrach sich dann. Dyelin starrte finster genug in ihren Wein, damit er sauer wurde. Aviendha drückte kurz Elaynes Hand. Funken stoben aus dem Kamin, ein paar hätten beinahe den Teppich erreicht.

»Man wird die Söldnerkompanien im Auge behalten müssen.« Elayne hob eine Hand, um Birgitte zuvorzukommen. Sie hatte den Mund noch nicht geöffnet, aber der Bund sprach Bände. »Du wirst eben irgendwo die

Männer dafür finden müssen.« Beim Licht! Sie schienen sich *in* der Stadt gegen genauso viele Leute schützen zu müssen wie außerhalb! »Dafür sollte man nicht allzu viele brauchen, Birgitte, aber wir müssen wissen, ob sie anfangen, sich seltsam oder verstohlen zu benehmen. Möglicherweise ist das unsere einzige Warnung.«

»Ich habe gerade daran gedacht, was zu tun ist, sollte uns eine der Kompanien verraten«, sagte Birgitte trocken. »Bescheid zu wissen reicht nicht aus, solange ich keine Männer habe, die zu jedem Tor eilen können, das womöglich verraten wird. Und die Hälfte der Soldaten in der Stadt sind Söldner. Der Rest sind zur Hälfte alte Männer, die vor ein paar Monaten von ihren Pensionen gelebt haben. Ich werde die Posten der Söldner in unregelmäßigen Abständen verändern. Wenn sie nicht wissen, wo sie am nächsten Tag sind, wird das jeden Verrat erschweren, aber das macht ihn nicht unmöglich.« Sie konnte noch so oft protestieren, dass sie kein General war, aber sie hatte mehr Schlachten und Belagerungen erlebt als zehn Generäle, und sie wusste sehr gut, wie sich solche Dinge abspielten.

Elayne wünschte sich beinahe, in ihrer Tasse wäre Wein. Aber nur beinahe. »Besteht irgendeine Chance, dass die Bankiers das erfahren, was Ihr wisst, Meister Norry? Bevor die Darlehen fällig werden?« Falls das geschah, würden einige vielleicht zu dem Schluss kommen, dass sie lieber Arymilla auf dem Thron sehen würden. In diesem Fall würde sie nämlich die Staatskasse plündern können, um das Geld zurückzuzahlen. Vermutlich würde sie es sogar tun. Kaufleute ließen sich von den politischen Winden treiben, ganz egal, in welche Richtung sie wehten. Bankiers waren dafür bekannt, dass sie durchaus versuchten, die Ereignisse zu beeinflussen.

»Meiner Meinung nach ist das unwahrscheinlich, meine Lady. Sie müssten … den richtigen Leuten die richtigen Fragen stellen, aber für gewöhnlich sind Bankiers bei ihresgleichen sehr … verschlossen. Ja, ich halte das für unwahrscheinlich. Jedenfalls im Augenblick.«

Man konnte sowieso nichts tun. Außer Birgitte zu sagen, dass möglicherweise neue Aufträge für Attentäter und Entführer im Umlauf waren. Aber ihrer harten Miene und der grimmigen Entschlossenheit im Bund nach zu urteilen, war ihr das bereits klar. Jetzt würde es so gut wie unmöglich sein, die Leibwache auf weniger als hundert Frauen zu begrenzen. Falls es je möglich gewesen war.

»Vielen Dank, Meister Norry«, sagte Elayne. »Ihr habt gute Arbeit geleistet, wie immer. Lasst mich sofort wissen, falls es Anhaltspunkte gibt, dass die Bankiers diese Fragen gestellt haben.«

»Natürlich, meine Lady«, murmelte er und stieß den Kopf nach unten wie ein Reiher, der nach einem Fisch schnappte. »Meine Lady ist sehr freundlich.«

Als Reene und Norry den Raum verlassen hatten – er hielt für sie die Tür auf und machte eine Verbeugung, die eine Spur anmutiger war als gewöhnlich, und sie widmete ihm ein leichtes Nicken, als sie an ihm vorbei auf den Korridor rauschte –, löste Aviendha das Gewebe, das sie hielt, nicht auf. Sobald die Tür ins Schloss fiel und der satte Laut von dem Gewebe verschluckt wurde, sagte sie: »Jemand hat zu lauschen versucht.«

Elayne schüttelte den Kopf. Man konnte unmöglich feststellen, wer der Lauscher war – eine Schwarze Schwester oder eine neugierige Kusine? –, aber wenigstens hatte er versagt. Nicht, dass große Aussicht bestand, an Aviendhas Geweben vorbeizukommen, möglicherweise würden das nicht einmal die Verlorenen schaffen, aber sie hätte es sofort gesagt, wenn es jemandem gelungen wäre.

Dyelin nahm Aviendhas Mitteilung weniger selbstsicher auf und murmelte etwas vom Meervolk. Sie hatte keine Miene verzogen, als sie gehört hatte, dass die Hälfte der Windsucherinnen abreiste, nicht vor Reene und Norry, aber jetzt wollte sie die ganze Geschichte wissen. »Ich habe Zaida nie vertraut«, knurrte sie, als Elayne zum Ende kam. »Der Handel dürfte von dieser Vereinbarung vermutlich profitieren, aber es würde mich nicht überraschen, wenn sie eine ihrer Windsucherinnen damit beauftragt hat, uns zu belauschen. Ich halte sie für eine Frau, die alles wissen will, nur für den Fall, dass es ihr eines Tages von Nutzen sein könnte.« Dyelin war noch nie zögerlich gewesen, aber jetzt hielt sie inne und rollte den Pokal zwischen den Händen. »Seid Ihr sicher, dass uns dieses ... Fanal ... nicht schaden kann, Elayne?«

»So sicher, wie ich sein kann. Falls es die Welt spalten sollte, würde das wohl mittlerweile geschehen sein.« Aviendha lachte, aber Dyelin wurde aschfahl. Also wirklich! Manchmal musste man lachen, wenn man nicht weinen wollte.

»Wenn wir noch länger herumtrödeln, jetzt, da Norry und Frau Harfor gegangen sind«, sagte Birgitte, »könnte sich jemand nach dem Grund dafür fragen.« Sie deutete auf die Wand und meinte das Gewebe, das sie nicht wahrnehmen konnte. Aber sie wusste, dass es noch bestand. Die täglichen Besprechungen mit der Haushofmeisterin und dem Ersten Schreiber verbargen immer etwas mehr.

Alle versammelten sich um sie, als sie auf einem Seitentisch zwei Porzellanschüsseln des Meervolks aus dem Weg räumte und eine vielfach gefaltete Karte aus dem kurzen Mantel zog. Sie steckte immer dort, außer wenn Birgitte schlief, dann lag sie unter ihrem Kopfkissen. Ausgebreitet und an den Ecken mit leeren Pokalen beschwert, zeigte die Karte Andor vom Erinin bis zur Grenze zwischen Altara und Murandy. Im Grunde zeigte sie eigentlich ganz Andor, denn alles, was weiter westlich lag, hatte sich schon seit Generationen dem Einfluss von Caemlyn entzogen. Die Karte stellte kein Meisterwerk der Kartografie dar, und Falten machten viele Einzelheiten unkenntlich, aber sie zeigte Flüsse und Gebirge, und jede Stadt und jedes Dorf waren genauso eingezeichnet wie jede Straße und Brücke und Furt. Elayne stellte die Tasse eine Armlänge entfernt ab, um keinen Tee darauf zu verschütten und noch mehr Flecken zu machen. Und um sich von dieser lächerlichen Entschuldigung für einen Tee zu befreien.

»Die Grenzländer sind auf dem Marsch«, sagte Birgitte und zeigte auf die Wälder nördlich von Caemlyn, und zwar auf eine Stelle oberhalb von Andors nördlichster Grenze. »Aber sie sind noch nicht weit gekommen. Bei diesem Tempo wird es noch über einen Monat dauern, bis sie Caemlyn erreichen.«

Dyelin spielte mit ihrem Silberpokal, blickte in den dunklen Wein und schaute dann plötzlich auf. »Ich dachte, Ihr Nordleute wärt an Schnee gewöhnt, Lady Birgitte.« Selbst jetzt musste sie nachhaken, und keine Antwort würde sie nur noch mehr davon überzeugen, dass Birgitte Geheimnisse hatte, und ihre Entschlossenheit stärken, sie zu enthüllen.

Aviendha sah die ältere Frau stirnrunzelnd an – sie konnte sehr beschützend werden, was Birgittes Geheimnisse anging –, aber Birgitte erwiderte Dyelins Blick ganz ruhig und ohne jede Aufregung, wie der Bund verriet. Sie konnte mittlerweile gut mit der Lüge über ihre Herkunft leben. »Ich bin schon lange nicht mehr in Kandor gewesen.« Das war die schlichte Wahrheit, auch wenn es länger her war, als sich Dyelin hätte vorstellen können. Damals hatte man das Land nicht einmal mit dem Namen Kandor bezeichnet. »Es braucht seine Zeit, im Winter zweihunderttausend Soldaten zu bewegen, ganz zu schweigen von dem Tross, von dem nur allein das Licht weiß, wie groß er ist. Und schlimmer noch, ich habe Frau Ocalin und Frau Fote einige der Dörfer südlich der Grenze besuchen lassen.« Sabeine Ocalin und Julanya Fote waren Kusinen, die das Schnelle Reisen beherrschten. »Den Bauern zufolge haben die Grenzländer ein Winterlager aufgeschlagen.«

Elayne schnalzte mit der Zunge, als sie mit dem Finger Entfernungen berechnete. Sie verließ sich auf Neuigkeiten über die Grenzländer, wenn nicht sogar auf die Grenzländer selbst. Die Nachricht, dass ein Heer dieser Größe in Andor eindrang, würde sich wie ein Buschfeuer in einer Steppe verbreiten. Nur ein Narr würde glauben, dass sie diese Hunderte von Meilen marschiert waren, um Andor zu erobern, aber jeder, der davon hörte, würde über ihre Absichten spekulieren und was man dagegen tun konnte, und jeder würde eine andere Meinung haben. Sobald sich die Nachricht verbreitete. Wenn es so weit war, hatte sie allen anderen gegenüber einen Vorteil. Sie hatte dafür gesorgt, dass die Grenzländer den Boden von Andor betraten, und ebenso, dass sie auch wieder verschwanden.

Die Entscheidung war nicht schwer gefallen. Sie aufzuhalten wäre eine blutige Angelegenheit geworden, falls es überhaupt möglich gewesen wäre, und sie verlangten nicht mehr als eine Straßenbreite, um weiter nach Murandy zu marschieren, wo sie den Wiedergeborenen Drachen zu finden glaubten. Auch das war Elaynes Werk. Sie hatten den Grund für ihre Suche nach Rand für sich behalten, und sie hatte ihnen keinen verlässlichen Ort nennen wollen, an dem er sich möglicherweise aufhielt, nicht, wenn sie mindestens ein Dutzend Aes Sedai dabei hatten und auch diese

Tatsache verbargen. Aber sobald die Hohen Herrinnen und Herren davon erfuhren …

»Es sollte funktionieren«, sagte sie leise. »Nötigenfalls können wir die Gerüchte über die Grenzländer selbst ausstreuen.«

»Es sollte funktionieren«, stimmte Dyelin ihr zu, um dann finster hinzuzufügen: »So lange Bashere und Bael ihre Männer im Zaum halten. Es wird eine explosive Mischung werden, Grenzländer, Aiel und die Legion des Drachen alle nur wenige Meilen voneinander entfernt. Und ich weiß nicht, ob wir uns darauf verlassen sollen, dass die Asha'man nichts Verrücktes tun.« Sie endete mit einem Schniefen. Ihrer Meinung nach musste ein Mann schon verrückt sein, um überhaupt auf die Idee zu kommen, ein Asha'man zu werden. Aviendha nickte. Sie war fast so oft anderer Meinung als Dyelin wie Birgitte, aber was die Asha'man anging, stimmten sie größtenteils überein.

»Ich werde dafür sorgen, dass sich die Grenzländer von der Schwarzen Burg fern halten«, versicherte Elayne ihnen, obwohl sie das nicht zum ersten Mal tat. Selbst Dyelin wusste, dass Bael und Bashere ihre Streitkräfte unter Kontrolle hatten – keiner der Männer wollte eine Schlacht, die er nicht brauchen konnte, und Davram Bashere würde bestimmt nicht gegen seine Landsleute kämpfen –, aber jeder hatte das Recht, misstrauisch zu sein, was die Asha'man und ihre Unberechenbarkeit betraf. Sie schob den Finger von dem sechszackigen Stern, der Caemlyn symbolisierte, ein paar Meilen weiter bis zu der Stelle, die die Asha'man für sich in Anspruch genommen hatten. Die Schwarze Burg war nicht eingezeichnet, aber sie wusste nur zu gut, wo sie sich befand. Wenigstens war das ein ordentliches Stück von der Lugard-Straße entfernt. Es würde nicht schwierig sein, die Grenzländer auf den Weg ins südlich befindliche Murandy zu schicken, ohne die Asha'man aufzuschrecken.

Der Gedanke, die Asha'man nicht aufschrecken zu dürfen, ließ sie die Lippen zusammenpressen, aber es gab nichts, was sie daran in absehbarer Zeit ändern konnte, also schob sie die schwarz gekleideten Männer im Geiste zur Seite. Um was man sich jetzt nicht kümmern konnte, musste man sich eben später kümmern.

»Und die anderen?« Sie musste nicht mehr sagen. Sechs große Häuser hatten sich noch nicht erklärt – jedenfalls weder ihr noch Arymilla gegenüber. Dyelin behauptete, am Ende würden sie sich alle Elayne anschließen, aber bis jetzt ließen sie nichts dergleichen erkennen. Auch Sabeine und Julanya hatten nach der Entscheidung dieser sechs Häuser Erkundigungen eingezogen. Die beiden Frauen hatten die letzten zwanzig Jahre als Hausierer verbracht, sie waren an die harte Art des Reisens gewöhnt, hatten in Ställen oder unter Bäumen geschlafen und weniger auf das gehört, was die Leute erzählten, als vielmehr auf das, was sie nicht sagten. Sie waren die perfekten Kundschafterinnen. Es würde ein großer Verlust sein, wenn man sie dafür einteilen musste, bei der Versorgung der Stadt zu helfen.

»Den Gerüchten zufolge hat man Lord Luan an einem Dutzend Orte gesichtet, im Osten und Westen.« Birgitte musterte die faltige Karte finster, so als müsste Luans Aufenthalt eingezeichnet sein, und murmelte einen Fluch, der wesentlich obszöner als angebracht war, jetzt, da Reene Harfor nicht mehr anwesend war. »Immer im nächsten Dorf, oder im übernächsten. Lady Ellorien und Lord Abelle scheinen spurlos verschwunden zu sein, so schwer das für die Herrscher von Häusern auch sein muss. Zumindest haben Frau Ocalin und Frau Forte nicht ein Gerücht über sie aufschnappen können, genauso wenig wie über die Waffenmänner von Haus Traemane oder Haus Pendar. Weder über Mann noch Pferd.« *Das* war sehr ungewöhnlich. Hier gab sich jemand außerordentlich große Mühe.

»Abelle konnte immer schon ein Geist sein, wenn er wollte«, murmelte Dyelin, »der schaffte es immer, einen auf dem falschen Fuß zu erwischen. Ellorien …« Sie strich sich mit den Fingern über die Lippen und seufzte. »Die Frau ist zu schrill, um verschwinden zu können. Es sei denn, sie ist bei Abelle oder Luan. Oder bei beiden.« Ganz egal, was sie sonst sagte, diese Vorstellung schien ihr nicht zu behagen.

»Und was unsere anderen ›Freunde‹ angeht«, sagte Birgitte, »Lady Arathelle hat vor fünf Tagen die Grenze von Murandy überschritten.« Sie tippte etwa zweihundert Meilen südlich von Caemlyn entfernt auf die Karte. »Vor vier Tagen hat Lord Pelivar die Grenze fünf oder sechs Meilen weiter westlich überschritten, und Lady Aemlyn hier, wieder etwa sechs Meilen weiter.«

»Nicht zusammen«, sagte Dyelin und nickte. »Haben sie Murandianer mitgebracht? Nicht? Gut. Sie könnten zu ihren Gütern wollen, Elayne. Wenn sie sich noch weiter voneinander entfernen, dann wissen wir es genau.« Diese drei Häuser hatten ihr von allen das größte Unbehagen bereitet.

»Sie könnten auf dem Heimweg sein«, stimmte Birgitte zögerlich hinzu, so wie immer, wenn sie mit Dyelin einer Meinung war. Sie zog ihren aufwändig geflochtenen Zopf über die Schulter und umklammerte ihn beinahe auf die gleiche Weise mit der Faust wie sonst Nynaeve. »Die Männer und Pferde müssen erschöpft sein, nachdem sie im Winter in Murandy einmarschiert sind. Aber mit Sicherheit wissen wir nur, dass sie auf dem Marsch sind.«

Aviendha schnaubte. Zog man ihr elegantes Samtgewand in Betracht, überraschte einen dieser Laut. »Gehe immer davon aus, dass dein Feind das tut, was du nicht willst. Entscheide, was für dich das Schlimmste wäre, und plane dementsprechend.«

»Aemlyn, Arathelle und Pelivar sind keine Feinde«, protestierte Dyelin schwach. Ob sie nun glaubte, dass sie ihren Treueid noch rechtzeitig leisten würden oder nicht, diese drei hatten Dyelins Thronanspruch unterstützt.

Elayne hatte nie davon gelesen, dass man eine Königin auf den Thron *gezwungen* hatte – vermutlich hätte das sowieso keinen Einzug in die Chroniken gefunden –, aber Aemlyn, Arathelle und Pelivar schienen bereit zu sein, es zu versuchen, und nicht, weil sie Macht für sich selbst erhofften. Dyelin wollte den Thron nicht, aber sie würde kaum eine untätige Herrscherin sein. Es war schlichtweg so, dass es im letzten Jahr von Morgase Trakands Herrschaft eine Katastrophe nach der anderen gegeben hatte, und nur wenige wussten oder glaubten, dass sie während dieser Zeit die Gefangene eines der Verlorenen gewesen war. Einige Häuser wollten jeden anderen anstelle einer weiteren Trakand auf dem Thron sehen. Oder glaubten zumindest, dass sie es wollten.

»Was ist das Schlimmste, das sie tun könnten?«, fragte Elayne. »Wenn sie sich auf ihre Güter zurückziehen, dann sind sie bis zum Frühling aus dem Spiel, und dann wird alles entschieden sein.« Wenn es das Licht wollte. »Aber wenn sie nach Caemlyn kommen?«

»Ohne die Murandianer haben sie nicht genug Waffenmänner, um Arymilla herauszufordern.« Birgitte studierte die Karte und rieb sich das Kinn. »Wenn sie bis jetzt noch nicht wissen, dass sich die Aiel und die Legion des Drachen heraushalten, dann werden sie es bald erfahren müssen, aber sie werden Vorsicht walten lassen. Keiner von ihnen scheint dumm genug zu sein, um einen Kampf zu provozieren, den sie nicht gewinnen können; nicht, wenn sie es nicht müssen. Ich würde sagen, sie schlagen irgendwo im Osten oder Südosten ein Lager auf, wo sie die Ereignisse verfolgen und vielleicht auch beeinflussen können.«

Dyelin trank den Rest des Weins, der mittlerweile kalt sein musste, atmete tief aus und ging, um den Pokal erneut zu füllen. »Wenn sie nach Caemlyn kommen«, sagte sie in bleiernem Tonfall, »dann hofft jeder von ihnen, dass sich ihm Luan oder Abelle oder Ellorien anschließt. Oder alle drei.«

»Dann müssen wir herausfinden, wie wir sie davon abhalten können, Caemlyn zu erreichen, bevor unsere Pläne sich erfüllen, und zwar ohne sie für immer zu unseren Feinden zu machen.« Elayne bemühte sich, ihre Stimme so energisch klingen zu lassen, wie Dyelins leblos war. »Und wir müssen einen Plan schmieden, was wir tun wollen, wenn sie zu früh eintreffen. Dyelin, wenn das geschieht, dann müsst Ihr sie davon überzeugen, dass sie zwischen mir und Arymilla wählen müssen. Sonst sind wir in einem Durcheinander gefangen, das wir möglicherweise niemals wieder entwirren können, und Andor mit uns.«

Dyelin grunzte, als hätte man sie geschlagen. Es war fast fünfhundert Jahre her, dass die großen Häuser drei unterschiedliche Anwärter auf den Löwenthron unterstützt hatten, und der nachfolgende Krieg hatte sieben Jahre gedauert, bevor eine Königin gekrönt worden war. Zu diesem Zeitpunkt waren alle ursprünglichen Thronanwärter schon lange tot gewesen.

Ohne nachzudenken, griff Elayne nach ihrer Tasse und trank einen Schluck. Der Tee war kalt geworden, aber der Geschmack nach Honig explodierte förmlich auf ihrer Zunge. Honig! Sie sah Aviendha erstaunt an, und die Lippen ihrer Schwester verzogen sich zu einem schmalen Lächeln. Einem verschwörerischen Lächeln, als ob Birgitte nicht genau gewusst hätte, was passiert war. Zwar versetzte nicht einmal ihr auf seltsame Weise überhöhter Bund sie in die Lage, das zu schmecken, was Elayne schmeckte, aber sie hatte mit Sicherheit ihre Überraschung und das Vergnügen wahrgenommen, das sie beim Trinken des Tees empfunden hatte. Sie stützte die Fäuste in die Hüften und setzte eine strenge Miene auf. Das heißt, sie versuchte es; trotz ihrer Bemühungen konnte auch sie sich eines Lächelns nicht erwehren. Plötzlich wurde sich Elayne bewusst, dass Birgittes Kopfschmerzen verflogen waren. Sie vermochte nicht zu sagen, wann das passiert war, aber sie waren nicht mehr da.

»Hoffe für das Beste und plane für das Schlimmste«, sagte sie. »Manchmal passiert sogar das Beste.«

Dyelin wusste nicht über den Honig Bescheid, sie sah nur, dass sie alle drei grinsten, und räusperte sich lautstark. »Und manchmal auch nicht. Wenn Euer kluger Plan in *allen* Einzelheiten funktioniert, Elayne, dann brauchen wir weder Aemlyn oder Ellorien oder die anderen, aber es ist ein schrecklich riskantes Spiel. Es muss nur etwas schief gehen und ...«

Der linke Türflügel öffnete sich und ließ einen Schwall kalter Luft und eine rotwangige Frau mit eiskaltem Blick und dem goldenen Knoten eines Unterleutnants auf der Schulter herein. Sie hätte auch anklopfen können, aber selbst wenn sie es getan hatte, hatte das Gewebe den Laut verschluckt. Genau wie Rasoria war Tzigan Sokorin eine Jägerin des Horns gewesen, bevor sie sich Elaynes Leibwache angeschlossen hatte. Anscheinend war die Wachablösung vollzogen worden. »Die Weise Frau Monaelle wünscht Lady Elayne zu sprechen«, verkündete Tzigan. »Sie wird von Frau Karistovan begleitet.«

Sumeko konnte man abwimmeln, aber nicht Monaelle. Arymillas Leute würden sich genauso wenig mit den Aiel wie mit den Aes Sedai anlegen, aber nur eine Sache von äußerster Wichtigkeit würde eine Weise

Frau in die Stadt geführt haben. Das wusste auch Birgitte; sie faltete die Karte zusammen. Aviendha löste ihr Gewebe sich auf und ließ die Quelle los.

»Bittet sie einzutreten«, sagte Elayne.

Monaelle wartete nicht auf Tzigan, sondern rauschte in dem Augenblick herein, in dem das Gewebe verschwand; ihre vielen goldenen und elfenbeinernen Armreifen klirrten, als sie in der vergleichsweise warmen Luft das Schultertuch in die Ellbeugen rutschen ließ. Elayne wusste nicht, wie alt Monaelle war – Weise Frauen waren nicht so zögerlich wie Aes Sedai, wenn es um ihr Alter ging, aber sie waren verschwiegen –, doch sie schien die mittleren Jahre noch nicht weit hinter sich gelassen zu haben. In ihrem taillenlangen blonden Haar waren ein paar rote Strähnen, aber nicht eine graue. Für eine Aiel war sie klein, kleiner sogar als Elayne, und sie hatte ein gütiges, mütterliches Gesicht. Sie war kaum stark genug in der Macht, dass man sie in der Weißen Burg aufgenommen hätte, aber unter Weisen Frauen zählte die Stärke nicht, und sie nahm bei ihnen einen sehr hohen Rang ein. Was aber für Elayne und Aviendha noch viel wichtiger war, sie hatte bei ihrer Wiedergeburt als Erstschwestern als Hebamme fungiert. Elayne machte einen tiefen Knicks vor ihr und ignorierte Dyelins abfälliges Schnauben, und Aviendha machte mit gefalteten Händen eine tiefe Verbeugung. Abgesehen von den Pflichten, die sie nach den Aiel-Bräuchen ihrer Hebamme gegenüber hatte, nahm sie unter den Weisen Frauen immer noch den Rang eines Lehrlings ein.

»Ich gehe davon aus, dass dein Bedürfnis nach Abgeschiedenheit gestillt ist«, sagte Monaelle, »und es ist Zeit, dass ich deinen Zustand überprüfe, Elayne Trakand. Das sollte bis zum Ende der Schwangerschaft zweimal monatlich geschehen.« Warum sah sie Aviendha stirnrunzelnd an? Oh, beim Licht, das Samtgewand!

»Und ich bin mitgekommen, um ihr dabei zuzusehen«, fügte Sumeko hinzu und folgte der Weisen Frau ins Zimmer. Sumeko war eine beeindruckende Person, eine stämmige Frau mit selbstsicherem Blick; sie trug ein hervorragend geschnittenes gelbes Wollgewand mit einem roten Gürtel, in ihrem glatten schwarzen Haar steckten Silberkämme und an dem hohen roten Kragen ein kreisförmiger Anstecker aus Silber. Sie hätte eine Adlige oder eine wohlhabende Kauffrau sein können. Früher hatte sie eine gewisse Schüchternheit gezeigt, zumindest in Anwesenheit von Aes Sedai, aber das war vorbei. Nicht bei Aes Sedai oder Soldaten der Königlichen Garde. »Ihr dürft gehen«, sagte sie zu Tzigan. »Das geht Euch nichts an.« Oder bei Adligen, was das anging. »Ihr dürft auch gehen, Lady Dyelin, und Ihr auch, Lady Birgitte.« Sie musterte Aviendha, als zöge sie in Betracht, sie auch auf die Liste zu setzen.

»Aviendha darf bleiben«, sagte Monaelle. »Sie versäumt viel Unterricht, und sie muss das hier früher oder später lernen.« Sumeko nickte zustimmend, aber sie richtete weiterhin einen kühlen, ungeduldigen Blick auf Dyelin und Birgitte.

»Lady Dyelin und ich haben einiges zu besprechen«, sagte Birgitte, schob sich die zusammengefaltete Karte unter den roten Mantel und setzte sich in Richtung Tür in Bewegung. »Ich erzähle dir heute Abend, was wir uns haben einfallen lassen, Elayne.«

Dyelin warf ihr einen Blick zu, der fast so scharf wie der war, den sie Sumeko gewidmet hatte, aber sie stellte ihren Pokal auf einem Tablett ab und entbot Elayne ihren Hofknicks, um dann mit sichtlicher Ungeduld zu warten, während Birgitte Monaelle in aller Ruhe etwas ins Ohr flüsterte und die Weise Frau genauso leise etwas erwiderte. Worüber flüsterten sie? Vermutlich ging es um Ziegenmilch.

Sobald sich die Tür hinter Tzigan und den beiden

Frauen geschlossen hatte, bot Elayne an, nach frischem Wein zu schicken, da der Wein in den Kannen kalt war, aber Sumeko lehnte kurz angebunden ab und Monaelle gedankenverloren. Die Weise Frau musterte Aviendha mit solcher Intensität, dass die junge Aiel errötete und zur Seite schaute.

»Ihr dürft Aviendha nicht wegen ihrer Kleidung schelten, Monaelle«, sagte Elayne. »Ich habe sie gebeten, das zu tragen, und sie hat es mir zuliebe getan.«

Monaelle schürzte die Lippen, bevor sie antwortete. »Erstschwestern sollten einander Gefallen tun«, sagte sie schließlich. »Du kennst deine Pflicht deinem Volk gegenüber, Aviendha. Bis jetzt hast du eine schwierige Aufgabe gut gemeistert. Du musst lernen, in zwei Welten zu leben, also ist es gut, dass du dich an solche Kleidung gewöhnst.« Aviendha fing an, sich zu entspannen. Bis Monaelle fortfuhr. »Aber nicht zu sehr. Von jetzt an wirst du jeden dritten Tag und die Nacht in den Zelten verbringen. Du kannst morgen mit mir zurückkehren. Du musst noch viel lernen, bevor du zur Weisen Frau werden kannst, und das ist genauso sehr deine Pflicht, wie eine Bindeschnur zu sein.«

Elayne ergriff die Hand ihre Schwester, und als Aviendha versuchte, nach einem kurzen Druck loszulassen, hielt sie sie weiter fest. Nach kurzem Zögern erwiderte Aviendha den Druck. Auf eine seltsame Weise tröstete sie Elayne über die Abwesenheit Rands hinweg; sie war nicht nur eine Schwester, sondern eine Schwester, die ihn ebenfalls liebte. Sie konnten sich ihre Kräfte teilen und einander zum Lachen bringen, wenn sie weinen wollten, und sie konnten gemeinsam weinen, wenn sie das brauchten. Eine Nacht von dreien, das bedeutete vermutlich, eine Nacht von dreien allein weinen zu müssen. Beim Licht, was tat Rand da bloß? Das fürchterliche Fanal im Westen leuchtete noch immer so stark wie zuvor, und sie war davon überzeugt, dass er sich genau in seinem Herzen befand. Nicht ein Partikel hatte sich an ihrem Bund geändert, aber sie war davon überzeugt.

Plötzlich wurde ihr bewusst, dass sie Aviendhas Hand fast zerquetschte, und ihre Schwester hielt sie genauso fest. Sie lockerten ihre Griffe gleichzeitig. Aber keine von ihnen ließ los.

»Männer machen selbst dann noch Ärger, wenn sie nicht da sind«, meinte Aviendha leise.

»Das ist wahr«, stimmte Elayne ihr zu.

Monaelle lächelte, als sie das vernahm. Sie gehörte zu den wenigen Personen, die über den Bund mit Rand Bescheid wussten, und wer der Vater ihres Kindes war. Aber von den Kusinen wusste es niemand.

»Ich glaube, Ihr habt Euch von einem Mann genug Ärger eingebrockt, Elayne«, sagte Sumeko steif. Die Kusinen folgten den Regeln für Novizinnen und Aufgenommenen, die nicht nur Kinder verboten, sondern auch alles, was zu ihnen führen konnte, und sie hielten sich strikt daran. Früher hätte eine Kusine eher ihre Zunge verschluckt, bevor sie vorgeschlagen hätte, dass eine Aes Sedai die Regeln verletzt. Aber seitdem hatte sich vieles verändert. »Ich soll heute noch nach Tear Reisen, damit ich morgen eine Ladung Öl und Getreide mitbringen kann, und es wird spät. Wenn Ihr also mit Eurem Gerede über Männer fertig seid, schlage ich vor, dass Ihr Monaelle das tun lasst, weswegen sie gekommen ist.«

Monaelle stellte Elayne vor den Kamin, nahe genug an den fast verbrannten Scheiten, dass es fast schon unbehaglich war – es war gut, wenn die Mutter sehr warm war, erklärte sie –, dann umgab sie der Schimmer *Saidars*, und sie fing an, Stränge aus Geist und Erde und Feuer zu weben. Aviendha sah fast genauso aufmerksam zu wie Sumeko.

»Was ist das?«, fragte Elayne, als das Gewebe sie einhüllte und dann in ihr versank. »Ist das so etwas wie die Tiefenschau?« Jede Aes Sedai im Palast hatte sie der Tiefenschau unterzogen, obwohl nur Merilille ausreichende Fähigkeiten im Heilen hatte, um etwas damit anfangen zu können, aber weder sie noch Sumeko hatten ihr mehr verraten können, als dass sie schwanger war. Sie verspürte ein sanftes Kribbeln, eine Art Summen tief in ihrem Leib.

»Seid nicht albern, Mädchen«, sagte Sumeko geistesabwesend. Elayne hob eine Braue und dachte sogar daran, Sumeko ihren Großen Schlangenring unter die Nase zu halten, aber sie schien es nicht zu bemerken. Vermutlich hätte sie auch den Ring nicht bemerkt. Sie beugte sich vor und schaute, als könnte sie das Gewebe in Elaynes Leib sehen. »Die Weisen Frauen haben von mir das Heilen gelernt. Und von Nynaeve, schätze ich«, gestand sie einen Augenblick später ein. Oh, hätte Nynaeve das gehört, wäre sie wie ein Feuerwerk in die Luft gegangen. Aber Sumeko hatte Nynaeve schon lange weit hinter sich gelassen. »Und die einfache Form haben sie von den Aes Sedai gelernt.« Ein Schnauben, das wie zerreißendes Segeltuch klang, verriet, was Sumeko von der einfachen Form hielt, die einzige Art des Heilens, die Aes Sedai seit Tausenden von Jahren praktizierten. »Das hier ist etwas, das die Weisen Frauen selbst konnten.«

»Man nennt es ›das Kind Liebkosen‹«, sagte Monaelle abwesend. Der größte Teil ihrer Aufmerksamkeit war auf das Gewebe gerichtet. Eine einfache Tiefenschau, um festzustellen, was jemandem fehlte – es *war* einfach, wenn man darüber nachdachte –, wäre mittlerweile längst beendet, aber sie veränderte die Ströme, und das Summen in Elaynes Innerem veränderte sich und drang tiefer. »Möglicherweise ist es ein Teil des Heilens, aber uns war das schon vor der Zeit bekannt, als man uns ins Dreifache Land schickte. Ein paar der benutzten Ströme ähneln dem, was Sumeko Karistovan und Nynaeve al'Meara uns gezeigt haben. Beim Liebkosen des Kindes erfährt man etwas über die Gesundheit von Mutter und Kind, und indem man die Gewebe verändert, kann man auch so manches Problem beseitigen, das sich bei beiden einstellen könnte, aber es funktioniert nicht bei einer Frau, die nicht schwanger ist. Natürlich auch bei keinem Mann.« Das Summen wurde lauter, bis es den Anschein hatte, als müsste es jeder hören können. Elayne hatte das Gefühl, als würden ihre Zähne vibrieren.

Ein früherer Gedanke kehrte zurück, und sie sagte: »Kann das Lenken der Macht meinem Kind schaden? Ich meine, wenn ich sie ergreife?«

»Nicht mehr als das Atmen«, sagte Monaelle und ließ das Gewebe mit einem Grinsen verschwinden. »Du hast zwei. Es ist zu früh, um sagen zu können, ob es Mädchen oder Jungen sind, aber sie sind gesund, und du bist es auch.«

Zwei! Elayne teilte ein breites Lächeln mit Aviendha. Sie konnte die Freude ihrer Schwester förmlich fühlen. Sie würde Zwillinge bekommen. Rands Babys. Hoffentlich ein Junge und ein Mädchen, oder zwei Jungen. Zwillingsmädchen würden die Thronnachfolge erheblich erschweren. Niemand errang die Rosenkrone und hatte alle Häuser geschlossen hinter sich versammelt.

Sumeko gab einen drängenden Laut von sich und zeigte auf Elayne, und Monaelle nickte. »Macht es genauso wie ich, und Ihr werdet es sehen.« Sie sah zu, wie Sumeko die Quelle umarmte und das Gewebe erschuf, und sie nickte erneut, und die pummelige Kusine ließ es in Elayne hineinsinken. Sie stieß ein Keuchen aus, als würde sie das Summen selbst spüren. »Du wirst dir wegen der Morgenkrankheit keine Sorgen machen müssen«, fuhr Monaelle fort, »aber das Lenken der Macht wird dir manchmal Schwierigkeiten bereiten. Die Stränge können dir entgleiten, als wären sie eingefettet oder wie Nebel, und du wirst auch die einfachsten Gewebe immer wieder von vorn beginnen müssen. Das kann mit dem Fortschreiten der Schwangerschaft schlimmer werden, und während der Wehen und der Geburt selbst wirst du die Macht überhaupt nicht lenken können, aber das gibt sich sofort wieder, nachdem die Kinder da sind. Du wirst auch bald launisch werden, falls das nicht schon angefangen hat, im einen Augenblick weinerlich, im nächsten gereizt. Der Vater deines Kindes wird klug beraten sein, dir so gut wie möglich aus dem Weg zu gehen.«

»Wie ich gehört habe, hat sie ihm heute Morgen schon den Kopf abgerissen«, murmelte Sumeko. Sie ließ das Gewebe los, richtete sich auf und rückte den roten Gürtel zurecht. »Das ist erstaunlich, Monaelle. Ich wäre nie darauf gekommen, dass es ein Gewebe gibt, das nur bei schwangeren Frauen angewandt werden kann.«

Elaynes Mund verzog sich, aber dann sagte sie nur: »Das alles könnt Ihr mit diesem Gewebe sagen, Monaelle?« Es war besser, wenn die Leute Doilan Mellar für den Vater ihrer Kinder hielten. Die Kinder Rand al'Thors würden Ziele darstellen, denen man aus Hass oder Furcht oder um des Vorteils willen nachstellte, aber niemand würde einen Gedanken an sie verschwenden, wenn sie von Mellar stammten, vermutlich nicht einmal Mellar selbst. Es war besser so, und damit war das Thema erledigt.

Monaelle warf den Kopf in den Nacken und lachte so heftig, dass sie sich mit der Spitze des Schultertuchs die Augen trocknen musste. »Ich weiß das, weil ich sieben Kinder zur Welt gebracht und drei Ehemänner hatte, Elayne Trakand. Das Lenken der Macht beschützt dich vor der Morgenkrankheit, aber dafür ist dann ein anderer Preis zu entrichten. Komm, Aviendha, du musst es auch versuchen. Vorsichtig, jetzt. Genau, wie ich es gemacht habe.«

Eifrig umarmte Aviendha die Quelle, aber bevor sie einen Strang weben konnte, ließ sie *Saidar* los und wandte den Kopf, um auf die holzgetäfelte Wand zu starren. In Richtung Westen. Elayne, Monaelle und Sumeko schlossen sich ihr an. Das Fanal, das so lange gebrannt hatte, war verschwunden. In dem einen Augenblick war es noch da gewesen, wild loderndes *Saidar*, dann war es verschwunden, als hätte es nie existiert.

Sumekos massiger Busen hob sich, als sie tief Luft holte. »Ich glaube, heute ist entweder etwas sehr Wunderbares oder sehr Schreckliches geschehen«, sagte sie leise. »Und ich glaube, ich habe Angst zu erfahren, was es ist.«

»Etwas Wunderbares«, sagte Elayne. Es war vollendet, was auch immer es war, und Rand lebte. Das allein war schon wunderbar genug. Monaelle sah sie fragend an. Da sie über den Bund Bescheid wusste, konnte sie den Rest erraten, aber sie spielte gedankenverloren an einer ihrer Ketten herum. Sie würde es sowieso aus Aviendha herausholen.

Ein Klopfen an der Tür ließ alle zusammenzucken. Jedenfalls alle bis auf Monaelle. Sie tat so, als würde sie nicht sehen, wie die anderen zusammenzuckten, konzentrierte sich aber zu übertrieben darauf, ihr Schultertuch zu richten, was den Kontrast nur noch größer machte. Sumeko hustete, um ihre Verlegenheit zu überspielen.

»Herein«, sagte Elayne laut. Selbst ohne Schutzgewebe musste man fast schreien, um durch die Tür gehört zu werden.

Caseille schob den Kopf durch die Tür, den Hut mit der Feder in der Hand, dann folgte der Rest von ihr, und sie schloss die Tür sorgfältig hinter sich. Der Spitzenbesatz am Hals und an den Handgelenken war blütenweiß, die Spitze und die Löwen auf ihrer Schärpe glänzten, und ihr Harnisch funkelte wie frisch poliert, aber offensichtlich hatte sie ihren Dienst sofort wieder aufgenommen, nachdem sie sich nach ihrem Ausflug frisch gemacht hatte. »Verzeiht die Störung, meine Lady, aber ich fand, Ihr solltet es sofort erfahren. Das Meervolk ist in Aufruhr, jedenfalls die, die noch da sind. Anscheinend wird ein Lehrling vermisst.«

»Und was noch?«, fragte Elayne. Ein vermisster Lehrling war schon schlimm genug, aber etwas an Caseilles Gesicht verriet ihr, dass da noch mehr war.

»Gardistin Azeri hat mir erzählt, dass sie gesehen hat, wie Merilille Sedai vor drei Stunden den Palast verließ«, sagte Caseille zögernd. »Merilille und eine Frau in Umhang und hochgeschlagener Kapuze. Sie haben Pferde genommen und ein beladenes Maultier. Yurith sagte, die Hände der anderen Frau seien tätowiert gewesen. Meine Lady, niemand hatte einen Grund …«

Elayne winkte ab. »Caseille, keiner hat etwas falsch gemacht. Niemand wird zur Verantwortung gezogen werden.« Jedenfalls keine der Gardistinnen. Das war ja ein schöner Schlamassel. Talaan und Metarra, die beiden Lehrlinge der Windsucherinnen, waren stark in der Macht. Wenn Merilille eine von ihnen dazu hatte überreden können, eine Aes Sedai zu werden, dann hatte sie sich möglicherweise auch selbst davon überzeugen können, dass sie, wenn sie das Mädchen dorthin brachte, wo man sie in das Novizinnenbuch eintragen konnte, einen ausreichenden Grund hatte, um ihr Versprechen zu brechen, die Windsucherinnen zu unterrichten. Und die würden mehr als aufgebracht sein, Merilille zu verlieren, und außer sich vor Zorn über den Verlust ihres Lehrlings. Sie würden *jedem* die Schuld geben, und vor allem Elayne.

»Ist Merililles Abreise schon allgemein bekannt?«, fragte sie.

»Noch nicht, meine Lady, aber wer auch immer die Pferde gesattelt und das Maultier beladen hat, wird nicht den Mund halten. Stallburschen haben nicht viel, worüber sie klatschen können.« Also mehr ein Buschfeuer als ein Schlamassel, und es bestand kaum eine Chance, es zu löschen, bevor es die Scheune erreichte.

»Ich hoffe, Ihr esst nachher mit mir, Monaelle«, sagte Elayne, »aber jetzt müsst Ihr mich entschuldigen.« Ob sie ihrer Hebamme nun gegenüber verpflichtet war oder nicht, sie wartete nicht die Zustimmung der anderen Frau ab. Der Versuch, das Feuer zu löschen, würde vielleicht verhindern, dass die Flammen auf die Scheune übersprangen. Vielleicht. »Caseille, informiert Birgitte und sagt ihr, sie soll den Wächtern am Tor sofort den Befehl übermitteln, nach Merilille Ausschau zu halten. Ich weiß, ich weiß, vermutlich hat sie die Stadt schon längst verlassen, und die Torwächter würden sowieso keine Aes Sedai aufhalten, aber vielleicht können sie ihre Abreise verzögern oder ihrer Begleiterin so viel Angst einjagen, dass sie zurück in die Stadt eilt und sich da versteckt. Sumeko, würdet Ihr Reanne bitten, jede Kusine, die nicht Reisen kann, in die Stadt zu schicken und die Straßen zu durchkämmen? Es ist kaum der Hoffnung wert, aber vielleicht war Merilille der Meinung, dass es zu spät war, um heute noch aufzubrechen. Überprüft jedes Gasthaus, den *Silbernen Schwan* eingeschlossen ...«

Sie hoffte, dass Rand heute etwas Wunderbares getan hatte, aber im Moment konnte sie keine Zeit darauf verschwenden, auch nur darüber nachzudenken. Sie musste einen Thron erobern und sich mit wütenden Atha'an Miere auseinander setzen, und zwar hoffentlich, bevor sie ihren Ärger an ihr ausließen. Kurz gesagt, es war ein Tag wie jeder andere seit ihrer Rückkehr nach Caemlyn, und das bedeutete, sie hatte alle Hände voll zu tun.

GLOSSAR

VORBEMERKUNGEN ZUR DATIERUNG

Der Tomanische Kalender (von Toma dur Ahmid entworfen) wurde ungefähr zwei Jahrhunderte nach dem Tod des letzten männlichen Aes Sedai eingeführt. Er zählte die Jahre nach der Zerstörung der Welt (NZ). Da aber in den Jahren der Zerstörung und in den darauf folgenden Jahren fast totales Chaos herrschte und dieser Kalender erst gut hundert Jahre nach dem Ende der Zerstörung eingeführt wurde, hat man seinen Beginn völlig willkürlich gewählt. Am Ende der Trolloc-Kriege waren so viele Aufzeichnungen vernichtet worden, dass man sich stritt, in welchem Jahr der alten Zeitrechnung man sich überhaupt befand. Tiam von Gazar schlug die Einführung eines neuen Kalenders vor, der am Ende dieser Kriege einsetzte und die (scheinbare) Erlösung der Welt von der Bedrohung durch Trollocs feierte. In diesem zweiten Kalender erschien jedes Jahr als so genanntes Freies Jahr (FJ). Innerhalb der zwanzig auf das Kriegsende folgenden Jahre fand der Gazareische Kalender weitgehend Anerkennung. Artur Falkenflügel bemühte sich, einen neuen Kalender durchzusetzen, der auf seiner Reichsgründung basierte (VG = Von der Gründung an), aber dieser Versuch ist heute nur noch den Historikern bekannt. Nach weitreichender Zerstörung, Tod und Aufruhr während des Hundertjährigen Krieges entstand ein vierter Kalender durch Uren din Jubai Fliegende Möwe, einem Gelehrten der Meerleute, und wurde von dem Panarchen Farede von Tarabon weiterverbreitet. Dieser Farede-Kalender zählt die Jahre der Neuen Ära (NÄ) von dem willkürlich angenommenen Ende des Hundertjährigen Krieges an und ist während der geschilderten Ereignisse in Gebrauch.

A'dam: Ein Gerät, mit dessen Hilfe man Frauen kontrollieren kann, die die Macht lenken, und das nur von Frauen benützt werden kann, die entweder selbst die Fähigkeit besitzen, mit der Macht umzugehen, oder die das zumindest erlernen können. Er verknüpft die beiden Frauen. Der von den Seanchanern verwendete Typus besteht aus einem Halsband und einem Armreif, die durch eine Leine miteinander verbunden sind; sämtliche Teile sind aus einem silbrigen Metall gefertigt. Falls ein Mann, der die Macht lenken kann, mit Hilfe eines *A'dam* mit einer Frau verknüpft wird, führt das wahrscheinlich zu beider Tod. Selbst die bloße Berührung eines *A'dam* durch einen Mann mit dieser Fähigkeit verursacht ihm große Schmerzen, falls dieser *A'dam* von einer Frau mit Zugang zur Wahren Quelle getragen wird (*siehe auch: Damane, Sul'dam*).

Aes Sedai: Träger der Einen Macht. Seit der Zeit des Wahnsinns sind alle überlebenden Aes Sedai Frauen. Von vielen respektiert und verehrt, misstraut man ihnen und fürchtet, ja, hasst sie weitgehend. Viele geben ihnen die Schuld an der Zerstörung der Welt, und allgemein glaubt man, sie würden sich in die Angelegenheiten ganzer Staaten einmischen. Gleichzeitig aber findet man nur wenige Herrscher ohne Aes Sedai-Berater, selbst in Ländern, wo schon die Existenz einer solchen Verbindung geheim gehalten werden muss. Nach einigen Jahren, in denen sie die Macht gebrauchen, beginnen die Aes Sedai alterslos zu wirken, sodass auch eine Aes Sedai, die bereits Großmutter sein könnte, keine Alterserscheinungen zeigt, außer vielleicht ein paar grauen Haaren.

Arad Doman: Eine Nation am Aryth-Meer, die zurzeit vom Bürgerkrieg und den Kämpfen gegen die Anhänger des Wiedergeborenen Drachen zerrissen wird. Die Hauptstadt ist Bandar Eban. In Arad Doman wird der Herrscher (ein König oder eine Königin) von einem Rat der Kaufleute erwählt, der sich aus den Vorsitzenden der Kaufmannsgilden – in der Hauptsache nur Frauen – zusammensetzt. Der Herrscher muss von adligem Blut und darf kein Kaufmann sein, er wird auf Lebenszeit gewählt. Der König oder die Königin verfügt über die absolute Autorität, kann aber durch eine Abstimmung des Rates abgesetzt werden; dazu ist eine Dreiviertel-Mehrheit erforderlich. Der derzeitige Herrscher ist König Alsalam Saeed Almadar, Lord von Almadar, der Hohe Herrscher von Haus Almadar. Sein derzeitiger Aufenthaltsort ist unbekannt und geheimnisumwittert.

Asha'man: (1) In der Alten Sprache »Wächter«, immer ein Wächter von Gerechtigkeit und Wahrheit. (2) Die Bezeichnung der Männer – sowohl allgemein als auch im Sinne eines Ranges –, die zur Schwarzen Burg in der Nähe von Caemlyn in Andor gezogen sind, um dort den Gebrauch der Einen Macht zu erlernen. Ihre Ausbildung konzentriert sich auf die Möglichkeiten, die Eine Macht als Waffe zu benutzen. Sobald sie gelernt haben, *Saidin*, die männliche Hälfte der Macht, zu ergreifen, wird von ihnen verlangt – eine weitere Abweichung von den Gepflogenheiten der Weißen Burg –, alle mühevollen Arbeiten mit Hilfe der Macht zu erledigen. Ein neu aufgenommener Rekrut wird Soldat genannt; er trägt einen schlichten schwarzen Mantel mit einem hohen Kragen nach der andoranischen Mode. Mit der Beförderung zum Geweihten erhält er das Recht, eine als Schwert bezeichnete silberne Anstecknadel am Mantelkragen zu tragen. Die Beförderung zum Asha'man beinhaltet das Recht, auf der dem Schwert gegenüberliegenden Kragenseite die aus Gold und rotem Emaille bestehende Anstecknadel in Form eines Drachen zu tragen. Obwohl viele Frauen – einschließlich der Ehefrauen – die Flucht ergreifen, wenn sie erfahren, dass ihr Mann die Macht lenken kann, sind eine stattliche Anzahl der Männer aus der Schwarzen Burg verheiratet, und sie benutzen eine Abart des Behüterbundes, um eine Verbindung zu ihren Frauen herzustellen. Dieser Bund wurde kürzlich so modifiziert, dass er Gehorsam erzwingt, und dazu benutzt, gefangene Aes Sedai gefügig zu machen.

Balwer, Sebban: Ehemals Pedron Nialls (der Kommandierende Lordhauptmann der Kinder des Lichts) offizieller Sekretär und insgeheim sein Meister der Spione. Nach Nialls Tod half er aus ureigenen Beweggründen in Amador Morgase (die ehemalige Königin von Andor) bei ihrer Flucht vor den Seanchanern und ist jetzt der Sekretär von Perrin t'Bashere Aybara und Faile ni Bashere t'Aybara. Perrin beschleicht langsam der Verdacht, dass mehr hinter Balwer steckt, als es den Anschein hat.

Bande der Roten Hand: *siehe: Shen an Calhar.*

Blut, das: Bezeichnung der Seanchaner für ihren Adel. Es gibt verschiedene Adelsränge. Das Hohe Blut rasiert sich die Seiten des Schädels und bemalt mehrere Fingernägel – je höher der Rang, desto mehr Nägel sind bemalt –, aber die Angehörigen des Niederen Bluts bemalen größtenteils nur die Nägel der kleinen Finger. Man wird ins Blut hineingeboren, kann aber auch zu diesem Rang erhoben werden. Das ist eine häufige Belohnung für außergewöhnliche Leistungen oder Verdienste für das Kaiserreich.

Cha Faile: (1) In der Alten Sprache die »Krallen des Falken«. (2) Von jungen Cairhienern und Tairenern angenommener Name, die versuchen, dem *Ji'e'toh* zu folgen. Sie haben Faile ni Bashere t'Aybara den Treueid geschworen und handeln im Geheimen als ihre persönlichen Späher und Spione.

Corenne: In der Alten Sprache »Die Wiederkehr«. Die Seanchaner bezeichnen damit sowohl die Flotte aus Tausenden von Schiffen wie auch die Hunderttausende von Soldaten, Handwerkern und anderen Menschen, die Schiffe transportieren und den Vorläufern folgen, um das Land zu beanspruchen, das Artur Falkenflügels Nachfahren gestohlen wurde (*siehe auch: Hailene*).

Cuendillar: Eine unzerstörbare Substanz, die während des Zeitalters der Legenden erschaffen wurde. Jede bekannte Kraft, die dazu benutzt wird, *Cuendillar* zu zerstören, wird davon absorbiert und macht sie stärker. Die Kunst der Herstellung galt als verloren, aber Gerüchten zufolge wurden wieder neue Gegenstände daraus hergestellt. Auch als Herzstein bekannt.

Da'covale: (1) In der Alten Sprache bezeichnet man damit eine Person, die einer anderen gehört oder ihr »Besitz« ist. (2) Bei den Seanchanern wird dieser Begriff häufig für Besitztümer und Sklaven verwendet. In Seanchan hat die Sklaverei eine lange und ungewöhnliche Geschichte, da Sklaven die Möglichkeit haben, zu Positionen mit großer Macht und öffentlicher Autorität aufzusteigen, darunter auch solche, in denen sie über freie Bürger bestimmen (*siehe auch*: *So'jhin*).

Damane: In der alten Sprache: ›die Gefesselten‹. Frauen, die die eine Macht lenken können, werden mit Hilfe eines *A'dam* unter Kontrolle gehalten und dienen den Seanchanern zu verschiedenen Zwecken, vor allem als Wunderwaffen im Krieg. Im ganzen Reich von Seanchan werden jedes Jahr junge Frauen geprüft, bis hin zu dem Alter, in dem sich die Gabe, die Macht gebrauchen zu können, in jedem Fall bereits gezeigt hätte. Genauso wie die jungen Männer mit diesem Talent (die hingerichtet werden), werden die Damane aus den Familienbüchern und allen Bürgerlisten des Reichs gestrichen. Sie hören auf, als eigenständige Menschen zu existieren. Frauen, die dieses Talent besitzen, aber noch nicht zu Damane gemacht wurden, nennt man *Marath'damane*, ›die gefesselt werden müssen‹ (*siehe auch: Sul'dam*).

Depositorium: Eine Abteilung der Burgbibliothek. Es gibt zwölf allgemein bekannte Depositorien, in denen Bücher und Aufzeichnungen über bestimmte Sachgebiete und artverwandte Themen aufbewahrt werden. Ein dreizehntes Depositorium, das allein für Aes Sedai zugänglich ist, enthält geheime Dokumente, Aufzeichnungen und historische Unterlagen, die nur vom Amyrlin-Sitz, der Behüterin der Chroniken und den Sitzenden vom Saal der Burg eingesehen werden dürfen. Und natürlich von der Hand voll Bibliothekare, die das Depositorium leiten.

Der'morat: (1) In der Alten Sprache »Meisterbezwinger«. (2) Bezeichnung der Seanchaner für einen Tierbändiger und Ausbilder von Exoten beziehungsweise für jeden Ausbilder, wobei das Suffix einen langjährigen und fähigen Meister bezeichnet, so wie beispielsweise in *Der'morat'raken*. *Der'morat* können eine ziemlich hohe soziale Stellung erreichen; der höchste ist der *Der'sul'dam*, die Ausbilder der *Sul'dam*, die mit hohen Armeeoffizieren gleichzusetzen sind (*siehe auch: Morat*).

Erith: Tochter von Iva Tochter von Alar. Eine attraktive junge Ogierfrau, die Loial heiraten will, auch wenn er im Augenblick vor ihr auf der Flucht ist.

Erste Denkerin: Titel der Anführerin der Weißen Ajah. Diese Position wird in der Weißen Burg zurzeit von Ferane Neheran bekleidet. Ferane Sedai ist eine von derzeit nur zwei Ajah-Anführerinnen, die gleichzeitig im Saal der Burg das Amt einer Sitzenden innehalten.

Erste Schreiberin: Titel der Anführerin der Grauen Ajah. Diese Position wird in der Weißen Burg zurzeit von Serancha Colvine bekleidet, einer Frau von tadellosem Ruf.

Erste Weberin: Titel der Anführerin der Gelben Ajah. Diese Position wird in der Weißen Burg zurzeit von Suana Dragand bekleidet. Suana Sedai ist eine von derzeit nur zwei Ajah-Anführerinnen, die gleichzeitig im Saal der Burg das Amt einer Sitzenden innehalten.

Fain, Padan: Ehemaliger Schattenfreund, der mittlerweile etwas viel Schlimmeres als ein Schattenfreund ist. Er ist genauso sehr ein Feind der Verlorenen wie Rand al'Thors, den er leidenschaftlich hasst. Zuletzt wurde er zusammen mit Toram Riatin in Far Madding gesehen.

Fäuste des Himmels: Leicht bewaffnete und gepanzerte seanchanische Infanterie, die auf den Rücken der geflügelten Kreaturen namens *To'raken* in die Schlacht ziehen. Es handelt sich ausschließlich um kleinwüchsige Männer und Frauen, was größtenteils an dem geringen Gewicht liegt, das ein *To'raken* tragen kann. Sie gelten allgemein als die zähesten verfügbaren Soldaten und werden hauptsächlich für Sturmangriffe eingesetzt, zum Beispiel auf die Nachhut des Feindes, sowie in solchen Fällen, in denen es darauf ankommt, Soldaten in kürzester Zeit an ihre Positionen zu bringen.

Feuerwerker, Gilde der: Eine Gemeinschaft, die das Geheimnis zur Herstellung von Feuerwerk bewahrt. Sie hütet dieses Geheimnis sehr gewissenhaft, bis hin zum Mord. Die Gilde leitet ihren Namen von ihren großartigen Feuerwerken ab, die man auch als Illuminationen bezeichnet – man nennt sie auch die Gilde der Illuminatoren –, und die sie für Herrscher und gelegentlich einflussreiche Lords veranstaltet. Einfaches Feuerwerk wurde auch im freien Handel verkauft, aber stets mit strengen Warnungen vor den schlimmen Folgen, die aus dem Versuch resultieren könnten, etwas über das Innere der Feuerwerkskörper in Erfahrung zu bringen. Einst hatte die Gilde in Cairhien und Tanchico Stiftungshäuser, aber sie sind nun zerstört. Die Gildenangehörigen in Tanchico haben sich gegen die Invasion der Seanchaner zur Wehr gesetzt; die Überlebenden wurden zu *Da'covale* gemacht, die Gilde als solche existiert nicht länger. Allerdings konnten einzelne Illuminatoren den Seanchanern entkommen, und vielleicht wird man in nicht allzu ferner Zukunft wieder großartige Feuerwerke sehen.

Gefährten: Die Militärelite von Illian, die derzeit von dem Ersten Hauptmann Demetre Marcolin befehligt wird.

Die Gefährten stellen die Leibwache für den König von Illian und bewachen Schlüsselstellungen des Landes. Darüber hinaus hat man die Gefährten in der Schlacht traditionellerweise dazu eingesetzt, die stärkste Position des Feindes anzugreifen, seine Schwäche auszunutzen und, falls nötig, den Rückzug des Königs zu decken. Im Gegensatz zu den meisten vergleichbaren Eliteeinheiten sind Ausländer nicht nur willkommen (mit Ausnahme von Tairenern, Altaranern und Murandianern), sie können sogar – genau wie normale Untertanen – in die höchsten Positionen aufsteigen, was ebenfalls sehr ungewöhnlich ist. Die Uniform der Gefährten besteht aus einem grünen Mantel, einem Brustharnisch, auf dem die Neun Bienen von Illian eingraviert sind, sowie einem konischen Helm mit einem Stangenvisier. Der Erste Hauptmann trägt an den Manschetten vier aufgestickte goldene Ringe und drei schmale goldene Federn auf dem Helm. Der Zweite Hauptmann trägt an den Manschetten drei aufgestickte goldene Ringe und am Helm drei goldene Federn mit grünen Spitzen. Leutnants tragen an den Manschetten zwei gelbe Ringe und zwei grüne Federn auf dem Helm, Unterleutnants einen gelben Ring und eine grüne Feder. Bannerträger tragen zwei unterbrochene gelbe Ringe an der Manschette und eine gelbe Feder, Fußsoldaten einen einzigen unterbrochenen gelben Ring.

Generalhauptmann: (1) Der militärische Rang des Befehlshabers der Königlichen Garde von Andor. Diese Position wird zurzeit von Lady Birgitte Trahelion eingenommen. (2) Der Titel der Anführerin der Grünen Ajah, die allerdings allein den Mitgliedern der Grünen namentlich bekannt ist. In der Weißen Burg wird diese Position zurzeit von Adelorna Bastine ausgefüllt, bei den von Egwene al'Vere angeführten Aes Sedai-Rebellen hält sie Myrelle Berengari inne.

Geflügelten Wachen, die: Die Leibwache der Ersten von Mayene und gleichzeitig die Eliteeinheit des Mayenischen Militärs. Soldaten der Geflügelten Wache tragen rotlackierte Brustharnische und rote Topfhelme mit Nackenschutz, ihre Bewaffnung besteht aus mit Wimpeln versehenen Lanzen. An den Helmen der Offiziere sind an den Seiten Flügel aus dem Eisen gehämmert, der Rang wird durch dünne Federn angezeigt.

Gewichtseinheiten: 10 Unzen = 1 Pfund, 10 Pfund = 1 Stein, 10 Steine = 1 Zentner, 10 Zentner = 1 Tonne.

Gregorin: Gregorin Panar de Lushenos. Mitglied vom Konzil der Neun in Illian, der zurzeit dem Wiedergeborenen Drachen als Verwalter von Illian dient.

Hailene: In der Alten Sprache »Vorläufer« oder »Jene, die vorher kommen«. Bezeichnung der Seanchaner für die gewaltige Expeditionsstreitmacht, die über das Aryth-Meer geschickt wurde, um die Länder auszuspionieren, die einst von Artur Falkenflügel beherrscht wurden. Seitdem sie unter dem Befehl der Hochlady Suroth steht und ihre Größe durch in den eroberten Ländern eingezogene Rekruten stark angeschwollen ist, hat die Hailene ihre ursprünglichen Ziele weit hinter sich gelassen und ist von der Wiederkehr übertrumpft worden.

Hanlon, David: Schattenfreund und ehemaliger Befehlshaber der Weißen Löwen, der in den Diensten des Verlorenen Rahvin stand, während dieser als Lord Gaebril Caemlyn beherrschte. Später führte Hanlon befehlsgemäß die Weißen Löwen nach Cairhien, um dort die Rebellion gegen den Wiedergeborenen Drachen voranzutreiben. Die Weißen Löwen wurden von einer »Blase des Bösen« vernichtet und Hanlon nach Caemlyn zurückbeordert, wo er sich unter dem Namen Doilin Mellar bei der Tochter-Erbin Elayne eingeschmeichelt hat. Gerüchten zufolge hat er beträchtlich mehr, als sich nur eingeschmeichelt.

Herz: Basiseinheit in der Organisation der Schwarzen Ajah. Im Grunde genommen eine Zelle. Ein Herz besteht aus drei Schwestern, die einander kennen; jede Angehörige eines Herzens kennt wiederum eine weitere Schwarze Schwester.

Hierarchie des Meervolks: Die Atha'an Miere, das Meervolk, werden von der Herrin der Schiffe der Atha'an Miere beherrscht. Ihr zur Seite steht die Windsucherin der Herrin der Schiffe sowie der Meister der Klingen. Den nächsten untergeordneten Rang bekleiden die Herrinnen der Wogen der einzelnen Clans, von denen jede ebenfalls über eine Windsucherin und einen Schwertmeister verfügen. Die Herrin der Wogen eines Clans herrscht über die Herrinnen der Segel (die Schiffskapitäne), die den Befehl über die Schiffe haben und von ihren eigenen Windsucherinnen und Zahlmeistern unterstützt werden. Die Windsucherin der Herrin der Schiffe hat die Autorität über alle Windsucherinnen des Meervolks, aber natürlich hat die jeweilige Herrin der Wogen zugleich die Autorität über alle Windsucherinnen ihres Clans. Das Gleiche gilt für den Meister der Klingen, der die Autorität über alle Schwertmeister hat, denen wiederum die Zahlmeister ihres Clans unterstehen. Beim Meervolk ist Rang nicht erblich. Die Herrin der Schiffe wird auf Lebenszeit von den Ersten Zwölf der Atha'an Miere gewählt, den zwölf ältesten Herrinnen der Wogen. Die Herrin der Wogen eines Clans wird wiederum von den zwölf ältesten Herrinnen der Segel ihres Clans gewählt, die man schlicht die Ersten Zwölf nennt – ein Begriff, der ebenfalls dazu benutzt wird, um die älteste Herrin der Segel vor Ort zu benennen. Sie kann von denselben Ersten Zwölf durch eine Abstimmung wieder abgesetzt werden. In der Tat kann bis auf die Herrin der Schiffe jeder wegen Gesetzesübertretungen, Feigheit oder anderen Verbrechen bis hinunter zum einfachen Deckmatrosen degradiert werden. Beim Tod einer Herrin der Wogen oder der Herrin der Schiffe muss ihre Windsucherin notwendigerweise einer Frau mit niederem Rang dienen, und ihr eigener Rang verringert sich deswegen ebenfalls.

Ishara: Die erste Königin von Andor (zirka 994–1020 FJ). Nach dem Tod Artur Falkenflügels überzeugte Ishara ihren Gemahl, einen von Falkenflügels wichtigsten Generälen, die Belagerung von Tar Valon abzubrechen und sie mit so vielen Soldaten, wie er von dem Heer auf seine Seite ziehen konnte, nach Caemlyn zu begleiten. Wo viele andere versuchten, Falkenflügels ganzes Reich für sich zu erobern und scheiterten, nahm Ishara erfolgreich von einem kleinen Teil Besitz. Heutzutage weist fast jedes Adelshaus Andors etwas von Isharas Blut auf und der rechtmäßige Anspruch auf den Löwenthron hängt sowohl von der direkten Abstammung von ihr als auch von der nachgewiesenen Anzahl an Verbindungen zu ihr ab.

Jünglinge, die: Die ersten Jünglinge waren junge Männer, die in der Weißen Burg von Behütern ausgebildet wurden. Sie stellten sich gegen ihre Lehrer, die Siuan Sanche befreien wollten, nachdem man sie mit Gewalt vom Amyrlin-Sitz entfernt hatte. Angeführt von Gawyn Trakand blieben die Jünglinge der Weißen Burg gegenüber loyal und kämpften in Scharmützeln gegen die Weißmäntel unter Eamon Valda. Sie stellten den Begleitschutz für Elaidas Botschafter bei ihrem Besuch beim Wiedergeborenen Drachen in Cairhien und kämpften bei den Quellen von Dumai gegen Aiel und Asha'man. Bei der Rückkehr nach Tar Valon erfuhren sie, dass man sie aus der Stadt ausgesperrt hatte.
Die Jünglinge tragen grüne Umhänge mit Gawyns Weißem Eber; diejenigen von ihnen, die in Tar Valon gegen ihre Lehrmeister gekämpft haben, tragen einen kleinen silbernen Turm am Kragen. Sie nehmen überall Rekruten auf, aber keine Veteranen oder alte Männer. Eine der Grundvoraussetzungen besteht darin, dass der Rekrut zugunsten der Jünglinge sämtlichen früheren Bindungen entsagen muss. Die älteren Mitglieder lehren die Rekruten Behütertechniken und geben ihr Wissen auf diese Weise weiter; mehrere haben das Angebot von Aes Sedai abgelehnt, einen Bund einzugehen. Die Jünglinge schei-

nen in vielerlei Hinsicht nur noch wenig mit der Weißen Burg oder den Aes Sedai zu tun zu haben. Das liegt zum Teil in ihrem Verdacht begründet, dass sie die Expedition nach Cairhien nicht überleben sollten.

Kaensada: Ein Gebiet in Seanchan, das von unzivilisierten Bergstämmen bevölkert wird. Diese Stämme kämpfen oft untereinander, das Gleiche gilt für einzelne Familien innerhalb der Stämme. Jeder Stamm hat seine eigenen Bräuche und Vorschriften, die für Außenstehende oft wenig Sinn machen. Die meisten Stammesleute meiden die zivilisierten Bewohner Seanchans.

Kalender: Die Woche hat zehn Tage, der Monat 28, und es gibt 13 Monate im Jahr. Mehrere Festtage gehören keinem bestimmten Monat an: der Sonntag oder Sonnentag (der längste Tag des Jahres), das Erntedankfest (einmal alle vier Jahre zur Frühlingssonnenwende) und das Fest der Rettung aller Seelen, auch Allerseelen genannt (einmal alle zehn Jahre zur Herbstsonnenwende). Obwohl die Monate Namen haben – Taisham, Jumara, Saban, Aine, Adar, Saven, Amadaine, Tammaz, Maigdhal, Choren, Shaldine, Nesan und Danu – benutzt man sie nur selten und dann auch nur in offiziellen Dokumenten. Den einfachen Leuten reicht die Jahreszeit.

Katar: Eine Stadt in Arad Doman, die für ihre Minen und Schmieden bekannt ist. Katar ist so wohlhabend, dass seine Lords gelegentlich daran erinnert werden müssen, dass sie ein Teil von Arad Doman sind.

Kinder des Lichts: Eine Gemeinschaft von Asketen, die sich den Sieg über den dunklen König und die Vernichtung aller Schattenfreunde zum Ziel gesetzt hat. Die Gemeinschaft wurde während des Hundertjährigen Krieges von Lothair Mantelar gegründet, um als Prediger gegen die ansteigende Zahl der Schattenfreunde anzugehen. Während des Krieges entwickelte sich daraus eine militärische Organisation, streng ideologisch ausgerichtet und fest im Glauben, allein sie würden der absoluten Wahrheit und dem Recht dienen. Sie hassen die Aes Sedai und halten sie sowie alle, die sie unterstützen oder sich mit ihnen befreunden, für Schattenfreunde. Sie werden geringschätzig Weißmäntel genannt. Ihr Hauptquartier befand sich in Amador in Amadicia, aber sie wurden vertrieben, als die Seanchaner die Stadt eroberten. Im Wappen führen sie eine goldene Sonne mit Strahlen auf weißem Feld (*siehe auch:* Zweifler).

Königliche Garde: Eliteeinheit des Militärs von Andor. In Friedenszeiten vollstreckt die Garde die Gesetze der Königin und hält den Frieden aufrecht. Die Uniform der Königlichen Garde setzt sich aus rotem Mantel, funkelndem Harnisch, einem roten Umhang und einem konischen Helm mit Gittervisier zusammen. Hochrangige Offiziere tragen auf den Schultern Knoten als Rangabzeichen, sie dürfen auch Sporen mit goldenen Löwenköpfen benutzen. Kürzlich ist die Königliche Garde um die persönliche Leibwache der Tochter-Erbin erweitert worden, die abgesehen von ihrem Hauptmann Doilin Mellar nur aus Frauen besteht.

Kusinen: Selbst während der Trolloc-Kriege vor mehr als zweitausend Jahren (zirka 1000–1350 NZ) hielt die Weiße Burg ihren Standard aufrecht und schickte Frauen fort, die nicht die nötigen Vorraussetzungen erfüllten. Eine Gruppe solcher Frauen, die sich davor fürchteten, während der Kriege nach Hause zurückzukehren, floh nach Barashta (in der Nähe des heutigen Ebou Dar), so weit von den Kämpfen entfernt, wie es nur möglich war. Sie bezeichneten sich als Kusinen, blieben im Untergrund und boten einen sicheren Hafen für all jene, die aus der Burg fortgeschickt wurden. Im Laufe der Zeit führte die Verbindung mit Frauen, denen man befohlen hatte, die Burg zu verlassen, zu Kontakten mit Ausreißerinnen, und obwohl man die wahren Gründe vermutlich nie erfahren wird, fingen die Kusinen an, auch Ausreißerinnen bei sich aufzunehmen. Sie unternahmen große Anstrengungen, dass diese Mädchen nichts über die Kusinen erfuhren, bis sie sicher sein konnten, dass die Aes Sedai sich nicht auf sie stürzen und sie zurückholen würden. Schließlich war allgemein bekannt, dass Ausreißerinnen früher oder später immer eingefangen wurden, und die Kusinen wussten ganz genau, dass man auch sie streng bestrafen würde, falls sie ihre Existenz nicht geheim hielten.

Allerdings wussten die Aes Sedai der Weißen Burg fast von Anfang an über sie Bescheid, doch die Kriege ließen keine Zeit übrig, sich um sie zu kümmern. Nach Beendigung der Kriege kam die Burg zu der Einsicht, dass es möglicherweise nicht in ihrem besten Interesse lag, die Kusinen zu vernichten. Im Gegensatz zu den Verlautbarungen der Burg war vielen Ausreißerinnen die Flucht gelungen, aber sobald die Kusinen ihnen halfen, wusste die Burg genau, in welche Richtung sie flohen, und nun holte sie neun von zehn zurück. Da die Kusinen in dem Bemühen, ihre Existenz und ihre Anzahl zu verbergen, Barashta (und später Ebou Dar) immer wieder verließen, um später wieder dorthin zurückzukehren, und nie länger als zehn Jahre an einem Ort blieben, damit niemand bemerkte, dass sie nicht wie andere Menschen alterten, kam die Burg zu dem Glauben, dass es nur wenige von ihnen gab, die niemals großes Aufsehen erregten. Um die Kusinen als Falle für Ausreißerinnen zu benutzen, entschied sich die Burg, sie im Gegensatz zu jeder ähnlichen Verbindung im Verlauf der Geschichte in Ruhe zu lassen. Tatsächlich ist sogar die Existenz der Kusinen ein Geheimnis, das allein den anerkannten Aes Sedai bekannt ist.

Die Kusinen haben keine Gesetze, sondern nur Regeln, die teilweise auf dem Regelwerk der Weißen Burg für Novizinnen und Aufgenommene basieren und teilweise auf der Notwendigkeit zur Geheimhaltung. Wie bei der Entstehungsgeschichte der Kusinen vielleicht zu erwarten ist, werden die Regeln bei allen Mitgliedern sehr streng eingehalten.

Kürzlich erfolgte offene Kontakte zwischen Aes Sedai und Kusinen sind zwar nur einer Hand voll Schwestern bekannt, haben jedoch zu schockierenden Erkenntnissen geführt, einschließlich der Tatsache, dass es doppelt so viele Kusinen wie Aes Sedai gibt. Darüber hinaus sind einige von ihnen mehr als hundert Jahre älter, als jede Aes Sedai seit Beginn der Trolloc-Kriege und auch schon zuvor geworden ist. Die Auswirkungen dieser Enthüllungen sowohl auf die Kusinen wie auf die Aes Sedai sind jedoch noch eine Sache der Spekulation (*siehe auch*: Töchter des Schweigens; Nähkränzchen).

Lady der Schatten: Ein seanchanischer Begriff für den Tod.

Längenmaße: 10 Finger = 1 Fuß, 3 Fuß = 1 Schritt, 2 Schritte = 1 Spanne, 1000 Spannen = 1 Meile.

Lanzenhauptmann: In den meisten Ländern führen Adelsfrauen ihre Waffenmänner nicht persönlich in den Kampf. Stattdessen nehmen sie professionelle Soldaten in Dienst, meistens einen Mann von niederer Geburt, der für die Ausbildung und das Kommando über die Waffenmänner verantwortlich ist. Je nach Land nennt man diesen Mann Lanzenhauptmann, Schwerthauptmann, Meister der Pferde oder Meister der Lanzen. Unweigerlich entstehen oft Gerüchte über eine engere Beziehung als zwischen Lady und Diener. Manchmal entsprechen sie sogar der Wahrheit.

Legion des Drachen: Eine große Militärformation, die nur aus Infanterie besteht und dem Wiedergeborenen Drachen die Treue geschworen hat. Ihre Ausbildung liegt in den Händen von Davram Bashere, und zwar nach Vorschriften, die er selbst zusammen mit Mat Cauthon erarbeitet hat und die sich rigoros vom üblichen Einsatz der Fußsoldaten unterscheiden. Viele Männer melden sich als Freiwillige, aber ein großer Teil der Legion wird von Rekrutierungskommandos der Schwarzen Burg herangeschafft, die zuerst alle Männer, die bereit sind, dem

Wiedergeborenen Drachen zu folgen, an einer Sammelstelle zusammenholen, und auch das erst, nachdem sie sie durch Wegetore in die Nähe von Caemlyn schaffen, um diejenigen herauszusieben, die man im Gebrauch der Einen Macht unterweisen kann. Der Rest – bei weitem der größere Teil – wird in Basheres Ausbildungslager geschickt.

Marath'damane: In der Alten Sprache »jene, die an die Leine gelegt werden müssen« und »eine, die man anleinen muss«. So bezeichnen die Seanchaner jede Frau, die die Macht lenken kann und nicht den Kragen einer *Damane* trägt.

Meister der Lanzen: *siehe auch:* Lanzenhauptmann

Meister der Pferde: *siehe auch:* Lanzenhauptmann

Mera'din: In der Alten Sprache »die Bruderlosen«. Der Name wurde von jenen Aiel angenommen, die Clan und Septime verließen und sich den Shaido anschlossen, weil sie Rand al'Thor, einen Feuchtländer, nicht als den *Car'a'carn* akzeptieren konnten oder sich weigerten, seine Enthüllungen über die Geschichte der Aiel zu glauben. Clan und Septime zu verlassen – aus welchem Grund auch immer – ist unter den Aiel eine unvorstellbare Tat, weswegen die Kriegergemeinschaften der Shaido sie nicht aufnehmen wollten. Darum gründeten sie ihre eigene Gemeinschaft, die Bruderlosen.

Morat-: In der Alten Sprache »Tierbändiger«. Die Seanchaner bezeichnen damit die Männer und Frauen, die die Exoten abrichten; es gibt *Morat'raken, Raken*bändiger oder Reiter, die zwanglos auch Flieger genannt werden (*siehe auch*: *Der'morat*).

Nähkränzchen: Die Anführerinnen der Kusinen. Da keine Angehörige der Kusinen jemals erfahren hat, wie die Hierarchie der Aes Sedai funktioniert – das Wissen darüber wird erst dann weitergegeben, wenn eine Aufgenommene die Prüfung für die Stola bestanden hat –, legten sie keinen Wert auf die Stärke in der Macht, sondern maßen dem Alter ein größeres Gewicht zu; so nimmt die ältere Frau immer einen höheren Rang als die jüngere ein. Das Nähkränzchen (die Bezeichnung wurde gewählt, weil sie – wie der Begriff Kusine – unverfänglich ist) setzt sich daher aus den dreizehn ältesten in Ebou Dar wohnenden Kusinen zusammen und die Frau mit dem höchsten Alter und damit die Vorsitzende trägt den Titel Älteste. Nach den Regeln müssen alle zurücktreten, wenn die Zeit zum Weiterziehen gekommen ist, aber so lange sie in Ebou Dar beheimatet sind, haben sie die absolute Autorität über die Kusinen, und zwar in einem Maß, um das sie jeder Amyrlin-Sitz beneiden würde (*siehe auch:* Kusinen).

Prophet: Die formelle Bezeichnung lautet Prophet des Lord Drachen. Einst war Masema Dagar ein schienarischer Soldat, der eine Offenbarung erlebte und entschied, dass er dazu auserwählt wurde, die Worte des Wiedergeborenen Drachen auf der Welt zu verbreiten. Er glaubt, dass es nichts Wichtigeres gibt, als die Tatsache anzuerkennen, dass der Wiedergeborene Drache das Gestalt gewordene Licht ist und man Willens ist, seinem irgendwann erschallenden Ruf zu folgen. Er und seine Anhänger sind zu jeder Gewalttat bereit, um andere zu zwingen, die glorreichen Taten des Wiedergeborenen Drachen zu preisen. Er hat seinem Namen entsagt, lässt sich nur noch als »der Prophet« ansprechen und hat große Teile von Ghealdan und Amadicia, die nun unter seiner Herrschaft stehen, ins Chaos gestürzt. Er hat sich Perrin Aybara angeschlossen, der ausgesandt wurde, ihn zu Rand zu bringen; aus unbekannten Gründen ist er bei ihm geblieben, obwohl das sein Zusammentreffen mit dem Wiedergeborenen Drachen verzögert.

Rotwaffen: Soldaten der Bande der Roten Hand, die zum zeitweiligen Polizeidienst ausgesucht wurden und dafür sorgen, dass die anderen Mitglieder der Bande in Städten oder Dörfern keinen Ärger machen oder Schaden anrichten. Der Name geht auf die breiten roten Armbänder zurück, die sie im Dienst tragen und die fast den ganzen Ärmel bedecken. Für gewöhnlich werden sie aus den erfahrensten und verlässlichsten Männern ausgewählt. Da mögliche Schäden von den Männern bezahlt werden müssen, die als Rotwaffen dienen, arbeiten sie mit dem vollen Einsatz ihrer Kräfte, um dafür zu sorgen, dass alles ruhig und friedlich bleibt. Eine Hand voll ehemaliger Rotwaffen wurden auserwählt, um Mat Cauthon nach Ebou Dar zu begleiten (*siehe auch:* Shen an Calhar).

Schattenhunde: Aus vom Dunklen König verdorbenen Hunden erschaffenes Schattengezücht. Sie ähneln grundsätzlich Wölfen, sind aber schwärzer als die Nacht, haben die Größe von Ponys und wiegen mehrere hundert Pfund. Für gewöhnlich bilden sie Rudel von zehn oder zwölf Tieren, allerdings hat man schon die Spuren von größeren Rudeln gesichtet. Auf weichem Boden hinterlassen sie keine Spuren, doch finden sich ihre Abdrücke auf Stein, die häufig von dem Geruch nach verbranntem Schwefel begleitet werden. Sie gehen nur ungern im Regen hinaus, aber sobald sie einmal unterwegs sind, kann auch der Regen sie nicht aufhalten. Sobald sie die Witterung aufgenommen haben, muss man sich ihnen stellen und sie besiegen, oder der Tod des Opfers ist nicht zu verhindern. Es sei denn, es gelingt ihm, das andere Ufer eines Flusses zu erreichen, da Schattenhunde kein fließendes Wasser überqueren können. Jedenfalls wird das behauptet. Ihr Blut und ihr Geifer sind giftig; kommt die Haut des Opfers damit in Berührung, wird es langsam und qualvoll sterben (*siehe auch:* Die Wilde Jagd).

Seandar: Die Kaiserliche Hauptstadt von Seanchan, die sich im Nordosten des seanchanischen Kontinents befindet. Seandar ist gleichzeitig die größte Stadt im Kaiserreich.

sei'mosiev: In der Alten Sprache »gesenkter Blick«. Ist bei den Seanchanern die Rede davon, dass jemand *sei'mosiev* wurde, bedeutet das, dass er das »Gesicht verloren« hat (*siehe auch: sei'taer*).

sei'taer: In der Alten Sprache »offener Blick«. Die Seanchaner bezeichnen damit Ehre oder »Gesicht«, die Fähigkeit, jemandem ohne Scham in die Augen sehen zu können. Es ist möglich, *sei'taer* »zu haben«, was so viel bedeutet, dass man eine ehrenhafte Person ist, die einem anderen offen ins Gesicht sehen kann, so wie es möglich ist, *sei'taer* zu »gewinnen« oder zu »verlieren« (*siehe auch: sei'mosiev*).

Shara: Ein geheimnisvolles Land östlich der Aiel-Wüste. Das Land wird von natürlichen Barrieren und von Menschen erbauten Mauern beschützt. Über Shara ist nur wenig bekannt, da die Bewohner ihre Kultur anscheinend geheim halten wollen. Die Sharaner bestreiten, von den Trolloc-Kriegen in Mitleidenschaft gezogen worden zu sein, obwohl die Aiel das Gegenteil behaupten. Sie stellen auch Artur Falkenflügels Invasionsversuche in Abrede, obwohl es darüber Augenzeugenberichte vom Meervolk gibt. Den wenigen Informationen nach zu urteilen, die durchgesickert sind, werden die Sharaner von unumschränkten Monarchen beherrscht: der Sh'boan, wenn es eine Frau ist, und dem Sh'botay, wenn es ein Mann ist. Dieser Monarch herrscht genau sieben Jahre lang und stirbt dann. Die Herrschaft geht auf den jeweiligen Gemahl über, der sieben Jahre lang herrscht und stirbt. Dieses Muster wiederholt sich seit der Zerstörung der Welt. Die Sharaner glauben, diese Todesfälle seien der »Wille des Musters«.
Es gibt in Shara Machtlenker, die dort als Ayyad bekannt sind; sie erhalten bei ihrer Geburt Gesichtstätowierungen. Die Frauen unter den Ayyad vollstrecken strikt die Gesetze, die sie betreffen. Auf eine sexuelle Beziehung zwischen einem Ayyad und einem Nicht-Ayyad steht die Todesstrafe für den Nicht-Ayyad, der Ayyad wird

ebenfalls hingerichtet, wenn ihm nachgewiesen werden kann, dass er dabei die Macht benutzt hat. Ein Kind aus solch einer Verbindung wird ausgesetzt und stirbt. Männliche Ayyad werden wie Zuchtvieh benutzt. Erreichen sie ihr einundzwanzigstes Lebensjahr oder fangen an, die Macht zu lenken – was auch immer zuerst eintrifft –, werden sie von den Ayyad-Frauen hingerichtet, und die Leiche wird eingeäschert. Angeblich lenken die Ayyad die Macht nur auf direkten Befehl der Sh'boan oder des Sh'botay, die ständig von Ayyad-Frauen umgeben sind.
Selbst der Name des Landes ist umstritten. Von den Bewohnern ist bekannt, dass sie viele verschiedene Namen verwenden, einschließlich Shamara, Co'dansin, Tomaka, Kigali und Shibouya.

Shen an Calhar: In der Alten Sprache »die Bande der Roten Hand«. (1) Eine legendäre Gruppe von Helden, die viele Abenteuer bestand und schließlich bei der Verteidigung von Manetheren starb, als das Land während der Trolloc-Kriege vernichtet wurde. (2) Eine Truppenformation, die eher zufällig von Mat Cauthon begründet wurde; sie ist ähnlich den Streitkräften organisiert, die es auf dem Höhepunkt der militärischen Kunst gab, den Tagen von Artur Falkenflügel und den unmittelbar darauf folgenden Jahrhunderten.

Sisnera, Darlin: Ein Hochlord in Tear, der eine Rebellion gegen den Wiedergeborenen Drachen anführte, nun aber in seinem Namen das Amt des Verwalters von Tear ausübt.

So'jhin: Die treffendste Übersetzung aus der Alten Sprache dürfte die Umschreibung »Erhabenheit unter Niederen« sein, obwohl es einige auch als »sowohl Himmel wie auch Tal« übersetzen. Mit *So'jhin* bezeichnen Seanchaner die Höheren Diener, deren Rang erblich ist. Sie sind *Da'covale*, Besitz, bekleiden jedoch Positionen von beträchtlicher Autorität und Macht. Selbst Angehörige des

Blutes behandeln die *So'jhin* der Kaiserfamilie mit Vorsicht und sprechen die persönlichen *So'jhin* der Kaiserin als Gleichgestellte an (*siehe auch*: Blut, *Da'covale*).

Sul'dam: wörtlich: ›Trägerin der Leine‹. Bezeichnung der Seanchaner für eine Frau mit der Fähigkeit, *Damane* – Frauen, die die Eine Macht lenken können – zu beherrschen und mit Hilfe eines *A'dam* unter Kontrolle zu halten. Junge Frauen werden von den Seanchanern im gleichen Alter und zur gleichen Zeit auf diese Fähigkeit hin überprüft wie die *Damane* selbst. Eine relativ ehrenvolle Position in der seanchanischen Gesellschaft. Nur wenigen ist die Tatsache bekannt, dass *Sul'dam* Frauen sind, die den Gebrauch der Macht selbst erlernen können (*siehe auch: A'dam, Damane*).

Stumpf: Ein öffentlicher Versammlungsort der Ogier. Die Versammlung kann in oder auch unter den *Stedding* abgehalten werden. Sie wird vom Rat der Älteren eines *Stedding* geleitet, aber jeder erwachsene Ogier hat das Recht zu sprechen oder darf einen Fürsprecher erwählen, der für ihn spricht. Ein Stumpf wird oft beim größten Baumstumpf eines *Stedding* abgehalten und kann mehrere Jahre dauern. Bedarf eine Angelegenheit der Klärung, die alle Ogier betrifft, wird ein Großer Stumpf abgehalten, und Ogier aller *Stedding* versammeln sich, um die Frage zu besprechen. Die verschiedenen *Stedding* wechseln sich darin ab, einen Großen Stumpf auszurichten.

Sucher, die: Auch als die Sucher der Wahrheit bekannt. Hierbei handelt es sich um eine Polizei- und Spitzelorganisation des Kaiserlichen Throns von Seanchan. Obwohl es sich bei den meisten Suchern um *Da'covale* und somit Besitz der Kaiserfamilie handelt, verfügen sie über weitreichende Befugnisse. Jedes Mitglied des Blutes kann verhaftet werden, wenn es die Frage eines Suchers nicht beantwortet oder die vollständige Kooperation verweigert, wobei Letzteres allein von der Definition des Suchers abhängt; nur die Kaiserin kann entscheiden, ob der Sucher richtig gehandelt hat. Die Sucher, die *Da'covale* sind, tragen auf einer Schulter eine Tätowierung mit Rabe und Turm. Im Gegensatz zu den Totenwächtern sind Sucher nur selten bereit, ihre Raben zu zeigen, weil sie dadurch ihre Identität enthüllen würden.

Taborwin, Breane: Eine gelangweilte Adlige in Cairhien, die Reichtum und Status verlor und jetzt nur noch Dienerin ist, aber eine romantische Beziehung mit einem Mann eingegangen ist, den sie einst verachtet hätte.

Taborwin, Dobraine: Ein Lord in Cairhien. Zurzeit dient er als Verwalter des Wiedergeborenen Drachen in Cairhien.

Tarabon: Eine Nation am Aryth-Meer. Einst eine große Handelsnation, die für ihre Teppiche, Farben und die Gilde der Feuerwerker berühmt war. Nun sind in Tarabon schwere Zeiten angebrochen. Von Anarchie und Bürgerkrieg geplagt, die zusätzlich von Kriegen gegen Arad Doman und die Drachenverschworenen erschwert wurden, war das Land der Invasion der Seanchaner hilflos ausgesetzt. Es steht nun unter der Kontrolle der Seanchaner; das Stiftungshaus der Gilde der Feuerwerker wurde zerstört und die meisten Feuerwerker zu *Da'covale* gemacht. Die meisten Taraboner scheinen dankbar zu sein, dass die Seanchaner die Ordnung wiederhergestellt haben, und da ihnen die Besatzer erlauben, ihr Leben wie gewohnt fortzuführen, verspüren sie nicht den geringsten Wunsch, weiteren Krieg ins Land zu holen, um die Seanchaner wieder zu vertreiben. Allerdings gibt es einige Lords und Soldaten, die sich außerhalb der seanchanischen Einflusssphäre befinden und hoffen, ihr Land zurückerobern zu können.

Tiefenschau: (1) Die Fähigkeit, mit Hilfe der Einen Macht Krankheiten zu diagnostizieren. (2) Die Fähigkeit, mit Hilfe der Einen Macht Erzvorkommen aufzuspüren. Dies ist eine seit langem in Vergessenheit geratene Fähigkeit der Aes Sedai, was womöglich auch der Grund dafür ist, dass der Name heute eine andere Fähigkeit bezeichnet.

Töchter des Schweigens: Während der dreitausend Jahre umfassenden Geschichte der Weißen Burg wurden immer wieder Frauen fortgeschickt, die sich nicht mit ihrem Schicksal abfinden wollten und den Versuch unternahmen, sich zu einer Gruppe zusammenzuschließen. Solche Gruppen wurden stets von der Weißen Burg aufgelöst, sobald sie bekannt wurden, und ihre Mitglieder in aller Öffentlichkeit streng bestraft, um sicherzugehen, dass auch jeder die Botschaft verstand. Die letzte aufgelöste Gruppe nannte sich selbst Töchter des Schweigens (794–798 NÄ). Die Töchter bestanden aus zwei Aufgenommenen, die man aus der Burg fortgeschickt hatte, und dreiundzwanzig Frauen, die sie aufgespürt und ausgebildet hatten. Sie wurden nach Tar Valon geschafft und bestraft, die dreiundzwanzig wurden in das Novizinnenbuch aufgenommen. Nur eine davon errang die Stola (*siehe auch:* Kusinen).

Totenwache: Eliteeinheit des seanchanischen Kaiserreichs, in der sowohl Menschen wie auch Ogier dienen. Die menschlichen Mitglieder der Totenwache sind alle *Da'covale,* die als Sklaven geboren und in frühester Jugend ausgewählt wurden, um der Kaiserin, zu deren Besitz sie zählen, zu dienen. Bis zum Fanatismus loyal und von wildem Stolz erfüllt, haben sie oftmals Raben auf die Schultern tätowiert, das Zeichen eines *Da'covale* der Kaiserin. Die Ogier in der Wache sind auch als die Gärtner bekannt, und sie sind keine *Da'covale.* Die Gärtner sind genauso fanatisch ergeben wie die menschlichen Totenwächter und werden noch mehr gefürchtet. Ob Mensch oder Ogier, die Totenwächter sind nicht nur bereit, für die Kaiserin und das Kaiserhaus zu sterben, sondern vertreten die Überzeugung, dass ihr Leben der Kaiserin gehört und sie damit nach Belieben verfahren kann. Helme und Rüstung sind dunkelgrün und blutrot lackiert, die Schilde sind schwarz lackiert, und Speere und Schwerter haben schwarze Quasten (*siehe auch: Da'covale*).

Vereinigung: Als die von Artur Falkenflügel ausgesandten Heere unter dem Kommando seines Sohnes Luthair in Seanchan landeten, entdeckten sie einen sich in ständiger Veränderung befindlichen Flickenteppich aus Nationen, die permanent miteinander Krieg führten und die häufig von Aes Sedai beherrscht wurden. Ohne ein Gegenstück zur Weißen Burg kämpften die Aes Sedai mit Hilfe der Einen Macht um die Vergrößerung ihrer persönlichen Reiche. Sie bildeten kleine Gruppen und intrigierten ständig gegeneinander. Diese Intrigen drehten sich größtenteils um den Gewinn persönlicher Vorteile. Die daraus entstandenen Kriege unter den zahllosen Nationen ermöglichten den aus dem Osten über das Aryth-Meer eingedrungenen Heeren überhaupt erst, mit der Eroberung eines ganzen Kontinents zu beginnen, die später von ihren Nachkommen vollendet wurde. Diese Eroberung, in deren Verlauf die Nachkommen der ursprünglichen Soldaten nicht nur ihre Herrschaft auf ganz Seanchan ausdehnten, sondern zu Seanchanern wurden, dauerte länger als neunhundert Jahre und wird als die Vereinigung bezeichnet.

Verlorene: Name von dreizehn mächtigen Aes Sedai, sowohl Männer als auch Frauen, die während des Zeitalters der Legenden zum Schatten überliefen und in der Versiegelung des Stollens zum Gefängnis des Dunklen Königs gefangen wurden. Obwohl lange Zeit angenommen wurde, dass während des Schattenkrieges allein sie das Licht aufgaben, gab es in Wahrheit noch andere; diese dreizehn nahmen lediglich die höchsten Ränge ein. Die Verlorenen (die sich selbst die Auserwählten nennen) sind seit ihrem Erwachen in der neuen Zeit dezimiert worden. Die bekannten Überlebenden sind Demandred, Semirhage, Graendal, Mesaana, Moghedien sowie zwei andere, die in neuen Körpern wiedergeboren wurden und die neuen Namen Osan'gar und Aran'gar erhielten.

Kürzlich erschien ein Mann, der sich Moridin nennt und bei dem es sich möglicherweise um einen weiteren toten Verlorenen handelt, der vom Dunklen König von jenseits des Grabes zurückgeholt wurde. Das Gleiche trifft vielleicht auf die Frau namens Cyndane zu, aber da Aran'gar ein Mann war, der als Frau zurückgebracht wurde, könnten sich die Spekulationen über Moridin und Cyndane als sinnlos erweisen, bevor man mehr erfahren hat.

Verteidiger des Steins: Militärische Eliteeinheit von Tear. Der derzeitige Hauptmann des Steins (und Befehlshaber der Verteidiger) ist Rodrivar Tihera. Nur Tairener werden als Verteidiger akzeptiert und die Offiziere sind für gewöhnlich von adliger Geburt, obwohl sie oftmals unbedeutenden Häusern oder niederen Seitenzweigen mächtiger Häuser entstammen. Die Aufgabe der Verteidiger besteht darin, die gewaltige Festung namens Stein von Tear in der Stadt Tear zu beschützen und die Stadt zu verteidigen. Außerdem übernehmen sie die Aufgaben einer Stadtwache. Außer in Kriegszeiten führen sie ihre Pflichten nur selten weit von der Stadt fort. Dann bilden sie allerdings genau wie vergleichbare Eliteeinheiten den Kern der aufzustellenden Armee. Die Uniform der Verteidiger besteht aus einem schwarzen Mantel mit wattierten Ärmeln, die mit schwarzen und goldenen Streifen versehen sind, sowie einem polierten Brustharnisch und einem Helm mit Stahlkrempe und Stangenvisier. Der Hauptmann der Verteidiger trägt drei kurze weiße Federn auf dem Helm und auf den Manschetten seines Mantels drei ineinander verschlungene goldene Tressen auf einem weißen Band. Die anderen Hauptmänner tragen zwei weiße Federn und eine goldene Tresse auf den weißen Manschetten, Leutnants eine weiße Feder und eine schwarze Tresse auf der weißen Manschette und Unterleutnants eine kurze schwarze Feder und eine unbestickte Manschette. Bannerträger tragen goldfarbene Manschetten an ihren Mänteln und einfache Soldaten haben schwarz- und goldgestreifte Manschetten.

Vorläufer: *siehe auch: Hailene*

Währung: Nach vielen Jahrhunderten des Handels gelten in jedem Land die gleichen Standards für Münzen: Kronen (die größte Münze), Mark und Pfennige. Krone und Mark können aus Gold oder Silber geprägt sein, während Pfennige aus Silber oder Kupfer sind. Letztere werden auch als Kupferstücke bezeichnet. In verschiedenen Ländern können diese Münzen jedoch von verschiedener Größe und Gewicht sein. Selbst in einer Nation haben verschiedene Herrscher Münzen von verschiedener Größe und Gewicht prägen lassen. Darum benutzen Bankiers, Geldverleiher und Kaufleute grundsätzlich Waagen, um den Metallwert zu bestimmen. Aus diesem Grund werden selbst große Summen gewogen. Papiergeld existiert lediglich in der Form von Kreditbriefen, die von Bankiers ausgestellt werden. Für sie bekommt man eine bestimmte Menge Gold oder Silber ausgezahlt. Aufgrund der großen Entfernungen zwischen den Städten, der benötigten Reisezeit und der Schwierigkeiten, die derartige Transaktionen mit sich bringen, kann es vorkommen, dass man für Kreditbriefe in Städten, die sich in der Nähe der Bank befinden, den vollen Wert erhält, während man sich in weiter entfernten Städten mit einem geringeren Wert zufrieden geben muss. Im Allgemeinen wird sich eine bedeutende Persönlichkeit, die sich auf eine lange Reise begibt, mit einem oder mehreren Kreditbriefen ausrüsten, um zu Bargeld zu kommen. Für gewöhnlich werden Kreditbriefe nur von Bankiers oder Kaufleuten akzeptiert.

Waffenmänner: Soldaten, die einem bestimmten Lord oder einer Lady die Lehnstreue schulden.

Weise Frau: Bei den Aiel wählen die Weisen Frauen unter allen Frauen diejenigen aus, die zu dieser Tätigkeit berufen sind. Sie erlernen die Heilkunst, Kräuterkunde und anderes, ähnlich wie die Seherinnen. Sie besitzen große Autorität und Verantwortung sowie großen Einfluss auf die Septimen und die Clanhäuptlinge, obwohl diese Männer sie oft beschuldigen, dass sie sich ständig einmischen. Eine beträchtliche Anzahl von Weisen Frauen können – in unterschiedlicher Stärke – die Eine Macht lenken; sie spüren jede Aielfrau auf, die mit dem Funken geboren wurde oder lernen kann, die Macht zu benutzen. Allerdings herrscht unter den Aiel der Brauch, nicht über dieses Thema zu sprechen. So wie es ebenfalls Brauch ist, dass Weise Frauen jeden Kontakt mit Aes Sedai meiden, und zwar wesentlich konsequenter als die anderen Aiel. Weise Frauen stehen über allen Fehden und kriegerischen Auseinandersetzungen und dürfen dem *Ji'e'toh* zufolge weder verletzt noch auf sonstige Weise behindert werden. Würde eine Weise Frau an einem Kampf teilnehmen, wäre das ein grober Verstoß gegen jegliche Sitten und Traditionen. Drei zurzeit lebende Weise Frauen sind Traumgängerinnen und verfügen über die Fähigkeit, *Tel'aran'rhiod* zu betreten und mit anderen Menschen in ihren Träumen zu reden.

Wilde Jagd, die: Viele Menschen glauben, dass der Dunkle König (oft auch der alte Grimme genannt, wie in Tear, Illian, Murandy, Altara und Ghealdan) in der Nacht mit seinen Schattenhunden ausreitet, um Jagd auf Seelen zu machen. Das ist die Wilde Jagd. Viele glauben, dass allein schon der Anblick der vorbeihetzenden Jagd den sofortigen Tod bringt, entweder für den Betrachter oder für jemandem, der ihm nahe steht. Besonders gefährlich ist es, wenn einem die Wilde Jagd an einem Kreuzweg begegnet, kurz vor Sonnenaufgang oder unmittelbar nach Sonnenuntergang (*siehe auch:* Schattenhunde).

Zweifler, die: ein Orden innerhalb der Gemeinschaft der Kinder des Lichts. Sie bezeichnen sich als die Hand des Lichts und sehen ihre Aufgabe darin, die Wahrheit im Wortstreit zu erkennen und Schattenfreunde zu entlarven. Ihre Suche nach der Wahrheit und dem Licht erfolgt in der Regel durch Folter; sie sind der Auffassung, dass sie die Wahrheit bereits kennen und ihre Opfer nur dazu bringen müssen, sie zu gestehen. Gelegentlich verhalten sie sich, als würden sie völlig unabhängig von den Kindern und dem Rat der Gesalbten agieren, der die Kinder befehligt. Das Oberhaupt der Zweifler ist der Hochinquisitor, zurzeit Rhadam Asunawa, der dem Rat der Gesalbten angehört. Ihr Wappen ist ein blutroter Hirtenstab.

Von Robert Jordans »Das Rad der Zeit« liegen in der Serie Piper vor:
1. Roman: Drohende Schatten (8551)
4. Roman: Das Horn von Valere (8554)
6. Roman: Die Straße des Speers (8556)
7. Roman: Schattensaat (8557)
9. Roman: Der Sturm bricht los (8559)
10. Roman: Zwielicht (8560)
11. Roman: Scheinangriff (8561)
12. Roman: Der Drache schlägt zurück (8562)
14. Roman: Stadt des Verderbens (8564)
16. Roman: Die Hexenschlacht (8566)
18. Roman: Wolken über Ebou Dar (8568)
19. Roman: Der Dolchstoß (8569)
20. Roman: Die Schale der Winde (8570)
22. Roman: Neue Bündnisse (8572)
24. Roman: Das Herz des Winters (8574)
25. Roman: Die Herrschaft der Seanchaner (8575)
26. Roman: Flucht der Sklaven (8576)
27. Roman: Pfade ins Zwielicht (8577)
28. Roman: Die Weiße Burg (8578)
29. Roman: Der neue Frühling (8579)

Als Hardcover-Broschur bei Piper:
Das Rad der Zeit 1. Das Original. Die Suche nach dem Auge der Welt
Das Rad der Zeit 2. Das Original. Die Jagd beginnt
Das Rad der Zeit 3. Das Original. Die Rückkehr des Drachen

Robert Jordan

Der neue Frühling

Das Rad der Zeit 29.
Aus dem Amerikanischen von Andreas Decker. 429 Seiten.
Serie Piper

Was geschah vor der Rückkehr Rand al'Thors, des legendären Wiedergeborenen Drachen? Welche Ereignisse führten zu Rands Flucht aus seiner Heimat? Das langerwartete Prequel über die Vorgeschichte und die Hintergründe zum Welterfolg »Das Rad der Zeit« ist eine faszinierende Reise in die Vergangenheit, eine Zeit voll düsterer Schlachten und mystischer Magie. Endlich lüftet Robert Jordan eines der bestgehüteten Geheimnisse seiner Welt – unverzichtbar für Robert Jordan-Fans und alle, die es werden wollen!

»Jeder Roman dieses Zyklus ist wie der Satz einer Sinfonie!«
Interzone

05/1784/01/L

Markus Heitz

Trügerischer Friede

Ulldart – Zeit des Neuen 1.
448 Seiten. Serie Piper

Nach der großen, verheerenden Schlacht ist auf dem Kontinent Ulldart wieder Frieden eingekehrt. Doch die Ruhe trügt: Während Lodrik sich immer weiter zurückzieht, plant seine erste Frau Aljascha, die Herrschaft über Tarpol zu erlangen. Und im fernen Norden ist jemand erschienen, den alle für tot gehalten haben. Die ehemaligen Kampfgefährten müssen erneut zusammentreffen, um die Katastrophe zu verhindern …

Mit dem Zyklus »Zeit des Neuen« kehrt der Bestsellerautor auf den Kontinent Ulldart zurück – ein idealer Einstieg für Neuleser und zugleich ein Wiedersehen mit den beliebtesten Helden und größten Schurken.

05/1869/01/R